Antonin Varenne

Die sieben Leben des Arthur Bowman

ANTONIN VARENNE

DIE SIEBEN LEBEN
DES ARTHUR BOWMAN

Roman

Aus dem Französischen von
Anne Spielmann

C. Bertelsmann

Die Originalausgabe erschien 2014 unter dem Titel
»Trois mille chevaux vapeur« bei Éditions Albin Michel, Paris.

Verlagsgruppe Random House FSC® N001967
Das für dieses Buch verwendete FSC®-zertifizierte
Papier *EOS* liefert Salzer, St. Pölten, Austria.

1. Auflage
© 2015 by C. Bertelsmann Verlag, München,
in der Verlagsgruppe Random House GmbH
Umschlaggestaltung: buxdesign, München
Satz: Uhl + Massopust, Aalen
Druck und Bindung: GGP Media GmbH, Pößneck
Printed in Germany
ISBN 978-3-570-10235-0

www.cbertelsmann.de

Im Jahr 1600 gewährt Königin Elizabeth I. einer Gruppe englischer Kaufleute und Investoren das Handelsmonopol im Indischen Ozean. So entsteht die erste Ostindien-Kompanie, und die Aktionäre in London und ihre europäischen Konkurrenten übernehmen die Kontrolle über den Welthandel.

1776 präsentiert die vermögende politische Elite der dreizehn nordamerikanischen Kolonien der britischen Krone ihre Unabhängigkeitserklärung. Befreit von Steuern und von der Bevormundung durch das Mutterland, wachsen die Vereinigten Staaten rasch zu einer neuen ökonomischen Macht heran. Nach der Unabhängigkeit stürzt sich die junge amerikanische Nation immer wieder in militärische Auseinandersetzungen zur Durchsetzung ihrer Handelsinteressen: in Sumatra, der Elfenbeinküste, Mexiko, Argentinien, Japan, China, Nicaragua, den Philippinen, Hawaii, Kuba, Angola, Kolumbien und Haiti.

1850 unterhält die Ostindien-Kompanie – ihre Aktionäre nennen sie die »mächtigste Handelsgesellschaft des Universums« – eine Privatarmee von dreihunderttausend Mann, und sie zwingt das Gesetz ihres Handels einem Fünftel der Weltbevölkerung auf, das heißt dreihundert Millionen Menschen.

Auf diese Weise konnte ein amerikanischer oder englischer Soldat des 19. Jahrhunderts bei Feldzügen von Land zu Land ziehen und die ganze Welt bereisen.

I

1852
BIRMA

1

»Rooney! Du elender irischer Faulenzer! Los, beweg dich!«
Rooney erhob sich von der Bank, überquerte schlurfend den
Hof und stand stramm.

»Sie kann nicht mehr, Sir. Keiner von den Gäulen hält sich mehr
aufrecht.«

»Willst du dir Ärger einhandeln? Aufsitzen!«

Mit vor Müdigkeit durchhängendem Rücken, den Kopf halb
untergetaucht, soff die Stute geräuschvoll Wasser aus dem Trog.
Rooney griff nach dem Halfter, zog das Maul aus dem Wasser und
verzog das Gesicht, als er den Fuß in den Steigbügel setzte. Die
halbe Nacht war er von einer Kaserne zur anderen galoppiert, der
Hintern tat ihm weh, er hatte Sand zwischen den Zähnen und in
der Nase, und die Sonne brannte ihm auf dem Schädel.

Fünfzehn Meilen waren es bis zum Kontor von Pulicat.

Das Pferd schüttelte den Kopf, wehrte sich gegen das Zaum-
zeug. Rooney zog an den Zügeln, die Stute bäumte sich auf, und
er musste sich am Sattelknauf festhalten, um nicht abgeworfen zu
werden. Der Corporal lachte. Rooney zog seinem Reittier die Peitsche über die Ohren und schrie: »Vorwärts! Hü!«

Die Stute galoppierte über den gepflasterten Hof. Ohne anzuhalten, passierte Rooney das nördliche Portal des Forts St. George
und peitschte eine Meile lang auf das Pferd ein. Die Maulbeerplan-
tagen zogen an ihm vorbei, Baumwollfelder, auf denen, über ihre
Hacken gebeugt, einige Bauern arbeiteten. Überall entlang des
Weges waren Kolonnen von Sepoys in ihren roten Uniformen mit
ihren Tornistern und geschulterten Gewehren zu sehen.

Die militärischen Verbände und Einheiten bewegten sich in

Richtung Fort und Hafen. Die Dorfbewohner waren unruhig geworden und hatten ihre Türen und Fenster verschlossen, um sich vor dem von den Stiefeln aufgewirbelten Staub zu schützen. Die Armee von Madras marschierte, und außer den Soldaten war kaum noch jemand unterwegs.

Lord Dalhousie, Generalgouverneur von Britisch-Indien, hatte dem König der Birmanen den Krieg erklärt. General Godwin war am Vortag mit zehn Schiffen aus Bombay gekommen. Er mobilisierte alle Regimenter. Zwölf Stunden lang ritt Rooney jetzt in alle Winkel der Region, um die Schriftstücke zuzustellen.

Pulicat. Noch acht Meilen. Die letzte Adresse.

Vielleicht würde er sich dort heute Nacht ausruhen können, vielleicht konnte er zu den Chinesen gehen und sich ein Mädchen kaufen. Sie waren sauber, und der Gin war nicht so teuer wie in St. George. Der Gedanke, dass er die Nacht im Dorf der Weber verbringen würde, verlieh ihm Flügel, aber die Stute lief nicht schneller und keuchte wie eine Schwindsüchtige.

Rooneys Beine waren feucht von ihrem Schweiß. Er gab ihr eine weitere Tracht Prügel. Es war Krieg, man hatte das Recht, ein Pferd zu töten.

Er überholte Kinder, die auf Eseln ritten, und zerlumpte Bauern, erblickte die ersten Häuser von Pulicat und bog, ohne anzuhalten, in die Hauptstraße ein, wo sich Frauen mit Babys auf dem Rücken eilends vor ihm in Sicherheit brachten.

»Vorwärts!«

Am Ausgang des Dorfes wandte er sich nach links, in Richtung der Lagerhallen. Er würde den Laden des Chinesen ganz für sich haben. Und im Fort wäre es nicht anders. Niemand da, keine verdammten Pflichten mehr, wochenlang. Während alle Welt sich auf den Weg nach Rangun machte, würde er es sich gut gehen lassen. Der König von St. George!

»Schneller! Hü!«

Die Stute schüttelte den Kopf, sie geriet aus dem Takt und schwankte, als ob die Beine unter ihrem Gewicht nachgäben. Rooney hielt sich krampfhaft fest, aber das Pferd fing sich und wurde wieder schneller, obwohl es nicht einmal die Sporen gespürt hatte. Es war halb wahnsinnig vor Austrocknung und Erschöpfung. In der Mitte der Gebäude, in einem von Speichergebäuden umgrenzten Hof, sah Rooney die Fahne der Kompanie, die im Wind flatterte. Er passierte den ersten Schuppen. Der Kopf der Stute streckte sich vorwärts und verschwand. Er hörte, wie ihre Beine brachen – ein unerhörtes Geräusch von sich bei hoher Geschwindigkeit pulverisierenden Knochen –, und flog zwei Meter durch die Luft. Er streckte die Arme aus und spürte nichts von dem Aufprall, nichts von den splitternden Knochen seiner Handgelenke und Unterarme. Sein Kopf schlug auf dem Boden auf, er überschlug sich, und sein Rücken brach auf der gusseisernen Wasserpumpe in der Mitte des Hofs.

Sergeant Bowman griff nach seinem Gewehr, das an einer Wurzel des großen Banyanbaums lehnte, und erhob sich von seinem Liegestuhl im Schatten. Die Staubwolke, die beim Sturz des Pferdes und seines Reiters entstanden war, hob sich langsam. Die Stute wieherte erbärmlich und strampelte mit den Hufen. Der bewusstlose Kurier rührte sich nicht. Der Sergeant legte sich die Enfield quer über die Beine und ging neben dem Gestürzten in die Hocke.

Gekrümmt lag er unter der Pumpe. Er öffnete die Augen.

»Was ist ... Was ist passiert?«

Sein Kopf fiel auf die Brust, Blut sickerte ihm aus dem Mundwinkel. Seine Hüfte war gebrochen, die Beine waren wie Stofffetzen ineinander verknäult. Seine Augäpfel rollten hin und her in dem vergeblichen Bemühen, den Ort zu erkennen, an dem er sich befand. Der Hof, die Lagerhallen mit den Seidenstoffen, dieser Sergeant, der ihn betrachtete. Seine geschwollene Zunge leckte Staub, als wäre es Wasser.

»Ich fühle ... nichts ...«

Seine Augen wanderten über den verrenkten Körper. Sein Gesicht verzerrte sich zu einer panischen Grimasse.

»Teufel noch mal ... Was ist ... Was ist mit mir?«

Der Sergeant gab keine Antwort.

»Helfen Sie mir ... Zum Teufel ... Helfen Sie mir.«

Rooney sah sich um. Außer dem Sergeant war weit und breit niemand zu sehen. Die Stute wieherte und schlug aus, der Sergeant rührte sich nicht. Rooney versuchte, um Hilfe zu rufen, aber er verschluckte sich und spuckte Blut. Sergeant Bowman trat einen Schritt zurück, um nichts abzubekommen.

»Um Gottes willen ... Helfen ... Sie ... mir.«

Der Sergeant senkte den Kopf.

Das von Panik gezeichnete Gesicht des Soldaten erstarrte, seine aufgerissenen Augen blieben auf Bowman gerichtet. Eine Blutblase erschien zwischen seinen Lippen und platzte.

Der Verwalter kam aus seinem Büro gelaufen.

Sergeant Bowman erhob sich und ging zu dem Pferd, das noch immer auf dem Rücken lag. Er lud sein Gewehr, setzte seinen Fuß auf die Kehle des Tieres und schoss ihm eine Kugel in den Kopf.

Der Verwalter bekreuzigte sich, bevor er vor dem Kadaver in die Knie ging und die Satteltasche öffnete. Er zog ein versiegeltes Schreiben heraus, das an ihn adressiert war.

»Wie sinnlos. Zu sterben mit der Kriegsmeldung in der Tasche.«

Sergeant Bowman kreuzte die Hände über dem noch heißen Lauf seines Gewehrs. Sepoys liefen herbei und bildeten einen Kreis um den Toten. Der Verwalter durchsuchte den Soldaten und fand seinen Ausweis in der Jackentasche.

»Sean Rooney. Fort St. George ... Na, jedenfalls musste er nicht in Birma sterben.«

Er wandte sich an Bowman.

»Sergeant, Sie rücken sofort ab. Man erwartet Sie mit Ihren Männern in Madras.«

Bowman schulterte sein Gewehr und ging zu seiner Hütte im Schatten des Banyanbaums. Der Verwalter schrie:

»Sergeant! Sie werden die Leiche des Soldaten Rooney nach Madras mitnehmen.«

Bowman ging ungerührt weiter.

»Das Pferd können Sie auch haben.«

Eine Kolonne von zwanzig Sepoys wartete in der Sonne. Ein Ochse war vor einen Karren gespannt worden. Man hatte Rooneys Leichnam hineingeworfen, er lag hingestreckt über dem Marschgepäck der Soldaten.

Bowman trabte an den in Habtachtstellung wartenden Männern vorbei, sprang vor der Tür des Verwalters von seinem Pferd und klopfte.

»Fünf Mann bleiben hier und warten, bis Madras eine weitere Abordnung schickt.«

»Sehr gut. Ich führe keinen Krieg, Sergeant, ich bin Kaufmann. Ich gehe hier kein Risiko ein. Sie abziehen zu sehen, Bowman, macht mich nicht unglücklich, aber meine Pflicht als Christ ist es, Ihnen allen das Beste zu wünschen. Gott sei mit Ihnen, wo auch immer Sie hingehen.«

Bowman schwang sich wieder in den Sattel und lenkte sein Pferd zu der toten Stute. Es berührte den Kadaver mit den Nüstern, schnaubte dann kräftig, wie um einen schlechten Geruch loszuwerden, und hob den Kopf. Die Sepoys verfielen in Trab, der Karren folgte. Bowman passte sich ihrer Laufgeschwindigkeit an und beschloss den Zug.

Nach der Ankunft im Fort St. George sorgte Bowman dafür, dass die Sepoys sich von dem Marsch erholen konnten, dann erkundigte er sich bei einem der Wachposten nach dem Offizier, der für den Kurierdienst verantwortlich war.

»Wegen Rooney? Da müssen Sie zum Corporal. Er ist im Stall. Was ist los?«

Bowman fand die Ställe. Der Corporal saß im Kreis seiner schmutzigen und erschöpften Kuriere um einen Tisch. Es stank nach Mist.

»Was für ein Dummkopf! Ein Pferd zuschanden zu reiten und selbst dabei draufzugehen! Hatte immer Flausen im Kopf, dieser

Rooney. Und diese verdammten Iren wollen um keinen Preis hier begraben werden! Was machen wir jetzt mit ihm?«

»Meine Affen bringen Ihnen die Leiche. Ich lasse Ihnen auch mein Pferd. Ich brauche es nicht mehr.«

Beim Kommandanten des Forts erhielt Bowman neue Befehle.

Alle Kais waren vollgestellt mit Handelswaren, Kisten voller Waffen und Munition. Berge von Fässern stapelten sich über Dutzende von Metern. Wasser, Wein, Rum, Essig, Käfige mit Hühnern und Kaninchen, grunzende Schweine. Kulis entluden Tonnen von Lebensmitteln und Waffen, während Schaluppen zwischen den siebzehn Schiffen der Flotte von Madras hin und her segelten. Die Sonne senkte sich über dem Ozean, die riesigen Fahnen der Kompanie, die über dem Wasser wehten, glänzten in ihrem goldenen Licht.

In einem nicht enden wollenden Strom trafen Kolonnen von Sepoys und britischen Soldaten ein. Auf den Schaluppen, die Menschen und Waren transportierten, hörte man Männer im Takt der Ruderschläge singen.

Siebzehn erstklassige Schiffe, tausend Kanonen und fünfzehntausend Mann unter Deck, drei Viertel davon Sepoys, die dreimal weniger kosteten als die englischen Soldaten. Die Armee der Kompanie war viel größer als die der Krone; hauptsächlich durch die Zahl der einheimischen Rekruten, auf die man aus Sparsamkeitsgründen zurückgriff.

Die Aktionäre der Leadenhall Street wollten den Golf von Bengalen für sich allein. Wenn diese Armada nicht ausreichte, würden noch dreißigtausend Mann mehr gesandt werden. Pagan Min musste fallen, bevor der Monsun kam, sonst musste die Kompanie weitere vier Monate darauf warten, dass die Flüsse wieder befahrbar wurden. Die Offiziere wussten das, und die Unteroffiziere brüllten, so laut sie konnten, damit die Männer gehorchten, die Waren verladen wurden, die Matrosen unablässig ruderten.

Bowmans kleiner Trupp wurde vom Wirbelsturm des Hafens eingesogen.

Zwei Stunden verbrachten sie im Gedränge an den Kais, während sie darauf warteten, an Bord einer Schaluppe gehen zu können. Die Sonne berührte schon den Horizont, als der Sergeant und seine Männer endlich die Strickleiter zum Deck der *Healing Joy* emporkletterten, dem Admiralsschiff der Flotte.

Die Sepoys stiegen ins letzte Deck hinunter, das unterhalb der Wasserlinie lag, und Sergeant Bowman stieß zum britischen Kontingent im Oberdeck. Vierhundert Männer, die im Halbdunkel ihren Platz suchten und ihre Hängematten entrollten, in denen sie zwei Wochen verbringen würden.

Wenn der Wind günstig war.

Mehrere Stunden vergingen, bevor ein Kanonenschuss über ihren Köpfen abgefeuert wurde und die Flotte sich in Bewegung setzte. An Deck hörte man Pfiffe und Befehle, die Stimmen der Matrosen und das Knacken der Masten, deren Vibrationen sich bis in den Schiffsbauch fortsetzten.

Es war Mitternacht, und die Hitze war unerträglich.

Mitten in dieser allgemeinen Erregung, während die *Joy* sich langsam von der indischen Küste entfernte und die ersten Soldaten seekrank wurden, streckte sich Sergeant Bowman in seiner Hängematte aus und schloss die Augen. Seine Hand umschloss den Griff des afghanischen Dolchs in seinem Gürtel. Drei Jahre wartete er jetzt schon.

2

Eine Luke öffnete sich.

Bowman, die Ellbogen auf die Reling gestützt, beugte sich weiter nach vorn.

Ein Körper kippte kopfüber ins Meer, ein weißes Hemd über den Kopf gezogen. Der Körper prallte auf dem Wasser auf, tauchte unter, kam wieder hoch und trieb an der Oberfläche weiter. Ein zweiter folgte ihm; langsam trieb er am Schiffsrumpf entlang. Ein erster undeutlicher grauer Umriss ließ sich sehen, der die Leichen umkreiste. Als ein dritter Körper aus der Luke fiel, begann das eben noch spiegelglatte Meer zu brodeln.

Dutzende Schwanzflossen peitschten das Wasser, kleine schwarze Augen erschienen im schäumenden Gewühl, und die Kiefer der Haie schlossen sich um Arme und Beine. Das Wasser rötete sich, und das Rot wurde immer tiefer, je mehr Soldaten aus der Ladeluke ins Meer fielen.

An diesem Morgen zählte Bowman acht.

Rosarote Fontänen bespritzten das Schiff, Rümpfe ohne Kopf schwammen zwischen zerfetzten Kleidungsstücken im aufgewühlten Wasser. Haie, die von ihren gierigen Artgenossen verletzt worden waren, kämpften um ein Stück Schulter, während andere, von blindwütigen Zähnen getötet, mit den Bäuchen nach oben mitten im Getümmel dahintrieben.

Bowman hob den Kopf. Nur einen Steinwurf vom Admiralsschiff entfernt war im Umkreis der anderen Schiffe das Meer genauso aufgewühlt, und an der Reling sah man die Silhouetten der Zuschauer, die wie er selbst das Spektakel beobachteten. Er rieb ein Zündholz am Geländer, schützte die Flamme mit der Hand und setzte seine Pfeife wieder in Gang.

An Bord der siebzehn Schiffe waren in dieser Nacht wieder ungefähr hundert Männer gestorben.

Nach beendeter Mahlzeit entfernten sich die Haie, und die Möwen stürzten sich auf das Fleisch, das sie übrig gelassen hatten. Das Meer war rot, so rot wie der Laterit an der Mündung eines afrikanischen Flusses. Die Strömung befreite die Flotte von ihren Hinterlassenschaften; die rote Lache wurde immer blasser und verzog sich immer mehr in Richtung Küste. Die Morgensonne kletterte über den dunklen Rand des Kontinents, und die runden, mit Regen gefüllten Bäuche der Wolken hingen über dem niedrigen Horizont.

Bowman spuckte ins Wasser, klopfte seine Pfeife aus und ging wieder unter Deck.

Nach drei Wochen Fahrt und drei Tagen im Hafen stank die *Healing Joy* wie ein Raubtierkäfig. Im Golf war der Wind schwach

16

gewesen, und die Schiffe hatten mit starkem Seegang zu kämpfen gehabt.

Bowman hob das Laken, das seine Hängematte von den anderen trennte, und streckte sich auf seinem schwankenden Lager aus.

Die Spione von Pagan Min operierten an Land. Sie kümmerten sich nicht um diese Armada, die nicht vorwärtskam, und sahen auch nicht mehr in Erwartung des Monsuns zum Himmel hinauf. Als die Schiffe vor Anker lagen, hatten sich die Männer gelangweilt, nun wurden sie schwermütig, und es gab immer mehr Kranke. Das Fieber, die langsame Bewegung der Schiffe, die Stille und die Hitze setzten ihnen zu. Tag und Nacht lagen sie in ihren Hängematten, umgeben von unaufhörlichem Stöhnen, Murren, Husten. Unterhalb der Wasserlinie gab es wenig Luft, und die Sepoys starben wie die Fliegen. Sechs der Toten, die an diesem Morgen ins Wasser geworfen worden waren, waren Inder gewesen. Fäkalien überschwemmten die hölzernen Stege, die Luft war faulig, und General Godwin hatte den Männern verboten, ihr Deck zu verlassen. Je mehr sich der Zustand der Truppe verschlechterte, desto wichtiger war es, ihn vor den Spionen Mins zu verbergen.

Zum zweiten Mal zog die Kompanie gegen die Birmanen in den Krieg. Beim ersten Mal, 1826, hatte Campbell an der Spitze der britischen Truppen Handelsplätze an der gesamten Küste gewonnen, bis zum Königreich Siam. Auch er war zu spät gekommen. Der Regen und das Fieber hatten zweitausend Mann hinweggerafft, gerade als er versuchte, Ava von der Landseite her einzunehmen. Dennoch hatte sich seine Aktion ausgezahlt. Mit seinem halben Sieg war das Recht einhergegangen, in den Häfen Handel zu treiben. Seither hatten die Min wieder Oberwasser bekommen, hatten die Vereinbarungen von 26 infrage gestellt und den Verwaltern der Niederlassungen das Leben schwergemacht. Außerdem bedrohten sie den Handelsverkehr im Golf und auf dem Weg nach China. Dalhousie hatte Anfang des Jahres Commodore Lambert in Dienst genommen, in diplomatischer Mission. Aber Lambert war kein Diplomat. Die Situation hatte sich zugespitzt, und die letzte Möglichkeit, die jetzt noch blieb, war der Krieg. Diesmal um die Sache ein für alle Mal zu beenden und das Land einzunehmen.

Doch der Wind blies nicht, und die Flotte, die den Angriff erwartete, kam nicht vorwärts. Die Männer starben, bevor ein einziger Schuss aus Kanonen oder Gewehren abgefeuert worden war.

Bowman holte ein Tuch aus seinem Beutel und legte es über seinen Bauch. Langsam, bedächtig aß er das letzte Stück Trockenfleisch, das er aus Pulicat mitgenommen hatte. Dann rieb er sich Zähne und Zahnfleisch mit einem Stück Zitronenschale ein, das er aufgehoben hatte, und aß die Schale ebenfalls.

Allmählich gingen ihnen die Lebensmittel aus. Sie hatten zu wenig mitgenommen; nun waren die Rationen gekürzt worden, das Süßwasser stank faulig, und man musste es mit Essig strecken.

Er ließ sich in seine Hängematte sinken und verfluchte die Aktionäre aus London, die Kriege erklärten, ohne zu wissen, wie man sie führte, die Offiziere, die in ihren Palästen fett wurden, die Sepoys aus Bengalen, die aus den feinen Kasten stammten und sich geweigert hatten, nach Birma zu fahren. Bombay und Madras hatten die Männer liefern müssen; so war die Kompanie zu spät eingetroffen.

Unter dem gewöhnlichen Gejammer und den anderen Geräuschen um ihn herum gab es Stimmen, die ihn aufmerksam werden ließen. Zuerst waren es laute Worte, dann Beschimpfungen. Gelächter, Aufregung. Er stand auf und sah nach.

Etwa zwanzig Soldaten standen im Kreis um zwei Männer, die einander mit Fäusten traktierten. Ein massiger Blonder mit Stiernacken und ein großer Dunkelhaariger, der zehn oder fünfzehn Kilo leichter war. Die Zuschauer lachten, und als der Schmächtige versuchte zu fliehen und nicht weiterkämpfen wollte, hielten sie ihn auf und schoben ihn in den Ring zurück. Der Blonde schleuderte ihn an die Wand; sein Kopf stieß gegen ein Stück Eisen, und man sah Blut an seiner Stirn herabrinnen. Die Männer ringsum lachten noch lauter. Der Stier stürzte nach vorn, der Magere wich aus, und sein Gegner prallte gegen einen Balken. Halb betäubt und voller Wut zog dieser nun ein Messer aus dem Ärmel seiner Uniform. Die Zuschauer lachten nicht mehr; jeder nahm sich vor der Waffe in Acht. Der Magere hob die Hände.

»Hör auf. Das führt doch zu nichts. Ich will mich nicht mehr mit dir streiten.«

Der Mann mit dem Messer hörte ihm nicht zu. Der Magere musste sich verteidigen; er zog seine Uniformjacke aus und wickelte sie sich um den Arm, machte dabei ein paar Schritte in Richtung der Hängematten, ohne die Klinge aus den Augen zu lassen.

Der Stier machte einen Sprung, der Magere wich erneut aus, stolperte, rollte über den Boden und erhob sich wieder.

Bowman lehnte an einem Pfosten und sah zu, wie die anderen. Bald waren nicht mehr viele da.

Beim nächsten Angriff versuchte der Magere, die Hand mit der Waffe zu treffen. Er verfehlte sein Ziel, das Messer beschrieb einen Halbkreis von oben nach unten und durchschnitt sein Hemd. Er fiel auf die Knie und rollte sich wie eine Schlange um die Wunde zusammen. Der Blonde machte Anstalten, erneut zuzustechen, doch zwei Hände umfassten seinen Hals, hoben ihn vom Boden auf und schleuderten ihn von dem Mageren weg. Wütend kam er wieder auf die Beine, erkannte dann Sergeant Bowman, blinzelte mit offenem Mund, zog scharf die Luft ein und ließ sein Messer fallen.

Bowman beugte sich über den Verletzten. Die Wunde war lang, aber nicht sehr tief. Er befahl, den Arzt zu holen.

»Warum haben Sie ihn nicht früher aufgehalten, Sergeant?«

Bowman erhob sich.

»Legt ihn in seine Hängematte.«

Der Arzt kam nach ein paar Minuten. Er habe genug andere Kranke, wetterte er, und jetzt schlitzten sich die Leute auch noch gegenseitig die Bäuche auf. Nachdem er die Wunde versorgt hatte, setzte er sich neben Bowmans Hängematte.

»Haben Sie noch etwas zu berichten, Sergeant? Die Männer

sind furchtbar angespannt, aber so etwas darf sich nicht wiederholen.«

»Ich kümmere mich darum. Es kommt nicht wieder vor. Wie geht es dem Verletzten?«

»Es ist nicht sehr schlimm, ich musste nicht nähen.«

Der Arzt sah schlecht aus, die Augen waren vom Fieber gerötet. Er blieb brütend sitzen, und Bowman wartete darauf, dass er anfing zu sprechen.

»Wenn wir noch lange hier bleiben, werde ich nichts mehr tun können. Ich habe fast keine Medikamente mehr, die Hälfte der Inder ist krank. Sie halten es auf dem Meer nicht aus.«

Er senkte den Kopf.

»Passen Sie gut auf die Leute auf, Sergeant. Der verletzte Soldat ist ein guter Christ, es sind alles gute Christen.«

Das nervöse Lächeln des Arztes zeugte von tiefster Niedergeschlagenheit. Er wartete noch auf etwas. Bowman räusperte sich.

»Ich kümmere mich um sie, Sir. Machen Sie sich keine Sorgen.«

Der Arzt verschwand zwischen den Hängematten.

Sie wurden noch alle verrückt, weil sie glaubten, der Krieg hätte noch nicht angefangen, obwohl die erste Schlacht, länger, tödlicher als alle anderen, auf den Schiffen bereits in vollem Gange war: das Warten. Bowman wusste, dass man zuerst die Armee überleben musste, bevor man auf dem Schlachtfeld überleben konnte. Er befand sich bereits an der Front.

Er nahm sein Buch und öffnete es an der Stelle, die er immer las, bevor ein Kampf begann.

Hinter seinem Vorhang las er, fuhr mit dem Finger langsam die Buchstaben entlang und sprach stumm die Worte mit.

Aber alles Silber und Gold samt dem ehernen Geräte soll dem Herrn geheiligt sein, dass es zu des Herrn Schatz komme.

Da machte das Volk ein Feldgeschrei, und man blies die Posaunen. Und die Mauern von Jericho fielen um, und das Volk erstieg die Stadt, ein jeglicher da, wo er gerade stand. Also gewannen sie die Stadt und verbannten alles, was in der Stadt war, mit

der Schärfe des Schwerts: Mann und Weib, Jung und Alt, Ochsen,
Schafe und Esel.

Die Bibel war das einzige Buch, das er je besessen hatte. Bowman konnte sich nicht einmal vorstellen, dass es andere Bücher gab, die so viele Geschichten enthielten. Er schloss die Augen und fragte sich, warum Gott, der seinen Feinden Regen schickte, Mauern umfallen ließ und Flüsse austrocknete, um den Seinen zu helfen, die Kompanie im Stich ließ. Er fragte sich auch, warum er die Prügelei nicht früher unterbunden hatte und ob ihm der verletzte Soldat, wenn es ihm gelungen wäre, seinen Gegner zu entwaffnen oder ihm sogar selbst ein Messer in den Bauch zu rammen, diese Frage auch gestellt hätte.

Es sind alles gute Christen.

Bowman lächelte. Die Prügelei hatte ihn gut unterhalten, und die Männer waren, mochte der Arzt sagen, was er wollte, immer noch in der Lage zu kämpfen. Sie warteten nur darauf.

*

Der Geruch nach Essig stieg vom frisch geschrubbten Deck auf und mischte sich mit der muffigen Feuchtigkeit des warmen Meerwassers und dem Fäulnisgestank der *Joy*. Bowman strich am Buchdeckel ein Zündholz an, und die Flamme erleuchtete einen Moment lang seine Hände und sein Gesicht. Er nahm einen Zug aus seiner Pfeife und leerte dann mit einem langen Ausatmen seine Lungen.

Im Osten, entlang der unsichtbaren Küste, glitzerten die Lichter Ranguns wie weit entfernte Sterne. Unter seinen Füßen wälzten sich die Männer in ihren Hängematten und hofften, dass es am nächsten Tag endlich Wind gebe, dass das Schiff nicht mehr dümpelte und der Essig sich in Wein verwandelte. An Deck patrouillierten Wachen mit geschultertem Gewehr, und ein paar Offiziere schlenderten im Mondlicht umher.

Bowman hatte einige von ihnen erkannt. Sechs oder sieben von den zweihundert an Bord der *Joy*. Offiziere, unter deren Befehl er im Punjab gekämpft hatte, im Regiment von Cavendish, und andere, denen er in den Garnisonen der Handelsniederlassungen begegnet war, wo er in den letzten drei Jahren Dienst getan hatte.

Von den Männern, die er gegrüßt hatte, hatte keiner das Wort an ihn gerichtet. Vielleicht mied man ihn, oder er hatte sich seit seiner Zeit im Punjab verändert, oder nicht jeder besaß ein so gutes Gedächtnis für Gesichter wie er selbst. Er spuckte ins Meer, als fürchtete er, sich mit einer Krankheit angesteckt zu haben.

»Sergeant Bowman?«

Er salutierte nachlässig, mit der Pfeife an der Schläfe.

»Major Cavendish will Sie sprechen, ich soll Sie zu ihm bringen.«

»Cavendish?«

»Unverzüglich, Sergeant.«

Bowman knöpfte seine stinkende Jacke zu.

Cavendish. Vizekommandant der Flotte. Stammhalter des Herzogtums von Devonshire. Seine Familie gehörte zu den größten Aktionären der Kompanie. Bowman hatte ihn nur ein einziges Mal gesehen, nach der Eroberung des Palasts von Amritsar, bei einer Beförderungszeremonie. Corporal Bowman war damals Sergeant geworden. Cavendish hatte eine Rede gehalten. Die Offiziere seien die »Speerspitze der Kompanie«, hatte er gesagt. Dieser Ausdruck hatte dem frisch gebackenen Sergeanten sehr gut gefallen.

Cavendish war an Bord der *Joy* und wollte ihn sehen, ihn, Arthur Bowman.

Vielleicht würde der Angriff bald stattfinden, und Godwin sammelte seine Offiziere um sich, um ihnen seine Befehle zu übermitteln. Aber Bowman war nur Sergeant. Er hatte nichts mit dem Generalstab zu tun; wenn es nicht gerade um ein gravierendes Problem ging, kam ein Mann wie er mit den hochrangigen Offizieren niemals in Kontakt.

Er folgte dem Deckoffizier, passierte die Wachposten, durchquerte Gänge mit lackierten Wänden, auf denen sich das Licht der Öllampen spiegelte. Sein Führer klopfte an eine Tür, eine Stimme rief: »Herein!« Der Deckoffizier öffnete die Tür, trat zur Seite und schloss die Tür wieder.

Bowman begriff nicht, wo er war. Es war nicht der Kommando-
raum, sondern nur eine kleine Kabine mit einem einzigen Fenster,
einem einfachen Bett, einem Kartentisch, zwei Sesseln und einer
Hängelampe. Auf einem der mit farbigem Stoff bezogenen Sessel
hinter dem Tisch saß Major Cavendish, der noch so aussah, wie
Bowman ihn in Erinnerung hatte. Am Fenster stand ein Captain,
mit einer brennenden Zigarre in der Hand. Bowman erkannte
ihn, obwohl Wright damals nur Lieutenant gewesen war. Eine
Sekunde lang rührte sich Bowman nicht, dann salutierte er, schlug
die Hacken seiner abgetretenen Stiefel zusammen und drehte den
Offizieren und dem Tisch den Rücken zu.

»Sergeant Bowman, zu Ihren Diensten, Sir!«

Hinter ihm wurde leise gelacht.

»Sie können sich umdrehen, Sergeant.«

»Sir! Sie haben die Karte nicht verdeckt, Sir!«

Bowman wartete. Es gab kein Rascheln von Papier, keine Bewegung. Vor einem Angriff hatten Unteroffiziere auf einem Kriegs-
schiff ebenso wenig wie gemeine Soldaten das Recht, militärische
Karten zu sehen. Ein einziger, selbst unabsichtlicher Blick konnte
zum Galgen führen – oder direkt ins Maul eines Hais.

Cavendish wandte sich an den Captain: »Wright, ich habe den
Eindruck, dieses Mal haben Sie eine gute Wahl getroffen.«

Wright gab keine Antwort. Cavendish fuhr in entschlossenerem
Ton fort: »Drehen Sie sich um, Sergeant.«

Bowman wirbelte herum, den Blick geradeaus gerichtet.

»Sergeant, Sie werden jetzt diese Karte betrachten, die Sie so
erschreckt, und mir sagen, was darauf zu sehen ist.«

Bowman kniff die Augen zusammen. »Sir! Ich habe keine Angst
vor der Karte. Ich wusste nur nicht, ob es mir erlaubt ist, sie zu betrachten, Sir.«

»Es ist Ihnen erlaubt. Sagen Sie mir, was Sie darauf sehen.«

Bowman schaute erst zu Captain Wright, dann zu Cavendish
und richtete den Blick dann auf die Karte.

Da er sie verkehrt herum sah, konnte er die Namen darauf nicht
lesen, aber er sah ein Meer, eine Küste, einen großen grünen Fleck

und in der Mitte das blaue, mäandernde Band eines Flusses. Er versuchte noch einmal, die Namen zu lesen, aber die Buchstaben waren zu klein.

»Sir, ich weiß nicht. Aber ich würde sagen, es handelt sich um das Königreich Ava.«

»Das trifft zu, Sergeant. Und der Fluss?«

Bowman hob den Kopf zur Decke. »Sir, ich bin nicht sicher, aber ich würde sagen, es ist der Irrawaddy.«

»Wieder richtig. Was können Sie mir über diesen Fluss sagen, Sergeant?«

Bowman schluckte. »Ich... ich verstehe nicht, Sir.«

»Was wissen Sie über diesen Fluss?«

»Sir! Das ist der Verkehrsweg von Ava, Sir.«

Cavendish lächelte. »Noch etwas?«

»Sir! Ich weiß nicht... Der Verkehrsweg von Ava... Und der Monsun kommt.«

»Der Monsun... Was soll das heißen, der Monsun kommt, Sergeant?«

Wieder trat Stille ein, während Bowman spürte, wie seine Knie weich wurden.

»Sir! Der große Regen, das heißt, dass die Flotte den Fluss nicht hinauffahren kann.«

Cavendish betrachtete einen Moment lang besorgt die Karte, dann erhob er sich.

»Sergeant, als Captain Wright erfuhr, dass Sie sich an Bord befinden, hat er mir empfohlen, Sie kennenzulernen. Er hat mir gesagt, Sie seien ein außerordentlich tapferer Kämpfer, fast... Wie haben Sie sich ausgedrückt, Wright? Ach ja: kühn. Der Captain meinte, Sie hätten sich unter seinem Kommando wie ein Löwe geschlagen, beim Angriff auf den Palast von Amritsar. Was sagen Sie dazu, Sergeant?«

»Sir, ich bitte um Entschuldigung, Sir.«

»Sind Sie einverstanden mit dem, was Captain Wright über Sie sagt?«

»Sir! Das war ein Angriff, der es in sich hatte, wir kämpften mit

Säbel und Bajonett – aber ich habe nur meinen Befehlen gehorcht, Sir!«

»Ah! Das ist es, was ich von Ihnen hören wollte, Sergeant. Sie haben Ihren Befehlen gehorcht. Und sind mit gezogenem Bajonett losgestürmt! Wunderbar! Folglich sind Sie ein guter Soldat, und Sie sind tapfer.«

Cavendish ging ein paarmal hin und her, die Arme auf dem Rücken gekreuzt, und blieb schließlich direkt unter der Lampe stehen, um seine Hände auf die Karte zu legen.

»Sergeant, ich habe nachgedacht. Und ich werde Sie mit dieser Mission beauftragen. Captain Wright wird die Sache mit Ihnen abmachen.«

Cavendish verließ die Kabine ohne ein weiteres Wort und ohne Gruß, er schlug die Tür hinter sich zu und ließ Captain Wright mit Bowman allein.

Wright zog ein letztes Mal an seiner Zigarre und warf sie dann aus dem Fenster.

»Sie haben das Glück gehabt, Bowman, an Bord dieses Schiffes zu sein.«

»Sir, Glück ist etwas, was selten kommt, wenn man es am meisten braucht.«

Wright drehte sich um. »Was meinen Sie damit, Sergeant?«

»Sir! Das war nur so dahingesagt, nichts Besonderes.«

Der Captain beobachtete Bowman einen Moment lang.

»Morgen Vormittag wird eine Schaluppe der Kompanie uns hier an Bord der *Joy* abholen. Sie werden unter meinem Befehl stehen, als Vizekommandant der Expedition. Dreißig Mann, von denen zwanzig morgen von einer Schaluppe gebracht werden, und zehn weitere vertrauenswürdige Leute, die Sie unter den Männern der *Joy* auswählen werden. Seien Sie morgen früh an Deck, mit Gepäck, ohne Waffen. Sie werden nicht an Bord zurückkehren.«

Wright drehte sich zum Fenster.

»Sie gehören zu den brutalsten Männern, die ich je befehligt habe, Bowman. Sie gehorchen und verschaffen sich Gehorsam. Deshalb habe ich Sie Major Cavendish empfohlen, deshalb hat er sich für Sie entschieden. Ich hoffe, Sie werden sich des in Sie gesetzten Vertrauens würdig erweisen. Kein Wort zu niemandem. Wegtreten, Sergeant.«

Bowman spürte die Nägel an seinen Stiefelsohlen. Die Kabine drehte sich vor seinen Augen. Er hob mit Mühe die Beine, ging zur Tür, fand sich im Gang und dann auf Deck wieder. Unter dem schwarzen Mond atmete er mit offenem Mund in langen Zügen. Die Luft war warm und feucht, zu stickig, um ihm gutzutun. Ihm war immer noch schwindlig.

Er wusste nicht, warum und wie es eigentlich geschehen war, aber man hatte ihn gerade zum Tode verurteilt. Es war nicht auf einem Schlachtfeld passiert, beim Angriff auf einen Feind, sondern vor einer Karte und vor einem Herzog, der sich nicht einmal die Zeit ließ, seine Sätze zu beenden, und einem Captain, der Zigarre rauchte. Und statt eines Urteils hatte er einen Befehl erhalten.

Er ging zur Reling, umklammerte sie und betrachtete die fernen Lichter von Rangun. Eine Stunde lang blieb er dort stehen und atmete die Moderluft ein, bevor er wieder unter Deck ging und sich unter die Söldner der Kompanie mischte, die in ihren Hängematten lagen und mit großen, starren Augen zur Decke blickten wie Geckos.

Zehn Männer.

3

Er hatte kein Auge zugetan. Unter seinen Füßen hatten die Sepoys, die vom Fieber irre geworden waren, die ganze Nacht lang geschrien. Er hob behutsam seinen Vorhang.

Durch die halb geöffneten Luken sickerte das Licht des frühen Morgens, und die Männer begannen sich in der letzten Stunde des Schlafs unruhig hin und her zu bewegen. Aus der Kombüse kamen Männer, die die Reissuppe und die tägliche Ration Branntwein brachten: die erste Mahlzeit des Tages. Die Soldaten, Blechnapf und Tasse in der Hand, stellten sich in Reihen auf. Wenn das Essgeschirr gefüllt war, verschlangen sie widerwillig die fade Suppe und tranken in kleinen Schlucken den Alkohol dazu, dem man nachsagte, dass er vor Fieber und ungesunden Ausdünstungen schützen konnte.

Bowman rührte sich nicht und betrachtete die Soldaten, die während des langwierigen Suppenrituals an ihm vorbeizogen. Er kannte keinen von ihnen und wusste nicht, für welche Art von Mission er sie brauchen würde.

Wright hatte ihn ausgesucht, weil er hart war.

Vielleicht sollte er nach Männern suchen, die ihm ähnlich waren.

Und was war unter einem Mann zu verstehen, dem man vertrauen konnte? Wright vertraute ihm nicht. Und er vertraute Wright nicht. Bowman hatte nie einem anderen als sich selbst vertraut, und der Gedanke, von zehn Leuten umgeben zu sein, die ihm glichen, beunruhigte ihn ungemein.

Inder kamen nicht infrage, das hatte er von vornherein beschlossen. Man wusste nie, warum die Einheimischen gehorchten und ob sie irgendwann nicht mehr gehorchen würden. Für ihn galt ein Befehl so viel wie eine Entscheidung, die er selbst traf.

Zehn Männer, freie Wahl.

Bowman erkannte den Mageren, der nach der Prügelei vom Arzt zusammengeflickt worden war. Er stand in der Schlange, den Blechnapf in der Hand, mit zerrissenem und blutverkrustetem Hemd. Er hatte die Nacht überstanden, ohne sich das Fieber zuzuziehen.

»Du – komm her.«

Der Soldat folgte dem Sergeant in einen stillen Winkel.

»Weißt du, warum ich eure Prügelei nicht früher unterbunden habe?«

Der Magere sah ihn unverwandt an. »Warum nicht, Sergeant?«

»Weil eine Prügelei wie ein Krieg ist: Man muss den Sieger kennen, um zu erfahren, wer recht hatte, als der Kampf anfing. Und weil manchmal der gewinnt, der nicht kämpfen wollte. Dann ist er es, der recht hatte.«

Der Soldat lächelte Bowman zu. »Gott vergibt mir meine Schuld, wenn ich mich weigere, an ungerechten und sinnlosen Kämpfen teilzunehmen. Ich hätte diesen Mann überwältigen können, ohne zu kämpfen und ohne Ihr Eingreifen, Sergeant.«

»Was soll die Predigt, bist du Pfaffe, oder was?«

»Nur ein Schaf in der Herde, Sergeant.«

»Ein Schaf, das sich trotz einer dreißig Zentimeter langen Wunde aufrecht hält, ist gutes Schlachtfleisch.«

Bowman sah sich um. »Gibt es jemanden auf diesem Schiff, dem du vertraust?«

Der Soldat war verblüfft. »Was wollen Sie damit sagen? Jemanden, den ich kenne?«

»Ja, dem du vertrauen kannst.«

Der Soldat betrachtete die Männer um sie herum. Sie standen oder saßen, aßen, waren krank, unterhielten sich oder schwiegen. Er zeigte auf einen, der in seiner Hängematte saß und ruhig seine kärgliche Ration Suppe aß.

»Machst du dich über mich lustig?«

Der Soldat schüttelte den Kopf. Auf Bowmans Gesicht zeigte sich ein halbes Grinsen. »Der da? Bist du sicher?«

Der große Magere nickte. »Ja.«

Bowman ging zu dem blonden Mann, der dem Schaf aus der göttlichen Herde am Vortag an die Gurgel gegangen war. »Du da.«

Der Soldat sprang aus seiner Hängematte und salutierte.

»Sergeant!«

»Komm her.«

Als der blonde Stier sich dem verletzten Soldaten gegenübersah, erstarrte er. »Es war eine Dummheit, Sergeant, ich war einfach wütend, aus keinem besonderen Grund. Ich schwöre Ihnen, es wird nicht wieder vorkommen.«

»Halt den Mund. Du, Prediger, erklär's ihm. Er soll dasselbe tun. Wenn ihr zu zehnt seid, packt ihr eure Sachen und sammelt euch an Deck. Auf Befehl von Sergeant Bowman wird man euch passieren lassen. Verstanden?«

Der Soldat Gottes bejahte, der andere nickte mechanisch.

»Wie heißt ihr?«

Der Prediger hieß Peevish, der Mann, dem er vergeben hatte, Bufford.

Bowman ging eilig in seine Ecke, ließ sich vor seinem Seesack auf den Knien nieder und leerte ihn aus.

Er faltete eine Uniformjacke auseinander, die sich in kaum besserem Zustand befand als die, die er trug. Dann legte er sein Pulverhorn aus Perlmutt, die fast leere Rumflasche, die Militärpapiere in der kleinen Tasche aus gewachstem Leder, seine Bibel und seinen Tabakvorrat darauf und wickelte alles in die Jacke ein. Zuunterst in den Seesack stopfte er ein Paar neue Stiefel und einen Satz Wäsche zum Wechseln, darauf kam die zusammengewickelte Jacke. Er zog den Dolch aus seinem Gürtel und legte ihn auf die Sachen.

Als er wieder an Deck war, hatte sich etwas verändert, aber er wusste nicht gleich, was es war.

Die siebzehn Schiffe der Flotte, die seit Tagen nicht vorangekommen waren, schwankten, und die Linien ihrer Takelage kreuzten sich vor dem Horizont. Ein Ventil klapperte. Das Meer erschien weiß, und alle Männer an Deck der *Healing Joy* wandten ihr Gesicht dem Wind zu, der sich erhoben hatte. Die Wolken am Himmel zogen nach Osten, in Richtung Rangun. Auf dem Offiziersdeck zog ein Matrose Flaggen auf und übermittelte so den anderen Schiffen Admiral Godwins Befehle.

Der Wind blies und fachte die Unternehmungen der Kompanie an. Es fiel noch kein Tropfen Regen.

Die Matrosen kletterten in die Masten, liefen vierzig Meter über dem Wasser Wanten und Mastbäume entlang. Godwin und sein Generalstab erschienen auf der Brücke, die Orden und goldenen Tressen der Uniformen glitzerten in der Sonne. Fernrohre richteten sich auf Rangun. Auch Major Cavendish war da und betrachtete die Küste durch sein Glas.

Die Soldaten nahmen Aufstellung zum Gefecht, die Matrosen machten sich bereit zum Manövrieren der Schiffe. Die Ankerketten tauchten aus dem Wasser auf, Glied um Glied, im Takt der Arme, die sie hochzogen. Die Segel entfalteten sich und blähten sich im Wind, die Geschützpforten öffneten sich, und die Kanonen im Schiffsinneren kamen zum Vorschein. Die zweiunddreißigpfündigen Karronaden, schwarz und stämmig, versteckt unter Segeltuch, tauchten auf den Decks auf. Von allen Schiffen, die im Wind schaukelten, ertönten die gleichen Geräusche, die von Waffen und fieberhaften Gefechtsvorbereitungen kündeten.

Mitten in dem allgemeinen Aufruhr an Deck kamen Bowmans zehn Männer durch die große Luke und blinzelten, ihre Augen mit den Händen beschattend, in das unerwartet helle Licht. Sie wandten sich einander zu, suchten nach dem Sergeant. Peevish, Bufford und acht weitere Soldaten, die Bowman nie gesehen hatte. Brav wie Bauern in der Kirche nahmen sie entlang der Reling Aufstellung, doch Bowman hatte nicht genug Zeit, sie sich genauer anzusehen.

Er bemerkte eine Schaluppe mit drei etwa dreißig Meter hohen Masten unter vollen Segeln, die zwischen den Schiffen der Flotte auf sie zukam; sie war weiß wie die Themseschiffe, auf denen sich die Adligen im Sommer vergnügten. Nur dass diese hier mit achtzehn zwanzigpfündigen Kanonen bestückt war und dass sich auf ihrem Deck außer den Matrosen zwei Dutzend Soldaten in Uniform aufhielten.

Auf der Nock erschien Captain Wright, mit einer doppelläufigen Pistole im Gürtel, einer Umhängetasche vor der Brust, gefolgt von einem Matrosen, der eine weitere Tasche trug. Die Schaluppe befand sich nun parallel zu ihrem Schiff, und Bowman konnte ihren Namen lesen, der mit goldenen Buchstaben am Rumpf prangte. Die *Sea Runner* reffte die Segel, die Matrosen der *Healing Joy* ließen die Fender hinab, warfen die Taue hinüber und klappten die Gangway für Offiziere aus. Wright ging als Erster hinüber, sprang an Bord der *Runner* und verschwand eilig im Steuerhaus. Bowman schrie seinen Männer zu: »Bereit zum Einschiffen!«

Sie liefen die Gangway entlang, der Sergeant trieb sie zur Eile, und sie sprangen an Bord.

Gleich darauf wurden die Taue eingezogen, die Schaluppe setzte wieder Segel und entfernte sich rasch und geschickt zwischen den anderen Schiffen der Flotte. Ein Kanonenschuss ertönte. Die Schiffe wurden schneller, nahmen Kurs auf Rangun und ließen die Schaluppe zurück.

Der Krieg begann ohne sie; es war, als ob Godwin und Gott nur gewartet hätten, bis Bowman und seine Männer von Bord gegangen waren, um endlich mit dem Kampf anzufangen.

Die *Sea Runner* segelte direkt nach Osten. Bowman sah Cavendishs Karte wieder vor sich, die Schlangenlinie des Flusses in der grünen Fläche. Sie hielten auf die Mündung des Irrawaddy zu und näherten sich der Küste.

Der feste Boden war nun nicht mehr als eine Meile entfernt. Man konnte die Einzelheiten des Urwalds ausmachen, die Strände, die Felsen, einzelne Bäume, die höher waren als andere, die Mangroven und die Kokospalmen, die sich übers Wasser neigten; der Duft von Erde lag in der Luft, und der von Gerüchen gesättigte Wind ließ ihr Schiff immer schneller werden. Als Bowman sich umdrehte, war die Flotte nur noch eine Reihe kleiner weißer Punkte am Horizont.

Den Männern, die von der *Healing Joy* kamen, erschien die Hitze dieses Erdteils wie ein Versprechen nach einem Monat in stickiger Schwüle unter Deck. Fast konnten sie die neue Welt berühren, denn die Masten der Schaluppe neigten sich ihr zu wie ausgestreckte Arme.

Doch die Soldaten, die schon an Deck gewesen waren, betrachteten die Küste mit weit geringerer Neugier. Sie hatten sie bereits bis zum Überdruss in sich aufgenommen und wussten, worum es sich wirklich handelte: Es war keineswegs das Gelobte Land, sondern nur der Anfang eines endlosen Dschungels, das ungeheuer ausgedehnte Territorium, in dem die Krieger des Königreichs Ava warteten.

Bowman setzte sich auf seinen Seesack, den er an die Wand des Steuerhauses gelegt hatte, und beobachtete die dreißig Soldaten an Deck.

Die zehn Männer der *Joy* standen auf dem Vorschiff und unterhielten sich miteinander. Jeder von ihnen kannte nur den Mann, der neben ihm stand. Es war eine Gemeinschaft des Zufalls. Peevish hielt sich abseits; es war Bufford, der die Gruppe am meisten geprägt hatte: Er war stark und muskulös und zweifellos recht dumm, und der Mann seines Vertrauens, den er ausgewählt hatte, und alle weiteren, die ihm folgten, ähnelten ihm. Es waren die Harten, vor denen sich Bowman in Acht genommen hätte, wenn er sie selbst – oder der Prediger mit seinem Schafsglauben – hätte auswählen müssen, es waren die Robusten, die Kämpfernaturen, die sich hier versammelt hatten.

Die Soldaten, die schon vorher an Bord gewesen waren, ähnelten ihnen ebenfalls. Jung, stark und gesund, die Uniformen mitgenommen, Tätowierungen auf den Armen, sahen sie wie Bufford aus, nur dass sie schweigsamer waren. Lustlos beobachteten sie das Festland oder das offene Meer. Zwei von ihnen, deren Blicke die Küste genauer absuchten als die der anderen, zogen Bowmans Aufmerksamkeit auf sich. Der eine hatte zerrissene Ärmel, und man sah an den Handgelenken Verletzungen, wie sie von einer eng sitzenden Eisenkette herrührten. Der andere war barfuß und hatte ähnliche Verletzungen an den Fesseln, wo das rohe Fleisch zum Vorschein kam. Bei anderen waren die Uniformen an den Schultern schadhaft, dort waren offenbar Tressen abgerissen worden.

Es handelte sich bei diesen Männern also um Gefangene der Flotte, Soldaten und Unteroffiziere, die die Disziplin verletzt hatten, sie waren degradiert worden und erwarteten ihr Urteil, womöglich den Strang.

Bowman schloss die Augen und genoss den frischen Wind auf dem Gesicht, den Geruch der Erde in der Nase.

Die *Sea Runner* segelte vier Stunden lang in Richtung Osten. Nach der ersten Aufregung hatten Bowmans Männer die gelassenen Gewohnheiten der Soldaten wiederaufgenommen, die durch die Welt transportiert werden, ohne dass man ihnen mitteilt, wohin es geht und zu welchem Einsatz. Die zwei Männer, die Ketten getragen hatten, hatten sich in einen Winkel verzogen und wohl ihre Fluchtträume auf später verschoben.

Bowman döste, ohne die Bewegungen an Bord aus den Augen zu verlieren.

Die Matrosen beobachteten diesen wilden, fremden, schweigsamen Haufen. Der Kapitän der Schaluppe, ein alter Marineoffizier, stand, eingerahmt von zwei Bewaffneten der Kompanie, an der Ruderpinne. Die Kanonen waren kampfbereit, die Stückpforten geöffnet, und Bowman erriet, dass sich unter Deck noch weitere Soldaten in Alarmbereitschaft befanden.

Die Schaluppe wendete; die Takelage krachte, und der Lärm der Segel und der Mastbäume, die sich über ihren Köpfen drehten, schreckte die schläfrigen Männer auf. Die *Runner* nahm nun direkten Kurs auf die Küste. Der Nachmittag neigte sich dem Ende zu, das Licht schwächte sich ab und kündete schon die Nacht an. Der Wechsel zwischen Tag und Nacht vollzog sich in diesen Breiten so rasch, wie sich bei einem Menschen zuweilen die Stimmung ändert.

Bowman sah einen grauen Strand vor sich, eine halbkreisförmige Linie, begrenzt von zwei Felsspitzen. Als sich die Schaluppe langsam näherte, entdeckte er ein Dorf und einen dunklen Fleck, den er zunächst nicht identifizieren konnte. Dann sah er, dass es eine große Dschunke war, die dort vor Anker lag, mit ockerfarbenen Segeln. In der Mitte des Strandes war ein Steg, der ins Wasser führte; Auslegerkanus waren auf den Sand gezogen, und etwa ein Dutzend Gebäude standen rund um den bogenförmigen Strand am Rand des Waldes. Holzhütten mit Palmdächern. Über Bambusgerüsten waren Fischernetze aufgespannt. Zwischen den Hütten und dem Strand die roten Punkte der Uniformen der Kompanie: Zu zweit patrouillierten Soldaten dort, etwa dreißig insgesamt. Zehn befanden sich vor dem größten Gebäude, das zu sehen war, einem Tempel oder einem Gemeindehaus direkt dem Steg gegenüber, auf der zentralen Achse des Dorfes. Die Soldaten reihten sich unter einer weitläufigen überdachten Terrasse auf, sie bewachten eine große geschlossene Tür. Um sie herum Fischkörbe, rauchende Herdfeuer,

Hühner, Hunde und kleine schwarze Schweine in den Gassen des Dorfes, das abgesehen von den Soldaten offenbar verwaist war.

Auf einen Befehl des Kapitäns hin refften die Seeleute die Segel. Die Schaluppe glitt über ruhiges Wasser in der Stille dieses natürlichen Schutzes, bis sie die Dschunke erreichte. Birmanische Matrosen warfen den Briten Taue zu, und die *Sea Runner* machte entlang des bauchigen Rumpfes des fremden Schiffes fest. Die rotschwarzen gemalten Augen an seinem Bug beäugten die Briten argwöhnisch.

Als die Schaluppe vertäut war, trat Wright aus dem Steuerhaus.

»Die Männer werden ihre persönlichen Sachen und ihre Militärpapiere hier zurücklassen. Auch ihre Uniformen bleiben hier. Sie werden an Bord der Dschunke gehen.«

Bowman wiederholte: »Sie lassen ihre Uniformen zurück?«

»Sie ziehen sich aus. Uniformen, Stiefel und persönliche Dinge bleiben auf der *Sea Runner*. Sagen Sie ihnen, dass sie sie nach der Rückkehr wiederbekommen. Das Gleiche gilt auch für Sie, Bowman.«

Eine Strickleiter fiel von der Dschunke herab. Wright ergriff sie und kletterte an Bord des birmanischen Schiffes.

Bowman rief: »Aufstellung nehmen, mit den Seesäcken!«

Die Männer ordneten sich zu einer Reihe.

»Eure Sachen bleiben an Bord! Ihr zieht euch aus, steckt eure Sachen in den Seesack und geht an Bord der Dschunke! Vorwärts!«

Es waren achtundzwanzig Männer. Sie grinsten ein wenig, während sie einander ansahen. Bowman kreuzte die Hände auf dem Rücken und wartete. Sein Schweigen überzeugte sie, und das Grinsen hörte auf. Er ging von einem zum anderen, beobachtete die Gesichter und blieb vor Bufford stehen, der seinen Kameraden einen verwirrten Blick zuwarf, bevor er begann, seine Jacke aufzuknöpfen. Langsam, einer nach dem anderen, folgten die Übrigen seinem Beispiel.

In Unterwäsche oder nur mit einem Hemd um die Taille geknotet, stopften sie ihre Sachen in die Seesäcke. Sie gingen mit Vorsicht zu Werke. Hinter den Bäumen ging die Sonne unter; an Land patrouillierten die Soldaten der Kompanie mit Fackeln zwischen den Hütten.

Die Männer der *Runner* drängten sich aneinander, ihre weiße Haut leuchtete, und die schwarzen Linien der Tätowierungen schienen sich von einem Körper zum anderen fortzusetzen. Bowman hatte gesehen und zugelassen, dass einige Dinge in den Falten von Unterhosen und Hemden verschwanden. Eine Bibel, ein goldenes Kreuz mit einer Kette, ein kleiner Vorrat an Tabak, eine Pfeife. Er sah zwei Messer verschwinden und merkte sich die dazugehörigen Gesichter.

»Vorwärts!«

Sie kletterten an Bord der Dschunke, ungeschickt und eifrig, zeigten ihren weißen Hintern und ihre Beine denjenigen, die ihnen folgten, und lachten, bis die Reihe an sie kam. Bowman, der letzte Mann des Trupps an Bord der Schaluppe, zog seine Stiefel und seine Uniform aus. Unter den Stoff seiner langen Unterhose schob er seinen afghanischen Dolch, seinen Tabak und seine Pfeife; das Perlmutthorn hielt er noch in der Hand.

Er hatte es in Bombay anfertigen lassen, nachdem sein Regiment siegreich aus dem Punjab zurückgekehrt war. Da es innen mit Kautschuk überzogen und mit einem wasserdichten Deckel versehen war, konnte man das Horn sogar ins Wasser werfen, ohne dass das Pulver nass wurde. Bowman hatte den Sold von vier Monaten für die wunderbare Arbeit aus Silber und Perlmutt geopfert. Es war seine Belohnung gewesen, nach zwölf Jahren im Dienst der Kompanie. Damit er auch im Regen kämpfen konnte.

Er zog Jacke und Stiefel wieder an, ging über das Deck der *Sea Runner* bis zum Ruderhaus und salutierte vor dem Kapitän. Der alte Offizier starrte den Sergeant ohne Hosen an.

»Sergeant, die Schaluppe muss unverzüglich ablegen, was wollen Sie?«

»Sir, Sergeant Bowman, erste Kompanie, Armee von Madras.«

»Ihr Rang ist mir egal, Sergeant. Gehen Sie sofort an Bord dieser Dschunke!«

Bowman richtete sich auf.

»Sir, ich möchte Ihnen das hier geben. Es ist etwas … Ich hänge daran, Captain. Ich übergebe es Ihnen, damit es nicht verloren geht wie die anderen Sachen in den Seesäcken.«

Bowman hielt ihm das Pulverhorn hin.

»Was sagen Sie da? Verlassen Sie dieses Schiff! Das ist ein Befehl!«

Bowman rührte sich nicht.

»Captain, ich muss wissen, wie Sie heißen.«

»Was?«

Der Kapitän der *Sea Runner* wandte sich an die Bewaffneten, die ihm als Leibgarde dienten.

»Seht zu, dass dieser Mann von Bord geht!«

Die zwei Männer richteten ihre Gewehre auf den Sergeant. Bowman trat einen Schritt zurück, ging langsam in die Hocke, ohne den Blick zu senken, legte das Pulverhorn auf den Boden und stand wieder auf. Der Kapitän schrie mit kaum beherrschter Wut: »Hauen Sie ab, Sergeant, bevor ich Sie erschießen lasse!«

Bowman verließ die Brücke, warf Jacke und Stiefel ab und ergriff die Strickleiter.

An Bord der Dschunke waren die Männer nackt. Sie warteten unter den an den Wanten aufgehängten Lampen neben einer dunklen Masse in der Mitte des Decks. Bowman trat näher. Ein großer Haufen Kleider.

»Worauf wartet ihr? Zieht das an!«

Mit den Fingerspitzen griffen die Männer in den Haufen und zogen birmanische Lungis heraus, weite Fischerhosen, die stanken und viel zu klein waren, Hemden mit engem Bund. Als sie fertig waren, gab es noch genug Kleider für ungefähr dreißig Leute. Bowman befahl, sie ins Meer zu werfen.

Die birmanischen Matrosen setzten Segel, der Anker wurde gelichtet, und die *Sea Runner* entfernte sich in Richtung Strand. Offenbar sollte sie die Soldaten abholen, die die Fischerhütten bewachten.

Die Männer scherzten oder fluchten über ihren neuen Aufzug.

Es sah aus, als trügen sie Kinderkleider, aus denen sie längst herausgewachsen waren. Bowman hatte sich ebenfalls eine Hose und ein Hemd übergestreift. Er schob seinen Dolch in den Baumwollgürtel und blickte zum Ufer.

Eine Hütte stand in Flammen. Die Fackeln der Soldaten bewegten sich rasch von einer Behausung zur nächsten, und die Palmdächer fingen sofort Feuer.

Die Matrosen der Dschunke holten lange Ruder aus Bambus aus dem Laderaum, da der Wind nicht ausreichte. Sie ruderten mit aller Kraft und warfen nur gelegentlich Blicke auf das brennende Dorf in ihrem Rücken.

Die Fackeln sammelten sich bei dem großen Gebäude. Die anderen Häuser brannten, riesige Flammen stiegen in die Luft, die der Wind in Richtung Meer trieb. Die Dschunke war zu langsam. Die Flammen beleuchteten die Bucht mit ihrem rot-gelben Schein und färbten die Segel und den Rumpf der *Sea Runner*, die auf dem blassblauen Wasser am Steg vertäut war. Auf der Terrasse des großen Gebäudes warfen die Soldaten ihre Fackeln gegen die Tür. Die Flammen erklommen rasch die Mauern und erreichten das Dach. Die Männer der Kompanie zogen sich zurück, um mit dem Gewehr im Anschlag das Gebäude zu umzingeln. Aus dem Innern ertönten Schreie. Nackte Fischer stürzten ins Freie und wurden aus nächster Nähe erschossen. Frauen mit Kindern auf den Armen und brennenden Kleidern versuchten ebenfalls zu entkommen, doch nach wenigen Schritten brachen sie, von den Kugeln getroffen, auf dem Sand zusammen. Der Dachstuhl des Gebäudes stürzte ein, Funken und Asche wurden in den Himmel geschleudert und wirbelten wie ein gigantischer Schwarm leuchtender Stare hin und her.

Die ersten Teile brennender Palmen erreichten Bowmans Männer. Die birmanischen Matrosen ruderten schreiend weiter. Endlich kam die Dschunke zu der Landzunge, die die Bucht begrenzte, der Wind fuhr in die Segel, das Schiff nahm Fahrt auf. Doch der Wind trieb auch eine dichte Aschewolke heran, die sich auf die Männer herabsenkte. Sie bedeckten Mund und Hände und verstopften sich die Nase, um den Gestank des verbrannten Fleischs nicht einatmen zu müssen.

Das Dorf verschwand aus ihrem Blickfeld, doch der Brand erhellte immer noch Meer und Küste wie ein grelles Abendrot. Sie sahen, dass die *Sea Runner*, feurig gefärbt, die Bucht verließ und sich in der Dunkelheit verlor.

Bevor die Birmanen die Lampen löschten, die das Deck erhellten, sah Bowman, dass seine Männer in den Kleidern der Fischer blass und stumm begannen, sich die Schultern abzuklopfen, die Haare zu schütteln und mit nervösen Bewegungen an ihren Hemden und Hosen zu nesteln, die voller Asche waren.

4

Kreuz und quer auf dem Deck liegend, waren die Männer längst wach, als die Sonne über dem Dschungel auftauchte. Der erste Strahl glitt über das mit Asche überzogene Schiff. Asche klebte auf ihren Gesichtern, hatte sich in die Falten ihrer Stirn gegraben und verlieh den Soldaten ein leichenhaftes Aussehen.

Mit Rückenwind segelte die Dschunke den Fluss entlang, der mehrere hundert Meter breit war. In der Nacht hatten sie die Mündung des Irrawaddy durchquert. Die Bootsleute zogen eimerweise Wasser herauf und reinigten das Deck. Bowman und seine Männer konnten sich waschen. Anschließend ging Bowman zu einem der Birmanen und fragte ihn, wo Captain Wright sei und wer die Dschunke befehlige. Der Mann schüttelte den Kopf und antwortete in seiner Sprache, von der der Sergeant kein Wort verstand. Bowman wiederholte mit lauter Stimme:

»Kapitän!«

Der Matrose verschwand in Richtung Heck und kam mit einem dicken Mann zurück, der eine Jacke mit Stehkragen und geflochtenen Knöpfen trug und einen Palmwedel in der Hand hielt, mit dem er herumfuchtelte, um Mücken zu vertreiben. Ein Chinese. Er und seine Landsleute waren es, die hier nach der Kompanie den

Handel bestimmten. Ihre Navigationssysteme waren so gut, dass ihre Schiffe bis nach Afrika fahren konnten, und dank ihrer Waffen konnten sie den europäischen Seglern die Stirn bieten. Wie die anderen Flüsse des Kontinents gehörte der Irrawaddy ihnen.

Bowman hatte nie in China gekämpft. Als der Opiumkrieg zu Ende ging, war er noch in Afrika; er wusste aber, dass von allen Gelben die Chinesen die schlimmsten waren.

Der Mann sprach ein rudimentäres Englisch:

»Ich Kapitän Feng. Was ist Problem?«

»Ich muss mit Captain Wright sprechen. Und die Männer müssen trinken und essen.«

»Captain Wright ist Kabine, du kommen mit mir. Männer nicht an Deck! Nicht an Deck! In Laderaum! Verstecken! Nicht man soll sehen Soldaten!«

»Schweig. Ich muss den Captain sehen. Sofort.«

Bowman wartete, bis der Herr der Dschunke sein kleines Schauspiel der schockierten Jungfrau beendet hatte. Schließlich willigte er ein, ihn zu den Kabinen zu führen.

Sie durchquerten eine Messe, in der zehn Matrosen an einem Tisch saßen und Reis aßen. Der Chinese machte vor einer Tür halt, salutierte kurz und wollte verschwinden. Bowman hielt ihn am Ärmel fest.

»Bring den Soldaten etwas zu trinken.«

Dann klopfte er an die Tür.

Auch Wright trug Fischerkleidung. Mit einer Zigarre in der Hand lag er auf einer Pritsche und blies den Rauch in Richtung eines Fensters, das von Kisten verstellt war.

»Ich habe Sie nicht rufen lasse, Sergeant.«

Bowman sah auf dem Tisch eine halb leere Schale Reis, einen Hühnerknochen und eine Flasche Gordon's Gin.

»Was wollen Sie?«

Bowman hob den Blick.

»Ich muss wissen, wohin wir segeln. Und wenn Sie das nächste Mal ein Dorf niederbrennen lassen, ohne mir Bescheid zu sagen, könnte es passieren, dass sich die Männer nicht mehr von mir bändigen lassen. Ich weiß nicht einmal, wie man sie satt bekommen wird und für wie lange die Vorräte reichen. Jeden Moment können wir auf Min-Truppen stoßen. Meine Leute müssten Waffen haben, aber ich weiß nicht, ob das eine wirklich gute Idee ist, angesichts ihrer Veranlagung und der Umgebung hier an Bord.«

Wright hatte sich aufgesetzt.

»Mir gefällt Ihr Ton nicht, Sergeant.«

Bowman nahm Haltung an.

»Sir, ich habe nichts Beleidigendes im Sinn. Ich will nur erfahren, was ich tun soll. Sie wissen ja, wie es ist, Sir, wenn die Offiziere sich ihres Auftrags nicht sicher sind, gibt es Probleme mit dem Gehorsam. Der Pavian, der die Dschunke kommandiert, hat mir gesagt, ich soll die Männer in den Laderaum schicken. Er gibt mir vor ihren Augen Befehle, Sir, vor all diesen Galgenvögeln. So etwas kann böse enden.«

Wright erhob sich.

»Sie sind gar nicht so dumm, Sergeant, wie es den Anschein hatte.«

Bowman schloss ein Auge, und sein linker Mundwinkel hob sich. Captain Wright drückte seine Zigarre in der Reisschale aus.

»Die Männer von der *Sea Runner* sind tatsächlich Sträflinge der Kompanie, denen eine Amnestie versprochen wurde. Sie werden sie in den Griff bekommen, Sergeant, deshalb habe ich Sie ausgewählt. Wir bleiben drei Tage an Bord, allerhöchstens, bevor wir in der Lage sein werden kehrtzumachen. Bis dahin bleiben die Männer versteckt, die Dschunke muss aussehen wie ein Handelsschiff. Im Augenblick ist es nicht nötig, sie zu bewaffnen, die Bootsleute von Feng gewährleisten unsere Sicherheit, bis wir unser Ziel erreichen. Sie sind auch für das Essen zuständig.«

Wright nahm einen Schluck Gin aus seiner Flasche.

»Sie können gehen, Sergeant.«

»Und wenn wir auf ein Schiff der Min stoßen? Fengs Leute werden nicht genügen ...«

»Ich sagte, Sie sollen verschwinden, Bowman. Auf der Stelle.«

Der Himmel war klarer als über dem Meer, und von den Ufern stieg die Hitze des Dschungels auf. Inmitten des Sirrens unzähliger Insekten und des Gesangs der Vögel glitt die Dschunke geräuschlos dahin. Auf hohen Ästen saßen Affen, die sie mit ihren Blicken verfolgten.

»Bleibt sitzen! Keiner beugt sich über die Reling!«

Die Männer zogen sich zurück und saßen mit angezogenen Knien an Deck. In ihren zu kurzen Hosen und mit ihren von Asche grau gewordenen Haaren sahen sie aus wie eine Gruppe betagter Gefangener auf dem Weg in die Strafkolonie. Bowman selbst hatte Schwierigkeiten, die einzelnen Männer zu erkennen; nur Bufford und der Prediger waren ihm vertraut, dazu die zwei Männer, die von Flucht geträumt hatten, die zwei, die beim Verlassen der *Runner* Messer versteckt hatten, und ein, zwei andere Köpfe aus der Gruppe der *Joy*.

»Ihr verschwindet im Laderaum. Bleibt dort, unter allen Umständen. In drei Tagen haben wir unseren Zielort erreicht. Die Birmanen bringen euch Suppe und Wasser.«

Bowman hielt den Blicken der Männer stand.

»Für diejenigen von euch, die sich davonmachen wollen: Ihr könnt jetzt gleich ins Wasser springen. Wenn ihr das Ufer erreicht, gebe ich euch nicht mehr als zwei Tage, bevor man euch überm Feuer röstet. Wenn ihr gut schwimmen könnt, trotz der Strömung, habt ihr in zwölf Stunden das Meer erreicht, falls die Haie euch nicht vorher die Beine abbeißen. Von dort müsst ihr sechs Monate rechnen bis nach Indien.«

Einige grinsten, es gab Gemurmel. Bowman schwieg und wartete, bis sich alle wieder beruhigt hatten.

»Die einzige Möglichkeit, von dort zurückzukommen, wohin wir fahren, ist dieses Schiff. Denkt immer daran. Und noch etwas: Es gibt keine guten oder schlechten Befehle, ihr wisst nie, welcher euch die Rettung bringen wird und welcher euch den Kopf kostet. Es hat also keinen Sinn, groß darüber nachzugrübeln. Wenn ich einen Befehl gebe, gehorcht ihr. Captain Wright mag es nicht, gestört zu werden. Wenn es ein Problem gibt, bin ich dafür zuständig.«

Wieder wurde gegrinst. Bowman wartete.

»Diejenigen von euch, die beim Verlassen der Schaluppe ein Messer eingesteckt haben, werden jetzt ganz langsam aufstehen und es über Bord werfen. Die Bibeln und den Tabak könnt ihr behalten, aber diejenigen, die Messer haben, sollten nicht darauf warten, dass ich sie ihnen aus der Tasche ziehe.«

Das Grinsen auf den Gesichtern verschwand. Einige Sekunden lang bewegte sich niemand. Mit einem lauten Geräusch stießen die Segel im schwächer werdenden Wind gegen die Masten. Der dicke Kapitän Feng war aus dem Ruderhaus getreten. Mit dem Palmwedel in der Hand beobachtete er Bowman. Auch die Bootsleute beobachteten ihn.

Ein englischer Soldat erhob sich zögernd, schob die Hand unter sein Hemd und brachte ein Messer zum Vorschein. Er warf es über Bord und versuchte dabei, den Blick des Sergeanten zu vermeiden.

Bowman trat zwischen den kauernden Männern auf ihn zu.

»Heute bekommst du nichts zu essen. Wasser die Hälfte von dem, was die anderen kriegen. Der Erste, der dir auch nur ein Reiskorn gibt, wird zehn Tage lang hungern. Setzen.«

Der Soldat setzte sich wieder. Bowman betrachtete ihn schweigend.

»Da bist du noch mal glimpflich davongekommen. Dummkopf.«

Er wartete einen Moment, damit auch jeder seine Worte richtig begriff, und wandte sich an einen anderen Soldaten, einen muskulösen Mann mit vielen Tätowierungen, einer von denen, die noch immer nicht aufhörten zu grinsen. Einer von Wrights Kraftprotzen.

»Hol das Messer raus.«

Der Mann verzog keine Miene.

»Ich habe kein Messer, Sergeant.«

Er machte Bowman die Aufgabe leicht. Um ein Exempel zu statuieren, nahm man am besten einen solchen Mann.

»Steh auf.«

Der Soldat erhob sich langsam. Er überragte Bowman um zehn Zentimeter.

»Name.«

»Colins.«

»Colins, wirf dein Messer weg.«

»Ich habe kein Messer, Sergeant.«

Er grinste.

Arthur Bowman, den Blick fest auf den Soldaten Colins gerichtet, dachte an das Pferd, das er vor einem Monat in Pulicat getötet hatte, sein großes, schwarzes, zum Himmel gedrehtes Auge, seine Zunge, die den Boden ableckte. Dann sah er den Kurier wieder vor sich, der im Hof der Niederlassung entzweigebrochen war, den er hatte sterben sehen und dessen Augen ebenfalls voller Fragen gewesen waren. Bowman dachte an den Angriff auf den Palast von Amritsar, als sie mit Bajonetten und gezogenen Säbeln vorgeprescht waren, an die Schädel, die er gespalten, die Bäuche, die er aufgeschlitzt hatte, die Augen der Sikhs, die in seinen Armen gefallen waren, ihr heißes Blut, das sich auf seine Hände ergossen hatte, ihre erstaunten und traurigen Blicke, die, bevor sie brachen, stets ein wenig Trost gesucht hatten in den Augen von Sergeant Bowman. Er sah die Leichenberge, die nach den Schlachten aufgehäuft worden waren, die man in Brand setzte und die tagelang nicht aufhören wollten zu brennen, die schwarzen Rauchsäulen über dem Punjab, die einen Gestank verbreiteten, dass man das Fischerdorf am Irrawaddy darüber vergaß. Er sah die Neger Afrikas, denen er Hände, Arme und Zungen abgeschnitten hatte, die Sepoys, die er mit der Peitsche traktiert, die Männer, die er mit bloßen Fäusten getötet hatte. Bowman sah die Kompanie vor sich, die immer weiterzog gen Osten, und sich selbst als einen Teil von ihr, mit dem Gewehr in der Hand, auf Frauen, Kinder, Greise zielend, Hallen voller Pfeffer, Tee oder Tuch bewachend, oder auf Schiffen segelnd, von denen man jeden Morgen Leichen ins Wasser warf, ohne ein Gebet. Kriege und Schlachten, Kugeln, die ihn verwundet, Messer, die auf ihn eingestochen hatten, und dennoch zog er weiter, als nie erlahmende, gestählte, scharf geschliffene Speerspitze der Ostindischen Kompanie. Seine Gedanken führten ihn bis zum ersten Mann zurück, den er getötet hatte, mit vier-

zehn Jahren, als Schiffsjunge auf dem ersten Segler, auf dem er angeheuert hatte. Es war keine Schlacht gewesen. Nur ein Mann, der
Streit suchte und ihm ans Leder wollte. Ein Messer in den Hals,
während er schlief.

Die siebenundzwanzig Männer um Bowman und Colins rührten sich nicht. In den Augen des Sergeants hatten sie den Tod gesehen. Sie erkannten ihn, er schwebte über ihren Köpfen, er zog
Kreise um Colins, und die Kreise wurden immer enger.

Jeder von ihnen kannte Männer wie ihn.

Schweißtropfen rannen über Colins' Wangen. Im Blick von Sergeant Bowman lag nun einzig eine große Leere, und auf seinem
Gesicht sah man ein kleines träumerisches Lächeln, wie es auch
auf den Gesichtern von Leichen liegt, die für die Bestattung zu-
rechtgemacht worden sind.

Colins schob die Hand unter sein Hemd und hielt inne, aus
Angst, zu schnell zu erscheinen. Er brauchte eine Ewigkeit, bis er
den Griff des Messers gefunden hatte und es zu Boden fallen ließ.
Das Geräusch des Aufpralls ließ ihn zusammenfahren. Langsam
verschwand Bowmans Lächeln, er war nun wieder ganz der grobe
Herkules, der ruppige Sergeant, schien in sich zusammenzusinken
und trat einen Schritt zurück.

»Heb das Messer auf, und wirf es über Bord.«

Colins bückte sich, hob die Waffe auf und warf sie ins
Wasser.

»Du kriegst nichts zu essen, bis du einen Feind der Kompanie
getötet hast. Setzen.«

Kapitän Feng war noch immer an seinem Platz am Heck und
beobachtete sie. Der Sergeant ging zu einem seiner Bootsleute und
sagte langsam und deutlich: »Gib mir deine Pistole.«

Der Birmane blinzelte verwundert und sah zu Feng. Bowman
griff nach seinem Kinn und drehte das Gesicht des Mannes wieder zu sich.

»Gib mir deine Pistole.«

Der Matrose zog die Waffe langsam aus dem Gürtel, ergriff sie
am Lauf und legte sie in die Hand des Engländers.

»Munition.«

Der Birmane holte aus einer Tasche in seinem Hemd einen Behälter mit Kugeln und Zündhütchen, dann ein kupfernes Fläschchen, das mit Pulver gefüllt war. Bowman schob die Pistole in seinen Gürtel, die Munition unter sein Hemd und wandte sich wieder seinen Männern zu.

»Zu den Luken. Alle unter Deck.«

Feng war verschwunden, und auch von den Matrosen war nichts mehr zu sehen. Einer nach dem anderen kletterten die Soldaten unter Deck. Peevish gehörte zu den Letzten der Reihe.

»Sind Sie zufrieden mit den Männern, die ich für Sie ausgesucht habe?«, fragte er den Sergeant.

»Du hast nur Buffalo, den Stier, ausgesucht.«

»Und Sie haben mich ausgesucht.«

»Vorwärts, in den Laderaum.«

Peevish grinste und sah Bowman direkt ins Gesicht.

»Ich verstehe, warum Sie ihnen solche Angst machen, Sergeant. Ich hatte beim ersten Mal auch Angst, als Sie mich vor Bufford gerettet haben und ihn dann vom Boden aufgehoben haben.«

»Du sitzt mit den anderen im selben Boot, Peevish. Runter.«

»Sie werden mit ihnen zufrieden sein, Sergeant.«

»Vorwärts.«

Der Geruch von Fisch, von verdorbenem Gemüse und rottenden Gewürzen drang aus dem Laderaum. Bowman beugte sich über die Luke.

»Der ein Messer hatte und sich rechtzeitig gemeldet hat, wie heißt du?«

Aus dem Halbdunkel erhob sich eine Stimme.

»Soldat Harris, Sergeant!«

»Harris, du bewachst Colins. Wenn er auch nur einen Bissen zu essen kriegt, lasse ich dir nur ein Messer, wenn wir den Min-Affen in die Hände fallen.«

Bowman schloss die große Luke und untersuchte die Waffe des Matrosen. Es war eine französische Marinepistole, ein Modell von

45

1849. Französische Waffen waren selten in den Gebieten, in denen die englische Kompanie den Handel bestimmte. Entweder war Feng ein Schmuggler im Dienst der Franzosen, oder Wright hatte seine Spuren verwischen wollen, indem er die Dschunke mit ausländischen Waffen ausrüstete.

Die schlaffen Segel klatschten gegen die Masten. Bowman spürte einen kühlen Luftzug auf der Haut. Er folgte dem Blick der Birmanen nach Süden, wo sich schwarze Wolken über dem Irrawaddy türmten, die die Dschunke zu jagen schienen. Der Wind frischte auf, und Feng stand am Ruder und hielt den Blick auf den Himmel hinter ihnen gerichtet.

Wenn der Regen sie erreichte, konnte jeder sie angreifen, ohne dass sie etwas sahen. Mitten im Monsun ein Schiff zu steuern, war eine Sache, die Verteidigung eines Schiffes eine andere. Bowman erriet, dass Feng ähnliche Gedanken hatte wie er selbst.

Er spuckte ins Wasser.

Die Matrosen drehten sich zu ihm um, als sie ihn laut sagen hörten: »Zum Teufel mit ihm.«

Er vergewisserte sich, dass das Pulver trocken war, schüttete zehn Körner in den Lauf, schob die Kugel nach vorn, setzte den Zünder auf das Patronenlager und steckte die Waffe wieder in den Gürtel.

Am Tisch in der Messe rauchten zwölf Bootsleute lange Zigarren aus grünem Tabak und schlürften Palmwein. Als der Engländer vor ihnen stand, erstarrten sie.

»Feng.«

Die Matrosen zögerten. Schließlich zeigte einer von ihnen mit dem Kinn auf eine Tür, die sich neben der von Wrights Kammer befand. Bowman ging einen kleinen Gang entlang, fand eine weitere Tür und öffnete sie, ohne anzuklopfen.

Eine Liege mit Kissen, ein Teller mit Essen, ein offenes Fenster, durch das er den Fluss hinter dem Schiff und die weiße Schaumspur sah, die die Dschunke im Wasser hinterließ. Schwarze Wolken, die heranzogen. Feng lag auf dem Bett, einen Fächer in der

Hand. Bowman drehte sich um. Er spürte, dass noch jemand anwesend war.

Ein birmanischer Knabe von sieben oder acht Jahren saß mit entblößtem Oberkörper auf dem Boden, mit dem Rücken an die Bambuswand gelehnt.

Feng begann, sich nervös Luft zuzufächeln.

»Nicht hierherkommen. Kabine von Kapitän!«

»Wo sind die Waffen?«

Der Chinese erhob sich, ohne mit dem Fächeln aufzuhören.

»Kann nicht sagen. Du gehen zu Kapitän Wright!«

Der Sergeant ging zum Tisch und stach mit einem Finger in den Reis.

»Die Waffen.«

»Befehl von Kapitän Wright! Nicht sehen Waffen!«

Bowman zog die Pistole aus seinem Gürtel und legte den Finger auf die Lippen.

»Schhhh! Still.«

Er wandte sich dem Jungen zu und forderte ihn mit einer Geste auf, sich ihm zu nähern.

Das Kind stand auf, ohne die Pistole aus den Augen zu lassen. Bowman hob sie und richtete sie auf den Bauch von Kapitän Feng. Der kleine Sklave begriff nicht gleich, doch Bowman ermutigte ihn mit einem Lächeln, worauf der Junge, zitternd von Kopf bis Fuß, seine Finger um den Griff der Waffe schloss. Bowman ließ die Pistole los, und sie sank ein wenig in Richtung Boden. Sie war zu schwer für den kleinen Sklaven. Doch gleich darauf griff er mit beiden Händen zu, kniff die Augen zusammen und fixierte den Bauch des Chinesen. Man sah, dass seine Muskeln sich unter den Wunden seines Rückens zusammenzogen. Peitschenhiebe hatten seine Haut zerrissen. Der Sergeant ließ ihm die Waffe und gab ihm zu verstehen, dass er warten solle. Er vergewisserte sich, dass der Junge seine Aufgabe bewältigte. Feng hatte den Fächer auf seinen Bauch gelegt, um sich zu schützen. Leise sagte Bowman: »Die Waffen sollen nicht in die falschen Hände geraten. Also – wo sind sie?«

Die Augen des Chinesen wanderten von der Pistole zum Gesicht des Engländers.

»Unter Tisch. Unter großes Tisch von Bootsleuten.«

»Du bringst meinen Männern etwas zu essen. Und Wasser.«

Feng nickte. Bowman nahm die Waffe aus der Hand des Jungen, und als er sich zum Gehen wandte, stürzte der Kleine ihm nach. Der Sergeant schloss die Tür, ging den Gang entlang und stellte sich, mit dem Kind an seiner Seite, vor den Matrosen auf.

»Der Tisch.«

Unsicherheit machte sich breit. Bowman wartete. Er ließ ihnen Zeit genug, um zu der einzig möglichen Entscheidung zu kommen: Feng konnte nichts für sie tun, der Engländer hatte seinem Kapitän den Gehorsam aufgekündigt, und ihre einzige Chance bestand darin, das Gleiche zu tun. Einen Pakt mit ihm zu schließen. Auch sie hatten das Dorf brennen sehen und machten sich über ihr Schicksal keine Illusionen.

Einer der Bootsleute betrachtete den kleinen Sklaven, senkte den Kopf und sagte etwas, leise und in ernstem Ton. Bowman griff nach seiner Pistole.

Die Matrosen erhoben sich, schoben den Tisch beiseite und öffneten eine unter einer Matte versteckte Falltür. Zwei von ihnen verschwanden unter Deck. Die ersten Waffen kamen zum Vorschein. Miniégewehre und weitere französische Waffen, die von der holländischen Kompanie stammten. Danach tauchten auf: zwei Fässer mit je dreißig Pfund Schwarzpulver, zwanzig Büchsen, die je vierzig Stück gut geschmierte Miniégeschosse enthielten, insgesamt vierzig Gewehre und ein Dutzend Marinepistolen, kupferne Pulverflaschen, jede Menge Zünder und eine wasserdichte Kiste, in der Bowman sechs Zweipfünderbomben entdeckte.

Er ging zur Luke und betrachtete den schwarzen Himmel über ihnen, packte den Jungen am Handgelenk und ließ ihn über dem offenen Laderaum baumeln.

»Du, Prediger! Kümmere dich um ihn!«

Zwei Arme ergriffen den Jungen, und er verschwand unter Deck. Der Sergeant kletterte ebenfalls hinunter. Er hockte sich hin, zog den Dolch aus seinem Hemd, umklammerte ihn fest und wartete. Das Wasser des Flusses schlug gegen den Schiffsrumpf, und im Halbdunkel sah er schemenhaft die Männer, die ihn umgaben, ausgestreckt auf dem Boden des stinkenden und feuchten Laderaums, erschöpft und ausgehungert.

»Der Regen kommt. Wenn er besonders stark ist, wird das Schiff nicht weiterfahren können, es wird anlegen müssen. Ich verteile die Waffen.«

Die Männer setzten sich auf.

»Es gibt Leute hier, die noch nicht begriffen haben, wer ich bin. Das ist nicht schlimm. Wenn sie ein Gewehr haben, könnten sie versuchen, mich abzuknallen. Aber es gibt noch etwas viel Wichtigeres, was noch nicht alle hier kapieren.«

Bowman senkte den Kopf und betrachtete den bleichen Lichtstrahl, der durch die Luke auf seine Füße fiel.

»Wir werden nämlich alle umkommen auf diesem alten Kahn. Die, die vorher Ketten trugen, genauso wie die, die vorher frei waren. Ich habe euch nur eine Sache zu sagen: Ich will noch nicht sterben, und wenn ich Befehle gebe, gebe ich sie, damit ich hier lebend rauskomme. Ich lasse nie jemanden eine Arbeit machen, wenn ich sie selber machen kann. Nur wenn wir uns nicht gegenseitig umbringen, werden wir eine Chance haben. Aber wenn ihr nicht auf mich hört, werden wir alle dran glauben.«

Er sah, dass einige Köpfe sich senkten; andere betrachteten ihn argwöhnisch.

»Wir alle werden dran glauben, und auch dieser Junge.«

Er stand auf, packte Fengs kleinen Sklaven bei den Haaren und entriss ihn Peevish. Er zerrte ihn in den Lichtstrahl, der von oben hereinfiel, und setzte ihm seinen Dolch an den Hals.

»Das heißt, dass ich ihm jetzt gleich den Kopf abschneiden kann. Fragt Peevish, er wird es euch bestätigen, ich tue es aus reinem Mitleid.«

Gesichter zuckten, Gestalten erhoben sich, harte Männer wandten den Blick ab.

»Und? Was ist?«

Peevish hatte sich hingekniet.

Bowman zog an den Haaren des Jungen und hob ihn vom Boden hoch. Der Junge begann zu weinen und mit den Füßen zu strampeln, in seiner Sprache schrie er Dinge, die niemand verstand. Die Klinge des Dolchs drang in seine Haut ein, ein wenig Blut rann auf seine Brust.

»Was ist?«

Ein Mann stand auf. Es war der, der auf der *Runner* keine Schuhe getragen hatte, der immer wieder schweigend die Küste abgesucht hatte, die Einbäume am Strand der Fischer, die kleinen Buchten. Man hatte ihm die Epauletten abgerissen, und er träumte von Flucht, denn er hatte allen Grund, den Versprechungen von Freilassung, die Wright ihm gegeben hatte, zu misstrauen.

Er blieb vor Bowman stehen. Er war genauso groß wie der Sergeant, wie die Hälfte der Männer an Bord, seine Augen waren blau, sein Haar war blond. Ein Wikinger.

»Lassen Sie das Kind los, Sergeant. Wir werden Ihnen gehorchen.«

»Dein Name und dein Rang, den du mal hattest, bevor sie ihn dir abgenommen haben?«

»Sergeant Penders.«

Der Junge rührte sich nicht mehr, seine Füße hingen kurz oberhalb des Bodens, ein Blutfaden rann von seinem Hals bis zu seiner Hose.

»Sergeant Penders, du bist ein guter Christ. Aber sprichst du für alle hier?«

Bowman musterte die Gesichter und wandte sich wieder zu ihm.

»Du erhältst deinen Rang zurück. Wenn ich nicht da bin, wirst du es sein, der ihnen in den Hintern tritt.«

Als er den Jungen losgelassen hatte, rannte der Kleine zu dem Prediger und drückte sich an ihn. Der Sergeant hob den Kopf und pfiff. Zwei Birmanen kletterten die Leiter herunter. Sie brachten ein Fass mit Wasser und zwei große Kugeln Reis, in Palmblätter gewickelt, zwei Schüsseln Suppe und Essschalen.

»Ihr habt zehn Minuten zum Essen. Harris, du überwachst weiterhin Colins, halbe Portion für dich.«

Die Männer stürzten sich auf das Essen. Bowman ging wieder an Deck.

Der Wind hatte wieder aufgefrischt, der Regen, der ihm folgte, ließ ihn noch stärker werden. Eine halbe Meile flussabwärts verschwand die Landschaft hinter einer weißen Wand. Eine riesige Wolkenformation türmte sich über dem Wasser und trieb das Schiff einer Engstelle zu. Der Fluss wurde schmal, die Ufer rechts und links waren nur noch fünfzig Meter entfernt. Pfeifende Windböen erhoben sich, das Laub zitterte, die Bäume schwankten, überall im Dschungel hörte man das laute Quaken von Fröschen.

Bowman beugte sich über die Luke und brüllte: »Der Regen kommt! Räumt das Essgeschirr weg! Die Waffen und das Pulver müssen ins Trockene!«

Fässer und Gewehre wurden von Hand zu Hand weitergegeben, von der Messe hinunter in den Frachtraum. Bowman überwachte alles und sah immer wieder zum Himmel. Die Ufer verschwammen in weißem Dunst. Die Waffen waren fast vollständig unter Deck, als der Regen zu rauschen begann wie das Wasser eines plötzlich geöffneten Stauwehrs. Die Birmanen verfielen in Panik, zeigten auf den Himmel, den Regen, die Takelung. Alle sprachen gleichzeitig in einem wahnsinnigen Kauderwelsch, einige kümmerten sich nicht mehr um die Gewehre, sondern machten sich daran, die Segel einzuholen.

Bowman brüllte: »Die Waffen ins Trockene! Bewegt euch!«

Ein Birmane in der Nähe der Luke, in jeder Hand ein Gewehr, fiel vornüber. Der Lärm der Explosion wurde vom Regen übertönt. Der Mann lag bäuchlings auf dem Boden, zwei Miniés in den ausgestreckten Händen, mit durchschossenem Schädel.

Captain Wright stand an der Tür der Brücke. Seine Pistole rauchte. Jetzt zielte er auf Bowman.

»Sergeant! Was machen Sie da?«

Bowman befand sich am anderen Ende des Decks. Er lief auf

ihn zu. Eine heftige Bö peitschte über den Fluss. Die Dschunke neigte sich nach backbord, die Segel blähten sich, und der Schiffsrumpf schien wie von magischer Hand gezogen eine halbe Drehung vollführen zu wollen.

»Ich bewaffne die Männer, Sir!«

»Sie haben meine Befehle missachtet!«

Bowmans Körper spannte sich. Vom Steuer her ertönte ein Schrei, und gleichzeitig hoben beide Männer den Blick. Äste voller Blätter wischten über ihre Köpfe, und die Dschunke stieß an etwas, was ihren schweren Rumpf unvermittelt zum Anhalten zwang. Wright hielt sich am Rahmen der Nock fest, Bowman flog gegen die Reling.

Die Dschunke war rückwärts gegen ein Ufer geprallt. Sie begann sich immer schneller um ihr Heck zu drehen. Die Zweige schlugen über Brücke und Deck und blieben an den Masten hängen; man hörte Holz krachen und bersten wie Granaten, und ein Splitterregen ergoss sich über die Mannschaft. Nachdem sie einen vollständigen Halbkreis vollführt hatte, steckte der Bug der Dschunke im dichten Uferwald fest, und wieder begann das Schlingern und Karussellfahren, nur dass sich das Schiff diesmal um den Bug drehte. Die Bäume zerrissen die Segel, das Schiff nahm erneut Fahrt auf und prallte wieder gegen das Ufer. Die gesamte Takelage wurde erschüttert, der Mast mit dem Großsegel, das man nicht hatte einholen können, brach und krachte in die Vegetation. Nach einer weiteren Kehrtwende blieb die Flanke des Schiffs am Ufer hängen, und die Schlingerbewegungen hörten auf.

Nach dem Schock des Aufpralls war es still. Langsam standen alle wieder auf, Köpfe erschienen in der Lukenöffnung, und allmählich entdeckte jeder, was der Sturm angerichtet hatte. Bowman hob sich auf die Ellbogen, er hatte Schmerzen am Kopf und am Rücken. Bufford tauchte mit einer tiefen Schnittwunde an der Wange aus dem Laderaum auf. Die Birmanen gingen von einem zum anderen und versuchten zu helfen. Nach einem kleinen Eindruck von Stille begann das Geräusch des Regens wieder, die Oberhand zu gewinnen. Nur ein paar Meter Fluss waren zu erkennen, der von den prasselnden Tropfen aufgewühlt wurde.

Als Bowman zur Brücke ging, musste er immer wieder über Äste und Holzstücke steigen. Ein Baum hatte das Schott und einen Teil des Ganges eingedrückt, der zur Messe führte. Er räumte Zweige und Bretter zur Seite, fand Wright auf dem Bauch liegend und drehte seinen Körper um. Der Captain stöhnte. An seiner Schläfe klaffte ein schwarzes Loch.

»Ist er tot?«

Bowman sah auf. Vor dem eingestürzten Schott stand Sergeant Penders mit einem Miniégewehr in Händen und einer birmanischen Mütze auf dem Kopf. Bowman ließ Wright los und stand auf. Unter dem Mützenschirm war Penders' Gesicht der einzige deutlich erkennbare Gegenstand in der Regenflut.

»So lasse ich dich nicht gehen.«

Penders grinste.

»Wir haben das Pulver gerettet, es gibt drei Schwerverletzte, die anderen haben weniger abgekriegt. Zwei Birmanen fehlen, darunter der Steuermann, ein weiterer ist tot. Wir haben ein Loch im Rumpf, und der Laderaum füllt sich langsam mit Wasser. Ich will wissen, ob wir das Schiff verlassen oder nicht und was deine Befehle sind, Sergeant.«

Bowman ließ sich einen Moment Zeit, bevor er antwortete. Er wunderte sich noch darüber, dass Penders ihn geduzt hatte, aber auch über Penders' Gefasstheit und seine ruhige Stimme. Er betrachtete den immer noch bewusstlosen Wright zu seinen Füßen.

»Zuerst müssen wir wissen, was los ist. Waffen und Lebensmittel, das ist es, was im Moment zählt.«

Bowman wischte sich über sein tropfnasses Gesicht.

»Schick drei von den Affen her, damit sie Wright ins Trockene bringen.«

Der Sergeant stieg über den Körper des Captain, durchquerte die chaotische Messe und steuerte Fengs Kabine an. Die Tür stand offen, und ein Baumstamm, der die Bordwand hatte bersten lassen, lag mitten im Raum. Auf der zusammengebrochenen Liege lag Feng. Sein Bauch war voller Blut, sein Mund war offen, und die Augen traten weit aus ihren Höhlen. Bowman zog die Schublade seines Schreibtischs auf, aber er fand nichts. Dann öffnete er die halb ausgehängte Tür eines Wandschranks und schob Kleidungsstücke, eine Opiumpfeife, Fächer, Federn und Tintenfass beiseite, bevor er auf ein ledergebundenes Heft voller chinesischer Schriftzeichen stieß, das er auf den Tisch warf. Auch in Wrights Kabine fand er keinerlei Dokumente.

An Deck hatten die Birmanen begonnen, die Taue zu entwirren und die Äste und Zweige mit Macheten zu zerkleinern. Peevish kniete mit nacktem Oberkörper und gefalteten Händen vor vier toten Körpern, die im Regen lagen. Zwei Bootsleute der Dschunke, ein englischer Soldat, den Bowman wiedererkannte – er gehörte zu den zehn Männern der *Joy* –, und ein Leichnam, über den der Prediger sein Hemd geworfen hatte: Nur die Füße und die Hosenbeine des kleinen Sklaven von Feng waren zu sehen, sein Gesicht und sein Rumpf waren vom Hemd des Predigers bedeckt. Peevish murmelte tonlos ein Gebet.

»Hör auf herumzuhocken. Du wirst dir nur das Fieber holen. Wir müssen sie ins Wasser werfen.«

»Wir müssen sie beerdigen, Sergeant.«

»In den Fluss. Sofort.«

Er stieg wieder in den Laderaum hinunter. Da war Penders, mit einer Öllampe in der Hand. Neben ihm ein schreiender, gestikulierender Birmane.

»Ich weiß nicht, was er da erzählt, Sergeant, aber es hört sich nicht gut an.«

An einigen Teilen der Bordwand, dort, wo die Spanten gebrochen waren, stieg sprudelndes Wasser empor. Zwischen den Latten der beschädigten Brückenwände drang Regen ein. Sie standen bereits bis zu den Waden im Wasser. Die Dschunke neigte sich zum Ufer, sie war auf felsigen Grund gelaufen, und die Strömung zerrte an ihr und ließ den Rumpf erbeben.

»Es gibt noch ein paar wasserdichte Räume, aber der Laderaum wird volllaufen, und selbst wenn wir nicht kippen, werden wir das Schiff nicht mehr flottkriegen.«

Bowman überlegte schnell.

»Wir bleiben bis zum letzten Moment an Bord. Das Essen und die Waffen bringen wir auf die Brücke.«

Er stieg wieder an Deck. Die Birmanen machten sich an der Takelage zu schaffen. Bufford und Peevish, die vor zwei Tagen auf der *Joy* noch versucht hatten, einander umzubringen, trugen gemeinsam die Leiche des englischen Soldaten, um sie über Bord zu werfen. Nur der leblose Körper des Jungen lag noch da. Der Prediger hatte die Anhänger Buddhas und den Engländer den Haien vorgeworfen, aber das Kind ließ ihn zögern. Der Wind hatte das Hemd über seinem Kopf angehoben. Man sah sein Gesicht und den gespaltenen Schädel; der Regen fiel in seine toten Augen, in seinen offenen Mund.

»Buffalo! Peevish hat Skrupel, wirf du das Kind über Bord! Und du, Prediger, du nimmst fünf Birmanen mit, und ihr vertäut das Schiff an einem Baum. Wenn wir jetzt in die Strömung kommen, wird für die Würmer nichts bleiben, und die Haie kriegen alles.«

Bowman ging zur Brücke zurück, doch bevor er den kleinen Raum betrat, drehte er sich um. Bufford war dabei, den kleinen Sklaven über die Reling zu heben. Sein Mund bewegte sich, während er das Gesicht des Jungen betrachtete. Er beugte sich noch einmal über ihn und drückte ihm einen Kuss auf die Stirn, bevor er ihn in die wirbelnde Flut warf.

Auf Bowmans Gesicht zeigte sich ein kleines Lächeln. Das Bild Peevishs auf der *Healing Joy* stieg in ihm auf, wie er auf Bufford zeigte.

Der Prediger musste Dinge sehen, die anderen verborgen blieben.

Captain Wright lag ausgestreckt auf seiner Pritsche, um seinen Kopf hatte man ein Stück Stoff gewickelt. Bowman schloss die Kabinentür hinter sich, und das Geräusch des Regens schwächte sich ab. Er hob eine Flasche Gordon's Gin vom Boden auf, zog den

Korken heraus und trank unter Wrights Augen einen kräftigen Schluck. Dann setzte er die Flasche an Wrights Mund, der Captain trank und zog eine Grimasse.

»Wasser.«

Bowman sah sich um, fand eine Feldflasche und ließ ihn trinken.

»Was ist los?«

»Der Monsun. Wir sind auf Grund gelaufen.«

»Schäden?«

»Ein paar Masten gebrochen, aber die Birmanen kümmern sich darum, Sir.«

Wright versuchte, sich aufzusetzen, doch der Schmerz ließ ihn zurücksinken. Er drehte den Kopf und erbrach ein wenig Gallenflüssigkeit. Bowman zerriss das Laken und säuberte ihn.

»Sie haben meinen Befehl missachtet, Sergeant.«

»Um der Sicherheit des Schiffes willen, Sir.«

»Wird es wieder flott werden?«

»Ganz gewiss, Sir.«

»Und ich?«

Bowman hielt seinem Blick stand. Dann drehte der Offizier den Kopf zur Wand und schwieg einen Moment, bevor er sich wieder an den Sergeanten wandte.

»Sie müssen den Auftrag ausführen, Bowman. Der Regen ist da ...«

»Welchen Auftrag, Sir?«

»Der Gesandte der Min ... Die Spanier. Waffen kaufen ....«

»Ich verstehe Sie nicht, Sir. Worin besteht der Auftrag?«

Seine Stimme rüttelte Wright auf.

»Ein Gesandter der Min, auf dem Fluss. Ein Schiff, in zwei Tagen ... oder in einem Tag. Über die Waffen verhandeln ... mit den Spaniern, wegen des Krieges. Der Monsun ... Der Krieg ... wenn der Regen aufgehört hat ... spanische Waffen für die Min ... Bowman ... ich sterbe ...«

Wright klammerte sich an Bowman und betrachtete ihn mit jenem Ausdruck, den der Sergeant so gut kannte. Er nahm die Hand

56

des Captains, löste einen Finger nach dem anderen und stand auf. Die Ginflasche nahm er mit.

»Bowman…«

Der Sergeant schloss die Tür und erschien wieder an Deck.

Peevish hatte sich mit einem Dutzend Birmanen ans Werk gemacht. Der Prediger schien sich ihnen verständlich machen zu können, er sprach ein paar Worte ihrer Sprache oder eine der vielen anderen Sprachen des indischen Subkontinents, die ihnen vertraut war. Als die Dschunke fest vertäut war, kletterte Peevish wieder an Bord, gefolgt von Fengs Matrosen, die ständig mit besorgter Miene in den Dschungel spähten.

Bowman ließ alle antreten. Engländer und Birmanen versammelten sich auf dem letzten freien Platz des Decks, zwischen Brücke und der großen Luke.

»Wir bauen einen Regenschutz. Ihr legt den großen Mast auf die Reling und spannt das Segel als Dach auf. Die Waffen kommen mit den Lebensmitteln in Wrights Kabine. Peevish, da du dich offensichtlich mit unseren Affen verständigen kannst, bist du der Vorarbeiter. Auf geht's!«

Die Männer zitterten schon vor Kälte unter dem Regen und bewegten ihre Glieder, um wieder warm zu werden. Bowman nahm Penders zur Seite.

»Bis morgen um diese Zeit müssen wir bereit sein. Ein Schiff wird kommen, vielleicht auch erst in zwei Tagen. Wir werden es kapern müssen.«

»Woher weißt du das?«

»Von Wright, bevor er ins Gras gebissen hat. Aber es ist ein Schiff der Min, mit einem Gesandten oder einem wichtigen Mann an Bord. Wright wollte ihn gefangen nehmen. Wir brauchen ihr Schiff, sonst gehen wir hier unter. Ist es ein Problem für dich, einen Kapitän über Bord zu werfen?«

Penders grinste.

5

Unbemerkt war die Nacht hereingebrochen, denn stundenlang hatte der Regen den Himmel verdunkelt, während die Männer damit beschäftigt waren, die Dschunke von Laub und Holzsplittern frei zu räumen, die Segel abzunehmen, den Großmast abzusägen und in seine neue Position zu bringen. Die Segel hingen nun bis über die Reling und beschirmten das ganze Deck wie ein Mansardendach, unter dem man mit eingezogenem Kopf umhergehen musste. Die großen Äste und die Baumstämme, die auf dem Beiboot gelegen hatten, waren klein gehackt worden; nur einen dieser Stämme hatte man behalten, er diente als Gangway.

Bowman hatte erlaubt, dass man Feuer machte. Steine, die man am Ufer fand, wurden zu Feuerstellen, in denen Teile der Takelung und die roten, duftenden Zweige der tropischen Bäume brannten. So konnte man Wasser heiß machen, um Reis und Gemüse zu kochen. Wenn ein Gang ans Ufer fällig war, gingen die Männer zu zehnt und mit Waffen. Danach kauerten sie behaglich unter dem großen Zelt, als wäre es eine uneinnehmbare Festung, obwohl ein Pfeil oder eine Kugel es mühelos hätte durchlöchern können.

Trotz des Rauchs über den Feuern wurden die Männer von Scharen von Mücken belästigt. Ständig schlugen sie sich ins Gesicht und kratzten sich nervös, da sie wussten, dass diese verfluchten Insekten das Faulfieber brachten, die Malaria, einen schlimmeren Feind als alle Soldaten der Min.

Im Laderaum stieg das Wasser genauso schnell, wie der Fluss anschwoll. Anderthalb Meter waren es, seit es angefangen hatte zu regnen.

Die Birmanen hielten sich in der Nähe der Reling auf, dort, wo das Segel am tiefsten hing und der Wind am unangenehmsten war. Am Stumpf des zerbrochenen Großmasts, an der Wand der Brücke und im dachlosen Kabinengang waren Gewehre aufgestapelt. Zusätzliche Waffen, Munition und Nahrungsmittel befanden sich in der Messe, deren großer Tisch zerlegt und verfeuert worden war. Penders bewachte diese improvisierte Pulverkammer mit drei Soldaten.

Bowman war in Wrights Kabine gezogen und nippte an der Ginflasche. Das Glas der Lampe war zerbrochen, doch er ließ das Öl brennen; das Flämmchen am Docht erlosch nicht. Er hatte ein Loch im Bauch vor Hunger und füllte es immer wieder mit einem Schluck Alkohol, und wenn ihn die Müdigkeit überfiel, zündete er sich eine Zigarre an.

Wenn er die Tür öffnete, die zur Messe führte, und die Waffen sah, die drei birmanischen Bewacher und Penders mit seiner chinesischen Mütze auf dem Kopf, auf dem Boden sitzend, kam er sich vor wie der Kapitän eines Seeräuberschiffs. Er, Arthur Bowman, mit einer Zigarre zwischen den Zähnen wie ein großer Herr.

Er winkte Penders zu sich, setzte sich auf die Liege, wies mit dem Kinn auf die Zigarrenschachtel und hielt dem ehemaligen Sergeant die Ginflasche hin.

»Wenn wir mit diesem Auftrag fertig sind, kriegst du vielleicht deine Tressen zurück. Vielleicht wirst du sogar Lieutenant.«

Penders grinste.

»Und du?«

»Das Gleiche.«

»Aber Wright wollte dich erledigen.«

Bowman griff nach der Flasche.

»Wenn wir fertig sind mit dem Auftrag und lebendig zurückkehren, kann man das darstellen, wie man will.«

»Man?«

»Du und ich. Wir haben es noch nicht hinter uns, aber wenn, warum sollen wir nach Rangun zurückkehren und erzählen, dass wir Wright über Bord geworfen haben? Wir könnten Helden sein. Typen wie wir können immer nur Sergeant werden. Außer, wir erledigen einen wichtigen Auftrag.«

Penders setzte eine Miene auf, die Bowman ärgerte; als ob er alles immer ein wenig besser wüsste als sein Gegenüber und das amüsant fände. Er sprach im Ton von Jungen, die in die Schule gegangen waren; es herrschte eine Rivalität zwischen ihnen wie zwischen einem Arbeiter, der in der Fabrik arbeitet, und einem anderen, der in der Kanalisation schuftet.

»Was soll dieser Auftrag sein?«

Bowman berichtete ihm alles, was Wright ihm vor seinem Tod gesagt hatte. Penders blies auf seine glühende Zigarre.

»Einen Gesandten der Min sollen wir festsetzen?«

»Wir brauchen in jedem Fall ein Schiff. Und wenn wir erfolglos zurückkehren, werden wir alle gehängt. Du hast doch auch gesehen, was mit den Fischern passiert ist.«

Penders stand auf, ging zum Kabinenfenster und warf die Zigarre hinaus.

»Was das Schiff betrifft, da hast du recht. Aber Wrights Mission – mit diesem Regen –, ich glaube nicht daran.«

»Du brauchst nicht daran zu glauben. Wir werden es machen.«

Penders sah hinaus. Jenseits des Segels, das rötlich schimmerte, beleuchteten die Feuer der Dschunke ein paar Meter dichten Urwalds.

»Du und ich, Sergeant, wir sind nicht vom gleichen Schlag. Ich bin nicht scharf darauf, Lieutenant zu werden oder ein Held der Kompanie. Was du im Laderaum gesagt hast, mit dem Dolch an der Kehle des Jungen, das ist alles, was mich interessiert: Ich will hier raus. Und wenn wir ein Schiff finden, kannst du in Rangun erzählen, was du willst. Ich gehe woandershin, irgendwohin, wo man noch nie etwas von London gehört hat.«

Bowman lachte laut. Er hielt den Dolch in der Hand und war bereit, sich auf Penders zu stürzen.

»Du glaubst, dass es das gibt, einen Fleck auf der Erde, wo die Kompanie nicht ist? Wir reden darüber, wenn du wieder mal auf der Flucht bist. In der Zwischenzeit gehst du an Deck und kümmerst dich um die Wachen.«

Penders drehte sich um. Er grinste nicht mehr, doch in seinen Augen lag immer noch Hochmut.

»Zu Befehl, Sergeant.«

»Und jemand soll mir etwas zu essen bringen.«

Am Morgen hatte der Regen noch immer nicht aufgehört. Die Männer hatten nicht geschlafen und kauerten durchnässt und zitternd vor Müdigkeit, vielleicht auch schon fiebernd, an Deck. Die Feuer brannten, und immer wurde Wasser heiß gemacht.

Bowman hatte in Fengs Kabine ein Paar Bastsandalen und eine Lederjacke gefunden, die er sich überzog. Er kletterte in die Nock und beugte sich über den Rumpf. Bis jetzt hatte das Schiff standgehalten, obwohl der Laderaum voll Wasser war. Die Taue, die sie mit den Bäumen am Ufer verbanden, waren straff gespannt wie Violinsaiten. Der Flusspegel war um etwa zwei Meter gestiegen, und Zweige und abgerissene Grasnarben trieben im rasch strömenden Wasser vorbei. Jeden Moment konnte ein Baumstamm den Rumpf durchbohren und das Schiff versenken.

Der Sergeant kehrte wieder zu seinen Leuten zurück und hörte sich den Rapport des Predigers an.

»Vier Birmanen sind weg. Sie müssen heute Nacht an Land gegangen sein.«

Der Sergeant betrachtete die missgelaunten Männer, stieß einen Fluch aus und gab einem Topf, in dem Reis kochte, einen wütenden Fußtritt. Die barfüßigen Soldaten, die um das Feuer saßen, wichen erschrocken zurück.

»Alle Mann antreten!«

Die Engländer stellten sich in Reih und Glied auf, die Birmanen taten es ihnen nach.

»Penders! Ich will, dass zwölf bewaffnete Männer backbord bleiben und den Fluss überwachen, sechs steuerbord, die das Ufer nicht aus den Augen lassen! Drei Wachen am Bug, drei weitere am Heck! Jeweils eine Viertelstunde lang. Ich will, dass kein Auge woandershin schaut als geradeaus!«

Er nahm einem der Matrosen eine Machete aus der Hand und ging an der Reling entlang nach steuerbord. Überall hieb er die Seile durch, mit denen das Segeldach festgezurrt war. Das Tuch fiel in sich zusammen. Er hieb mit der Machete in das Dollbord und rief:

»Eine Machete für jede Trosse! Wenn ich den Befehl gebe, will ich, dass alle Halteleinen gleichzeitig durchschnitten werden! Peevish, du sagst mir, wie viele Bambusstangen wir haben. Ich brauche Stangen für die Hälfte der Besatzung. Wenn nicht genug da sind, gehst du mit deinen Affen und fünf Männern an Land und holst welche. Wenn die Birmanen zu fliehen versuchen, knallst du ihnen eine Kugel in den Kopf. Und zehn Mann kommen mit mir! Vorwärts!«

Mithilfe von Flaschenzügen hievten Bowman und seine Männer den großen Mast hoch und ließen ihn über die Reling ins Wasser gleiten. Dann zerhackten sie die zwei anderen Masten mit Äxten und warfen auch die gesamte Takelung in den Fluss, um die Dschunke leichter zu machen. Sie räumten Deck, Laderaum und Brücke leer und errichteten mit allem, was sie hatten, entlang der Reling eine Barrikade; dabei sorgten sie dafür, dass es genug Öffnungen zum Schießen und zum Ablegen der Waffen gab.

Bowman ließ die Segel zerschneiden und teilte die Stoffstücke an die Männer aus, damit sie Gewehre und Pulver vor dem Regen schützen konnten.

Es gelang ihnen, den Stamm wegzuschieben, der Fengs Kabine durchschlagen hatte, indem sie ihn mit Tauen umwickelten und dann vom Ufer aus zogen und vom Schiff aus schoben, bis er sich bewegte und ins Rutschen kam. Dabei wurde die unter ihm begrabene Leiche des Chinesen ins Wasser gerissen und fortgeschwemmt.

Als das Schiff bereit war, hatte die Dämmerung schon eingesetzt. Die Messe wurde wieder eingerichtet, und ein paar Männer trugen Waffen und Munition in Wrights Kabine. Den ganzen Tag lang hatten Wachen den Fluss und den Dschungel beobachtet und sich vergeblich bemüht, in der einförmigen grünen Masse eine verdächtige Bewegung auszumachen.

Der Reis wurde aufgetragen, und die Männer verschlangen abwechselnd ihre Rationen, um sofort wieder auf ihre Posten zurückzukehren. In den Wachpausen saßen sie Rücken an Rücken in der Mitte des Decks, mit den Stücken des roten Segeltuchs auf dem Kopf. Die zweite Nacht brach an, die sie auf ihrem reglos daliegenden Floß verbrachten. Diejenigen, die so krank waren, dass sie nicht mehr Wache stehen konnten, hatten das Recht, in Fengs Kabine im Trockenen zu schlafen.

Penders blieb die ganze Nacht draußen, zusammen mit seinen Männern, mit den Mücken und den Geräuschen des Dschungels. Brüllaffen knurrten wie Tiger, und Tausende von Fröschen ließen ihren schrillen Chor ertönen. Bowman fiel auf Wrights Bett inmitten von Waffen und Munition in einen unruhigen Schlaf.

Bei Sonnenaufgang hatte sich der Wind beruhigt, und der Regen fiel gleichmäßig rauschend senkrecht von oben herab.

Bowman trank eine Kelle voll Wasser aus einem Fass, das unter einer durchlöcherten Plane aufgestellt worden war, und es kam ihm vor, als würde er das Blut eines Feindes trinken.

Die Männer an Deck lehnten aneinander und dösten. Die Wachen standen mit gekrümmten Schultern da und ließen die Tropfen an ihren Körpern herabrinnen, ohne sich zu bewegen. Rasch zählte der Sergeant die Birmanen, die entlang der Reling lagen. Wenn es auch so gut wie unmöglich war, dass die Wachen einen nächtlichen Angriff rechtzeitig bemerkten, so hatten sie bis jetzt doch wenigstens dafür gesorgt, dass kein weiterer Birmane geflohen war. Vor ihm lag Bufford, und Bowman berührte ihn mit dem Fuß.

»Buffalo, du gehst mit fünf Mann in den Dschungel. Und ihr macht Wasser heiß für die Suppe. Du hast doch die Befehle nicht vergessen?«

Bufford öffnete seine von Mückenstichen angeschwollenen Augen und kratzte sich den Bart. Immer noch bei guter Gesundheit, erhob sich Peevishs erster Apostel.

»Sir! Keine Munition verschwenden!«

»Und keine Jagd.«

»Sir! Keine Jagd.«

Penders stand mit ein paar anderen Wache auf dem erhöhten Heckkastell.

»Was machen wir, wenn heute kein Schiff kommt, Sergeant?«

»Morgen machen wir ein richtiges Floß aus der Dschunke. Wir lassen die Affen im Dschungel und versuchen, die Mündung zu erreichen. In zwei Tagen sollte es uns gelingen, diesen Kasten flottzukriegen.«

Penders nickte. Seine betresste Mütze hatte ihre vorschriftsmäßige Form längst verloren.

»In dem Fall sollten wir Peevish bitten, dafür zu beten, dass der Regen nicht aufhört. Wir könnten bis zum Meer kommen, ohne dass jemand uns sieht.«

Bowman nickte schweigend.

»Aber vorerst bleibt es bei den Befehlen, die ich gegeben habe.«

Penders hob den Kopf.

»Immer noch Lust, ein Held zu sein?«

»Besser als ein Deserteur.«

»Wieso Männer wie du, Bowman, Helden werden können, bleibt für mich ein Rätsel.«

»Vielleicht weil Männer wie du und der Prediger so ganz anders sind?«

Das Echo eines Schusses hallte zwischen den Bäumen wider. Die beiden Männer wandten sich dem Ufer zu, hoben ihr Gewehr und spannten den Hahn. Alle Männer an Deck starrten in den Dschungel. Je mehr sie sich mit gespitzten Ohren bemühten herauszufinden, was passierte, desto lauter wurde das Geräusch des Regens.

Es fiel kein weiterer Schuss.

Bowman hatte sein Gewehr noch nicht gesenkt.

»Ich habe diesen Dummköpfen verboten zu jagen. Was machen sie da? Penders, du und deine Leute, ihr rührt euch nicht vom Fleck.«

Mit einem Sprung war er auf der Brücke.

»Alle auf ihre Posten!«

Er richtete seine Waffe direkt nach vorn. Die Männer machten es wie er. Alle Gewehre waren auf das Ufer gerichtet. So warteten sie eine Minute lang, bis ihre Arme unter dem Gewicht der Waffen zitterten. Bowman, die Wange an das Gewehr gelegt, blinzelte, um besser sehen zu können. Er drehte sich zu dem Posten am Ruder. Penders sah zur anderen Seite. Bowman wollte ihm gerade zurufen, ob er irgendetwas sehe, als der degradierte Sergeant sein Gewehr flussaufwärts richtete, wo dichter Regen die Sicht verschleierte, und schoss, bevor er schrie:

»Ein Schiff!«

Gleichzeitig rief ein Mann, der den Dschungel im Blick hatte:
»Sergeant!«

Bowman drehte sich um.

Im Laufschritt erschienen Bufford und drei Männer und stürzten keuchend auf den Stamm zu, der als Gangway diente. Buffalo brüllte: »Sie kommen!«

Penders lud nach, und die beiden Wachen feuerten. Ein Schuss gelang, beim zweiten entstand durch das zu feuchte Pulver nur eine große weiße Rauchwolke.

Bowman brüllte: »Alle nach steuerbord! Feuer!«

Eine ohrenbetäubende Salve fegte über den reglosen Urwald hinweg. Bowman stürzte auf die dem Fluss zugewandte Schiffsseite und sah durch einen Spalt in der mit aufeinandergetürmten Kisten und Säcken verbarrikadierten Reling. Eine Dschunke tauchte aus dem Regen auf, die Segel gerefft, etwa dreißig Meter von ihnen entfernt. Männer mit Gewehren waren zu erkennen, andere, die auf der Reling herumkletterten.

Bowman warf sich auf den Boden, als die Min-Soldaten ihre erste Salve abfeuerten. Wachen sanken zu Boden, Kugeln schlugen in Holz ein und pfiffen in der Luft. Die zweite Salve traf noch zwei Männer.

Penders hatte seine Männer auf dem Heckkastell verloren. Mit einem Sprung war er an Deck. Das Kastell war jetzt ein allzu exponierter Platz.

»Ich kümmere mich um den Dschungel, Sergeant!«

Er glitt nach steuerbord und ließ die erste und die zweite Reihe Aufstellung nehmen.

»Feuer!«

Zehn Männer standen auf und schossen aufs Geratewohl. Sie warfen sich zu Boden und luden nach, während die zweite Reihe sich erhob. Bowman hatte das Gleiche auf seiner Seite getan, und die ersten englischen Kugeln erreichten die feindliche Dschunke. Bufford ließ sich mit pulvergeschwärztem Gesicht auf die Knie nieder, um nachzuladen. Bowman packte ihn am Hemdkragen.

»Was ist passiert?«

»Die Sepoys, Sergeant! Die Affen sind abgehauen! Und dann sind sie mit Soldaten wiedergekommen! Das Pulver war nass, wir konnten nur einen einzigen Schuss abgeben. Sie haben Pfeile und Musketen. Harris ist tot! Ich glaube, er ist tot!«

»Wie viele sind es?«

Wie geflügelte Schlangen schossen Kugeln pfeifend um ihre Köpfe, und sie drückten sich gegen die Holzkisten.

»Ich weiß nicht, Sergeant! Viele!«

Alle Männer waren nun auf dem Deck aufgereiht, fünfzehn auf jeder Seite des Schiffes. Die ersten Pfeile und Kugeln aus dem Urwald erreichten Penders' Männer am Heck, als der Stoß kam.

Die Trossen rissen, und sie spürten, wie sich die Dschunke vom Ufer löste. Die Strömung war bedrohlich stark. Das Schiff hatte sich wieder aufgerichtet. Das Wasser im Laderaum schwappte zur anderen Seite, wodurch das ganze Schiff sich zur Flussseite zu neigen begann. Einen Moment lang blieben die Männer reglos stehen. Ihre Sorge, dass die Dschunke von der Strömung mitgerissen wurde, war größer als die Angst vor dem Angriff der Ava-Krieger.

Bowman sah über sich die Gestalt eines birmanischen Soldaten, der im dichten Regen sichtbar wurde.

»Das Kastell!«

Die Dschunke hatte sie von hinten gerammt, und die Min-Soldaten begannen, das Schiff zu entern.

Bowman kniete sich hin und hob sein Gewehr. Die Kugel zerfetzte dem ersten Feind, der sein Schiff betreten hatte, den Kiefer.

»Nach backbord, alle mit mir!«

Die Männer an der Flussseite drehten sich um und erfassten mit einem Blick nach oben die Situation.

»Feuer!«

Bowman sprang auf die Brücke, lief in Wrights Kabine und nahm die Kiste mit den Bomben an sich. In Fengs Kabine lagen die Kranken.

»Holt die Waffen! Ihr ladet die Gewehre und bringt sie an Deck! Vorwärts!«

Er öffnete die Kiste, nahm ein zweipfündiges Geschoss heraus, strich mit einer Hand ein Streichholz an und entzündete die Lunte. Er beugte sich durch das Loch im Rumpf und sah das am Bug der Min-Dschunke aufgemalte Auge und etwas darüber viele Arme und Gewehre. Er wartete, bis die Lunte zur Hälfte abgebrannt war, und warf die Bombe. Gleich darauf rollte er sich in einer Ecke der Kabine zusammen und hielt die Arme über den Kopf.

Die Explosion erschütterte das ganze Schiff. Einige Sekunden lang blieb alles still, dann hörte man Schreie, und es wurde weitergeschossen. Der Sergeant machte eine zweite Bombe bereit und warf sie auf die gleiche Weise. Er hatte gerade noch genug Zeit, um sich in die Kabine zurückzuziehen. Drei Gewehre waren auf ihn gerichtet und feuerten; eine Kugel schlug durch die Bordwand und zerriss seine Schulter. Mit der Kiste voller Bomben rannte er an Deck. Die Wucht der zweiten Explosion schleuderte ihn in die Messe.

Bufford und der Prediger luden ihre Waffen, und die heißen Kanonen qualmten im prasselnden Wolkenbruch. Penders zündete, Colins nahm den Urwald ins Visier, und Fengs Birmanen nahmen wütend den Kampf auf. Die Kugeln aus den französischen Gewehren richteten enorme Verheerungen an. Schon kleine Streifschüsse setzten Soldaten außer Gefecht. Arme wurden abgerissen und Bäuche durchlöchert, und mitten im Regen entstanden Wolken von Blut, die in Bruchteilen von Sekunden platzten.

Bowman hatte nur noch die Hälfte seiner Männer.

»Penders!«

Bowman gab ihm die Kiste mit den Bomben.

»Bufford! Alle Männer von backbord zu mir!«

Er setzte sich an die Spitze der Gruppe.

»Bajonette! Alle Waffen laden!«

Die Männer steckten sich die Pistolen in den Gürtel, die von den Kranken geladen worden waren, und befestigten die Bajonette an den Gewehrläufen. Bowman pfiff und gab Penders ein Zeichen, worauf dieser zwei Bomben zündete und sie auf die Brücke warf.

Die beiden Explosionen fegten die Brücke leer. Leichen fielen ihnen zu Füßen, es hagelte Splitter. Bowman brüllte mit aller Kraft: »Vorwärts, stürmen! Wir entern!«

Bufford und die anderen zögerten ein wenig, doch dann folgten sie ihm.

Der Rauch der Bomben hatte sich noch nicht verteilt. Sie sprangen über Leichen, erkletterten den feindlichen Bug und tauchten wie Teufel aus einer weißen Wolke auf. Die Birmanen, noch betäubt von den Explosionen, kamen gerade erst mühsam wieder zum Stehen. Sie erschossen sie aus nächster Nähe. Panik entstand unter den Min-Soldaten. Dem Ersten, der seine Waffen zu Boden warf und die Arme hochriss, stieß Bowman sein Bajonett in den Bauch.

Am Ufer gab es zwei weitere Explosionen, und Erde und Holzsplitter regneten herab. Bowmans Männer drangen weiter vor, mitgerissen von dem wütenden Sergeant, der sie befehligte.

Nun sah Bowman den Kapitän, der von der Brücke ins Wasser sprang. Allgemeine Auflösung. Ein birmanischer Offizier feuerte ein letztes Mal und traf Bufford. Bowman packte sein Gewehr wie eine Lanze und warf es mit aller Kraft auf den Feind. Als er sah, dass dieser, von seinem Bajonett durchbohrt, an der Tür der Brücke zusmmensackte, holte er sich ein birmanisches Gewehr und lud es. Es gab nun auf der Brücke niemanden mehr, der ihnen Widerstand leistete.

Bufford erhob sich mühsam. Mit beiden Händen hielt er sich den Bauch. Glücklicherweise war die Kugel nicht tief eingedrungen. Er grinste ein wenig. Der Sergeant wandte sich zum Ufer und feuerte mit Penders und seinen Leuten in den Dschungel.

Es regnete Blei über den Bäumen, Äste wurden zerschmettert, Laub wirbelte in der Luft. Dann hörte Bowmann Penders schreien: »Sie ziehen sich zurück! Feuer einstellen! Feuer einstellen!«

Es pfiff noch immer in allen Ohren, und die Hände hörten nicht auf zu zittern. Die Männer wischten sich das Blut von den Gesichtern, ohne zu wissen, ob es ihr eigenes war, das eines Kameraden oder das eines Feindes. Niemand wollte seine Waffe loslassen, das Adrenalin kreiste in den Adern, und die Angst siegte über die Reflexe der Wut. Nach und nach wurden auch die Geräusche des Flusses und des Regens wieder hörbar, die sich mit menschlichem Röcheln und Stöhnen mischten.

Das Schiff der Min gehörte ihnen.

Bowman befahl Bufford, die Verwundeten zu erschießen. Mit drei Männern kletterte er unter Deck und öffnete eine Kabinentür nach der anderen. Sie durchkämmten die ganze Dschunke, aber es gab keine lebende Seele mehr an Bord, und es fehlte auch jede Spur eines Botschafters der Min.

Sergeant Bowman kehrte auf das Wrack seines eigenen Schiffes zurück, das kurz davor war, im Wasser zu versinken. Von der Brücke aus übersah er das Deck und den Rest seiner Truppe.

Ungläubig, dass sie überhaupt noch stehen konnten, und blutüberströmt versuchten etwa fünfzehn Männer und fünf oder sechs Birmanen, wieder zu Atem zu kommen, während ihr Blick auf den Urwald von Ava gerichtet blieb, in den der Feind sich zurückgezogen hatte. Etwa zehn Meter weit hatten die Engländer den Dschungel durch ihre Waffen ein wenig gelichtet. Sie suchten in ihren Taschen nach den letzten Kugeln und luden erneut ihre Waffen. Wie durch ein Wunder war Peevish noch am Leben. Er sah zu Bowman auf, der mit blutgetränkten Haaren siegreich auf der Brücke stand und seinen Blick über die von Tod und Zerstörung gezeichnete und vom Regen gequälte Welt schweifen ließ. Er lächelte. Er sah zufrieden aus.

Als Arthur den Prediger entdeckte, wurde sein monströses Grinsen noch breiter.

Peevish senkte den Blick, wandte sich zum Fluss und bekreuzigte sich.

Auch Bowman drehte sich um.

In der grauen Regenlandschaft zeigten sich vier farbige Punkte. Zwei Paar rote Augen näherten sich ihnen.

Peevish stand plötzlich das Bild eines furchterregenden Zerberus vor Augen, der aus dem Irrawaddy stieg, um seinen Krieger, Sergeant Bowman, mitzunehmen in die Hölle.

Zwei weitere Dschunken kamen den Fluss herab.

6

Admiral Godwin und Commodore Lambert gingen am 14. April 1852 in Rangun an Land und nahmen die Stadt ein. Zwanzigtausend Männer von Pagan Min, die sich auf dem Singuttara-Hügel um die große goldene Shwedagon-Pagode verschanzt hatten, ergaben sich ohne Gegenwehr.

Dem gleichen Plan folgend, den schon Campbell 1826 gehabt hatte, steuerte die Flotte dann den Irrawaddy an und beherrschte den ganzen Fluss durch die Besetzung seiner Mündung. Die Kompanie hielt beide Ufer.

Eingezwängt zwischen dem Königreich Siam im Osten, das seine Verträge mit den Briten nicht zu brechen gedachte, und dem nordöstlichen China, das ebenfalls unter der Herrschaft der Kompanie stand, die nördlichen Provinzen in der Gewalt Bombays, die Südküste in der Hand Godwins, wollte sich der König von Ava dennoch nicht geschlagen geben. Die Regenzeit sollte ihm zu Hilfe kommen. Er verschanzte sich im Norden, in seiner von Urwald umgebenen, für Fußtruppen unerreichbaren Hauptstadt und widerstand der Kompanie bis Dezember. Es war ein Krieg ohne Schlacht, zwischen Feinden, die durch sechshundert Kilometer bewaldetes und bergiges Gebiet voneinander getrennt waren.

Im Golf liefen Gerüchte um, die von Verhandlungen zwischen Pagan und dem Königreich Spanien, unterstützt von den Franzo-

sen, wissen wollten. Es ging um den Kauf von Waffen und Kriegs-
material für die birmanische Armee. Doch auch wenn es solche
Verhandlungen gegeben hatte, hielt die Kompanie weiterhin den
Irrawaddy, und es war unmöglich, dass Hilfslieferungen, ob über
das Meer oder über Land, Ava je erreichten.

In Bombay wartete Lord Dalhousie bis Dezember und schlug
dann den Süden des Landes dem Territorium der Ostindischen
Kompanie zu, das wiederum zu Britisch-Indien gehörte. Ohne
Waffenstillstand oder eine sonstige Vereinbarung schuf die Armee der Londoner Aktionäre, die von nun an den Golf von Bengalen bis zur malaiischen Halbinsel beherrschte, eine neue Grenze,
zweihundert Kilometer von der Küste entfernt landeinwärts, und
nahm das südliche Drittel des Landes in Besitz, wodurch sie Pagan Min im Norden von seinen wichtigsten Hilfsquellen abschnitt.

Pagans Eigensinn und seine unmögliche Lage führten zu politischen Meinungsverschiedenheiten am Hof. Der Herrscher hatte
den Thron bestiegen, nachdem er alle seine Brüder hatte ermorden lassen; nun kehrte sich sein Halbbruder Mindon gegen ihn,
der von den hohen Offizieren Avas unterstützt wurde.

Mindon Min war als Diplomat raffinierter als sein Vorgänger.
Als er König geworden war, initiierte er eine Politik der Öffnung
gegenüber den Engländern und verhandelte gleichzeitig mit den
anderen europäischen Mächten, um den Handelsdiktaten Londons entgegenwirken zu können. Am Tag seiner Krönung, im Februar 1853, empfing er die Abgesandten der Kompanie, und als
Beweis seines guten Willens verkündete er die Freilassung aller
Briten, die während des Krieges gefangen genommen worden waren.

Ende März – der Monsun hatte in diesem Jahr früh begonnen –
fuhren drei birmanische Dschunken während eines sintflutartigen
Regens in den Hafen von Rangun ein. Unbeachtet legten sie unter Dutzenden von Handelsschiffen an, die an der Reede vertäut
waren. Man ließ die Gangways herunter, und drei Reihen von Gefangenen gingen unter gleichgültigen Blicken mitten im Hafen-

gewimmel an Land. Sie waren durchnässt bis auf die Knochen, trugen Kleider, die ihnen viel zu groß waren und ihnen um Schultern und Beine schlotterten.

Ein Dutzend Soldaten und ein junger Leutnant eskortierten sie zu einer Niederlassung der Kompanie. Man hatte die Handelsgüter ausgeräumt, um Decken ausbreiten zu können. Hinter einem kleinen Tisch wartete ein weiterer Offizier, der Papier, Tinte und eine Feder aus Metall vor sich liegen hatte. Im Innern der Niederlassung, hinter Feuerstellen und dampfenden Essschalen, Krügen mit Wasser und Wein beobachteten drei Soldaten den Einzug der freigelassenen Häftlinge.

Mindon Min hatte ihnen Haare und Bärte scheren lassen, aber das änderte wenig. Einige sahen nicht allzu übel aus – diejenigen, die nicht sehr lang Gefangene gewesen waren –, andere befanden sich in einem kläglichen Zustand. Wie krumme und verrenkte Puppen sahen sie aus und marschierten im Gänsemarsch hintereinander her wie blinde Ochsen. Einige hinkten, andere mahlten nervös mit zahnlosen Kiefern. Ihre Augen lagen tief in dunklen Höhlen, über eingefallenen Wangen aus grauer, faltiger Haut. Man konnte kaum noch erkennen, wer von ihnen groß und wer klein war, so eingefallen waren ihre Körper. Triefnass trotteten sie an dem kleinen Tisch vorbei, und unter ihren nackten Füßen bildeten sich kleine Pfützen. Einer nach dem anderen trat vor und präsentierte sich dem Offizier, worauf dieser das Datum und den Ort ihrer Gefangennahme aufschrieb, dazu Namen und Vornamen, militärischen Rang und das Regiment oder Bataillon, in dem sie gedient hatten.

Der Offizier hatte elf Blätter vor sich liegen, ein Blatt für jeden Monat, der verstrichen war, seit Godwin und Lambert Rangun eingenommen hatten. Nach den Daten, die ihm genannt wurden, wählte er ein entsprechendes Blatt aus.

Nachdem sie ihre Namen gesagt hatten, gingen die Gefangenen zwischen den Decken hindurch zu den Suppenschalen. Es schien ihnen Angst zu machen, diese Entfernung allein zu durchmessen. Sie streckten die Hand aus, ohne die Männer anzusehen, die ihnen

Essen ausschöpften, betrachteten dann erstaunt die volle Schale, griffen nach der Blechtasse mit Wein, die sie dazu bekamen, setzten sich im Schneidersitz auf eine Decke und platzierten die Essschalen auf ihren Beinen. Da und dort war lautes Schluchzen zu hören. Die Gefangenen wählten Plätze, die so weit wie möglich voneinander entfernt waren. Anfangs wagten sie kaum, das Essen zu berühren, und warfen Blicke um sich wie ausgehungerte Katzen, die beim kleinsten Zeichen eines Angriffs bereit sind zu flüchten. Wenn andere Gefangene ihnen nahe kamen, beugten sie sich über ihre Schalen und schaufelten sich mit beiden Händen hastig Essen in den Mund. Einige steckten sich Fleischstücke in die Taschen.

Der Offizier am Tisch hob den Kopf. Seine Feder schwebte in der Luft. Der Mann vor ihm war nur noch ein Gerippe. Zwei Schulterknochen stachen aus dem Stoff seiner Jacke, und sein Schädel schien geschrumpft zu sein.

»Welches Datum sagten Sie, Soldat?«

Der Mann leckte sich die Lippen. Seine Stimme war kaum zu hören.

»17. April 1852.«

Der Offizier nahm das Blatt des Monats April, auf dem noch kein Name stand. Er tauchte seine Feder ein und fragte:

»Dein Name?«

Der Mann befeuchtete erneut seine Lippen.

»Edmond Peevish.«

Der Offizier schrieb den Namen auf das Blatt Papier und lachte ein wenig.

»Du bist der älteste Gefangene dieses Krieges, mein Junge!«

Der Soldat lächelte und zeigte dabei eine Reihe schwarzer Zahnstümpfe. Mit keuchender Stimme sagte er: »Gott segne Sie. Wir sind zehn.«

Der Offizier wandte sich der Reihe der Männer zu, die hinter Peevish standen. Er fragte sich, ob es sich tatsächlich um Männer handelte, ob sie wirklich lebten oder nicht eher Gespenster waren.

Er schrieb zehn Namen auf das Blatt des Monats April, zehn Namen unter einem einzigen Datum:

Edmond Peevish.
Peter Clemens.
Edward Morgan.
Christian Bufford.
Erik Penders.
Frederick Colins.
John Briggs.
Horace Greenshaw.
Norton Young.
Sergeant Arthur Bowman.

II

1859
LONDON

1

Am 1. Juli versammelten sich die Mitglieder der Linnean Society hinter den Mauern des Burlington House am Piccadilly Circus, um einen außergewöhnlichen Vortrag zu hören. Biologen, Zoologen, Botaniker und Anthropologen warteten vor den Türen des großen Konferenzsaals. Sie hielten sich mentholgetränkte Taschentücher vor Mund und Nase.

Alfred Wallace würde einen Vortrag halten, dessen Titel lautete: *Über die Tendenz der Varietäten, unbegrenzt von dem ursprünglichen Typus abzuweichen.* Das Gerücht hatte sich bestätigt, dass Darwin nicht anwesend sein würde, weil ihn der Tod seines kleinen Sohnes, der an Scharlach gestorben war, zu sehr bedrückte. Wallace hatte sich nun dazu bereit erklärt, auch Darwins neueste Arbeit zu präsentieren: *Über die Entstehung der Arten im Tier- und Pflanzenreich durch natürliche Züchtung, oder Erhaltung der vervollkommneten Rassen im Kampfe ums Dasein.*

Seit Monaten gab es lebhafte Debatten um die Entdeckungen von Wallace und Darwin. Etwas Geheimnisvolles umgab ihre neuartigen und radikalen Theorien. Doch die Gelehrten, die sich den abgedichteten Fenstern von Burlington House möglichst fernhielten, hatten an diesem Tag ein anderes Thema, das sie beschäftigte: Hinter ihren parfümierten Taschentüchern sprachen sie flüsternd von den drohenden Epidemien.

Einige von ihnen fanden beruhigende Worte, indem sie ihren Kollegen die letzten Theorien von John Snow in Erinnerung brachten, der behauptet hatte, dass die Cholera nicht durch Dünste, sondern durch winzige Organismen im Wasser übertragen werde. Doch die Existenz dieser Erreger war noch nicht bewiesen, und angesichts der grassierenden Angst vor Miasmen war es kein Wunder, dass Snows Forschungen oft verunglimpft wurden und kaum imstande waren, die Sorgen zu dämpfen.

Die Cholera lag in der Luft, daran gab es keinen Zweifel.

Ein Journalist des *Morning Chronicle* drängte sich durch die anwesenden Herren. Mit einem Schreibblock in der Hand erkundigte er sich nach den Risiken der Ansteckung und dem Abwassersystem der Stadt. Auch er versuchte, eine Antwort auf die Frage zu finden, die sich seit zwei Wochen jedermann stellte: Wann würde dieser Zustand enden?

Es war nicht schwer, zu erklären, wie er angefangen hatte, doch keiner der Wissenschaftler wagte es, eine Lösung zu präsentieren oder eine Prognose abzugeben. Der einzige Umstand, aus dem der Journalist Rückschlüsse ziehen konnte, bestand darin, dass heute viel weniger von ihnen hier zusammengekommen waren als üblich. Ein Teil der Gelehrten war bereits aus der Hauptstadt geflüchtet.

Charles Lyell und Joseph Dalton Hooker, die den Vortrag organisiert hatten, kamen mit raschem Schritt den Korridor entlang. Die Türen des großen Saals wurden geöffnet, und alle stürzten hinein, weil sie hofften, dass der Geruch dort weniger stark wäre.

Der Journalist kritzelte noch einiges in seinen Block. Dann trat er ebenfalls ein und suchte sich einen Platz in den spärlich besetzten Reihen.

Der Gestank war im Saal genauso stark wie draußen.

Klärgruben waren nicht mehr in Mode. Seit einigen Jahren ließen sich die Reichen fließendes Wasser und Einzeltoiletten in ihre Häuser installieren. Das Wasser wurde aus der Themse gepumpt, lief durch Röhrensysteme und ergoss sich, angereichert mit Schmutz und Fäkalien, in die Abwasserkanäle, von wo es wieder in den Fluss gelangte.

Der Winter war trocken gewesen und der Frühling heiß. Im Mai war die Themse bereits auf einen alarmierenden Tiefstand gesunken. Im Juni hatten die Temperaturen Rekordhöhe erreicht, und der Fluss war allmählich ausgetrocknet. Das heraufgepumpte Wasser, das aus den Hähnen kam, hatte seine Farbe geändert, und in den trockenen Kanälen wurden die Abfälle nicht mehr weggeschwemmt. Spülbecken, Badewannen und Toiletten waren verstopft, in den Gärten legte man wieder Sickergruben an, und die Zahl der Grubenentleerer, die nach der flächendeckenden Einführung des fließenden Wassers arbeitslos geworden waren, verdoppelte sich in kurzer Zeit.

Ihre Karren hörte man nachts in allen Straßen, die Eisenreifen rumpelten, die an Stangen baumelnden Lampen warfen ihr fahles Licht auf entkräftete Pferde, riesige Haufen von Fäkalien und formlose Männer in langen, bis auf ihre Stiefel herabfallenden Hemden. Schweigend passierten sie die Stadttore, wie zwanzig Jahre zuvor jene Sträflinge, die die Leichen der großen Choleraepidemie in die Massengräber befördert hatten. Auf den umliegenden Feldern leerten sie die Karren aus und machten sich wieder auf den Weg in die Stadt, wo sie ihre Last aufluden und wieder hinausbrachten, und das bis zum Anbruch des Tages, wenn die Bauern kamen, um sie zu entlohnen. Zwei Shilling und fünf Pence pro Karren Dünger. Die Preise waren in dem Maß gefallen, wie die Zahl der Männer, die die Gruben leerten, gestiegen war. Alle Höfe waren voller Fäkalien. Männer, die im Dreck nach Dingen suchten, die Leuten aus den Taschen gefallen waren, arbeiteten mit Schaufeln, statt wie früher mit Rechen und Sieben.

Die Stadtverwaltung hatte zusätzliche Arbeiter eingestellt, doch ohne Wasser in der Kanalisation war die ganze Mühe sinnlos. Die Schächte waren bis zum Rand gefüllt.

Ende Juni war die Temperatur weiter gestiegen, und die Themse ähnelte einem langsam fließenden, fauligen Lavastrom. Die Abwässer der Fabriken, die in die gleichen Kanäle geleitet wurden oder direkt vom Ufer aus in die Themse gelangten, verdichteten sich zu fettigen schwarzen Teppichen. Die Abfälle der Schlachthöfe trieben als dicke Klumpen auf der Wasserfläche dahin. Kadaver von Kühen und Schafen schwammen als Teile der schlammigen Masse langsam am neuen Parlament von Westminster vorbei.

Hufe stachen in die Luft wie auf einem wüsten Schlachtfeld, und Raben kreisten über ihnen und nutzten die Knochen als Sitzstangen. Es dauerte einen halben Tag, bis die Hörner eines Ochsen von der Lambeth-Brücke am Horizont unter den Fenstern des Oberhauses vorbeigetrieben und schließlich unter der Waterloo-Brücke verschwunden waren.

Es hieß, man könne an einigen Stellen den Fluss zu Fuß durchqueren.

Am 2. Juli herrschte beispiellose Hitze, und die ganze Stadt schien eingehüllt zu sein in den Gestank eines einzigen gigantischen Kadavers.

Entlang der Ufer dichtete man die Fenster ab.

Die Straßen waren leer, der Verkehr kam praktisch zum Erliegen. Einige kleine Dampfer mit genügend Motorkraft kamen in der schlammigen Flut noch vorwärts, ihre Räder wirbelten schwarze Fontänen auf, doch wegen der Windstille waren keine Segelschiffe unterwegs. Fähren und Kähne, die mit Stangen bewegt wurden, fuhren noch, aber niemand wollte sich von ihnen befördern lassen.

Die Reichen verließen die Stadt und begaben sich auf ihre Landsitze oder ans Meer. Die Gerichte kürzten ihre Sitzungen ab, die Angeklagten wurden in einigen Minuten abgeurteilt, erhielten unerwartet milde Strafen oder wurden für Lappalien so schwer bestraft wie für einen Mord. Die Richter hatten es eilig; mit Taschentüchern vor der Nase liefen sie von einem Gerichtssaal zum anderen.

Die Sitzungen des Parlaments waren ausgesetzt.

In den Fabriken entströmte den Dampfkesseln in der brütenden Hitze ein kaum zu ertragender Gestank. Während die Abwassergräben einsanken, glühten die Rohre, durch die das Trinkwasser floss. Die öffentlichen Brunnen versiegten. Das klare Wasser der Quellen und Brunnen aus Gegenden weit von der Themse entfernt, das in die Stadt transportiert und zu Höchstpreisen verkauft wurde, war für die Arbeiter zu teuer. In den Stahlwerken starben sie, weil sie nicht genug tranken.

Die Polizei patrouillierte durch leere Straßen. Ganze Tage lang schien Sperrstunde zu sein; man hatte das Gefühl wie am Tag nach einem Aufstand, wenn der Angriff vorbei, der Zorn verraucht ist und man begonnen hat, die Leichen der Opfer zu bergen. Die genagelten Sohlen der Polizisten hallten in den ausgestorbenen Straßen wider, wo von den gewöhnlichen Geräuschen der kleinen Handwerker nichts mehr zu hören war. Vor den Läden, in denen Wasser verkauft wurde, sammelten sich immer zahlreicher werdende Gruppen von Männern und Frauen, die sich mit den Angestellten Wortgefechte lieferten. Die Polizisten drängten sie zurück in ihre Elendsbehausungen, wo die Situation am schlimmsten war. In den niedrig gelegenen Straßen floss die Jauche schon im Rinnstein, sie überwand die Gitter der Sinkkästen und füllte Gassen und schmale Seitenstraßen mit ekelerregendem Schlamm. In den Kellern unter Straßenniveau, wo große Familien wohnten, wateten zerlumpte Kinder bis zu den Knöcheln in den Exkrementen der Hauptstadt.

Schattenhaft und eilig glitten Männer an den Mauern entlang, traten aus einer Tür, um gleich darauf hinter einer anderen zu verschwinden, wie Spione, die vor einer Schlacht Nachrichten zu überbringen haben.

Die Frage, die alle beherrschte, war: Wie konnte man der Luft entkommen, die man hier atmete?

Mit dem unerträglichen Gestank und der Angst vor Krankheiten hielten Misstrauen und üble Nachrede Einzug. Man suchte nach Sündenböcken. Die Chinesen, wurde gesagt, seien allzu schweigsam, die Pakistaner lächelten, die Juden machten Geschäfte. Die Reichen hätten es zu gut. Die Papsttreuen schmiedeten ihre Pläne. Die Armee werde bald gewisse Viertel umstellen. Es gab ja noch Stellen in London, die gut rochen. Auf Geheiß ihrer Anführer leerten die Grubenreiniger den Inhalt der Kloaken bei den Armen aus, um sie krank zu machen.

Das einzige Gewerbe, das noch florierte, war das der Tuchhändler. Als ihre Lager leer gekauft waren, benutzte man Latten, Matratzen oder Möbel, um die Fenster zu verbarrikadieren.

Gasthäuser und Herbergen waren geschlossen.

Die Fabriken arbeiteten nur noch mit halber Kraft, und der Londoner Hafen hatte seine Tätigkeit fast vollständig eingestellt. Die Schiffe der Ostindischen Kompanie kamen nicht über Leamouth und North Woolwich hinaus. Die Waren wurden flussabwärts gelöscht, dort, wo der Gezeitenwechsel groß genug war, um den Seeverkehr zu erlauben und die stinkende Last des schwarzen Flusses aufzulösen. Die Werftarbeiter befanden sich im Ausstand, die Kais von London waren menschenleer.

Im neuen Hafen von St. Katharine waren die leeren Lagerhallen verschlossen. Plünderer, Tagelöhner, Diebe und Bettler waren verschwunden. Die Banden des East End warteten wie jedermann darauf, dass der Hafen wieder zum Leben erwachte, dass London von diesem Grauen befreit würde und man zurückkehren konnte zur Normalität.

In dieser gespannten Atmosphäre ausgesetzter Aktivität hatten alle Polizeibrigaden den Befehl erhalten, auf ihren Posten zu bleiben und Zusammenstöße im Keim zu ersticken. Zu jeder Tages- und Nachtstunde sah man nun die Mützen und Laternen der Polizisten, und ihre Trillerpfeifen waren in der ganzen Stadt zu hören.

Die Hölle konnte keinen anderen Geruch haben als den Gestank Londons in diesen Monaten, und so entstand der Gedanke, dass sich London tatsächlich in eine Hölle verwandelte, dass sich hinter dieser göttlichen Strafe ein Grund verbarg, eine monströse Sünde. Prediger traten auf, die verkündeten, dass der große Gestank nur ein Anfang sei, dass die Verdammnis ewig dauern werde und die Miasmen nur die erste Plage seien, dass weitere Schrecknisse folgen würden und ganz England vor dem Abgrund stehe.

Seit Langem wurde in London nicht mehr so viel gebetet.

Die Marinebrigadisten von Wapping patrouillierten weiterhin in den Docklands wie ihre Kollegen in Blackwell und Waterloo, obwohl es eigentlich nichts mehr zu tun gab. Sie hatten den Auftrag, die Schiffe im Auge zu behalten, die Löschung der Handelswaren und die Aktivitäten der Banden zu überwachen, und nun wanderten sie an den verlassenen Kais entlang und schwangen ihre Schlagstöcke.

In der Themse-Brigade, die von den Kompanien bezahlt wurde, waren die meisten Schutzmänner Veteranen aus den Kolonien. Es war eine Art Gnadenbrot, das man verdienten Soldaten oder Männern, die in die Bedürftigkeit abgesunken waren, gewährte. Die Polizei selbst mischte sich bei der Zusammensetzung dieser Brigaden nicht ein. Die Männer hatten ihren eigenen Ruf und gehorchten den Befehlen der Kompanie ebenso wie denen der Polizeioffiziere.

Wenn der Gestank für sie auch nicht weniger höllisch war als für jeden anderen Bewohner der Hauptstadt, so waren sie doch wenigstens an die Hitze gewöhnt. Einigen war auch der allgemeine Verwesungsgestank nicht unbekannt. Nur seine Ausmaße waren neu und brachten ihnen auf verrückte Weise Bilder aufgestapelter Leichen von Indern oder Negern an einem Sonnentag in den Tropen ins Gedächtnis.

Wachtmeister O'Reilly, einst in Westindien stationiert, ging schneller, als er die Glocken von Whitechapel hörte, die das Ende seiner Schicht ankündigten. Er beeilte sich, auf seinen Posten in Wapping zurückzukehren, ein kleines Ziegelgebäude am Flussufer. Es war schon fast sechs Uhr abends, als er, nur noch einige hundert Meter von seinem Ziel entfernt, in eine kleine Straße auf dem Execution Dock einbog.

Der Galgen am Ufer war seit etwa 1830 nicht mehr in Gebrauch gewesen, aber die Admiralität hatte ihn aus Gründen der Abschreckung nicht niederlegen lassen. Ein auf Pfählen ruhender Anlegesteg führte über den Schlamm, und der Galgen aus schwarz gewordenem Holz warf einen schmalen Schatten auf das träge, schmutzige Geschiebe des Flusses.

O'Reilly erinnerte sich an die letzten Hinrichtungen und an die unübersehbare Menschenmenge, die dabei gewesen war. Als Kind hatte er gesehen, wie ein gehängter Pirat über ihren Köpfen baumelte. Wurden englische Offiziere getötet, kam ein kurzer Strick zum Einsatz. War der Strick länger, reichte die Falltiefe nicht aus, und dem Delinquenten wurde durch den Sturz das Genick nicht gebrochen; er starb dann langsam, mit zappelnden Beinen. Es war die Art Hinrichtung, nach der die Menge verlangte.

Kleine Kinder spielten auf dem alten Steg, zerlumpte Hungerleider, die an dem Gestank nicht mehr Anstoß zu nehmen schienen als ein Westindien-Veteran. Als Bettler, Taschendiebe, Kundschafter von Banden waren diese Kinder, elternlos und ungebändigt, eine Plage der Docklands, die durch den Stillstand des Hafens ebenfalls zur Untätigkeit verurteilt waren. Sie waren Parasiten des Flusses und seines Handels, und die Polizei von Wapping fand Jahr für Jahr ein Dutzend Leichen dieser Kinder, eingezwängt zwischen einer Kaimauer und einem Schiffsbug, in einem Absperrgitter hängend oder in einem Fischernetz. Manchmal waren ihre kleinen Körper von Messerstichen übersät. Sie gehörten Banden an, die sich ständig im Krieg miteinander befanden, und ihre Abrechnungen endeten regelmäßig mit Mord und Totschlag.

»Weg da!«

Die Kinder balancierten auf dem wurmstichigen Holz und spielten mit ihren Schatten, die sie immer näher an den des Galgens herankommen ließen. Dem Polizisten schenkten sie keinerlei Beachtung. Erst als O'Reilly seinen Schlagstock zückte, machten sich die Kinder davon.

»O'Reilly, dummer Ire!«

»Du stinkst, O'Reilly!«

»Die Bobbys sind Pest und Cholera!«

»Polypen an den Galgen, Reiche in den Gully!«

O'Reilly drohte ihnen, bis sie verschwunden waren, und ging weiter in Richtung Posten. Andere Schutzmänner tauchten auf und marschierten ebenfalls schnellen Schrittes in Richtung Wapping High Street.

Sie legten Helme und Stöcke ab und setzten sich auf die bereitstehenden Stühle.

Superintendent Andrew erwartete sie. Er rauchte eine Pfeife mit orientalischem Tabak, der der stinkenden Luft eine widerlich süßliche Note beimengte. Einen Mann nach dem anderen befragte er, und sie antworteten knapp und präzise. Die Patrouillen waren auf die Aldgate und Whitechapel Street ausgedehnt worden, die an die Docklands grenzten. Es hatte Auseinandersetzungen verschiedener Art gegeben, einen Streit zwischen Eheleuten – der Gatte war betrunken gewesen –, eine Rauferei zwischen Bürgern, die sich gegenseitig beschuldigten, den Nachttopf auf dem nachbarlichen Hof ausgeschüttet zu haben; einige Diebstähle und Einbrüche in Läden und Wohnungen. Wer etwas besaß, fürchtete sich vor denen, die nichts besaßen.

Die Männer der Nachtschicht trafen ein, und es wurde eng und heiß im Raum. Vor seinen müden und erschöpften Leuten hielt Andrew eine kleine Rede, in der er erklärte, dass der augenblickliche Zustand nicht mehr lange anhalten und bald wieder alles in die üblichen Bahnen zurückkehren werde. Er hatte gelernt, mit diesen ehemaligen Soldaten umzugehen, die oft schwierig waren und dennoch voller Stolz weiterhin für die Kompanie arbeiteten, was bedeutete, dass sie faktisch zwei Herren dienten, dem Staat und dem Handel, ohne dass ihnen das viel einbrachte. Ihr Stolz wirkte zuweilen lächerlich, doch diese Männer verstanden es wenigstens zu gehorchen und jammerten nicht ständig dabei.

Andrew zog an seiner Pfeife und ließ seinen Blick durch den Raum wandern.

»Wo ist Bowman?«

Die Männer zuckten die Achseln.

»Hat er diese Woche tagsüber Dienst oder nachts?«

Er erhielt keine Antwort und biss auf das Mundstück seiner Pfeife.

*

Die Kirchenglocken waren über allen Dächern zu hören. Arthur Bowman trat aus der Lagerhalle des Weinhandels Corney & Barrow, nahm einen Schluck Gin, ließ den Flachmann unter seinem Hemd verschwinden und wandte sich nach rechts in die menschenleere Thomas More Street. Die Leute gingen erst später aus dem Haus, wenn es dunkel wurde und die Hitze ein wenig nachließ, um ihre dringendsten Einkäufe zu erledigen. Die Schaufenster waren mit Vorhängen verhängt oder mit Holzlatten verbarrikadiert, die man regelmäßig mit Wasser besprengte, weil man meinte, die Miasmen durch Wasser aufhalten zu können. Auch Händler, die nicht daran glaubten, wässerten ihre Fenster, denn nur dann bestand irgendeine Aussicht auf Kundschaft. Eimerweise holten sie die bräunliche Flüssigkeit aus den Brunnen und leerten sie über Stoffe und Holzbarrikaden.

Bowman bog in die Chandler Street und sah an der Ecke der Wapping Lane die Fassade von Fox and Hounds mit der brennenden Laterne über der Tür, die anzeigte, dass der Laden offen war.

Doch die Tür war zugesperrt. Bowman klopfte mehrmals und hörte schließlich, dass sich ein Schlüssel im Schloss drehte. Mitchell, der Diener von Big Lars, hielt sich die Nase zu und machte einen Schritt zur Seite, um den Sergeants eintreten zu lassen. Er schloss die Tür hinter sich und brachte ein improvisiertes Gerüst in Stellung, über dem Stoffe hingen. Dann nahm er einen Eimer Wasser und schüttete ihn darüber. Lars war offenbar ein Anhänger der Wassertheorie.

Sechs oder sieben Kunden standen an der Bar, die Letzten, die der Höllengestank und die Eimer voller Abwasser noch nicht daran gehindert hatten, ihren Durst zu stillen.

»Verdammt, Mitch! Lass den Eimer stehen!«

Lars, der Wirt des Fox, hatte die Zeitung vor sich auf dem Tresen liegen. Ein feuchtes Küchentuch bedeckt seine Nase und seinen Mund. Er rief: »Willst du etwa die Cholera kriegen, du Dummkopf?«

Mit einer Kopfbewegung begrüßte er Bowman, der sich an seinen Tisch setzte. Der Wirt nahm einen Krug vom Regal, zapfte ein dunkelbraunes Bier und stellte es auf den Tresen. Mitchell servierte es dem Schutzmann.

Als Bowman den Krug geleert hatte, zapfte ihm Lars ein zweites Bier.

Big Lars war in Westindien Corporal gewesen und hatte genug Gewürze und Pelze über die Grenzen geschmuggelt, um sich nach seinem Abschied diese heruntergekommene Kneipe kaufen zu können. Ein Tresen aus rohem Holz, beleuchtet von zwei Öllampen, vier Tische mit heruntergebrannten Kerzen, ein Bierfass mit Zapfhahn, einige Fässchen Wein, eine Falltür hinter dem Tresen und darunter ein Keller, aus dem nichts umsonst zu bekommen war.

Der Ort war sicher. Negern, Indern, Pakistanern und Bettlern war der Eintritt verboten, es sei denn, sie hatten Militärabzeichen in ihren Taschen; auch Mohammedaner, Chinesen, Blaublütige, Rothäute und all jene, die gegen Verbote stänkerten, durften nicht eintreten. Über dem Wirt hing ein ausgestopfter Fuchs an der Wand, der sich mit gebleckten Zähnen den Gästen zuwandte.

Bowman saß bei seinem dritten Krug Bier, schwach beschienen vom Lampenlicht. Das braune Ale von Big Lars war nicht besser als sein Ruf, doch je wärmer es einem wurde, desto frischer kamen einem die Getränke vor. Mit halb erstickter Stimme schimpfte der Wirt: »Mitch, du Schwachkopf! Die Kerze des Sergeants!«

Mitch stürzte zu Bowmans Tisch und zündete die Kerze an, ohne zu wagen, dem »Sergeanten« ins Gesicht zu sehen, und eilte zurück zum Tresen.

Lars las die Zeitung.

Er brauchte einen ganzen Tag für den *Morning Chronicle*. Abends pflegte er seinen Gästen daraus vorzulesen. Er brütete fünf Minuten lang über einem Absatz, um dann den Kopf zu heben und wiederzugeben, was er begriffen hatte, und zwar so, dass es auch seine Gäste verstanden. Heute schien ihm ein Artikel besonders zu schaffen zu machen, denn er brauchte eine gute Viertelstunde, um ihn zu lesen, indem er mit dem Finger langsam die Zeilen entlangfuhr. Schließlich holte er die Lampe und hielt die Seite unter das Licht.

Er begann mit dem Titel:

»*Vortrag in der Linnean Society, in Anwesenheit der Professoren Lyell, Hooker und Wallace: ›Die Natur im Krieg!‹*«

Köpfe erhoben sich über Gläsern. Mitch kniff die Augen zusammen und betrachtete nachdenklich seinen Boss, der sich wieder in den Artikel versenkte.

»Der Biologieprofessor Alfred Wallace präsentierte gestern im Burlington House im Verlauf von anderthalb Stunden seine Ideen über die Grundlagen einer neuartigen wissenschaftlichen Theorie. Zudem erläuterte er die Theorien von Professor Charles Darwin über den Ursprung der tierischen Arten.«

Es herrschte vollkommene Stille im Fox. Die Augen der Gäste von Big Lars schimmerten wie Butzenscheiben.

»Was soll denn das sein? Gibt's nichts anderes in deinem Käseblatt?«

Big Lars hob den Blick.

»Ich habe schon alles gelesen. Lässt du mich jetzt weitermachen, du Dummkopf? Das ist ein sehr wichtiger Artikel.«

»Ja, bestimmt. Ich hab nix kapiert.«

»Hast du nicht die *Gazette*, Lars? Wer war bei der Hinrichtung?«

»Und die Kanäle? Wann kriegen sie die Kanäle endlich frei?«

»Haltet die Klappe!«

Der Wirt las den Artikel noch einmal, weitere fünf Minuten lang. Mitch brachte Bowmans leeren Krug, Lars füllte ihn und legte den Finger auf die Zeitung.

»Ha! Hier!«

Er warf seinen Gästen einen zufriedenen Blick zu.

»In diesem Artikel steht, dass diese Leute, bei der Konferenz, dass sie nicht an Gott glauben! Weil es nämlich Vögel auf Inseln gibt und Karnickel in Papua, von denen gibt es nicht genug, deshalb bespringen sie sich hemmungslos.«

Neuerlich trat Stille ein.

»Bist du sicher, dass das da steht?«

»Lass mich weiterlesen! Also, von den Karnickeln gibt es nicht genug, obwohl sie jede Menge Junge kriegen, und zwar deshalb, weil sich die Natur im Krieg befindet... Im Krieg mit sich selbst! So steht es hier.«

Ein Säufer reckte den Kopf.

»Und was hat das mit Gott zu tun?«

Big Lars stemmte die Arme auf die Hüften.

»Verdammt noch mal.«

Er las weiter.

»Da steht's! Es ist, weil die Natur im Krieg ist, die Tiere schaffen sich die Schwächsten vom Hals, und so überleben die, die am stärksten sind.«

Einige Gäste grinsten, andere sprachen ihrem Bier zu.

»Das soll also die neue Theorie sein?«

»Sieht so aus.«

»Klar. Ich hätte Professor werden sollen!«

Zwei Gäste prusteten los. Big Lars fuhr fort.

»Und die Stärksten, das sind zum Beispiel das Karnickel, das am schnellsten rennt, oder der Vogel, der am schnellsten fliegt, um was zu fressen zu finden.«

»Ich begreife immer noch nicht, was das mit Gott zu tun haben soll.«

»Der Krieg, das sehe ich ein, aber das andere …«

»Haltet endlich die Klappe!«

Big Lars hob mahnend einen Finger.

»Also. Diejenigen, die am schnellsten laufen oder fliegen, die machen dann kleine Karnickel und kleine Vögelchen, die auch so schnell sind, weil das nämlich erblich ist.«

Ein Säufer knallte seinen Krug auf den Tisch.

»Erblich?«

»Das heißt, es geht von den Eltern auf die Kinder über, und das passiert im Bauch der Mutter, wie zum Beispiel auch die Dummheit. Die wird auch vererbt.«

»Ach …«

Big Lars redete sich in Begeisterung.

»Es hat was mit Gott zu tun, weil dieser Darwin und der andere, Wallace, die sagen, dass die Tiere und alle anderen Lebewesen, die sich in der Natur im Krieg befinden, immer das behalten, was das Beste für sie ist, das schnellere Laufen oder die größeren Ohren, was auch immer, und so entwickeln sie sich. Das ist die Evolution.«

Der Wirt ließ einen Moment des Schweigens verstreichen. Die Evolution musste seinem Publikum Eindruck gemacht haben. Niemand sagte etwas, alle warteten darauf, was nun folgte. Big Lars riss sich das Tuch ab, das immer noch seinen Mund bedeckte. Auf einmal war seine Stimme lauter, er beugte sich vor, und seine Gäste schoben ihre Schemel ein wenig zurück.

»Die Evolution! Verdammt noch mal, kapiert ihr denn gar nichts? Das heißt, dass die Karnickel und die Vögel, dass die nicht immer so waren, sie haben sich entwickelt, von einer Stufe zur anderen. Das heißt Evolution. Die Arten sahen früher anders aus.«

In der Stille hörte man leise gurgelnde Geräusche, wenn Bier die Kehlen hinabfloss. Die Gäste interessierten sich durchaus noch für das Thema, allerdings immer weniger. Sie schoben die leeren Krüge und Gläser von sich, und Big Lars zapfte neues Bier.

»Ich frag mich, warum ich mir die Mühe mache, euch das alles zu erklären.«

Er stellte Krüge auf den Tresen, nahm die Zeitung wieder auf und blätterte um.

»Kapiert ihr das wirklich nicht? Das heißt, dass Darwin glaubt, nicht Gott hat die Karnickel erschaffen, wie sie heute sind! Er hat das nicht alles in sieben Tagen gemacht, und wenn er es doch gemacht hat, ganz am Anfang, dann waren seine Karnickel noch nicht ausgereift.«

Big Lars brach in Lachen aus, und ein paar Gäste lachten ebenfalls. Die allgemeine Aufmerksamkeit wandte sich wieder dem Thema zu.

»Und der Journalist hier sagt auch, dass Darwin glaubt – obwohl er es nicht genau so ausgedrückt hat –, die Menschen seien am Anfang nicht so gewesen wie wir heute, es hätte auch bei den Menschen eine Evolution gegeben.«

Alle Männer waren jetzt schon ziemlich betrunken. Sie lachten immer lauter. Big Lars spürte, dass er sein Publikum nun in der Hand hatte. Er zapfte ein weiteres Bier für Bowman und fuhr fort.

»Die sind hier stinkig, in der Zeitung. Sie sagen, dass Darwin glaubt, früher seien unsere Mütter oder Väter vielleicht keine ganz fertigen Menschen gewesen, so wie die Neger, die Gelben oder die Inder.«

Das Gelächter erstarb, und die Gäste wurden zunehmend unruhig.

»Wartet! Wartet doch, verdammt noch mal, es ist ja noch nicht zu Ende.«

Big Lars beugte sich über den Artikel und las noch einmal die letzten Zeilen.

»Ja, genau! Das ist es! Der Wallace, der sagt, dass die Evolution noch nicht zu Ende ist!«

Einer der Säufer, den es weniger als die anderen zu kümmern schien, einen Neger als Vorfahr zu haben, begann wieder, laut zu lachen. Big Lars hielt an sich. Er fuhr fort.

»Wallace sagt, dass die Evolution weitergeht und dass alle sich gegenseitig helfen werden. Und dass wir in tausend Jahren eine vollkommene Gesellschaft haben werden. Mit einer *sozialistischen* Regierung!«

Der immer noch lachende Säufer fiel von seinem Schemel, die anderen spuckten aus und bliesen in den Schaum in ihren Krügen. Big Lars schlug sich auf die Schenkel, die alten Soldaten mussten sich am Tresen festhalten, um beim Lachen nicht den Halt zu verlieren. Im trüben Licht der Lampe schwankten sie lachend hin und her, als ob der Gedanke, Vorfahren unter den Negern zu haben, zusammen mit der Ankündigung einer Welt der Solidarität und Gerechtigkeit das Komischste sei, was sie seit dem letzten Versprechen von Lohnerhöhungen gehört hatten. Mitchell, der nicht alles verstanden hatte, stand am Ende des Tresens und betrachtete die Gäste lächelnd. Big Lars hatte Schwierigkeiten, Luft zu bekommen.

»Diesen Wallace werd ich mal zu uns einladen, das wird lustig! Dann kann er uns beibringen, wie die Natur im Krieg ist, dieser Esel, und wie sie in Westminster alle zu Sozialisten werden. Ach, verdammt, er kriegt sein Bier auch umsonst!«

Dieses Versprechen verursachte eine neue Lachsalve im Raum. Big Lars hob die Hand.

»Zwanzig Jahre lernen und studieren für so was! Hörst du das, Sergeant? Was hältst du davon, vom Krieg in der Natur und dass unsere Vorfahren Affen sind?«

Gerötete Gesichter wandten sich Bowman zu. Big Lars wischte sich mit seinem bräunlich verfärbten feuchten Tuch über die Augen. Lachend beobachteten die Gäste, wie Bowman sein Bier austrank. Sie warteten darauf, was er, der alte Soldat, der in Indien gewesen war, zu dieser unglaublichen Dummheit eines sogenannten Gelehrten sagen würde. Bowman hatte in seinem Winkel genau zugehört, aber er hatte nicht gelacht. Er gehörte nicht zu den Schwätzern, er sprach überhaupt nur selten, und gerade deshalb interessierte es alle, was er dazu zu sagen hätte, mit seinem seltsam schiefen Gesicht, seiner Hand mit den abgeschnittenen Fingern und mit diesen ruhigen Augen, die sich unter dichten Brauen verbargen. Man wusste wenig von seiner Geschichte, war an seine Gegenwart gewöhnt und hütete sich doch vor ihm, auch nach all diesen Jahren. Big Lars sagte manchmal, Sergeant Bowman, das sei nicht einfach ein harter Bursche, das sei etwas anderes: eine Gefahr.

Aber man wollte Bowman reden hören, weil der Krieg von Darwin und Wallace in den Konferenzsälen der Aristokraten etwas war, worüber man einen kurzen Moment lang lachen durfte, um das andere zu vergessen, die echten Kriege und die reichste Stadt der Welt, die stank wie ein Aas.

Bowman hatte es gehört. Was hatte er dazu zu sagen?

Big Lars schwieg, und nun zeigte nur noch Mitchell, dieser Schwachkopf, seine faulen Zähne. Die anderen steckten die Nasen wieder in ihre Bierkrüge.

Bowman hielt den Blick auf den Tisch gerichtet, seine Handflächen umklammerten die Kanten. Im Kerzenlicht wirkte sein Gesicht aufgeschwemmt, und ein gelber Strahl fiel auf seine Stirn und erhellte die lange Narbe, die seine Falten durchschnitt.

Als er aufstand, fiel der Schemel polternd um. Er ging hastig durch den Raum und verhedderte sich in den feuchten Tüchern, die an dem Gerüst vor der Tür hingen. Schließlich riss er die Tücher herunter und entriegelte die Tür.

Die inzwischen von Menschen belebte Straße lag im Schatten der hohen Häuser. Bowman bog in die Reardon Street ein und passierte Waterman Way. Er verlor sich im Gewirr der Gassen, erreichte schließlich China Court und ging eine Allee entlang, in der überall feuchte Laken von Wäscheleinen hingen. Eines der Laken schlug er zurück und stand nun vor einer Tür, neben der auf einer Holzkiste Räucherwerk brannte. Mit der Faust schlug er auf die morschen Latten der Tür.

Ein Chinese öffnete.

Bowman folgte einem Korridor und sah durch einen Türspalt Frauen, die Kleidungsstücke nähten, Kinder, auf Matten ausgestreckt, mit runden Gesichtern und schwarzen Augen, halb nackte, schweißnasse Körper. Türen öffneten sich vor ihm, er überquerte weitere Gassen, bis er zu einer anderen Tür gelangte, die von zwei Chinesen bewacht wurde. Sie erhoben sich, als sie ihn kommen sahen, und ließen ihn ein. Er befand sich in einem großen Raum mit niedriger Decke und mehreren Reihen von Sitzbänken, die mit Matten, Teppichen und kleinen Kissen bedeckt waren. Es war heiß und stickig. Körper lehnten aneinander, Gesichter starrten an die Decke. Weißer Rauch stieg spiralig aus den geöffneten Mündern mit den trockenen Lippen, doch niemand verlangte zu trinken; Opiumkügelchen glommen in den Pfeifen. Ein dickbäuchiger Chinese, eingehüllt in ein langes weißes Gewand, verbeugte sich mit gefalteten Händen vor Bowman und wies ihm einen Platz auf einer Sitzbank an. Bowman ließ sich zwischen zwei anderen Engländern mit leichenblassen Gesichtern nieder.

Ein alter Mann mit schwarzen Lippen, schrecklich abgemagert, ein feuchtes Tuch um die Hüften geschlungen, streifte ihm die Schuhe von den Füßen.

Der Chinese in dem langen Gewand stopfte eine Opiumkugel in eine Pfeife und reichte sie ihm. Arthur biss auf das Mundstück, atmete so lange wie möglich ein und schloss den Mund. Der Chinese erhob sich und verbeugte sich erneut.

»Verjagen Sie die schlechten Träume, Sergeant Bowman. Verjagen Sie sie.«

Bowman öffnete weit den Mund, doch statt eines Schreis entfuhr ihm eine weiße Wolke, die er in die rauchgeschwängerte Luft der Opiumhöhle entließ.

Seine Stimme klang stumpf und teilnahmslos.

»Hau ab. Du ver-dammtes... Mond-gesicht...«

2

Die Opiumhöhle war leer, und hinter den Vorhängen war es Tag geworden. Sitzbänke und Kissen waren verwaist. Der Raum, in den sich so viele Menschen in dieser Nacht geflüchtet hatten, war schmutzig und voller Staub.

Der abgemagerte Chinese brachte einen Becher Tee und ein Glas Gin. Bowman saß auf einer Bank, rieb sich das Gesicht und trank langsam ein paar Schluck schwarzen, geräucherten Tee. Dann leerte er das Glas in einem Zug, warf zwei Shilling auf den Tisch und verließ angewidert das Lokal.

Kinder schoben Karren mit schmutziger Wäsche durch das Straßengewirr von China Court und drückten sich an die Mauer, um ihn vorbeizulassen. Kessel kochten auf offenen Feuern, und Essensgerüche hingen in Schwaden in den Treppenhäusern der heruntergekommenen Gebäude. Bowmans Magen zog sich zusammen. Vor einem blutbesudelten Tisch rollte der Kopf eines Huhns, der gerade von einer Chinesin mit einer Axt abgetrennt worden war, im Schmutz, und Bowman übergab sich vor der Frau. Er wischte sich den Mund mit dem Ärmel seiner Uniformjacke ab und lief weiter. In der Pennington Street ging es ruhiger zu. Hier spürte man die Belagerungsatmosphäre, die in der Stadt herrschte. Die Schaufenster waren verhängt, die Bürgersteige verwaist.

Er bog in die Cable Street ein, ging bis zur Ecke Fletcher Street, öffnete die Tür seines Hauses und erklomm mit pfeifendem Atem die drei Stockwerke. Sein Zimmer bildete die Ecke des Gebäudes, direkt unter dem Dach. Ein Fenster ging zur Fletcher Street, das andere auf die Cable Street und die Eisenbahngleise. Dahinter erstreckte sich Whitechapel. Ein Bett, ein Tisch und ein Stuhl, ein kleines Waschbecken aus Email, ein Regal mit Rasierzeug und Wasserkanne; ein Seil war quer durch den Raum gespannt, auf dem zwei Uniformen hingen. Die rote gehörte der Kompanie, die blaue war die Uniform der Themsebrigade, mit dem breitkrempigen Hut für den Winter.

Bowman legte sich auf sein Bett. Laken und Kissen stanken. Es war sein persönlicher Gestank mitten im stinkenden London.

Am Mittag erwachte er schweißgebadet.

Auf dem Tisch breitete er ein Tuch aus, schnitt Brot und Speck und schälte eine Knoblauchzehe.

Den Rest des Tages blieb er dort sitzen, sah das Licht schwächer und die Schatten länger werden und verließ seinen Stuhl nicht, auch als es Nacht geworden war und die letzten Lichter erloschen, als es hinter den Scheiben nur noch schwarz war und er in der Finsternis nicht einmal mehr seine Hände unterscheiden konnte, die neben dem Messer auf dem Tisch lagen.

Als die Sonne sein Zimmer wieder hell machte, zog er seine Uniform an, verschloss die Tür und ging die Treppe hinunter auf die Straße.

Auf der Pennington Street besuchte er eine Taverne, bestellte Bier und Porridge, dazu ein Ei, das er auf dem Rand des Tellers aufschlug und mit dem gekochten Getreidebrei vermengte. Dann warf er ein Geldstück auf den Tresen und verließ das Lokal. Das Fox and Hounds hatte zu dieser Stunde noch geschlossen.

Das große Backsteingebäude an der Wapping High Street war übergossen von Licht, und auf der anderen Seite der Straße ging von der unsichtbaren Themse ein Gestank aus, der schlimmer war als je zuvor. Es war halb acht, und die Männer der Nachtschicht kehrten gerade wieder in ihr Hauptquartier zurück. Diejenigen, die sie ablösen sollten, waren bereits alle versammelt.

Bowman betrat den Raum, und sein Blick fiel auf den ausgetrockneten Fluss hinter den Fenstern. Seine Kollegen begrüßten ihn nicht. O'Reilly stellte sich vor ihn hin, musterte ihn prüfend und hustete, als wollte er gleich ausspucken.

»Der Superintendent will dich sprechen.«

Bowman wartete, bis O'Reilly ihm aus dem Weg gegangen war. Dann klopfte er, mit dem Helm unterm Arm, an Andrews Tür.

»Sie wollten mich sprechen?«

Andrew säuberte seine Pfeife mit einem kleinen Messer.

»Mir ist etwas zu Ohren gekommen. Ein Vorfall in St. Katherine.«

»Soll ich mich darum kümmern, Sir?«

Der Superintendent lächelte.

»Ein Vorfall, der Sie betrifft, Bowman.«

Arthur straffte sich, als stünde er vor einem seiner Vorgesetzten in der Kompanie.

»Ich weiß nicht, wovon Sie sprechen, Sir.«

»Sie und Ihre Kollegen, ihr seid keine Chorknaben, Bowman, aber es gibt Grenzen für das, was ich zu dulden bereit bin, auch wenn die Seehandelskompanien Ihre Methoden gutheißen.«

»Ich verstehe nicht, wovon Sie sprechen, Sir.«

Andrew zog eine Schublade seines Schreibtischs auf und entnahm ihr ein Blatt Papier, das er schweigend überflog.

»Vor zwei Tagen hatten Sie Probleme mit einem Vorarbeiter von Corney & Barrow. Einige Lagerarbeiter sagen, dass Sie den Mann vor ihren Augen zusammengeschlagen haben. Entspricht das den Tatsachen?«

Bowmans Schultern zuckten unter dem Uniformstoff, und er grinste.

»Und das ist das Problem?«

»Was ist passiert?«

»Raymond, der Vorarbeiter, hat für eine Bande in St. Katherine gearbeitet. Die Leute von Corney & Barrow haben mich darauf aufmerksam gemacht. Die Chefs haben mir gesagt, ich soll ihm eine Lektion erteilen. Wie üblich, Sir. Nichts weiter.«

»Raymond hat Sie bedroht, nachdem Sie ihn geschlagen haben?«

Bowmans Grinsen wurde breiter.

»Er hat eine große Klappe, Sir, aber das bedeutet nichts.«

»Sie hatten also nichts mehr zu befürchten?«

»Was soll das heißen?«

»Raymond ist tot. Gestern Abend hat man ihn gefunden, nicht weit von den Corney-Speichern entfernt, mit abgeschnittenen Fingern und durchgeschnittener Kehle.«

Bowman kniff die Augen zusammen.

»Das war mir nicht bekannt.«

»Es wäre Ihnen bekannt, wenn Sie öfter hier vorbeikommen würden, um Bericht zu erstatten und Befehle entgegenzunehmen. Haben Sie eine Meinung zu dem, was Raymond widerfahren ist?«

»Die Mitglieder seiner Bande, Sir. So machen sie es.«

Jetzt grinste Andrew.

»Und Sie kennen die Methoden dieser Leute, Bowman, nicht wahr?«

Arthur spürte ein Brennen in den Stummeln seines Zeige- und Mittelfingers.

»Ich verstehe nicht, worauf Sie hinauswollen, Sir.«

Andrew strich über das Blatt Papier und ließ es auf den Stuhl neben sich fallen.

»Corney & Barrow verlangt eine Untersuchung.«

»Was?«

»Über die Umstände des Mordes an ihrem Vorarbeiter.«

Arthur blinzelte. Seine Mundwinkel verzogen sich zu einem halben Lächeln, dann wurde er wieder ernst.

»Sie waren es, die wollten, dass ich ihm eine Tracht Prügel verpasse, Sir. Es würde mich nicht wundern, wenn sie selbst ihre Hand im Spiel hätten. Eine Abrechnung, wie es sie jede Woche gibt. Kein Mensch interessiert sich dafür, Sir.«

Der Superintendent kreuzte die Hände über seinem Bauch.

»Ich kann weder Sie selbst noch Ihre Methoden gutheißen, Bowman, und ich werde diese Angelegenheit persönlich klären. Sie sind entlassen.«

Bowman machte einen schnellen Schritt auf den Schreibtisch zu.

»Sie haben diese Untersuchung verlangt. Den Leuten von Corney ist es völlig egal.«

»Bald werden die Kompanien der Polizei nichts mehr zu befehlen haben. Auch der Themsebrigade nicht. In Indien haben sie jetzt keine Monopole mehr, und das hat ihre Stellung geschwächt. Ihre Aktionäre werden Westminster nicht ewig halten können. Sie und Ihre Spießgesellen werden aus unseren Reihen verschwinden, Bowman, und wir werden eine Polizei haben, die sich ihrer Rolle und ihres Namens würdig erweist. Ihre Zeit ist um. Aber wenn es Sie beruhigt – Sie werden nicht der Letzte sein. Gehen Sie nach Hause, und halten Sie sich zu meiner Verfügung, solange die Untersuchung dauert.«

»Das können Sie nicht machen. Ich habe mit dieser Geschichte nichts zu tun!«

»Sie haben ihn vor Zeugen zusammengeschlagen. Und diese Zeugen haben ausgesagt, dass Raymond sie anschließend mit dem Tod bedrohte. Sie sind daran gewöhnt, solche Drohungen ernst zu nehmen, nicht? Und beklagen Sie sich nicht, ich werde Ihnen noch eine Woche lang Ihren Lohn bezahlen. Sie können sich also Ihren Gin leisten und zu den Chinesen gehen.«

Arthur lockerte seine Fäuste und hob den Kopf.

»Wenn Sie mir zwei Tage geben, bringe ich Ihnen die Leute, die Raymond getötet haben.«

Andrew stand auf und kehrte seinem Besucher den Rücken zu. Er betrachtete den schwarzen Fluss. Raben saßen auf dem Bauch eines langsam dahintreibenden Schafkadavers und pickten Reste von Fleisch von den Knochen.

»Dieser Gestank wird nie mehr aufhören. Ich glaube, wir sollten uns daran gewöhnen, damit zu leben.«

»Sir, Sie wissen, dass ich gute Arbeit leisten kann. Ich habe mehr Erfahrung als alle anderen hier. Wir sind nicht immer einer Meinung, aber Sie wissen, wozu ich fähig bin.«

Andrew stopfte seine Pfeife und zündete sie an. Der Duft orientalischen Tabaks erfüllte das Büro.

»Genau. Und Ihre Vergangenheit lässt mich kalt, Bowman. Ihre Geschichte interessiert mich nicht. Bis zum Ende der Untersuchung sind Sie entlassen.«

»Und wer wird diese verdammte Untersuchung leiten?«

Andrew reagierte nicht, aber Bowman bemerkte, dass er ein hämisches Lächeln unterdrückte.

»Darüber habe ich noch nicht nachgedacht.«

»Sie haben nur nach einem Grund gesucht, um mich loszuwerden.«

»So ist es.«

»Lassen Sie mich nach diesen Leuten suchen ...«

»Abmarsch, Bowman.«

»Lassen Sie mich meine Arbeit machen. Ich kann nicht leben, ohne etwas zu tun.«

»Wenn ich Ihnen noch einmal befehlen muss zu gehen, werden Sie die Sache nur noch schlimmer machen.«

*

Scharlatane verkauften Gegenstände, die auf wunderbare Weise Gerüche vertreiben sollten, und die Besitzer von Gasthäusern hatten Windfänge und Schleusen vor ihren Etablissements errichten lassen, sodass die Gäste vier oder fünf Türen passieren mussten, bevor sie zu ihren Tischen gelangten. Kinder wurden beschäftigt, um in Läden über den Köpfen der Kunden große Fächer zu bewegen. Die Hälfte der Dockarbeiter arbeitete weiter themseabwärts, wo die Schiffe anlegten. Speicher und Lagerhallen drängten sich dort den Fluss entlang: die Ausläufer des East End. Auch die Banden verließen ihr angestammtes Gebiet, arbeiteten in kleineren, von Waren überquellenden Häfen, während die Polizei und die ihr angegliederten Schutzbrigaden in London blieben. Das Parlament begann wieder zu tagen. Nach drei Wochen der Passivität musste man sich wieder um das Land kümmern.

Die Untätigkeit hatte eine allgemeine Lähmung, ein Gefühl tödlicher Langeweile hervorgebracht. Die Arbeiter selbst empfanden die Hoffnung, ihre Arbeit wieder aufnehmen zu können, unter Bedingungen, die sie vor der Hitzeperiode nicht ertragen hätten, als befremdlichen Widerspruch. Wie die Kirchen sich gefüllt hatten, so stiegen die Mitgliederzahlen der Vereine der Arbeitersolidarität. In der Langeweile dieser Zeit, die aus dem Lauf ihres gewöhnlichen Daseins herausfiel, nahmen die Armen den Luxus für sich in Anspruch, über ihre Lebensbedingungen nachzudenken. Das Wetter spielte verrückt, und die Ingenieure wussten nicht zu helfen: So hatte der große Gestank die Bedingungen eines gigantischen allgemeinen Streiks geschaffen, und auch wenn die Forderungen noch nicht klar formuliert wurden, spürte man sie doch überall in der Luft liegen, und täglich wurde die Gefahr größer, dass es zu einem großen politischen Aufstand kam.

Die Lords, die im Oberhaus tagten, wussten, dass sie die Maschine wieder flottbekommen mussten, bevor es zu spät sein würde.

Wut schwelte, Wahnsinn breitete sich aus. Die Verrückten wanderten in den Straßen umher, in einer Welt, die ihren Halluzinationen entsprach. Sie hatten Zeichen gesehen, ihr Wahnsinn war selbst ein Zeichen. Nach den Priestern und Predigern traten die Irren in London als die neuen Propheten auf.

Menschen, die geistig noch gesund waren, brachen zusammen, überwältigt von ihren Ängsten und Phobien, krank und zitternd. Sie schlossen sich in ihren Behausungen ein, verbarrikadierten ihre Fenster oder suchten sich einen soliden Dachstuhl, um sich zu erhängen. Noch blieb es ruhig, nur die Suizide häuften sich.

Arthur Bowmans Platz war irgendwo zwischen den wütenden Arbeitern, den Verrückten, die schrien, dass sie immer schon gewusst hätten, was passieren würde, und den vielen Menschen, die von ihren Ängsten gequält wurden.

Keine Patrouillen mehr, keine Banden, die er verfolgen konnte. Er saß nur noch da, mit seinem nutzlos gewordenen Körper.

Bowman brütete in seinem Zimmer vor sich hin.

Andrew und seine Untersuchung. Trotz des Verbots sollte man diejenigen finden, die den Vorarbeiter erschlagen hatten.

Doch Bowman wusste, dass das zu nichts führen würde. Andrew würde etwas anderes finden. Einen neuen Vorwand.

Er kaufte Gin und begann, ihn schon morgens zu trinken, um sich zu betäuben, die Wut zu besänftigen, nicht mehr zu denken und traumlos zu schlafen. Doch die Albträume kehrten zurück.

Diese Mordgeschichte war abwegig. Der Fluss würde wieder anfangen zu fließen, und er würde seine Arbeit wiederbekommen. Er würde Raymonds Mörder dingfest machen und sie mit einem Stein um den Hals in die Themse werfen, würde sich mit dem Abschaum der Docks beschäftigen. Damit sein Organismus wieder in Gang kam. Doch er kehrte immer wieder zum gleichen Punkt zurück; Andrew ließ ihn nicht los.

Nach einer Woche trank er noch mehr. Kaufte sich Laudanum. Die Opiumtinktur bewirkte, dass sich seine Albträume abschwächten, dass er träumen konnte, ohne nass geschwitzt vor Angst zu erwachen. Dafür kehrte seine Wut zurück, und er fuhr schreiend aus den Träumen hoch.

Andrew kaltmachen.

Mit ihm reden. Ihm sagen, er solle ihm die Arbeit wiedergeben, oder ihm den Schädel einschlagen.

Er ging wieder zu den Chinesen. Die Pfeifen, stärker als das Laudanum, beruhigten ihn einige Stunden länger.

Es war nicht mehr möglich, den Träumen zu entkommen. Bowman drehte sich im Kreis, kämpfte gegen die Erinnerungen, die seine Langeweile besiedelt hatten wie Würmer eine offene Wunde. Die Phantomschmerzen kamen wieder, sein Rücken krümmte sich unter einer imaginären Last, seine Knie drohten nachzugeben, wenn er zum China Court ging, und es tat weh, die Fäuste zu ballen. Bowman begriff erst jetzt, dass ihn nur die Routine, die tägliche Disziplin, die ihm der Dienst in der Brigade aufgezwungen hatte, in den letzten fünf Jahren aufrechterhalten hatte.

Mit dem Kopf auf dem Tisch schlief er ein, stürzte auf sein Bett und erwachte schweißüberströmt, mit dem Geschmack von Blut im Mund, weil er sich im Traum in die Wange gebissen hatte.

Als er an diesem Abend ausging, lagen zwei Wochen halluzinierender Berauschtheit und brütenden Nachdenkens hinter ihm. Jetzt hatte er einen Entschluss gefasst. Er würde nach Wapping gehen. Erst auf der Straße wurde ihm bewusst, dass es mitten in der Nacht war. Andrew würde nicht im Hauptquartier sein. Und der China Court war nebenan.

Dem dicken Chinesen, der ihm öffnete, warf Bowman so viel Geld zu, dass es für vier Kügelchen reichte. Nur nicht träumen heute Nacht. Morgen würde er zu Andrew gehen, wenn er sich besser fühlte und wieder bei Kräften wäre. Er wollte vor dem Superintendenten auf die Knie gehen und ihn anflehen, ihn wieder als Polizist arbeiten zu lassen, weil er sonst nicht mehr schlafen könne.

*

Am 14. Juli stiegen im Morgengrauen dunkle Wolken von der Themse im Osten auf und sammelten sich über London. Die Nacht war feucht gewesen, ein warmer Wind hatte geweht, und der Himmel hatte sich allmählich bezogen. Als die ersten Donnerschläge über den Häusern ertönten, erhoben sich überall Lärm und Stimmengewirr. Eine sonderbare Erregung hatte die kaum erwachte Stadt ergriffen.

Bowman verließ torkelnd das Chinesenviertel. Er trank den letzten Schluck aus seiner Ginflasche und warf sie an eine Mauer. Die Beine seiner Uniformhose waren voller Staub, sein Hemd stand offen, und ein blonder, mit Grau durchsetzter Bart bedeckte seine Wangen. Mit falsch herum aufgesetztem Polizeihelm blieb er unvermittelt stehen. Er schwankte ein wenig. Noch betäubt vom Opium, wartete er darauf, dass die Wirkung des Alkohols sich bemerkbar machte, und kniff die Augen zusammen.

Köpfe erschienen in den Fenstern, Türen öffneten sich, und eine lärmende Menge ergoss sich in die halbdunklen Gassen. Er spürte etwas auf seinem Helm und erschrak. Arthur Bowman wandte den Blick zum Himmel, und ein Tropfen fiel auf seine Lippen, den er mit dem Ärmel wegwischte.

Um ihn herum wurde gebrüllt:

»Er kommt!«

Männer, die auf die Dächer geklettert waren, um eine bessere Sicht zu haben, schrien mit sich überschlagender Stimme:

»Der Regen!«

Mitten in dem englischen Stimmengewirr kam es Bowman

so vor, als hörte er Wörter, die er nicht verstand, in einer Sprache, an die er sich nur vage erinnerte. Weitere Tropfen fielen ihm auf Gesicht und Schultern. Seine Lippen begannen sich zu bewegen, doch mitten in der schreienden Menge hörte niemand seine Stimme: »Wir müssen das Pulver ins Trockene bringen!«

Ein Blitz schlug ganz in der Nähe ein. Dächer und Gassen leuchteten in fahlem Weiß. Eine riesige elektrische Entladung folgte, und Bowman warf sich gegen eine Mauer. Immer stärker blies der Wind. Bowman lächelte.

»Pagans Armeen ... sie kommen ...«

Zu seiner Linken öffnete sich eine Tür, und eine Frau stieß einen durchdringenden Schrei aus.

»14. Juli! 14. Juli!«

Als sie den Mann in der Uniform der Themsebrigade sah, veränderte sich ihre Miene. Hass und Freude mischten sich; sie beugte sich zu Bowman und kreischte aus Leibeskräften: »Das ist die Bastille in London! Die Bastille in London!«

Er rannte davon, bemühte sich, die Balance zu halten, und fühlte sich vom Lachen der Frau verfolgt. Als er die Wapping Lane erreichte, zuckte ein Blitz hinter den hohen Häusern auf und endete über der Themse. Es war wie ein Signal, als hätte Gott selbst das Herz der stinkenden Stadt erschüttert. Das Gewitter entlud sich über London. In kürzester Zeit war alles triefend nass. Bowman sah kaum zehn Schritte weit und blieb mit ausgestreckten Händen stehen, um nach einer Mauer zu tasten.

Kinder rannten vorbei und verschwanden unter Freudenschreien um die nächste Ecke. Das Rauschen des Regens deckte alles zu, die Rinnsteine füllten sich, und ganze Wasserfälle stürzten von den Dächern. Bowman kam nur langsam vorwärts und hatte seine Mühe damit, immer wieder Bilder von roten Augen zu verscheuchen, die unvermittelt aus dem Regen auftauchten. Durch die Gullys stieg der ganze Londoner Dreck an die Oberfläche und wurde von den dichten Schauern über die Straßenoberflächen getrieben, Gestank, Wahnsinn und Ränke wurden fortgeschwemmt, und von den neuen Theorien in der Wissenschaft blieb nicht mehr viel übrig in der großen Flut: Gott selbst betätigte sich als Grubenentleerer.

Bowman erreichte die verschlossene Tür, holte seinen Pass aus der Tasche, betrat das Hauptquartier und ging direkt in Andrews Büro. Der Superintendent war nicht da. Arthur blieb eine Weile im Raum, der Regen tropfte ihm von den Kleidern, und ihm war schlecht. Er konnte sich nicht daran erinnern, was er hier gewollt hatte. Er ging den Gang entlang, in andere Zimmer. Niemand war da. Alle Schutzleute und Polizisten mussten draußen sein, um das Gewitter zu feiern oder um die Menschenmenge in Schach zu halten. Auf schwankenden Beinen durchquerte Bowman den großen, ebenerdigen Raum des Backsteingebäudes, sah die Themse hinter den Fenstern, und das Bild dieses Flusses unter dem Regen ließ ihn zurückweichen. Er stieß an einen Tisch, kauerte sich in eine Ecke und brach zusammen.

Der Regen trommelte aufs Dach wie Gewehrfeuer. Der Wind fuhr unter den Türen durch und rüttelte an den Fenstern. Er legte den Kopf in die Hände und stieß einen Schrei aus, um den anderen Regen nicht mehr zu hören, und darin das Gebrüll der Männer, denen man Finger abschnitt, Fingernägel herauszog oder Brandwunden zufügte.

Er schrie weiter, bis sein Atem aussetzte, dann erhob er sich, hielt sich an einem Tisch fest und erbrach den Alkohol, den er im Magen hatte. Er wischte sich den Mund ab, und gleich darauf schien er ein wenig ruhiger zu werden.

War es, weil sein Blick einen Anhaltspunkt gefunden hatte und seine Gedanken sich plötzlich auf ein Bild konzentrierten, das eher in seine Träume zu gehören schien als in die Wirklichkeit? Ein etwa zwölfjähriger Junge, der Fengs kleinem Sklaven ähnlich sah.

Ja, er war es, da stand er in der Tür.

Bowman legte den Kopf auf die Seite und flüsterte: »Die Haie ...«

Er lächelte seinem Traumbild zu.

»... Haben dich die Haie nicht gefressen?«

Der Junge kam näher. Bowman begriff nicht, was er sagte. Er war voller Angst, der kleine Sklave, doch Arthur freute sich, ihn wiederzusehen, und lächelte ihm zu, um sich dafür zu entschuldigen, dass sie seine Leiche ins Wasser geworfen hatten, in den Fluss, der direkt hinter den Fenstern, an die der Regen peitschte, vorüberfloss. Von dort musste der Junge gekommen sein, denn er war völlig durchnässt – aber er lebte, und der Leichengestank in der Luft würde bald verschwunden sein. Was sagte er nur? Bowman konnte es nicht verstehen.

»Es ist im Kanal.«

Erst einmal durfte der Kleine nicht mehr solche Angst haben. Alles war ja in Ordnung, der Lärm der Schlacht hatte sich gelegt, und Feng war tot. Er durfte nicht mehr so zittern, es gab keinen Grund mehr dafür. Oder dachte er an das Messer von Sergeant Bowman an seiner Kehle? Nein, Arthur würde ihm bestimmt nichts tun. Er sollte keine Angst haben. Aber was redete er da?

»Im Kanal. Ich will nicht dahin zurück.«

Bowman drehte den Kopf auf die andere Seite.

»Was sagst du da, Kleiner? Ich verstehe dich nicht.«

Der Junge trug keine Stoffhose mehr. Er hatte Stiefel an den Füßen, die ihm zu groß waren, und er trug das lange grobe Hemd der Grubenentleerer.

»Keine Angst. Alles ist in Ordnung, Kleiner.«

Bowman machte einen Schritt nach vorn, und der Junge wich zurück.

»Ich gehe da nicht mehr hin.«

Bowman begriff: Der Kleine hatte nur deshalb Angst, weil er so lange bei den Haien unter Wasser gewesen war.

»Du wirst nicht mehr dorthin zurückkehren, mach dir keine Sorgen. Du bleibst bei mir. Der Regen hört bald auf, und wir können weiterfahren. Wenn wir die Mündung erreicht haben, segeln wir nach Madras. Wir beide.«

»Ich verstehe Sie nicht, Sir ... Wo sind die Polizisten? Sind Sie ein Polizist oder nicht? Es ist im Kanal, ich will da nicht mehr hin.«

Bowman hatte Schmerzen im Kopf, hinter der Narbe an seiner

Stirn. Erneut zog sich sein Magen zusammen, er beugte sich nach vorn und erbrach ein zweites Mal. Als er den Kopf wieder hob, erkannte er mit zusammengekniffenen Augen den großen Raum der Themsebrigade, Tische und Stühle, die regennassen Fensterscheiben.

Was hatte der Junge da zu suchen? Dieser Junge, der vor ihm stand und ihn unverwandt ansah.

»Was machst du hier?«

Von der Straße her hörte man Schreie. Bowman fuhr zusammen. Er musste von hier verschwinden, bevor seine Kollegen eintrafen. Er betrachtete den Jungen.

»Los, weg von hier. Hau ab.«

Der Junge rührte sich nicht. Er sah Bowman weiter an und schien nicht dazu in der Lage zu sein zu fliehen.

»Es ist im Kanal...«

»Was? Was erzählst du?«

»Im Kanal. Die Leiche.«

Arthur ging auf ihn zu. Einen Moment lang hatte er geglaubt, ihn zu erkennen, aber es war nicht das Gesicht, das ihm etwas in Erinnerung rief, sondern die Angst in diesen Augen, die starren Pupillen, die Bilder dahinter, von denen man nicht loskam.

»Wovon redest du?«

»Ich gehe da nicht wieder hin.«

Bowman wurde es schwindlig, und er wartete, bis der Aufruhr in seinem Blut sich gelegt hatte, um sich der kleinen Kanalratte erneut zu nähern. Der Junge schlotterte am ganzen Körper. Seine Stiefel waren dreckig, er war mager, blatternnarbig, und seine Hände kneteten eine Kappe. Er war zehn oder zwölf Jahre alt und sah aus wie alle, die die Arbeit unter der Erde nicht lange überlebten. Nur die Robustesten schafften das, die zu den halbwilden Banden gehörten, Waisen oder ausgesetzte Kinder, die Berge von Fäkalien durchkämmten, um ein wenig Eisen aufzutreiben. Die Eisensammler in den Abwasserkanälen bekamen fast genauso viele Leichen zu sehen wie die Polizei. In den Banden waren immer Kämpfe im Gang. Sogar die Polizei musste mit den Anführern dieser Banden verhandeln, mit Kindern, die vor nichts mehr Angst hatten.

Arthur wusste das alles. Als Kind hatte er selbst in der Kanalisation des East End gewühlt und hatte dieses Dasein überlebt. Mit zwölf, dreizehn Jahren waren die Härtesten von ihnen von der Kompanie in Dienst genommen worden und hatten begonnen, als Schiffsjungen auf ihren Schiffen Dienst zu tun.

Die kleine, allzu magere Wühlmaus wandte den Kopf ab, um den Atem des Polizisten nicht riechen zu müssen, der nach Alkohol und Erbrochenem stank. Bowman nahm das Kinn des Jungen in die Hand.

»Was hast du gesehen?«

Aus den großen Augen des Jungen fielen Tränen.

»Was hast du gesehen?«

»Ich will nicht mehr dahin.«

Bowman näherte seine Stirn dem Kopf des Jungen und sagte ganz langsam: »Die Stärksten überleben.«

»Wie ... wie bitte?«

»Das ist der Krieg der Natur, Soldat. Wir müssen dorthin.«

Bowman zwickte das Kinn des Jungen. Der Kleine verzog vor Schmerz das Gesicht. Eine gelbliche Lache bildete sich auf dem Boden zwischen seinen Beinen. Er hatte sich nass gemacht.

»Lassen Sie mich los. Bitte. Ich sage Ihnen, wo es ist. Lassen Sie mich gehen.«

Bowman drückte erneut, dann glitt seine Hand zum Hals des Jungen.

»Du wirst mich dorthin führen.«

Der Kleine schloss die Augen und begann zu schluchzen. Er stotterte etwas Unverständliches, und Bowman lockerte seinen Griff.

»Was hast du gesagt?«

Der Junge öffnete die Augen wieder, und sein Blick schien in Bowmans Gesicht Wurzeln schlagen zu wollen.

»Waren das ... die Haie? Die Haie im Fluss?«

Bowman ließ ihn los.

»Was?«

»Das haben Sie vorhin gesagt.«

»Wovon redest du?«

»Waren das die Haie, die das gemacht haben?«

Der Junge wischte sich die tropfende Nase mit dem Ärmel ab.

»Ich… Ich hab nicht gewusst, dass es hier Haie gibt, aber jetzt weiß ich es, wo Sie es sagen. Sie müssen das gewesen sein. Sind Sie wirklich Polizist?«

»Ja. Wie heißt du?«

»Slim.«

Arthur schob ihn zur Eingangstür, sah sich um, nahm den Arm des Jungen und ging auf die Straße hinaus. Es regnete schon fast eine Stunde lang, und die Wapping High Street hatte sich in einen Strom verwandelt.

»Wohin gehen wir?«

Slim zögerte und deutete dann in Richtung St. Katherine. Dann warf er dem Schutzmann mit der Narbe mitten auf der Stirn einen ängstlichen Blick zu.

»Ich sage Ihnen, wo es ist, aber ich gehe nicht mit.«

»Du musst. Los.«

Der Junge verlangsamte seinen Schritt, stieß an Bowmans Beine und wurde immer wieder von ihm mitgezogen. Arthur versuchte, mit seinem Blick den dichten Regen zu durchdringen. Die Wirkung des Opiums hatte nachgelassen, doch immer noch erwartete er, an der nächsten Ecke plötzlich die Segel einer Dschunke auftauchen zu sehen.

Am Themseufer rieselte das Wasser über den Schlamm, riss festgebackene Abfallplacken los und befreite nach und nach die Ufer von den verkrusteten Exkrementen. Auf der Tower Bridge sah man verschwommene Silhouetten von Menschen, einer Menge von Menschen, die sich über den Fluss beugten und Luftsprünge machten vor Freude. Doch der Leichengestank hing immer noch in der Luft, als würden sich die Toten nun in einem Sumpf zersetzen statt in einer Wüste. Die Wucht des Regens schwächte sich ab, die Tropfen wurden nun schwer und prasselten stetig und langsam auf das Straßenpflaster. Donner war kaum noch zu hören, das Gewitter hatte sich verzogen, man hörte es nur noch im Westen rumoren.

Bowman und Slim gelangten zum Galgen des Execution Dock. Kinder hüpften in ihren Lumpen auf dem Steg herum, der Regen machte sie übermütig. Sie tanzten und sangen, als sie Slim mit dem Polizisten sahen: »Slim hat sich verhaften lassen! Slim hat sich verhaften lassen!«

»Bald kommt er an den Galgen!«

»Die Kanalratten haben's nicht anders verdient!«

Slim beschleunigte seinen Schritt, Bowman blieb ihm auf den Fersen, und die halb nackten Kinder tanzten weiter wie wild auf dem Steg herum. Auf den Kais von St. Katherine hatten sich viele Schaulustige versammelt. Der Junge schlängelte sich zwischen den Menschen hindurch und näherte sich dem großen Hafenbecken. Die Stiefel des kleinen Kanalarbeiters stießen an Bowmans eisenbeschlagene Schuhe. Arthur legte seine Hand mit den abgetrennten Fingern auf die Schulter des Jungen.

»Weiter.«

»Ich will nicht.«

Bowmans Stimme wurde weicher.

»Geh weiter, mein Kleiner. Wir müssen dorthin.«

Der Junge drehte sich beim Gehen um, hob den Blick zu Arthur und wiederholte: »Die Haie. Es sind die Haie gewesen, die das gemacht haben.«

»Sei still, Junge. Sei jetzt still.«

Mit an der Haut klebenden Kleidern erreichten sie endlich die Hafenmole. Slim blieb vor einer Treppe stehen, die in ein Trockendock hinabführte. An seinem schlammigen Grund stand einige Zentimeter hoch Wasser. Sie warteten einen Moment. Slims Rücken schmiegte sich an Bowmans Bauch. Arthur spürte die Schauer, die den Jungen überliefen, und sein Griff wurde noch fester.

»Gehen wir.«

»Wie sind Haie, Sir, was machen sie?«

Der Regen klatschte in das Becken. Bowman schloss die Augen.

»Sie leben im Meer, entlang der Küsten, und manchmal schwimmen sie einen Fluss hoch, um etwas zu fressen zu finden. Im Ganges greifen sie Menschen an, wenn sie ins Wasser gehen und ihre Gebete verrichten.«

»Was ist der Ganges?«

»Ein Fluss in Indien. Dort tragen die Menschen Kleider aus rotem Stoff.«

»Sie beten im Wasser?«

»Weil der Fluss heilig ist.«

Slim drehte sich zu Bowman um.

»Und trotzdem gibt es dort Haie?«

»Ja.«

Der Junge überlegte einen Moment und hob dann den Blick.

»Ist die Themse auch heilig?«

Bowman betrachtete den Fluss.

»Nein.«

Sie stiegen die Treppe hinab und betraten einen gemauerten Gang unter dem Becken, einen Überlauftunnel, der zur Themse führte. In der Mitte mündete ein Abflusskanal in den Tunnel. Slim ging direkt darauf zu.

Zu beiden Seiten des Kanals, in dem das Wasser wieder angefangen hatte zu fließen, verliefen gemauerte Gehsteige. Das Geräusch des Regens war abgeebbt, und die beträchtliche Hitze unter der Erde machte sich unangenehm bemerkbar. Zwanzig oder dreißig Meter vor ihnen war ein heller Fleck. Dort strömte das Wasser von einem Gully direkt in die Tiefe. An einem Verbindungsschacht bogen sie ab und stießen weiter in den Untergrund der Stadt vor, während sie den Fluss mehr und mehr hinter sich ließen. Licht fiel von oben in den Kanal, doch gleich darauf verschluckte sie wieder finstere Nacht, bis sie zum nächsten Gully kamen. Hier und da hörten sie Stimmen, Schreie, Schritte auf den Metallgittern über ihren Köpfen, die in den Schächten widerhallten. Die Abwasserröhren wurden immer enger, und bald gab es nicht mehr genug

Platz, dass sie nebeneinanderlaufen konnten. Slim übernahm die Führung, hinter ihm lief der schweigsame Bowman.

»Haben Sie das schon mal gesehen, Mister, in Indien, Leute, die von Haien getötet worden sind?«

Arthur zog den Kopf ein, um nicht gegen einen Mauervorsprung zu stoßen.

»Ja.«

Es gab nun nur noch sporadisch Gullys über ihnen, und sie wurden immer kleiner, sodass insgesamt das Licht abnahm und sie lange Strecken im Dunkeln zurücklegen mussten.

»Haben sie Ihr Schiff verfolgt?«

»Was meinst du?«

»Wie sind sie hierhergekommen?«

Ratten flohen vor ihnen und stürzten in die schmutzige Brühe; man hörte sie pfeifen.

»Aber nein. Die Haie sind dort geblieben.«

Slim blieb stehen, und Bowmans Rückenmuskeln spannten sich. Der Junge drehte sich um. Bowman konnte sein Gesicht in der Dunkelheit nicht erkennen.

»Das kann nicht sein.«

Das Wasser rieselte leise; weit vor ihnen war ein Lichtfleck zu sehen. Der nächste Gully. Der Junge rührte sich nicht mehr.

»Das kann nicht sein. Wenn es die Haie nicht waren, die das gemacht haben, wer war es dann? Sie haben gesagt, sie waren es ...«

Slim sackte plötzlich zusammen und drückte sich an die Mauer. Bowman ließ sich nicht beirren.

Sie waren in nördlicher Richtung gegangen und mussten irgendwo unter der Thomas More Street und dem Viertel sein, in dem Bowman fast fünf Jahre lang Dienst geschoben hatte.

Regentropfen fielen vom Gully herab. Er schätzte die Distanz, die ihn vom Licht trennte, auf ungefähr zwanzig Meter, und begann unwillkürlich, seine Schritte rückwärts zu zählen. Eine alte soldatische Gewohnheit, die auch er angenommen hatte, um die Entfernung von einer Gefahrenquelle zu messen. Und um seinen Geist zu beschäftigen, während er sich der Gestalt näherte, die

sich dort direkt unterhalb des Gullys immer deutlicher abzeichnete.

3

Ein Sonnenstrahl fiel auf die weißen Laken. Neben ihm, auf einem
kleinen Nachttischchen, standen eine Flasche Saft, ein Tablett,
ein Löffel und ein Suppenteller. Über der Lehne eines Stuhls hing
die gewaschene und säuberlich gefaltete Uniform der Themsebrigade. Er rieb sich das Gesicht, und langsam erweiterte sich sein
Gesichtsfeld. Er sah einen langen Schlafsaal, Betten und andere
Kranke sowie eine junge Schwester, die gerade einem alten Mann
beim Trinken half. Sein Magen schmerzte. Arthur streckte die
Hand nach dem Suppenteller aus. Er tauchte den Löffel ein und
schluckte, und die heiße Flüssigkeit verbrannte ihm den Rachen.
Alle Muskeln taten weh. Er nahm erneut einen Löffel Suppe und
hob den Kopf. Die Schwester stand jetzt am Fuß seines Bettes.
»Wie fühlen Sie sich?«
Bowman stellte den Teller wieder auf den Nachttisch.
»Wo bin ich?«
Die Schwester kam näher und berührte seine Stirn mit dem
Handrücken. Bowman wich zurück.
»Sie sind im St.-Thomas-Hospital.«
Er setzte sich auf.
»Was ist passiert?«
»Ihre Kollegen haben Sie vor drei Tagen hierhergebracht. Sie
haben Sie im Kanal gefunden.«
»Im Kanal?«
»Erinnern Sie sich nicht daran? Als es zum ersten Mal wieder
regnete?«
»Ach ja, es hat geregnet…«
Arthur schloss die Augen. Er sah einen Lichtpunkt im Dunkeln,
glitzernde Tropfen, die von einem Gewölbe tropften, eine Gestalt.
Er biss die Zähne zusammen, um die Suppe nicht zu erbrechen,

die er gerade erst gegessen hatte. Die Schwester gab ihm ein wenig Saft zu trinken, dessen Bitterkeit seinen Magen beruhigte.

»Sie haben viel halluziniert, und Sie müssen sich noch einige Zeit ausruhen. Ich werde wieder nach Ihnen sehen.«

Der Blick der Schwester blieb an Bowmans Brust hängen, die, wie ihm jetzt erst klar wurde, unbedeckt war. Er zog das Laken über seine Narben. Die Schwester wandte den Blick ab.

Als sie fort war, wandte sich Bowman zum Fenster. St. Thomas befand sich gegenüber der London Bridge, und man blickte über die ganze, grenzenlos wirkende Stadt. Die Themse war immer noch von schwärzlicher Farbe, aber der Pegel war gestiegen. Kräne bewegten sich entlang der Kais, und an den Ufern sah man Spaziergänger und Händler mit ausgestellten Waren. Überall stießen Schlote ihren schwarzen Rauch in den Himmel, und der Geruch von Kohle lag in der Luft. Die Schiffe der Kompanie waren an den Kais von St. Katherine vertäut, und man sah ihre großen Rümpfe entlang der Ufer der Isle of Dogs auf den Wellen schaukeln. Von dem Unglück, das die Metropole in Bann gehalten hatte, war nichts mehr zu spüren; die Stadt, über deren Dächer Bowmans Blick schweifte, war wieder zum Leben erwacht und schien so sorglos, als ob sie den eben erlebten Schrecken schon vergessen hätte.

Er aber erinnerte sich.

Sein Blick blieb am Hafenbecken von St. Katherine auf der anderen Seite des Flusses haften, dort, wo er unter den Lagerhallen das verzweigte System der Abwasserkanäle erahnte.

Er schlug die Decke zurück und setzte die Füße auf die Erde. Seine Beine waren noch schwach, der Kopf drehte sich. Er schlüpfte in seine saubere Uniform und zog die Schuhe an. Es fiel ihm schwer, sich zu beeilen; seine Gliedmaßen gehorchten ihm so wenig, als hätte er einen Anfall von Malaria. Er wartete ein paar Sekunden lang, bis sein Atem sich wieder normalisiert hatte, und ging dann zwischen den Betten entlang.

Die junge Schwester tauchte vor ihm auf, die Arme voller Kopfkissen.

»Was machen Sie denn da? Sie sind noch nicht dazu in der Lage, das Bett zu verlassen, Sie müssen liegen bleiben.«

Bowman wich ihr aus.

»Bitte, legen Sie sich wieder hin. Sie haben noch keine Erlaubnis aufzustehen.«

Bowman drehte sich um und ging weiter, bis er eine große Treppe erreichte, die er, sich am Geländer festklammernd, hinunterstieg.

Draußen erwarteten ihn Licht, Sonne, Passanten und tausend Geräusche. Er überquerte die London Bridge inmitten der vielen Menschen, die noch immer die frei dahinströmende Themse begafften. Als er die Kais erreicht hatte, zwang er sich zu schnellerem Gehen.

Wie eine Furie wirkte er, als er das Backsteingebäude an der Wapping High Street betrat, sodass die Uniformierten der Themsebrigade erstaunt vor ihm zurückwichen. Er klopfte laut an Andrews Tür, und als er ihn antworten hörte, betrat er das Zimmer. Andrew ließ seine Pfeife sinken.

»Was machen Sie hier?«

Arthur taumelte.

»Was ich gesehen habe…«

»Wie?«

»Der Kanal…«

Er machte einen Schritt nach vorn, stieß an einen Stuhl und hielt sich an der Schreibtischkante fest.

»Die Leiche… Ich weiß, wer…«

Seine Augäpfel rollten nach oben. Andrew stand auf. Bowman schlug mit dem Rücken auf dem Boden auf.

Der Superintendent lief zur Tür.

»Zwei Männer in mein Büro!«

Bowmanns Beine zitterten heftig, sodass Fersen und Hände gegen den Boden schlugen. Er biss sich auf die Zunge, und mit Speichel vermischtes Blut floss aus seinem Mund. Die Männer stürzten sich auf ihn und hielten ihn fest. Als einer von ihnen versuchte, ihm den Kiefer zu öffnen, damit er sich nicht die Zunge zerbiss, hätte Bowman ihm um ein Haar einen Finger abgebissen.

Als er zu sich kam, lag er auf einem Tisch in dem Raum mit den großen Fenstern. Er hob sich auf die Ellbogen und entdeckte Andrew.

»Sie hatten eine Nervenkrise. Wer hat Sie aus dem Krankenhaus entlassen?«

Bowman ließ seine Beine vom Tisch hängen und legte den Kopf in die Hände.

»Ich erinnere mich an nichts.«

»Was machen Sie hier?«

»Der Kanal…«

»Sie tragen immer noch Ihre Uniform?«

Bowman begriff nicht, wovon Andrew sprach.

»Wie bitte?«

»Sie sind Ihres Postens enthoben worden, Sie haben nicht mehr das Recht, diese Uniform zu tragen.«

Arthur betrachtete ihn mit stumpfem Blick.

»Ich habe keine andere.«

»Was haben Sie hier gemacht, als der Junge Sie traf?«

Bowman stieg vom Tisch und versuchte, sich aufrecht zu halten. Schließlich zog er sich einen Stuhl heran und setzte sich.

»Welcher Junge?«

»Der uns gesagt hat, dass Sie im Kanal sind. Der, mit dem Sie dort unten hingegangen sind. Wenigstens hat er uns das erzählt.«

»Er hat… erzählt?«

Arthur begann langsam wieder zu denken. Er fuhr sich mit dem Finger über die Lippen, befühlte seine verletzte Zunge, wollte ausspucken und verschluckte stattdessen Blut und Speichel. Als hätte der metallische Geschmack seines eigenen Blutes ihn aufgerüttelt, sagte er schließlich: »Ich wollte zu Ihnen. Ich wollte wissen, wie weit Sie mit dieser Untersuchung gekommen sind.«

»Und was war dann?«

»Dann?… Es war jemand da. Ich wollte gerade wieder gehen, da kam der Junge … Ich weiß nicht mehr, wie er hieß, er ist einfach so aufgekreuzt. Er sagte, es sei etwas in einem Kanal.«

Andrew begann, zwischen den Tischen hin- und herzugehen.

»Das Ganze erregt Aufsehen. Es gibt schon Gerüchte. Niemand hat in London je so etwas gesehen, und wir haben das Opfer immer noch nicht identifiziert.«

Bowmans zerbissene Zunge schwoll allmählich an. Er konnte nur langsam sprechen.

»Sind Sie dorthin gegangen?«

»Nein. O'Reilly ist hingegangen, mit zwei anderen. Wir haben den Zeugen nicht wiedergefunden.«

»Den Zeugen?«

»Diesen Jungen, der uns Bescheid gegeben hat und von dem Sie behaupten, Sie hätten ihn hier getroffen. Er ist verschwunden. Wir konnten ihn nicht wiederfinden.«

Andrew wandte sich zum Fenster und sah hinaus.

»Als Sie vorhin in mein Büro kamen, wollten Sie mir etwas sagen. Sie sollten jetzt davon sprechen. In Ihrem eigenen Interesse.«

»In meinem Interesse?«

»Spielen Sie nicht den Ahnungslosen.«

Bowman senkte den Kopf und murmelte etwas. Andrew ging auf ihn zu.

»Was wollten Sie sagen?«

Arthur räusperte sich.

»Die Mission von Cavendish.«

Superintendent Andrew erstarrte.

»Major Cavendish?«

Sergeant Bowman nickte. Andrews Stimme wurde schrill. Er versuchte krampfhaft, die Fassung zu bewahren.

»Der Lord?«

Arthur nickte erneut. Der Superintendent stammelte: »Was reden Sie da? Was meinen Sie?«

Bowman versuchte angestrengt, den Mund zu öffnen. Es kostete ihn Mühe, Worte zu formen.

»Die Leiche im Schacht. Ich habe so etwas schon gesehen. In Birma, im Dschungel.«

Andrew brüllte: »Warum erzählen Sie mir von Cavendish? Was soll das, diese Geschichte vom Dschungel? Sie sind ja völlig irre! Erklären Sie sich, bevor ich Sie ins Gefängnis werfen lasse! Man hat Sie bewusstlos neben einer Leiche in einem Abwasserkanal gefunden, Bowman, und das nährt schon einen gewissen Verdacht. Erklären Sie sich!«

Andrews Geschrei lähmte Bowman. Die Bilder wirbelten in seinem Kopf, vom Frachtraum der *Healing Joy* bis zum Dorf der Fischer ... die Dschunke, der Monsunregen, der Angriff der Min-Soldaten, die Kolonne der Gefangene auf dem Dschungelpfad ... die Käfige und die Schreie der Wärter. Er wollte sich die Ohren zuhalten, um den Superintendenten nicht mehr zu hören. Stattdessen begann er selbst zu schreien: »Ich weiß, wer das getan hat!«

Zwei Männer, die im Gang Wache standen, kamen eilig näher. Andrew hielt sie mit einer Handbewegung auf. Dann befahl er ihnen, sie allein zu lassen.

»Bowman, ich gebe Ihnen eine letzte Chance, mir Ihr wirres Gerede zu erklären. Was hat der Lord von Devonshire mit dem Mord im Kanal zu tun?«

Arthur hielt sich seine zitternden Knie mit den Händen fest.

»Ich kann es nicht erklären. Ich kann nicht.«

»Sie haben keine Wahl. Es ist ein Befehl, Bowman.«

Arthur atmete langsam, rang nach Luft. Sein Kopf fiel vornüber.

»Ich war auf der *Joy*, Godwins Flaggschiff. Alle warteten auf den Wind, um Rangun anzugreifen, da kam der Wachoffizier zu mir und sagte, Major Cavendish wolle mich sprechen. Wegen einer Mission auf dem Fluss.«

*

Andrew hatte ihn von einem Mann der Brigade nach Hause bringen lassen, und so saß Arthur bald wieder in seinem Zimmer in der Cable Street. Der Stuhl vor dem Tisch am Fenster erwartete ihn; seine Sergeantenuniform hing an der Leine, leere Flaschen lagen auf dem Boden.

Andrews Mann blieb unten auf der Straße, um sein Haus zu bewachen.

Bowman streckte sich auf seinem Bett aus und schlief vierundzwanzig Stunden. Beim Erwachen fühlte er sich so gut wie schon lange nicht mehr, trotz der Muskelschmerzen, die noch stärker geworden waren. Er brauchte fünf Minuten, um die drei Treppen nach unten zu steigen, seiner Vermieterin ein Geldstück in die Hand zu drücken und sie zu bitten, ihm etwas zu essen zu bringen. Die alte Frau fragte, warum ein Polizist vor dem Haus stehe, und Bowman sagte ihr, sie solle sich nicht den Kopf darüber zerbrechen und ihm auch noch eine Flasche Gin bringen.

Zwei Tage lang versuchte er, regelmäßig zu essen und seinen Alkoholkonsum zu kontrollieren. Er putzte sein Zimmer, räumte auf. Nach dem langen Schlaf war er etwas ruhiger geworden und hörte keine Schreie mehr, aber er erinnerte sich nun wieder bis ins kleinste Detail an alles, was geschehen war.

Immer wieder tauchte das Wort auf, es drehte sich in seinem Kopf, und er flüsterte es vor sich hin, während er am Tisch saß und die Dächer von Whitechapel betrachtete. Er sah die Buchstaben an den Steinen des Gewölbes, geschrieben mit dem Blut der Leiche. In etwas hellerem Schwarz hoben sie sich vom Hintergrund ab.

Ein Wort, das ihn erwartete. Die Signatur dessen, der das getan hatte.

Überleben.

Als Bowman es aussprach, allein in seinem Zimmer, war es eine Frage. Dort, im Kanal, war es eine Bekräftigung.

Hatten es O'Reilly und die anderen auch gesehen?

Am Ende einer Woche klopfte Andrew an seine Tür. Der Superintendent war nervös. Er setzte sich an den Tisch und nahm den Hut ab. Arthur stand nah am Fenster, betrachtete den Mann, der unten vor seiner Haustür stand, und wartete darauf, dass der Offizier das Wort ergriff.

»Ich habe einen Bericht und Ihre Aussage an den Divisionschef geschickt.«

Arthur wandte sich ab. Andrew kreuzte die Hände auf dem Tisch und senkte den Kopf.

»Ich habe mich persönlich zum East India House begeben und habe die Listen der Kriegsgefangenen eingesehen. Sie und Ihre Männer tauchen auf keiner dieser Listen auf.«

Bowman beugte sich vor.

»Was?«

»Gestern kam der Divisionschef zu mir nach Wapping. Er sagte, Ihre Aussage sei ein übles Gemisch aus Einbildungen und Lügen. Er machte mir klar, dass wir nicht das geringste Interesse daran haben, diese Spur zu verfolgen, und befahl mir stattdessen, in den Reihen der Banden nach dem Mörder zu suchen.«

»Sie haben nichts gefunden?«

Andrew biss sich auf die Lippen, hob den Kopf, und seine Augen zogen sich zusammen.

»Diese Mission existiert nicht, Bowman. Genauso wenig wie die Männer, von denen Sie gesprochen haben, und Ihre Gefangenschaft. Der Chef sagt, es würde mich die Stellung kosten, wenn ich weiter Fragen stelle, die in diese Richtung führen. Verstehen Sie, was das heißt?«

»Wir sind nicht auf den Listen?«

Andrew versuchte, sich zu beherrschen. Er klopfte leicht mit den Händen auf den Tisch und erhob sich.

»Dieser Bericht wird mir ernste Probleme einbringen, und ich rate Ihnen, mit keinem Menschen mehr über die ganze Geschichte zu sprechen. Der Chef will rasche Resultate, die Geschichte im Kanal soll keine weiteren Kreise ziehen. Ich werde ihm einen unserer üblichen Verdächtigen präsentieren, und damit basta.«

Arthur Bowman hörte dem Superintendenten nicht weiter zu. Mit abwesender Miene starrte er vor sich hin, während sein Vorgesetzter die Stimme hob.

»Man hat Sie neben der Leiche gefunden, Ihre Gewalttätigkeit ist allseits bekannt, Sie erzählen Geschichten, die kein Mensch hören will, und jeder weiß, dass Sie halb verrückt sind. Alle meine Männer sind bereits davon überzeugt, dass Sie selbst der Schuldige sind, Bowman. Soll ich noch mehr sagen, oder haben wir uns verstanden?«

Arthur machte ein paar Schritte und setzte sich auf sein Bett. Andrew setzte sich neben ihn. Er sprach nun leise und setzte die Wörter deutlich voneinander ab, sodass Bowman sie trotz seiner offensichtlichen Benommenheit verstehen konnte:

»Sie stehen weiterhin unter Bewachung, und Sie werden Ihr Haus nicht verlassen, bis diese Sache aufgeklärt ist. Ich werde nicht zulassen, dass Sie meine Karriere sprengen, verstehen Sie mich, Bowman? Wenn Sie auch nur das geringste Aufsehen erregen, werde ich Ihnen den Mord an dem Vorarbeiter und die Sache im Kanal in die Schuhe schieben. Sie wissen, dass ich es ernst meine, und Sie wissen auch, dass es nicht viele geben wird, die bereit sind, Ihre Verteidigung vor Gericht in die Hand zu nehmen.«

Andrew stand auf und legte die Hand auf den Türgriff. Er warf Bowman einen letzten Blick zu.

»Sie gehören in eine Irrenanstalt, Bowman, aber wenn Sie den Galgen vorziehen, brauchen Sie nur auf die Straße zu gehen und noch einmal den Namen von Major Cavendish aussprechen, dann kümmere ich mich um den Rest.«

Er ließ die Tür offen, als er ging.

Arthur stellte sich vor den kleinen Spiegel über dem Waschbecken. Er knöpfte sein Hemd auf, ließ die Hose auf den Boden fallen, nahm den Spiegel in die Hand und inspizierte seine Haut von oben bis unten. Die Narben verliefen senkrecht und waagrecht, zwischen Schultern und Bauch, sie zogen sich über die Schlüsselbeine und die Flanken, genauso entlang des Rückens und der Beine. Er suchte seine Augen im Spiegel, betrachtete sich lange, versenkte sich in seine blauen Augen wie in den Blick eines anderen, um zu ergründen, wer sich dahinter verbarg. Er verzog das Gesicht, lächelte, übertrieb den Ausdruck von Wut, Traurigkeit, Überraschung. Es war wie das Ausprobieren verschiedener Masken. Er öffnete den Mund, um auch die Zunge und die Zähne zu inspizieren.

Er murmelte einige Wörter, dann wurde seine Stimme lauter, während er unverwandt das Gesicht im Spiegel betrachtete. Es wollte etwas sagen, das er noch nicht begriff.

»Keine Mission?«

Er wiederholte die Frage etwas lauter, hob seine verstümmelte Hand zu den Lippen, um den Hauch der Wörter beim Aussprechen zu spüren.

Er zog sich wieder an, ließ die Narben unter der Polizeiuniform verschwinden, setzte sich wieder an den Tisch und wartete auf die Nacht. Dann ging er auf den Treppenabsatz hinaus, öffnete eine versteckte Tür und zwängte sich durch eine schmale Luke auf das Dach hinaus. Als er beim nächsten Schornstein anlangte, öffnete er eine andere Dachluke und ließ sich in das angrenzende Treppenhaus hinab. Unten auf der Cable Street ging er in östliche Richtung, ohne dass Andrews Mann, der vor seiner Tür Wache stand, ihn bemerkte. Er bog rechts in die Butcher Row ein und lief entlang der Themsekais weiter nach Osten.

Die Passanten neben ihm nahm er kaum wahr. Er hob den Kopf, als witterte er das Meer, das noch hundert Kilometer weit entfernt war. Jenseits des Victoria-Kais und Duke Shore lag der Dunbar-Hafen, und Bowman schlich sich zwischen Baracken und Lagerhallen bis zu den großen vertrockneten Wiesen, auf denen stinkende Netze lagen, alte Ketten und rostige Anker. Er wollte die Isle of Dogs hinter sich lassen und North Woolwich erreichen, dort, wo die Themse breiter wurde und er vielleicht schon den Salzgeruch des Meeres erahnen konnte. Doch er war zu erschöpft und setzte sich an ein Mäuerchen am Ufer, um auszuruhen. Die Lichter Londons tanzten auf der dunklen Oberfläche des Hafenbeckens. Er ging weiter, stöberte im Abfall und fand das Teilstück einer rostigen Ankerkette, die er sich wie eine Schärpe um den Oberkörper legte. Schwankend ging er weiter, direkt auf das Wasser zu, ohne seinen Schritt zu verlangsamen, und stürzte hinein.

Als er wieder an die Oberfläche kam, öffnete er den Mund.

Luftblasen glitten an seinem Körper entlang. Er bedauerte, dass das Ganze nicht ohne Lärm abgehen konnte, hielt die Augen offen und begann zu sinken. Er spürte das Gewicht der Kette auf seinen Schultern, das ihn abwärts zog.

Geräusche, gedämpfte Stöße auf Holz oder Metall, die sich unter Wasser fortsetzten. Er hob den Kopf. Eine dunkle Gestalt schwamm auf ihn zu.

Ein Hai.

Er sog mit aller Kraft Wasser in die Lungen und wiederholte das Wort ein letztes Mal. Eine Frage. Überleben?

Arthur Bowman öffnete die Augen. Er lag am Boden eines Fischerboots. Man hob seinen Kopf an und nahm ihm die Kette ab, die sich um seinen Hals geschlungen hatte. Ein Mann legte ihm ächzend die Hände auf die Brust. Er schrie, doch Bowman verstand nicht, was er ihm sagen wollte. Oberhalb des Bootes war eine Kaimauer, Schaulustige hielten Laternen, deren Strahlen ihn verwirrten. Dann drangen die ersten Worte in sein Bewusstsein, die zu seiner Enttäuschung lauteten: »Er lebt!«

Bowman hustete, spürte, dass Wasser in seiner Kehle aufstieg und ihm vom Mund in den Bart floss. Brackiges Wasser, das nach Schlamm schmeckte.

»Geht es dir gut? He! Hörst du uns?«

Ein Mann in einer triefend nassen Fischerjacke beugte sich über ihn. Als Arthur sprechen wollte, lief ihm Wasser aus dem Mund. Jemand fragte: »Was hat er gesagt?«

»Ich hab's nicht verstanden. Was sagst du?«

Der Fischer näherte sein Ohr Bowmans Mund, lauschte seiner heiseren Stimme und stand auf.

»Verdammt, ich glaub, er hat Wasser im Hirn!«

»Was sagt er?«

»Er redet von Haien. Er fragt, wo die Haie sind.«

Drei Männer hoben ihn hoch, vom Kai streckten sich Hände aus, und man zog ihn über die Mauer. Er schlotterte. Hände zogen ihm die Mütze vom Kopf.

»Verdammt noch mal! Es ist ein Polizist!«

»Teufel, habt ihr das gesehen?«

»Was ist das?«

»Narben.«

»Allmächtiger! Ist er in einen Propeller geraten?«

»Das war kein Propeller. Und es ist auch schon längere Zeit her.«

Man warf ihm eine Decke über. Er spürte, dass man ihn wieder hochhob, hörte die knarrenden Räder eines Pferdekarrens auf dem Pflaster. Sein Kopf rollte von einer Seite zur anderen, und er wurde ohnmächtig.

Die Flammen tanzten vor seinen Augen. Jemand heizte den Ofen, indem er einen Eimer voll Kohlen in das Schürloch warf. Funken stoben knisternd durch die Luft, und Bowman folgte ihnen mit dem Blick.

»Na, wachst du endlich auf?«

Bowman sah sich um. Er befand sich auf einem Brett, das auf ein paar Holzkisten lag.

»Du hast die ganze Nacht geschnarcht. Es ist wahrscheinlich anstrengend, so viel Wasser zu schlucken.«

Ein Mann setzte Wasser auf den Ofen, warf eine Handvoll zerstampfte Kaffeebohnen hinein und rührte das Pulver mit einem Messer um. Als er die Klinge säuberte, wich Bowman erschrocken zurück.

»He! Was ist los?«

Der Mann trat näher, ohne das Messer aus der Hand zu legen, und Bowman rollte sich zur Seite und ließ sich auf den rohen Lehmboden fallen. Kriechend versuchte er, die Tür zu erreichen, als ein Mann, ebenfalls in Fischerkleidung, eintrat.

»Teufel noch mal, er ist völlig verrückt!«

Der Mann an der Tür ging neben Bowman in die Hocke, während dieser sich zusammenkrümmte und seinen Kopf mit den Armen schützte.

»He, mein Junge. Was ist los mit dir? Du brauchst doch keine

Angst zu haben. Wir haben dich doch gestern aus dem Wasser gezogen, da werden wir dir doch nichts antun. Willst du keinen Kaffee? Du hast die ganze Nacht mit den Zähnen geklappert. Trink was Heißes, und danach bringen wir dich nach Hause. Wo wohnst du?«

Bowman murmelte: »Cable Street.«

»Cable Street? Hast du das gesagt?«

Der Mann, der am Ofen gestanden hatte, brachte ihm eine Tasse mit dem dampfenden Kaffee, verabschiedete sich von dem anderen Fischer und sagte, er werde nach der Arbeit wiederkommen. Arthur umklammerte die Tasse mit beiden Händen und hob sie an seine klammen Lippen, um einen Schluck zu trinken.

Der Fischer setzte sich auf eine Kiste und betrachtete den Mann, der vor ihm auf dem Boden saß.

»Du bist Polizist, oder?«

Bowman schüttelte zögernd den Kopf.

»Warum dann diese Uniform?«

Arthur trank erneut von dem kochend heißen Kaffee. Er gab keine Antwort. Der Fischer nahm die Mütze ab und kratzte sich am Kopf.

»Ich war's, ich hab' dich aus dem Wasser gezogen. Bist direkt vor meinem Kahn gewesen. Weißt du das nicht mehr? Jedenfalls find ich's gut, dass du kein Bulle bist. Denn sie hätten sich über mich kaputtgelacht, wenn ich einen von der Polizei gerettet hätte. Wie heißt du?«

»Bowman. Sergeant Bowman.«

»Sergeant? Verflucht noch mal, dann hab ich also einen Soldaten gerettet? Wie? Was sagst du?«

»Ostindien-Kompanie.«

Der Fischer betrachtete ihn mit düsterer Miene und spuckte aus.

»Ich hab einen Bruder, der drei Jahre in Bombay war. Scheißland. Und die Kompanie – noch schlimmer.«

Bowman trank einen weiteren Schluck Kaffee und räusperte sich.

»Madras.«

»Ja? Wie lange warst du dort?«

»Fünfzehn.«

»Fünfzehn Jahre? Teufel noch mal.«

Nicht nur der Ofen sorgte für Hitze, jetzt schien auch die Sonne durch das kleine Fenster und heizte das geteerte Dach auf. Es war heiß in der Hütte der Fischer, die angefüllt war mit Säcken, Netzen, Angelleinen und Kisten. Der Mann zog seine Jacke aus und goss sich noch einmal Kaffee ein.

»Es geht mich ja eigentlich nichts an, ich habe ja nur meine Christenpflicht getan und dich aus dem Wasser gezogen. Aber ich frage mich trotzdem, warum du unbedingt dort unten bei den Fischen bleiben wolltest.«

Der Fischer wartete einige Sekunden, doch der Sergeant schwieg.

»Wegen der Narben? Wegen etwas, das dir irgendwo in Indien zugestoßen ist? Mein Bruder hat Albträume, seit er wieder zurück ist. Wegen all dem, was er gesehen hat. Wegen dem, was man ihm angetan hat, oder auch wegen dem, was er selbst getan hat. Ich hab keine Ahnung, er spricht nie davon.«

Der Fischer grinste.

»Ich heiße Franck. Francky.«

Er streckte eine schmutzige, schwielenübersäte Hand aus, und Bowman drückte sie fest. Franck zog eine kleine Flasche Schnaps aus der Tasche.

»Etwas war gut während des großen Gestanks: Es hat nicht genug Wasser gegeben, und die Leute konnten sich nicht in die Themse werfen. Das war wirklich ein Glück, weil es sonst so viele davon gibt, dass es kaum zu glauben ist. Alle sind schier verrückt gewesen in diesen Wochen. Ein Beispiel ist diese Geschichte in der Kanalisation, der arme Kerl, der da ermordet wurde. Eine richtige Metzelei war das offenbar. Ich glaub, der, der das gemacht hat, ist verrückt geworden wegen dem Gestank und wegen der Hitze. Hast du das nicht auch erlebt, Sergeant, diese Länder, wo die Sonne so brennt, dass alle davon verrückt werden?«

Arthurs Kinn zitterte, als er versuchte zu sprechen. Er spürte, dass sein Gesicht kalt wurde, als das Herz zu pochen begann und das Blut in seine Brust pumpte.

Der Fischer hielt ihm die Schnapsflasche hin.

»Na gut. Wir reden nicht mehr davon. Beruhige dich, Sergeant. Wie heißt du mit Vornamen?«

Bowman nahm einen Schluck Schnaps.

»Arthur.«

»Willst du, dass ich dich in deine Wohnung bringe, Arthur?«

Bowman starrte ihn an, ohne sprechen zu können.

»Gut, dann warten wir, bis du wieder auf die Beine kommst, und sehen dann, was wir machen. Ich versuche, ein paar Klamotten für dich aufzutreiben. Besser, du zeigst dich nicht in der Polizeiuniform. Bleib hier und warte auf mich.«

Franck blieb an der Tür stehen und drehte sich um.

»Du machst keine Dummheiten, Sergeant Arthur, ja? Man hat so viele Gelegenheiten, ins Gras zu beißen, ohne es zu wollen, da lohnt es nicht, es eigenmächtig zu tun.«

Bowman rückte näher an den Ofen, lehnte sich gegen eine Kiste und schloss die Augen. Er schlief ein und fuhr erschrocken hoch, als die Tür der Hütte sich öffnete. Franck war zurückgekehrt, mit einem Sack über der Schulter.

»Du hast also überlebt, während ich weg war.«

Dieser Kerl grinste ziemlich oft.

»Es ist nicht gerade die Garderobe eines Lords, aber ich hab ein paar Sachen gefunden, die dir passen könnten. Meine Alte hat mir ein Stück Seife mitgegeben, und sie hat natürlich recht damit, dass ich ganz schön blöd bin, jemandem zu helfen, den ich gar nicht kenne. Wie fühlst du dich?«

Bowman versuchte zu lächeln.

»Besser.«

»Sag mal… Ich will dir ja nicht auf die Nerven gehen, aber wenn du mir wenigstens die Hose geben könntest, würde es mich freuen.«

Bowman zog Jacke und Hose an, obwohl ihm alles ein wenig

zu eng und zu kurz war, und stürzte sich dann auf die Sachen, die Franck außerdem mitgebracht hatte: Brot, Speck und eine Flasche Wein. Seine Kehle begann, weicher zu werden, während er die Nahrung aufnahm, und allmählich verlor sich der Geschmack von Salz und Schlamm auf der Zunge. Das Sprechen fiel ihm immer noch schwer. Er wusste nicht, was er sagen sollte.

»Danke.«

»Keine Ursache.«

»Ich werde nach Hause gehen.«

Er hob seine alten Kleider auf, rollte sie zu einem Bündel zusammen und hielt sie dem Fischer hin.

»Du kannst damit machen, was du willst.«

Der Fischer lächelte, und sie gaben sich wieder die Hand.

»Und du kannst zurückkommen, wann immer du möchtest, wenn es bei dir nicht klappt. Wir hängen es nicht an die große Glocke. Ich weiß ja nicht mal, wer du bist, aber wenn du ein Problem hast, kannst du wiederkommen.«

Bowman verließ die Hütte, während der Fischer auf der Schwelle saß und zusah, wie er sich entfernte.

»He! Sergeant! Eine blöde Idee kommt mir da gerade: Du bist doch nicht wegen der Kompanie ins Wasser gegangen?«

Bowman drehte sich um.

»Wie?«

»Verdammt! Bist du der Einzige in ganz London, der nichts davon weiß?«

Bowman zuckte die Achseln.

»Seit gestern ist es offiziell. Mensch, du hast dich an dem Tag unter meinen Kahn geworfen, an dem sie den Laden dichtgemacht haben.«

»Ich verstehe nicht, was du meinst.«

»Machst du dich über mich lustig, Sergeant, oder was? Die Sepoys – hast du das nicht mitbekommen? Zuerst haben sich die Hindusoldaten erhoben. Anscheinend wollten sie die Patronen nicht mehr mit den Zähnen aufreißen, weil sie mit Melkfett beschmiert sind und sie nichts davon in den Mund bekommen wollten. Halb Indien ist in den Krieg eingetreten, und die Kompanie steht in Unterhosen da. Die Königin hat sie ausgemustert. Nichts mehr mit Ostindien, die Krone hat alles übernommen und deinen einstigen Arbeitgeber im Regen stehen lassen.«

Bowman nahm die Beine in die Hand.

An der Ecke Fletcher Street sah er, dass Andrews Mann immer noch am alten Platz stand. Er ging um sein Haus herum und gelangte wieder über das Dach in sein Zimmer. Er nahm seinen Stock vom Haken und benutzte ihn als Hebel, um ein Parkettbrett unter dem Tisch zu lockern. Aus einem darunter befindlichen Hohlraum zog er eine verschlossene Kassette aus Metall. Unter einem weiteren losen Parkettbrett befand sich der Schlüssel für die Kassette. Sie enthielt vierzig Shilling, alles, was er von seinem Sold und seiner Pension gespart hatte. Er nahm die Uniform der Kompanie, die über der Wäscheleine hing, und verließ das Zimmer. Kurz darauf klopfte er an die Tür seiner Vermieterin, gab ihr die ausstehende Miete und noch fünf Shilling, damit sie seine Uniform säuberte und ihm ein wenig Seife und etwas zu essen kaufte. Er bat auch um ein paar Flaschen Wein. Keinen Gin.

Als die alte Frau zurückkam, gab er ihr nochmals ein wenig Geld, damit sie ein Kind mit einem Eimer Wasser zu ihm nach oben schickte. Er entkorkte eine Flasche Wein und leerte sie, bevor er sich zum Essen setzte. Zwei Eier, getrocknetes Fleisch, Roggenbrot, eine Zwiebel und eine süße Birne. Dann stellte er sich vor den Spiegel, wusch sich das Gesicht und begann sich zu rasieren. Als die Klinge über seinen Hals glitt, dachte er an das schwarze Wasser der Themse und an die Polizei, die vorhatte, ihn einzusperren.

4

Auf dem Bett waren ein Hemd, eine Jacke in verblasstem Rot und eine nicht mehr ganz weiße Hose ausgebreitet. Die Abzeichen auf den Schultern der Jacke glänzten auch nicht mehr.

Bowman spülte das Brot mit Rotwein hinunter. Es fehlte ihm an

Mut, seine alte Uniform anzuziehen. Er stellte sich vor, dass sich plötzlich alle Soldaten der Kompanie in Luft aufgelöst hätten, dass zwischen London und Hongkong, überall auf der Erde, in den Kasernen und auf den Schiffen nur leere Uniformen übrig geblieben wären, ausgebreitet auf Betten, wie die seine. Nein, er wollte nicht daran glauben.

Die Kompanie hatte jahrhundertelang existiert. Sie konnte doch nicht einfach verschwinden.

Er beschloss, seine abgetretenen, alten und halb verschimmelten Stiefel zu putzen, wozu er das alte Hemd der Polizeiuniform benutzte. Er trug die Schuhwichse auf, bis sich die Poren des Leders mit Fett gefüllt hatten, und polierte sie dann, sodass sie tatsächlich ein wenig glänzten. Als er den Wein getrunken hatte, nahm er die einzelnen Teile seiner Uniform und kleidete sich sorgfältig an. Am Ende zog er sich die Stiefel über die bloßen Füße, knöpfte sich die Jacke zu und betrachtete sich in seinem kleinen Spiegel. Seit der Gefangenschaft hatte er sein einstiges Gewicht nicht mehr wiedererlangt. Opium, Alkohol und mangelhafte Ernährung hatten ihn abmagern lassen. Die Uniform saß locker und hing über seinen Schultern wie über einem Kleiderbügel.

Das Gespenst einer Phantomarmee.

Er stand eine Zeit lang in der Mitte des Zimmers, langsam atmend, dann überquerte er den Treppenabsatz und zwängte sich durch die Dachluke. An der Royal Mint Street hielt er eine Mietdroschke an.

»Leadenhall Street. East India House.«

Der Kutscher musterte den Soldaten in seiner abgenutzten Uniform. Die Peitsche knallte, und die Pferde zogen an.

»Hü!«

Arthur hob den Vorhang, der vor dem Fensterchen hing.

Die Gehsteige wurden immer breiter, die Fassaden der Häuser heller und die Fenster höher. Frauen mit modischen Hüten hielten Kinder an den Händen, Herren, die sich auf Spazierstöcke stützten, plauderten an Straßenkreuzungen; in den Parks schlenderten Liebespaare unter grünen Bäumen Arm in Arm dahin. London war sauber und heiter, es war ein herrlicher Sommer. Die Damen trugen weiße Handschuhe, die ihre hübschen kleinen Hände zur Geltung brachten, und die Herren warfen unter den Krempen ihrer Mützen forschende Blicke ins Weite. Blicke von Offizieren.

Wie der von Wright.

Bowman sah den Captain wieder vor sich, mit dem Loch in seinem Kopf, als er die Tür zu Fengs Kabine geschlossen hatte, um ihn allein sterben zu lassen.

Mit einer schroffen Bewegung ließ er den Vorhang wieder fallen. Als seine Hand unwillkürlich unter der Jacke tastete, wurde ihm bewusst, dass er seinen Flachmann nicht mitgenommen hatte. Der Wein war nicht genug gewesen, sein Magen krampfte sich zusammen, und seine Nervosität verstärkte das stechende Bedürfnis nach Alkohol.

»East India House!«

Der Kutscher zog an den Zügeln, das Pferd verlangsamte den Schritt und blieb stehen. Der Sergeant sprang aus der Droschke, bezahlte und wandte sich dem Gebäude zu. Als sein Blick die sechs in der Sonne leuchtenden dorischen Säulen der Fassaden umfasste, wurde ihm schwindlig, und um ein Haar wäre er gestürzt. Doch er fasste sich, drehte sich auf dem Absatz um und ging die Leadenhall Street hinunter, bis er ein Pub fand. Er trat ein und hielt auf der Schwelle inne.

Helles Licht fiel aus den Fenstern auf Tische und Gläser, in denen Whisky und Bier bernsteinfarben funkelten. Wandbehänge, Gemälde und Jagdtrophäen schmückten die Wände. Die Köpfe afrikanischer Tiere sahen auf die Gäste hinab, und Hirschschädel mit riesigen Geweihen reihten sich aneinander. Bowman war so überrascht, dass er sich einen Moment lang nicht bewegen konnte. Von den Tischen her wandten sich ihm Gesichter zu. Männer in Anzügen lasen Zeitungen, Offiziere in dunklen Uniformen unterhielten sich leise, und Diener servierten ihnen mit gekrümmtem Rücken ihre Getränke. Arthur wollte die Flucht ergreifen, aber dann wurde ihm klar, dass ihn das nur noch lächerlicher aussehen lassen würde. Also senkte er den Kopf und begab sich, einen gemurmelten Gruß auf den Lippen, an die Bar.

»Einen Gin.«

»Welchen bevorzugen Sie, Sir?«

»Welchen ich bevorzuge? Gordon's …«

Der Barmann servierte ihm ein Glas, das er in einem Zug leerte.

»Noch einen.«

Arthur bezahlte die Zeche, die für eine ganze Nacht bei Big Lars gereicht hätte. Er ging wieder hinaus auf die Leadenhall Street, passierte die Säulen, ohne den Blick zu heben, und befand sich nun in der riesigen Halle des East India House. In den hellen Bodenbelag waren in dunklem Marmor drei miteinander verbundene Kreuze eingelassen, an ihrem Grund die drei Buchstaben *EIC* und die Devise *Deo ducente nil nocet* (Unter Gottes Führung wird uns kein Leid zugefügt werden). Kalter Schweiß rann Bowman den Rücken hinab, und der Geruch nach Sauermolke, in der das Hemd gewaschen worden war, breitete sich aus und vermischte sich mit Schimmelmief. Zwei Männer in eleganten Gehröcken durchquerten den Raum, die harten Absätze ihrer Schuhe klackerten auf dem Marmor, und der laute Hall reichte bis zu der großartigen, mit Skulpturen verzierten Decke hinauf. Mit Akten und Papieren unter den Armen traten sie ungerührt auf die drei Kreuze und die drei Buchstaben und waren rasch außer Sichtweite.

Arthur musste die Augen schließen, um wieder regelmäßig atmen zu können, dann hob er erneut den Blick.

An den Wänden großformatige Gemälde von Schiffen in den Farben der Kompanie, die über stille Meere fuhren. Eine Doppeltreppe aus Marmor. Überall geschäftige Männer, und eine Atmosphäre wie in einem Ameisenhaufen beim Waldbrand.

Leadenhall Street, verfluchter Name, den Bowman so oft gehört hatte. Die Männer, die ihn aussprachen, hatten dabei ausgespuckt, weil wieder einmal der Sold oder die Briefe von zu Hause nicht eingetroffen waren, weil die Verpflegung nicht ausreichte oder man keine Munition hatte für die Gewehre. Auch nach seiner Rückkehr vor fünf Jahren war er nie hier gewesen. Er hatte sich etwas anderes vorgestellt. Der Sitz der Kompanie war ein hochmütiges Bauwerk, aber kein Palast und keine militärische Anlage. Es gab nur Büros, Aktionäre, Verwaltungsmenschen und ihre Diener.

Als er die eifrigen Angestellten in dieser Halle wimmeln sah, stahl sich ein böses Grinsen auf Bowmans Gesicht. Er war der Einzige hier, der die echte Uniform trug. Und er wusste, dass die weit ausgestreckten Arme der stolzen Kompanie schmutzige Hände wie die seinen gebraucht hatten, um ihre Reichtümer anzuhäufen. Er sah auf die drei marmornen Kreuze hinab. Die Schreie ertönten wieder in seinem Kopf, und er versuchte nicht, sie zu dämpfen. Es war nur gerecht, dass er sie hierherbrachte, selbst wenn niemand sie hören konnte und Cavendishs Mission nicht existierte.

Ein Angestellter hinter dem Tresen hob den Kopf, um die unansehnliche Uniform zu mustern, die da vor ihm aufgetaucht war.

»Was kann ich für Sie tun, Sir?«

Der erste Mensch, dem Bowman im East India House begegnete, erkannte nicht einmal seinen Dienstgrad.

»Captain. Captain Wright.«

Arthur war über seinen eigenen Ton überrascht. Es war die Stimme des Ausbilders, der er einmal gewesen war. Der Kerl hinter dem Tresen stand auf.

»Entschuldigen Sie, Captain. Wie darf ich Ihnen behilflich sein?«

»Ich suche einen Offizier. Einen Marinekapitän, der 52 in Birma diente.«

»Verzeihung, Captain?«

»Den Kapitän der *Sea Runner*, im Jahr 52.«

Der Angestellte blinzelte.

»Sie möchten den Namen dieses Offiziers erfahren? Ist es das?«

»Genau. Marinekapitän. In Rangun, mit Godwin.«

»Ich glaube, Sie sollten sich an das Büro für Marineangelegenheiten wenden, Captain.«

»Wo ist das?«

»Die Westtreppe, im ersten Stock, Sir.«

Bowman ging die Treppe hoch, folgte einem langen Korridor, und bevor er an die Tür des Büros für Marineangelegenheiten klopfte, hielt er einen Moment inne, um wieder zu Atem zu kommen und sich die schweißnasse Stirn abzuwischen. Es gab ein Vorzimmer mit zwei großen Fenstern, Türen, die sich zu anderen Zimmern öffneten, und in der Mitte saß ein Sekretär hinter einem Schreibtisch. Als Bowman eintrat, erhob er sich.

»Was kann ich für Sie tun, Sergeant?«

Der hier kannte wenigstens die Dienstgrade. Bowman war unsicher auf den Beinen, und seine Hände zitterten wie in Andrews Büro, bevor er umgekippt war.

»Ich suche einen Offizier. Den Kommandanten der *Sea Runner* im Jahr 52, in Rangun.«

Der Sekretär lächelte gereizt.

»Wer hat Sie geschickt? Wenn Sie den Namen dieses Offiziers nicht wissen, verstehe ich nicht, warum Sie den Mann suchen. Unteroffiziere haben nicht das Recht, solche Auskünfte zu erhalten, Sergeant.«

Schweiß tränkte Bowmans Hemd und floss an seinen Beinen hinab. Die zwei großen Fenster begannen, ihre Gestalt zu verändern, wurden runder, schwankten, und die Sonne brannte ihm in den Augen. Er machte einen Schritt vorwärts, drohte zu stürzen und streckte einen Arm aus, um sich am Schreibtisch festzuhalten. Doch schon war der Sekretär bei ihm und führte ihn zu einem Sessel.

»Mein Gott! Was haben Sie? Ist Ihnen nicht gut?«

»Etwas zu trinken.«

Der Sekretär entfernte sich und kam eine Minute später mit einer Karaffe Wasser und einem Glas zurück, das er füllte und ihm reichte. Bowman trank, und der Sekretär füllte es ein zweites Mal.

»Ich werde das Fenster öffnen, es ist die Hitze. Sie brauchen frische Luft.«

Er ging zum Fenster und stieß die Läden zurück.

»Entschuldigen Sie, Sergeant, der Empfang für Sie ist sicher nicht so, wie es sich gehört. Es ist einfach alles furchtbar kompliziert im Moment, mit dieser ... Mein Gott! Ich jammere hier, während Sie doch bestimmt von *dort* kommen, nicht wahr, Sergeant?«

Arthur setzte das Glas ab und betrachtete den kleinen Mann in seinem schmucken Anzug.

»Von dort?«

»Der Aufstand, Sergeant. Dieser schreckliche Aufstand der Sepoys.«

Der Sergeant straffte sich im Sessel.

»Ja, von dort komme ich.«

Der Sekretär wurde blass.

»Mein Gott. Ja. Wie erschöpft Sie sind. Sie müssen fürchterliche Dinge gesehen haben ...«

Arthur nickte.

»Verzeihen Sie mir meine Unachtsamkeit, Sergeant. Wir sind im Moment dabei, unseren Umzug vorzubereiten, wir werden unseren Sitz bald im Staatssekretariat haben. Alles geht drunter und drüber. Und Sie kommen von dort ...«

Bowman begnügte sich damit, die Schultern zu zucken.

»Sie suchen einen Marineoffizier, den Sie nicht persönlich kennen. Ist das Ihr Anliegen?«

»Eine Botschaft für ihn.«

»Ein Brief? Von einem Soldaten?«

Das Wasser hatte ihn erfrischt, und Bowman spürte, dass seine Kräfte zurückkehrten.

»Ja. Der Brief eines Soldaten.«

Der Sekretär verschränkte die Arme.

»Das ist schrecklich! Sie müssen diesem Offizier den letzten Brief eines Soldaten überbringen, eines – toten – Soldaten?«

»Ja. Er ist tot.«

Der Sekretär schüttelte den Kopf.

»Eines toten Soldaten, der mit diesem Offizier befreundet war ... Mein Gott. Und Sie armer, erschöpfter Mann haben diesen Brief zu überbringen. Wie hieß das Schiff, Sergeant? Sagen Sie es mir noch einmal, und ich werde sehen, was ich für Sie tun kann.«

»*Sea Runner*. Im Jahr 52, in Rangun.«

»Rangun? Die Flotte von Admiral Godwin oder von Commodore Lambert?«

»Godwin.«

Der Sekretär ging zu einer Tür, hielt inne, drehte sich um.

»Sie waren befreundet, nicht? Und der tote Soldat hatte keine Familie?«

»Nein, keine Familie.«

Zehn Minuten später kam der Mann zurück. Er brachte ein riesiges Schiffsregister mit, das er auf seinen Tisch legte und öffnete. Mit dem Zeigefinger fuhr er die langen Reihen der Namen und Daten entlang und hob von Zeit zu Zeit den Kopf, um dem Sergeant zuzulächeln und sich zu entschuldigen.

»Wir haben hier sehr viel zu tun. Aber Sie – Sie waren dort. Und Sie sind zurückgekommen.«

»Um ein Haar wäre ich nicht mehr zurückgekommen.«

Der Sekretär schlug eine neue Seite auf.

»Aha! Die *Sea Runner*. 49, 50, 51 … 52. Am 12. Januar in Madras ausgelaufen. Sergeant, hier steht es. Die *Sea Runner* wurde befehligt von Kapitän … Philip Reeves. Captain Reeves befindet sich im Ruhestand; nach dem Feldzug in Birma ist er 53 aus dem aktiven Dienst ausgeschieden.«

Bowman stand auf.

»Wie kann ich ihn finden?«

»Ach ja, seine Adresse. Das dürfte ich eigentlich nicht tun, dazu sind wir normalerweise nicht berechtigt. Aber dieser Brief … Warten Sie einen Moment.«

Als er zurückkam, setzte er sich an seinen Schreibtisch, zog ein Blatt Papier aus einer Schublade und schrieb eine Adresse darauf. Nervös tauchte er seine Feder in das Tintenfass und drückte dann das Löschpapier auf den Schriftzug.

»Hier, Sergeant. Jetzt können Sie Ihre Pflicht erfüllen. Sie sind ein unerschrockener Mann, es ist gut, dass Sie sich gleich nach Ihrer Rückkehr um diese Dinge kümmern.«

Arthur faltete das Blatt und schob es in die Innentasche seiner Jacke. Bevor er die Tür erreichte, sprang der Sekretär auf und öffnete sie für ihn.

»Sergeant, darf ich Ihnen die Hand drücken?«

Arthur Bowman reichte ihm seine feuchte Hand.

Der Sekretär sah ihm nach, als er den Korridor hinunterging, und Bowman versuchte, den Impuls zu unterdrücken, im Laufschritt zu verschwinden.

Auf der Straße begannen ihn Krämpfe zu quälen, und den ganzen Weg bis zum Fox and Hounds hatte er Mühe, sich aufrecht zu halten. Er brauchte eine ganze Stunde bis zur Wapping Lane, und als er schweißüberströmt das Fox betrat, hörten schlagartig alle Gespräche auf. Er senkte den Kopf, ging zu seinem Tisch und hielt den Blick auf die Tischplatte gerichtet.

Big Lars stand hinter der Bar, die Zeitung aufgeschlagen vor sich, und traute kaum seinen Augen. Auch die Stammgäste starrten Bowman an. Er trug diese Uniform, die fast jeder von ihnen ebenfalls in irgendeinem Winkel noch aufbewahrte, falls er sie nicht in Notzeiten gegen ein Glas Schnaps eingetauscht hatte. Die rote Jacke übte eine abstoßende Wirkung auf sie aus, zumal sie von diesem angsteinflößenden Gespenst getragen wurde, diesem Sergeant Bowman, den man seit Wochen nicht zu Gesicht bekommen hatte und der ebenso gut auch hätte tot sein können.

Lars zapfte ein Bier und stellte es auf den Tresen.

»Mitch, du Hurensohn! Bring dem Sergeant dieses Bier!«

Er schenkte sich selbst ein großes Glas Schnaps ein, vergoss einige Tropfen und leerte es dann in einem Zug. Er beugte sich über seine Zeitung, hob den Kopf, um nach dem Sergeant zu sehen, und las weiter.

»Es scheint, als würden sie das Haus in der Leadenhall Street aufgeben! Das wird ein großer Umzug werden!«

Die Gäste am Tresen hörten ihm kaum zu, und er selbst konnte sich nicht konzentrieren. Alle warfen Bowman immer wieder verstohlene Blicke zu. Während Mitch Bierkrüge hin- und hertrug, las Big Lars ohne rechte Begeisterung den Artikel aus dem *Morning Chronicle* vor, der erklärte, wie und warum die Kompanie wegen einer Bande indischer Sepoys von der Krone übervorteilt worden war. An diesem Abend schien das Fox and Hounds von lauter alt gewordenen Waisenkindern bevölkert zu sein, die um die Kompanie trauerten und sie verfluchten. Hinter dem Grinsen und hinter den schlechten Witzen spürte man eine Niedergeschlagenheit, die dem Gefühl entsprang, dass sie Veteranen eines bloßen Nichts waren. Der ewige Feind war tot, und dort, am Tisch im Winkel, trank sein Schatten ein Bier nach dem anderen.

Als es dunkel geworden war, kehrte Arthur in sein Zimmer zurück. Er kletterte durch die Dachluke und stolperte auf dem Treppenabsatz, dann ließ er sich auf sein Bett fallen. Das Bier war nicht stark genug gewesen. Er konnte nicht einschlafen, und die Schreie hörten nicht auf.

Reeves wohnte in London. In Westminster, am St. George's Park in der Nähe der Themse.

Bowman holte ein paar Shilling aus dem Versteck unter den Bodenbrettern, kletterte wieder übers Dach und fand eine Droschke an der Royal Mint Street. Diesmal sah er nicht aus dem Fenster. Der Kutscher setzte ihn vor einem erst kürzlich erbauten zweistöckigen Haus mit weiß getünchter Fassade ab. Eine Seite des Hauses ging zum Fluss, die andere zur Grosvenor Road und dem Park. Ein Holztor führte in einen kleinen, gepflegten Vorgarten, den er durchquerte. Dann stand er an der Tür. Eine etwa fünfzigjährige Frau öffnete ihm. Sie trug ein Tuch um den Kopf und eine fleckige Schürze. Bowman hatte sich nicht vorgestellt, Reeves Ehefrau zu begegnen. Er blieb stumm.

»Sie wünschen?«

Die Frau sprach mit Vorstadtakzent, und Arthur begriff, dass er sich geirrt hatte. Es war nicht die Frau des Captains, sondern das Dienstmädchen.

»Wohnt Captain Reeves hier?«

»Er hat mir nicht gesagt, dass er jemanden erwartet. Wer sind Sie?«

»Ich bin nicht angemeldet. Sagen Sie ihm, ich möchte ihn sprechen.«

»Du stinkst nach Bier, mein Lieber; ich glaube, du hast dich in der Adresse geirrt. Was ist das für eine schäbige Uniform? Wem hast du die gestohlen?«

Bowman ging die wenigen Stufen der Vortreppe hoch, und die Frau wich zurück. Sie wollte die Tür schließen, doch er ergriff rasch die Klinke.

»Sag deinem Herrn, ich will ihn sprechen. Sergeant Arthur Bowman. Sag ihm das.«

Man hörte eine Stimme im Haus.

»Dothy? Was ist los?«

Arthur beugte sich vor. Leise sagte er: »Richte ihm aus, dass Sergeant Bowman ihn sprechen will. Dass ich auf seinem Schiff war, als das Dorf brannte.«

»Lassen Sie die Tür los, oder ich schreie.«

Arthur richtete sich auf.

»Sag ihm das.«

Er ging die Vortreppe wieder hinunter und wartete darauf, dass Reeves herauskam.

Sein Gesicht sah genauso aus wie in Arthurs Erinnerung – wie es hinter der Ruderpinne der Schaluppe ausgesehen hatte, nur älter und faltiger und mit schlohweißen Haaren. Er hatte keinen Bart mehr, sondern dichte, lange Koteletten. Als einen aufrechten und kräftigen Mann hatte Bowman ihn kennengelernt, nun war er nur noch ein alter Mann mit eingefallenen Schultern. Mit einer Hand auf der Klinke, die andere Hand hinter dem Rücken versteckt, betrachtete ihn Reeves mit ängstlichem Blick.

»Wer sind Sie?«

Der alte Kapitän kniff die Augen zusammen. Er schien nicht mehr richtig zu sehen. Trotz der Waffe, die Reeves vielleicht in der Hand hielt, machte Arthur einen Schritt in seine Richtung.

»Bleiben Sie, wo Sie sind.«

»Erinnern Sie sich nicht mehr an mich? Sergeant Bowman. Auf der *Sea Runner*. Ich bin an Bord der Dschunke gegangen.«

Reeves kniff die Augen noch stärker zusammen.

»Was sagen Sie da?«

»Ich war dort, als das Dorf in Flammen stand. Ich habe Ihnen etwas gegeben.«

Das Gesicht des Captains verzog sich. Bowman setzte den Fuß auf die erste Treppenstufe und sprach langsamer.

»Ich war dort. Sie auch. Sie können das nicht vergessen haben. Sergeant Bowman.«

Reeves umklammerte die Türklinke.

»Sergeant Bowman?«

Er fingerte in seiner Tasche und brachte eine Brille zum Vorschein, die er sich auf die Nase setzte. Plötzlich schienen seine Augen riesengroß zu sein, und sie starrten den Sergeant an in seiner schlotternden und abgewetzten Uniform.

»Sie waren tot … Man hat mir gesagt, dass Sie alle tot seien.«

»Nicht alle, Captain.«

Reeves öffnete die Tür ganz. In der rechten Hand hielt er eine geladene Pistole, aber er schien sich kaum noch daran zu erinnern.

»Kommen Sie herein.«

Arthur blickte auf die Waffe, und der alte Mann stotterte: »Entschuldigen Sie, ich hatte geglaubt, es würde etwas passieren – ich konnte nicht glauben, was Dothy mir sagte.«

Er legte die Waffe auf ein Schränkchen in der Diele.

»Kommen Sie mit mir, Sergeant.«

Sie gingen durch den Salon und erreichten ein sonniges Zimmer mit großen Fenstern, die in einem Halbkreis auf die Themse sahen. Die Masten der kleinen Boote, die am Ufer vertäut waren, glitzerten im Licht. Bowman blieb gegenüber den Fenstern stehen, ohne sich den polierten Möbeln zu nähern, den Polstersesseln, den Blumenkübeln; er wollte die dicken Teppiche nicht betreten. Andenken von Reeves' Reisen hingen an der Wand, afrikanische Masken, Musketen, Lanzen, Dolche. Sechs Gemälde von Schiffen der Kompanie schimmerten im Sonnenlicht. Die Schiffe, die der Kapitän kommandiert hatte. Ein Bild war kleiner und schlichter als die anderen, es zeigte eine elegante weiße Schaluppe unter vollen Segeln. Die *Sea Runner*.

»Setzen Sie sich doch bitte. Möchten Sie etwas trinken?«

»Was?«

»Ob Sie etwas trinken möchten?«

»Kaffee?«

Reeves ging in die Küche, und Bowman hörte ihn mit dem Dienstmädchen sprechen; die Frau protestierte flüsternd und sagte immer wieder, Reeves solle seinen Gast an die Luft setzen. Doch Reeves bat sie, sich zu beruhigen und Kaffee zuzubereiten.

»Ich bitte Sie, Sergeant, nehmen Sie Platz.«

Arthur wandte den Blick von dem Gemälde ab und setzte sich in einen Sessel, ohne die Hände auf die Lehnen zu legen. Reeves befand sich ihm gegenüber. Er saß auf der Kante des Sessels, und die riesigen Augen hinter der Brille starrten Arthur an.

»Was … was ist Ihnen passiert?«

Bowman sah zur Seite.

»Wir sind zurückgekehrt. Nach Wrights Mission. Nur zehn von uns.«

»Wright …«

»Er ist gefallen. Auf dem Fluss. Wir wurden gefangen genommen.«

»Man hat mir gesagt, es habe keinen Überlebenden gegeben.«

Der Sergeant senkte den Blick.

»Niemand weiß mehr etwas von Wrights Mission. Deshalb bin ich gekommen. Bei der Kompanie hat man mir gesagt, wo Sie wohnen.«

»Wrights Mission?«

Bowman hob den Kopf.

»Der Gesandte, auf dem Fluss. Wir sollten das Schiff des Gesandten aufbringen. Aber deshalb bin ich nicht hier, Captain. Sondern wegen einer anderen Sache.«

»Weswegen, Sergeant? Sie … Was brauchen Sie?«

Arthur wandte sich zum Fluss. Sein Mund war so trocken, dass ihm das Sprechen schwerfiel.

»Es ist ... wegen diesem Mord. Dem Mord im Kanal vor einigen Wochen.«

Beide Männer fuhren auf und drehten sich um. Dothy stand mitten im Raum. Zu ihren Füßen ein silbernes Tablett, zerbrochene Tassen und eine umgekippte Kaffeekanne.

»Mr. Reeves, sagen Sie ihm, er soll verschwinden! Sagen Sie ihm, er soll gehen!«

Der alte Kapitän erhob sich, nahm die Frau am Arm und versuchte, sie zu beruhigen.

»Machen Sie das sauber und lassen Sie uns allein, Dothy. Gehen Sie nach Hause, ich brauche Sie heute Abend nicht mehr.«

Dothy sträubte sich. Sie wollte ihren Herrn nicht mit Bowman allein lassen. Reeves brauchte mehrere Minuten, um sie zur Tür zu bringen. Draußen ging die Sonne unter, und ihr Licht vergoldete die Wellen der Themse und die Boote, die auf dem Fluss schaukelten. Reeves holte eine Flasche Whisky und zwei Gläser aus einem Buffet und stellte sie auf ein niedriges Tischchen. Er schenkte ein, und als Bowman das Glas hob, betrachtete Reeves die verkrüppelte Hand seines Gastes.

»Bedienen Sie sich, bitte, Sergeant. Ich habe gerüchteweise von dieser schrecklichen Geschichte gehört. Aber warum sind Sie zu mir gekommen?«

Sergeant Bowman schenkte sich noch einmal ein. Es war vielleicht der beste Alkohol, den er seit Langem getrunken hatte, aber Whisky war nicht stärker als gewöhnlicher Gin aus der Kneipe, und er brauchte mehr davon, um ruhig zu werden.

»Ich arbeite jetzt als Polizist, in Wapping. Ich muss den Mörder finden. Weil die Kollegen glauben, ich sei es gewesen, und sie werden mir in jedem Fall die ganze Sache in die Schuhe schieben.«

»Was meinen Sie?«

»Ich habe die Leiche im Abwasserkanal gefunden. Sie glauben, ich sei verrückt. Ich bin nicht verrückt. Es ist nur ... es sind nur die

Albträume. Es ist schon besser geworden, seit ich wieder hier bin. Aber ich schlafe nicht gut, Captain.«

»Welche Albträume, Sergeant?«

»Vom Dschungel. Von dem, was sie uns angetan haben.«

»Sergeant, ich verstehe nicht. Sie müssen mir sagen, warum Sie hier sind. Sergeant?«

Arthur schwieg einen Moment und nestelte an seinem Hemdkragen, der ihn beengte. Schließlich sprang ein Knopf ab.

»Wir sind zurückgekommen, zehn Männer von Wright. Der Mörder ist einer der Gefangenen, die mit mir zusammen waren. Ich habe dem Superintendenten die Liste gegeben, aber die Kompanie sagt, es habe keine Mission gegeben. Wir würden nicht existieren. Und jetzt ist es die Kompanie, die nicht mehr existiert. Verstehen Sie?«

»Sie suchen einen ehemaligen Gefangenen?«

»Den Mörder.«

Captain Reeves versuchte Bowman durch ein Lächeln zu ermutigen und trank einen kleinen Schluck Whisky.

»Erzählen Sie mir davon.«

Arthur trank sein Glas zu Ende und drehte das Gesicht zu den Fenstern, hinter denen der tiefschwarz gewordene Fluss lag.

»Wir sind auf die Dschunke gegangen und den Irrawaddy hinaufgefahren, um den Gesandten der Min aufzuhalten. Dann fing es an zu regnen, und wir sind am Ufer auf Grund gelaufen. Wir haben sie nicht kommen sehen. Wir haben gegen das erste Schiff gekämpft...«

Reeves hörte sich eine Stunde lang Bowmans Bericht an, tief in seinem Sessel sitzend, reglos, ohne ihn ein einziges Mal zu unterbrechen. Bis zu dem Punkt, an dem die Schiffe einliefen, die die Gefangenen der Min – jene zerlumpten, ausgemergelten Gespenster – zurückgebracht hatten. Ihre Repatriierung in Madras, und dann Bowmans Geschichte als Mitglied der Themsebrigade in Wapping. Die Entdeckung der Leiche, Andrews Besuch in seinem Zimmer, die Fahrt zum East India House, wo er vorgesprochen und schließlich diese Adresse erhalten hatte.

Es war inzwischen Nacht geworden. Reeves stand auf, zündete Kerzen an, und nach und nach wurde das Haus heller. Die Flasche war leer. Der alte Kapitän hatte eine Pfeife im Mund und sog daran. Sein zerknittertes Gesicht zeigte sich wieder deutlich im Licht der Kerzenflammen.

»Auch ich habe Albträume, Sergeant Bowman.«

»Was meinen Sie?«

»Das Dorf, Sergeant. Die Frauen, die Kinder.«

Das Kerzenlicht tanzte auf den Bildern an der Wand. Die gemalte *Sea Runner* hatte die gleiche Farbe wie jene Nacht unter den aschefarbenen Wolken.

»Es war Krieg, Captain. Es gab Befehle. Man musste …«

»Was für ein Krieg, Sergeant?«

»Gegen Pagan. Der Gesandte …«

»Die Rubine.«

»Wie bitte?«

Der Alte ließ den Kopf fallen. Er sah winzig klein aus in dem großen Sessel.

»Was Ihnen widerfahren ist, hat nichts mit dem Krieg zu tun. Jedenfalls nichts mit dem Krieg von Dalhousie. Nicht die Kompanie hat Sie auf den Fluss geschickt, sondern es waren Offiziere der Flotte, Cavendish und ein paar seiner Freunde, darunter auch ich.«

Bowmans Schultern zitterten unter seiner Uniform. Er starrte die Fenster an, die nur den Schein der Kerzen reflektierten, und versuchte, die Umrisse des Flusses zu erkennen. Reeves' Stimme, brüchig geworden durch Alter und Müdigkeit, ertönte erneut, und der Captain begann langsam zu erzählen.

»Wright war ein Spion der Kompanie. Ein Mann, dessen Mut nur von seinem Ehrgeiz übertroffen wurde. Er war Teil des einflussreichen Zirkels um Cavendish geworden und hatte den Auftrag erhalten, vor Dalhousies Kriegserklärung die militärische Stärke von Pagan Min einzuschätzen. Mit Lamberts Gesandtschaft war er in Rangun eingetroffen und hatte Erkundigungen eingeholt, die ergaben, dass der König sich bereits auf die Niederlage vorbereitete, da er es für aussichtslos hielt, die Kompanie zu besiegen. Im Fall eines

Krieges würde er fliehen, und er würde seinen Thronschatz mitnehmen. Kennen Sie die Stadt Mogok, Sergeant? Es ist ein kleiner Marktflecken, einige Dutzend Kilometer von Ava entfernt, mitten im Dschungel. Aber es gibt dort Minen, in denen die schönsten Rubine der Welt gefördert werden. Als Bombay dem Königreich Ava den Krieg erklärte, hatte Pagan seine Truhen gefüllt und Schiffe damit beladen. Vor seiner Flucht sollten sie in Sicherheit gebracht werden. Wright bekam Wind davon und erstattete Cavendish Bericht. Sie wollten diesen Schatz. Die Rubine. Zusammen mit ein paar Offizieren ihres Vertrauens trafen sie die Entscheidung, sie den Birmanen abzujagen. Deshalb diese Expedition, während der Krieg ausbrach. Deshalb wurden Sie ausgewählt, Sergeant, Sie und die Ausgemusterten der Flotte, die ihre Strafe erwarteten. Es gab keinen Gesandten an Bord dieser Dschunken, nur Rubine. Das Dorf in Brand zu setzen, war kein Befehl der Kompanie, es war eine Vorsichtsmaßnahme, damit unser Plan nicht entdeckt wurde. Ihr Superintendent hat nicht gelogen – diese Mission hat nie existiert. Doch trotz allem haben die Beamten der Kompanie am Ende herausgefunden, was wir getan haben. Das brachte sie in einige Verlegenheit. Vor allem durfte es nicht zu einem Skandal kommen, damit Cavendish nicht in den Ruf eines Piraten kam, eines gemeinen Schatzräubers. Unter der Schirmherrschaft unseres lieben zukünftigen Herzogs von Devonshire wurde kein Risiko eingegangen. Die Kompanie hat die Sache schließlich für uns vertuscht, diesmal auf höchst effiziente Weise. Der Verlust von Captain Wright war bedauerlich, doch das Verschwinden einer Bande von Kriminellen und einer Handvoll Soldaten fiel nicht ins Gewicht. Sie könnten noch Jahre mit Ihrer Suche verbringen und doch nie die kleinste Spur Ihrer Mission im East India House finden. Jetzt, da es die Kompanie gar nicht mehr gibt, wird sich die Krone um alles kümmern. Unser Geheimnis ist sicher.«

Reeves zog an seiner Pfeife, die inzwischen erloschen war.

»Es ist paradox, aber gerade Wrights Tod hat Sie gerettet. Wäre die Mission erfolgreich gewesen, hätte man Sie nicht gefangen genommen. Sie wären bei Ihrer Rückkehr hingerichtet worden.«

Arthur erhob sich schwankend aus seinem Sessel. Als er sich umdrehte, wischte er mit einem Ärmel über das Tischchen, sodass ein Leuchter umfiel. Reeves reagierte nicht. Die Pfeife klebte an seinen Lippen. Die Kerzen begannen, den Lack zu verbrennen, und Bowman ging langsam zum Wandschrank, wo er das Fach mit den Flaschen öffnete und ohne hinzusehen eine davon herausgriff. Er zog den Korken heraus und trank in großen Zügen einen dickflüssigen, süßen Portwein, der ihm den Rachen verbrannte und ihn nur noch durstiger machte. Dann ließ er die Flasche fallen. Sie rollte über den Boden und blieb neben einem Sessel liegen.

Schiffslaternen hingen an den Balken des hohen Raums. Von draußen drang das Geräusch eines dampfgetriebenen Motors zu ihnen herein, das die Scheiben vibrieren ließ. Reeves stand auf, verließ das Zimmer und kehrte einen Augenblick später zurück. Er legte ein Blatt Papier und eine Feder auf das Tischchen, stellte ein Tintenfass daneben und zündete die Kerzen wieder an.

»Ich höre Ihnen zu, Sergeant.«

Bowmans Stimme klang düster.

»Was soll ich Ihnen sagen?«

»Die Liste, Sergeant Bowman. Geben Sie mir ihre Namen. Ich werde sie für Sie finden.«

»Warum sollten Sie das tun?«

»Es wird keine Wahrheit geben, Sergeant, niemals. Aber es ist… eine Art von Pflicht…«

»Pflicht?«

»Dieser Mann, der den Mord im Abwasserkanal begangen hat, er muss es erfahren. Sie müssen ihn wiederfinden, Sergeant Bowman.«

»Ich verstehe nicht, was Sie sagen. Nein, so geht es nicht. Wer das getan hat, dem muss man nichts erklären. Man muss ihn töten.«

Reeves lächelte, und Bowman hatte Lust, ihm auf dem Blatt Papier den Schädel einzudrücken.

»Ich hoffe, Sie werden Zeit genug haben, es noch zu verstehen, Sergeant. Geben Sie mir jetzt ihre Namen.«

Arthur knöpfte seine Uniformjacke und sein Hemd auf, wischte sich mit der Hand über die Lippen und begann, langsam die Namen zu sagen, so langsam, als brächte jeder einzelne Buchstabe dieser Namen einen Teil der dazugehörigen Gesichter in sein Gedächtnis zurück.

Der Alte hatte alles aus ihm herausgeholt. Arthur hielt sich kaum noch auf den Beinen, als Reeves ihn, einen Leuchter in der Hand, Schritt für Schritt zum Eingang führte. Dort bat er ihn, einen Moment zu warten, stellte den Leuchter auf dem Buffet ab und verschwand. Schließlich kehrte er zurück und blieb zwei Meter vor Bowman stehen. Er nahm seine Brille ab und steckte sie in die Tasche. Bowman hielt die Pistole in der Hand und zielte direkt auf seinen Bauch.

»Eure Albträume – ihr habt sie verdient. Wir nicht. Ihr seid der letzte Dreck.«

»Sie können nichts dagegen machen, Sergeant. Sie sind der, der Sie sind. Die einzige Wahl, die Sie haben – Sie haben es mir gesagt –, ist, Ihren alten Gefährten zu finden. Wenn Sie dann immer noch Lust dazu haben, können Sie mich töten.«

»Das ist zu einfach.«

»Ja.«

Der Alte hob die Hand. Er hielt ein kleines Stück jenes farbigen Stoffs in der Hand, den Bowman einmal in Madras besessen hatte, ein Stück Stoff aus einem Weberdorf. Er faltete es auseinander. Perlmutt und Silber schimmerten im Kerzenlicht. Langsam legte Arthur die Pistole hin und öffnete seine Hände. Captain Reeves legte das Pulverhorn hinein.

»Ich hätte nicht geglaubt, dass Sie eines Tages wiederkommen, aber ich habe es immer aufbewahrt. Ich hatte Sie nicht vergessen, Sergeant.«

Arthur betrachtete das Horn, strich mit den Fingerspitzen über das Perlmutt.

»Kommen Sie in einer Woche wieder. Ich werde Ihre Männer gefunden haben.«

Bowman ging durch den Vorgarten, hielt auf dem Bürgersteig

inne und sah sich um. Die Straße war menschenleer und dunkel. Er überquerte die Grosvenor Road und verschwand im schwarzen Schatten der Parkbäume, im Gehen das Pulverhorn an sich drückend.

5

In den nächsten Tagen trank er so viel Gin und nahm so viel Laudanum, dass er bald nicht mehr wusste, wo und wer er war. Zusammengerollt lag er auf seinem Bett und betrachtete die irisierenden Muschelstückchen, die im wechselnden Licht ihre Farben veränderten, streichelte die Silberintarsien, öffnete den wasserdichten Lederdeckel und hielt sich das Horn ans Ohr, um zu lauschen, was es ihm zu sagen hätte. Er erzählte ihm alles, was er seit ihrer Trennung erlebt hatte, entschuldigte sich dafür, es auf jenem Schiff zurückgelassen zu haben, und sagte ihm, dass jetzt, da sie wieder vereint waren, alles gut werden würde.

Und er wartete auf Antwort. Doch das Horn blieb stumm, und so fuhr er fort zu reden.

Er gab seiner Vermieterin den Auftrag, ihm die Drogen zu besorgen, die er brauchte, und unten vor dem Haus lösten sich Andrews Wachen ab. Der Hohlraum unter dem Parkett war nahezu leer, er hatte seine Ersparnisse aufgebraucht.

»Warum soll ich den Mörder suchen? Warum kümmern sie sich nicht darum? Sie waren es, die uns dorthin geschickt haben. Sie sollen frei bleiben. Alle zehn! Sie sollen uns frei lassen oder es selbst machen.«

Die Nachbarn hämmerten an seine Tür, wenn er beim Reden mit dem Pulverhorn zu schreien begann. Er brüllte nur noch lauter, wenn er sie verjagte. Die Polizisten, die ihn überwachten, schritten nicht ein. Bowman war verrückt, das erklärte alles.

Er erwachte, ohne sein Zimmer wiederzuerkennen, und schlief in dem Glauben ein, auf der Dschunke zu sein, in einer Hängematte auf der *Healing Joy* oder in seinem Käfig mitten im Dschungel.

»Es war nicht der Krieg. Sie haben uns wegen der Rubine dorthin geschickt. Wir hatten kein Pulver mehr, keine Munition, als die anderen Dschunken kamen. Ich habe weitergekämpft, aber es war aussichtslos, sie waren einfach in der Überzahl. Ich habe versucht, die Taue zu kappen, damit wir in die Strömung gerieten, aber es war zu spät. Damals wusste ich nicht, warum ich kämpfe. Jetzt weiß ich es. Jetzt weiß ich, warum wir monatelang in diesen Käfigen lebten.«

Ganze Tage lang starrte er nur aus dem Fenster. Er sah Frauen, die einkaufen gingen, die Wachen aus Wapping, die sie manchmal ansprachen, Kinder mit Eimern auf dem Kopf, Scherenschleifer mit ihren Schleifsteinen, die aus Messerklingen Funken regnen ließen, eine Schmiede und die regelmäßig niederfahrenden Hämmer auf dem Amboss.

»Mit so einem Horn könnte ich mich in die Themse stürzen, ohne dass das Pulver feucht wird.«

Manchmal lachte er sogar.

Als er eine Flasche Laudanum geleert hatte, sah er auf der Fletcher Street birmanische Fischer mit ihren weiten Hosen, Offiziere der Kompanie in Galauniform, Viermaster mit offenen Geschützpforten, die auf den Schienen der Cable Street entlangsegelten.

Mit dem Horn am Ohr lauschte er dem von Kautschukharz gedämpften Geräusch des tosenden und wogenden Meeres.

»Hörst du die Schreie nicht? Das ist Clemens, als sie ihm das Auge ausgebrannt haben. Und Peevish, als sie ihn das erste Mal mitnahmen. Hörst du es nicht?«

Zehn Tage waren vergangen. Arthur erinnerte sich nicht mehr an Reeves, doch eines Morgens, als er erwachte – nach einem Dämmerschlaf, in den er vor fünf Minuten oder zwei Tagen gesunken war –, sah er mitten in dem endlosen Spektakel, das sich vor seinen Augen auf der Straße abspielte, eine Droschke, die vor seinem Haus haltmachte. Der Droschke entstieg ein Mann in Zylinder und langem schwarzem Mantel. Kinder umringten das ansehnliche Pferd; der Kutscher ließ seine Peitsche über ihren Köpfen knallen, und die Kinder gaben Fersengeld. Der Mann in Schwarz war nicht mehr da.

»Das war ein Henker. Ich erkenne sie überall.«

Es klopfte.

»Lasst mich in Ruhe! Haut ab!«

Es klopfte weiter, und er hörte eine Stimme auf der Treppe.

»Sergeant Bowman?«

Er ging zur Tür und wich stolpernd zurück.

Captain Reeves, in langem Mantel und hohem Hut, tauchte wie ein Gespenst vor ihm auf. Keine Falte seiner Kleider bewegte sich, und er ging völlig lautlos. Er sah müde und blass aus, um hundert Jahre gealtert, seit Bowman ihn zuletzt gesehen hatte.

Reeves legte einen Umschlag auf den Tisch voller leerer Flaschen, und drehte sich um. Arthur begann, krampfhaft zu lachen.

»Verschwinden Sie. Sie müssen ihn selbst finden, diesen Hurensohn, den Sie auf den Fluss geschickt haben.«

Er spuckte Reeves ins Gesicht. Der Alte wischte sich mit seiner behandschuhten Hand über die Augen.

»Zu Ihrem Unglück haben Sie Dinge überlebt, Bowman, die ein normaler Mensch nicht ertragen hätte. Sie hätten sich vor langer Zeit umbringen sollen. Wenn Sie es nicht getan haben, dann deshalb, weil es etwas in Ihnen gibt, was stärker ist als das, was Sie so leiden lässt. Sie haben die Wahl. Jetzt. Sie müssen sich entscheiden, was Sie tun werden, um weiterzuleben. Denken Sie daran, dass der, den Sie suchen werden, Ihnen ähnlich ist, dass er aber vielleicht weniger stark ist als Sie.«

Reeves streckte die Hand aus, um sie auf Bowmans Schulter zu legen.

»Es tut mir wirklich leid, Sergeant, dass Ihnen all das widerfahren ist. Ihnen und Ihren Männern.«

Arthur schob seine Hand weg. Der alte Mann senkte den Kopf, versteckte sein Gesicht unter der Zylinderkrempe und verließ das Zimmer. Auf der Treppe holte Bowman ihn ein und schrie: »Ich hab versucht zu sterben, und jemand hat mich gerettet! Warum bin ich wohl gerettet worden? Was heißt das?«

Reeves drehte sich um, die Hand auf dem Geländer, das Gesicht im Schatten.

»Dass Ihr Leben Ihnen nicht mehr ganz gehört, Sergeant Bowman. Sie müssen so schnell wie möglich von hier verschwinden. Ich habe diese Liste zwar bekommen, aber meine Nachforschungen sind bestimmt nicht unbemerkt geblieben. Sie werden nicht lange zögern. Leben Sie wohl, Bowman.«

Reeves ging die Treppe hinunter. Arthur blieb wie angewurzelt auf dem Absatz stehen, bis das Geräusch der Schritte des Alten nicht mehr zu hören war. Er ging in sein Zimmer zurück, riss den Umschlag auf und hielt ein regelmäßig beschriebenes Blatt Papier in Händen. Außerdem befanden sich fünf Scheine im Wert von zehn Pfund Sterling in dem Umschlag, so viel, wie der Lohn für ein Jahr Dienst in der Themsebrigade betrug.

Ein zweites Blatt fiel ihm vor die Füße, als er die Geldscheine herausnahm. Er hob es auf. Ein gedruckter Briefkopf und die Adresse einer Bank. Ein Wechsel auf seinen Namen im Wert von fünfhundert Pfund.

Arthur stürzte ans Fenster, doch als er sich hinauslehnte, verschwand die Droschke gerade hinter der Straßenecke. Auf der anderen Seite sah er fünf Brigadisten aus Wapping, mit O'Reilly und Andrew an der Spitze, die die Fletcher Street entlangmarschierten, genau auf sein Haus zu. Einige Sekunden lang betrachtete Bowman sie, ohne fähig zu sein, auch nur die kleinste Bewegung zu machen. Schließlich stürzte er zu seinem Waschbecken, steckte sich drei Finger in den Mund und erbrach alles, was er im Magen hatte. Das Adrenalin, das in seinen Adern kreiste, reinigte ihm Kopf und Sicht. Er zog sich nicht einmal die Schuhe an, stopfte sich nur die Scheine und die Liste in die Tasche, den Wechsel und das Pulverhorn, verließ das Zimmer und zwängte sich durch die Luke. Auf allen vieren kroch er zum Nachbardach. Mit blutenden Füßen lief er die kleinen Gassen entlang und vergewisserte sich an jeder Ecke, dass ihm keine Polizisten auflauerten. In einem großen Kreis umrundete er sein Viertel, gelangte dann zum China Court und von dort weiter ostwärts bis nach Limehouse.

Er blieb erst stehen, als er die Hütte erreicht hatte. Von Krämpfen geschüttelt, warf er sich gegen die Tür und stürzte ins Innere. Nach zehn Meilen weigerte sich sein Körper, weiter zu laufen, und er brach auf dem Boden zusammen. Sein Magen hob sich, während er mit offenem Mund nach Luft schnappte. Sein Schädel schmerzte, als würde er von einem engen Ledergurt zusammengequetscht.

*

Er entfachte ein Feuer im Ofen. An den Kisten lehnend, kämpfte er verzweifelt und vergeblich gegen den Schlaf. Als er die Augen wieder öffnete, war es Nacht. Er hatte nicht genug Zeit, um aufstehen zu können, sein Körper war zu steif, und er hatte zu große Schmerzen, um sich bewegen zu können. Die Tür öffnete sich, und zwei Männer traten ein. Einer von ihnen hielt eine Öllampe in der Hand, der andere einen Knotenstock. Bowman hob die Hand, um sich vor dem Licht zu schützen. Mit der anderen tastete er in der Dunkelheit. Er fand eine Eisenstange, die er schwenkte, um sich zu verteidigen.

»Verflucht noch mal!«

»Was macht der denn hier?«

Bowman knurrte: »Kommt bloß nicht näher!«

»Herrgott noch mal, Sergeant! Wir sind's. Du hast uns richtig Angst eingejagt!«

Bowman erkannte das Gesicht des Fischers.

»Franck?«

»Lieber Himmel, wer denn sonst? Was machst du hier?«

Der Fischer sah Bowmans Kleider und lachte.

»Wo hast du denn diese Montur her?«

Der andere Fischer war an der Tür stehen geblieben, immer noch mit dem Stock in der Hand.

»Dieser Typ ist nicht sauber, ich hab's dir doch gesagt. Wir müssen ihn von hier wegschaffen.«

»Er wird uns schon nichts tun. Was, Sergeant?«

Arthur beobachtete die beiden Männer.

»Ich tue euch nichts. Ich brauche nur ein Dach über dem Kopf, nicht für lange.«

»Ich hab's dir doch schon mal gesagt, du bist hier zu Hause. Was ist dir diesmal passiert?«

Der andere Fischer legte Franck die Hand auf die Schulter.

»Francky, das solltest du nicht tun. Das geht nicht gut aus. Diesmal ohne mich.«

»Ich kümmere mich darum, geh nach Hause.«

Der andere warf Bowman einen letzten Blick zu, dann verließ er die Hütte und schloss die Tür hinter sich.

»Mach dir keine Sorgen. Stevens ist einfach so, immer ein bisschen misstrauisch, aber man braucht keine Angst vor ihm zu haben, ich kenne ihn.«

Der Fischer hängte die Lampe an einen Haken.

»Arthur, willst du diese Stange nicht loslassen?«

Bowman legte die Stange hin.

»Ich bleibe nicht lange. Nur ein paar Tage. Ich habe Geld.«

Er zog einen Zehnpfundschein aus der Tasche. Francky pfiff vor Überraschung durch die Zähne.

»Meine Fresse. Wie kommst du an so viel Geld? Ach, Sergeant, vielleicht hat Stevens doch recht. Wie bist du mit all diesem Geld hierhergekommen? Was hast du angestellt?«

»Das Geld gehört mir. Ich habe es nicht gestohlen.«

»Sergeant, hier geht's nicht um ein paar Groschen. Ich will wissen, weshalb du hier bist. Und was du von mir willst. Willst du mich übers Ohr hauen?«

Arthur knüllte den Schein zusammen und steckte ihn wieder in die Tasche.

»Die Polizei sucht mich.«

»Was hast du angestellt?«

»Nichts.«

»Ach, wirklich?«

»Sie glauben, dass ich jemanden ermordet habe.«

»Du hast jemanden getötet, Sergeant?«

Bowman senkte den Kopf.

»Ich habe Dutzende von Leuten getötet, als ich Soldat war. Frauen, Alte und Kinder, aber den hier, den habe ich nicht auf dem Gewissen.«

Francky zog die obligatorische kleine Schnapsflasche aus der Tasche und trank die Hälfte davon in einem Zug. Er wischte sich über den Mund und stellte die Flasche auf eine Kiste neben Bowman.

»Ich zweifle nicht daran, dass du nicht fünfzehn Jahre in Indien warst, nur um Baumwollballen zu zählen, Sergeant, aber was bedeutet das, was du mir da sagst?«

Arthur nahm die Flasche.

»Ich muss diesen Mann finden, diesen Mörder. Du wirst keine Probleme mit mir haben, aber ich brauche Hilfe. Ich gebe dir Geld. Ich habe noch mehr. Genug.«

»Muss ich noch mehr wissen, oder reicht das, was du mir bis jetzt gesagt hast?«

Bowman grinste schwach.

»Ich habe diesen Mann nicht getötet.«

»Du wirst doch nicht den Verstand verlieren und irgendjemand anfallen, Arthur? Oder dich wieder ins Wasser stürzen?«

»Ich muss diesen Kerl finden.«

6

Der erste Name war der von Edmond Peevish. Der Prediger. Eine Adresse in Plymouth.

Bowman tauchte die Feder in die Tinte und kreuzte vier Adressen an. Vier von seinen neun ehemaligen Männern wohnten in London oder in der Umgebung der Stadt. Peter Clemens und Christian Bufford, genannt Buffalo, rekrutiert von Bowman selbst an Bord der *Joy*. Frederick Colins, der Corporal mit dem Messer, und Erik Penders, der Gefangene, der hatte fliehen wollen, zwei Männer von Wright. John Briggs, der andere Mann von der *Joy*, lebte in Bristol; Norton Young, Wrights Rekrut, in Southampton;

Edward Morgan und Horace Greenshaw, zwei von Bowmans Soldaten, in Coventry und Birmingham. Die meisten Einträge trugen den Zusatz »letzte bekannte Adresse«. Überall Gespenster – die Gespenster der befreiten Gefangenen von der Liste aus Rangun.

Die Londoner Adressen konnten stimmen, obwohl Bowman von diesen Dingen natürlich nichts verstand. Er hatte jahrelang am selben Fleck gelebt, doch das bedeutete nicht, dass die anderen ihren Wohnort nicht verändert hatten. Sie konnten sehr wohl noch am Leben sein. Vielleicht waren sie dorthin gezogen, wo es Arbeit gab.

Er schrieb sorgfältig Peter Clemens' Adresse ab: Lamb Street 16, in Spitalfields.

Dann hob er den Deckel des Ofens und warf die alte Uniform der Kompanie ins prasselnde Feuer.

Vor einer Spiegelscherbe, die er auf die Werkbank stellte, rasierte er sich den Bart ab. Er wusch sich in einem Eimer und zog die neuen Kleider an, die er sich von Franck hatte kaufen lassen. Schuhe von guter Qualität, eine Hose aus Wolle, robust und bequem, ein Hemd, eine Tweedjacke, eine Mütze mit Lederschirm, mit weicher Wolle gefüttert, und Unterwäsche.

Seit dem Tag, als er seine erste Soldatenuniform bekommen hatte, war er nie so gut angezogen gewesen. Und seit langer Zeit hatte er keine Kleider in seiner Größe mehr getragen. In dem kleinen Spiegel konnte er sich nicht sehen, aber die neuen Kleider halfen ihm, sich geradezuhalten.

Er schob eine kleine Flasche Gin in die Innentasche seiner Jacke, zog die Mütze in die Stirn und ließ Dunbar schnell hinter sich. Er ging in nördliche Richtung, und als er den kalten Wind im Rücken spürte, stellte er den Kragen hoch. Auf der Commercial Street fragte er jemanden nach dem Weg. Wie viele Bewohner des East End kannte er den Rest der Stadt kaum. Vom Markt von Spitalfields hatte er höchstens reden hören. Jetzt, nach einer Stunde Fußmarsch, sah er ihn zum ersten Mal.

Es gab viele Seidenhändler und Webereien. Die Hälfte der Verkaufsbuden hielten importierte indische Baumwollstoffe feil. An der Ecke Commercial und Lamb Street faltete Bowman sein Papier auseinander und überprüfte noch einmal Peter Clemens' Adresse. Spitalfields war ein Zufluchtsort der aufständischen Weber aus Frankreich gewesen. Das ganze Viertel hatte von Stoffen und Stoffbearbeitung gelebt und war zu bescheidenem Wohlstand gelangt, bis die indischen Waren den Markt überschwemmten. In seiner Kindheit hatte Bowman von den reichen Seidenhändlern reden gehört, doch jetzt sah er nur gewöhnliche Hungerleider, die sich nicht von den Bewohnern des East End unterschieden.

In den Parterregeschossen der Lamb Street befanden sich Läden mit Schaufenstern, die Wohnungen darüber sahen armselig aus. Es wimmelte von Menschen; Kutschen und Karren verstopften die Straße. Händler, Träger, Bettler gingen ihrer Arbeit nach und hefteten sich an seine Fersen. Er stieß sie von sich und begriff nicht, was sie von ihm wollten, da er noch kaum an seine neuen Kleider gewöhnt war und noch weniger an die Reaktionen, die sie hervorriefen. Überall ließ man ihm den Vortritt und grüßte ihn höflich.

Eine Zeit lang blieb er vor dem Haus Nr. 16 auf dem Gehsteig stehen. Es war eine schmale Tür zwischen zwei Läden, die weder Schloss noch Klinke besaß. Im ersten Stock klopfte er aufs Geratewohl an eine Tür. Eine dicke Frau öffnete ihm und wich bei seinem Anblick erschrocken zurück. Ein gut gekleideter Mann auf diesem Flur, das konnte nur Böses bedeuten. Arthur fragte, wo Peter Clemens wohnte, und die Frau schien erleichtert zu sein. Diesmal hatte sich das Unglück in der Tür geirrt.

»Die Clemens'? Die wohnen im zweiten, links. Haben sie was ausgefressen?«

Arthur stieg eine Treppe höher und blieb vor einer Tür stehen. Der Schweiß war ihm ausgebrochen, und seine unruhig flatternden Finger umschlossen eine unsichtbare Waffe. Eben noch hatte er es nur mit Namen auf einem Stück Papier zu tun gehabt, und jetzt stand er vor dieser Tür, hinter der vielleicht Peter Clemens wohnte. Der stärkste von allen Männern, die an Bord der *Sea Runner* gegangen waren. Der große Clemens.

Arthur klopfte und ging ein wenig in die Knie, um sich schnell umdrehen und fliehen zu können. Ein etwa zehnjähriges Mädchen öffnete, dünn, in einer Bluse, die nur noch aus Flicken bestand. Ihr blondes Haar war ebenso blass wie ihr Gesicht, ihre Hände waren bräunlich verfärbt. Sie hatte die Hände einer Arbeiterin und die Arme eines schlecht genährten Kindes. Müde und ohne Anzeichen einer Überraschung hob sie den Blick zu dem großen, gut gekleideten Mann. Arthur entspannte sich. Die Gespenster ohne Adresse hatten auch Kinder.

»Peter Clemens?«

Das Mädchen ließ die Tür offen und ging schlurfend in die Wohnung zurück.

Dann sah Bowman den Umriss eines großen, gebeugten Menschen. Peter Clemens stand auf der Schwelle. Er hatte die gleichen strohblonden Haare wie seine Tochter; die Umgebung seines rechten Auges war voller Brandnarben, die Hornhaut des Auges weiß und geschwollen. Das Lid klebte am Brauenbogen und bewegte sich nicht mehr.

»Sergeant?«

Arthur hatte nicht damit gerechnet, dass Clemens ihn wiedererkannte. In diesen Kleidern, ohne Uniform, aber vor allem abgemagert, wie er war. In der Erinnerung der Männer auf der Liste musste er ein Haufen Haut und Knochen auf dem Boden eines Käfigs sein. Nur er selbst, so glaubte er, hatte das Andenken an jenen Sergeant Arthur Bowman, der er einst gewesen war, bewahrt.

»Sir? Sie sind es doch?«

Clemens' Lippen zitterten, sein rechtes Auge begann zu glitzern.

»Sie leben?«

Der Sergeant blieb stehen. Es war Clemens, der ihm gegen jede Erwartung diese Frage gestellt hatte. Sein Gesicht zeigte Gefühle aller Art. Er lächelte, doch seine Stirn legte sich in schmerzliche Falten, seine Augen glänzten vor Freude, doch seine Mundwinkel fielen herab, und sein Kinn begann zu zittern.

»Sagen Sie etwas, Sergeant. Bitte.«

»Ich bin es, Clemens.«

»Was … was tun Sie hier?«

»Ich hab dich gesucht.«

»Mich, Sergeant?«

»Und die anderen.«

»Die anderen?«

»Die von dort.«

»Sie haben auch überlebt?«

Arthur seufzte.

»Ich weiß nicht.«

Clemens senkte den Kopf.

»Sie wissen es nicht?«

»Clemens, ich muss mit dir reden.«

»Wie?«

Clemens fuhr sich mit der Hand durchs Haar und hob den Kopf.

»Was wollen Sie mir sagen?«

»Nicht hier.«

»Wollen Sie hereinkommen?«

Er machte einen Schritt zurück, ohne Bowman aus den Augen zu lassen.

»Kommen Sie, Sergeant. Treten Sie ein, wenn Sie mit mir sprechen möchten.«

Bowman nahm die Mütze ab, die sein Gesichtsfeld beschränkte, und steckte sie in die Tasche, bevor er der Aufforderung folgte. Clemens war mager, und er war nicht einmal mehr hochgewachsen, denn er ging vornübergebeugt und richtete sich auch in einer kleinen Küche nicht auf. Ein Viereck von zwei mal zwei Metern, ein Herd neben dem offenen Fenster, ein verbeulter Topf darauf. Clemens' Tochter rührte darin, und der Geruch nach Haferbrei erfüllte den Raum. Clemens griff nach einer Flasche in einem Regal.

»Wollen Sie etwas trinken, Sergeant?«

Er betrachtete ihn immer noch ein wenig zweifelnd. Bowman wandte sich dem Mädchen zu, dann sagte er zu Clemens: »Sag ihr, sie soll gehen.«

Clemens schien zu erschrecken, dann zog er eine traurige Grimasse und legte den Kopf schief.

»Warum soll sie gehen, Sir?«

»Tu, was ich dir sage.«

Clemens wandte sich mit sanfter Stimme an seine Tochter.

»May, geh ein bisschen nach draußen, bitte. Ich muss mit dem Sergeant sprechen. Verstehst du? Du musst uns beide kurz allein lassen.«

Das Mädchen betrachtete den Mann in seinen neuen Kleidern, ließ den Kochlöffel sinken und ging.

Es gab weder Stuhl noch Tisch; durch die Tür zum angrenzenden Zimmer – dem einzigen weiteren Raum der Wohnung – sah Bowman zwei zusammengeschobene Betten, Matratzen auf dem nackten Boden, zerwühltes Bettzeug und einen Haufen Kleidungsstücke.

Clemens trank einen Schluck aus der Flasche und vergaß, sie dem Sergeant anzubieten.

»Sie ist weg. Sie haben recht, Sergeant. Es ist besser, man ist nur zu zweit.«

Er trank noch einmal. Seine Glieder bewegten sich ruckweise, als funktionierten seine Gelenke nicht mehr; Arme und Beine schienen ihre Positionen im Raum nur mit Mühe zu finden.

»Ich frage mich die ganze Zeit, ob Sie wirklich lebendig sind. Und die anderen? Ich habe nicht nach ihnen gesucht, Sergeant. Ich wollte es tun, aber ich wusste nicht, wie ich es bewerkstelligen sollte. Ich wusste auch nicht, wo sie alle wohnten.«

Clemens' Stimme wurde schrill, und er wurde immer nervöser, doch das Seltsamste war, dass er gar nicht mit Bowman zu sprechen schien. Es war, als hätte er die Gewohnheit, mit Leuten zu reden, die nicht da waren.

»Warum wollen Sie nicht, dass meine Tochter hört, was wir sagen, Sergeant? Meine Frau und mein Sohn sind arbeiten. Ich – ich arbeite nicht im Moment. Es ist schwer. Wie haben Sie mich gefunden, Sergeant? Es ist … Es ist gut, Sie zu sehen. Das stimmt. Sie sind da, und ich muss Sie mir nicht ausdenken. Verstehen Sie?

Es ist schwer, sich all das auszudenken. Es tut weh. Ich kann nicht davon reden, es ist nicht schön, und ich will nicht, dass die Kinder es hören. Deshalb ist es besser, dass sie geht, meine kleine May. Dass sie es nicht hört. Die Kinder und meine Frau, sie werden nachts wach, wenn ich in meinen Träumen daran denke. Sie verstehen es nicht.«

Clemens schüttelte sich und schwenkte seine gelenklosen Arme durch die Luft. Er beugte sich vor, damit der Sergeant ihn besser verstand, das Gesicht verzerrt von der Angst, nicht verstanden zu werden oder den Gesprächspartner plötzlich nicht mehr zu sehen.

»Ich konnte am Anfang nicht arbeiten, als ich heimkehrte. Sie hätten mich im Schlachthof wieder genommen, da, wo ich war, bevor ich auf den Segler nach Indien ging. Mein Sohn war drei Jahre, und die Kleine gerade erst geboren. Acht und fünf waren sie, als ich wiederkam. Die Pension reicht hinten und vorne nicht, aber ich konnte nicht mehr im Schlachthof arbeiten. Es ging nicht. Ich hab's versucht, weil wir den Lohn brauchten, aber es hat mich krank gemacht. Ich hab mich ständig übergeben. Da haben sie mich rausgeworfen, und ich hab woanders gesucht. Mein Sohn hat angefangen zu arbeiten, und meine Frau und die Kleine auch. Wir tun, was wir können, und wenn ich ab und zu etwas zu arbeiten finde, geht es etwas besser. Aber es gibt so vieles, was ich nicht mehr machen kann. Wegen dem Kopfweh, und wegen der Erschöpfung. Ich falle manchmal um vor Erschöpfung. Ich zittere am ganzen Körper und beiße mir auf die Zunge. Die anderen wollen nicht mehr mit mir arbeiten, weil ich nie weiß, wann es wieder losgeht. Also lasse ich mich rauswerfen. Ich will ja arbeiten, aber ich habe kaum noch Kraft. Sie verstehen das doch, Sergeant?«

Einen Moment lang verfiel er in brütendes Schweigen. Sein verbranntes Auge starrte geradeaus, das andere sah zu Boden.

»Ich versuch's, Sergeant. Jeden Tag gehe ich Arbeit suchen, manchmal weit weg, auf den Feldern, da helfe ich bei der Ernte. Ich gehe weg und lasse die Familie allein. Ich mag das nicht, sie allein zu lassen. Und ich mag es nicht, allein zu sein. Aber es dauert nie lang. Wegen der Schmerzen falle ich irgendwann um, und wenn ich aufwache, weiß ich nicht mehr, wo ich bin.«

Arthur konnte Clemens' deformiertes Gesicht nicht länger anschauen. Wie obenhin sagte er: »Hast du schon mal versucht, in den Kanälen zu arbeiten?«

Clemens reagierte nicht und fuhr im gleichen niedergeschlagenen Ton fort: »Ich kann nicht. Ich hab's versucht, hab gefragt, und sogar in diesem Gestank, diesem entsetzlichen Gestank, ich hab die Kanalreiniger gefragt und die Leute, die die Gruben leeren, aber es war dieser Gestank, Sergeant, dieser Gestank wie, wie, wie ... im ...«

Er konnte das Wort nicht sagen, begann zu stottern und zu zittern, und dann schrie er mit schriller Stimme verzweifelt: »Das stinkt, es stinkt wie ... wie ich gestunken hab ... dort ...«

Bowman fürchtete, dass Clemens vor ihm in der engen Küche zu Boden stürzen würde.

»Sie verstehen es nicht, Sergeant. Es ist eine Angst, die ich nicht unterdrücken kann, dass ich wieder ... dorthin ... Sie – Sie haben keine Angst. Sie haben niemals Angst. Auf dem Fluss nicht, und dann dort. Sie wissen nicht, was Angst ist.«

Arthur wandte sich der Tür zu.

»Ich muss gehen, Clemens.«

Der ehemalige Soldat hielt inne und schien plötzlich unsagbar traurig zu werden.

»Ja, ich verstehe, Sie haben zu tun. Sie sehen gut aus, gut angezogen, Sie haben Arbeit. Sie haben eine Familie, die Sie erwartet, Sergeant, und Sie müssen sich um sie kümmern. Ich verstehe. Wenn man lebendig ist, muss man solche Dinge tun, sich um die Seinen kümmern und arbeiten.«

Ein Lächeln erhellte das Gesicht unter dem verbrannten Auge, unter diesem starren und milchigen Blick neben dem anderen Auge, das traurig und lebendig war.

»Ich freue mich, dass Sie da sind.«

Bowman war an der Tür.

»Sie gehen wirklich schon?«

Arthur suchte in seinen Taschen, zog eine Pfundnote heraus und gab sie Clemens.

»O nein, Sergeant. Das ist nicht nötig, ich werde es schon schaffen. Es ist nichts, es geht vorbei, machen Sie sich keine Sorgen um mich. Auch wenn es nichts für Sie wäre. Ja, ich sehe es, dass Sie eine gute Arbeit haben.«

Clemens versuchte, den Geldschein wegzuschieben, und umklammerte gleichzeitig Bowmans Hand.

»Für die Kleine, Clemens, du kannst ihr etwas kaufen. Für die Kinder. Jetzt muss ich gehen.«

»Das ist sehr freundlich von Ihnen, Sergeant. Wirklich. Aber Sie müssen wiederkommen und mich besuchen, und dann reden wir weiter. Meine Frau macht uns etwas Gutes zu essen, und das nächste Mal bleiben Sie länger, ja?«

Bowman war schon auf dem Treppenabsatz. Clemens ließ seine Hand nicht los.

»Wir können auch einmal zu Ihnen kommen, Sergeant, und Ihre Frau kann mit meiner Frau reden, und Ihre Kinder können mit meinen Kindern spielen. Wie Freunde. Wir gehen fast nie aus, aber wir kommen Sie besuchen, wenn Sie nicht zu weit weg wohnen. Wo wohnen Sie, Sergeant? In Westminster, direkt neben einem Park, jede Wette! Wir können spazieren gehen. Die Kinder werden begeistert sein. Mit dem, was Sie mir gegeben haben, kann ich ihnen schöne Kleider kaufen, und Süßigkeiten, die wir essen, wenn wir im Park sind. Dort wohnen Sie doch, Sergeant? Nicht?«

»Ich muss gehen, Clemens.«

Der einstige Soldat ließ Arthurs Hand los, und Tränen rannen aus seinem gesunden Auge.

»Danke, Sergeant. Danke, dass Sie gekommen sind. Und dieses Geld, es ist nicht nötig, ich werde es schon schaffen, aber es ist so freundlich von Ihnen. Sie kümmern sich um mich. Wie Sie es dort getan haben. Sie haben uns nicht vergessen, Sergeant. Sie suchen uns, nicht? Um sich um uns zu kümmern...?«

Bowman stand auf der ersten Stufe der Treppe, die hinunterführte. Clemens sprach immer lauter.

»Wie Sie sich dort immer um uns gekümmert haben! Sie haben recht, Sergeant, es ist besser, meine Tochter geht weg, damit sie uns nicht hört. Wie Sie sich um uns gekümmert haben, zum Beispiel war da die Sache mit dem kleinen Jungen, als Sie ihm das Messer an die Kehle gesetzt haben! Das war, damit wir auch wirklich alles richtig kapieren, nicht, Sergeant? Es war doch so?«

Arthur ging weiter, ohne Clemens den Rücken zu kehren. Seine Hände tasteten am Geländer entlang. Clemens schrie: »Damit wir kapieren, was das ist, überleben! Nicht, Sergeant? Damit nicht alle dran glauben müssen und wir Ihren Befehlen gehorchen! Bowmans Befehlen! Um nicht im Dschungel vor die Hunde zu gehen! Damit wir alle wieder nach Hause kommen! Wir mussten die Affen doch töten, Bowman! Sie alle töten und nach Hause fahren!«

Arthur lief die Stufen hinunter.

Clemens' Schreie verfolgten ihn bis ins Erdgeschoss.

»Wir haben Angst, Sergeant! Sie wissen ja nicht, was das ist! Aber wir sind wieder zu Hause! Kommen Sie mich wieder besuchen, Sergeant! Sie kommen doch wieder?«

Arthur schlug die Haustür hinter sich zu und blieb nach einigen Schritten auf dem Gehsteig stehen, um die Hälfte der Ginflasche zu leeren. Auf dem gegenüberliegenden Gehsteig stand Clemens' Tochter in ihrer geflickten Bluse, ungesund und müde, und beobachtete ihn. Fahl, grau und schmutzig kam sie ihm vor, wie ein kleines Gespenst aus den Albträumen ihres Vaters. Arthur wischte sich über den Mund und verließ die Lamb Street.

Als er die Hütte vor sich sah, war es schon später Abend. Er zog sich Jacke und Hemd aus und stürzte sich auf das Essen, das Franck ihm hingestellt hatte. Doch nach einigen Bissen schob er es von sich und entkorkte eine Flasche Gordon's.

7

Die letzte bekannte Adresse des Soldaten Christian Bufford, genannt Buffalo, war eine Straße in Walworth.

Bowman zog sich an, verließ seinen Unterschlupf und ging zu den Lagerhallen von Dunbar. Von dort durchquerte er Wapping auf kleinen Nebenstraßen und unter Umgehung der Docks und der Wege, auf denen Andrews Männer ihre Runden machten; dann hielt er sich in Richtung Themse und überquerte die London Bridge. Er befand sich nun am rechten Flussufer, auf einer der breiten Straßen von Southwark. Vor einem Schaufenster mit Jagdkleidung, die von kopflosen Holzpuppen präsentiert wurden, hielt er inne. Im Innern des Ladens sah er weitere Puppen. Jacken aus Leder, Kleidung aus imprägnierten Stoffen, geeignet für die Hetzjagd, und Reitstiefel waren ausgestellt; auf Ständern an der Wand auch Gewehre und dahinter, in einer Vitrine, eine Sammlung Messer und Dolche. Die Verkäufer ließen ihn sich umschauen, während sie einige Waffen von den Ständern nahmen, um sie einem Gentleman im Mantel zu zeigen. Der Mann nahm ein Gewehr nach dem anderen in die Hand, sah durchs Visier und zielte. Arthur machte einen Satz, als er einen Doppellauf auf sich gerichtet sah, und ging hinter einem Hutständer in die Hocker. Der Adlige ließ das Gewehr sinken und lachte.

»Es ist nicht geladen. Keine Angst!«

Auch die Verkäufer lachten. Mit einem verkrampften Lächeln richtete Bowman sich auf. Ein Verkäufer fragte ihn: »Kann ich etwas für Sie tun?«

Arthur zeigte auf einen Dolch in der Vitrine mit einer etwa zwanzig Zentimeter langen Klinge.

»Der da.«

»Ein sehr schönes Modell. Wir haben auch Messer mit gerader Klinge, ebenfalls von guter Qualität, aber etwas weniger teuer, Sir.«

»Ich will diesen.«

Der Verkäufer öffnete die Vitrine und zeigte ihm die Waffe.
»Der Griff ist Vogelkirsche, Heft und Knauf sind aus echtem Silber, die Klinge ist aus gehärtetem Stahl. Dieses Messer stammt aus einer der besten Waffenschmieden des Landes, die Gravuren fertigte ein Meister aus London.«

Bevor er ihm den Dolch reichte, fügte der Verkäufer hinzu: »Diese wertvolle Waffe kostet sechs Pfund Sterling, Sir.«

Der Griff passte genau in seine rechte Hand. Bowman ließ sie in seine verkrüppelte Linke gleiten. Auch mit dieser konnte er gut mit dem Messer umgehen, es hatte genau die richtige Form und Größe.

»Ich brauche auch ein Futteral.«

Der Verkäufer blieb skeptisch, bis Bowman zehn Pfund aus seiner Tasche zog.

Arthur steckte den Dolch in seinen Gürtel und betrachtete die Ständer mit den Gewehren.

»Das Letzte, das der Kunde eben ausprobiert hat, kann ich es sehen?«

Der Verkäufer nahm einen Karabiner herunter und zeigte ihn ihm.

»Sie meinen diese Waffe, Sir?«

»Was ist das?«

»Verzeihung?«

»Ich kenne dieses Modell nicht.«

»Es ist eine Neuheit, ein amerikanischer Karabiner.«

Arthur nahm ihn in die Hand. Er wog fast nichts.

»Wie funktioniert es?«

Der Verkäufer demonstrierte ihm mit einer Schachtel Patronen, wie man lud und schoss. Die Kugeln waren aus Kupfer, vier Zentimeter lang und mit einem Sprengkopf aus Blei versehen. Bowman nahm eine zwischen zwei Finger.

»Die Kugeln sind mit Kupfer verkleidet. Projektil und Zünder hängen zusammen. So laden Sie.«

Er zeigte es ihm. Der ganze Vorgang dauerte weniger als drei Sekunden.

»Welche Reichweite hat dieses Gewehr?«

»Mit Kaliber 44 können Sie auf kleineres Wild schießen. Auf fünfzig Meter ist die Präzision ausgezeichnet. Die Reichweite ist nicht sehr groß, aber die neue Technologie hat schon viele Anhänger gewonnen. Die Munition wird ebenfalls aus den Vereinigten Staaten importiert, durch die Firma Wesson.«

Der Verkäufer gab Bowman den Karabiner in die Hand. Er hob ihn und legte seine Wange an den hölzernen Kolben. Im Visier sah er eine Holzpuppe ohne Kopf in der Kleidung eines Hetzjägers, mit roter Hose und weißer Jacke.

»Sind Sie interessiert, Sir? Sie können die Waffe ausprobieren, wenn Sie möchten.«

Bowman rührte sich nicht. Das Gewehr war noch immer auf die Puppe gerichtet. Es war geladen. Sein Zeigefinger krümmte sich um den Abzug.

»Sir?«

Je länger er die rote Hose fixierte, desto mehr zerfloss das ganze Bild. Seine Augen schmerzten. Er öffnete die Hand. Ein Schweißfleck blieb auf dem Kolben zurück.

»Nicht nötig.«

Als er das Geschäft verließ, zitterten seine Hände noch immer. Er sah Bufford wieder vor sich, auf der *Joy*, als er versucht hatte, Peevish den Bauch aufzuschlitzen. Der Dolch an seiner Hüfte gab ihm ein wenig mehr Sicherheit. Vielleicht waren alle Männer auf der Liste so verrückt wie Clemens, aber einige hatten vielleicht mehr zu essen. Bufford war gefährlich. Arthur umklammerte mit seiner verkrüppelten Hand den Griff des Dolchs.

Als er die Searles Street endlich gefunden hatte, sagte er sich, es müsse ein Irrtum sein. Womöglich hatte er falsch gelesen, oder es gab noch eine andere Straße dieses Namens. Er stand vor dem größten Haus in der Straße. Ein Garten dahinter, ein drei Meter hoher Zaun, ein schmiedeeisernes Portal. Drei Etagen mit je zehn Fenstern, Vorhänge, Kletterpflanzen, die die Fassade bedeckten, sechs riesige Schornsteine, Skulpturen, eine Eingangstür, die größer war als Francks Hütte, und an der Seite ein baumbestandener Weg, der von einem weiteren Portal zum Hintereingang führte.

Arthur blieb eine Zeit lang unschlüssig vor der großen Pforte stehen und beschloss dann, nicht einzutreten. Hinter dem Gitter sah er einen Jungen in Arbeitsschürze, Schaufel und Besen in der Hand, der dabei war, frische Pferdeäpfel vom Weg zu entfernen. Arthur sah sich kurz um und pfiff. Der Stallknecht hob den Kopf.

»Sag mal, ist das das Haus von Christian Bufford?«

»Wie bitte?«

»Bufford.«

Der Junge betrachtete ihn argwöhnisch. Bowman zog zwei Pence aus der Tasche.

»Sag mir, ob hier ein Mann namens Bufford wohnt.«

»Nur seine Frau.«

»Seine Frau? Sie wohnt hier?«

Der Junge nickte.

»Ja, klar.«

»Ich muss sie sprechen.«

Der Junge runzelte die Stirn.

»Das geht nicht, Sir.«

Arthur ließ ihn zwei weitere Münzen sehen.

»Geh ins Haus und sag, ein Freund ihres Mannes ist da. Jemand, der ihn vor langer Zeit gekannt hat, in Indien.«

Der Junge kratzte sich am Kopf, nahm die Münzen und ging zur Hintertür. Einige Minuten später tauchte er wieder auf und zeigte auf eine Frau in schwarzer Dienstmädchenkleidung und weißer Schürze. Die Frau kam zum Gitter.

Arthur grüßte sie, indem er die Hand an die Mütze legte.

»Ich wollte dem Jungen keine Angst machen. Ich kenne Mr. Bufford, und ich muss ihn sprechen.«

Die Frau betrachtete ihn einen Moment mit zusammengezogenen Brauen.

»Ich weiß nicht, wer Sie sind, Sir, aber mein Mann ist tot. Gehen Sie jetzt, bitte.«

Bowman musste beinahe lachen über seinen Irrtum.

Buffords Frau wandte ihm den Rücken zu und entfernte sich.

»Warten Sie! Das wusste ich nicht. Dann muss ich mit Ihnen sprechen.«

Sie blieb stehen und kam zurück.

»Mein Mann ist tot, und ich will nicht mit Ihnen sprechen. Ich weiß nicht, wer Sie sind.«

»Sergeant Bowman. Ich war mit Bufford auf der *Healing Joy*. Wir waren zusammen. In Birma.«

Die Frau legte ihre blasse Hand auf einen Gitterstab.

»Bowman? Haben Sie Bowman gesagt?«

»Arthur Bowman. Ich war mit Ihrem Mann zusammen auf dem Schiff.«

»Ich erinnere mich an Ihren Namen. Er hat von Ihnen gesprochen.«

Buffords Frau war hübsch. Sie hatte schwarze Augen und eine zarte Haut. Sie sah müde aus, aber gesund, und ihre Zähne waren weiß. Das Haar hatte sie zu einem Knoten geschlungen.

»Ich muss mit Ihnen reden. Es dauert nicht lange.«

Die Frau wandte sich dem Haus zu.

»Die Herrschaft ist ausgegangen, aber Sie dürfen nicht zu lange bleiben.«

Bowman folgte ihr und betrachtete die Bewegungen ihres Kleides, während sie ging. Ihre Knöchel ließen den Stoff auf eine hübsche Weise Falten werfen. Die Dienstbotenwohnungen befanden sich auf der anderen Seite des Hauses, am Ende des Gartens, der so groß war wie ein Park. Es war ein lang gestrecktes, einstöckiges Gebäude hinter den Ställen. Ein Backsteinhaus mit fünf Türen. Jede Wohneinheit hatte zwei kleine Fenster. Bowman sah schemenhafte Gestalten hinter den Vorhängen, die beobachteten, wie er mit Buffords Witwe näher kam.

Sie zog einen Schlüssel aus der Schürzentasche, öffnete eine der Türen und ließ ihn eintreten. Auf dem Herd stand ein Wasserkessel. Sie kochte Tee. Die Wohnung war sauber und aufgeräumt. Eine Flügeltür führte in das größere der beiden Zimmer, und von der Küche aus sah man auf den großen Garten. Im Hintergrund, jenseits der Bäume, war eine Pergola über einer großen Terrasse zu sehen: das Herrenhaus. Bowman sagte sich, dass die Wohnung und die Frau genau das Gegenteil des schmutzigen, groben und brutalen Bufford waren.

Sie schenkte Tee ein und stellte die Tasse vor Bowman auf den Tisch, zusammen mit einer Zuckerdose und einem kleinen Löffel.

»Das mit Bufford wusste ich nicht. Ich wollte Sie nicht belästigen.«

»Bitte sprechen Sie nicht zu laut. Die Wände haben Ohren.«

Bowman starrte die Wand an.

»Gut.«

Er beobachtete wieder das Gesicht der Frau, ließ dann den Blick zu der Terrasse gegenüber schweifen.

»Was ist passiert?«

Sie brach in Tränen aus. Ihr hübsches Gesicht verzerrte sich. Sie holte ein Taschentuch aus dem Ärmel und führte es zu ihrer kleinen Nase.

»Elliot... Elliot ist im Juni gestorben.«

Bowman wurde bewusst, dass er seine Mütze noch nicht abgenommen hatte, und beeilte sich, sie neben sich auf den Tisch zu legen.

»Elliot?«

»Unser Sohn.«

»Ich... Auch das habe ich nicht gewusst.«

Sie schneuzte sich, und Bowman gefiel diese banale Geste.

»Er war elf. Er ist im Hausbrunnen ertrunken, während der Trockenheit dieses Sommers. Wir mussten ihn wieder öffnen, weil es kein fließendes Wasser mehr gab. Christian... Christian hat sich furchtbar aufgeregt, er sagte, die Brunnen wären zu alt und es sei zu gefährlich, aber jemand, der klein war, musste hinuntersteigen.«

Bowman wusste nicht, was er sagen sollte. Er trank einen Schluck Tee und hätte ihn beinahe wieder ausgespuckt.

»Es hat einen Erdrutsch gegeben. Elliot war da unten und konnte nicht mehr hinauf. Christian und die anderen, alle, die da waren – wir konnten nichts machen. Er ist vor unseren Augen ertrunken.«

Ihre Nase lief. Bowman zog die kleine Flasche aus seiner Tasche und bot sie ihr an. Sie schüttelte den Kopf. Bevor er sie wieder einsteckte, trank er einen Schluck.

»Christian hat sich nicht mehr davon erholt. Er sagte, es sei seine Schuld. Er wurde ganz verrückt. Außerdem, sagte er, sei es auch die Schuld der Herren, die Wasser gewollt hatten, um sich zu waschen, während wir fast verdursteten und Elliot gestorben ist. Sie haben Maurer geschickt, die den Brunnen reparieren sollten, und dabei haben sie seine Leiche gefunden ... Die Ratten, Sergeant. Die Ratten hatten fast nichts von ihm übrig gelassen.«

Diesmal schluchzte sie so laut, dass es sich anhörte wie ein Tier in Todesangst. Bowman wollte aufstehen und gehen, doch sie fuhr fort zu sprechen und ergriff seinen Arm.

»Sie haben ihn doch gekannt, meinen Christian! Sie waren doch mit ihm zusammen dort, in diesem Land, Sie wissen, wie hart es war, hier wieder Fuß zu fassen, nicht wahr? Vorher war er nicht so. Er sagte, er werde mit viel Geld aus Indien zurückkommen, damit ich nicht mehr arbeiten müsse und Elliot zur Schule gehen könne. Deshalb ist er ja zur Kompanie gegangen und hat uns allein zurückgelassen. Aber als er wiederkam, hat er immer diese Albträume gehabt. Und diese Narben, mein Gott, was sie mit ihm gemacht haben ...«

Sie ließ Bowmans Ärmel nicht los. Der Dolch an seinem Gürtel drückte ihn, aber er konnte sich nicht von ihrem Griff befreien, um ihn zurechtzurücken.

»Nach dem Tod unseres Sohnes ist er vor Schmerzen verrückt geworden. Er war zu empfindlich. Sie kannten ihn, Sie verstehen das doch, nicht wahr?«

Bowman sah Bufford vor sich, wie er mit ihm die Dschunke enterte, er hörte die wilden Schreie, die er ausgestoßen hatte, als er sein Bajonett in den Bäuchen der Birmanen versenkte, hörte ihn im strömenden Regen vor Freude brüllen.

»Ich habe ihn gekannt, Madam. Ein guter Kerl, ja, gewiss.«

»Er hat es nicht ausgehalten. Als es so heiß war und der Gestank sich überall verbreitete, da ist er gegangen.«

Bowman beugte sich vor.

»Gegangen?«

»Er hat uns verlassen, um Elliot wiederzusehen. Sie waren mit ihm im Dschungel, nicht? Sie haben zusammen gekämpft, Sie wissen, dass er ein guter Mensch war. Er hat mich verlassen, aber er konnte nicht anders. Er hat immer nur das Beste für mich gewollt. Ja, es ist eine Sünde, sich selbst den Tod zu geben. Aber wenn er es so entschieden hat, dann war es das Beste, was er tun konnte. Meinen Sie nicht auch?«

Bufford in einem Käfig, wie er sich verbissen mit einem anderen Gefangenen um eine Schale Reis prügelte. Er hatte dem anderen das Ohr abgebissen und es in kleinen Teilen wieder ausgespuckt. Vielleicht hatte er einiges davon auch verschluckt.

»Es war sicher das Beste, was er tun konnte, Madam. Bestimmt.«

»Man muss ihm verzeihen, nicht?«

»Wie ist er ... gegangen?«

»Auf die einfachste Weise. Um Elliot wiederzusehen, ist er den gleichen Weg gegangen.«

Bowman schluckte.

»In den Brunnen? Er hat sich in den Brunnen gestürzt?«

Sie sackte zusammen. Sie zog Bowmans Hand an ihre Wange, und ihre Tränen rannen auf seine neue Jacke.

»Und die Ratten, diese entsetzlichen Tiere ...«

Ihre Fingernägel bohrten sich in Bowmans Arm.

»Sie haben nichts von meinem Christian übrig gelassen. Nichts. Die Herrschaft hat sich geweigert, für die Beerdigung zu bezahlen, weil er ein Sünder sei. Er kam in ein Massengrab, obwohl er sich so lange um ihr schönes Haus gekümmert hat. Dieses Haus, das uns schon unseren Sohn genommen hatte.«

Unvermittelt ließ sie seine Hand los, lehnte sich zurück und versteckte ihr Gesicht im weißen Stoff ihrer Schürze. Bowman stand auf. Verlegen drehte er die Mütze in seinen Händen. Sie entschuldigte sich, ohne ihr Schluchzen bezwingen zu können. Mit einem Taschentuch wollte sie Bowmans Jackenärmel säubern, doch er zog seinen Arm zurück und beschwor sie, damit aufzuhören. Er legte vier Pfund auf den Tisch.

»Das ist für Bufford und Ihren Sohn, für ein Grab, oder für einen Stein, wie Sie wollen.«

Das Ergebnis seines Geschenks war, wie schon bei Clemens, katastrophal. Noch haltloser schluchzend, brach die Witwe auf dem Tisch zusammen.

»Entschuldigen Sie, Madam, aber ist Bufford vor oder nach dem Regen gegangen?«

Sie hob den Kopf, die Frage verblüffte sie.

»Was sagen Sie?«

»Ihr Mann, Bufford, ist er gestorben, bevor der große Gestank endete, oder danach?«

Die Frage schien ihr entgegen seinen Erwartungen keineswegs absurd vorzukommen. Ihre Augen begannen aufzuleuchten.

»Vorher. Ja, er ist während dieses Gestanks gestorben, Sir. Der Gestank war ja schuld!«

Bowman dankte ihr. Sie blieb am Tisch sitzen und starrte ihm mit großen, glänzenden Augen nach. Er setzte seine Mütze wieder auf und durchquerte mit schnellen Schritten den Park. Als er auf der London Bridge war, kam ihm etwas in den Sinn, und er blieb abrupt stehen. War es das Bild der hübschen, traurigen Witwe, das seine Augen brennen ließ? Er wusste, dass Bufford ein Grobian war; seine Witwe schickte ihm Blumen ins Paradies, während er sich wahrscheinlich in der Hölle aufhielt, wo er sich mit den anderen Verdammten um etwas zu essen prügelte. Fast weinte Bowman bei diesem Gedanken. Denn er dachte auch an den Soldaten Buffalo an Bord der Dschunke, wie er, vom Regen durchnässt, die Leiche von Fengs kleinem Sklaven in den Armen hielt. Bufford hatte den Körper des toten Kindes umarmt, weil er an seinen eigenen Sohn am anderen Ende der Welt dachte. An den kleinen Elliot, der im Brunnen seiner Herrschaft ertrunken war.

171

Statt in Richtung Limehouse zu gehen, bog Bowman nach der Brücke links ab und wanderte bis zur Grosvenor Road. Einen Augenblick blieb er auf einer Parkbank sitzen und betrachtete das weiße Haus und den kleinen Garten. Passanten kamen und gingen. Er überquerte die Straße, stieß das Gartentor auf und klopfte an die Tür.

Als er das ganz in Schwarz gekleidete Dienstmädchen mit dem strengen Haarknoten fragte, ob er mit Captain Reeves sprechen könne, wurde die alte Frau ganz aufgebracht. Es sei alles seine Schuld, schrie sie, er habe Unglück über dieses Haus gebracht, und sie werde die Polizei rufen. Arthur floh in den Park und blieb nicht stehen, bis er die Viertel der Reichen hinter sich gelassen hatte und wieder im Hafen war. Er fragte sich, ob Reeves an Altersschwäche gestorben war oder ob er sich, nachdem er ihm den Umschlag übergeben hatte, mit seiner Pistole in den Kopf geschossen hatte. Am China Court dachte er immer noch darüber nach.

Aber es war ihm eigentlich egal. Auf die eine oder die andere Weise hatte der alte Reeves sein Leben ausgehaucht, und schließlich hatte dieses Leben lange genug gedauert.

In der Hütte der Fischer zündete er den Ofen an, stellte eine Pfanne aufs Feuer und briet sich Eier mit Speck und einige Kartoffeln. Er aß schnell und trank Wein dazu. Dann zog er die Liste hervor und strich Buffords Namen durch. Er konnte noch nicht schlafen und wanderte die halbe Nacht an den Kais entlang, wo er das bewegte Wasser sehen konnte, das nun pechschwarz war.

Noch sieben Namen auf der Liste. Zwei in London. Um die anderen zu finden, würde er die Stadt verlassen müssen.

8

Als Arthur morgens Kaffee kochte, kam Franck herein und rieb sich die Hände über dem Feuer.

»Diesmal wird es richtig kalt.«

Er sah sich um.

»Du hast es dir gemütlich gemacht, was?«

Die Hütte war ordentlich aufgeräumt. Bowman hatte Kisten und Werkzeug auf der Werkbank gestapelt, die Netze in einer Ecke verstaut und Matten auf der Erde ausgebreitet. Auf einer der Kisten sah der Fischer Tintenfass, Feder und Papiere. Es wurde wärmer, und Bowman legte seine Jacke ab. Francky pfiff durch die Zähne, als er das lange Messer im Gürtel des ehemaligen Soldaten sah.

»Kommst du voran mit deiner Suche?«

Arthur füllte eine Tasse und reichte sie Franck. Sie gossen sich Schnaps in den Kaffee und tranken schweigend.

»Gut, dann lasse ich dich jetzt allein. Die Flut kommt bald.«

Bowman hielt ihn auf, bevor er die Hütte verließ.

»Versuch nicht, mehr darüber zu erfahren. Es ist besser, du weißt nichts.«

Franck grinste ihn an.

»Du scheinst in bester Form zu sein, Sergeant.«

Er hob die Hand zum Gruß und schloss die Tür hinter sich. Bowman machte sich bereit.

Colins' Adresse befand sich in Millwall, auf der Isle of Dogs. Als Bowman die Hütte verließ, war es kühl. Er hatte wieder damit begonnen, die Tage zu zählen. Es war der 13. September, und man spürte schon den kommenden Herbst. Nach der Gluthitze des Sommers machte sich der Wechsel der Jahreszeit deutlich bemerkbar.

Er verließ Limehouse, gelangte zum Distrikt Canary Wharf auf der Isle of Dogs und von dort weiter auf die Halbinsel – die der Westindischen Kompanie gehörte – bis zu der riesigen Werft am Hafen von Millwall. Hunderte Männer sah man dort arbeiten, Ochsen zogen in langen Reihen Karren voller Erde, es gab Kräne und Flaschenzüge und Stege auf Pfählen, die über tiefe Gräben führten. Dort standen Ingenieure mit Ferngläsern, sie rechneten und gaben Befehle. Die ausgehobene Erde wurde in die Abwassergräben geworfen, wo sie sich mit dem aus der Themse gepumpten Wasser mischte und auf die noch unbebauten Teile der Halbinsel

173

gelangte. Schlammbedeckte Bauarbeiter standen bis zu den Knien in diesen Gräben, um den Unrat der Baustelle wegzuräumen, der sich vor den Abwasserrohren sammelte und in schwarzen Wasserwirbeln weiterfloss. Das Hafenbecken sollte mehrere Hundert Meter lang werden; über ihre Schaufeln und Hacken gebeugt, standen die Arbeiter dicht an dicht. Der Londoner Hafen wurde immer größer, und wie in St. Katharine waren auch hier Wohnhäuser abgerissen worden, um Platz für das neue Projekt der Kompanie zu schaffen. Die Werftarbeiter und ihre Familien mussten an den Rand der Kais ziehen, in mehrstöckige Häuser, die inzwischen bereits hoffnungslos überbelegt waren.

Bowman ging über die Baustelle, sah die schuftenden, schwitzenden Männer um sich herum und suchte unwillkürlich nach Colins' Gesicht. Er nahm die Getreidemühlen am Ufer wahr, und die Masten der Schiffe am Kai, wo man Mais und Weizen löschte. Bald ließ er die Arbeiter und den Lärm der Dampfpumpen hinter sich und ging weiter am Ufer entlang. Dort waren die Docks und die riesigen Rampen, auf denen die Schiffe lagen, die neu gebaut worden waren; und auch hier war die Luft voller Geschrei, es wurde gehämmert, gesägt und gellend gepfiffen. Haushohe Berge voller Holz, gehobelter Bretter und Balken türmten sich auf und wurden über Flaschenzüge an Deck gehievt, und wegen des umherwirbelnden Sägemehls musste man ständig die Augen zusammenkneifen. Als Bowman ein Kind war, gehörte die Isle of Dogs den Bauern, und Arthur war oft von Wapping hinübergelaufen, um auf dem unbebauten Gelände zu spielen – manchmal auch, um Gemüse und Obst zu stehlen.

Er ging weiter die schnurgeraden Straßen von Millwall entlang, die die Namen der Kais trugen, zu denen sie führten. Ferry Street, Empire Wharf Road, Caledonian Wharf, Mariners Mews, Glenaffric Avenue.

In der Sextant Avenue gab es einige Gebäude aus Stein, aber die meisten Häuser waren noch immer aus Holz. Auf die alten Häuserkerne waren weitere Geschosse gesetzt worden. Doch es schienen wacklige Konstruktionen zu sein, und die Häuser konnten sich nur aufrecht halten, indem sie sich aneinanderlehnten. Bowman blieb vor einer Tür stehen. Ein alter Mann, der unaufhörlich seinen zahnlosen Kiefer bewegte wie eine wiederkäuende Kuh, öffnete ihm. Er beantwortete Bowmans Frage in einem fast unverständlichen Cockney.

»Colins?«

Der Alte spuckte auf die Treppe.

»Diesen Taugenichts habe ich schon seit Monaten nicht mehr gesehen! Will gar nicht wissen, wo er ist! Haben Sie in den Kneipen am Hafen schon nachgesehen? Wenn er nicht im Gefängnis ist, wohnt er dort irgendwo.«

Der Alte stieß einen Fluch aus und schlug Bowman die Tür vor der Nase zu, worauf dieser zu den Kais weiterging. Am Ende jeder Straße gab es ein paar Läden, die meisten waren Tavernen. Eine Tür mit einem kleinen Schild darüber oder ein auf die Mauer gemalter Schriftzug.

Er betrat die erstbeste Kneipe, eine der größten der Gegend. Sie war fast menschenleer, bis auf einige Trinker und Alte vor Krügen mit schalem Bier, die die Figuren eines Damespiels hin und her schoben oder fettige Spielkarten in Händen hielten. Bowman bestellte ein Bier und wartete, bis der Barmann sich ein wenig an ihn gewöhnt hatte. Dann fragte er: »Kennen Sie Colins?«

Wie bei dem Alten in der Sextant Avenue rief der Name keine begeisterte Reaktion hervor.

»Was wollen Sie von ihm?«

»Nichts. Ich suche ihn.«

»Sie suchen Colins? Ich bin mir nicht sicher, ob das eine so gute Idee ist. Jedenfalls werden Sie ihn hier nicht finden. Wir lassen ihn hier nicht mehr rein. Ich hab ihn schon monatelang nicht mehr gesehen.

»Ist er noch hier in der Gegend?«

»Möglich.«

»Gibt es ein Lokal, wo er sein könnte?«

»Keine Ahnung. Versuchen Sie es im Greenland, vielleicht kriegt er von den verdammten Iren noch was zu trinken.«

»Wo ist das?«

»Einfach immer dem Gestank nach.«

Von allen Kneipen, die er je gesehen hatte, hatte das Greenland die schmalste Fassade und die schmutzigste Tür. Sie war grün gestrichen, nach dem Namen des Etablissements.

Er tastete sich einen lichtlosen Gang entlang, und ein Geruchsgemisch aus Urin, kaltem Tabak und verschüttetem Bier stieg ihm betäubend in die Nase. Der Gastraum war schlecht beleuchtet. Am entgegengesetzten Ende gingen zwei Fenster auf eine Mauer und einen kleinen Innenhof, der nie die Sonne sah. Kerzen standen auf den Tischen, eine Öllampe hing an einem Balken hinter der Theke.

Colins war nicht schlanker geworden. Als wollte er es Bowman leicht machen, ihn zu finden, saß er mit dem Rücken zum einzigen Fenster des Pubs, durch das die Sonne hereinschien. An seinem Tisch saßen drei Männer mit muskulösen Oberkörpern – Werftarbeiter offenbar. Zwei weitere Tische waren von Spielern besetzt. Das Greenland war ein Spielerlokal. Man spielte Pharao, und vor allen Spielern lagen Münzen und Geldscheine auf den Tischen. Ein Mann hatte offenbar schon sein ganzes Geld verloren, vor ihm lag seine Pfeife als Einsatz. Zwei Gäste saßen am Tresen, mit dem Rücken zum Gastraum. Der Wirt überwachte mit verschränkten Armen die Spieltische. Gerade konzentrierte er sich auf Colins' Tisch, und einige andere Spieler warfen ebenfalls immer wieder Blicke über die Schulter zu Colins.

Bowman ging zum Tresen. Einer der Männer dort nahm einen Schluck aus seinem Bierkrug und sagte dann hinter vorgehaltener Hand: »Er hat gesoffen. Gleich wird er verlieren.«

Der Wirt, der doppelt so breit war wie Bowman und einen Kopf größer, strich sich mit dem Finger über seinen rötlichen Schnurrbart.

»Halt's Maul.«

Arthur hatte keine Zeit, etwas zu trinken zu bestellen. Er hörte ein Geräusch hinter sich. Gleich darauf: einen Faustschlag auf den

Tisch, Karten, die hingeworfen worden. Dann eine Stimme mit starkem irischem Akzent, die sagte:»Farbe.« Dann Schweigen. Ein Stuhl, der über den Boden geschleift wurde. Tieferes Schweigen. Schritte, die sich dem Tresen näherten und die Dielenbretter knarren ließen. Bowman sah, dass der Wirt die Arme sinken ließ, den Oberkörper aufrichtete und tief Luft holte.

Colins legte die Hände auf den Tresen. Direkt neben Bowman, dem Schnurrbärtigen gegenüber.

»Kein Glück heute. Gib mir ein Bier.«

»Anschreiben?«

»Warum sagst du das?«

»Nur so.«

»Hör auf damit!«

Bowman wandte sich Colins zu.

Das letzte Mal, als sie einander gegenübergestanden hatten, hatten sie sich an Deck der Dschunke befunden, und Colins hatte ein Messer unter seinem Hemd versteckt. Arthur versuchte, sich zu beherrschen, aber es war zu spät, die Angst war schon in seinen Augen zu sehen.

»Wer bist du?«

Arthur war wie hypnotisiert. Colins zog die Brauen zusammen, alle Falten seines Gesichts schienen sich zu vertiefen, und sein Kopf stieß vor.

»Bowman?«

Aus dem Augenwinkel sah Arthur, dass der Wirt sich bewegte. Aus Colins' Kehle stieg eine Art Ächzen.

»Bowman?«

Er nahm die Hände vom Tresen. Auch die Gäste rechts und links von Arthur bewegten sich. Colins umfasste blitzschnell den Griff des Messers an Arthurs Gürtel; er zog es heraus und schleuderte es durch den Schankraum, und Arthur sah die Waffe, die ihn so viel Geld gekostet hatte, über die Bodenbretter schlittern und verschwinden. Im nächsten Moment spürte er Colins' Griff um seine Gurgel. Er konnte nichts mehr tun. Die Hände drückten zu. Dann gab es einen sonderbaren Ton, als würde eine hölzerne Glocke angeschlagen. Colins' Augen weiteten sich, die Pupillen rollten nach oben. Seine Hände lockerten ihren Griff, und er brach zu Füßen des einstigen Sergeanten zusammen.

Der Wirt hielt einen Stock in der Hand. Sein Gesicht war noch gerötet von der Anstrengung des Schlags. Gespannt hatte er beobachtet, wie Colins in die Knie ging und reglos liegen blieb. Bowman wurde an den Schultern gepackt und weggezogen. Ein anderer Mann beugte sich über den Tresen und holte einen zweiten Stock. Beide Männer standen drohend über Colins, der allmählich zu sich kam und mit ratloser Miene seinen Schädel befühlte. Dann hoben sich beide Stöcke gleichzeitig, und der Wirt schrie:»Das ist für O'Neil, du Mistkerl!«

Bowman blieb stehen und beobachtete, wie die Schläge auf seinen ehemaligen Soldaten herabprasselten. Colins gelang es kaum, mit erhobenen Händen notdürftig seinen Kopf zu schützen. Die Männer prügelten auf seine Arme ein, und als sie sanken, zielten sie erneut auf seinen Kopf. Sein Kiefer hing herab, sein Gesicht war angeschwollen und platzte auf. Blut färbte die Stöcke rot. Auch ein dritter Gast hatte sich eingemischt und begann, auf Colins einzuprügeln. Die drei Iren beschimpften ihn und riefen immer wieder den Namen ihres Kameraden:

»Für O'Neil!«

Als sie aufhörten, war Colins nicht tot. Pfeifend entwich die Luft aus seiner gebrochenen Nase, die in einem bizarren Winkel vom Rest des Gesichts abstand. Schaumiges Blut tropfte aus der Öffnung. Die Spieler an den Tischen starrten ihn schweigend an. Die drei Werftarbeiter, mit denen er zusammengesessen hatte, erhoben sich. Einer von ihnen spuckte auf den Boden.

»Das hat er verdient.«

Ein anderer hob seinen Bierkrug.

»Wir haben dir gesagt, du sollst dich hier nicht mehr sehen lassen.«

Der Barmann und die zwei anderen, mit ihren Stöcken in der Hand, wandten sich an Bowman.

»Warum wollte dich dieser dreckige Hund erwürgen?«

Bowman massierte seinen Hals. Er konnte nicht sprechen. Er beobachtete Colins, dessen Hände immer wieder kraftlos über den Boden fuhren.

»Wie hat er dich genannt? Bowman, ja?«

Arthur nickte.

»Warum hat er sich auf dich gestürzt?«

Bowman sagte mit tonloser Stimme: »Die Armee. Wir... zusammen... Armee.«

Der Barmann näherte sich Colins, der nun ausgestreckt am Boden lag.

»Stimmt, der Dreckskerl hier hat immer wieder erzählt, dass er im Krieg war.«

Er spuckte dem ehemaligen Soldaten auf die Brust.

»Dass er ein Krieger gewesen sei. Armer Idiot!«

Einer der Männer an der Bar fragte nervös, was sie jetzt tun sollten. Der Wirt machte einen Schritt auf Bowman zu.

»Was hast du eigentlich hier verloren?«

»Ich wollte... ihn... suchen. Eine alte... Rechnung.«

Der Wirt strich sich mit seiner blutigen Hand über den Schnurrbart.

»Eine Rechnung?«

»Jawohl.«

»Das haben wir dir jetzt wohl abgenommen, was?«

»Hab ihn gesucht. Lange. Wusste nicht, wo er ist.«

Der Barmann betrachtete ihn kurz.

»Dieser Idiot war ein Jahr lang im Knast. Das war alles, was er gekriegt hat dafür, dass er einen Iren erstochen hat. Wir haben ihm gesagt, er soll nicht wiederkommen. Du bist genau zur richtigen Zeit hier aufgetaucht, Bowman, etwas später, und du hättest ihn verpasst.«

Er grinste. Arthur betrachtete Colins. Die Augen unter seinen geplatzten Brauen standen halb offen. Er blickte zu Sergeant Bowman auf, und trotz seines gebrochenen Kiefers bewegten sich seine Lippen.

»Was macht ihr mit ihm?«

»Du bist nicht hier gewesen, Bowman. Wir haben dich nie gesehen, und du kommst nicht wieder. Hau ab. Was mit ihm passiert, das lass unsere Sorge sein.«

Arthur unterließ es, sein Messer zu suchen.

Die letzte bekannte Wohnung von Erik Penders befand sich in Battersea Fields, südlich der Themse, in der Nähe von Lavender Hill und den Gärten von London.

Da er zu erschöpft war, um zu Fuß nach Battersea zu gehen – eine Strecke von sieben oder acht Meilen –, mietete Bowman eine Droschke. Der Kutscher fragte ihn, wie er fahren solle.

»Über das rechte oder das linke Ufer?«

»Den kürzesten Weg.«

»Dann über die Brücke von Chelsea, die sie gerade erst eröffnet haben. Aber man muss dafür zahlen, Sir, das muss ich auf den Preis schlagen.«

»Eine neue Brücke?«

Der Kutscher nahm den Weg über das linke Flussufer, und Bowman ließ sich von der schaukelnden Droschke einschläfern. Eine halbe Stunde später rief der Kutscher, dass sie die Brücke erreicht hätten. Er plauderte ein wenig über den Bau und über Königin Victoria, die die Brücke persönlich eingeweiht habe. Bowman sah auf das fließende Wasser der Themse, und gleich darauf holperte die Droschke schon über eine kleine Erhöhung der Fahrbahn am anderen Ufer. Sie fuhren am Battersea Park entlang, der ebenfalls gerade erst eröffnet worden war, und der Kutscher erging sich in weiteren Kommentaren über die Größe des Terrains – zweihundert Hektar –, wodurch er jetzt der größte Park der Stadt war, über den Teich, auf dem man Bootsausflüge unternehmen konnte, die Zahl der Bäume und die Zahl der Jahre, die man gebraucht hatte, um ihn anzulegen. Dann sahen sie Reste von Bauernland, Äcker und kleine, ebenerdige Häuser, die allmählich von der großen Stadt geschluckt wurden, sowie Lavendelfelder, die schon grau geworden waren. Es war ein stiller Ort. Die vielen Pflanzen hielten die Gerüche der Fabriken am Flussufer ab. Weder kleine noch große Straßen waren gepflastert, und hinter der Droschke stieg eine Staubwolke auf, der einzige sich bewegende Gegenstand in der eintönigen Landschaft.

In der Kennard Street ließ der Kutscher die Pferde halten. Bowman bezahlte ihn.

»Soll ich auf Sie warten, Sir? Hier werden Sie niemanden finden, der Sie zurückfährt.«

Arthur sagte, er brauche ihn nicht.

Die Straße war gesäumt von Neubauten. Zwei Reihen niedriger und gleichartiger, eng aneinanderklebender Backsteingebäude. Die Kennard Street endete in einer Sackgasse, wo mehrere Häuser eine Art offenen Innenhof bildeten. Die ganze Gegend war bewohnt, schien aber unbelebt zu sein; ein neues Viertel, das noch nicht den Abdruck seiner Bewohner trug. Bowman ging an den Häusern entlang und zählte die Nummern, bis er bei der 27 angelangt war und dort das Tor zu einem kleinen Vorgarten aufstieß. Eine alte Frau kam zur Tür.

»Kennen Sie Erik Penders?«

Die Alte lächelte ihn an.

»Er wohnt nicht mehr hier. Kann ich Ihnen helfen?«

Sie bat ihn herein und bereitete Tee zu, den Bowman ohne Zucker trank.

»Mein Mann und ich, wir haben das Haus vor sechs Jahren gekauft. Man Mann hat in der Porzellanfabrik von Battersea gearbeitet. Als er starb, musste ich ein Zimmer vermieten. Mr. Erik war mein erster Mieter, er ist im Herbst 57 eingezogen. Er hat auch in der Fabrik gearbeitet. Fast ein Jahr ist er hier gewesen. Er hat aufgehört mit der Arbeit in der Fabrik, und seitdem habe ich nichts mehr von ihm gehört. Sie waren zusammen in Indien, nicht?«

»In Birma.«

»Er hat manchmal davon gesprochen, von dieser Zeit, als er Soldat war.«

»Wissen Sie, wo er hingegangen ist?«

»Nein. Er redete nicht viel, er war ein zurückhaltender junger Mann. Sehr liebenswürdig, aber er sagte nicht viel. Nur zwei- oder dreimal hat er Andeutungen darüber gemacht, wo er überall gewesen ist. Ich habe ihm keine Fragen gestellt. Wir haben nur das Übliche miteinander gesprochen. Manchmal unterhielten wir uns über Bücher.«

»Bücher?«

»Er las viel. Und auch ich liebe Bücher.«

Sie lächelte.

»Ich bin Lehrerin gewesen. Er hat alle Bücher gelesen, die es in diesem Haus gibt. Manchmal hat er mir auch Bücher geliehen, die ihm gehörten. Vor allem Reisebeschreibungen. Ich ziehe andere Themen vor, aber einige waren recht amüsant. Wenn wir über Bücher sprachen, fand er kein Ende.«

»Wann ist er gegangen?«

»In diesem Sommer, nach dieser fürchterlichen Hitze. Hier war der Gestank nicht allzu lästig, wir sind ziemlich weit von der Themse weg, und überall sind Felder. Aber trotzdem war es schwierig, vor allem für Leute wie Mr. Erik, die in den Fabriken am Flussufer arbeiten mussten. Eines Morgens hat er mir gesagt, dass er nicht mehr zur Arbeit gehe und das Zimmer nicht mehr brauche.«

Bowman betrachtete den Boden der leeren Tasse in seiner Hand.

»Es tut mir wirklich leid, Mr. Bowman. Mehr kann ich Ihnen nicht sagen.«

Sie goss ihm erneut Tee ein, und Arthur benetzte seine trockenen Lippen.

»Ist er hin und wieder in die Stadt gegangen?«

»Ja, oft. Er besuchte die Büchereien, und er ging auch gern spazieren, fast jeden Sonntag, und er kam erst abends zurück und erzählte mir manchmal, was er gesehen hatte. Selbst während der großen Trockenheit ist er umherspaziert. Er sagte, er habe schon schlechteres Wetter erlebt, aber er habe noch nie eine ganze Stadt gesehen, die sich auf solche Weise verwandelte. Wegen des Gestanks. Das war es, was er mir beschrieb, ich erinnere mich gut daran, es war sehr eindrucksvoll. Eine ganze Stadt im Bann dieses Gestanks.«

Arthur spürte, dass ihm ein leichter Schauer den Rücken hinunterlief, als hätte sich die Luft plötzlich abgekühlt.

»Ich weiß nicht, wie ich es sagen soll, aber ich wollte noch wissen, ob Mr. Erik, ob er ... Ging es ihm gut? War er ... normal?«

Die alte Lehrerin sah ihn überrascht, fast ein wenig ärgerlich an.

»Wie bitte?«

»Er ist lange hier gewesen. Haben Sie irgendetwas Seltsames an ihm bemerkt?«

»Etwas Seltsames? Wovon reden Sie, Mr. Bowman? Mr. Penders war ein mustergültiger Mieter.«

»Das war es nicht, was ich wissen wollte, Madam. Es ist nur ... Dort, in den Kolonien, es ist da nicht immer einfach, und es gibt Leute, denen der Dienst dort nicht bekommen ist. Aufgrund der Dinge, die sie gesehen haben.«

»Sprechen Sie von sich selbst, Mr. Bowman?«

Arthur reckte sich ein wenig unter seiner Jacke und senkte den Blick.

»Es ist nicht immer einfach.«

Die alte Dame wurde versöhnlicher, betrachtete einen Augenblick Bowmans auf dem Tisch liegende Hand mit den abgetrennten Fingern.

»Mr. Erik hatte zuweilen Albträume, das stimmt. Er sprach nicht davon, und ich habe ihn nie danach gefragt, das tut man nicht. Es ging ihm fast immer gut. Aber ... manchmal schlief er schlecht und verließ das Haus, ohne gefrühstückt zu haben. Ich habe genug Männer gesehen, die aus dem Krieg zurückkehrten, ich weiß, wovon Sie sprechen, Mr. Bowman. Ich habe verstanden, was ihn bewegte. Mr. Erik war ein sehr guter junger Mann, aber er hatte böse Träume.«

»Wann genau ist er gegangen?«

»Mein Gott, es war direkt nach dem Regen, im Juli.«

»Nach dem Regen? Und er ist einfach so gegangen, ohne dass Sie vorher etwas wussten oder ahnten?«

»Ja, er ist ganz plötzlich ausgezogen. Ich habe ihn gefragt, ob ihm hier irgendetwas nicht passe. Ich fragte mich sogar, ob er nicht vielleicht jemanden kennengelernt habe. Er sagte, Nein, damit habe es nichts zu tun, er müsse einfach gehen.«

»Jemanden kennengelernt?«

Die alte Dame wurde rot.

»Eine Frau, Mr. Bowman.«

Arthur dankte ihr, und die alte Lehrerin begleitete ihn zur Tür.

»Es tut mir leid, dass Sie Ihren Freund nicht angetroffen haben, Mr. Bowman. Ich habe den Eindruck, dass diese Sache von größter Bedeutung für Sie ist.«

Bowman setzte seine Mütze auf und schenkte ihr ein halbes Lächeln. Die alte Dame legte ihm die Hand auf den Arm.

»Ich weiß nicht, wo Mr. Erik ist, aber wenn Sie mich fragen würden, was ich denke, würde ich Ihnen sagen, dass er sehr weit weggegangen ist.«

»Weit weg?«

»Ja. Er las so viele Bücher über… Oh, aber warten Sie. Bitte warten Sie einen kleinen Moment.«

Sie ging im Trippelschritt durch ihr kleines Wohnzimmer und kam mit einem Paket in der Hand zurück. Es war mit einer farbigen Schleife zugebunden.

»Das ist ein Buch, das ich für ihn bestellt hatte, ein Geschenk zum Jahrestag seines Einzugs hier. Eine Geschichte über ein Land, von dem er viel sprach. Vielleicht ist er inzwischen dort.«

Sie wurde wieder rot.

»Das Paket ist erst nach seiner Abreise eingetroffen. Ich habe es aufgehoben. Ich sagte mir, dass er vielleicht eines Tages wiederkommt. Aber jetzt glaube ich nicht mehr daran. Bitte, nehmen Sie es. Sie sind sein Freund, es würde mich freuen, wenn ich es Ihnen schenken dürfte. Und wenn Sie eines Tages eine Wohnung brauchen, Mr. Bowman, zögern Sie nicht, mich aufzusuchen. Und wenn… wenn Sie Mr. Erik gefunden haben, sagen Sie ihm, dass ich an ihn denke.«

Arthur nahm das Paket, ohne zu wissen, was er ihr antworten sollte. Die alte Dame lächelte, während er sich zur Tür wandte. Sie schüttelte ihm die Hand und blickte ihm nach, als er auf die Straße trat und verschwand.

Er war drei Stunden von seiner Hütte entfernt, mitten auf den Feldern, und seine Füße wollten ihn nicht mehr tragen. Er ging weiter bis zum Battersea Park, und dort, am Ufer des Teichs, setzte er sich auf eine Bank. Die Sonne war mild. Die Augen fielen ihm zu vor Müdigkeit. Er trank einen Schluck Gin, nahm das Paket aus der Tasche, löste die Schleife und riss das Umschlagpapier auf. *In den Prärien des Wilden Westens*, von Washington Irving. Arthur drehte das Buch in den Händen, legte es auf die Bank zurück und beobachtete Schwäne und Gänse, die wie vom Wind getrieben über den Teich flogen. Der Park war riesengroß, aber es gab keine Spaziergänger. Auf der Themseseite war niemand zu sehen, und auf der anderen Seite, in Chelsea, dachten die Porzellanarbeiter nicht daran, die Brückenmaut zu bezahlen, um hierherzukommen und Enten auf einem Teich zu sehen. Dieser Ort war von herrlicher Nutzlosigkeit, und Bowman fühlte sich bald besser in dieser Einsamkeit.

Er nahm das Buch wieder in die Hand. Außer seiner Bibel war es das einzige Buch, das er je geöffnet hatte. Mit dem Finger den Zeilen folgend und leise mitsprechend, begann er zu lesen.

In jenen Regionen, in die hinein wir unsere westlichen Grenzen täglich erweitern und die ebenso viel gepriesen wie wenig bekannt sind, erstreckt sich über Hunderte von Meilen jenseits des Mississippi eine riesige Fläche unbebauten Landes, wo weder das Blockhaus eines Weißen noch das Wigwam eines Indianers zu sehen ist…

Er riss die Augen auf. Er las weiter und blieb über die gedruckten Seiten gebeugt, bis die Dämmerung kam. Als es zu dunkel wurde, streckte er sich auf der Bank aus, ohne das Buch aus der Hand zu legen. Sein Geist flog davon, ohne Alkohol, ohne Opium, den Ebenen von Arkansas, den Ufern des Red River entgegen. Mit dem

Gedanken an Penders und das Geschenk, das er ihm zurückgelassen hatte, schlief er schließlich ein.

Die Kühle des frühen Morgens weckte ihn. Auf dem Weg fand er eine Taverne, in der er frühstücken konnte. Erfrischt ging er weiter bis zu seiner Hütte, immer dem rechten Themseufer folgend, bis er den Fluss auf der Fähre von Canary Wharf überquerte. Er wollte sich an den Ofen setzen, eine Decke über den Schultern, und weiterlesen.

Als er die Tür öffnete, fiel ihm als Erstes die Liste ins Auge, die auf der Kiste lag, zusammen mit Schreibfeder und Tinte. Er setzte sich davor, las die Namen und hielt die Hand mit der in Tinte getauchten Feder in der Luft. Ein paar schwarze Tropfen fielen auf das Blatt. Er zog einen Strich durch Penders' Namen und dann einen weiteren und noch einen, bis er ihn vollständig unleserlich gemacht hatte. Neben dem nun unsichtbaren Namen setzte er ein Fragezeichen, das er so lange nachzog, bis das Papier ein Loch hatte.

John Briggs wohnte in Bristol. Er musste einen Zug nehmen und die Stadt verlassen, noch einmal verreisen.

Er legte das Geschenk der alten Lehrerin neben die Liste, hüllte sich in die Decke ein und entkorkte eine Flasche.

9

Im Bahnhof Paddington kaufte Bowman einen Fahrschein zweiter Klasse und wartete eine Stunde auf die Abfahrt des Zuges. Sonnenschein fiel durch die Oberlichter der großen Halle und streifte die Rauchwolken der Lokomotiven. Der Bahnsteig war voller Menschen, Träger und Reisende, Familien und Arbeiter, Kaufleute und Geschäftsmänner, und Aristokraten, die in die Seebäder der Westküste aufbrachen.

In einem Laden kaufte Bowman ein wenig Tabak aus Virginia und eine neue Pfeife. Während er rauchte, starrte er zu dem riesigen Glasdach mit schmiedeeisernen Streben hinauf. Tauben nisteten in dem Stahlgerüst, flatterten über den Köpfen der Wartenden, landeten auf dem Boden, um Krümel aufzupicken, und flogen wieder davon. Der Angestellte der Great Western Railway hatte ihm versichert, dass er um Punkt 12 Uhr 35 ankommen werde. Doch Arthur konnte immer noch nicht glauben, dass Bristol, eine unerreichbare Welt, wie er als Kind geglaubt hatte, nur viereinhalb Stunden von London entfernt war.

Als er im Waggon saß, genehmigte er sich einen kräftigen Schluck Gin, bevor sich jemand neben ihm auf die Bank setzen konnte. Seine Kleider waren nicht mehr ganz sauber, doch in der zweiten Klasse konnte er sich immer noch sehen lassen. Er sah nicht mehr aus wie ein bemittelter Gentleman, sondern eher wie jemand, der nur wenige gute Kleidungsstücke besaß. Beim Sitzen schnitt ihm sein Hosenbund in den Magen. Er hatte ein wenig zugenommen. Auf dem Bahnsteig waren jetzt gellende Pfiffe zu hören. Der Zug setzte sich zitternd in Bewegung, und sehr bald verschwanden die Vororte von London, und das flache Land flog vorbei.

Der Zug fuhr mit unglaublicher Geschwindigkeit, doch die Reise war eintönig. Arthur rauchte die ganze Zeit und bedauerte, das Buch nicht mitgenommen zu haben. Über der Temple Meads Station war der Himmel bedeckt. Bristol schien sich kaum von London zu unterscheiden: Vom Zug aus war ihm ein Fluss aufgefallen, Schiffe, Fabrikschlote und Werften. Das Leben schien auf die gleiche Weise organisiert zu sein wie in der Metropole, weshalb man den gleichen Rhythmen, Gerüchen und Geräuschen begegnete. Der einzige bemerkenswerte Unterschied zwischen den beiden Städten war die Luft, die hier nach Meer roch.

Der Sergeant pfiff nach einer Droschke und glättete das Blatt, auf dem er sich die Adresse von John Briggs notiert hatte, dem Mann, dem Bufford das Ohr abgebissen hatte. Als er dem Kutscher mitteilte, wohin er wollte, sah dieser ihn erstaunt an.

»Stapleton? Das Gefängnis oder das Hospital?«

Bowman erwiderte, dass er das nicht wisse, floh ins Innere der Droschke und zog den Vorhang zu. Er sah nichts vom Rest der

Stadt, doch der Weg kam ihm lang vor. Stapleton musste am anderen Ende von Bristol liegen. Schließlich hielt der Kutscher vor einer fünf Meter hohen, langen Umfassungsmauer und einem Portal, das ganz gewiss einem Volksaufstand trotzen würde. Beim Anblick dieses Bauwerks aus Stein und Eisen fühlte sich Arthur wie erdrückt von dessen Ausmaßen, der strengen Wucht dieser Architektur. Auf beiden Seiten des gepanzerten Tors standen zwei Soldaten Wache. Bowman erklärte ihnen, dass er jemanden suche.

»Hier ist das Gefängnis. Das Hospital ist hinter dem nächsten Tor, dort hinten.«

Bowman ging fünfzig Meter weiter die Mauer entlang. Ein Wachsoldat in einem Schilderhäuschen schrieb seinen Namen in ein Heft und ließ ihn eintreten. In der Mitte eines Parks erhob sich eine Art Landschloss oder Kaserne mit Glockenturm, ganz aus dunklem Stein gebaut. Die Bäume waren noch jung, das Gebäude war gerade erst errichtet worden. Er musste bei mehreren Sekretären vorsprechen, die zu beschäftigt waren, um ihn direkt dorthin zu führen, wohin er wollte, doch während er von einer Stelle zur anderen weitergeschickt wurde, schnappte er Worte und Sätze auf, die ihn allmählich begreifen ließen, wo er sich befand.

Isolierung. Sicherheit.

Er begegnete Krankenpflegern mit breiten Schultern, Wärtern mit riesigen Schlüsselbunden und Schlagstöcken an den Gürteln und stand schließlich vor einer letzten Schreibstube und einem kräftigen Wärter in weißem Hemd, in einem Korridor, den zwei Zentimeter dicke Gitterstäbe vom Rest des Gebäudes abtrennten.

»Was ist der Zweck Ihres Besuchs, Mr. Bowman?«

»Ich möchte mit jemandem sprechen.«

Der Wärter lächelte.

»Selbstverständlich. Niemand kommt einfach hierher, um sich einsperren zu lassen. Der Name des Insassen?«

»Briggs. John Briggs.«

Der Mann hob die Brauen.

»Sie sind mit ihm verwandt?«

»Nein. Eigentlich will ich nur wissen, seit wann er hier ist.«

Der Wärter erhob sich.

»Was ist mit Ihnen? Geht es Ihnen gut?«

»Es ist nur die Reise. Die Erschöpfung.«

Schweißperlen standen Bowman auf der Stirn. Der Geruch, der aus den Zellen hinter dem Gitter drang, verursachte ihm Übelkeit.

»Woher kommen Sie?«

»Aus London.«

Erneut zeigte sich der Mann erstaunt.

»Um Briggs zu besuchen? Oder nur deshalb, um herauszufinden, seit wann er hier ist? Seltsame Geschichte.«

»Ich muss es wissen.«

Der Wärter legte die Hände an die Hüften.

»Sie kennen Briggs, Sie kommen aus London, um ihn zu besuchen, und kaum sind Sie hier, wollen Sie ihn nicht mehr sehen?«

»So ist es.«

»Sie wollen nur wissen, seit wann er hier eingesperrt ist?«

Der Mann hatte in diesem Haus voller Irren offenbar einen großen Wunsch nach Klarheit.

»Sie sind der erste Besucher, den Briggs je hatte. Ich lasse Sie nicht weg, bevor Sie ihn gesehen haben.«

»Wie bitte?«

Bowman kniff die Augen zusammen, doch er versuchte vergeblich, das trübe Licht in dem langen Korridor hinter dem Gitter zu durchdringen.

»Das ist nicht nötig. Sagen Sie mir nur …«

»Ich werde Ihnen gar nichts sagen, solange Sie ihn nicht gesehen haben!«

Die Stimme des Wärters hallte im Korridor wider, und das Echo rief einige Reaktionen in den Zellen hervor. Es klang wie schwaches Kläffen in einem großen Hundezwinger.

»Woher kennen Sie Briggs? Wir wissen nämlich nichts von ihm, verstehen Sie? Obwohl es gar nichts ändern würde. Und doch glaube ich, es wäre ganz gut, wenn man etwas mehr über ihn erfahren könnte.«

Bowman wischte sich die Hände an der Jacke ab.

»Seit wann ist er hier?«

Der Mann gab ihm keine Antwort. Er steckte einen Schlüssel ins Schloss und öffnete das Gitter.

»Folgen Sie mir. Und haben Sie keine Angst, die Gitter sind sehr stabil.«

Arthur fühlte sich unsicher auf den Beinen, und er erschrak, als der Wärter hinter ihnen abschloss. Die wenigen Luken oben in den Mauern ließen nicht genügend Luft ein, um die Hitze und den Gestank zu vertreiben. Er ging in der Mitte des Korridors und hielt sich von den vergitterten Zellen so weit entfernt wie möglich. Sie waren nicht größer als Käfige. Menschen in schmutzigen, zerrissenen Pyjamas kauerten in den Ecken. Speichel lief ihnen aus dem Mund, starr blickten sie vor sich hin. Die meisten schienen die Vorübergehenden gar nicht zu bemerken. Sie sahen aus wie Opiumraucher und Laudanumtrinker und hatten sich im Labyrinth ihrer wirren Gedanken verloren, die weder Anfang noch Ende hatten. Der Wärter schenkte diesen Irren keinerlei Beachtung. Er sprach mit lauter Stimme weiter:

»Wir wissen nur, was er erzählt, wenn er deliriert. Vor allem, wenn wir ihn abholen, um ihn zu duschen. Er ist ganz schön aggressiv, aber die Ärzte sagen, es kommt von der Angst, und wir sollen es nicht als Angriff deuten. Trotzdem müssen wir uns manchmal gegen ihn wehren. Wir waschen ihn jetzt nicht mehr so oft. Das sage ich Ihnen nur, damit Sie sich nicht wundern.«

Bowman senkte den Kopf und passte seinen Schritt dem des Wärters an.

»Offenbar verwechselt er uns mit Soldaten, die ihm an den Kragen wollen, Chinesen oder so. Manchmal tut er sich auch selbst weh. Alle seine Narben – die Ärzte sagen, es ist Selbstverstümmelung. Niemandem ist es je gelungen, mit ihm zu sprechen. Sie haben alles versucht, Hypnose, Drogen, kalte Bäder, nichts hilft. Einer unserer ersten Insassen. Er ist schon so lange da, wie es das Hospital gibt. Drei Jahre.«

Der Wärter blieb stehen, und Bowman lief fast in ihn hinein.

»Wir sind da. Jetzt können Sie Briggs Guten Tag sagen.«

Arthur holte tief Luft und tat sein Bestes, um fest auf beiden Beinen stehen zu bleiben. Dann blickte er ins Innere der Zelle.

Es war wirklich Briggs. Genau so wie in seinem Bambuskäfig. Ein Gerippe. Eingeschüchtert, verängstigt. Die Hose mit den eigenen Exkrementen verklebt, der Oberkörper nackt und von Narben übersät, das Ohr von Buffords Zähnen zerrissen. Sein Gesicht war geschwollen. Er hatte Schläge bekommen.

Der Wärter sah Bowman an.

»Gestern hat er versucht, mich zu beißen.«

Arthur ging langsam bis zum Gitter und hielt sich daran fest.

»Passen Sie auf, gehen Sie nicht zu nahe heran.«

Bowman hörte ihn nicht mehr.

»Briggs?«

Der ehemalige Soldat hatte die Stirn an die Mauer gelegt, die Hände umklammerten die Knie.

»Briggs?«

Er drehte sich um, zuckte zusammen, als er den Wärter sah, und legte die Arme schützend um seinen Kopf. Bowman rief ihn erneut. Briggs hob den Kopf und sah ihn an.

»Ich bin's, Sergeant Bowman. Erkennst du mich, Briggs?«

Die Augen des ehemaligen Soldaten wurden groß, und er starrte den Sergeant an.

»Ich bin's. Zum Teufel, Briggs, was ist mit dir passiert?«

Briggs begann, den Kopf hin- und herzuwerfen, und murmelte:»Nein...«

Diese Verzweiflung, die Grimasse von Ohnmacht und inständigem Flehen, wenn sie kamen, um ihn abzuholen, dass das wieder begann, dass nichts dagegen half, weder kämpfen noch brüllen noch um Barmherzigkeit bitten. Briggs fing an zu schreien und warf den Oberkörper hin und her.

»Nein!«

Bowman glitt am Zellengitter entlang und fiel auf die Knie.

»Hör auf, Briggs. Es ist zu Ende. Es ist zu Ende...«

Aus den Schreien wurde Gebrüll.

»NEIN!«

Bowman umklammerte das Gitter.

»Es ist nur ein Albtraum. Hör auf. Es ist zu Ende, begreif das doch, verdammt noch mal. Es ist nur ein Traum, Briggs. Du musst aufwachen.«

Briggs bedeckte seinen Kopf mit den Händen, hielt sich die Ohren zu und brüllte weiter, während Bowman nicht aufhörte, ihm zuzureden.

»Briggs! Hör auf, um Gottes willen! Du musst aufhören! Es ist zu Ende! Du bist nicht mehr dort! Wir sind zurück! Du bist nicht mehr im Dschungel!«

Briggs' und Bowmans Schreie weckten die Insassen der anderen Zellen. Ein Chor irrer Stimmen erfüllte den Korridor wie das Heulen einer Meute im Umkreis eines verletzten Tiers. Auch der Wärter begann zu schreien, befahl ihnen, den Mund zu halten, zog schließlich eine Trillerpfeife aus der Tasche und blies mit aller Kraft hinein.

»Briggs, lass uns zurückkehren. Sie sind nicht mehr da. Du musst keine Angst mehr haben, Briggs…«

Andere Wärter tauchten auf. Briggs stand auf und warf sich mit der ganzen Kraft, die er in der winzigen Zelle aufbringen konnte, gegen die Mauer. Sein Kopf prallte davon ab, und er stürzte zu Boden. Sergeant Bowman stürzte ebenfalls. Sein Körper wurde steif wie ein Brett, und seine Fersen begannen, auf den Boden zu schlagen. Er biss sich auf die Zunge, Speichel lief ihm aus dem Mund, und mit nach oben gedrehten Pupillen prallte sein Kopf gegen das Gitter.

»Er wacht auf.«

»Fühlen Sie sich besser?«

Bowman öffnete die Augen.

»Wo bin ich?«

»Im Hospital Beaufort. Sie hatten einen epileptischen Anfall.«

Ein Mann im Anzug beugte sich über ihn. Bowman sah, wie seine Finger sich seinen Augen näherten, spürte, dass sein Lid sich hob.

»Es geht Ihnen schon besser.«

Arthur konnte sich nicht bewegen. Er lag auf einem Bett. Neben dem Arzt sah er einen Wärter in der Zimmerecke. Bowman glaubte ihn wiederzuerkennen.

»Sie sind im Krankenhaus, versuchen Sie nicht, aufzustehen.«

»Was mache ich hier?«

»Sie sind gekommen, um einen unserer Patienten zu besuchen, und Sie haben einen Anfall gehabt. Ihr Zustand ist ernst, Sir...«

Der Arzt wandte sich an den Wärter.

»Wie heißt er?«

»Bowman.«

»Ihr Zustand ist ernst, Mr. Bowman. Sie benötigen Behandlung. Woran erinnern Sie sich?«

Seine Muskeln waren schmerzhaft gestrafft. Er hob einen Arm und ließ ihn fallen, bevor es ihm gelang, sein Gesicht zu berühren.

»Bristol. Ich habe den Zug genommen...«

»Haben Sie getrunken, Mr. Bowman?«

»Wie?«

Der Arzt wandte sich erneut an den Wärter.

»Er ist noch nicht über den Berg, an der Farbe seiner Augen sieht man, dass er getrunken hat. Ganz zu schweigen von seinem Atem. Lassen Sie ihn nicht aus den Augen, ich komme später wieder vorbei. Wie geht es Briggs?«

Bowman hörte die Stimme des Wärters wie hinter einer Wand.

»Gar nicht gut. Diesmal hat er sich eine gehörige Wunde am Schädel beigebracht.«

Der Arzt sagte in amüsiertem Ton: »Das ist zweifellos die beste Behandlung für ihn.«

Der Wärter lachte.

»Und dem hier, was soll ich ihm geben?«

Bowman schloss die Augen.

»Im Augenblick nichts, ich werde später darüber nachdenken. Lassen Sie ihn schlafen. Was hat er gesagt, als er bei Briggs war?«

»Ich habe es nicht richtig verstanden. Aber anscheinend wusste er, was Briggs erlebt hat. Er sagte, es sei vorbei und sie seien zurückgekehrt. So was in der Art.«

»Interessant. Die gleiche Wahnidee wie Briggs.«

»Und das ist noch nicht alles.«

Bowman spürte Hände auf seiner Brust. Er hielt die Augen geschlossen und ließ alles mit sich machen. Sein Hemd wurde geöffnet.

»Faszinierend! Genau die gleichen Verstümmelungen. Sie halten mich auf dem Laufenden, ich will mehr über diesen Mann erfahren.«

»Gut, Doktor. Sollen wir ihn in eine Zelle sperren?«

»Das entscheiden wir später. Vorläufig bleibt er hier.«

Bowman hörte sie den Raum verlassen, wartete ein paar Sekunden und öffnete die Augen.

Er gönnte sich noch einige Minuten Ruhe, Zeit, um zu sich zu kommen, und versuchte nach und nach, seine Arme und Beine wieder zu bewegen. Die Muskeln reagierten schon etwas besser. Er rollte sich zur Seite, stellte die Füße auf den Boden und zog sich an. Am Hinterkopf ertastete er eine Beule. Seine Finger waren blutig.

Nur weg von hier.

Er wusch sich die Hände in einem Becken, in dem blutige Verbände schwammen, wischte sich das Gesicht ab, trank Wasser und ein wenig seines eigenen Bluts. Seine Zunge war geschwollen, und das Wasser ließ sie wieder schmerzen.

So leise wie möglich drehte er den Türknauf und spähte hinaus. Ein schwindelerregend langer Korridor. Niemand. Er verließ sein Zimmer, ging den Korridor entlang, bis er einen weiteren Korridor erreichte, und irrte im ganzen Gebäude umher. Wenn er Wärtern oder Pflegern begegnete, versuchte er, sich so gerade wie möglich zu halten, und endlich fand er eine Tür, die nach draußen führte, direkt in den Park. Von dort fand er einen baumbestandenen Weg zum Haupttor. Der Mann im Schilderhäuschen hielt ihn auf, suchte den Namen in seinem Heft, notierte die Zeit und sagte dann: »Sie sehen ziemlich mitgenommen aus, Sir. Das da drin ist nicht so leicht auszuhalten, was? Jeden Tag sehe ich Leute, denen es genauso geht wie Ihnen. Wollen Sie meinen Rat? Gehen Sie etwas trinken. Es geht vorbei.«

*

Drei Tage später bestieg Arthur Bowman im Bahnhof Euston einen Zug der North Western Railway mit dem Reiseziel Birmingham. Er hatte sich einen Reisesack aus Leder gekauft, den er mit Essen und einer Flasche Wein gefüllt hatte. Außerdem hatte er das Buch der Lehrerin dabei.

In einem Wald begegneten wir dann einem verirrten und halb verhungerten Hund, der dieselbe Fährte verfolgte wie wir, mit glühenden Augen und ganz wildem Gebaren; obwohl er um ein Haar das Opfer der vordersten Reiter geworden wäre, nahm er sich vor nichts in Acht und lief in unsicherem Trab weiter mitten unter den Pferden. Plötzlich begann der rasende Hund zu bellen, und ein Ranger richtete sein Gewehr auf ihn; doch die Barmherzigkeit des Gesandten, welche immer wieder in Erscheinung trat, gebot ihm Einhalt. »Er ist blind«, sagte er, »es ist der Hund irgendeines armen Indianers, er folgt der Spur seines Herrn, und es wäre eine Schande, dieses treue Geschöpf zu töten.«

Bowman las während der gesamten Strecke und hörte erst auf, als sie vier Stunden später an ihrem Bestimmungsort eintrafen. Ein wenig Wein hatte ihn wieder zu sich gebracht, und er aß nur so viel, wie sein Magen verlangte. Wieder fuhr er in einer Droschke durch die Stadt.

Edward Morgan stammte aus Birmingham; er wohnte zwar nicht mehr in der Straße, die Reeves als Adresse ausfindig gemacht hatte, aber immer noch im selben Viertel, nur einige Straßen weiter. Die Leute kannten ihn und zeigten Arthur, wo er ihn finden konnte.

Seit fast einem Jahr hatte Morgan sein Bett nicht mehr verlassen. Nach vier Jahren Arbeit in einer Gießerei, in der Besteck,

Bleidraht für die Herstellung von Fenstern und Munition für die britische Armee produziert wurde, starb er einen langsamen Tod durch Vergiftung. Seine Frau erklärte, dass viele andere Arbeiter dieser Fabrik an den gleichen Krankheit litten; die Bleidämpfe seien daran schuld, die in den Körper eindrangen und die Organe zersetzten. Der Körper ihres Mannes wurde von Krämpfen gequält. Er konnte seine fest geschlossenen Fäuste nicht mehr öffnen, die Zähne waren ihm ausgefallen, seine Haut war welk geworden, und statt Worten kam nur noch ein unartikuliertes Stöhnen aus seinem Mund.

Er war der erste Mann von der Liste, der Bowman nicht wiedererkannte. Die Krankheit hatte ihm so zugesetzt, dass er nicht einmal seine Frau und seine Kinder erkannte. Für sie erfand Arthur die Geschichte, dass er vor Jahren ein Kollege Morgans gewesen sei und sich plötzlich, anlässlich einer Reise, an ihn erinnert habe. Die Familie konnte nur dank der Solidarität der Arbeiter überleben. Bowman schenkte ihnen zwei Pfund, und zum ersten Mal schien das Geld seinen Zweck zu erfüllen. Er empfing reichlichen Dank dafür.

Nach den früheren Begegnungen war der Besuch bei Edward Morgan auf seinem Sterbebett fast eine Erleichterung. Doch das Elend, das in seinem Haus herrschte, und der Leichengeruch in der Wohnung machten Arthur das Herz schwer. Er trank Wein, um sich besser zu fühlen, und engagierte einen Kutscher für die Fahrt nach Coventry, zwanzig Meilen von Birmingham entfernt. Er hoffte, dass sich auch die Begegnung mit Horace Greenshaw so einfach gestalten würde.

Die Fabriken der Vororte von Birmingham waren nur durch ein paar schmale Felder von den Fabriken Coventrys getrennt. Die Stadt wuchs beständig; ganze Straßenzüge wurden neu gebaut, und überall entstanden die für diese Zeit in englischen Städten so charakteristischen Reihenhäuser aus Backstein.

Unter der angegebenen Adresse wohnte die aus zahlreichen Mitgliedern bestehende Familie Greenshaw, Bauern, die erst in jüngster Zeit zu Proletariern geworden waren und die den aus seiner Kutsche steigenden, einen Anzug tragenden Bowman ehrfürchtig anstarrten, als wäre er ein Fabrikboss. Kinder wurden aus dem Weg gescheucht, indem man ihnen Backpfeifen verpasste, der Küchentisch wurde sauber gewischt, und man bot dem Besucher den besten Stuhl an, den man besaß. Bowman bekam ein Glas Wein, und als er einen Schluck getrunken hatte, fragte er, wo er Horace finden könne. Alle schienen enttäuscht zu sein, dass sein Besuch einem unwichtigen Cousin galt. Nach einigem Zögern zeigte man ihm den Friedhof. Horace Greenshaw, der Cousin, der Soldat gewesen war, lag dort seit 1856. Als Arthur fragte, wie er gestorben sei, erwiderte man ihm, dass der Fortschritt ihn getötet habe. Er war in eine dampfgetriebene Dreschmaschine geraten.

»Alles, was herauskam, war Dünger, der nach Schnaps roch.«

Zurück in Birmingham, nahm Bowman einen Nachtzug. Unter einer Lampe vertiefte er sich wieder in das Buch Washington Irvings, um die Schreie von Briggs und den Geruch des vergifteten Körpers von Morgan zu vergessen.

Etliche Indianer jenes Dorfes mischten sich unter unsere Männer, und drei von ihnen setzten sich sogar zu uns ans Feuer. Sie betrachteten alles schweigend, und ihre Reglosigkeit gab ihnen das Aussehen bronzener Grabfiguren. Wir gaben ihnen zu essen und, was ihnen noch angenehmer zu sein schien, auch etwas Kaffee; denn die Indianer teilen das im ganzen Westen so verbreitete Vergnügen am Genuss dieses Getränks.

Irving sprach voller Sympathie von den Indianern. Bowman erinnerte sich an Geschichten von Big Lars, der einige von ihnen kennengelernt und gesagt hatte, sie seien wie alle anderen Wilden auf der Welt, schmutzig, übel riechend und kriminell, jeder von ihnen sei ein Dieb, vor dem man sich in Acht nehmen müsse. Es gab viele unterschiedliche Stämme. Zum Beispiel die Osage, die mit Irving Kaffee tranken, und die Pawnees, die seine Begleiter und er selbst fürchteten wie die Pest. Arthur neigte der Ansicht zu, dass die Eingeborenen Amerikas nicht mehr wert waren als die Asiens, aber die Art, wie Irving von ihnen erzählte, gab ihm zu denken, und die Landschaften, die er beschrieb, weckten seine Neugier.

Als er in London eintraf, hatte er zwanzig Stunden nicht mehr geschlafen, aber er war nicht müde. Von Camden ging er nach Limehouse, mit dem Reisesack über der Schulter.

Am nächsten Morgen, nachdem er sich einige Stunden ausgeruht hatte, nahm er sich die Liste vor und strich zwei weitere Namen aus. Es blieb jetzt nur noch eine einzige Reise, die er machen musste, diesmal in den Süden. Norton Young, einer von Wrights Männern, hatte eine Adresse in Southampton, und der Letzte, Edmond Peevish, der Prediger, wohnte in Plymouth.

Er betrachtete das über und über bekritzelte Blatt Papier. Als er es das erste Mal gesehen hatte, war ihm diese Suche als eine unerfüllbare Aufgabe erschienen. Wenige Wochen später waren nur zwei Namen übrig geblieben. Er dachte an das, was Captain Reeves ihm gesagt hatte: Dass es keine Wahrheit gab und dass er Zeit brauchen würde, um zu verstehen.

Schon begann ihm die Zeit davonzulaufen. Bald würde es niemanden mehr geben, den er suchen konnte; und auf einmal stieg die Ahnung in ihm auf, dass er womöglich nicht *jemanden*, sondern *etwas* finden würde. Wenn Young nun nicht der Mörder im Kanal war... Er konnte sich nicht vorstellen, dass der Prediger fähig war, jemanden auf diese Weise zu töten.

Er war tief niedergeschlagen und bemerkte kaum, dass diese Traurigkeit etwas ganz anderes war als seine gewöhnliche hoffnungslose Stimmung. Zum Lesen hatte er keine Lust. Auf einer Holzkiste strich er ein frisches Blatt Papier glatt und tauchte die Feder in das Tintenfass. Zögernd versuchte er, sich an die ersten Zeilen des Buches von Irving zu erinnern. In kleinen Buchstaben schrieb er ganz oben links die ersten Wörter.

Arthur Bowman. London. 1858.
26. September.
Ich habe sieben Adressen gefunden.
Noch zwei.

Beeindruckt hielt er inne und betrachtete das Geschriebene. Er konnte fortfahren, wenn er wollte. Alles aufschreiben, was ihm durch den Kopf ging. Er dachte weiter nach, sagte sich, dass er zwar das Datum des heutigen Tages vermerkt hatte, dass alles jedoch viel früher angefangen hatte, und auch das musste er erzählen. Er wollte die ersten Wörter durchstreichen, ließ sie dann doch stehen und setzte neu an.

Wright und Cavendish haben mir befohlen, zehn Männer auf der
»Healing Joy« auszuwählen.
Der Erste, den ich gefunden habe …

Er strich das Wort *gefunden* durch und ersetzte es durch *ausgewählt*, obwohl er nicht genau wusste, ob er das Wort richtig schrieb.

Der Erste, den ich ausgewählt habe, ist der Prediger gewesen,
und jetzt ist er der Letzte auf der Liste von Reeves. Aber ich habe
Penders noch nicht gefunden.

Die Buchstaben waren ungelenk geschrieben, einige Wörter waren durchgestrichen, und er hatte sicher viele Fehler gemacht, und doch betrachtete er die zwei Zeilen, die er zustande gebracht hatte, voller Stolz. Er las sie mehrmals. Was sollte er noch hinzufügen? Er dachte lange nach, trank ein wenig, warf Briketts in den Ofen und blickte zum Fenster hinaus. Dann ging er wieder zu seiner Kiste und nahm die Feder in die Hand.

Mit der Liste bin ich fast fertig, aber ich weiß nicht, ob ich etwas
finde. Und was ich mache, wenn ich nichts finde.

Er faltete das Blatt zusammen und versteckte es sorgfältig unter seinen Sachen, dem Perlmutthorn, dem Buch und seinen Kleidern. Er holte das Geld aus seinem Versteck, einem Loch im Boden. Von den fünfzig Pfund hatte er noch zwei Zehnpfundscheine und drei Pfund in Münzen übrig. Die Hälfte hatte er schon ausgegeben, in kaum einem Monat. Doch den Wechsel hatte er noch – ein Vermögen.

Am nächsten Tag würde er seine letzte Reise vorbereiten.

10

Er hatte sich noch kein neues Messer gekauft. Die Waffe an seinem Gürtel hatte ihn ebenso sehr beruhigt wie beunruhigt, und als er sie hätte benutzen müssen, war Colins ihm zuvorgekommen und hatte sie ihm abgenommen. Auf dem Weg zur Waterloo Station fragte er sich, ob es von Bedeutung sei, dass er ohne Waffe abfuhr, um Norton Young und Edmond Peevish zu treffen.

Bei einem Angestellten der South Western Railway erkundigte er sich nach den Stationen der Reise. Es gab eine Eisenbahnlinie nach Southampton und eine andere nach Plymouth, doch zwischen den beiden Städten waren die Gleisarbeiten noch nicht abgeschlossen. Er musste entweder über London zurückfahren oder die Distanz zwischen den beiden Städten per Kutsche oder Schiff überwinden. Die Fahrt dauerte vierundzwanzig Stunden. Bowman kaufte eine Fahrkarte nach Southampton und beschloss, die Entscheidung über die weitere Beförderung vorerst zu vertagen.

Das erste Ziel erreichte er in nur drei Stunden.

In Bristol hatte er das Meer nur geahnt, aber diesmal fand er sich an seinem Ufer. Der Bahnhof lag direkt am Kai. Die Reisenden stiegen aus und waren mitten in einem Handelshafen. Bowman fragte einen Angestellten nach dem Weg zur Konservenfabrik am Fluss Hamble.

»Das ist nicht gerade um die Ecke, Sir. Sie müssen eine Fähre über den Copse nehmen, danach weiter nach Weston und dann nach West Wood, und dann kommen Sie zur Mündung des Hamble, dort ist die Fabrik. Da, wo die Fähre ankommt, können Sie eine Droschke finden. Sonst sind es sechs oder sieben Meilen zu Fuß.«

Bowman warf sich den Reisesack über die Schulter und machte sich auf zur Fährenstation. Er zahlte drei Shilling für die Überfahrt, und als er am anderen Ufer war, beschloss er, zu Fuß zu gehen.

Er ging an den Kais entlang und sah Viermaster und Dampfschiffe an sich vorüberziehen; zuweilen entfernte er sich vom Ufer und nahm kleinere Wege, an denen Arbeiterhäuschen mit dem Rücken zu Feldern und Mooren standen. Einmal hielt er an, um etwas zu essen. So weit man sehen konnte, gab es hier Meerarme und kleine Flüsse. Vogelschwärme sammelten sich in der frischen Septemberluft, pickten nach Nahrung, bereiteten sich auf die lange Reise in den Süden vor. Bowman erinnerte sich an ihre Ankunft im Oktober, an der Küste Afrikas. Er ging etwas schneller. Er wollte noch vor Einbruch der Dunkelheit eintreffen.

Nach drei Stunden Fußmarsch erreichte er das Viertel der Konservenfabriken. Am Haus von Norton Young reagierte niemand auf sein Klopfen, es war leer. Bowman versuchte es an der benachbarten Tür. Ein Mann öffnete und musterte ihn argwöhnisch.

»Ich suche Norton Young, kennen Sie ihn?«

Der Mann hatte riesige Hände und die bläulich-rote Gesichtsfarbe der Matrosen.

»Keine Ahnung, wo er ist.«

»Wohnt er noch hier?«

»Warum suchen Sie ihn?«

Bowman ließ sich von dem angriffslustigen Ton nicht beirren. Er senkte den Blick und wandte sich ab.

»Ich kenne ihn. Und ich suche ihn.«

»Ich weiß nicht, wo dieser Hurensohn steckt. Hauen Sie ab.«

»Ich will Ihnen nicht zu nahe treten, Mister, aber ich muss mit Young sprechen.«

»Bei uns ist es so: Wer Young kennt, kriegt Ärger. Kommen Sie bloß nicht wieder zu mir.«

Bowman überquerte die Straße und fand eine Taverne, von der aus er Youngs Haus im Auge behalten konnte. Der Gastraum war leer, und er setzte sich an einen Tisch am Fenster. Er bestellte ein Bier. Als es dunkel wurde, füllte sich das Lokal. Arbeiter, die von der Fabrik kamen, tranken etwas, bevor sie nach Hause gingen. Als es keinen Platz mehr am Tresen gab, nahmen sie die Tische in Beschlag, und die Letzten blieben stehen.

Bowman hörte ihren Gesprächen zu. Viele Blicke streiften ihn, den gut angezogenen Fremden, der allein vor seinem Bier saß und den niemand kannte. Einzelne Stimmen erhoben sich aus dem allgemeinen Gemurmel. Es waren junge Männer, die von einem Streik in der Konservenfabrik berichteten. Von Lohnkürzungen, von Sechstagewoche und von zehnstündigen Arbeitstagen. Tabletts mit Biergrügen wurden hin- und hergetragen, und die Stimmen wurden immer rauer, immer zorniger. Er beobachtete die betrunkene Menge, prüfte die Gesichter der neuen Gäste und derer, die die Taverne verließen, aber Norton Young war nicht unter ihnen. Verstohlen sah er auch immer wieder zum Fenster hinaus, und plötzlich erblickte er eine schattenhafte Gestalt vor Youngs Haus, die die Tür öffnete und im Inneren verschwand. Er wartete noch einen Moment. Hinter den Fenstern des Hauses wurde kein Licht angezündet. Er trank gemächlich sein Bier aus und verließ die Taverne.

Mehrmals schlug er gegen die Tür von Youngs Behausung, doch nichts regte sich. Schließlich rief er: »Young? Norton Young?«

In seinem Rücken hörte er die Geräusche aus der Taverne.

»Ich weiß, dass du da bist. Mach auf! Bowman hier. Sergeant Bowman.«

Im Nachbarhaus wurde es hell. Ein Vorhang hob sich, und ein Gesicht wurde sichtbar. Er schrie: »Young?«

Wieder hämmerte er gegen die Tür. Dann hörte er ein Geräusch und eine schwache Stimme. Jemand antwortete ihm, der offenbar nicht von allen gehört werden wollte.

»Was soll das? Wer ist da?«

»Sergeant Bowman.«

Es folgte ein Moment des Schweigens. Der Vorhang im Fenster des Nachbarhauses wurde fallen gelassen, die Gestalt dahinter verschwand. Hinter der Tür sagte jemand:»Bowman? Sind Sie es, Sergeant? Stimmt das?«

»Ja, ich bin's.«

»Das kann doch nicht sein. Wer bist du, verdammt noch mal?«

Arthur sagte, ebenfalls flüsternd:»Ich war mit dir und Colins, Penders und den anderen auf der Dschunke.«

Unvermittelt öffnete sich die Tür.

»Kommen Sie herein. Zum Teufel, bleiben Sie doch nicht da draußen stehen.«

Bowman betrat die dunkle Diele und spürte einen Körper neben sich. Die Tür schloss sich wieder, und die Lichter der Straße verschwanden.

»Kommen Sie hierher.«

Arthur folgte den Schritten vor ihm. Eine zweite Tür öffnete und schloss sich. Er stieß gegen Möbelstücke, einen Stuhl und einen Tisch, dann kam eine dritte Tür, und es wurde etwas heller. In einem winzigen Zimmer im hinteren Teil des Hauses brannte eine Kerze auf einem Wandregal. Young war da. Er grinste. Er hielt einen Stock in der Hand.

»Zum Teufel! Sind Sie es wirklich, Sergeant?«

Jeder Muskel von Youngs Körper war angespannt, und er trat nervös von einem Bein aufs andere.

»Es freut mich mordsmäßig, Sie zu sehen«

Bowman wusste nicht, was er antworten sollte, und grinste lediglich.

»Was machen Sie hier, Sergeant?«

»Und du?«

»Hier ist es heiß, Sergeant! Irgendwas wird gleich explodieren. Ich bin nur gekommen, um ein paar Sachen zu holen und dann zu verschwinden.

»Was ist los?«

Arthur gewöhnte sich an die Dunkelheit und vermied es, direkt in die Kerzenflamme zu schauen, um nicht geblendet zu werden. Young beobachtete ängstlich die Tür zum anderen Zimmer und das Fenster.

»Ich arbeite für die Leute in der Konservenfabrik. Seit Wochen ist hier Streik, und die Jungs wollen nicht nachgeben. Es ist Krieg, Sergeant!«

»Was heißt das?«

»Ich arbeite für die Bosse. Ich habe eine Mannschaft, Sergeant, wie Sie damals! Gute Soldaten. Sie haben mich als Streikbrecher angestellt. Mir ist die ganze Sache egal, ich kann nur darüber lachen. Man sucht die Leute, die den Streik organisieren, man verprügelt sie und schützt diejenigen, die arbeiten wollen. Wissen Sie, wie die Arbeiter uns nennen?«

Bowman setzte langsam seinen Reisesack ab, ohne den Schlagstock seines Gegenübers aus den Augen zu verlieren.

»Wie nennen sie euch?«

»Die *Gelben*!«

Young lachte laut.

»Verfluchte Gelbe! Wie die Affen! Aber was machen Sie eigentlich hier, Sergeant? Sie suchen doch nicht etwa Arbeit? Ein Kerl wie Sie, das würde die Bosse sicher interessieren. Sergeant Bowman! Sie würden keinen Tag brauchen, und die ganze Bagage würde wieder brav arbeiten.«

»Ich bin nicht auf Arbeitssuche. Warum hast du immer noch den Stock in der Hand, Young?«

»Sie wollen mir an den Kragen, deshalb! Jedes Mal ist es das Gleiche. Aber sie kriegen mich nicht. Wir sind schon mit ganz anderen fertig geworden, was, Sergeant?«

»Leg den Stock hin, Young.«

»Wie? Ach so. Ja. Wollen Sie etwas trinken, Sergeant?«

Er legte den Stock neben die Kerze. Sie befanden sich in einer Art Abstellkammer. Young zog eine Flasche aus dem Regal, öffnete sie und hielt sie dem Sergeant hin.

»Wir trinken etwas, und danach hauen wir ab, einverstanden? Nicht, dass ich nicht gern mit Ihnen plaudern würde, Sergeant, ich würde es mit dem größten Vergnügen tun, aber wir dürfen hier nicht bleiben.«

Bowman hob die Flasche und ließ Young nicht aus den Augen.

»Bringen Sie sich in Sicherheit!«

Hinter Arthur splitterte Glas. Er ließ sich fallen.

»Was ist los?«

»Sie kommen, Sergeant! Sie greifen an!«

Ein weiterer Stein und dann eine ganze Handvoll kleinerer Steine prasselten durch das zerbrochene Fenster. Schreie erhoben sich. Young wurde herausgerufen, und man versprach ihm alles Mögliche. Er kroch auf allen vieren auf Bowman zu. Er hatte eine Pistole in der Hand.

»Sergeant, wir müssen hier weg. Folgen Sie mir.«

Arthur nahm seinen Reisesack und im Vorbeigehen auch den Stock. Young schob vornübergebeugt ein Möbelstück zur Seite, und Bowman sah ein Loch in der Backsteinmauer, das groß genug war, um einen Mann hindurchzulassen.

»Los, Sergeant!«

Bowman spürte Erde unter den Händen, als er auf der anderen Seite war. Young folgte ihm und schob von außen den Tisch wieder an seinen alten Platz. Sie hörten Gegröle. Die Eingangstür wurde eingetreten, und die betrunkenen Männer aus der Taverne stürmten ins Haus.

»Hier entlang!«

Sie waren in einer Allee, die an der Rückseite der Häuser entlangführte. Young war völlig aus dem Häuschen, er rannte und schrie dabei lachend, dass es bald richtig losgehen werde. Arthur spürte, dass er gegen jemanden prallte oder dass jemand gegen ihn prallte, der ihm die Beine wegreißen wollte. Doch instinktiv wich er aus, worauf ein schwerer Körper sich auf ihn warf. Er wehrte sich mit aller Kraft. Dann spürte er nichts mehr und ahnte, dass der Unbekannte Anlauf nahm, um sich erneut auf ihn zu stürzen. Er hob den Stock und schlug auf gut Glück zu, worauf etwas krachte und ein Ächzen zu hören war. Die Gestalt entfernte sich schwankend, und im Schein eines erleuchteten Fensters erkannte Bowman den Nachbarn, der um das Haus herumgelaufen und ihnen in den Rücken gefallen war.

In Youngs Haus wüteten die Arbeiter. Sie zerstörten alles und stießen bald auch auf die Öffnung in der Mauer. Norton Young war verschwunden. Der Nachbar begann zu schreien:»Hier sind sie! Hier…«

Bowman warf sich auf ihn, schob ihn gegen eine Wand und hielt ihm den Stock an die Kehle.

»War Young am 14. Juli hier?«

»Was?«

Bowman erhöhte den Druck auf die Kehle des Mannes.

»Young! War er im Juli hier?«

»Wer bist du? Was faselst du da?«

»Antworte!«

Mit schmerzverzerrtem Gesicht stammelte der Mann:»Er war nie weg. Er war immer da, während des ganzen Streiks…«

Bowman ließ ihn los, und der Mann stürzte röchelnd zu Boden. Aus Youngs Haus ertönten wilde Schreie, und Arthur flüchtete. Als er nicht mehr laufen konnte, ging er langsamer, drehte sich immer wieder um auf seinem Weg zwischen Fabriken und kleinen Häusern, und fand schließlich den Weg, auf dem er hergekommen war. An der Anlegestelle der Fähre über den Fluss Copse machte er halt. Er versteckte sich in einem der Boote, die am Steg vertäut waren, und wartete auf den Morgen.

Im Zug wagte er immer noch nicht, die Augen zu schließen. Als er wieder in seiner Hütte war, leerte er eine ganze Flasche Wein. Dann nahm er seine Feder und beugte sich über das Papier.

Ich habe Young gefunden. Er war auch wahnsinnig.

Ich bin geflüchtet, ich versteckte mich in einem Boot, und ich hatte die ganze Nacht Angst, dass die Arbeiter mich finden würden.

Jetzt bleibt nur noch Peevish übrig.

Er schrieb eine weitere Zeile. Erst wollte er sie gleich wieder löschen, aber dann ließ er sie doch stehen.

Ich bin mir nicht sicher, weil er der Letzte ist, und gleichzeitig freue ich mich darauf, den Prediger wiederzusehen.

*

Unterdessen sah er nicht weit entfernt die große Canadienne, die zwischen den Wäldern mäanderte, und der Anblick dieses Flusses führte zu dem tröstlichen Gedanken, dass er, wenn er das Camp nicht mehr fand und auch keiner von den anderen es wiederfände, dem Fluss folgen könnte und schließlich irgendeinen Grenzposten oder ein Indianerdorf erreichen würde.

Arthur schloss das Buch. Es blieben nur noch einige Seiten für die Rückfahrt.

Der Bahnhof von Millbay am Rand von Plymouth war keines dieser stolzen Bauwerke aus Stein, Metall und Glas, sondern ein Gebäude aus Holz. Es ließ an einen schlichten Vorposten denken, ein anspruchsvolles Zollhaus, das nicht für die Ewigkeit gebaut war, sondern nur als Markierung einer Etappe im Prozess einer unabsehbaren Landnahme, an der Peripherie jenes anderen Vorpostens am Rand des Ozeans, der Plymouth selbst war. Auf dem Vorplatz fragte Arthur einen Kutscher, wo die Herbert Street sei. Der Kutscher sah ihn zögern und bot ihm einen guten Preis, und so stieg Bowman in die offene Droschke.

Die Stadt war voller Menschen, und obwohl die Sonne schon tief stand, war es noch sehr warm. Arthur hing seinen Gedanken nach, während der Kutscher seinem Londoner Gast stolz von seiner Stadt erzählte. Er zeigte ihm die Baustellen, nannte Straßennamen, wies mit der Peitsche dahin und dorthin und sagte, dort lägen die Dampfschiffe vor Anker und dort die großen Segler, die nach Europa und Amerika in See stachen.

Es dauerte zwanzig Minuten, bis sie die Herbert Street erreichten, eine friedliche, breite, sonnenbeschienene Wohnstraße. Bowman bezahlte den Kutscher und wartete, bis er sich entfernt hatte. Dann überquerte er den Rasenplatz vor einer kleinen Kirche. Das Innere des Gotteshauses war dämmrig und kahl. Ein steiles Dach, ein Altar aus Holz und darüber ein schlichtes Kruzifix. Die schmalen Fenster ähnelten Schießscharten und ließen gerade genug Licht ein, dass man die Hände vor sich sehen und erkennen konnte, wo man sich niederzuknien hatte.

Ein kleiner Junge fegte den Boden zwischen den Gebetsbänken.

»Ist Peevish hier?«

Der Junge hatte einen Buckel. Ein Bein war kürzer als das andere, sein Gesicht war stumpf.

»Der Pfarrer?«

»Peevish.«

»Er ist in seiner Wohnung, Sir.«

»Wo ist das?«

»Also, das ist hier. Da hinten.«

Der Junge zeigte auf eine Tür hinter dem Altar, und Bowman ging hin und klopfte. Eine Stimme rief: »Bist du fertig mit dem Fegen?«

Bowman öffnete die Tür.

Peevish erstarrte einen Moment lang vor dieser Erscheinung, dann erhellte ein breites Lächeln sein Gesicht. Er hatte keine Schneidezähne mehr im Mund; zwei gelbliche Eckzähne begrenzten sein Lächeln auf jeder Seite, und man sah seine rosige Zunge.

»Sergeant Bowman.«

Peevish bekreuzigte sich, schloss einen Augenblick die Augen, ohne mit dem Lächeln aufzuhören, und öffnete sie wieder.

»Der Mann, der schon so lange mein Denken beschäftigt.«

Der Prediger hatte immer noch dieselbe Stimme, dieselben Hundeaugen und dieselbe schwärmerische Art, die ihm auch nicht abhandengekommen war, nachdem die Birmanen ihm mit Steinen die Zähne zertrümmert hatten.

Bowman musterte das kleine Zimmer mit einem kurzen Blick: Ein Tisch und ein Stuhl, eine Bibel, ein Bett an der Wand, eine Waschschüssel und ein Krug.

»Ich grüße dich, Prediger.«

Hinter der Kirche gab es einen kleinen, ummauerten Garten mit einem Baum und einer Bank.

»Was machen Sie hier, Sergeant?«

»Warum sagst du, dass du an mich gedacht hast?«

Peevish lächelte, während er in den kleinen Garten hinaustrat. »Es ist meine Pflicht, auf diejenigen zuzugehen, die mich brauchen. Und diejenigen zu suchen, die mich am meisten brauchen. Um sie zu erkennen, denke ich an Sie, Sergeant.«

»Dein Geschwätz verfängt bei mir nicht, Prediger.«

»Und doch haben Sie sich verändert, Sergeant. Das sehe ich.«

Bowman betrachtete Peevish und sein zahnloses Lächeln. Sie ließen sich nebeneinander auf der Bank nieder.

»Du hast immer geglaubt, mich zu kennen, aber du kennst mich nicht im Geringsten.«

»Warum also sind Sie hierhergekommen, Sergeant?«

»Weil es in London einen Mord gegeben hat.«

Peevish hörte auf zu lächeln.

»Das ist natürlich schrecklich, aber Sie sehen doch, dass Sie sich verändert haben, Sergeant. Damals hätten Sie sich um eine Leiche nicht gekümmert. Weshalb wollen Sie mit mir sprechen?«

»Wo warst du im Juli?«

»Wie bitte?«

»Antworte auf die Frage.«

Peevish schien erneut amüsiert zu sein.

»Sie erzählen mir von einem Mord, und dann fragen Sie mich, wo ich im Juli war? Das ist nicht sehr zartfühlend, Sergeant.«

Arthur legte die Hände auf seine Oberschenkel und hob den Kopf.

»Peevish, du sagst mir jetzt sofort, wo du warst.«

»Ich war hier. Brauchen Sie Zeugen? Meine ganze Gemeinde hier. Ich frage mich allerdings, warum ich Ihnen das sage, Sergeant. Und ich verstehe nicht, warum Sie gekommen sind.«

Mit seiner heiligmäßigen Sanftheit und seinem Märtyrerlächeln betrachtete er Bowman.

»Ja, Sie haben sich verändert, Sergeant. Erinnern Sie sich noch an unser Gespräch, als wir uns zum ersten Mal begegneten? Ich weiß es noch ganz genau, und ich hätte damals weiß Gott nicht gedacht, dass sich unsere Worte als so prophetisch erweisen würden. Wenn Sie mir diesen Ausdruck verzeihen.«

»Ich verzeihe dir gar nichts, Prediger. Und ich weiß nicht, wovon du redest.«

»Ich habe Sie gefragt, warum Sie die Prügelei an Bord der *Healing Joy* nicht früher unterbunden haben.«

»Und was ist das Prophetische daran?«

»Sie sagten damals, dass man nie wisse, warum jemand in den Krieg zieht. Dass es manchmal gerade der ist, der nicht kämpfen will, der zum Soldaten und zum Gewinner eines Kampfes wird. Sie hatten erkannt, Sergeant, dass es keine Feiglinge gibt, und ohne es zu wollen, haben Sie zugegeben, dass Sie nicht an Mut und Tapferkeit glauben.«

Arthur versuchte, ebenfalls zu lächeln, doch sein Körper verkrampfte sich. Peevish sprach mit der Selbstgewissheit eines echten Predigers.

»Sie haben sich verändert, weil Sie die Angst kennengelernt haben, Sergeant. Vielleicht werden Sie jetzt den echten Mut, die wahre Tapferkeit entdecken. Warum suchen Sie einen Mörder?«

Arthur erhob sich von der Bank und machte einen Schritt auf Peevish zu.

»Weil sie in London glauben, ich sei es gewesen, und mir den schwarzen Peter zuschieben wollen.«

»Sie wollen Ihre Unschuld beweisen?«

Der Pfarrer sprach in ironischem Ton. Bowman biss die Zähne zusammen.

»Auch du hast Leute umgebracht, Peevish.«

»Aber ich mache nicht den Fehler, mich für unschuldig zu halten. Warum suchen Sie diesen Mörder?«

Arthur war bleich. Es fiel ihm schwer, aufrecht zu stehen.

»Weil er einer von uns ist.«

»Von uns? Ist das eine Metapher?«

»Tu nicht so. Du bist der Letzte auf der Liste.«

»Welche Liste?«

Arthur spürte, dass seine Zähne aufeinanderknirschten.

»Ich habe sie gefunden. Alle.«

»Alle?«

Peevish war ebenfalls blass geworden, und seine gefalteten Hände konnten nicht darüber hinwegtäuschen, dass er leicht zitterte. Bowman beugte sich vor.

»Sie waren alle irre. Und für mich bist auch du immer verrückt gewesen. Weder deine Kirche noch dein heiliges Getue werden mich davon überzeugen, dass du anders bist als die anderen. Bufford hat sich in einen Brunnen gestürzt, weil sein Kind ertrunken ist. Colins... Colins ist auch nicht mehr er selbst, aber ich habe gesehen, dass ein paar Leute ihm den Schädel zerschmetterten, weil er schon viel zu lange nach einem Messer suchte, um sich selbst die Kehle durchzuschneiden. Clemens, er lebt wie ein Gespenst. Briggs ist in einem Käfig im Irrenhaus und glaubt, dass jemand kommt, um ihn... du weißt, warum, Peevish, es hängt uns allen in den Kleidern, selbst dir, in der Tracht eines Predigers. Mit Morgan habe ich nicht reden können, weil er dabei ist, an Vergiftung zu krepieren, und wenn du eine Metapher brauchst, da ist sie, bitte sehr: Greenshaw war so besoffen, dass er in eine Maschine gekommen ist. Young ist ein Halunke geworden, er trägt seine Haut zu Markte und weiß nicht mehr, wofür er lebt. Wir waren zehn, und von wem, Peevish, was meinst du, von wem ich jetzt spreche?«

Bowman musste plötzlich lachen.

»Verändert? Das meinst du also, Prediger? Ich kann es meinen Kollegen in Wapping nicht mal verübeln, dass sie mich verdächtigen, denn ich habe wirklich geglaubt, dass ich dazu fähig bin. In manchen Nächten habe ich mich gefragt, ob sie nicht recht hätten. Wenn deine Albträume Wirklichkeit werden, Peevish, dann fällt es dir schwer, zwischen dem, was sich in deinem Kopf abspielt, und der Realität zu unterscheiden. Aber du musst es eigentlich am besten wissen, du hast ja immer in einem verdammten Traum gelebt. Ich erinnere mich auch an etwas, was ich einmal zu dir sagte, nämlich dass du im selben Boot sitzt wie die anderen. Du bist hochmütig, weil du glaubst, dass du auf der Seite des Herrn stehst, dass du ihm ins Ohr flüstern kannst, während du darauf wartest, dass er dich aus dem Dreck holt. Kannst du eine Blasphemie vertragen, Prediger? Ich werde dir was erzählen. Ich habe etwas gesehen ... in einem Kanal unter der Erde, als die ganze Stadt im Regen tanzte.«

Peevish schloss die Augen und reagierte nicht, als Bowman ihn am Kragen packte und ihm die Faust vors Gesicht hielt.

»Ein kleiner Junge hat mich dorthin geführt. Hörst du mir zu, Peevish? Mach die Augen auf, zum Teufel!«

Der Priester öffnete die Augen und sah Bowman ins Gesicht.

»Mit den anderen habe ich nicht reden können, aber du, der du alles verzeihst, Prediger, du hast einen Anspruch darauf, und nachher werden wir sehen, ob du immer noch so stolz bist. Ich habe nie geglaubt, dass du so etwas tun könntest, aber wenigstens verdienst du, dass ich dir alles erzähle. Ich habe nichts davon vergessen, jede Einzelheit ist da. Lass die Augen offen! Du musst alles sehen.«

Die beiden Männer blieben noch lange schweigend auf der Bank des kleinen Gartens sitzen. Bowmans Zorn war verraucht, er war erschöpft, und Peevish war ganz erfüllt von dem, was der Sergeant ihm berichtet hatte. Schließlich erhob er sich mechanisch und ging über den Rasen, auf einem kleinen Pfad um den Baum herum, mit auf dem Rücken gekreuzten Händen. Nach einiger Zeit kam er zu Bowman zurück.

»Ist Bufford tot?«

»Er und Colins, Greenshaw und Morgan auch. Briggs wird vielleicht noch eine Weile durchhalten.«

Der Priester senkte den Blick.

»Und Ihr Freund, Sergeant?«

Arthur sah ihn an.

»Wer?«

»Sie haben sie nicht alle gefunden. Sie haben noch nichts von Ihrem Freund erzählt.«

»Wen meinst du?«

»Penders. Wo ist er?«

»Ich weiß es nicht. Die Frau, bei der er gewohnt hat, sagt, dass er fortgegangen ist. Vielleicht nach Amerika. Warum nennst du ihn meinen Freund?«

»Weil er der Einzige war, außer mir vielleicht, der Sie ein wenig verstand und mit dem Sie sprechen konnten.«

Peevish setzte sich wieder neben ihn.

»Ob es Tapferkeit war oder nicht, ohne Sie wäre keiner von uns lebendig aus dem Dschungel zurückgekehrt. Vorhin bin ich ungerecht gewesen. Ich bitte Sie nicht um Verzeihung, ich entschuldige mich nur.«

»Ach, egal, Prediger. Es wäre besser gewesen, wir wären dort alle verreckt.«

»Aber wir leben.«

Arthur starrte vor sich hin.

»Da war noch etwas anderes, im Kanal.«

Peevish machte eine kleine, erschrockene Geste.

»Ich glaube, ich habe genug gehört, Sergeant.«

»Nach alledem, was ich dir schon erzählt habe, wirst du auch das noch ertragen. Derjenige, der das getan hat, hat etwas mit Blut auf die Kanalwand geschrieben, *ein* Wort.«

»Ein Wort?«

»*Überleben.*«

Das Schweigen, das sich nun auf sie senkte, schien ewig zu währen. Irgendwann war der Priester wieder dazu in der Lage, etwas zu sagen.

»Werden Sie ihn weitersuchen?«

Bowman wandte sich ihm zu.

»Penders, meinst du?«

»Wen sonst?«

Bowman stand auf.

»Ich muss gehen.«

Peevish bot ihm ein Nachtlager in der Kirche an, doch Bowman lächelte nur und lehnte ab. Sie gingen durch das dunkle Gebäude, und der Pfarrer öffnete das Portal.

»Peevish, was hättest du getan, wenn ich zum Beichten gekommen wäre und gesagt hätte, ich sei es gewesen?«

Der Priester lächelte.

»Das fragen Sie mich, Sergeant? Und was würden Sie tun, wenn Sie ihn fänden?«

Bowman warf sich seinen Reisesack über die Schulter.

»Ich weiß nicht.«

»Ich auch nicht, Sergeant.«

»Leb wohl, Prediger.«

»Kommen Sie wieder, wann immer Sie wollen.«

Der nächste Zug fuhr erst im Morgengrauen ab. Arthur mietete ein Zimmer in einem Hotel am Bahnhof von Plymouth und aß in einem kleinen Gasthaus unter Handelsreisenden, die sich geräuschvoll unterhielten.

Im Licht der Lampe neben seinem Bett beendete er das Buch der alten Lehrerin.

Am nächsten Tag schlug ich mit meinem geschätzten Freund, dem Kommissar, den Weg zum Fort Gibson ein, wo wir etwas derangiert, zerlumpt, sonnenverbrannt, kreuzlahm, doch abgesehen davon gesund und munter eintrafen. Und so endete meine Reise durch das Jagdrevier der Pawnees.

11

Arthur arbeitete zwei Monate lang mit Franck und dessen Partner Stevens zusammen. Er erlernte das Fischerhandwerk. Zunächst umsonst, gegen freie Wohnung in der Hütte.

Stevens brauchte einige Zeit, bevor er Bowman akzeptierte. Und Bowman blieb ihm gegenüber misstrauisch. Er war wieder bei Kräften, die schwere Arbeit machte ihm nichts aus, und ebenso wenig die langen Stunden auf dem Fluss. Stevens, schweigsamer als Francky, war kein Unmensch, nur etwas vorsichtiger. Nachdem er Arthur mehrere Wochen lang beobachtet hatte, gab er ihm am Ende ein paar Ratschläge und sprach anerkennend über seine Ausdauer und seine Verschwiegenheit. Wenn er mit ihnen im Boot war, bewies Bowman Disziplin und Ausdauer. Nach diesen Wochen war seine Vergangenheit vergessen; niemand erwähnte sie mehr.

Nach Neujahr saßen Stevens, Franck und Arthur in der Hütte zusammen. Bowman hatte den Ofen geheizt und etwas zu trinken gekauft. Die beiden Fischer stießen schweigend und traurig mit ihm an und erklärten ihm die Lage. Das Boot war zu klein für drei Männer. Die Verschmutzung der Themse durch die Londoner Fabriken zwang sie, immer weiter in Richtung Mündung hinauszufahren, und doch fingen sie immer weniger Fische. Bowman hätte Lohn verdient, aber sie konnten ihn nicht bezahlen, nicht unter diesen Bedingungen. Was er bekommen würde, würde ihren Familien fehlen. Arthur fragte, was man tun könne. Die beiden Fischer zuckten die Achseln. Man bräuchte ein größeres Boot, eine schnellere Jolle, die auch im offenen Meer noch navigieren könnte, und dafür einhundertfünfzig Pfund. So viel Geld würde ihnen aber niemand leihen.

Arthur begab sich zur Bank Peabody & Morgan, die den Wechsel von Reeves ausgegeben hatte. Er erhielt hundert Pfund in Silber und ließ einen neuen Wechsel über vierhundert Pfund ausstellen. Er bot seinen Freunden an, die Hälfte des Bootes zu bezahlen, doch ohne dass sein Name auf dem Kaufvertrag erschien, und ließ sie schwören, mit niemandem über die Sache zu reden. Rasch fanden sie ein geeignetes Boot; es kostete einhundertdreißig Pfund. Nach dem Verkauf ihres alten Bootes mussten sich Franck und Stevens noch dreiundzwanzig Pfund leihen, eine Summe, die jeder von ihnen mit zehn Shilling monatlich abzahlen konnte. Bowman bezahlte die notwendigen Wartungsarbeiten auf der Jolle, sodass sie schon im Februar mit der Arbeit anfangen konnten.

Das neue Boot wurde auf den Namen *Sea Sergeant* getauft und erfüllte alle ihre Erwartungen. Francky, Stevens und Bowman fischten zwei oder drei Wochen lang am Stück und kehrten mit vollen Netzen zurück. Ihren Fang verkauften sie bei Versteigerungen in Limehouse oder im noch nicht ganz fertiggestellten Hafen von Millwall. In der Themsemündung gab es Stint und Forelle, und aus dem Ärmelkanal kamen sie mit Seebarsch, Hering und Makrele zurück.

Arthur kümmerte sich um die Hütte, baute eine neue Tür ein und reparierte das Fenster und das Dach. Er kaufte ein Bett und einen Schrank, in dem er seinen guten Anzug aufbewahrte, den er werktags gegen Arbeitskleider und eine Matrosenjacke eintauschte. Er ließ sich die Haare und den Bart wachsen, den er regelmäßig stutzte, achtete darauf, während der Arbeit nicht zu viel zu trinken. Er begnügte sich mit dem Wein, den sie mitnahmen, und ein wenig Schnaps, wenn der Laderaum voll war und sie flussaufwärts nach Hause fuhren. Wenn er allein war, trank er mehr. Tagsüber gab es kaum Probleme, doch nachts fand er keinen Schlaf, wenn er sich nicht mit Gin betäubte. Auf der *Sea Sergeant* fühlte er sich besser. Es gab immer etwas zu tun, und die Erschöpfung sorgte für langen und guten Schlaf. So ging es einmal besser, einmal schlechter. Wenn er längere Zeit an Land war, verließ er die Hütte nur, um seine Kompagnons im Hafen zu treffen, und zuweilen, um in der Stadt ein Buch zu kaufen.

Er hatte Wochen mit der Suche nach den Männern auf der Liste verbracht. Nun, nach einem halben Jahr voller Arbeit auf dem Boot, waren ihm das Vergnügen an Büchern und eine noch größere Neigung zum einsamen Leben geblieben. Er hatte zwei Gefährten, die er nicht als Freunde betrachtete, sondern als Männer, die er brauchte, um weiterexistieren zu können. Auch die Erinnerung an eine Frau war noch in ihm; er dachte oft vor dem Einschlafen an sie, und ihre Schönheit vermischte sich mit der Trauer um einen Mann, den er nicht wieder getroffen hatte und den Peevish als seinen Freund bezeichnet hatte, einer ungewissen Trauer, die sich zwar im Lauf der Zeit verringerte, aber nie ganz verschwand. Und schließlich bewahrte er in sich die Erinnerung an einen Soldaten und einen Polizisten. Er war nun weder das eine noch das andere, doch so wenig wie seine Vergangenheit im Dienst der

Kompanie konnte er seine Tätigkeit als Mitglied der Themsebrigade völlig von sich abstreifen.

Es geschah zuweilen, dass sie auf der *Sea Sergeant* bis nach Wapping segelten. Dann zog Arthur sich die Mütze tief in die Stirn und betrachtete sein ehemaliges Hauptquartier, das an ihm vorbeiglitt, während er die Gestalten zu identifizieren suchte, die er hinter den Fenstern erahnte. Wenn er in London umherwanderte, vermied er das Viertel. Er kehrte niemals zu dem Chinesen zurück, kaufte jedoch von Zeit zu Zeit ein Fläschchen Laudanum: wenn es regnete und er sich vor dem Einschlafen fürchtete.

Im Frühjahr gingen Bowman und seine Kompagnons in der Hochwasser führenden Themse zwei große Lachse ins Netz. Seit über zwanzig Jahren hatten die empfindlichen Lachse bereits den stark verschmutzten Fluss verlassen. Franck, Stevens und Bowman beschlossen, ihren Fang zu behalten. Franck schlug ein Familientreffen vor, bei dem sie die Lachse essen wollten. Arthur schlug die Einladung aus. Am nächsten Tag brachte Stevens ihm einen Teil des Fisches, den er allein in seiner Hütte verspeiste.

Im Sommer waren ihre Netze immer voll, im Herbst wurde es noch besser, und als der Winter kam, sprachen Franck und Stevens davon, einen Schiffsjungen anzuheuern, der an Bord der *Sea Sergeant* ihr Handwerk lernen sollte. Arthur dachte einen Moment daran, den kleinen Slim zu suchen, um ihn auf das Boot zu bringen, doch das erwies sich als unmöglich, und schließlich wurde ein Neffe von Stevens, ein kräftiger dreizehnjähriger Junge, von ihnen angestellt.

*

Im Dezember 1859 betrat Arthur Bowman in seinem guten Anzug die Buchhandlung Mudie in der New Oxford Street. Er hatte die Einladung von Franck und Stevens angenommen, die mit ihm und ihren Familien zusammen Weihnachen feiern wollten. Arthur war nervös, wenn er an die feierliche Mahlzeit dachte, und einige Tage lang beschäftigte ihn der vage Gedanke an die Witwe Bufford. Er hatte Spielzeug für die Kinder seiner Kompagnons und

Geschenke für ihre Frauen gekauft, außerdem eine schöne gefütterte Weste für Franck und eine neue Matrosenjacke für Stevens, und nun wollte er etwas Besonderes für die Witwe finden, deshalb hatte er die Buchhandlung aufgesucht. Auch wenn sie die Einladung nicht annahm, wollte er sich ihr wenigstens nicht mit leeren Händen präsentieren. Ein Verkäufer fragte ihn, was er suche, doch Bowman wusste nicht, ob die Witwe überhaupt Bücher las.

»Es ist für eine Frau.«

Der Verkäufer schlug ihm Werke vor, die sich mit Kochen, Nähen und Hausarbeiten beschäftigten. Als Arthur nach einem Roman fragte, schien der Buchhändler verblüfft zu sein.

»Ein Roman für eine Frau? Nun, da gibt es natürlich *Jane Eyre* von Mrs. Brontë, ich glaube, wir haben noch ein Exemplar. Eine romantische Geschichte.«

Bowman nahm den Band in die Hand.

»Eine Frau hat das geschrieben?«

»Zuerst unter einem Pseudonym, Mr. Bell.«

Der Verkäufer zögerte.

»Ich weiß allerdings nicht, ob das eine empfehlenswerte Lektüre ist für … für eine Frau.«

Bowman kaufte das letzte Exemplar von *Jane Eyre* und bat darum, es in hellblaues Papier einzuschlagen und eine Schleife darumzubinden. Bevor er ging, erkundigte er sich noch nach den neuesten Reiseerzählungen. Ein Buch von Sir Francis Burton wurde ihm gezeigt, der Bericht über eine Expedition nach Indien. Arthur nahm es nicht; er wollte wissen, ob es keine neueren Berichte über Amerika gebe. Der Buchhändler verneinte und bot ihm stattdessen Zeitungen an.

»Wir erhalten regelmäßig Zeitungen von dort. Die Nachrichten sind nicht mehr ganz neu, aber wenn Sie sich für Amerika interessieren, werden Sie gewiss viel Interessantes darin finden. Aber es sind natürlich keine Bücher.«

Bowmans Neugier war geweckt. Er kaufte zwei Nummern der *New York Tribune*, vier Wochen alt, und fragte den Buchhändler noch, worauf all die Leute warteten, die vor der großen Theke

Schlange standen. Es waren etwa zwanzig Bürger, die heftig miteinander diskutierten.

»Wir erwarten die Lieferung eines Werkes des Verlagshauses Murray, Sir. Eine Sensation, wie es heißt. Ein wissenschaftliches Traktat.«

Er überreichte Bowman einen bedruckten Zettel, der das Erscheinen des Werkes ankündigte.

»Wenn Sie daran interessiert sind, können wir Sie auf die Warteliste setzen.«

Bowman verließ die Buchhandlung und las die Ankündigung auf der Straße.

»Von Professor Charles Darwin, im Verlag John Murray: *Über die Entstehung der Arten im Tier- und Pflanzenreich durch natürliche Züchtung, oder Erhaltung der vervollkommneten Rassen im Kampfe ums Dasein.*«

Zurück in der Hütte, dachte Arthur nach. Er konnte die Witwe einfach nicht hierher einladen.

Da er nicht mittellos war, beschloss er, so bald wie möglich eine passendere Wohnung zu finden, nicht weit vom Hafen entfernt. Mit der Fischerei ging es gut. Mit dem Geld, das ihm blieb, konnte er die Dinge auf sich zukommen lassen; wenn er nicht zu viel ausgab, konnte er sogar von seiner Arbeit leben.

Er drehte das eingeschlagene Buch in den Händen und versuchte, sich an das Gesicht der Witwe Bufford zu erinnern. Sorgfältig legte er das Geschenk auf den Tisch, wo mehrere andere Bücher und Papiere lagen. Auch das Tintenfass stand dort. Doch seit seinem Besuch bei dem Prediger vor einem Jahr hatte er nichts mehr geschrieben.

Er stellte sich vor den Spiegel und betrachtete sich eine Zeit lang prüfend. Sein Körper ähnelte wieder dem, den er vor der Gefangenschaft gehabt hatte. Er war muskulös und hatte sein altes Gewicht fast erreicht; sein Gesicht war runder geworden, sein Ausdruck weniger hart. Die Narbe auf seiner Stirn war kaum noch zu sehen, da seine Haut von der Arbeit auf dem Meer dunkler geworden war. Er zog die Lippen ein wenig auseinander, wie er es vor der Witwe Bufford tun würde, und stellte fest, dass sich sein Lächeln recht angenehm ausnahm. Von Kindheit an hatte er starke Zähne gehabt. Da er von der Kompanie fünfzehn Jahre lang gut ernährt worden war, hatte sein Gebiss dem Hungerjahr im Dschungel, dem Alkohol und dem Opium im Großen und Ganzen standgehalten. Er war sechsunddreißig Jahre alt.

Als Franck am nächsten Tag an die Tür klopfte, saß Arthur, umgeben von leeren Flaschen, auf dem Boden. Als er ihn ansprach, reagierte er nicht. Sein Gesicht war bleich, sein Blick leer. Franck ging vor ihm in die Hocke, doch Bowman schien ihn nicht zu erkennen.

»Arthur?«

III

1860
NEUE WELT

NEW YORK TRIBUNE
Beerdigung in Reunion

Von Albert Brisbane
21. November 1859

Liebe Leser, Freunde, Brüder und Schwestern. In dieser Chronik, die wir seit so vielen Jahren der herrlichsten aller Unternehmungen widmen, haben wir, Verbündete, Erben und Erneuerer eines Traums, der in überalterten Ländern geboren wurde und sich heute auf dem Boden unserer neuen Nation verwirklicht – haben wir, das Volk von morgen, unsere Ziele, unsere Hoffnungen und unsere Schwierigkeiten niemals zu verbergen gesucht. Es handelt sich um nichts weniger als die grundlegende Veränderung des Menschen. Denkt nur an die Regierungen, die trotz all ihrer Macht so unfähig sind, die Beziehungen ihrer Bürger auf harmonische Weise zu regeln, und denkt an uns, die wir nichts anderes haben als unsere Ideen, um dieses Ziel zu erreichen. Es wäre unaufrichtig von uns, vorgeben zu wollen, dass wir keine Niederlagen kennen. Doch wir geben nicht auf, das ist das Wichtigste, denn wir glauben, dass das Glück der Menschheit möglich ist. Befreit vom Joch einer fruchtlosen und monotonen Arbeit und einer Erziehung, die nur auf Gehorsam und Pflichterfüllung aus ist, werden echte Verantwortung und Freiheit des Willens zusammen mit unserer Leidenschaft und unserer schöpferischen Kraft die einzigen Sterne sein, die wir als Führer in einer friedlichen Welt anerkennen.

Hier, in diesem Journal, sprechen wir nun schon seit so langer Zeit von dieser neuen Welt. Und immer zahlreicher sind diejenigen geworden, die an sie glauben.

Doch heute müssen wir von etwas sprechen, was zwar keine Niederlage ist, doch tiefe Erschütterung und Traurigkeit in uns auslöst.

Vor fünf Jahren haben dreihundert Männer und Frauen, Familien mit Kindern, die aus Frankreich, der Schweiz und Belgien herüberkamen, am Gestade des Trinity River in Texas, unweit von Dallas eine neue Stadt gegründet: Reunion. Es war der Grundstein für eine Gemeinschaft, in der unsere Ideen lebendig sein werden. Diese Menschen haben natürlich mit Schwierigkeiten zu kämpfen; nicht nur mit den gewöhnlichen Problemen, mit denen alle Siedler in diesem Land zu kämpfen haben – nein, es ist noch schwerer für sie, denn sie haben es mit einem Land zu tun, das noch nie gepflügt wurde, und mit den Geburtswehen eines ganz neuartigen Zusammenlebens. Doch ihre Herzen sind rein, und sie gehen mit glühender Entschlossenheit an ihr großes Werk.

Unter ihnen, in dieser Stadt Reunion, in der jeder gut ist, war Mr. Kramer ein echter Edelmann. Der Sanftmütigste unter den Sanftmütigen.

So hat also im Herzen ihres Traums der Blitz eingeschlagen, auf ihrem eigenen Grund und Boden, der allen dient, und in ihren Häusern, die allen offen stehen. Mit diesen Menschen zusammen verhüllen wir heute unser Haupt in Trauer. Doch betrifft die Trauer auch unser großes Vorhaben? Nein. Denn wir werden nicht aufgeben. Wir trauern um einen Mann, der für das stand, was wir lieben.

Er verkörperte die Hoffnung, und er trug die Hoffnung in seinem eigenen Herzen: Mr. Kramer, der edle Mensch, der grausam ermordet wurde.

Es war eine Bluttat von unbeschreiblicher Brutalität – als hätte der Mörder es nicht auf die Vernichtung eines Körpers abgesehen, sondern auf die Auslöschung eines Geistes: das, was in ihm war und mit seiner sterblichen Hülle nicht verschwinden wird.

Das Ungeheuer hat sein Ziel verfehlt. Denn wir bleiben. Zusammen feiern wir heute den Geist von Mr. Kramer, und wir sorgen dafür, dass er weiterlebt.

Der flüchtige Meuchler hat eine Botschaft hinterlassen. Er signierte sein abscheuliches Verbrechen. Nicht mit seinem Namen, o nein! Dazu fehlte es ihm an Mut. Doch mit einem Wort, einem einzigen Wort, geschrieben mit dem Blut seines Opfers. Es sollte uns zu denken geben.

Überleben.

Ist diese Botschaft an uns gerichtet? Ich glaube nicht. Denn wir leben für einen größeren Traum, wir kämpfen für ein besseres Leben.

Dieses Wort ist nur ein Bild des menschlichen Monstrums, das dieses Verbrechen begangen hat. Denn ein Wesen, das zu einer solchen Tat fähig ist, lebt nicht, es überlebt nur, und zwar auf einer viel niedrigeren Ebene als die, die wir zu erreichen suchen. Während wir uns Schritt für Schritt einem höher entwickelten Zustand nähern, verharrt dieser Mörder am Fuß der Stufenleiter. Er ist ein Tier, das nur überlebt, stumpf und ohne Bewusstsein.

Er lässt eine traurige und schockierte Gemeinde zurück. Doch diese Gemeinde wird noch da sein, wenn die Erinnerung an sein Verbrechen längst verschwunden ist. Mr. Kramer liegt nun in der Erde des Landes, das sein Traum war, und es wird dort immer jemanden geben, der sein Grab besucht, während das Tier, das seinen Tod verursachte, in irgendeinem verlassenen Winkel einsam sterben wird. Soll der Mörder sich sein eigenes Grab schaufeln und darin vermodern! Wir bleiben an der Seite des edlen Mr. Kramer und halten ihm die Treue.

Wir tragen Trauer um einen Menschen, nicht um unsere Ideen, und bald wird diese Trauer verblassen vor dem Glück, das von uns erschaffen wird. Möge der heutige Beitrag für diese Chronik, liebe Leser und Freunde, dazu beitragen, dass wir unsere Kräfte sammeln, um weiterzumachen. Unser Traum lebt.

1

»Er macht mir Angst.«

Franck zog sich seine Jacke an und setzte sich die Mütze auf den Kopf. Er stand in der Tür der Wohnung.

»Du sollst ihm nur zu essen bringen. Brauchst nicht mit ihm zu reden.«

»Das wird nichts ändern, Francky. Du weißt, dass ich ihn nicht mag.«

Mary hatte sich einen Schal übergeworfen. Sie hielt einen Korb mit Essen für ihren Mann in der Hand. Die *Sea Sergeant* lief aus und würde eine ganze Woche unterwegs sein.

»Du gehst einmal am Tag in die Hütte, legst ihm die Sachen hin und vergewisserst dich, dass es ihm gut geht.«

Mary senkte ärgerlich den Kopf.

»Ich mag es nicht, dass ihr so lange fortbleibt, und jetzt soll ich mich auch noch um ihn kümmern. Du bist der Einzige, der nicht begreift, dass er unnormal ist. Er macht uns nur Probleme.«

»Arthur ist kein schlechter Kerl, er hat nur ein paar schlimme Sachen erlebt. Sachen, die man sich nicht vorstellen kann. Und vergiss nicht, dass er die Hälfte des Bootes bezahlt hat. Wir müssen uns keine Sorgen mehr machen, und das haben wir ihm zu verdanken.«

Seine Frau hielt ihm den Korb hin, und er küsste sie auf die Wange.

»Was sagt dir der Pfarrer, wenn du in die Kirche gehst? Man soll den anderen helfen, stimmt's?«

»Er hat vielleicht gelitten, aber er hat auch andere leiden lassen. Er ist ein schlechter Mensch.«

Franck sah sie vorwurfsvoll an.

»Du verurteilst ihn, Mary. Das sieht dir gar nicht ähnlich.«

»Er macht mir Angst. Ich kann nichts dafür.«

Franck wurde ungeduldig. Im Hafen wartete Stevens schon auf ihn.

»Ich sag's dir noch mal. Du stellst ihm das Essen hin, und du schaust nach, ob es ihm gut geht. Er hat seit zwei Wochen kein Wort von sich gegeben, er hört es nicht, wenn man mit ihm spricht. Wenn du es nicht für ihn tun willst, tu es für mich. Ohne ihn würden wir immer noch jede Woche dasitzen und unsere Groschen zusammensuchen.«

Mary stieg das Blut in die Wangen.

»Na gut. Ich werde es tun. Aber ich tu's nicht gern.«

Franck küsste sie noch einmal und öffnete die Tür.

»Francky! Du hast die Kinder vergessen!«

Murrend drehte er sich um und küsste die Kinder, die in der Küche vor ihrer Suppe saßen, um dann im Laufschritt die Wohnung zu verlassen und die Treppe hinunterzustürmen. Mary sah ihm nach und musste an sich halten, um ihm nicht viel Glück zu wünschen. Sie würde sich nie an die komplizierten abergläubischen Gebräuche der Seeleute gewöhnen, nach denen solche Wünsche nicht ratsam waren. Sie wollte ihm jedes Mal sagen, er solle vorsichtig sein, viele Fische fangen und bald zurückkehren. Aber sie hielt sich zurück und lauschte seinen Schritten im Treppenhaus, bis er, immer vier Stufen auf einmal nehmend, im Erdgeschoss angelangt war. In der noch dunklen Küche sah sie, eingehüllt in ihren Schal, den Kindern beim Essen zu. Bowman war nur zwei Mal zu Besuch gekommen. Das erste Mal, als er angefangen hatte, mit Francky und Stevens zu arbeiten, vor über einem Jahr. Er war mager gewesen und hatte eine kränklich-fahle Haut gehabt. Sein Blick war dem ihren ausgewichen. Das zweite Mal, einige Wochen vor Weihnachten, als er gekommen war, um zu sagen, dass er ihre Einladung für das Neujahrsessen annehmen werde, und gefragt hatte, ob er jemanden mitbringen dürfe. Eine Frau. Diesmal war er etwas kräftiger gewesen, hatte gesund und weniger verlegen gewirkt. Er war hochgewachsen und stark, schweigsam und beunruhigend.

Sie zog die Kinder für die Schule an und verabschiedete sich auf der Treppe von ihnen. Dann wechselte sie selbst ihren Schal gegen warme Kleider, füllte eine Einkaufstasche und machte sich auf den Weg. Die Sonne war gerade erst aufgegangen, und der kalte Wind trieb ihr Tränen in die Augen. Sie überquerte die Straßen von Limehouse in Richtung Hafen, bog bei den Lagerhallen ab und schlug im vergilbten, froststarren Gras den Pfad ein, der von Stevens', Francks und Bowmans Tritten gebildet worden war. Aus dem Schornstein der Hütte stieg dünner Rauch. Sie klopfte. Alles blieb still, und sie trat ein. Zuerst konnte sie im Halbdunkel nichts unterscheiden, dann tastete sie sich zu der Werkbank vor und legte die Sachen zum Essen darauf. Der ehemalige Soldat lag auf seinem Bett. Er hatte sich in die Decken eingewickelt. Seine Augen waren offen, und er starrte vor sich hin, ohne ihre Anwesenheit zu bemerken. Mary ging zur Tür zurück. Als sie draußen war, bekreuzigte sie sich. Doch danach machte sie sich den ganzen Tag Vorwürfe, dass sie kein Holz in den Ofen gelegt hatte und Bowman nicht gefragt hatte, wie es ihm ging. Er hätte sogar tot sein können, so starr war sein Blick gewesen. Abends war sie niedergeschlagen, sie schimpfte mit den herumtobenden Kindern und brachte sie früh ins Bett.

Am nächsten Tag ging sie wieder in die Hütte. Das Feuer war erloschen, und es war kalt. Bowman hatte das Essen nicht angerührt. Diesmal näherte sie sich dem Ofen, ohne dem Bettlägerigen nahe zu kommen. Die Briketts begannen bald zu glühen. Das Licht der Flammen huschte über das reglose Gesicht des Soldaten. Seine hellblauen Augen fixierten das Pulverhorn in seinen Händen, von dem Francky ihr einmal erzählt hatte.

Als das Feuer prasselte, schloss sie den Abzug.

»Ich komme morgen wieder, Mr. Bowman.«

Und sie kam wieder. Diesmal wartete sie so lange, bis die Hütte warm geworden war. Sie räumte ein paar Sachen auf und hoffte, dadurch Bowmans Aufmerksamkeit zu gewinnen. Aber es war nichts zu machen. Er blieb auf seinem Bett liegen, ohne sie zu sehen. Er hatte immer noch nichts gegessen. Bei ihrem vierten Besuch befand er sich an einer anderen Stelle, etwas näher am Ofen, offenbar, um sich aufzuwärmen. Das Feuer war wieder heruntergebrannt. Er hatte sich mit seiner Decke auf den Boden gelegt und ein wenig Brot gegessen. Mary beobachtete ihn längere Zeit. Sie setzte sich aufs Bett ihm gegenüber. Es war ein beeindruckender Anblick, dieser Mann, der gleichzeitig lebte und tot war und sie nicht sah. Wäre der ganze Hafen von Dunbar an seiner Hütte vorbeigeschwommen, er hätte keine Regung gezeigt. Der Ofen wurde sehr heiß, und Bowman stand auf, langsam, wie ein alter Mann mit schmerzendem Rücken, um sich wieder ins Bett zu legen. Mary sprang auf und machte ihm Platz. Sie flüchtete zunächst in einen Winkel, dann kam sie näher.

Er stank. Der aufgeknöpfte Kragen seines Hemdes ließ ein Stück seiner Schulter sehen. Mary biss sich auf die Lippe. Sie wollte einen Blick auf die Narben werfen, von denen Francky gesprochen hatte.

Mit angehaltenem Atem hob sie sein Hemd hoch und sah seine Schulter. Um ein Haar hätte sie laut aufgeschrien. Sie schlug sich die Hand vor den Mund. Mit der anderen Hand zog sie, neugierig und erschrocken, behutsam die Linie einer langen Narbe nach, die sich vom Nacken zum Oberarm zog. Arthur überlief ein Schauer – sie sprang auf und floh aus der Hütte. An diesem Abend betete sie lange.

Francks Frau glaubte an eine Welt, die Gott geschaffen hatte, an das Gute und an das Böse, an den Kampf zwischen diesen beiden Kräften und den notwendigen Ausgleich. Nur die Heiligen litten, ohne das Geringste dafür zu können, und Bowman gehörte sicher nicht zu den Heiligen. Vielleicht war er nicht mehr der Mann, der er einst gewesen war, aber diese Markierungen auf seinem Körper waren der Beweis dafür, dass er ein Ungeheuer gewesen war. Nach ihren Gebeten und nachdem sie bis spät in die Nacht von entsetzlichen Gedanken verfolgt worden war, schlief sie endlich ein, und am nächsten Tag weigerte sie sich, an ihren Traum zu glauben.

Gewöhnlich träumte Mary nicht. Oder nur von dem Tag, der gerade vergangen war, oder vom Tag, der folgen würde, und davon, was sie zu tun hatte, wie von einer Einkaufsliste. Dieser neue Traum war ganz anders.

Bevor sie sich zu der Hütte begab, ging sie in die Kirche und bat darum, mit dem Priester sprechen zu dürfen. Sie erzählte ihm ihren Traum, erklärte ihre Lage: Ein kranker Mann, den sie nicht liebte und um den sie sich kümmern musste. Der Priester sagte ihr, dass sie eine gute Christin und ihr Traum nichts Böses sei, vielleicht eine Art Vision.

»Aber dieser Mann macht mir Angst.«

»Dein Traum befiehlt es dir. Gott will, dass du ihm hilfst.«

In der Hütte begnügte sie sich damit, das Essen in die Nähe des Bettes zu stellen und sich um das Feuer zu kümmern, bevor sie wieder nach Hause ging. In der folgenden Nacht kehrte der Traum wieder, mit noch mehr beunruhigenden Einzelheiten. Als die Kinder aus dem Haus waren, bereitete sie sich vor, wie Gott es verlangte. Sie wusste, dass sie der göttlichen Weisung Folge leisten musste. Sie machte Wasser heiß, entkleidete sich und wusch sich in der Küche, kämmte ihr Haar, zog einen sauberen Rock und eine weiße Bluse mit hohem Kragen an und das Mieder, das Francky ihr zu Weihnachten geschenkt hatte. Sie verbarg ihre Kleider unter einem weiten Wintermantel und ließ die vertraute Straße rasch hinter sich.

Bowman saß auf dem Bett, das Pulverhorn auf den Knien, und starrte in die glühenden Überreste des Feuers. Er hatte ein wenig gegessen, ein paar Bissen. Sein Gesicht trug an diesem Morgen den Ausdruck einer tiefen Traurigkeit, sein Blick war furchtsam. Mary füllte den Ofen mit Briketts und öffnete den Abzug. Ihre Gesten waren nervös, und sie sprach beruhigend mit sich selbst:

»Keine Angst, meine Liebe. Tu nur, was du im Traum getan hast. Der liebe Gott will es. Versuch nicht, es zu verstehen, tu es einfach.«

In der Regentonne draußen war das Wasser, das vom Dach getropft war, von einer Eisschicht bedeckt. Sie zerbrach das Eis mit einem Stein und füllte ihren Eimer. Dann setzte sie einen Topf aufs Feuer.

»Tu, was der Pfarrer gesagt hat. Denk nicht darüber nach.«

Langsam stieg die Temperatur in dem armseligen Raum. Sie stand aufrecht vor Bowman, atmete angestrengt und fühlte sich eingezwängt in ihrem unbequemen Mieder. Es fehlte ihrer Stimme an Sicherheit, doch sie fasste sich und sagte heiser:»Sie werden mir doch nicht wehtun, Mr. Bowman?«

Arthur reagierte nicht. Er betrachtete das Pulverhorn.»Der Pfarrer hat gesagt, es ist eine Pflicht. Also, Sie tun mir nicht weh, nein?«

Sie beugte sich über ihn, begann, sein Hemd aufzuknöpfen, zog es ihm über die Arme. Dann hatte sie eine Art Déjà-vu. Abgestoßen vom Geruch dieses Körpers und angezogen von den Narben, richtete sie sich auf.

»Man muss sie waschen, Mr. Bowman. Ihre Verletzungen waschen.«

Sie kniete sich hin, tauchte ein Handtuch in das heiße Wasser, wrang es aus und rieb Seife darauf. Sie begann bei einer Schulter, wagte zuerst kaum, fester aufzudrücken, und wurde dann immer mütterlicher. Sie wusch die Arme, den Oberkörper und den Hals des hochgewachsenen Mannes. Dabei sprach sie wieder mit sich selbst:»Es ist, weil Sie Böses getan haben, aber der Pfarrer hat gesagt, ich soll Sie waschen.«

Sie breitete seine Arme aus, massierte seine Flanken, dann seinen Bauch. Schweißperlen standen ihr auf der Stirn. Sie zog ihr Mieder aus und legte es aufs Bett. Als sie ihn vornüberbeugte, um ihm den Rücken zu waschen, streifte ihre Brust seine vernarbte Schulter. Mary überlief ein Schauer.

Es gab diesen Teil des Traums, den sie dem Pfarrer nicht erzählt hatte.

Schweiß rann ihr vom Haaransatz über den Hals. Sie knöpfte sich die Bluse auf und trocknete sich mit dem Handrücken ab. Die Hitze setzte ihr zu, es war ihr schwindlig, und ihre resoluten mütterlichen Gesten wurden immer langsamer. Sie folgte mit dem feuchten Handtuch den langen Narben an seinen Schulterblättern, den Rücken entlang, und ihre Brüste drückten gegen seinen Arm.

Sanft nahm sie das Pulverhorn von seinen Beinen und legte es aufs Bett. Bowman folgte ihr mit den Augen.

»Sie werden nichts Schlechtes mehr tun, Mr. Bowman. Weder mir noch Franck noch irgendjemandem sonst. Ich werde Sie waschen, und danach gehen Sie.«

Sie legte ihm die Hände auf die Schultern und ließ ihn sich ausstrecken. Dann öffnete sie seine Hose und zog sie ihm aus.

Sie kniete sich vor das Bett, wandte den Blick von seinen Genitalien ab und begann, seine Füße zu säubern, seine Waden und seine vernarbten Knie. Dann wusch sie seine Oberschenkel. Auch die Genitalien trugen Spuren von Verletzungen. Sie tauchte das Handtuch erneut ins Wasser. Sein Gesicht war ausdruckslos. Unter den Händen von Francks Frau richtete sich sein Penis auf. Sie schloss die Augen, zwischen ihren Beinen kribbelte es. Sie stieß einen kleinen Schrei aus, erhob sich, warf eine Decke über Bowmans Körper und wandte sich vom Bett ab. Erneut musste sie sich den Schweiß von der Stirn wischen, und sie knöpfte ihre Bluse noch etwas weiter auf. Als sie an diesem Morgen erwacht war, waren ihre beiden Hände um ihre Brust gekrampft gewesen; ihre Hände bewegten sich nun auf die gleiche Weise wie in ihrem Traum, unter der Bluse weiter abwärts, sie streichelten ihre vom Feuer gewärmte Haut, ihren Schoß.

»Ich bin wahnsinnig.«

Ihre Finger spielten mit ihren hart gewordenen Brustwarzen, rieben und kniffen sie. Sie holte tief Luft, zog ihren Bauch ein, und eine Hand glitt unter ihren Rock. Ihre Beine trugen sie kaum mehr, sie rieb sich mit aller Kraft, schrak dann auf, als hätte man sie überrascht, verschränkte die Hände und legte sie auf ihren Mund. Dann ging sie wieder zum Bett, befeuchtete das Handtuch und wusch Arthurs Gesicht.

»Sie sind im Fegefeuer, Mr. Bowman. Und ich auch. Sie müssen jetzt gehen. Sie sind gewaschen. Wie in meinem Traum. Sie müssen gehen, und ich muss auch gehen.«

In dem festen Glauben, dass er sie nicht hörte, sprach sie weiter mit sich selbst:

»Im Traum habe ich Sie gewaschen. Und dann ... war da aber diese Liebe. Nicht Gottes Liebe. Eine ... die Liebe einer Frau.«

Ihre Brüste drückten sich gegen den Bettrahmen, und sie presste kniend die Beine zusammen.

»Aber ich kann nicht. Ich darf nicht.«

Das Handtuch war nicht mehr in ihrer Hand. Sie streichelte Arthurs Gesicht.

»Diese Frau ... die zu Ihnen kommen sollte. Wenn Sie wollen, kann ich sie holen.« Sie zog ihm die Decke weg, senkte den Kopf und legte die Wange auf seinen Arm.

»Ich kann sie holen.« Sie sprach immer leiser.

»Vielleicht gibt sie Ihnen diese Liebe. Ich kann es nicht.« Tränen rannen aus ihren Augen.

»Ich habe Angst vor Ihnen. Ich habe Sie verurteilt. Dazu hatte ich nicht das Recht, und jetzt ist es meine Strafe, mich um Sie zu kümmern. Ich werde diese Frau für Sie suchen. Und danach werden Sie fortgehen.«

Sie streichelte Arthurs Hals, murmelte wirre Worte, hob ihren Rock und rieb sich zwischen den Beinen. Sie küsste Arthurs Schulter, dann seinen Bauch, glitt weiter hinunter bis zu seiner Scham. Nie hatte sie so etwas mit Franck getan. Arthur bewegte sich nicht. Nur seinen Penis spürte sie hart zwischen ihren Lippen. Wie in ihrem Traum spürte sie ihn kommen, während sie ihn tief in sich aufnahm. Sie kletterte auf das Bett, hob den Rock bis zum Gesicht, um nichts sehen zu müssen, hielt ihn mit den Zähnen fest und setzte sich auf ihn. Seine Stimme ließ sie zusammenfahren. Mit gespreizten Beinen und bloßen Brüsten fiel sie zur Seite, auf den rohen Boden. Sie konnte sich nicht mehr beherrschen, schloss die Augen und unterdrückte einen Schrei. Arthur wiederholte mit schwacher Stimme dieselben Worte, die sie nicht verstand. Es dauerte ein paar Sekunden, bis sie wieder normal atmete. Der Schweiß auf ihrem Rücken fühlte sich plötzlich kalt an. Auf Knien bewegte sie sich zum Bett und legte ihr Ohr auf Bowmans Mund.

»Peevish. Pfarrer Peevish. Der Prediger. Peevish ...«

Mary schrie. Zwischen ihren Beinen tropfte es. Sie empfand Ekel. Wie eine Verrückte wirbelte sie durch die Hütte, suchte Kleidungsstücke zusammen, zog sich weinend an, warf sich den Mantel über und flüchtete im Laufschritt.

Am nächsten Tag war sie wieder da, fiebrig und zitternd. Arthur schlief auf dem Bett, das Gesicht zur Wand gedreht.

»Mr. Bowman? Hören Sie mich?«

Sie war an der Tür stehen geblieben.

»Sie dürfen nicht sagen, was passiert ist. Es war nichts, eine Verirrung. Ich wusste nicht, was ich tat... Ich hatte Angst. Werden Sie fortgehen?«

Er antwortete nicht. Auf der Werkbank, neben den Sachen zum Essen, sah sie einen Umschlag. Ein Brief, adressiert an den Priester der Kirche in der Herbert Street, in Plymouth. Mary bekreuzigte sich und nahm den Brief an sich. Sie schwor, nie wieder herzukommen.

Als Franck vom Fischen heimkam, lag seine Frau mit Fieber im Bett. Sie erzählte, dass sie sich auf dem Weg zur Hütte erkältet habe. Dass Bowman sich nicht gerührt und fast nichts gegessen habe, dass er aber einen Brief geschrieben habe, den sie zur Post gebracht hatte.

»An einen Pfarrer?«

»In Plymouth.«

Mary war müde und wollte nicht mehr reden. Franck insistierte: »In Plymouth? Ich glaube, er war dort, bevor er mit der Arbeit hier anfing. Hat er nichts gesagt?«

»Bitte, ich muss mich ausruhen. Ich habe alles gemacht, was du mir aufgetragen hast. Aber nun ich will nicht mehr dorthin. Nein, ich gehe nie mehr zu ihm. Bitte, lass mich jetzt schlafen.«

Franck bedrängte seine Frau nicht länger.

In den folgenden Tagen kümmerte er sich abwechselnd mit Stevens um Arthur. Der Sergeant schien sich ein wenig erholt zu haben. Gelegentlich hob er den Blick, wenn sie eintraten, und antwortete auf ihre Fragen mit Ja oder Nein. Er war nicht mehr das

Gespenst der ersten Wochen, doch er schien noch auf etwas zu
warten, was seine Kräfte endgültig zurückkehren ließ.

Mary war lange krank, doch auch sie kam wieder zu Kräften.
Nie wollte sie wissen, wie es Bowman ging.

*

Ende Januar kam ein Priester in den Hafen von Dunbar, der zwei
Fischer suchte, Franck und Stevens, die Eigentümer der *Sea Sergeant*. Man zeigte ihm den Platz, wo das Boot lag. Er stellte sich
den beiden Männern vor und fragte, wo er Arthur Bowman finden
könne. Die beiden Fischer, die Mützen in der Hand, wiesen ihm
den Weg zur Hütte und sahen der Gestalt des Geistlichen nach,
der rasch zwischen den Lagerhallen verschwand.

Er klopfte an die Tür der Hütte. Arthur betrachtete den weißen
Kragen, dann das Gesicht des Mannes.

»Wer bist du?«

»Ich bin Pfarrer Selby. Ich habe Ihren Brief bekommen, in der
Kirche.«

»Wo ist Peevish?«

Der junge Priester näherte sich dem Ofen. Bowman folgte ihm
mit dem Blick.

»Ich bin sein Nachfolger in der Gemeinde von Herbert. Darf
ich mich einen Moment aufwärmen, bevor ich Ihnen antworte?
Ich spüre meine Finger nicht mehr und kann kaum den Mund bewegen.«

Selby rieb sich die Hände über dem Feuer.

»Ich bitte Sie um Entschuldigung für diesen unerwarteten Besuch und dafür, dass ich Ihren Brief geöffnet habe. Aber, verstehen
Sie, Pfarrer Peevish hätte ihn nie bekommen. Nachdem ich ihn gelesen hatte, wusste ich, dass er Ihnen nicht würde helfen können,
und so habe ich mich dazu entschlossen, an seiner statt diese Reise
zu unternehmen.«

»Wo ist er?«

Pfarrer Selby lächelte.

»Er hat England verlassen. Vor über einem Jahr.«

»Er hat England verlassen?«

»Entschuldigen Sie, Mr. Bowman, aber in Ihrem Brief ist die Rede von einem Mord in London und von einem zweiten in Amerika. Ich habe das nicht verstanden, aber die Nachricht hat mich sehr beunruhigt.«

Der junge Mann entfernte sich ein wenig vom Ofen.

»Deshalb bin ich gekommen. Sehen Sie, Pfarrer Peevish war Anhänger der Lehren unseres Gründervaters, John Wesley, und ist ihm auf seinem Weg gefolgt. Er ist nach Amerika gegangen, um den Glauben der methodistischen Kirche zu verkünden. Da Sie von einem Mord schrieben, der dort geschehen ist, hielt ich es für wichtig, selbst mit Ihnen zu sprechen.«

Arthur setzte sich auf.

»Was sagst du da?«

Selby konnte nicht älter sein als fünfundzwanzig. Seine Haut war ebenso weich wie seine Stimme, und seine Hände waren frauenhaft zart. Er war blass, erschöpft von der Reise und voller Sorge.

»Pfarrer Peevish ist im September letzten Jahres nach Amerika gefahren. Sie müssen mir sagen, was ihn so erschüttert hat, Mister. Als ich Ihren Brief las, begriff ich, dass Sie und er vielleicht einen Mörder kennen. Ist Pfarrer Peevish dort in Gefahr? Bitte, Mister, sagen Sie es mir.«

»Im September?«

Arthur sah dem jungen Priester ins Gesicht.

»Direkt nach meinem Besuch?«

»Ihrem Besuch?«

»Direkt danach ist er gefahren?«

Selby setzte sich neben Bowman.

»Ich weiß wohl, dass ich diesen Brief nicht hätte öffnen dürfen. Ich schäme mich immer noch dafür. Doch gleichzeitig denke ich, dass es gut war. Niemand weiß, wo sich Pfarrer Peevish heute aufhält. Sie sagten, Sie bräuchten seine Hilfe. Er ist nicht da, aber ich bin hier. Sie können auf meine Verschwiegenheit zählen. Aber bitte, antworten Sie mir. Ist Ihr Freund, Pfarrer Peevish, in Gefahr?«

Als Stevens zur Hütte kam, war Bowman nicht mehr da. Seine Sachen fehlten nicht, doch der Raum war in Unordnung, alles lag drunter und drüber, und sogar das Bett und die Möbel waren verrückt.

Am nächsten Tag ging Franck zur Hütte. Sie war nun wieder säuberlich aufgeräumt, aber Arthur war immer noch nicht da. Auf dem Tisch lagen Geschenkpakete aufeinandergetürmt, mit darauf geschriebenen Namen. Für Stevens und für ihn selbst, für seine Frau und die Kinder. Daneben ein Umschlag, adressiert an die beiden Fischer.

Franck nahm die Geschenke und den Umschlag mit und gab den Brief seiner Frau zu lesen. Er selbst hatte nie lesen gelernt. Mary war bleich, das Blatt zitterte in ihren Händen, als sie zu lesen begann:

Das Boot gehört euch. Ich überlasse euch meinen Anteil.
Ich weiß nicht, wann ich wiederkomme. Alles in der Hütte gehört ebenfalls euch. Und das sind die Geschenke, die ich für Weihnachten gekauft habe.

Arthur

Franck ließ sich auf einen Stuhl sinken.

»Was soll das heißen?«

Mary schwieg.

»Er ist einfach gegangen? Abgehauen, einfach so? Zum Teufel, der Grund ist dieser Pfaffe, der bei ihm war! Erst macht er alles kaputt, und dann …«

Franck suchte den Blick seiner Frau.

»Verstehst du das? Hat er denn nichts gesagt, als wir auf See waren? Auch nicht zu diesem Brief an den Pfarrer?«

»Er hat kein Sterbenswörtchen gesagt, die ganze Zeit nicht. Eines Morgens habe ich den Brief gefunden und ihn zur Post gebracht, das ist alles.«

Mary ging zu den Geschenken und fand ein kleines, mit einem blauen Band umwickeltes Päckchen, auf dem mit der Feder *Für*

Mary geschrieben stand. Sie fühlte, was darin war, und riss das Papier auf. Ein Buch.

Franck war immer noch völlig verstört.

»Bist du sicher, dass er nichts gesagt hat? Und du weißt wirklich nicht, wohin er gegangen ist?«

Marys Stimme wurde eine Oktave höher.

»Hör auf, mich mit solchen Fragen zu löchern. Ich weiß nicht mehr als du! Und wenn er fortgegangen ist – was hätte uns denn Besseres passieren können?«

Sie nahm das Buch und verließ wütend die Küche, während Franck noch lange mit hängendem Kopf am Tisch saß.

2

Arthur betrat die große Halle der Bank Peabody & Morgan in der Commercial Street. Der Angestellte am Schalter erkannte ihn und bat ihn, sich einen Moment zu gedulden. Bald darauf kam er mit einem anderen Angestellten zurück, der eine lederne Mappe unter dem Arm hielt.

»Wir sind bereit, Mr. Bowman.«

Der Angestellte öffnete die Mappe und gab seinem Kunden eine Übersicht über ihren Inhalt.

»Kreditbriefe von Duncan, Sherman & Co., unseren Partnern in New York, eine Liste weiterer amerikanischer Banken, mit denen wir zusammenarbeiten. Ihr Billett der Cunard Line und die Fahrkarte für die Eisenbahn nach Liverpool. Am Bahnhof wartet eine Kutsche auf Sie, ein Zimmer im Hotel Atlantic ist reserviert. Und schließlich die Summe, um die Sie gebeten hatten, in Zwanzig-Pfund-Scheinen. Ist das alles zu Ihrer Zufriedenheit, Mr. Bowman?«

Wie bei Bowmans Besuch am Vortag wusste der Angestellte nicht recht, wie er sich diesem Mann gegenüber benehmen sollte, der das Gebaren eines Arbeiters hatte und mit einem kleinen Vermögen nach Amerika reiste, in einem Anzug, der schon bessere

Tage gesehen hatte. Es dauerte noch eine Weile, bis er Mr. Bowman erklärt hatte, was es mit den Kreditbriefen auf sich hatte, und bis dieser begriff, dass er mit dem Gegenwert dessen, was er bei sich trug, eine große Ranch und genügd Vieh für eine große Zucht kaufen konnte. Es waren Kreditbriefe im Wert von zweitausend Dollar, die dieser Mann in einen Reisesack steckte, der nicht einmal ein Pfund gekostet haben dürfte.

Am Bahnhof Euston bestieg Bowman einen Waggon der zweiten Klasse. Eine Stunde später, als der Zug die nördlichen Ausläufer Londons erreicht hatte, erklärte ihm ein Kontrolleur, dass er ein Billett besaß, das ihn zu einem Sitz in der ersten Klasse berechtigte, doch Bowman blieb dort, wo er war. Er öffnete seinen Reisesack und nahm die Mappe mit den Dokumenten heraus, denn plötzlich beunruhigte ihn der Gedanke, der Angestellte von Peabody könnte ihm auch ein Erster-Klasse-Billett für die Schiffsreise besorgt haben.

Er hatte eine Fahrkarte der dritten Klasse verlangt, und sein Gegenüber hatte nach Luft geschnappt.

»Solche Billetts verkaufen wir nicht, Sir. Und zudem werden Ihnen nur die Fahrkarten der zweiten und der ersten Klasse die Formalitäten von Zoll und Gesundheitsbehörde ersparen – in Liverpool wie auch in New York, wenn Sie ankommen.«

Eine Fahrkarte zweiter Klasse, Einzelkabine an Bord der *Persia*, Cunard Line, für den 27. Januar des Jahres 1860.

Unter dem gedruckten Bild des Schiffes – einem Zweimaster-Dampfschiff – stand der Slogan der Reederei: *Wir haben noch nie ein Leben verloren.*

Arthur las diesen eigenartigen Satz mehrere Male, und er dachte, dass auch die Ostindien-Kompanie solche Dinge hätte äußern können, in einer Werbeschrift vielleicht, für Männer, die in ihren Dienst treten wollten. Die Überquerung eines Ozeans per Schiff war so sicher wie die Fahrt in einen Krieg.

Er zog eine kleine Flasche aus dem Reisesack und schüttete die Hälfte ihres Inhalts hastig in sich hinein.

Da er nichts anderes zu lesen hatte, blätterte er die Papiere durch, die man ihm mitgegeben hatte. Die Liste der amerikanischen Banken, die Kreditbriefe, die er vor den anderen Reisenden verborgen hielt, und die Broschüre der Reederei Cunard. Die *Persia*, so hieß es darin, halte seit vier Jahren den Geschwindigkeitsrekord bei der Überquerung des Atlantik, sie brauche nur neun Tage, sechzehn Stunden und sechzehn Minuten dafür, weshalb man sie mit dem *Blue Riband* ausgezeichnet habe. Als Bowman nach seiner Befreiung von Madras nach London zurückgefahren war, war er vier Monate unterwegs gewesen.

Die *Persia* war ein riesiges Schiff mit einhundertzwanzig Meter Länge, und sie war auch das erste Schiff, das ganz aus Stahl bestand, es wog dreitausenddreihundert Tonnen und erreichte eine Geschwindigkeit von dreizehn Knoten. Zur Erzeugung dieser schwindelerregenden Schnelligkeit verfügte sie über einen dampfgetriebenen Motor mit der Kraft von dreitausend Pferdestärken, der auf der Überfahrt täglich einhundertfünfzig Tonnen Kohle benötigte. Bowman stellte sich dreitausend Pferde vor, die vor den Bug eines Schiffes gespannt waren und über die schäumenden Wellen galoppierten.

Zweihundert Kabinen gehörten zur ersten Klasse, fünfzig zur zweiten. Die dritte Klasse gab es nicht an Bord der *Persia*. Der Broschüre war außerdem eine Beschreibung von New York, der modernen Hauptstadt der Neuen Welt, beigelegt. Die Stadt schien ein Paradies für Geschäftsleute zu sein, denn es wurde dort überall die fortschrittlichste Technik verwendet, es gab an jeder Straßenecke wunderbare Gelegenheiten zum Reichwerden, unerschöpfliche wirtschaftliche Ressourcen, und jeden Tag wurden neue und immer höhere Häuser gebaut, die Unternehmen und Einwanderern aus der ganzen Welt Unterkünfte boten. Stiche des Hafens von Manhattan und des Hudson River illustrierten diese kleinen Texte. Es gab auch ein Bild vom Broadway in einem Artikel über touristische Aktivitäten, Theater und Tanzvergnügen, Konzerte und Ausstellungen. Bequeme Züge verließen die Stadt in alle Richtungen, nach Philadelphia oder Chicago, wohin man in nur wenigen Stunden gelangen konnte. Andere fuhren gen Westen, nach Saint

Louis, oder in den Süden, nach New Orleans. Von Saint Louis aus konnte man, zu Schiff auf dem Mississippi oder im Reisewagen, zur Entdeckung des Wilden Westens aufbrechen. Dort gab es große Ebenen und Indianer, die allesamt den Büchern Fenimore Coopers entsprungen schienen, die Bowman inzwischen gelesen hatte. Er blätterte die Broschüre bis zum Ende durch, ohne den geringsten Hinweis auf Texas zu finden.

Er trank seine Ginflasche leer und sah aus dem Fenster. Nach all den farbenfrohen Bildern Amerikas kamen ihm die bestellten Felder und Wiesen, die tristen und kalten Landschaften der Midlands sonderbar fremd vor.

Den Bahnhof von Birmingham erkannte er wieder. Dort hatte er zwei Stunden Aufenthalt. Die meisten Fahrgäste stiegen aus, neue nahmen ihre Plätze ein, und der Zug setzte sich wieder in Richtung Norden in Bewegung. Sechs Stunden später, bei Einbruch der Nacht, fuhr er in Liverpool ein. Ein Kutscher in Livree hielt eine Schiefertafel mit Bowmans Namen hoch, und Arthur stieg in eine Droschke. Als sie vor dem Hotel hielt, traute er seinen Augen nicht. Die Fassade des Atlantic war von Dutzenden von Lampen erleuchtet; das Eingangstor war aus Glas und goldglänzendem Messing und sicher drei Meter hoch. Als Bowman eintrat, war er schamrot und vermochte kaum, seinen Namen auszusprechen. Der Portier des Atlantic bestätigte die Reservierung und gab ihm den Schlüssel seines Zimmers im zweiten Stock.

In dieses Zimmer hätten Francks ganze Hütte und auch noch das Gärtchen davor hineingepasst. Arthur stand wie erstarrt auf der Schwelle, bestaunte den Stuck an den Decken, das riesige Bett und die bestickten Decken, die gusseisernen Heizkörper, die prächtigen Teppiche, den großen Spiegel über einer Kommode mit goldenen Verzierungen. Er nahm sich vor, sein Geld zu zählen, um sicher zu sein, dass ihm nach der Bezahlung der Rechnung für den Aufenthalt in diesem Palast noch genug übrig blieb. Neben dem Bett hing eine Kordel von der Decke. Er nahm sie in die Hand und zog daran. Die Kordel war an einer Feder befestigt und schwang wie von selbst wieder zurück. Bowman sah sich um, als müsste sich irgendwo eine geheime Falltür öffnen, aber nichts dergleichen passierte. Er setzte sich auf das Bett, dem Spiegel gegenüber, und betrachtete ratlos sein eigenes Gesicht. Was tat er hier? Als es an der Tür klopfte, sprang er auf. Man hatte ihn aufgespürt. Jemand hatte sich geirrt. Sein Hotel war anderswo, weiter die Straße hinunter, zum Hafen hin, irgendeine kleine Absteige, die besser zu ihm passte.

Er öffnete, und ein Junge in Uniform mit einem Käppi auf dem Kopf fragte nach seinen Wünschen.

»Wie?«

»Sie haben geklingelt, Sir. Was wünschen Sie?«

Bowman betrachtete die Kordel mit der Feder.

»Ich ... das war ein Versehen ...«

Der Junge betrachtete Bowman neugierig.

»Nicht schlimm. Brauchen Sie wirklich nichts?«

Diesem schlecht gekleideten Gast gegenüber erlaubte sich der Diener einen etwas freieren Ton. Bowman zögerte.

»Könnte man hier etwas essen?«

»Kein Problem. Ich werde Ihnen die Speisekarte bringen.«

»Speisekarte?«

Der Junge runzelte die Brauen.

»Es gibt Fleisch mit Sauce, mit Gemüse. Ist Ihnen das recht?«

Bowman kam sich lächerlich vor, aber er bejahte.

»Und etwas zu trinken.«

»Wein, Sir?«

»Ja – und Gin, ist das möglich?«

»Eine Flasche, Sir?«

»Eine ganze?«

»Die Herren hier trinken gewöhnlich nicht aus Fingerhüten. Ich hole jeden Tag viele Kisten aus dem Keller, Sir. Und wenn Sie mich fragen – bitten Sie um ein Bad. Dafür müssen Sie nicht extra zahlen.«

Der Junge verschwand den teppichbelegten Gang entlang, und Bowman starrte ihm nach.

Eine Stunde später ließ er sich in eine Wanne mit heißem, parfümiertem Wasser sinken. Dann aß er auf dem Bett und bemühte sich, die Sauce nicht zu verschütten. Er zündete sich eine Pfeife an und öffnete die Ginflasche. Auf dem Rücken liegend, betrachtete er die tanzenden Kerzenflammen auf der Kommode, die der Spiegel zurückwarf. Da er nicht schlafen konnte, holte er schließlich Tintenfass und Feder aus seinem Reisesack, entfaltete ein Blatt Papier und las noch einmal, was er geschrieben hatte:

Arthur Bowman. London. 1858.
26. September.
Ich habe sieben Adressen gefunden.
  Noch zwei.
  Wright und Cavendish haben mir befohlen, zehn Männer auf der Healing Joy *auszuwählen.*
  Der Erste, den ich ausgewählt habe, ist der Prediger gewesen, und jetzt ist er der Letzte auf der Liste von Reeves. Aber ich habe Penders noch nicht gefunden.
  Mit der Liste bin ich fast fertig, aber ich weiß nicht, ob ich etwas finde. Und was ich mache, wenn ich nichts finde.
  Ich habe Young gefunden. Er war auch wahnsinnig.
  Ich bin geflüchtet, ich versteckte mich in einem Boot, und ich hatte die ganze Nacht Angst, dass die Arbeiter mich finden würden.
  Jetzt bleibt nur noch Peevish übrig.
  Ich bin mir nicht sicher, weil er der Letzte ist, und gleichzeitig freue ich mich darauf, den Prediger wiederzusehen.

Er begriff nicht. Nach seiner Erinnerung hatte er alles erzählt, was ihm bei der Suche widerfahren war. Aber jetzt waren es nur diese paar Zeilen, die so wenig sagten, ein lakonisches Resümee der letzten beiden Jahre seines Lebens.

Er dachte einen Augenblick nach, setzte sich auf einen Stuhl vor der Kommode und tauchte die Feder ein.

Ich habe eine amerikanische Zeitung gelesen, und darin stand geschrieben, dass es einen Mord derselben Art in einer Stadt in Texas gegeben hat.

Ich weiß nicht mehr, was danach passiert ist.

Franckys Frau ist in die Hütte gekommen, als ich einen Anfall hatte. Sie hat mich gewaschen, und dann hat sie gesagt, sie will eine Frau für mich suchen, und hat mich gleichzeitig mit ihrer Hand berührt. Ich konnte mich nicht bewegen, und sie sagte, ich solle fortgehen.

Ich habe an Peevish geschrieben, und sie hat den Brief mitgenommen. Ein anderer Pfarrer ist in die Hütte gekommen und hat gesagt, dass Peevish nach Amerika gegangen ist, nachdem ich ihn in der Kirche besucht hatte.

Peevish hat gelogen, und ich hatte geglaubt, ich suche Penders. Jetzt weiß ich nicht, ob er es ist oder der Prediger.

Ich habe Franck und Stevens einen Brief geschrieben. Das Boot gehört jetzt ihnen, und ich sagte, ich würde zurückkommen.

Ich habe ihnen die Weihnachtsgeschenke hingelegt und das Buch für Buffords Witwe, das jetzt Francks Frau bekommen hat.

Morgen nehme ich ein Schiff, das nach New York ausläuft, und es macht mir Angst, auf dem Meer zu sein und dorthin zu fahren.

Als er all das geschrieben hatte, las er es, auf dem Bett liegend, noch mehrere Male.

Am Morgen vor dem Auslaufen wartete er in der Kälte am Pier der Cunard Line. Er war nicht der Einzige.

Sie hatten die ganze Nacht dort verbracht. Eine große Menge Männer, Frauen und Kinder, alt und jung. Decken über den Schultern, Säuglinge unter den Mänteln versteckt, hatten sie sich schweigend erhoben, als der Morgen graute, und nun zitterten sie vor Kälte. Schneeflocken trieben in der Luft. Mit noch vom Schlaf geschwollenen Augen hatten sie vor den Dritte-Klasse-Büros der Cunard Line lange Schlangen gebildet. Drei- oder vierhundert Menschen, eng aneinandergedrückt, mit billigen Koffern in den Händen. Langsam rückten sie in den Dampfwolken, die die Schornsteine der Schiffe ausstießen vor, Zentimeter um Zentimeter, nervös und müde.

Bowman hatte sie überholt, als er das Gebäude durch die Tür für die zweite Klasse betreten hatte. Vor seinem Schalter stand niemand. Ein Angestellter hatte seine Fahrkarte geprüft. Dann fragte er nach seinem Namen, Geburtsdatum, Geburtsort. »Arthur Bowman. 1824. London.«

Bevor sie einen Schalter erreichten, mussten die Aspiranten der dritten Klasse Tische passieren, an denen Cunard-Angestellte und Ärzte saßen, die sie untersuchten. Zähne, Ohren, Haare. Sie mussten husten, und ihre Lungen wurden abgehört. Bei jedem zehnten oder fünfzehnten Anwärter gab der Arzt ein Zeichen, worauf der Auswanderer mit gesenktem Kopf und mitsamt seiner gesamten Familie – falls er sich nicht allein auf den Weg gemacht hatte – den Rückweg antreten musste.

Arthur fragte den Angestellten hinter dem Schalter: »Kann man auf dem Schiff krank werden?«

»Der amerikanische Zoll erhebt Strafgebühren von hundert Dollar, die die Reederei bezahlen muss, wenn kranke Einwanderer zurückgeschickt werden müssen. Deshalb legen wir Wert darauf, sie vorher zu untersuchen. Aber machen Sie sich keine Sorgen, Sir, Sie fahren nicht auf demselben Schiff wie diese Leute.«

Auf der anderen Seite des Gebäudes befand sich der Ausgang, der direkt zum Pier führte. Zwei Schiffe warteten. Die *Persia*, die an ihrem Platz vertäut war und aussah, als würde sie sich nur ungern festhalten lassen. Mit ihrem Rumpf aus schwarzem Stahl schien sie dem anderen Schiff der Reederei hochmütig den Rücken zuzukehren. Dieses andere Schiff war ein Viermaster aus Holz, der bessere Tage gesehen hatte. Er ähnelte den bauchigen und langsamen Schiffen der Ostindien-Kompanie. Die Passagiere der dritten Klasse gingen an Bord dieses Segelschiffs. Zu beiden Seiten der Gangways standen Seeleute mit Spritzgeräten. Von Kopf bis Fuß von der Desinfektionslösung besprüht, liefen sie hustend und mit tränenden Augen weiter. Auch der Inhalt ihrer Koffer wurde desinfiziert. Danach verteilten sich die Leute im Frachtraum, in dem sie fünf oder sechs Wochen lang eingesperrt bleiben würden. Arthur schätzte, dass auf diesen Reisen wohl ebenso viele Engländer starben wie einst Sepoys bei den Überfahrten der Kompanie. Einer von zehn. Von den Kindern nicht zu reden.

Wir haben noch nie ein Leben verloren.

Die *Persia* war noch völlig leer. An der Gangway zeigte Bowman sein Billett einem Offizier, der einen Schiffsjungen heranpfiff. Er war der erste Passagier, der an Bord ging, vier Stunden vor dem Auslaufen. Er folgte dem Jungen in der Matrosenuniform mit den zu kurzen Ärmeln und kam am Sockel eines großen rotschwarzen Schornsteins vorbei, der ein wenig Dampf ausstieß. Er spürte die Vibration des Motors im Leerlauf, die Kolbenstöße im Sekundentakt, die sich anhörten wie die Herzschläge eines Ochsen. Seine Kabine befand sich weit unten im Schiff, mit einem Bullauge direkt oberhalb der Wasserlinie. Ein Bett, ein Tisch, ein Schrank und ein Bad. Ein emailliertes Waschbecken, Toilette mit Handpumpe und Dusche. Der Schiffsjunge sagte, es gebe auch warmes Wasser.

Arthur legte seinen Reisesack aufs Bett und gab dem an der Tür wartenden Jungen zwei Pence.

»Dieses Schiff ist wie ein Hotel, nicht?«

»Ja, Sir, ein Hotel auf dem Meer.«

»Kann ich in meiner Kabine auch etwas zu essen bekommen?«

»Ich weiß nicht, ob das in der zweiten Klasse möglich ist, Sir, aber ich kann fragen.«

Arthur betrachtete ihn einen Moment, dann gab er ihm ein weiteres Geldstück.

»Ich will zweimal am Tag etwas zu essen haben, hier, mit einer Flasche Wein. Gibt es eine Bar an Bord?«

»Selbstverständlich, Sir.«

»Kauf mir eine Flasche Gin. Ich will keinen Menschen sehen. Du bringst mir zu essen. Dafür bekommst du am Ende der Reise noch mehr Geld von mir.«

Der Junge entfernte sich im Laufschritt. Bowman schloss die Tür ab. Auch die weiß gestrichenen Wände waren aus Stahl und übertrugen die Vibration des Motors, der sich in unmittelbarer Nähe befand. Es war warm in dem kleinen Raum. Das Bullauge, vor dem ein Algenteppich schwamm, ließ sich nicht öffnen. Arthur hatte bis dahin noch niemals eine Dusche gesehen. Nun drehte er am Hahn und wartete, bis das heiße Wasser ihm die Hand verbrannte. Erst da konnte er an das Wunderding glauben. Er setzte sich an den kleinen Tisch, stellte das Tintenfass darauf und legte das Papier, das er gekauft hatte, und die *New York Tribune* darauf. Noch einmal blätterte er in der Broschüre der Reederei und vertiefte sich in den kleinen Plan der Stadt New York, den er darin fand. Diese Stadt war auf einer Insel erbaut worden, mitten in einem Netz aus Flüssen und Meeresarmen. Es befanden sich noch andere Städte, deren Namen auf dem Plan unleserlich waren, auf diesem von viel Wasser umgebenen Landstrich. Die Lage dieser Städte beunruhigte ihn. Der Hafen von New York lag in der Mitte eines Labyrinths, dessen Ausmaße er sich nicht vorstellen konnte.

Er zog Schuhe und Jacke aus, streckte sich auf dem Bett aus und trank die Flasche leer, die er im Hotel Atlantic gekauft hatte. Eine Stunde später hörte er über seinem Kopf Geräusche, dann auch im Gang. Andere Passagiere kamen an Bord. Nach weiteren Stunden ertönte endlich das Nebelhorn der *Persia*. Der Motor begann zu laufen und erschütterte den ganzen Rumpf, und die Temperatur in der Kabine stieg um mehrere Grade.

Als das Schiff sich in Bewegung setzte, starrte Arthur aus dem Bullauge. Er sah den Kai, den dort vertäuten Viermaster, und schwarze Wolken am Himmel, die in Richtung Plymouth zogen. Die ersten Wellen leckten an seinem Fenster. Die Küste Englands war zu erahnen, etwa zwanzig Meilen entfernt. Nach nur wenigen Stunden würde die Irische See hinter ihm liegen. Mit den höheren Wellen wurde es alle paar Sekunden finster, und Arthur entzündete die Öllampe, die an der Decke hing.

Jemand klopfte. Der Schiffsjunge brachte eine Flasche Gin.

»Ich habe sie auf Rechnung Ihrer Kabine gekauft, mein Herr,
Nummer 263.«

»Bring mir etwas zu essen. Brot, Speck und Obst. Wenn du
kannst, bring mir eine Zitrone.«

»Es gibt alles, was Sie wollen.«

Der Junge entfernte sich wieder. Er rannte ohne Mühe den
Gang entlang, obwohl die *Persia* immer heftiger rollte und schlin-
gerte und wie ein Rammbock, der gegen das Tor einer Festung
hämmert, immer wieder auf der Meeresoberfläche aufschlug. Das
war keine kleine Bö. Das Dampfschiff, dessen Motor auf Hochtouren lief, war in einen Sturm geraten.

Eine halbe Stunde später erschien der Junge mit einer Flasche
Wein, einem Laib Brot, Speck, Käse, einer Orange und einer Zitrone, alles in ein großes Tuch gebunden.

»Wie heißt du?«

»Chris.«

»Wie alt bist du?«

»Zwölf, Sir.«

Ein Junge mit scharfen Augen, gefeilten Nägeln und langen Beinen. Ein Schlaukopf.

»Wie sieht es draußen aus?«

»Wir haben einen Sturm erwischt, Sir, und ich glaube, das dauert noch eine Weile. Die Passagiere sind alle in ihren Kabinen, und
die Hälfte ist seekrank. Der Restaurant ist leer und die Bar auch.
Ich bin oft in Ihrem Gang. Wenn Sie etwas brauchen, klemmen Sie
einfach das Tuch in die Tür, und ich sehe nach Ihnen. Und in zehn
Tagen, wenn wir ankommen, geben Sie mir ein Pfund.«

Arthur holte ein kleines Messer aus seiner Tasche, teilte die
Orange in zwei Hälften und gab ihm eine davon. Der Junge schüttelte den Kopf.

»An Essen mangelt es mir hier nicht, Sir! Klemmen Sie Ihr
Handtuch in die Tür, wenn Sie etwas brauchen.«

Bowman setzte sich an den Tisch, las seine Notizen, tauchte die
Feder in die Tinte und passte seine Bewegungen dem Rollen des
Schiffes an.

Ich bin auf dem Schiff.
Die erste Schlacht in einem Krieg ist das Warten.

Er schnitt Brot ab, aß kleine Scheiben Speck dazu, schnitt die Zitrone in Viertel, biss in das Fruchtfleisch und rieb sich den Mund mit der Schale aus.

Als der Junge abends wiederkam, bat Arthur um ein wenig mehr zu essen.

»Und wie komme ich an Deck, ohne die anderen Passagiere sehen zu müssen?«

»Wenn Sie wirklich niemanden sehen wollen, gehen Sie den Gang entlang, dann links, und dann nehmen Sie die übernächste Treppe. Sie mündet beim ersten Mast an Deck, nah am Bug.«

»Kannst du mir eine regenfeste Jacke besorgen?«

Der Junge dachte einen Moment nach.

»Das kommt darauf an, Sir.«

Arthur gab ihm drei Shilling, worauf ihm Chris eine Jacke aus gewachstem Segeltuch brachte, etwas zu eng zwar, aber sie erfüllte ihren Zweck. Bowman zog Schuhe und Mütze an, steckte seine Kreditbriefe ein und streifte die Matrosenjacke über.

Auf den ersten Blick kam ihm das riesige Deck der *Persia* mit seinen Lichtern an den Masten wie ein ganzer Stadtteil vor, mit menschenleeren Straßen mitten auf dem Ozean. Gischt überspülte es wie Regenböen, und auf den Wellenkämmen ringsum spielte ruhelos das Lampenlicht. Das Schiff schien völlig ohne Besatzung vorwärtszukommen, und auch Passagiere ließen sich nicht sehen.

Arthur ging an der Reling entlang. Die Segel waren eingeholt worden, einzig der Motor kämpfte gegen den Sturm. Die Maschinen nahmen ein Drittel des gesamten Schiffes ein, und unter seinen Füßen konnte Bowman ihr regelmäßiges Stampfen spüren.

Auf dem Rückweg, im hellen Gang, musste er lächeln. In fast allen Kabinentüren klemmten Handtücher. Die Geschäfte liefen gut für den Schiffsjungen.

Arthur hängte seine Kleider zum Trocknen auf. Er nahm eine Dusche und ließ das warme Wasser lange über seine Narben laufen; dann legte er sich mit einer Flasche Wein nackt auf sein Bett. Die Kombination von Alkohol und Maschinenlärm erwies sich als beruhigend und heilsam. Er schief mehrere Stunden lang tief und traumlos.

Kurz nach Sonnenaufgang, als er sicher war, niemanden an Deck anzutreffen, ging er wieder ins Freie. Die Matrosen grüßten ihn, als wäre er ihnen schon ein vertrauter Anblick.

Am vierten Tag legte sich der Sturm. Der nach wie vor hohe Seegang machte der *Persia* nicht viel aus, doch er hinderte die Passagiere weiterhin daran, sich an der frischen Luft zu ergehen. Arthur aber verbrachte viele Stunden an Deck, wo er oft Pfeife rauchend an der Reling stand und ins Weite sah. Als das Wetter endlich besser wurde und die Sonne schien, blieb er in der Kabine. Nun kamen die Passagiere allmählich aus ihren engen Unterkünften, in würdiger Haltung, doch noch bleich, um auf dem Deck umherzuspazieren wie auf den Bürgersteigen von Westminster. Frauen mit großen Hüten führten sogar Hunde an der Leine, die sich ständig übergaben. Männer, Pfeifen oder Zigarren rauchend, grüßten einander, während sie mit langen Schritten auf und ab gingen und sich darüber unterhielten, wie schnell die *Persia* wohl sei. Nach den vergangenen Tagen, in denen sie sich von diesem Schiff so schlecht behandelt gefühlt hatten, nahmen sie es nun erst richtig in Besitz. Seine dreitausend Pferdestärken gehörten ihnen, und die neun Tage, sechzehn Stunden und sechzehn Minuten der Überfahrt waren genau auf die Geschäfte, die in Amerika auf sie warteten, abgestimmt.

Arthur stieg manchmal mitten in der Nacht an Deck, wenn er nicht schlafen konnte, und befand sich dann wieder auf seinem menschenleeren Boulevard mitten im Ozean.

Chris brachte ihm jeden Tag, was er brauchte, und informierte ihn über alles Wichtige.

»Morgen laufen wir ein, Sir. Der Sturm hat unsere Ankunft etwas verzögert. Normalerweise gehen unsere Passagiere um die Mittagszeit an Land. Das ist die beste Zeit, dann kommen alle, um

die *Persia* zu sehen. Aber diesmal kommen wir nachts an, kurz vor
Sonnenaufgang.«

Arthur bestellte zum letzten Mal etwas zu essen und zu trinken,
Dinge, die er mitnehmen konnte an Land. Als Chris nach einigen
Stunden wiederkam, gab Bowman ihm seinen Lohn.

»Mast- und Schotbruch?«

Der Junge lachte.

»Keine Sorge. Ich hab's gut getroffen. Besonders wegen des
Sturms. Hier, das hab ich im Restaurant geklaut. Am Abend vor
der Ankunft gibt es immer ein großes Fest.«

Chris gab Bowman eine Flasche Champagner. Er grüßte mit der
Hand an der Mütze und schlug die Hacken seiner Segeltuchschuhe
zusammen.

»Gute Reise, Sir!«

Er drehte sich um und ging. Arthur setzte sich auf sein Bett
und entkorkte die Flasche. Der Knall erschreckte ihn. Er trank
einen Schluck aus der Flasche, und der würzige Schaum prickelte
ihm auf der Zunge. Das Etikett war in einer Sprache verfasst, die
er nicht kannte. Er trank weiter, doch die spritzige Flüssigkeit
brannte ihm im Magen, und er hatte bald genug davon. Er streckte
sich aus, ohne schlafen zu können, und wartete ungeduldig auf
den Klang der Schiffssirene.

Als die *Persia* mitten in der Nacht anlegte, saß Arthur angezogen auf dem Bett. Den Reisesack hatte er zwischen den Knien,
und mit den Absätzen trommelte er ungeduldig auf den stähler-
nen Boden.

Er war als Erster an Bord gekommen und verließ das Schiff als
Letzter.

Nie war er so weit gereist, um ein Land zu erreichen, in dem
es genauso kalt war wie in England. Ein gelber Schein umgab die
Lampen der *Persia* in der dunstigen Luft, und der ganze Hafen
war von Raureif überzogen. Auch die Fenster und Türen des Emp-
fangsgebäudes der Cunard Line glitzerten. Die Stadt dahinter war
unsichtbar, eingetaucht in Nacht und Nebel. Arthur stellte den

Kragen seiner Jacke auf und folgte den Laternen, die zu den Zollbüros führten. An einem Schalter wurde er von einem uniformierten Mann nach seinem Namen gefragt.

»Und der Zweck Ihres Besuchs in den Vereinigten Staaten, Mr. Bowman?«

»Der Zweck meines Besuchs?«

»Geschäfte oder Einwanderung, Sir?«

»Ich bin gekommen, um jemanden zu treffen.«

»Jemanden?«

»Einen Verwandten.«

»Besitzt Ihre Familie die amerikanische Staatsbürgerschaft?«

»Ich weiß nicht.«

»Wünschen Sie, die amerikanische Staatsbürgerschaft zu erhalten, Mr. Bowman?«

»Wie bitte?«

»Sie können ein Formular ausfüllen, das beweist, dass Sie auf unserem Staatsgebiet eingetroffen sind. In fünf Jahren können Sie dieses Dokument einem Gericht unseres Landes vorlegen und darum bitten, amerikanischer Staatsbürger zu werden.«

Der Mann am Schalter sah ihm ins Gesicht.

»Wünschen Sie, dieses Formular auszufüllen?«

»Ich werde keine fünf Jahre bleiben.«

»Sie können sich dieses Dokument während Ihres gesamten Aufenthalts bei den staatlichen Stellen abholen. Willkommen in den Vereinigten Staaten von Amerika, Mr. Bowman.«

Er unterschrieb ein Blatt Papier, durchquerte das Gebäude und erreichte eine Straße, in der ein wimmelndes Durcheinander von Trägern und Reisenden herrschte. Menschen zwängten sich eilig in Droschken; große Lederkoffer wurden in Karren verfrachtet; die Passagiere der ersten Klasse, verstimmt durch diese wenig glanzvolle nächtliche Ankunft, gaben knappe Befehle, damit man sie so schnell wie möglich und möglichst weit von hier fortbrachte.

Bowman hielt einen Träger an.

»John Street? Die methodistische Kirche?«

»Die Kirche kenne ich nicht. Aber Sie brauchen nur der South

Street zu folgen, nach fünf oder sechs Blocks sind Sie in der John Street. Links. Aber an Ihrer Stelle würde ich zu dieser Stunde dort nicht hingehen.«

Der Träger hatte keine Zeit mehr, ihm zu sagen, warum er ihm diesen Rat gegeben hatte. Er musste weiterarbeiten.

Arthur folgte der Straße und verschwand im Nebel. Der Morgen graute, ein heller Schimmer tauchte im Osten auf. Die Straße führte am Rand der Kais eines riesigen Hafens entlang, und er erahnte die Umrisse der dort vertäuten Schiffe, ihre hohen Masten im Nebel. Linker Hand reihten sich Lagerhäuser und Speicher aneinander, geschlossene Tore, Namenszüge von Unternehmen auf Steinmauern.

Arthur hatte vergessen, die Straßen zu zählen, und bog irgendwann nach links ab, ohne zu wissen, wo er sich befand. Er sah keine zwanzig Meter weit und kam an Häusern vorbei, deren Höhe er nicht abschätzen konnte. Menschen tauchten vor ihm auf, Arbeiter, Handwerker. Es war die Stunde, zu der die Ersten von ihnen angeheuert wurden. Die Mützen in die Stirn gezogen, die Hände in den Taschen, gingen sie schnell, um die Kälte zu verscheuchen, die ihnen in die Knochen kroch. Bowman bog an der nächsten Kreuzung noch einmal ab und fand sich bald auf einer größeren Straße mit etwas besserer Sicht wieder. Hinter einem Zaun erstreckte sich ein Park. Kahle Bäume schienen sich mit krummen Fingern dem fahlen Licht des Himmels entgegenzustrecken, während ihre Stämme sich noch im dichten Nebel verbargen. Niemand war unterwegs. Auf einem Schild las er: *City Hall Park.*

Er ging ziellos weiter. Dampfwölkchen kamen aus seinem Mund und vermischten sich mit dem Nebel, der ihm wie die schwere zähe Atemluft der schlafenden Stadt vorkam. Dann nahm er ein fernes Gemurmel wahr, wie das leise Rieseln eines Bachs oder das Rascheln eines Stücks Stoff. Es kam ihm irreal und geisterhaft vor, vielleicht, weil er so müde war. Er hielt an, um zu lauschen. Nein, er träumte nicht. Der schwache Ton wurde immer lauter. Er ging in der Mitte der leeren Fahrbahn und bog in die Straße ein, aus der das seltsame Geräusch kam. Eine dunkle Masse schälte sich aus dem Nebel, und nach und nach nahm sie immer mehr Raum ein. Arthur wich zurück, bis er in seinem Rücken die Gitterstäbe des Zauns spürte, der den Park umgab.

Frauen tauchten auf, die sich bei den Händen hielten. Ihre Kleider und ihre leichten Schritte riefen jenes irreale Geraschel oder Geriesel hervor, das er gehört hatte und das nun die schweigende Stadt erfüllte. Es war ein langer Zug, und er kam immer näher. Es mussten Hunderte Frauen sein, vielleicht Tausende. Schwarze Kleider bis zum Boden. Die Gesichter ernst und blass. Sie trugen Kittel über ihren Kleidern. Arbeiterinnen.

Er machte kehrt und lief vor diesem schweigenden, rasch vorwärtsdrängenden Strom davon. Der Nebel wurde zögernd heller. Ein Stimmenchor erhob sich, der immer lauter wurde. Hunderte sanfter Stimmen, langsam eins werdend, verwandelten sich in einen grollenden Donner:

»Zum Rathaus!«

»Zum Rathaus!«

»Die Textilarbeiterinnen streiken!«

Arthur ging am Zaun entlang, auf der Suche nach dem Eingang des Parks. Dann hörte er andere Geräusche. Diesmal wusste er sofort, worum es sich handelte. Nur zwanzig Meter von ihm entfernt hatte eine Reihe Soldaten Aufstellung genommen. Dahinter ein marschierender Trupp. Ihre Stiefel schlugen regelmäßig auf das Pflaster, und ihre Gewehre zielten über die Köpfe und die Körper im Nebel hinweg. Bowman war plötzlich zwischen die Fronten geraten, auf der einen Seite die Soldaten, auf der anderen die Demonstrantinnen. Rasch bog er in eine kleinere Straße ein. Das Echo der gerufenen Parolen und der Soldatenstiefel hallte auch hier zwischen den Gebäuden wider. Er lief schneller. Plötzlich hörte er einen Befehl: »Stehen bleiben!«

Er gehorchte und lief zurück. Der Rhythmus der Soldatenstiefel hörte sich an wie Gewehrfeuer. Die Rufe der Frauen brachen ab, und das Geräusch ihrer Schritte war nicht mehr zu hören. Dreißig Meter trennten sie von den Soldaten. Einige Sekunden lang war nichts zu hören. Die Atemwolken der Männer und der Arbeiterinnen mischten sich in der kalten Luft. Die Frauen hatten rosige Wangen, doch ihre Augen blitzten unter ihren gerunzelten Brauen, und sie ließen einander nicht los. Die Soldaten standen aufrecht und reglos da, ohne sie anzusehen. Ihre Blicke fixierten einen Punkt oberhalb der Menge.

Arthur erkannte, wie nervös die Männer waren. Bestimmt hatten sie vor unbewaffneten Frauen keine Angst, und doch versetzte sie die Menge dieser aufgebrachten Arbeiterinnen in eine unbestimmte Unruhe. Es gab Alte und Junge unter ihnen, junge Mädchen, ältere Frauen, hübsch oder hässlich – doch alle waren sie wütend und aufsässig. Sogar einige schwarze Frauen waren unter ihnen. Viele trugen Kinder auf den Schultern.

Bowman kannte die Uniformen dieser Armee nicht, und er wusste nicht, welchen Rang der Mann hatte, der nun durch die Reihen seiner Männer nach vorn ging.

»Der Streik muss aufhören! Es wird nicht länger verhandelt! Wenn ihr weitergeht, eröffnen wir das Feuer!«

Eine Frauenstimme erhob sich. Sie erwiderte: »Unsere Kinder sind hungrig! Sie werden sterben, wenn sie nichts zu essen bekommen!«

Eine andere Arbeiterin rief: »Wir wollen mit dem Bürgermeister reden!«

»Ja! Er soll aus seinem Palast herauskommen! Mr. Woods! Wir müssen ihm etwas sagen!«

Und wieder riefen sie: »Zum Rathaus! Zum Rathaus!«

Der Offizier brachte sich hinter die Gewehre seiner Männer in Sicherheit.

Arthur sah zur anderen Straßenseite. Hinter den Gitterstäben des Parkzauns huschten Männer im Schutz der Bäume hin und her. Andere Soldaten nahmen zu beiden Seiten des Demonstrationszuges Aufstellung. Die Frauen waren von allen Seiten umstellt. Nach und nach erstarben ihre Stimmen. Eine Frau von etwa vierzig Jahren, das Haar zu einem Knoten geschlungen, trat vor die Soldaten.

»Bald werden die Männer mit uns ziehen! Die Stahlwerke werden für Streik stimmen! Ihr könnt uns nicht aufhalten!«

Sie machte noch ein paar Schritte auf die jungen Soldaten zu. »Soldaten! Bald werden auch eure Frauen und eure Kinder hungers sterben! Eure Mütter sind heute auf die Straße gegangen! Was wollt ihr hier? Geht nach Hause oder marschiert mit uns! Denn auch bei euch schuften sich die Menschen zu Tode und arbeiten für einen Hungerlohn, der zum Leben nicht reicht! Soldaten, mit uns!«

Die ersten Reihen der Arbeiterinnen nahmen den Ruf auf, und der ganze Zug stimmte ein.

»Soldaten, mit uns!«

»Soldaten, mit uns!«

»Zum Rathaus!«

Bowman war daran gewöhnt, Befehle zu hören, auch im Kugelhagel und im Granatenfeuer. Er hörte die Stimme eines Offiziers mitten im Aufruhr.

»Erste Reihe! Aufstellung!«

Zwanzig Soldaten knieten sich hin.

»Zweite Reihe! Gewehr anlegen!«

Vierzig Gewehre richteten sich auf die Demonstrantinnen. Auch die Soldaten im Park zielten auf sie. Im Zug hörte man Schreie: »Dort – im Park! Sie umzingeln uns! Wir müssen weg!«

Arthur wich zurück und ging hinter einer Mauer in Deckung.

In den ersten Reihen schlossen einige Frauen die Augen; andere weinten und zitterten; doch noch immer hielten sich alle bei den Händen. Sie rückten vor. Der ganze Zug kam in Bewegung. Die Gewehre der Soldaten zitterten. Der Offizier brüllte: »Feuer!«

Die erste Salve schien kein Geräusch zu verursachen. Weil niemand daran glaubte oder weil die Schreie der Arbeiterinnen genauso laut waren wie der Knall der Kugeln. Eine Rauchwolke füllte den Raum zwischen Aufständischen und Soldaten. Als sie sich verzogen hatte, hörte man Entsetzensschreie und gleichzeitig trotzig skandierte Parolen. Die Frauen in den ersten Reihen gerieten durch die auf der Fahrbahn liegenden Toten ins Stolpern und versuchten umzukehren. Vom Park her ertönte eine weitere Salve. Kugeln pfiffen durch die Gitterstäbe, zerschlugen die Scheiben eines Gebäudes. Diesmal verstummte der Chor der Demonstrantinnen endgültig. In blinder Panik schrien die Arbeiterinnen jetzt nur noch.

Bowman bedeckte den Kopf mit den Händen. Eine lange Minute verstrich, bevor die Frauen aufhörten, einfach kopflos durcheinanderzulaufen, und die Flucht in die entgegengesetzte Richtung antraten. Unterdessen wurden fünf weitere Gewehrsalven abgefeuert. Die kleine Straße war voller Menschen. Neben Bowman versuchten Frauen, verletzte Kameradinnen zu bergen und das Leben ihrer Kinder zu retten. Die Soldaten zielten aufs Geratewohl. Die Straße leerte sich, die Schreie der Demonstrantinnen waren kaum noch zu hören.

»Bajonette! Vorwärts, marsch!«

Die Soldaten drangen vor, übersprangen dabei die toten Körper der Frauen, die ihre Gewehre niedergemäht hatten. Als sie weit genug weg waren, ging Arthur in die Mitte der Straße, dorthin, wo es nach Rauch und Pulver roch. Die Leichen lagen auf dem Rücken oder auf dem Bauch, die Muskeln verkrampft im Todeskampf. Zerrissene Kleider bedeckten aufgeschürfte Beine und weiße Bäuche, langes, aufgelöstes Haar floss über den Boden und tränkte sich mit Blut. Bowman blieb stehen, ohne sich rühren zu können. Im Park sah er die letzten abrückenden Soldaten.

Jemand rief ihm zu: »Helfen Sie mir.«

Zu seinen Füßen lag eine junge Frau. Sie hatte sich zusammengerollt und sah zu ihm auf.

»Bitte, helfen Sie mir.«

Er drehte sie auf den Rücken. Sie hielt sich mit beiden Händen den Bauch. Er löste ihre Hände, hob ihr Kleid und sah sich die Wunde an.

»Helfen Sie mir.«

Er legte einen Arm unter ihren Kopf und den anderen unter ihre Beine. Sie wog fast nichts. Ein Mädchen von fünfzehn oder sechzehn Jahren. Blut tropfte auf seine Jacke, es dampfte in der kalten Luft.

Er setzte sie mit dem Rücken an eine Hauswand. Ihre Züge waren bleich, ihre Lippen ausgetrocknet. In seinem Reisesack hatte er nur eine halb volle Flasche Gin. Er fragte sich, wo er Wasser finden könnte, obwohl er wusste, dass es schon zu spät war. Er drückte die Hände auf den Bauch des Mädchens, um zu verhindern, dass sie noch mehr Blut verlor. Sie legte ihre Hände auf die seinen.

»Ich brauche einen Arzt. Bitte. Es tut weh.«

Sie sah ängstlich um sich, bat dann mit flehender Stimme: »Meine Eltern. Ich muss meine Eltern finden.«

Ihr Blick ließ ihn nicht los. Sie drückte seine Hände.

»Bitte.«

Mit schmerzverzerrtem Gesicht richtete sie den Oberkörper auf, stützte sich auf ihn. Ihre Stimme erstarb: »Meine Eltern ...«

Sie biss in seine Schulter, um nicht zu schreien. Das Blut versiegte. Sie schmiegte sich in seine Arme wie in die Arme einer Mutter. Ihr Atem ging stoßweise und wurde immer langsamer. Ihr Kopf fiel zurück. Die Muskeln des Halses erschlafften, und Arthur spürte das Gewicht ihres Schädels in seiner Hand. Sie sah ihn immer noch an.

Sie war zu jung, um in Frieden sterben zu können; und sie hatte Angst, allein zu bleiben.

»Ich kann nichts für dich tun, Kleines.«

Ihr Herz schlug immer noch, und sie flehte ihn an, etwas zu sagen. Als seine Hand ihrem Gesicht näher kam und sie sah, dass er sie auf ihre Augen legen wollte, versuchte sie, ihren Kopf zur Seite zu drehen.

»Schhh. Schau jetzt nicht mich an. Du musst keine Angst haben. Es ist das Ende, Kleines. Atme. Es gibt nichts mehr zu tun. Nur noch ein wenig Luft holen.«

Ihr Körper entspannte sich. Ihre Brust hob und senkte sich langsam, und dann spürte Arthur den letzten Atemzug, kurz und warm, wie ein Luftballon, der sich leerte. Seine Hand strich über ihr Gesicht und schloss ihre Lider. Er löste sich aus der Umarmung ihres toten Körpers und legte sie auf den Boden. Soldaten kamen, die die Leichen der Arbeiterinnen einsammelten und sie auf Karren luden. Die verletzten Frauen wurden auf dem Gehsteig aufgereiht, ohne Decken, und ohne dass sich jemand um sie kümmerte. Es war Tag geworden in New York. Arthur Bowman ging blutverschmiert die kleine Straße weiter. Ein unheilvolles Lächeln lag auf seinen Lippen, während er sich in Gedanken immer wieder die Frage stellte, ob das junge Mädchen, das er hinter sich gelassen hatte, wohl das Formular ausgefüllt hatte, mit dem sie ihren Wunsch bekunden konnte, amerikanische Staatsbürgerin zu werden.

*

Die Kirche in der John Street war ein schlichtes, fast quadratisches Bauwerk aus schwarzem Stein. Einzige Zierde der Fassade war ein vorspringender dreieckiger Giebel. Hohe, schmale Fenster umgaben das Eingangstor. Das Ganze sah aus wie ein seltsamer Monolith im tiefen Schatten zwischen zwei Wohnhäusern.

Auch im Innern war es dunkel. Kerzen brannten zu beiden Seiten des Kirchenschiffs, und auf den Bänken saßen alte Leute, in ihre Gebete versunken. Vor dem Altar sprach ein Priester mit einem jungen Paar. Es war ein alter Mann mit nur noch wenigen weißen Haaren auf einem fast kahlen Schädel. Er lächelte.

Während er wartete, hörte Arthur einige Worte des Gesprächs. Das Paar bereitete offenbar seine Hochzeit vor und besprach alles dazu Nötige mit dem Geistlichen.

Als sich die beiden jungen Leute verabschiedet hatten, trat Arthur zu dem alten Mann.

»Kann ich Sie sprechen?«

»Natürlich, mein Sohn. Worum handelt es sich?«

»Pfarrer Selby aus Plymouth hat mir diese Adresse gegeben.«

Der Priester lächelte.

»Es tut mir leid, diesen Pfarrer Selby kenne ich nicht. Ich bin Pfarrer Ryan. Kommen Sie aus England?«

Arthur wollte gerade antworten, als Ryan sich vorbeugte und seine Jacke in Augenschein nahm.

»Mein Gott! Ist das Blut? Sind Sie verletzt?«

Arthur sah auf seine Jacke hinunter.

»Es ist nicht mein Blut.«

»Was ist passiert, mein Sohn?«

»Ich habe einem Verletzten geholfen.«

Ryan legte eine Hand auf Bowmans Arm.

»Kommen Sie mit.«

Sie gingen um den Altar herum und betraten eine Kammer am hinteren Ende des Baus. Es war nur ein kleiner Raum voller Eimer und Besen, mit einem alten Tisch und drei Stühlen. Durch vergitterte Fenster fiel Licht herein.

»Setzen Sie sich.«

Pfarrer Ryan nahm einen Krug Wasser und zwei Gläser aus einem Regal und forderte seinen Gast zum Trinken auf. Arthur trank widerwillig. Das Wasser was eiskalt.

»Was ist passiert?«

»Ich bin zufällig in eine Demonstration geraten ...«

»Sie waren dort? Und wie geht es dem Verletzten?«

Arthur nippte noch einmal von seinem Wasser.

»Es war eine Frau. Ein Mädchen. Sie ist gestorben.«

Pfarrer Ryan bekreuzigte sich. Oft fand Arthur diese Geste lächerlich. Doch der Alte hatte sie weder mechanisch gemacht noch mit dem Ausdruck von Mitleid im Gesicht. Vielmehr schien er damit sagen zu wollen, dass diese Sache letzten Endes eine Riesenschweinerei sei.

Arthur öffnete seinen Reisesack und stellte die Flasche Gin auf den Tisch.

»Ich muss einen Schluck davon trinken. Sie auch?«

Ryan setzte sich ihm gegenüber und goss sich ebenfalls ein wenig Gin ein.

»Ich trinke nicht deshalb so wenig, weil es mir nicht schmecken würde, sondern weil mir seit einiger Zeit meine Leber zu schaffen macht. Schon zwanzig Jahre, um genau zu sein.«

Er hob sein Glas.

»Haben Sie Kleider zum Wechseln?«

Arthur nickte.

»Wissen Sie, wo Sie schlafen können?«

Arthur schüttelte den Kopf.

»Geben Sie mir Ihre Sachen. Ich lasse sie waschen, und Sie bleiben hier.«

»Das ist nicht nötig. Ich kann für ein Zimmer bezahlen.«

»Aber hier wird es Ihnen besser gehen.«

Arthur stand auf und zog, ohne groß zu überlegen, Jacke und Hemd aus. Als er mit nacktem Oberkörper dastand, bekreuzigte sich Pfarrer Ryan erneut. Eine Riesenschweinerei.

3

»Darf ich fragen, was Ihnen zugestoßen ist?«

»Es ist schon so lange her.«

»Sie wollen nicht darüber reden?«

»Seit einiger Zeit habe ich den Eindruck, ständig Pfarrern zu begegnen, die wollen, dass ich erzähle, und Verrückten, die wollen, dass ich den Mund halte.«

Der Alte senkte den Blick und drehte das Glas in Händen, als ob er zögern würde, seiner Leber einen weiteren Schluck Alkohol zuzumuten.

»Es gibt Momente, da glaube ich nicht an die Beichte, Mr. Bowman. Etwas Schmerzliches zu erzählen, führt oft nur dazu, dass der Schmerz noch größer wird. Wer Sie auch sein mögen, ich glaube nicht, dass Sie wegen dieser Narben Reue empfinden müssen.«

Bowman stopfte seine Pfeife und strich ein Zündholz an.

»Dessen bin ich mir gar nicht sicher.«

Der alte Priester lächelte.

»Wollen Sie das Vaterunser beten?«

»Da könnte ich auch in eine Geige pinkeln und darauf warten, dass Musik daraus wird.«

Das Lächeln des Geistlichen wurde breiter.

»Die besten Christen sind nicht immer dort, wo man sie vermutet, mein Sohn. Sie haben versucht, dieses junge Mädchen zu retten. Die meisten Menschen hätten die Flucht ergriffen.«

»Es war niemand da außer mir. Und ich habe sie nicht retten können.«

»Der Zufall ist etwas, das ich zu fürchten gelernt habe. Ich sollte Ihnen sagen, dass Gott solche Entscheidungen trifft, aber ich nehme an, dass Sie dann wieder die Geige ins Feld führen.«

»Ich habe gar nichts getan. Ich habe sie nur weggezogen und an eine Wand gelehnt.«

»Haben Sie ihr etwas gesagt?«

»Was kann man jemandem sagen, der stirbt?«

Pfarrer Ryan hatte sich in seinem Stuhl zurückgelehnt und beobachtete den Mann ihm gegenüber. Arthur hielt seinem Blick stand.

»Warum haben sie auf die Frauen geschossen?«

»Sie scheinen kein Mann von Illusionen zu sein, Mr. Bowman. Falls Sie sich über dieses Land noch falsche Vorstellungen gemacht haben sollten, sage ich Ihnen jetzt, wie es wirklich ist. Die USA sind keine junge Nation, sondern ein florierendes Menschenhandelsunternehmen. Diejenigen, die heute in Washington über die Befreiung der Sklaven debattieren, sind die Besitzer der Fabriken, in denen diese Frauen arbeiten. Sie sind es auch, die auf die Arbeiter schießen lassen. Im Süden kommt ein Weißer, der einen Neger tötet, nicht ins Gefängnis, aber ein Weißer, der einem Sklaven zur Flucht verhilft, vermodert in einer Zelle. Es steht alles im Gesetz, Mr. Bowman. Es gibt zu viele Arme. Dass sie sich zusammenschließen, kann man sich nicht leisten. Die Textilarbeiterinnen streiken schon seit drei Wochen. Die Arbeiter der Stahlwerke haben sich mit ihnen solidarisiert. Die Verhandlungen sind nicht weitergegangen. Wenn man über all die Streiks und Aufstände, die sich hier jedes Jahr ereignen, ehrlich berichten würde, gäbe es bald keine politischen Versammlungen mehr. Die Politiker würden es nicht mehr wagen, von Wohlstand zu schwafeln, aus Angst, einen

Stein an den Kopf zu bekommen. Und wenn es gerade einmal keine ökonomische Krise gibt wie die jetzige, die schon drei Jahre anhält, wird man immer Mittel und Wege finden, einen Krieg vom Zaun zu brechen. Es gibt so viele Fabriken, die nur für die Armee arbeiten, Waffen herstellen, Nahrung und Eisenbahnen für Soldaten produzieren.«

Der alte Priester beugte sich über den Tisch.

»Aber das alles wissen Sie schon, nicht wahr?«

»Ich kümmere mich nicht um Politik.«

»Sind Sie sicher, dass Sie dieser jungen Frau nichts haben sagen können?«

»Wenn man stirbt, ist man allein. Alles andere ist Unsinn.«

»Und Sie, Mr. Bowman, ich nehme an, Sie haben keine Angst davor, allein zu sterben, hier, in diesem Land, wo Sie niemanden kennen. Oder doch?«

Arthur schenkte sich und seinem Gegenüber nach.

»Ich kenne jemanden. Deshalb bin ich gekommen.«

»Sollten wir einen gemeinsamen Bekannten haben, Mr. Bowman?«

»Ich suche Pfarrer Peevish. In Plymouth wurde mir gesagt, dass er wahrscheinlich hier vorbeigekommen ist.«

Ryan schob das Glas von sich. Er kämpfte offensichtlich gegen seine Lust zu trinken an.

»Ja. Peevish.«

»Sie kennen ihn?«

»Er ist nur ein paar Tage geblieben.«

»Wissen Sie, wo er ist?«

»Ich habe keine Ahnung. Wenn wir uns auf die Reise machen, um zu predigen, lassen wir nicht von uns hören. Wir gehen dorthin, wo man uns braucht. Wir fahren in Städte, die zuweilen nur aus Zelten am Ufer eines Flusses bestehen. Die Kirche ist nicht mehr als eine Holzkiste unter einem Baum, und jeder, der lesen kann, kann dort Priester werden. Peevish ist vor über einem Jahr fortgegangen. Heute ist er vielleicht schon in Kalifornien, oder er wurde irgendwo im Wilden Westen verscharrt. Warum suchen Sie ihn?«

»Ich glaube, er war im November in Texas. In einer Stadt
namens Reunion.«

»Wie kommen Sie darauf?«

»Gibt es dort eine Kirche?«

»Ich sagte Ihnen bereits – eine Stadt in unserem Sinn, die vor
ein paar Monaten vielleicht noch existiert hat, kann heute bereits
verschwunden sein. Ich kenne diesen Ort nicht. Wissen Sie, was
Pfarrer Peevish dort wollte?«

»Es ist eine besondere Stadt. Eine Gemeinde, die nach utopischen Idealen lebt.«

Ryan lächelte.

»Viele Menschen versuchen, solche Gemeinschaften im Westen
zu gründen. Sie glauben, dort jungfräulichen Boden vorzufinden,
ohne religiöse und politische Autoritäten. Aber die idealen Ideen
stoßen hier bald mit der Wirklichkeit zusammen, Mr. Bowman.
Die Theoretiker, die Träumer und die Erleuchteten sind bald am
Ende ihrer Weisheit, es sei denn, sie legen sich eine Armee zu, wie
die Mormonen. Was wissen Sie von Reunion?«

»Es liegt in Texas.«

»Und?«

»Es gab dort einen Mord.«

Der alte Geistliche dachte einen Moment nach. Sein Lächeln
gefror, seine Stirn war gerunzelt.

»Mr. Bowman, ich möchte Ihnen gern einige Fragen stellen, damit Klarheit zwischen uns herrscht. Ich verlange keine Beichte,
aber bitte, vertrauen Sie mir.«

Arthur wich ein wenig zurück. Ryan verschränkte die Hände
auf dem Tisch.

»Haben Sie diese Reise unternommen, um jemanden zu töten?«

»Ja.«

»Suchen Sie Pfarrer Peevish, um ihn zu töten?«

»Ich weiß es nicht.«

»Wollen Sie ihn töten, ja oder nein?«

»Ich weiß nicht, ob er der ist, den ich suche. Peevish oder ein
anderer.«

»Diese Narben – suchen Sie denjenigen, der Ihnen die Wunden zufügte?«

»Nein. Aber dieser Mann hat die gleichen.«

Ryan wurde blass.

»Der Mörder von Reunion kommt aus derselben Hölle, die auch Sie kennenlernen mussten?«

Arthur biss die Zähne zusammen.

»Ja.«

Der Pfarrer bekreuzigte sich so langsam, als wollte er mit dieser vergeblichen Handlung nie mehr zu Ende kommen.

»Alle Priester, die in den Westen gehen, machen zuerst halt in Saint Louis, in Missouri. Derselbe Weg führt auch nach Texas. Ich gebe Ihnen die Adresse der methodistischen Kirche und den Namen eines dortigen Geistlichen, der Peevish vielleicht getroffen hat. Ich werde Ihnen ein Bett beziehen lassen, und morgen bringe ich Ihnen Ihre Kleider zurück. Sie werden auch etwas zu essen bekommen.«

Er erhob sich mit gebeugtem Rücken. Arthur stand ebenfalls auf.

»Ich werde für all das bezahlen.«

»Die Gemeinde wäre dankbar für eine kleine Spende, Mr. Bowman.«

Am Abend legte ein Chorknabe eine Matratze auf den Boden und breitete Decken darüber. Bowman bekam Brot und einen Teller mit Fleischragout, etwas Rum und Wasser. Der Junge sagte, er werde die Kirche jetzt zuschließen und morgens wiederkommen.

Mit einer Decke über den Schultern wanderte Arthur in der Kirche umher. Am Portal stehend, hörte er die Geräusche der Straße draußen. Er wärmte sich an den Flammen der Kerzen und nahm zwei von ihnen mit in die Kammer. Auf der Matratze sitzend, rauchte er Pfeife, trank Rum und sah zu, wie die Kerze langsam niederbrannte.

Am folgenden Morgen fand Pfarrer Ryan die Kammer leer vor.

Auf dem Tisch lag ein Brief, der mit englischen Silbermünzen beschwert war.

Pfarrer Ryan, wenn Sie die Eltern des toten Mädchens finden, geben Sie ihnen das Geld für die Beerdigung. Andernfalls ist es für Ihre Kirche.

Ich weiß nicht, ob es Peevish ist. Weil es noch einen anderen Sergeant gibt, und ich suche sie beide. Wir alle kommen aus dieser Hölle, von der Sie sprachen, und es ist traurig, dass Ungeheuer wie wir am Leben sind und dass Kinder auf der Straße sterben.

Vielleicht lasse ich von mir hören, vielleicht komme ich zurück.

Arthur Bowman

Ryan bekreuzigte sich. Er faltete die sauberen Kleider, die er gebracht hatte, sorgfältig zusammen und legte sie in den Schrank zurück.

*

Arthur kaufte eine neue Jacke aus Tweed, mit ledergepolsterten Schultern, eine dazu passende Hose, gefütterte Stiefel und ein Paar Handschuhe aus Bisonleder. Von seinen alten Kleidern behielt er nur die Kappe aus Öltuch. Am Ende beschloss er, auch noch einen langen schwarzen Mantel zu erwerben.

Als er die Bank Duncan, Sherman & Co. in der William Street 48 betrat, fiel er unter den vielen Kunden nicht auf. Am Schalter ließ er sich zwei Kreditbriefe auszahlen und erhielt zweihundert Dollar in Gold- und Silbermünzen, die man ihm in einer Lederbörse mit den eingeprägten Initialen der Bank aushändigte. Er fragte, wie er nach Saint Louis kommen könne, und mit der größten Selbstverständlichkeit wurde ihm gesagt: »Mit der New York Central Railroad. In zwei Tagen sind Sie in Chicago, und nach einem weiteren Tag in der Eisenbahn kommen Sie in Saint Louis an. Es ist die schönste Strecke im ganzen Land, Sir. Sie müssen einen Wagen nehmen, der Bahnhof ist am anderen Ende der Stadt.«

Bowman reihte sich in den Strom der Passanten auf dem Broadway ein, der am City Hall Park entlanglief. Er erkannte den Ort kaum wieder, der jetzt voller Menschen, Kutschen und Pferde war. Im Park sah er Spaziergänger, ganze Familien, fliegende Händler, die Krapfen verkauften, und Schuhputzer. Von der Schießerei war nicht das Geringste mehr zu sehen.

An der Kreuzung, an der jene kleine Straße abzweigte, entdeckte er am Fuß einer Mauer einen Frauenschuh mit offenen Bändern. Er hob ihn auf und drehte ihn in den Händen, dann warf er ihn auf einen Haufen alter Lumpen und setzte seinen Weg fort. Die Stadt war wie ein Militärlager angelegt. Gerade Linien und durchnummerierte Straßen. Der Broadway ging in die Park Avenue über, der er bis zur Kreuzung mit der 42. Straße folgte.

Im Innern des Grand Central Depot hätte man den Holzbahnhof von Plymouth dreimal unterbringen können. Für einunddreißig Dollar erwarb Arthur ein Billett der zweiten Klasse nach Chicago; in zwei Stunden fuhr ein Zug ab.

»Wenn Sie dort sind, müssen Sie eine neue Fahrkarte kaufen. Mehrere Eisenbahnlinien fahren nach Saint Louis. Sie müssen aber den Waggon nicht wechseln.«

»Muss man auf der Fahrt nach Chicago umsteigen?«

»Drei Mal, Sir.«

Überall gab es Läden, und Bowman setzte sich in ein Restaurant unter der Kuppel der großen Halle, wo er Fleisch und Bier bestellte und die Passanten beobachtete. Er kaufte eine Zeitung und las von der Kandidatur Abraham Lincolns bei der nächsten Präsidentschaftswahl. Aber er war zu zerstreut, um konzentriert lesen zu können. Er konnte sich nicht vorstellen, wie groß die Distanz zwischen New York und Chicago war. Wenn die Züge hier mit der gleichen Geschwindigkeit fuhren wie die englischen Eisenbahnen, kam er auf eine Strecke von Tausenden Meilen. Und dann kam noch die Strecke nach Saint Louis dazu, die letzte Etappe vor dem Westen, den Washington Irving so farbenreich beschrieben hatte.

Es wurde ihm schwindlig, als ihm klar wurde, dass die Vereinigten Staaten so groß waren wie Indien. Hier suchte er zwei Männer, die sich versteckten! Doch andererseits gab es in diesen riesigen Räumen nur wenige Transportwege; ganze Landstriche waren noch nicht besiedelt. Wer sich irgendwohin auf den Weg machte, musste diesen wenigen Routen folgen. Bowman begriff auch, dass sein ganzes Geld und seine neuen Kleider ihm sehr bald nichts mehr helfen würden. Penders und Peevish hatten kein Geld. Er musste reisen wie sie, dieselben Orte aufsuchen, die gleichen Transportmittel benutzen, um eine Chance zu haben, sie aufzuspüren. Er war sich mittlerweile fast sicher, dass sie außerhalb der großen Städte versuchen würden, ein Auskommen zu finden.

Er bestieg den Zug und fühlte sich erst besser, als die Grenzen der Stadt hinter ihm lagen und die Strecke ihn an Bergen und Seen vorbei und an den Ufern von reißenden Flüssen entlangführte. Er sah Landschaften vorbeifliegen, bis es Nacht wurde, und dann verwandelte sich die Welt in einen einzigen großen, dunklen und von Schnee bedeckten Wald. Die Bänke der zweiten Klasse waren mit Leder bezogen. Zunächst war es nach dem langen Sitzen eine Erleichterung, sich hinlegen zu können, doch nach kurzer Zeit warfen sich die Passagiere unruhig hin und her, weil ihnen der Rücken wehtat. Es war kalt in dem Waggon, und wenn der Zug sich in eine Kurve legte, ruckelte und wackelte alles. Zudem war es laut – nicht weniger laut als in der Kabine der *Persia*.

Nach langer Zeit döste Bowman, in seinen Mantel gewickelt und seinen Reisesack an sich drückend, ein; als er wieder wach wurde, war es immer noch Nacht, und der Zug wurde langsamer. Sie fuhren in einen von drei Lampen erhellten Bahnhof ein, irgendwo in diesem grenzenlosen Niemandsland. Der Schaffner ging durch die Waggons und verkündete, dass alle Reisenden aussteigen müssten, um den Zug zu wechseln. Bowman wartete auf dem Bahnsteig, auf dem ein eisiger Wind wehte. Zwanzig Minuten später kam ein anderer Zug, der auf einem zweiten Gleis haltmachte. Ein Mann mit einem Handkarren verkaufte Decken. Arthur gab ihm zwanzig

Cent und legte sich eine Decke über die Schulter; dann merkte er, dass es nur Baumwolle war, und kaufte eine zweite, die er um zehn Cent herunterhandelte.

»Warum müssen wir einen anderen Zug nehmen?«

Der Verkäufer blies in seine klammen Hände.

»Weil Sie die Eisenbahngesellschaft wechseln müssen, Sir. Alle haben unterschiedliche Gleisbreiten, deshalb braucht man jedes Mal eine neue Lokomotive.«

»Ich habe nur eine einzige Fahrkarte gekauft. Brauche ich noch eine?«

»Nein, Sir. Weil alle Gesellschaften eigentlich einer einzigen gehören, der New York Central von Vanderbilt. Sie kauft alle Gesellschaften des Nordostens auf, aber die Gleise haben sie noch nicht neu gebaut, deshalb muss man immer noch die Züge wechseln.«

Was sich nach dem Zugwechsel nicht änderte, war die Qualität der Sitze. Bowman legte eine gefaltete Decke auf den Sitz, rollte sich in die zweite ein und versuchte weiterzuschlafen. Am nächsten Tag sah er den ganzen Vormittag nur Nadelwald, unterbrochen lediglich von Forstbaracken. Der Schaffner sagte, dass sie bald in Rochester halten würden, um wieder den Zug zu wechseln, und dass er dort Zeit habe, wieder zu Kräften zu kommen.

Einige Meilen verlief die Strecke am Rande eines riesigen zugefrorenen Sees. Schneewirbel umtanzten die Fenster, und durch den Spalt zwischen den Waggons drang eisiger Zugwind. In Rochester hatte Bowman Zeit genug, um etwas zu essen und zu trinken einzukaufen. Den ganzen Nachmittag und die ganze Nacht folgte der dritte Zug, in dem er saß, dem Ufer des Sees. Im Bahnhof von Buffalo wurde frisches Wasser an Bord genommen, und es wurden Kohlen in die Lokomotive geschaufelt. In Cleveland bestieg er schließlich den letzten Zug mit Fahrziel Chicago, und am Ende dieser Reise stieg er aus, um eine Fahrkarte der Gesellschaft Saint Louis, Alton & Chicago Railroad zu erwerben. Einige Stunden später ging es weiter. Es war Nacht, und er sah nichts von dem Land, das er nun in südlicher Richtung durchquerte.

Er hatte erwartet, dass Saint Louis eine stillere Stadt sei. Doch es ging dort noch lärmender und ruheloser zu als in New York, trotz der Kälte, in der alles Flüssige sofort zu Eis gefror. Der Bahnhof war ein Knotenpunkt von riesenhaften Ausmaßen. Die Züge wurden mit Handelswaren beladen; Gespanne mit zwölf oder sechzehn Maultieren zogen lange Reihen von Fuhrwerken voller Kisten und Tonnen. Peitschen knallten, und Kutscher brüllten und fluchten. Der Bahnhof lag am Ufer eines Flusses mit braunem Wasser, der so groß war wie der Ganges oder der Irrawaddy, und an den Kais waren Dutzende von Schiffen vertäut, die aussahen wie Gebäude, drei Etagen hohe Dampfschiffe, von Stegen und Gerüsten umgeben. Die Waren wurden von den Zügen in die Schiffe gebracht und umgekehrt. Die Straßen waren nicht asphaltiert und von tiefen, gefrorenen Spurrillen durchzogen, in denen die Wagen schlitterten und holperten. Bowman hatte eine solche Hast noch nie erlebt. Es war, als würden alle Waren des Landes hier gleichzeitig ankommen und als würden die Bewohner von Saint Louis in größter Panik versuchen, sie wegzuräumen, damit sie nicht unter ihnen begraben wurden. Um sich in der allgemeinen Hektik verständlich zu machen, schrien alle. Und selbst die Tiere waren ständig unruhig und wütend, bäumten sich auf und schienen mit ihren verschiedenen Stimmen gegen die ihnen zugemuteten Anstrengungen zu protestieren. Bowman warf sich eine Decke über Schultern und Kopf und betrat einen Saloon, dessen Getöse man bis auf die Straße hörte.

Es war der Two Rivers Saloon, und auf einem Schild war zu lesen: *Zu jedem bezahlten Getränk ein Essen!* Dennoch war jedermann nur mit Trinken beschäftigt, und es standen nur wenige Teller auf den Tischen. Es ging fast so lebhaft zu wie auf einem Markt in Bombay. Die heiße, rauchgeschwängerte Luft reizte zum Husten. Hundert Menschen grölten und lachten. Bowman bahnte sich einen Weg zum Tresen, und ein Barmann fragte, was er wünsche.

»Bourbon.«

»Eine Mahlzeit dazu?«

Er konnte sich nicht entscheiden und wartete, bis der Barmann ein winziges Glas vor ihn gestellt hatte, um ihn zu fragen, wo die methodistische Kirche von Saint Louis sei. Der Barmann brach in lautes Lachen aus und wandte sich, ohne ihm zu antworten, anderen Gästen zu. Bowman leerte sein Glas und verließ das Lokal, und nach einem kurzen Weg auf einem aus Brettern gezimmerten Gehsteig betrat er einen Laden, den Rovers' General Store. Es gab dort Lebensmittel, Kleidung, Werkzeug, Tabak, Munition und Alkohol zu kaufen. In einem Glasschrank hinter dem Verkaufstisch wurden neue Waffen angeboten, Pistolen und Gewehre. Arthur wartete ein paar Minuten und trat dann an den Tisch. Der Ladenbesitzer, kahl und mit Kautabak im Mund, fragte gleichgültig nach seinen Wünschen.

»Ich brauche Tabak.«

»Wie viel?«

»Ein halbes Pfund. Und eine Flasche Bourbon. Nicht den billigsten, nicht den teuersten.«

Er bekam, was er verlangte, und bezahlte.

»Ich suche eine Kirche. Eine methodistische Kirche, hier in der Stadt. Sagt Ihnen das etwas?«

Der Ladenbesitzer sah ihn aufmerksam an und lächelte.

»Methodisten? Sie müssten in Manchester sein, mit all den anderen. Ich persönlich habe nicht die Zeit, dorthin zu gehen, aber eigentlich finde ich es bedauerlich. Wenn Sie einen Prediger suchen, stellen Sie sich einfach unter einen Baum und schütteln ein bisschen. Sofort fallen ein paar herunter.«

»Manchester?«

»Fünfzehn Meilen von hier, ein Camp außerhalb der Stadt. Wenn Sie wollen, besorge ich jemanden, der Sie hinbringt.«

»Das machen Sie auch?«

Der Mann schien erstaunt zu sein.

»Und wenn Sie ein Schiff suchen – kein Problem. Das Einzige, was Sie bei mir nicht finden werden, sind Frauen.«

Er lachte.

»Die kriegen Sie bei meinem Schwager, auf der anderen Straßenseite.«

Hinter einem Pferd, das so breit war wie eine Lokomotive, war ein Tilbury angeschirrt, gerade groß genug für zwei Insassen. Der Kutscher war dem Ladenbesitzer wie aus dem Gesicht geschnitten. Er trug eine Pelzmütze. Darunter war er kahl, und er hatte ebenfalls Kautabak im Mund.

»Sind Sie das, der Engländer? Hat mein Bruder Ihnen den Preis genannt? Bei mir nur mit Vorauskasse.«

Bowman gab ihm die Hälfte des vereinbarten Preises.

»Sind Sie immer so misstrauisch, oder passt Ihnen mein Schädel nicht?«

»Beides.«

Der Kutscher lachte und ließ die Peitsche knallen.

»Hü, Lincoln!«

»Ist das sein richtiger Name?«

»Nein, aber er ist so schlau wie ein richtiger Politiker. Er hört auf alles. Lincoln nenne ich ihn, weil Sie das sicher mögen. Sie sehen aus wie ein Republikaner.«

Er zog die Zügel an.

»Sie zahlen immer zu wenig.«

Das Pferd setzte sich in Gang, und der Tilbury machte einen Satz über die Spurrillen. Nach einiger Zeit trottete das Pferd gemächlich weiter, ohne sich um die Peitschenhiebe und die Rufe des Kutschers zu kümmern. Ab und zu senkte es den Kopf, hielt abrupt an, und der Mann auf dem Kutschbock verlor den Halt. Dann traf eine Ladung schwärzlich verfärbten Speichels den Rücken des Tiers.

»Du verfluchter Teufel. Also doch ein Demokrat. Haben Sie die auch in England?«

Das Land war flach, die Felder waren verwaist, die Obstbäume kahl. Auf dem steinigen Weg trottete das phlegmatische Politikerpferd standhaft und unbeirrt weiter. Der Kutscher hatte eine Flasche Rum entkorkt und trank in regelmäßigen Abständen, und als sie im Camp von Manchester anlangten, döste er vor sich hin.

Holzbaracken mit abgedichteten Fenstern, so weit das Auge reichte, und auf jeder dieser provisorischen Behausungen stand, mit der Hand gepinselt, der Name einer Glaubensgemeinschaft. Evangelisten, Baptisten, Adventisten, Bibelschüler, reformierte oder universelle Lutheraner, Katholiken – alle Repräsentanten des Gotteshandels waren vertreten. Ein Außenposten mit rauchenden Schornsteinen, improvisierten Ställen, roh gezimmerten Schulen und Kirchen, die sich nur durch ihre Aufschriften voneinander unterschieden. Um einen festen Kern von Hütten herum standen Zelte, und eingemummelte Gestalten liefen auf der Suche nach Wärme durcheinander. In der Mitte der Barackenstadt thronte die Kirche der Methodisten, das einzige Gebäude aus Stein, rot gestrichen, mit einem auf Säulen stehenden Vordach und einem weißen Glockenturm. In diesem provisorischen Dorf gingen die Geschäfte der Methodisten gut, und einen Gutteil ihres spirituellen Erfolgs verdankten sie wohl der Abwesenheit von Zugluft in ihrer Kirche. Bowman stieß dem Kutscher den Ellbogen in die Seite, worauf dieser die Augen weit öffnete und die Peitsche wieder knallen ließ.

»Ho, Victoria!«

Arthur schulterte seinen Reisesack und stieg aus.

»Es dauert nicht lange. Warten Sie hier.«

»Zu Befehl, Majestät.«

Eine Viertelstunde später verließ Arthur die Kirche. Der Kutscher hatte sich unter das Vordach geflüchtet und stampfte mit den Füßen auf, um sich warm zu halten. Im Tilbury legte Bowman die Decken beiseite, holte seinen Bourbon heraus und leerte ein Viertel der Flasche in einem Zug.

»Wie komme ich von hier nach Texas?«

»Nun, da gibt es das Schiff nach New Orleans, und von dort geht es dann weiter nach Houston, oder Sie nehmen die Butterfield-Post bis nach Fort Worth.«

»Die Butterfield-Post?«

»Postkutschen, sie transportieren auch Passagiere.«

»Ist Fort Worth weit von Dallas entfernt?«

»Keine Ahnung.«

»Und ist Fort Worth weit von hier?«

Der Kutscher sah Bowman ungläubig an.

»Was glauben Sie? Es liegen bestimmt sechshundert Meilen zwischen Texas und uns.«

»Was geht am schnellsten?«

»Sie haben es wirklich eilig, was?«

Die Reisewagen der Butterfield Overland Mail gingen zweimal in der Woche von Saint Louis ab, der nächstmögliche Termin war der folgende Morgen. Gegenüber dem General Store der Rover-Brüder vermietete ihr Schwager, der Betreiber des Freudenhauses, Zimmer für einen Dollar pro Nacht, plus Abendessen und Frühstück, falls man ein Mädchen mitnahm oder eine Flasche Schnaps kaufte. Die Schwester der Rovers war nicht kahl und wachte über die Kasse des Etablissements, sie hatte auch keinen Kautabak im Mund, war aber genauso hässlich wie ihre Brüder. Bowman erwarb das Recht auf eine Gratismahlzeit, nachdem er eine Flasche Bourbon gekauft hatte, dieselbe Marke wie bei den Brüdern, nur doppelt so teuer. Das Erdgeschoss bestand aus einem großen Raum mit Bar, in allen Punkten dem Two Rivers Saloon vergleichbar, außer dass es hier Vorhänge an den Fenstern gab, dass auf den Bänken Kissen lagen und viel weniger Menschen den Tresen umstanden. Die Mädchen ähnelten eher Dienstboten als Tänzerinnen; ihre Arbeit bestand hauptsächlich darin, die Gäste zum Trinken zu animieren. Und tatsächlich musste man viel trinken, bevor man es wagen konnte, sich hier in das Abenteuer einer Liebesnacht zu stürzen. Auch wenn die Mädchen freundlich und höflich waren, war man gut beraten, ihnen kein Lächeln zu entlocken. Sie hatten die schlechten Zähne des Elends und die traurigen Mienen von Müttern, die ihre Kinder verloren hatten. Im Vergleich zu diesem Ort unterhielten die Chinesen in London einen Palast, und ihre Dirnen waren Prinzessinnen. Bowman aß allein in einer Ecke, wies die Avancen der Mädchen zurück und ertrug den enttäuschten Blick der Wirtin.

Das Zimmer war sauber, das Bett ungemacht, und Briketts brannten im Ofen. Arthur legte sich schlafen, doch einige Minuten später klopfte die Rover-Schwester an seine Tür. Als sie sah, dass er tatsächlich vorhatte, allein zu schlafen, ging sie mit dem

Preis herunter und schlug vor, ihm eine wirklich nette Frau herauf-
zuschicken. Bowman fragte sie, ob die nette Frau auch eine Ro-
ver sei, worauf ihn die Wirtin türenschlagend verließ und er seine
Ruhe hatte.

Der Pfarrer der Kirche von Manchester hatte sich an Peevish
erinnert. Vor einem Jahr war der Prediger längere Zeit dort gewesen und seitdem noch zwei Mal, immer nur kurz, vorbeigekommen. Das letzte Mal vor fünf oder sechs Monaten, im Sommer,
danach war er nach Colorado abgereist. Der Pfarrer hatte gesagt,
Peevish habe nicht im Süden gepredigt, sondern irgendwo zwischen Oregon und Santa Fe. Er hatte hinzugefügt, dass Peevish ein
unermüdlicher Reisender sei und sich vielleicht in der Zwischenzeit doch nach Texas auf den Weg gemacht habe, ohne ihm davon
zu erzählen.

Bowman wälzte sich auf dem Bett hin und her und versuchte zu
schlafen. Je länger die Nacht dauerte und je mehr Alkohol die Wirtin unten verkaufte, desto betriebsamer wurde es in den Zimmern
des ersten Stocks. All die Geräusche hinter den Wänden und das
Knarren des Holzfußbodens erinnerten ihn an eine schwankende
Eisenbahn oder an ein Schiff bei hohem Wellengang.

4

An die Reisenden der Butterfield Overland Mail

*Der Genuss von Alkohol im Reisewagen ist verboten. Wenn Sie
trinken müssen, teilen Sie Ihre Flasche mit den anderen Reisenden.*

*Falls sich Damen im Wagen befinden, dürfen die Herren we-
der Zigarre noch Pfeife rauchen, denn der Rauch ist dem weib-
lichen Geschlecht nicht zuträglich. Kautabak ist erlaubt, aber
wir bitten, nicht gegen den Wind zu spucken.*

*Im Fall von Kälte und schlechtem Wetter werden Bisonfelle
verteilt.*

Schlafen Sie nicht an der Schulter Ihres Nachbarn. Schnarchen Sie nicht zu laut.
Feuerwaffen sind erlaubt, sollten jedoch nur im Notfall eingesetzt werden. Feuern Sie nicht zu Ihrem Vergnügen. Feuern Sie nicht auf wilde Tiere, denn das Knallen könnte die Pferde erschrecken.
Wenn die Pferde durchgehen, bleiben Sie ruhig. Wenn Sie aus der Kutsche springen, werden Sie nur Verletzungen davontragen und sich der Natur, feindlichen Indianern und hungrigen Kojoten ausliefern.
Folgende Gesprächsthemen sind verboten: Angriffe auf Kutschen und Indianeraufstände.
Männer, die sich Damen gegenüber unhöflich benehmen, müssen den Wagen verlassen. Denken Sie daran: Ein Fußmarsch zu Ihrem Fahrziel ist lang. Diese wenigen Hinweise mögen genügen.

Vier weitere Reisende saßen auf den Bänken des Wartesaals: ein junges Paar, das sich schweigsam etwas abseits hielt, mit dem Gepäck zu seinen Füßen; ein Zeitung lesender kleiner, rundlicher Mann mit Melone und rotem Gesicht in einem abgetragenen Mantel und ein älterer Mann, der, die Ellbogen auf seinen Koffer gestützt, ein Buch las. Arthur konnte den Titel nicht erkennen. Der Kutscher trug einen Halbpelz und war mit einem automatischen Karabiner bewaffnet. Er nannte sich Perkins und verkündete, dass alles bereit sei. Der Mann mit der Melone kannte ihn offenbar, sie begrüßten sich mit Handschlag.

Die Sitzbänke im Reisewagen waren kaum breit genug für jeweils drei Personen. Dicht gedrängt stapelten sich die Postsäcke auf dem Boden vor ihnen, die bis zu ihren Knien reichten. Die Fahrt nach Texas dauerte sechs Tage, und einige Empfehlungen der Butterfield Mail waren durchaus gerechtfertigt. Bowman setzte sich mit dem Alten und dem Mann mit der Melone auf die Bank mit dem Rücken zur Fahrtrichtung. Dem Paar überließen die Männer eine Bank für sich. Die Vorhänge vor den Fenstern verhinderten, dass man etwas von draußen sah, doch sie ließen den

Wind durch, der durch Saint Louis pfiff. Sobald die Fahrgäste eingestiegen waren, knallte Perkins mit der Peitsche, und die Kutsche setzte sich in Bewegung.

Der kleine dicke Mann hieß Ernst Dietrich, war Viehhändler und fuhr nach Fort Worth, um eine Herde von sechshundert Rindern zu kaufen, die im Frühjahr in Saint Louis weiterverkauft werden sollte. Er war sehr gesprächig und versicherte der Dame, dass auf diesem Teil der Strecke keinerlei feindselige Angriffe zu erwarten seien. Seit die Armee dafür gesorgt hatte, dass die Rothäute in Reservaten lebten, war das Land befriedet. Die letzten Cherokees und Choctaws, die in der Region von Fort Smith lebten, arbeiteten für die Butterfield Mail, sorgten an den Relaisstationen für Nachschub an Nahrung für Mensch und Tier und arbeiteten dort sogar als Dienstboten. Auch Überfälle von Gangstern waren nicht zu befürchten. Die gesetzlosen Banden trieben vor allem in New Mexico ihr Unwesen. Voller Stolz öffnete Dietrich seinen Koffer und zog einen Revolver heraus.

»Und wenn es ein Problem gibt, bin ich gut vorbereitet. Ein Remington 44. Halten Sie ihn mal, Mister. Sehen Sie, wie leicht er ist?«

Der junge Ehemann wog die Waffe mit gespielter Bewunderung in der Hand. Offenbar hatte er nicht die geringste Ahnung von solchen Dingen. Er hieß Bradford und fuhr mit seiner Frau nach Fort Smith, um dort seine Familie zu besuchen und Grundstücke zu besichtigen. Mr. Bradford hatte vor, sich mit dem Anbau von Safran zu beschäftigen. Dieses Gewürz aus Afrika und dem Orient werde sich dem Klima von Arkansas anpassen, und es seien reiche Ernten zu erwarten. Niemand vor ihm war je auf diese Idee gekommen. Seine Frau, deren strenge Miene nicht zu ihrem recht ansprechenden Gesicht passte, hörte ihm schweigend zu. Eine Kleinbürgerin, die davon überzeugt war, dass Gott selbst das Vorhaben ihres Mannes gesegnet hatte, und schon die Zahl der Kinder zu wissen schien, die sie bald in die Welt setzen würde. Dietrich, jovial und laut, plapperte unbeirrt weiter. Er wandte sich an den bebrillten alten Mann.

»Und Sie, Mister, wohin fahren Sie?«

Der Alte betrachtete Dietrich über den Rand seiner Brillengläser hinweg und lächelte.

»Nach Dallas. Ich leite dort eine Schule. Alfred Brewster.«

Der alte Schulmeister war mager, und Dietrich drängte sich immer wieder an Bowman, um ihn nicht zu zerquetschen.

»Und Sie, Mister?«

»Auch Dallas. Und dann noch etwas weiter. Reunion.«

Dietrich massierte sein Kinn.

»Reunion? Da sagt mir nichts. Und Sie, Mr. Brewster, kennen Sie diesen Ort?«

Der Alte hob den Blick und schüttelte den Kopf.

»Und was wollen Sie dort machen, Mr....?

»Ich besuche jemanden.«

»Geschäftlich oder privat?«

Bowman wollte ihm gerade sagen, dass ihn das nichts angehe, als der alte Mann ihm das Wort abschnitt:

»Sitzen Sie bequem, Mrs. Bradford?«

Der Gatte antwortete an ihrer Stelle: »Wir sind daran gewöhnt, Mr. Brewster, machen Sie sich keine Sorgen.«

Die Straße war gut, und Perkins ließ die Pferde trotz des Regens galoppieren. Die Federung ächzte, das Holz knarrte, und Wasser tropfte durch die Fenster ins Innere. Dietrich kramte wieder in seinem Koffer und brachte eine Flasche zum Vorschein.

»Mrs. Bradford, ich hoffe, es stört Sie nicht, wenn wir ein Gläschen zu uns nehmen. Bei dieser Kälte würde selbst ein Arzt aus New York uns zu einem Bourbon aus Kentucky raten.«

Die Dame errötete. Ihr Mann weigerte sich, etwas zu trinken.

»Wer nicht will, der hat schon, lieber Mr. Bradford!«

Dietrich, der auf Manieren hielt, holte auch noch ein Glas aus seinem Koffer. Der Alte nahm einen Schluck, und dann bekam Bowman eingeschenkt, der das Glas in einem Zug austrank. Dietrich war schon beschwipst gewesen, als er einstieg. Als er die Flasche geleert hatte, sank er auf die Schulter des alten Schuldirektors und begann zu schnarchen.

Nach sechs Stunden Fahrt hielt Perkins an der ersten Relaisstation. Es war eine schlecht geheizte Blockhütte, wo man ihnen Haferbrei, wässriges Fleisch und Kaffee servierte. Mit frischen Pferden ging es eine halbe Stunde später weiter. Kurz darauf beugte sich Mrs. Bradford aus dem Fenster, um sich zu übergeben, wobei sie darauf achtete, es nicht gegen den Wind zu tun. Der alte Brewster holte eine Flasche mit einem trüben Saft aus seiner Tasche und bot sie ihr an.

»Es sind Pflanzen, nichts, was in Ihrem Zustand schaden könnte.«

Mrs. Bradford sah ihren Mann an. Brewster lächelte ihr zu. »Sie erwarten ein Baby, nicht wahr? Ich kenne mich mit Kräutern aus. Dieser Saft hier wird Ihnen guttun, Sie werden sehen.«

Dietrich bestand darauf, die Ankunft eines neuen Amerikaners in der Welt zu feiern, zog eine weitere Flasche aus seinem Koffer und bedrängte Mr. Bradford so lange, bis dieser ebenfalls einen Schluck trank. Seine Frau nahm etwas von Brewsters Medizin und schnarchte einige Minuten später so laut wie der Viehhändler.

Nachts wurden noch einmal die Pferde gewechselt, ohne dass die Passagiere aussteigen mussten. Bei Tagesanbruch hielten sie an einer Station der Butterfield Line, wo sie das vertraglich vereinbarte Frühstück bekamen.

Auf der Fahrt wurde die Unterhaltung entweder von Dietrich bestritten, der über den – dank der Minen von Pikes Peak und der schnell wachsenden Städte im Osten – expandierenden Fleischmarkt redete, oder von Bradford, der nicht müde wurde, die unendlichen Möglichkeiten des Safrananbaus zu preisen. Wenn sie über Geld sprachen, wollte keiner hinter dem anderen zurückstehen; jeder sprach von schwindelerregenden Zahlen und fantastischen Zukunftsaussichten. Bowman war es inzwischen gelungen, den Titel von Brewsters Buch zu erkennen. Auf dem Umschlag war das Bild einer Hütte, und darüber stand: *Walden oder das Leben in den Wäldern.* Der Autor war David Henry Thoreau. Er hätte den Alten gern gefragt, worum es in dem Buch ging, er hätte auch gern über andere Bücher gesprochen, doch vor den anderen zog er es vor, zu schweigen.

Nach drei weiteren Pferdewechseln und ebenso vielen kurzen Aufenthalten an den Relaisstationen erreichten die Passagiere, eingehüllt in Bisonfelle, die in der Feuchtigkeit zu stinken begonnen hatten, endlich Fort Smith. Man verabschiedete sich von den Bradfords, und Perkins verkündete, dass man um Mitternacht, nach dem Einladen der Post aus Memphis, weiterfahren werde. Es gebe ein Hotel, sagte er, wo man essen und trinken und sich vielleicht sogar ein paar Stunden hinlegen könne, um zu schlafen.

Bowman saß in diesem Hotel beim Essen und hatte sich zum Abschluss des Mahls gerade einen Schnaps bestellt, als der alte Brewster fragte, ob er sich zu ihm setzen dürfe.

»Ich habe bemerkt, dass Sie sich für mein Buch interessieren. Lesen Sie, Mr....?«

»Gelegentlich, ja. Bowman. Arthur Bowman.«

»Dürfte ich erfahren, warum Sie in diese Stadt reisen, von der Sie gesprochen haben – Reunion?«

»Ich muss dort jemanden treffen.«

»Das sagten Sie. Sie sind Engländer, nicht? Und Sie machen diese lange Reise nur deshalb, um jemanden zu treffen?«

»Ja.«

»Diese Person muss Ihnen sehr viel bedeuten.«

Bowman trank sein Glas aus. Das Gebräu, das man ihm serviert hatte, schmeckte, als hätte man es aus vergorenen Ratten und Spülwasser hergestellt.

»Man kann sagen, er ist mein einziger Freund.«

Der Direktor lächelte kurz, bevor er aufstand.

»Ich werde mich noch ein wenig hinlegen, bevor wir fahren, Mr. Bowman. Bis später.«

Arthur blieb am Tisch sitzen und trank weiter. Als er wenige Stunden später wieder in die Kutsche stieg, spürte er eine angenehme Benommenheit. Brewster und Dietrich saßen schon auf ihren Plätzen. Es war kein weiterer Passagier dazugekommen, doch in jedem freien Winkel waren die Postsäcke verstaut. Der

Kutscher hatte sie vor dem Regen in Sicherheit gebracht. Ohne sich weiter um das Wetter zu kümmern, schlief Arthur bald ein.

Mitten auf der Strecke zwischen Fort Smith und Fort Worth hielt der Reisewagen in einem breiten Tal. Der Weg führte an einem Wasserlauf entlang, der von Pappeln und Weiden gesäumt war. Die Hügel waren von trockenen Wiesen, dunklen Felsen und kümmerlichem Gewächs bedeckt. Perkins ließ sein Gefährt an einer Furt halten. Die Pferde tauchten ihr Maul ins Wasser, und die Passagiere stiegen aus, um sich zu strecken und die Sonne zu genießen, die inzwischen aufgegangen war. Perkins blieb mit dem Karabiner in Händen auf dem Kutschbock sitzen. Dietrich bot ihm etwas zu trinken an und fragte, ob er seinen Remington-Revolver einmal ausprobieren dürfe. Perkins war offenbar begierig darauf, Dietrichs nagelneuen Revolver in Aktion zu sehen. Dietrich nahm ihn in beide Hände und zielte auf einen Pappelstamm. Das Echo der Explosionen hallte im ganzen Tal wider. Er feuerte immer wieder auf den Stamm, traf jedoch nur ein einziges Mal, worauf er enttäuscht erklärte, er kenne die Waffe noch nicht richtig und habe lange Zeit nicht mehr geübt. Nun versuchte Perkins sein Glück. Auf eine Entfernung von zwanzig Metern trafen zwei von vier Kugeln ihr Ziel. Er gab dem Viehhändler seinen Revolver zurück und erklärte, es sei eine ausgezeichnete Waffe. Er wollte sie ihm sogar abkaufen, doch Dietrich lehnte es in beleidigtem Ton ab, sich von seinem Revolver zu trennen.

»Mr. Bowman, wollen Sie es einmal versuchen?«

Arthur beobachtete, wie Dietrich die Kugeln in die Trommel schob, und wog den Revolver prüfend in die Hand.

»Ich habe lange nicht mehr geschossen.«

Perkins grinste.

»Hier kann auch nicht jeder schießen, der eine Waffe trägt. Ich habe Leute gesehen, die aus fünfzehn Schritt Entfernung aufeinander zielten und nichts anderes getroffen haben als die umliegenden Fensterscheiben.«

Arthur zog seine Handschuhe aus, nahm Aufstellung und zielte mit ausgestrecktem rechtem Arm auf den Baumstamm. Er feuerte drei Mal, und drei Mal spritzte die Rinde weg. Dann umfasste er den Kolben mit seiner verkrüppelten Linken, verfehlte den ersten Schuss, konzentrierte sich, schloss ein Auge und feuerte zwei Kugeln mitten ins Ziel.

In den darauffolgenden Stunden langweilte Dietrich seine Mitreisenden mit Geschichten von Prügeleien, Banküberfällen und Revolverhelden.

Am Spätnachmittag des nächsten Tages erreichten sie Fort Worth mit einer Verspätung von weniger als einer Stunde. Sie waren nun siebenhundert Meilen weiter im Süden. Der Himmel war blau, und es war viel wärmer als in Saint Louis. Es kam ihnen vor, als hätten sie über Nacht den Winter hinter sich gelassen. Dietrich verabschiedete sich; falls Bowman etwas brauche, sei er noch eine Woche lang in Fort Worth zu finden. Er beglückwünschte ihn noch einmal zu seiner sicheren Hand und fragte, ob er den Revolver nicht kaufen wolle. Arthur verneinte einsilbig und fragte den Kutscher, wie er von hier nach Dallas kommen könne.

»Oft gehen Siedlertrecks von hier ab. Oder Sie mieten eine Kutsche oder ein Pferd. Es sind ungefähr zwanzig Meilen. Heute Abend werden Sie kein Glück haben, aber morgen wird sich sicher jemand auf den Weg machen.«

Arthur wollte sich gerade auf die Suche nach einem Hotel begeben, da hielt der alte Brewster ihn auf.

»Mr. Bowman, ich werde abgeholt. Wir fahren morgen früh weiter. Wenn Sie wollen, können wir zusammen reisen.«

»Sie fahren nach Reunion?«

»Ohne Umweg.«

»Wirklich, nach Reunion?«

Der Alte lächelte.

Fort Worth war eine Handelsstadt, oder eher eine groß angelegte Relaisstation. Zwanzig oder dreißig Gebäude, eins am anderen klebend, und in der Mitte eine breite, ungepflasterte Straße, die sich am Stadtrand in einen staubigen Fahrweg, direkt von Ost nach

West verlaufend, verwandelte. Es gab Läden, in denen landwirtschaftliche Geräte, Futtermittel und Sämereien verkauft wurden, eine Agentur der texanischen Regierung, wo man Grundstücke erwerben konnte, die Poststation der Butterfield Mail, einen Hufschmied, einen Saloon und zwei Hotels. Weitere Gebäude um das Stadtzentrum herum befanden sich im Bau. In fast allen Schaufenstern hingen Anzeigen für Mietzimmer. Brewster nahm ein Zimmer im selben Hotel wie Arthur.

»Wollen Sie mit mir essen, Mr. Bowman?«

Das Haus war sauber, das Mobiliar stabil und das Bett bequem. Arthur legte sich ein wenig hin, um seinem müden Rücken eine Pause zu gönnen. Als er sich wieder frisch genug fühlte, um sein Zimmer zu verlassen, sah er Brewster an einem Tisch des Hotelrestaurants im Gespräch mit einer Frau. Er sah ihr Gesicht nicht, es war von einem breitkrempigen Männerhut verdeckt. Sie trug ein schwarzes, staubbedecktes Kleid und eine gewachste Arbeitsjacke und hatte einen kleinen Koffer dabei. Brewster lächelte ihr zu. Sie ging quer durch den Raum und begegnete Bowman auf der Treppe. Mit einem raschen Blick erfasste er die Züge ihres Gesichts; einige rote Haarsträhnen quollen unter dem Hut hervor.

Brewster trank Bier, der Schaum hing in seinem grauen Schnurrbart. Der Tisch war für drei Personen gedeckt.

»Warum haben Sie nicht gesagt, dass Sie aus Reunion kommen, als wir in Fort Smith waren?«

»Weil ich erst etwas mehr über Sie erfahren wollte.«

»Und? Wissen Sie jetzt mehr?«

Brewster lächelte, nahm seine Brille ab und putzte sie mit seinem Taschentuch.

»Nein, eigentlich nicht, außer dass Sie ausgezeichnet schießen. Im perfekten militärischen Stil. In welcher Armee haben Sie das Schießen gelernt, Mr. Bowman?«

Er hatte seine Brille wieder aufgesetzt und sah Arthur ins Gesicht.

»Indische Kompanie.«

»Ost oder West?«

»Afrika und Indien. Warum fragen Sie mich das erst jetzt?«

»Mr. Bowman, die Stadt Reunion hat nicht nur Freunde. Was wissen Sie von ihr?«

»Nichts. Ich kenne eigentlich nur einen Artikel, den ich gelesen habe. Ein Journalist namens Brisbane hat ihn verfasst.«

Brewster stellte sein Glas ab und fuhr mit dem Handrücken über seinen Schnurrbart.

»Ein Artikel von Brisbane?«

»Es war im November.«

Der alte Mann wurde blass.

»Meines Wissens hat er nur einen einzigen Artikel über Reunion geschrieben. Über den Tod von Mr. Kramer.«

»Genau der ist es gewesen.«

»Wen wollen Sie in Reunion treffen?«

»Warum sagen Sie, dass Sie nicht nur Freunde haben?«

»Antworten Sie auf meine Frage!«

»Ich bin Ihnen keine Erklärungen schuldig.«

Brewster war bleich, und sein alter, weißhaariger Schädel bebte.

»Weshalb sind Sie hierhergekommen?«

Er hatte die Stimme erhoben. Arthur beobachtete die Gäste an den Tischen ringsum.

»Ich werde nicht lange bleiben, wenn Sie das beruhigt.«

»Mr. Bowman, wenn Sie mir nicht antworten, werde ich Sie nicht nach Reunion bringen.«

»Ich werde auch so hinkommen.«

Verärgert stand Brewster auf.

»Wir verbieten Ihnen hiermit ausdrücklich unser Land zu betreten, Mr. Bowman.«

Einige Gäste blickten neugierig zu ihnen herüber. Arthur biss die Zähne zusammen und sagte leise: »Setzen Sie sich, zum Teufel.«

Brewster setzte sich auf den Rand seines Stuhls.

»Kennen Sie Richard? Sind Sie deshalb hier?«

»Richard?«

»Mr. Kramer.«

»Nein. Ich suche denjenigen, der ihn getötet hat.«

Brewster drehte den Kopf und hob den Blick. Die Frau war zu ihnen getreten. Sie lächelte, doch ihr Ausdruck änderte sich, als sie sah, in welchem Zustand der Alte war.

»Was ist los?«

Sie trug nun ein sauberes Kleid, das an der Taille eng anlag, das Haar war zu einem Knoten geschlungen. Die Männer an den Tischen beobachteten sie interessiert.

»Alfred, was ist los?«

Sie warf dem Mann mit der Narbe auf der Stirn einen Blick zu. Arthur erhob sich.

»Wenn Sie mich nicht mitnehmen wollen – ich werde auch ohne Sie zurechtkommen.«

Er ging zur Bar und bestellte etwas zu trinken. Während er Brewster beobachtete, der sich erregt mit der Frau unterhielt, leerte er einige Glas Bier. Dann verließ er das Hotel und betrat den lauten und verrauchten Saloon, wo er Whisky bestellte und den Barmann fragte, ob am nächsten Tag ein Konvoi nach Dallas abgehe. Der Mann zeigte ihm einen Tisch, an dem zwei Männer saßen.

»Das sind die Leute von der Guadalupe Salt.«

Bowman trat zu ihnen.

»Darf man Sie auf ein Glas einladen?«

Sie waren bereits betrunken und freuten sich über die Einladung.

Die Minen der Guadalupe Mountains lagen bei El Paso. Sie hatten vierhundert Meilen mit zwei Wagen voller Salzblöcke zurückgelegt, in einer Wüste, in der sie, wie sie sagten, um ein Haar verdurstet wären. Bowman lud sie zu einer zweiten Runde ein. Sie waren schmutzig und stanken, sie lachten gern und warfen Blicke um sich, die vermuten ließen, dass ihnen eine Schlägerei nicht ungelegen käme.

»Kennt ihr Reunion?«

»Die Gemeinschaft? Ja.«

285

»Das sind Spinner.«

»Sie teilen alles und leisten alle die gleiche Arbeit, Männer wie Frauen. Das heißt – so war es einmal.«

»Genau, weil inzwischen fast niemand mehr dort ist. Am Anfang waren es bestimmt dreihundert. Und jetzt sind es noch – wie viele?«

»Zwanzig oder dreißig.«

»Genau, mehr sind es nicht mehr.«

»Sie haben schlechtes Land gekauft, und niemand kannte sich damit aus, wie man es bewirtschaftet.«

»Sie sind besser darin, einem das Leben zu erklären, als darin, ihre Kinder am Leben zu erhalten.«

»Und dann gab es da noch so eine Geschichte… eine ziemlich schmutzige Geschichte.«

»Einer wurde umgebracht.«

»Die Hälfte von denen, die noch da waren, ist abgehauen.«

Arthur machte den Preis für die Fahrt aus, verabredete sich für den nächsten Morgen mit ihnen und kaufte sich an der Theke eine Flasche Whiskey.

»Die Männer von diesem Treck – kennen Sie sie?«

Der Barmann antwortete, ohne an zu dem Tisch zu blicken: »Ja, sie sind schon ein paarmal hier gewesen.«

Im Hotel saßen nur noch wenige Gäste an ihren Tischen. Andere lungerten an der Bar herum. Brewster war nicht mehr da, aber die Frau sah er noch. Sie war ungefähr im Alter von Bowman selbst, vielleicht etwas jünger, und saß mit einem gut gekleideten jungen Mann von etwa zwanzig Jahren zusammen. Arthur blieb mit den letzten Gästen an der Bar sitzen, den Rücken dem Saal zugewandt, und beobachtete sie in einem großen Spiegel. Sie beugte sich nach vorn und sagte leise etwas zu dem jungen Mann, bevor sie aufstand. Arthur drehte sich um; sie ging an der Bar vorbei und warf dem hochgewachsenen Engländer mit seinem halben Lächeln und den vom Alkohol ermatteten Augen einen Blick zu. Er sah ihr nach, wie sie im oberen Gang die Tür ihres Zimmers öffnete und darin verschwand. Nachdem sie nicht mehr da war, schien man das Lokal schnell schließen zu wollen. Die Gäste gingen, auch der junge Mann, die Kellner räumten die Tische ab und richteten alles für das Frühstück am nächsten Morgen her.

In der nur von wenigen Lampen erhellten Dunkelheit kam der junge Mann etwa zehn Minuten später zurück. Er schlüpfte durch die Tür und stieg die Treppe hinauf, um gleich darauf an eine Zimmertür zu klopfen. Im matten Lichtkegel, der auf den Gang fiel, war die Silhouette der rothaarigen Frau im Nachthemd zu sehen. Der Junge trat ein, und sie schloss die Tür hinter ihm. Arthur saß an der dunklen Bar. Er hob sein Glas zum Mund und lächelte.

*

Morgens aß er Spiegeleier und ein Steak und trank mehrere Tassen Kaffee dazu. Der alte Brewster kam mit seinem Gepäck die Treppe herunter, gab den Schlüssel zurück und ging zu seinem Tisch. Bowman aß bedächtig seinen Teller leer.

»Ich habe einen Treck gefunden. Ich sagte Ihnen ja, dass ich es schaffen würde.«

Arthur beugte sich über seinen Teller und wischte ihn mit einem Stück Brot aus.

»Mr. Bowman, wenn Sie auf der Suche nach Richards Mörder sind, können wir Sie ebenso gut nach Reunion bringen. Wenn Sie Fragen haben, werden wir versuchen, sie zu beantworten. Im Gegenzug möchten wir wissen, warum Sie diese lange Reise auf sich genommen haben.«

»Wir?«

»Mrs. Desmond und ich.«

»Wer ist Mrs. Desmond?«

»Die Frau, die Sie gestern gesehen haben. Sie ist gekommen, um mich hier abzuholen.«

Arthur trank seinen Kaffee aus und stand auf.

»Wann fahren wir?«

Das Fuhrwerk wurde von einer alten Stute gezogen, die nachts im Stall des Hotels gestanden hatte. Die Frau hatte wieder ihre Arbeitsjacke übergezogen, sie trug ihren großen Hut und ihr Wollkleid. Brewster saß neben ihr. Bowman warf seinen Reisesack auf die Ladefläche und setzte sich hinter den Kutschbock.

Die Straße lief immer geradeaus, auf flachem Gelände in einer mit stachligem Gesträuch durchsetzten Prärielandschaft. Helle, kugelige Berge begrenzten den Horizont; Rinder – kleine dunkle Flecken weit weg – suchten zwischen verdorrtem Gras nach Nahrung. Ausgetrocknete Flussbette durchzogen die Prärie, in denen nur ein Mal im Jahr Wasser strömte. Trotz der kühlen Luft heizte die Sonne am blauen Himmel die Erde auf, und man bekam schnell Durst. Sie fuhren sieben oder acht Meilen – in dieser scheinbar grenzenlosen Landschaft konnte Bowman die Entfernungen nur schlecht schätzen. Vor ihnen zeichnete sich im Osten eine dunkle Linie ab.

Die Stute keuchte, auch wenn sie nur langsam trabte. Als mitten in steinigem Gelände ein Wäldchen vor ihnen auftauchte, verließ Mrs. Desmond den Hauptweg und folgte den Spuren, die zu den kleinen, kahlen und knorrigen Bäumen führten. Dort befand sich ein schlammiges Wasserloch mit einer gefassten Quelle, aus der ein dünner Wasserfaden rieselte. Die Stute trabte auf das braune Wasser zu. Die Frau half dem alten Brewster beim Aussteigen, und er setzte sich in den Schatten eines rachitischen Baums. Sie brachte ihm eine Trinkflasche und ein wenig Brot. Bowman streckte sich und blickte zurück auf die Straße, die nach Westen führte, in Richtung Fort Worth. Eine Staubwolke stieg dort in die Luft. Vielleicht versuchten die Männer der Guadalupe Salt, sie einzuholen. Er setzte sich neben den Alten und trank Wasser aus der Flasche. Die Frau blieb in der Nähe der Quelle.

»Mr. Bowman, ich hoffe, Sie haben mir meine Reaktion gestern Abend nicht übel genommen. Die lokalen Behörden haben sich nicht viel Mühe gegeben, den Mörder von Mr. Kramer zu finden. Dass sich ein Unbekannter aus England in diese Angelegenheit einmischt, ist für uns ein wenig verwirrend. Dieses entsetzliche Ereignis war für unsere Gemeinschaft ein Schock.«

Bowman nahm einen Stein vom Boden und drehte ihn zwischen den Händen.

»So etwas vergisst man nicht so leicht.«

Der Alte sah ihn an.

»Was sagen Sie?«

Arthur wog den Stein in der Handfläche und betrachtete die sich nähernde Staubwolke.

»Ich bin hier, weil derjenige, der Kramer tötete, einen ähnlichen Mord auch in London begangen hat. Das ist jetzt fast zwei Jahre her. Ich habe nach ihm gesucht, aber ich habe ihn nicht gefunden.«

»Einen ähnlichen Mord?«

»Ich habe die Leiche gefunden.«

Die Stimme des Alten war tonlos: »Als wir in Fort Smith waren, haben Sie gesagt ... dass Sie einen Freund suchten.«

»Es lohnt nicht, Ihnen diesen Teil der Geschichte zu erzählen. Es ist schon zu lange her.«

»Sie wissen also, wer das getan hat?«

»Möglicherweise.«

»Warum haben Sie nicht mit der amerikanischen Polizei gesprochen?«

Bowman ließ den Stein fallen.

»Ich kann nicht.«

»Dieser Mann mag Ihr Freund sein – oder auch nicht, aber er muss festgenommen werden.«

»Ich kann nicht, weil die Polizei von London glaubt, ich sei es gewesen.«

Arthur stand auf. Er konnte jetzt einen Wagen auf der Straße erkennen, und er hörte das Geräusch der eisenbeschlagenen Räder. Mrs. Desmond trat zu ihnen. Bowman legte die Hand über die Augen.

»Was tun Sie, wenn Sie hier jemandem begegnen?«

Sie schien sich zwingen zu müssen, ihm zu antworten.

»Normalerweise gibt es keine Probleme.«

»Haben Sie eine Waffe?«

»Warum?«

»Diese Männer waren gestern Abend im Saloon. Ich traue ihnen nicht. Werden sie anhalten?«

»Der Trinity River ist nur acht Meilen entfernt, aber die Trecks machen oft hier halt, um die Pferde zu tränken.«

»Bleiben Sie hier.«

Bowman knöpfte seinen Mantel auf, steckte die Hände in die Taschen und ging zur Straße zurück. Da waren die beiden Männer aus dem Saloon. Jeder von ihnen steuerte einen Planwagen mit vier Pferden, und beide hatten Gewehre. Einer nach dem anderen fuhren sie an Bowman vorbei und grüßten ihn mit einem Kopfnicken, ohne anzuhalten. Arthur wartete, bis sie sich weit genug entfernt hatten, und ging dann zu der Frau und dem Alten zurück.

»Sie sollten eine Waffe haben.«

Sie stiegen wieder in ihr Gefährt. Mrs. Desmond nahm die Zügel.

»Sie sagen, dass Sie diesen Männern misstrauen? Ich frage mich, wie Sie auf *sie* gewirkt haben.«

Zwei Stunden später erreichten sie die ersten Bäume am Ufer des Trinity River, jener dunklen Linie, die sie seit Fort Worth am Horizont gesehen hatten. Sie überquerten den Fluss und fuhren in nördlicher Richtung weiter. An den Ufern war das Land bebaut und bewässert. Nach allem, was Bowman erkennen konnte, war dies ein Ort, der sich zur Kultivierung eignete, ein grüner Streifen mitten in einem kargen, trockenen Land. Doch das Fuhrwerk folgte einer anderen Route, die sich allmählich vom Wasser entfernte. Als sie die ersten Gebäude von Reunion erreichten, waren sie schon zwei Meilen vom Fluss entfernt.

Windschiefe Zäune umgaben sandige und steinige Grundstücke. Die Stadt bestand aus zerfallenen Häusern. Einige von ihnen waren noch nie bewohnt gewesen, sie bestanden nur aus vier Eckpfosten und Dachsparren ohne Ziegel. Türen und Fenster sahen verwittert aus, Läden schlugen im Wind. Die Straßen hatten ein anderes Muster als in den amerikanischen Städten, die Arthur bis jetzt kennengelernt hatte. Sie verliefen nicht parallel und rechtwinklig zueinander, sondern auf einen zentralen Punkt zu, an dem ein großes Gebäude stand. Bowman konnte sich vorstellen, wie man die Straßen geplant hatte, mit in den Boden gerammten Pflöcken und zwischen ihnen gespannten Seilen. Doch irgendwann hatte man nicht mehr weitergemacht und alles im Stich gelassen.

Das Fuhrwerk hielt vor einem leer stehenden Haus. Alfred Brewster wandte sich an Bowman.

»Die Leute, die hier gewohnt haben, sind weggegangen, als es Winter wurde. Sie werden noch genug Mobiliar im Haus finden. Machen Sie es sich bequem. Wir müssen mit den anderen Bewohnern von Reunion sprechen, bevor wir entscheiden, was wir mit Ihnen machen.«

»Mit mir machen?«

»Wir können nur gemeinsam mit den anderen entscheiden.«

Arthur stieg ab und sah den Karren davonfahren. Im Haus war alles staubig, aber aufgeräumt und ordentlich. Ein Tisch und Stühle, drei Betten ohne Matratzen, ein gemauerter Kamin und ein Backofen. Durch die Latten der Wandvertäfelung zog es. Arthur stellte seinen Reisesack ab. Hinter dem Haus fand er etwas Holz; am Rand eines verlassenen Gemüsegartens brach er Zweige eines kleinen Strauchs ab und zündete damit ein Feuer im Kamin an. Dann nahm er einen Stein und nagelte die lockeren Wandlatten fest. Eine Glocke läutete. Er sah Männer und Frauen, allein, paarweise oder mit Kindern, die aus Häusern traten und sich zu dem zentralen Gebäude auf den Weg machten.

Der Kamin zog nicht, und das Zimmer füllte sich mit Rauch. Er nahm eines der Betten auseinander und warf die zerkleinerten Teile in den Ofen, die zweite Feuerstelle, die auch zum Kochen verwendet worden war. Dort brannte das Feuer besser. Er setzte sich und öffnete die mitgebrachte Whiskeyflasche.

Eine Stunde später klopfte Brewster an die Tür. Der alte Schulmann hielt eine Lampe und einen Korb in Händen. Bowman zog einen weiteren Stuhl zum Feuer und bot ihm einen Schluck aus seiner Flasche an. Brewster lehnte höflich ab.

»Ich habe Ihnen etwas zu essen mitgebracht.«

Der Alte rieb sich die Hände über dem Ofen.

»Mr. Bowman, wir haben sehr lebhaft über Ihre Anwesenheit hier diskutiert. Die Bürger von Reunion würden gern wissen, wie lange Sie bleiben werden.«

»Ich weiß es nicht. Einen Tag. Vielleicht fahre ich schon morgen weiter. Ich habe nur ein paar Fragen. Ich glaube nicht, dass ich hier viel finden werde.«

»Die anderen wollen nicht mit Ihnen sprechen, aber Sie können auf Alexandra und mich zählen.«

Mit der Stiefelspitze schob Arthur ein Stück Holz ins Feuer zurück.

»Alexandra?«

»Mrs. Desmond.«

»Lebt sie hier mit ihrem Mann zusammen?«

»Die Desmonds sind mit den ersten Bürgern von Reunion aus Frankreich gekommen. Mr. Desmond ist vor drei Jahren gestorben, an Malaria. Wie so viele andere. Der Winter hier ist zwar kalt, doch der Sommer in Texas ist heiß und drückend, und die Ufer des Trinitiy River sind von Mücken verseucht. Außerdem hatten wir unter Nahrungsmangel zu leiden. Jérôme Desmond war geschwächt, er hatte dem Fieber nichts entgegenzusetzen.«

Der Alte sah ihn an.

»Wie werden Sie den Mann finden, den Sie suchen?«

»Ich weiß nur, dass die Spur hierherführt.«

Brewster betrachtete die verkohlten Latten des Betts im Feuer.

»Jedes Mal, wenn ich in ein Feuer blicke, denke ich dasselbe: Zuerst versammeln sich die jungen Leute um ein Lagerfeuer, und zuletzt sitzen die Alten an einem Feuer, das in einem Kamin brennt, und erinnern sich daran.«

Er lächelte gedankenverloren.

»Kennen Sie Charles Fourier, Mr. Bowman?«

»Wer ist das?«

»Ein französischer Philosoph. Es sind seine Bücher und seine Ideen, die uns hierherführten und uns den Wunsch eingaben, diese Stadt zu gründen. Bei Newton ist die Anziehungskraft der

Erde das fundamentale Gesetz des Universums, und Fourier hat das menschliche Gegenstück dazu entdeckt, die *leidenschaftliche Anziehungskraft*. Eine Kraft, die die Beziehungen zwischen den Menschen bestimmt. Unsere Leidenschaften und unsere Charaktere sind in ihren Ausmaßen begrenzt, eine Gesellschaft ist die Kombination dieser Charaktere und individuellen Neigungen. Indem wir sie ordnen und kultivieren, entscheiden wir selbst, welches Leben für uns das beste ist und wie wir unsere Möglichkeiten am sinnvollsten verwirklichen. Wir finden den Beruf, den wir lieben, und den Partner, der zu uns passt. Eine Bedingung von Harmonie und Glück ist das Vermeiden jeglicher Wiederholung. Wenn uns ein Beruf nicht mehr gefällt, müssen wir uns etwas anderes suchen, und genauso verhält es sich mit unseren Partnern. Fourier sagte, die Leidenschaft dürfe nicht erstickt werden, man müsse sie umherflattern lassen wie einen Nachtfalter. Das ist ein hübscher Gedanke, finden Sie nicht?«

Bowman fragte sich, ob sich die nachtfalterartige Leidenschaft auch auf die rothaarige Frau im Nachthemd bezog, die er nachts im Hotel von Fort Worth gesehen hatte.

»Warum erzählen Sie mir das alles?«

»Weil ich daran denke, seit Sie mir von diesem Mörder erzählt haben.«

Bowman nahm einen Schluck Bourbon, der ihm in der Kehle brannte.

»Was hat das eine mit dem anderen zu tun?«

»Sie sagen, dass Sie ihn seit Langem suchen. Dass Sie dieselbe Reise machen wie er und dass man Sie in England sogar mit ihm verwechselt hat. Leidenschaftliche Anziehung, Mr. Bowman. Die Verbindung zwischen Ihnen und ihm.«

Die Flammen spiegelten sich in seiner Brille, und Arthur musste an Captain Reeves denken, in seinem Salon am Ufer der Themse.

»Unsinn. So eine Kraft gibt es nicht. Eine Kraft, die Gesellschaften wachsen lässt, zum Bau von Städten führt...«

»Zum Bau von harmonischen Städten, ja.«

Sie sahen nun beide ins Feuer und hingen eine Weile ihren Gedanken und Erinnerungen nach.

»Sie sagen, es hat noch einen Mord in London gegeben. Das ist, als gäbe es in diesem Verbrecher eine Kraft, die ihn zum Grauen und zum Schrecken zieht, eine Leidenschaft, immer wieder damit zu beginnen. Und Sie, sein Verfolger ... in Ihnen ist vielleicht eine komplementäre Kraft am Werk.«

Der Alte wartete auf eine Reaktion, doch Bowman schwieg.

»Die Neuigkeit, die Sie bringen, Mr. Bowman, ist, dass es keine neue Welt geben wird. Weil die Freiheit, der zu werden, der man ist, hier auch für monströse Menschen wie Ihren Freund gilt. Und ihnen gegenüber sind wir wehrlos. Männer wie Sie führen den Kampf, und solange Sie noch nötig sind, bleiben unsere Ideen utopisch. Sie verkörpern das, was unser Projekt aufhält, verzögert, vielleicht verhindert.«

Der Alte erhob sich. Das Licht des Feuers schien die Falten seines Gesichts zu vertiefen.

»Ich verstehe, warum Sie Ihre Geschichte nicht erzählen wollen. Ich habe die Angst in Ihren Augen gesehen, Mr. Bowman. Die Angst, selbst ein Ungeheuer zu sein, ein monströser Mensch. Aber man soll keine Angst haben. Niemand weiß, was hier aus Ihnen wird, was geschehen wird, wenn Sie ein freier Mann sind.«

Brewster öffnete die Tür, und ein eisiger Windzug machte sich im Zimmer bemerkbar.

»Morgen werden wir Ihnen helfen, und wenn wir Ihre Fragen beantwortet haben – bitte, dann müssen Sie gehen.«

Arthur beobachtete, wie das Holz sich in Asche verwandelte, während er langsam weitertrank. Er zerlegte noch die anderen Betten des Hauses, bis nichts mehr zum Verfeuern blieb.

5

»Er fühlt sich nicht wohl. Die Reise nach Saint Louis hat ihn erschöpft.«

Sie stand auf der Veranda.

»Er hat mich gebeten, für ihn einzuspringen.«

Bowman hatte nicht geschlafen. Sein Gesicht war faltig, die Augen lagen tief in den Höhlen. Er stand ohne Mantel vor ihr. Reunion unter dem blauen Himmel bot immer noch den niederschmetternden Anblick einer Geisterstadt, eines aufgegebenen Traums. Die Männer und Frauen, die er in den Straßen sah, hatten fahle Gesichter; graue Gestalten mit glanzlosen Augen, sogar die Kinder schienen die Lust am fröhlichen Spielen verloren zu haben und trotteten zwischen den verwahrlosten Hütten missmutig hinter ihren Eltern her. Bowman war beeindruckt gewesen, als Brewster ihm abends am Kamin von ihren Träumen von der vollkommenen Stadt erzählt hatte. Doch bei Tageslicht erkannte er, wie riesengroß der Abgrund zwischen solchen Theorien und der Realität war. Er hatte in Afrika Dörfer von halbnackten Negern gesehen, in denen man besser lebte als hier.

Die Frau ging vor ihm her und blieb bei einem Haus mit geschlossenen Fensterläden stehen.

»Hier hat Richard gewohnt.«

Bowman sah sie an.

»Sie sprechen mit Akzent. Woher kommen Sie?«

»Wenn Sie eintreten wollen, bitte. Ich warte hier auf Sie.«

Bowman betrachtete das Haus. Es gehörte zu den schönsten und solidesten der Stadt. Seine Mauern waren dick genug, dass es einem Angriff länger als ein paar Minuten standhalten konnte. Bisher der einzige Ort in ganz Amerika, von dem Bowman sagen konnte, dass Peevish oder Penders ihn anziehend gefunden haben mussten.

»Wer hat ihn gefunden?«

»Jemand, der uns inzwischen wieder verlassen hat. Er ist zurückgekehrt nach Frankreich.«

»Sie sprechen gut Englisch. Ich kann keine andere Sprache. Nur ein paar Brocken, die ich bei den Affen aufgeschnappt habe.«

Alexandra Desmond sah Arthur Bowman an.

»Affen?«

»Die Eingeborenen der Armee in Indien.«

Arthur nahm die Tür von Kramers Haus ins Visier.

»Ich gehe jetzt hinein.«

Das Innere des Hauses war voller Staub, doch noch immer vollständig möbliert und eingerichtet. Es gab Gläser, Teller, Küchenutensilien, einen Teppich unter dem Esstisch, Bilder an der Wand, Stiche, die Pflanzen und Städte darstellten. Auf dem Tisch eine Schale mit trockenen Früchten, auf denen weißlicher Schimmel blühte. Rechts und links vom Kamin waren zwei Türen. Er öffnete die rechte und betrat ein kleineres Zimmer, wo er ein Fenster öffnete und die Läden aufstieß. Im Zimmer stand ein Bett, Decke und Kissen grau von Staub, ein Schrank voller Kleider. Auf dem Nachttisch ein Buch. Wo immer er hingriff, hinterließen seine Hände Spuren. Hinter dem Bett führte eine Tür in ein drittes Zimmer, einen Arbeitsraum mit Regal, auf dem zahlreiche Bücher standen. Er las einige Titel. Wissenschaftliche Werke, die sich mit Chemie und Mechanik, mit Botanik und Landwirtschaft beschäftigten. Auf dem Sekretär Papiere, Notizhefte, Briefe, Federn und ein Glas mit eingetrockneter Tinte. Vom Arbeitszimmer ging es wieder in das größte Zimmer mit dem Kamin zurück.

Hier öffnete Arthur die zwei Fenster, die auf die Straße gingen. Alexandra Desmond stand auf der anderen Seite und beobachtete ihn. Ihr helles Kleid und ihr rotes Haar hoben sich von der schwarzen Lattenwand einer Scheune ab. Sie wechselten einen Blick, dann drehte er sich um und ging auf den Kamin zu.

Am hölzernen Sims über der Feuerstelle bemerkte er Reste von Seilen, die von groben Zimmermannsnägeln herabhingen. Bowman ging in die Hocke. Die Steine waren rußgeschwärzt, und auch der hölzerne Fußboden war da und dort von der Glut verbrannt.

Nein.

Die Steine wiesen Flecken auf. Und der Boden war schmutzig,

als wäre ein Kessel umgekippt, der auf dem Feuer gestanden hatte. Das Blut war längst eingetrocknet und schwarz geworden. Doch es gab diese Spuren, an den Steinen des Kamins. Zeichen. Buchstaben. Schwarz auf schwarz. Er entzifferte die ersten. Ü B E R L ... Er stand auf und betrachtete noch einmal die Reste der Seile am Sims. Um die Arme auseinanderzuhalten.

Er verließ das Haus und krümmte sich zusammen, als er sich übergab. Von der schwarzen Scheune aus beobachtete ihn die Frau. Er ging auf sie zu, mit weichen Knien, Nebel vor den Augen. Er öffnete den Mund – er wollte sie um Wasser bitten, weil er schrecklichen Durst hatte. Über seinen Körper schienen Ameisen zu laufen, und die Hände, die am Ende seiner Arme herabhingen, schwollen an. Es gelang ihm nicht zu sprechen, und die Straße wurde immer breiter. Die Frau machte einen Schritt auf ihn zu. Brewsters Nachtfalter, mit flammend rotem Haar. Er hatte Lust, dieses Haar mit seinen großen Händen zu berühren und die Verbrennung zu spüren, die er sich dadurch zuzog. Schwindel übermannte ihn, und er fiel in den Staub.

Als er die Augen wieder öffnete, sah er in ihr Gesicht. Sie hatte ihn in den Schatten der Scheune gezogen und seinen Rücken an die Wand gelehnt. Sein Mund war voll. Er spuckte. Speichel und Blut tropfte auf seine Jacke. Mit einer ungeschickten Geste versuchte er, sich zu säubern.

»Haben Sie mich gehört?«

Er konnte nicht sprechen.

»Was ist los mit Ihnen?«

Bowman stotterte.

»Zu ... viel Licht ...«

»Was sagen Sie?«

»Zu viel Licht. Es tut weh.«

Er schloss die Augen und spürte, dass ihm erneut schwindlig wurde.

Brewster gab ihm einen Kräuterextrakt zu trinken, eine trübe und bittere Flüssigkeit, die ihm den Magen hob. Doch nach und nach hörte das Kribbeln in seinen Gliedern auf, und seine Sinne funktionierten wieder fast normal. Er lag in einem Sessel. Die rothaarige Frau war da, und Brewster saß auf einem Stuhl neben ihm. »Sie müssen essen und wieder zu Kräften kommen, Mr. Bowman. Mrs. Desmond wird sich um Sie kümmern. Ich komme später wieder vorbei.« Der Alte grüßte Alexandra und ging. Draußen wurde es dunkel. Bowmans Reisesack und sein Mantel lagen auf dem Esstisch. Ein Topf stand auf dem Herd, und der Duft von Suppe umspielte seine Nase. Die Fensterscheiben waren beschlagen. Die rothaarige Frau machte sich in der Küche zu schaffen, sie drehte ihm den Rücken zu, und Arthur konnte spüren, dass sie ihn nicht ansehen wollte. Seine Zunge lag dick und schmerzend im Mund.

»Seit einiger Zeit bekomme ich diese Anfälle.«

»Wie lange schon?«

»Seit zwei Jahren.«

Sie stellte einen Teller auf den Tisch und betrachtete ihn mit einer Mischung aus Verachtung und Gleichgültigkeit.

»Ich hätte nicht gedacht, dass Sie so empfindlich sind.«

»Empfindlich?«

»Das Haus von Richard ist leer.«

»Sie verstehen das nicht. Es ist – weil ich es schon einmal gesehen habe.«

Sie öffnete den Abzug am Herd, und das Feuer begann zu prasseln.

»Alfred hat es mir erzählt. Diese Geschichte in London – ich glaube kein Wort davon. Ich weiß weder, wer Sie sind, noch, wozu Sie nach Reunion gekommen sind, aber das, was mit Richard passiert ist, hat mit Ihnen nichts zu tun. Sie lügen. Es gibt noch etwas anderes.«

Es wurde immer wärmer. Bowman spürte, wie ihm der Schweiß von der Stirn rann, und er ließ seinen Kopf gegen die Sessellehne sinken. Vielleicht war es die Wirkung von Brewsters Kräutertinktur – sein kraftloser Körper fühlte sich leicht und schwebend an, und er hatte keine Schmerzen mehr.

»Sie können das nicht verstehen. Ich habe es schon Dutzende Male gesehen.«

Sie drehte sich um. Ihre Augen waren von der Farbe jener grauen Perlen, die man in den Austern des Indischen Ozeans fand.

»Was reden Sie da?«

»Dort haben sie es nicht gemacht, um uns zu töten, obwohl die Hälfte meiner Männer dabei umgekommen ist. Und alle Birmanen. Die Birmanen haben sie schneller umgebracht, aber sie alle waren meine Leute.«

Bowman ließ die Worte in seinem Mund rollen, als wären es kleine, runde Kieselsteine, die die Soldaten bei langen Märschen im Mund behielten, um den Durst zu bekämpfen. Sie saß jetzt am Tisch und hatte die Hände auf die Oberschenkel gestemmt. Einzelne Locken fielen ihr in die gerunzelte Stirn. Sie lauschte.

»Ich war der härteste Sergeant unter zehntausend Männern, vielleicht der härteste in ganz Indien. Wright hat das gesagt, und deshalb hat er mich ausgewählt, damit die Kompanie den Krieg gegen den König der Birmanen gewinnt. Es war eine Lüge. Captain Reeves hat es mir gesagt. Und ein Mann, der ein Dorf niederbrennt, mit Frauen und Kindern, das ist ein Mann, dem man glauben kann. Die Mission auf dem Fluss ist gescheitert. Sie haben uns gefangen genommen und in ein Lager mitten im Dschungel gebracht. Tagelange Märsche, und es ging immer weiter weg von der Küste, wo die Kompanie ihre Truppen stationiert hatte. Mit den Affen waren wir zwanzig. Dann kamen wir zu einem Dorf mit Häusern auf Pfählen, einem kleinen Fluss, Frauen in roten Kleidern, Kindern. Die Min-Soldaten haben das Dorf evakuiert, und wir waren mit ihnen allein. Nur ein paar Bauern waren geblieben, die sich um die Verpflegung kümmerten. Ein Jahr lang. Zuerst wollten sie wissen, was wir auf dem Fluss gewollt hatten, ob wir Spione seien, ob weitere Schiffe folgen würden. Danach hatten wir nichts mehr zu sagen. Außerdem wussten wir ohnehin nichts. Aber sie haben weitergemacht. Am Ende waren wir nur noch zehn. Der, der Kramer getötet hat, er war in einem Käfig neben mir. Dort hat er das gelernt. Er hat beobachtet, was die Wachen mit den anderen gemacht haben. Das Gleiche haben sie auch mit ihm gemacht. Es stimmt, dass Kramers Haus leer ist. Es ist nichts mehr darin. Nichts. Als wäre das Ganze nur ein Albtraum in meinem Kopf, eine Halluzination. Das ist das Schlimmste daran. Weil ich mich an alles erinnern muss, an den Wald, an die Käfige und an den Kanal, um mich zu vergewissern, dass ich nicht verrückt bin. Ich betrachte meine Narben, ich will sicher sein, dass sie noch da sind. Und manchmal weiß ich nicht mehr, was das eigentlich ist. Ich frage mich, ob es Abzeichen sind, Ehrenzeichen, wie die Neger sie haben, die sich in die Haut schneiden, um allen zu zeigen, dass sie Krieger sind. Einmal habe ich sie schön gefunden, nachdem Francks Frau sie sauber gemacht hat, in der Hütte. Derjenige, den ich suche, bei dem ist es vielleicht umgekehrt. Wie Brewster sagte. Leidenschaftliche Anziehung. Ich hätte es sein können, ich hätte Kramer töten können, und ein Pfarrer würde dann hier sitzen, oder ein anderer Sergeant, Penders, mit seinem Grinsen. Wir hätten es machen können wie Sie mit dem Jungen in Fort Worth, die Liebe ist ein Nachtfalter. Die Rollen wechseln, wenn man es satthat, immer derselbe Mensch zu sein.«

Bowman war von seinen eigenen Worten hingerissen. Er lächelte.

»Wir könnten also eine perfekte Stadt zusammen bauen. Wie diese hier. Eine Geisterstadt im Staub.«

Er schloss die Augen, und das Lächeln blieb auf seinen Lippen. Bevor er einschlief, dachte er an den kleinen verräucherten Saal im China Court und die Träume, die er dort gehabt hatte. Vielleicht war Opium in Brewsters Tinktur, oder andere Pflanzen mit ähnlicher Wirkung. Er hatte vergessen, wie angenehm es war, den Ungeheuern seiner Erinnerung zuzulächeln.

Alexandra Desmond näherte sich dem englischen Soldaten, der immer noch wirres Zeug murmelte und allmählich in die Welt der Träume hinüberglitt. Sie legte die Decke weg, knöpfte sein Hemd auf und schob den Stoff zur Seite.

*

Am nächsten Morgen kochte sie für zwei. Arthur saß ihr gegenüber, beobachtete besorgt seine Umgebung und wusste offenbar nicht mehr, was er geträumt und was er wirklich gesagt und gesehen hatte. Die Haltung der Frau hatte sich verändert. Ihre Feindseligkeit war vorsichtiger Wachsamkeit gewichen. Sie ignorierte ihn nicht länger, sondern blieb aufmerksam in seiner Nähe. Sie aßen schweigend, bis sie ihren Teller zurückschob.

»Richard Kramer war ein Freund, ein enger Freund. Aber er war auch ein sehr schwieriger Mensch, dem es schwerfiel, seinen Platz in der Gemeinschaft zu finden. Gewisse Persönlichkeiten sind komplizierter als andere, wenn es ums Zusammenleben geht. Wenn es Ihnen besser geht, kann ich Ihnen die Stadt zeigen. Was davon übrig ist. Und es Ihnen erklären.«

Bowman stand mit ihr auf. Trotz der heißen Sonne hüllte er sich in seinen Mantel. Er fühlte sich noch zu schwach, um die frische Luft ertragen zu können. Sie ging neben ihm her, passte sich seinem Rhythmus an, blieb stehen, wenn er sich ausruhen musste. Sie trug nur Rock und Bluse, das Haar fiel offen über ihre Schultern. Rötliche Flecken erschienen auf ihren Wangen und auf ihrer Nase.

»Das Land ist schon in Frankreich gekauft worden, von der Gesellschaft von Victor Considerant. Wir haben alle Geld eingezahlt, und ein Agent der Gesellschaft hier in Amerika hat sich um den Kauf gekümmert, während wir die Reise vorbereiteten. Considerant ist selbst hierhergekommen, um über den Kauf zu verhandeln, aber sein Agent hat sich von den Vertretern der texanischen Regierung übers Ohr hauen lassen. Sie bekommen nämlich Prämien, je nachdem, wie viele Hektar Land sie verkaufen und wie viele Einwanderer sie kommen lassen. Die besten Grundstücke behalten sie für sich und ihre Freunde. Als wir ankamen, haben wir nicht das Land bekommen, das uns versprochen worden war, und wir mussten feststellen, dass wir viel zuviel dafür bezahlt hatten. Der Boden ist tonig und eignet sich nicht für die Landwirtschaft. Außerdem sind wir fast drei Meilen vom Fluss entfernt. Ein Teil unseres Landes war sumpfiges, von Insekten verseuchtes Gelände. Wir haben einige Hektar trockengelegt, aber die Bewirtschaftung war ungeheuer schwierig, und die Besitzer der Grundstücke am Trinity haben uns nicht erlaubt, Wasser aus dem Fluss zu entnehmen, um die Felder damit zu bewässern. Wir haben auch keine besseren Grundstücke bekommen. Wir haben Brunnen gegraben, aber es gab nie genug Wasser. Drei Jahre lang haben wir im Sommer extreme Trockenheit und im Winter extreme Kälte erlebt. Als die Lage immer schwieriger wurde, sind unter uns Konflikte ausgebrochen, auch mit den Anführern der Gesellschaft. Alfred war in Saint Louis, er wollte einen Anwalt engagieren. Wir versuchen immer noch, unsere Rechte auf das Land geltend zu machen, das Considerant damals kaufte.«

Arthur blieb unter einem schattigen Dach stehen und wartete, bis sein Atem wieder ruhig und regelmäßig war. Sie wartete mit ihm. Als sie weitergingen, fuhr sie fort:

»Wir kamen fast alle aus Städten. Es gab viele Handwerker unter uns, Leute, die das Beste wollten, aber nicht das Geringste vom Bauernleben verstanden. Richard Kramer war Ingenieur. Ein brillanter Mann. Als es so schwierig wurde, sagte er, wir sollten handeln und nicht länger reden. Die Stadt würde untergehen, wenn wir nichts täten. Er suchte nach einem Mittel, unsere Versorgungsprobleme zu lösen. Er wollte eine Lösung für alle und weigerte sich gleichzeitig, unser System zu übernehmen. Das war sein Problem. Immer öfter fuhr er nach Dallas, um sich dort als Ingenieur zu verdingen, und er brachte immer wieder etwas Geld mit. Die Gesellschaft von Considerant, auch sie verschuldet, hat schließlich eingewilligt, diejenigen auszuzahlen, die Reunion verlassen wollten. Viele sind zurückgekehrt nach Europa, einige sind in Amerika geblieben, um an anderen Orten ihr Glück zu versuchen. Anfang des letzten Winters waren wir nur noch ungefähr sechzig Bürger. Nach dem Mord an Richard haben weitere dreißig die Gemeinschaft verlassen. Diejenigen, die jetzt noch da sind, bereiten sich auf die Rückkehr nach Europa vor. Die Grundstücke sind auf unsere Namen eingetragen, wir besitzen sie.«

Sie gingen an leeren Häusern entlang; wenn sie jemandem begegneten, wurde Alexandra Desmond freundlich gegrüßt – Bowman sah man nur aus den Augenwinkeln an. Reunion hatte etwas von einer Aussätzigenkolonie, wie Bowman sie in Asien gesehen hatte. Die Bürger benahmen sich wie jene verkrüppelten Kranken, die vor den Gesunden flüchteten und ihnen scheue und neugierige Blicke zuwarfen.

»Ist einmal ein Priester hier gewesen?«

»Die Gemeinschaft ist für alle Religionen offen. Anfangs gab es mehrere Priester. Der letzte hat uns nach Richards Ermordung verlassen. Es war ein alter Franzose, er ist nach Hause zurückgekehrt. Sie haben nach Ihrem Anfall von einem Pfarrer gesprochen, ist er der Mann, den Sie suchen?«

»Ein Engländer. Er ist ungefähr in meinem Alter. Sind Briten hier gewesen, in der Zeit des Mordes?«

»Nein.«

»Ein ehemaliger Soldat? So groß wie ich, auch blond? Der vielleicht so sprach wie die Leute aus dieser Gegend?«

Sie lächelte.

»Es gibt eigentlich noch keinen ausgeprägten amerikanischen Akzent, aber – nein, ich kenne niemanden, auf den diese Beschreibung zutrifft.«

Nach einigen Schritten wurde sie ernster.

»Richards Mörder war kein Einwohner von Reunion. Wir befinden uns hier am Rand einer viel befahrenen Route, und Dallas ist nur zwei Meilen weiter, am anderen Ufer des Trinity. Wie ich Ihnen schon sagte, ist Richard oft dort gewesen.«

Sie erreichten das große zentrale Gebäude. Sie erklärte, es sei ihr Versammlungsort, wo auch alle gemeinschaftlichen Aktivitäten organisiert würden, wo Hochzeiten und andere Feierlichkeiten stattfänden, wo es Taufen gebe, wo man lernen und sich weiterbilden könne.

»Alle, die auf irgendeinem Gebiet Kenntnisse besitzen, geben sie an die Kinder weiter, aber auch an die Erwachsenen. Das hier ist gleichzeitig unser Tempel, unser Verwaltungsbau, unsere Schule und unser Tanzplatz.«

Sie gingen nun in Richtung der dunklen Linie des Flusses.

Arthur fühlte sich besser, die Luft erfrischte und kräftigte ihn. Sie gingen langsam, und doch wirbelten ihre Schritte Staub auf.

»Ich habe noch nie so einen Spaziergang gemacht.«

»Was meinen Sie?«

»In London bin ich viel umhergelaufen. Aber ich machte meine Runden allein. Ich bin noch nie mit einer Dame spazieren gegangen.«

Alexandra Desmond lächelte kurz.

»Auch ich bin lange nicht mehr spazieren gegangen. Nach Jérômes Tod auf jeden Fall nicht mehr.«

Arthur wartete einige Sekunden, bevor er seine Frage stellte: »Warum sind Sie mit ihm hierhergekommen?«

»Weil wir zu viele Bücher gelesen hatten.«

»Sie lesen Bücher?«

»Sie meinen, Frauen sollten keine Bücher lesen?«

Arthur wurde rot, und es fiel ihm schwer, den nächsten Satz zu formulieren.

»Ich habe einmal ein Buch für eine Frau gekauft. Ein Buch, das auch von einer Frau geschrieben wurde.«

Sie sah ihn an.

»Ich hätte mir Sie auch nicht mit einem Buch in der Hand vorgestellt.«

Er zögerte.

»Als ich Soldat war, habe ich nur die Bibel gelesen. Und dann hat eine alte Frau mir ein anderes Buch gegeben, in dem etwas von Amerika stand…«

Er hielt inne.

»Sprechen Sie weiter, das gefällt mir.«

Arthur drehte sich um zu der Stadt, die ein paar hundert Meter hinter ihnen lag.

»Das Buch – es war ein Geschenk für einen der Engländer, die ich suche. Ich komme eben immer wieder darauf zurück…«

Bei diesem letzten Satz kam es ihm vor, als wären auch die grauen Umrisse der Häuser von Reunion irgendwie an seiner Suche beteiligt.

»Mr. Bowman, als Sie geschlafen haben, nach Ihrem Anfall, habe ich Ihre Narben betrachtet.«

Arthur überlief es heiß. Die grauen Augen von Mrs. Desmond richteten sich direkt auf sein Gesicht.

»Sie sagten, dass Sie sie einmal schön gefunden haben – nachdem eine Frau sie gewaschen hat.«

»Habe ich das gesagt?«

»Das habe ich jedenfalls so verstanden.«

Sie gingen langsam weiter.

»Wir sind hierhergekommen, um das Leben zu führen, von dem wir geträumt haben.«

Arthur senkte den Kopf.

»Ich könnte hier nicht leben. Ich bin nicht wie Ihr Mann.«

»Das glaube ich auch.«

Sie blieb stehen.

»Und doch sind Sie hier.«

Sie sah ihn auf eigenartige Weise an.

»Würden Sie meinen Arm nehmen und mit mir bis zum Fluss hinuntergehen?«

Arthur hob schüchtern den Arm, unsicher, ob er es war, der nun die Witwe Desmond führte, oder ob sie ihn festhielt, indem sie sich bei ihm einhakte.

»Sie haben auch gesagt, wir seien Geister. Das stimmt vielleicht. Und wenn wir alle fortgegangen sind, werden Sie diese Stadt erben, Mr. Bowman. Aber es gibt noch ein anderes Bild, das Sie benutzt haben und das mir besser gefällt.«

»Ein Bild?«

»Der Nachtfalter.«

Er erinnerte sich nicht daran. Die Hand der Frau lag mit sanftem Druck auf seinem Arm.

»Wir glauben die Nachtfalter zu kennen, weil sie um unsere Lampen schwirren, aber sie leben in der Dunkelheit. Wenn sie vom Licht angezogen werden, sind sie kaum noch sie selbst, sie verlieren ihr Gleichgewicht, werden verrückt. Vielleicht ist diese Gemeinschaft eine solche Lampe, ein trügerisches Licht, und vielleicht liegt die Wahrheit in der Dunkelheit, dort, wo wir nichts sehen können. Sie sind ein sonderbares Licht, Mr. Bowman, ein Licht, das Schatten verbreitet statt Helligkeit. Ich mag die Nacht nicht, aber Ihr Bild gefällt mir.«

Es war bereits dunkel, als sie nach Reunion zurückkamen. Arthur legte sich mit einer Decke in den Sessel. Alexandra Desmond schlief im angrenzenden Zimmer. Er kämpfte gegen den Schlaf, hörte das Knacken der Wände in der Kälte und fragte sich, ob es das Geräusch von Schritten sei.

Am nächsten Morgen aßen sie schweigend. Nach dem Frühstück nahmen sie ihr Gespräch wieder auf.

»Eigentlich glaube ich gar nicht, dass wir zu viele Bücher gelesen haben. Wir waren nur umgeben von Leuten, die nicht genug lasen. Vielleicht waren wir naiv, aber nicht deshalb, weil wir die falschen Ideen hatten, sondern weil wir an die falschen Leute glaubten. Wenn es irgendwo einen anderen Ort gäbe, wo ich als Frau frei leben könnte, lesen und Bücher schreiben und am politischen Leben teilnehmen könnte, wo ich das Wort ergreifen und verkünden dürfte, was ich denke und woran ich glaube, wo ich mit den Menschen zusammenleben könnte, die ich mir selbst aussuche, dann würde ich dorthin ziehen.«

Als gäbe es eine Vertrautheit zwischen ihnen, von der Arthur noch nichts wusste, sah ihn Alexandra Desmond mit einem Blick an, der ihn verlegen machte.

»Ich habe nicht viel geschlafen. Ich habe mich gefragt, wohin Sie gehen würden. Einen Moment lang dachte ich, ich könnte Ihnen nachreisen. Um Sie zu bitten zu bleiben.«

Sie stand auf und lächelte ihn an.

»Aber das geht nicht. Ihre Narben sind noch nicht schön. Sie sind noch immer dieser Soldat, dieser Mann mit einem Mädchen in jedem Hafen, und Sie wären unglücklich an der Seite einer Frau wie mir. Wissen Sie, dass es, wenn eine Frau ihren Mann nicht mehr haben will, bei einigen Indianerstämmen dieses Landes – diese Menschen, die Sie ›Affen‹ nennen oder ›Rothäute‹ oder

›Gelbe‹ – den Brauch gibt, dass sie ihm nachts all seine Sachen vor die Tür legt? Wenn der Mann sie morgens findet, sammelt er sie ein und geht fort, um anderswo ein anderes Haus und eine andere Frau zu finden.«

Arthur sah zu seinem Reisesack und seinem Mantel. Sie waren nicht mehr im Zimmer.

»Ich werde Sie nach Dallas bringen. Dort sollten Sie Ihre Suche fortsetzen. Sie müssen mir nicht antworten, ich denke, ich habe ohnehin schon viel zu viel gesagt. Wenn Sie schweigen können, schweigen Sie.«

Sein Mund war trocken.

»Schweigen, das ist es, was ich wollte.«

Alexandra Desmond öffnete ihm die Tür. Seine Sachen lagen ordentlich gefaltet auf der Treppe.

Bowman ging zu Brewster, um sich zu verabschieden. Der alte Kräuterdoktor gab ihm eine Flasche seiner Tinktur mit und riet ihm, beim Herannahen eines Anfalls einen Löffel davon zu sich zu nehmen, danach zwei Löffel, falls es ihm nicht gelang, den Anfall zu verhindern. Der alte Mann sah nicht gut aus. Im gleichen Maß, wie seine Stadt zerfiel, schien auch ihm die Lebenskraft auszugehen. Er sprach nicht von der Suche nach dem Mörder und sah Bowman mit abwesendem und melancholischem Blick nach.

Der Wagen verließ Reunion, und eine halbe Stunde später hielt die Witwe Desmond an der Zufahrtsstraße nach Dallas.

»Ich fahre nicht weiter, ich hasse diese Stadt. Aber Sie sind fast am Ziel.«

Sie drückte ihm die Hand und ließ sie nicht los.

»Sie können nichts dafür, dass mich Ihr Kommen sehr traurig gemacht hat, Mr. Bowman. Aber neben der Traurigkeit empfand ich Hoffnung. Dazu sollten wir uns beglückwünschen.«

Arthur verstand nicht, was sie meinte, aber auch er wollte ihre Hand nicht loslassen. Er stieg vom Wagen. Alexandras Knie waren auf der Höhe seines Gesicht. Er hatte Lust, seine Hand auf ihr Bein zu legen, doch er zögerte und legte sie stattdessen auf das Wagengestänge, wobei er ihr Kleid berührte. Sie lächelte und ließ die Zügel knallen, und das Pferd setzte sich in Bewegung.

Er passierte das Ortsschild von Dallas, einer sich schnell vergrößernden texanischen Stadt, in der es verboten war, Waffen zu tragen. Die Zahl der Einwohner in diesem Jahr, 1860, betrug sechshundertachtzehn. Ohne sich noch einmal umzudrehen, ging er in die Stadt hinein.

*

Am selben Abend, nachdem er in etlichen Geschäften und Saloons von Dallas Erkundigungen eingeholt hatte, kletterte er vor dem Eingang der Paterson-Ranch von einem mit Holz beladenen Fuhrwerk. Um ein neu gebautes, prächtiges zweistöckiges Farmhaus herum waren Vorratsgebäude, Ställe und Gehege im Bau, die sich bis zum Ufer des Flusses hinzogen. Der Vorarbeiter Patersons überwachte die Arbeiten zur Errichtung einer neuen Scheune. Pferde zogen Balken, die von Seilwinden emporgehievt wurden. Als die Balken ihre Position auf dem Scheunendach gefunden hatten, näherte sich Bowman dem Mann.

»Die Leute in der Stadt sagen, Sie brauchen hier noch Arbeiter.«

Der Vorarbeiter, der sich, wie Bowman beobachtet hatte, mit Zimmerarbeiten ebenso gut auskannte wie mit Vieh, musterte ihn gründlich.

»Was kannst du?«

Arthur sah sich um.

»Ich kann alles lernen. Aber wenn Sie jemanden brauchen, der den Leuten Beine macht, sind Sie bei mir an der richtigen Adresse.«

»Du willst meine Arbeit, ja? Und die Kleider hier, die trägst du zur Fuchsjagd, oder?«

»Ich hatte keine Zeit, mich umzuziehen. Und ich will keinen Ärger. Befehle kann ich vertragen, aber der Lohn muss stimmen.«

»Kennst du die Patersons?«

»Die Chefs?«

»Die sind nicht hierhergekommen, um sich von ihren Arbeitern ärgern zu lassen. Wo warst du vorher?«

»Fünfzehn Jahre in Indien, ich war Sergeant.«

»Ich gebe dir die Männer, die das Material für die Ranch heranschaffen. Sie müssen pünktlich sein. Acht Dollar für eine Woche mit sechs Tagen, Bett und Verpflegung eingeschlossen. Wenn du dabeibleibst, bekommst du in zwei Wochen sechzehn Dollar. Wir sind achtzig Mann hier auf der Ranch. Ein paar von ihnen werden sich an deinem britischen Akzent stoßen. Aber geprügelt wird nicht.«

Arthur streckte die Hand aus.

»Bowman.«

»Shepard.«

Er fragte, wo er schlafe.

»In der großen Baracke da drüben. Geh zu Bill, er sucht dir ein Bett.«

Arthur nahm seinen Reisesack.

»Was kostet ein Pferd hier?«

»Willst du eine Bank überfallen, oder brauchst du einen Gaul, der vor dem Saloon auf dich wartet?«

»Ich will ein bisschen die Gegend kennenlernen.«

»Bei deiner Größe brauchst du einen Mustang, der kostet zwanzig Dollar. Wenn du ihn auf der Ranch lässt, zahlst du einen halben Dollar pro Woche.«

Arthur holte fünf Dollar aus seiner Tasche.

»Wenn ich in einer Woche noch da bin, behalten Sie fünf Dollar von meinem Lohn ein. Reicht das, damit ich eine kleine Tour machen darf?«

»Sogar noch für einen Sattel. Und ich werde dir auch noch den Gefallen tun herumzuerzählen, dass du die Taschen voller Geld hast. Geh dich umziehen.«

»Wer ist Bill?«

»Einer von denen, die keine Engländer mögen.«

»Es wird keinen Ärger geben.«

Der Vorarbeiter lachte laut.

»Dieser Mistkerl kommt aus der Ukraine, wasch ihm den Kopf, wenn du willst.«

Arthur machte sich auf den Weg zu seiner Baracke.

»Bowman!«

Er drehte sich um.

»Wenn du den Männern von der Hollis-Ranch begegnest oder denen von Michaeli in der Stadt und sie dir mehr Geld versprechen, kommst du zu mir, bevor du abhaust!«

6

In der Arbeiterbaracke der Paterson-Ranch unterteilten sich die Männer in zwei Kategorien: diejenigen, die sich um die Tiere kümmerten, und diejenigen, die alles Übrige zu erledigen hatten. Es war eine Kaserne mit unklaren Rängen; die Disziplin währte nur so lange wie die Arbeitsstunden, und es gab ständig Kündigungen und Neueinstellungen. Die Stimmung war gut, doch auch hier war, wie überall, wo sich Bowman bisher in diesem Land aufgehalten hatte, alles provisorisch und unbeständig, und jeder schien von größeren Vorhaben zu träumen. Die Cowboys sparten auf ihre eigene Ranch, die Handwerker hatten das eigene Geschäft im Kopf, die Köche wollten ein eigenes Lokal. Und während sie träumten, wurde Patersons Ranch immer größer. Anfangs hatte sie dreitausend Hektar gehabt, dann wurden es fünftausend, und heute waren es schon zehntausend Hektar, die sich am Ufer des Trinity River hinzogen. Bowman erfuhr, dass er mit zweitausend Dollar in Texas fast genauso viel Land kaufen konnte wie die Patersons. Das Problem, das man mit einer Ranch dieser Größe hatte, war, dass man noch viel mehr Geld brauchte, um etwas aus dem Land zu machen.

Wenn ein Cowboy fünf Dollar in der Woche zurücklegte, brauchte er nur zwei Jahre zu arbeiten, um Land, etwas Vieh und Holz für ein Blockhaus zu kaufen. Falls bis dahin noch Land übrig war, das man kaufen konnte. Zu diesen Preisen wurden jeden Tag große Teile von Texas gekauft.

Alle sprachen von der King-Ranch am Rio Grande, die um die fünfzigtausend Hektar bewirtschaftete. King war über die Grenze gegangen und hatte in Mexiko die Bewohner ganzer Dörfer rekrutiert. Die großen Ranchbesitzer waren die Vorbilder all der Träumer, die abends um den Tisch herumsaßen und davon erzählten, was sie später, im *Westen*, alles machen würden. Dort, wo noch niemand war, wo es fruchtbaren Boden im Überfluss gab, den man nur in Besitz zu nehmen brauchte, wo es Flüsse gab, Jagdwild, die herrlichsten wilden Tiere und riesige majestätische Wälder. Um dorthin aufzubrechen, benötigte man einen Planwagen, ein Paar Ochsen, etwas Proviant für die Reise, ein Gewehr und Munition; allerdings brauchte man auch eine Frau, und man musste mit dem Aufbruch noch so lange warten, bis die Armee mit den Indianern aufgeräumt haben würde. Deshalb wurde die Realisierung der Träume vom Westen immer wieder um ein paar Monate aufgeschoben, bis sich eine Möglichkeit bot, die sicherer, schneller und müheloser funktionieren sollte als alles andere: Man konnte nach Colorado gehen und nach Gold suchen. Um in Colorado reich zu werden, genügte es, ein echter Mann zu sein und ein wenig Glück zu haben. Unter den Männern, die abends am Tisch herumbrüllten und immer lauter wurden, je klarer sie erkennen mussten, dass sie unrecht hatten, gab es ein Dutzend, die nichts sagten. Sie hatten keine Projekte, und der Westen endete für sie in Dallas. Es waren die Leute des Versorgungstrupps, die Bowman befehligen sollte.

Die drei mächtigsten Rancher der Region heuerten nicht nur Cowboys und Pferdeknechte an; sie brauchten auch jeden Mann, der sich auf irgendetwas verstand, und ihr Bedarf war so groß, dass nur die Faulpelze und Herumtreiber in der Stadt übrig blieben, was erklärte, dass Bowman sofort eingestellt worden war und dass die Leute des Versorgungstrupps nicht viel taugten. Sie waren stark, und ansonsten ähnelte ihr Charakter dem ihrer Maultiere, die sich für nichts zu schade waren.

An Bowmans erstem Tag auf der Ranch gab es keine Kommentare zu seinem Akzent, am zweiten auch nicht, und niemand lachte über seine sonderbare Arbeitskleidung, seine Fischerhose und die Fischerjacke. Die Ranch lag acht Meilen nördlich der Stadt, anderthalb Stunden zu Pferd, doppelt so lange mit einem beladenen Fuhrwerk. Das in Dallas gekaufte Holz kam entweder von den großen Seen im Norden, wurde per Schiff auf dem Mississippi, dann, von Vicksburg aus, auf dem Rücken von Maultierkarawanen weitertransportiert, oder es kam aus Pennsylvania über den Atlantik nach Houston am Golf von Mexiko. Zwei Händler in der Stadt waren für die verschiedenen Frachtwege zuständig. Wenn man mit Steinen bauen wollte, genügte es, sich zu bücken und die Steine aus dem Boden der Patersons herauszuholen, doch die Maurer arbeiteten nicht schnell genug. Seit fünf Jahren verdoppelte die Ranch jedes Jahr die Größe ihrer Herden, und unablässig trafen Holzfuhren aus Dallas ein. Die Stadt ähnelte einem Bienenschwarm, der um einen kahlen Baum mitten in der Wüste kreiste.

Die drei großen Ranchbesitzer Paterson, Hollis und Michaeli waren Konkurrenten um Nahrungsmittel und Holz. Bestechung war üblich, und als Bowman seinen Kollegen von der Hollis-Ranch kennenlernte, begriff er, warum Shepard ihn eingestellt hatte. Der Leiter des Versorgungstrupps von Hollis war ein großer, mürrischer Mann, der seine Leute durch Drohungen und Gewalt beherrschte. Er hieß Brisk, und niemand lachte über seinen deutschen Akzent und sein schlechtes Englisch. Als sie das zweite Mal nach Dallas ritten, sahen Bowmans Männer, dass ihr Boss Brisk beiseitenahm und mit ihm sprach. In Wahrheit hatte Bowman nicht gesprochen. Er hatte ihn nur angesehen, und sie hatten sich schweigend getrennt. Doch von diesem Tag an machte Brisk keinen Ärger mehr, und Bowmans Träger und Maultiertreiber arbeiteten besser als je zuvor.

Nach acht Tagen Arbeit sattelte Bowman einen Mustang der Ranch. Shepard hatte ihn ein wenig grinsend für ihn ausgesucht. Es war ein mittelgroßes Tier, ein Fuchs von acht Jahren, muskulös, mit schwarzen Beinen. Die Cowboys der Ranch hatten ihn gezähmt, doch er war zu nervös für die Rinderherden. Er war erst mit drei Jahren gefangen worden und erwies sich als äußerst empfindlich. Bowman hatte das Tier gefallen, es war etwas Zurückhaltendes und Unnahbares in seinem Blick. Der Mustang war seit Monaten nicht mehr gesattelt worden, und der Kontakt mit dem Leder ärgerte ihn. Bowman blieb eine Zeit lang bei ihm im Stall. Er saß auf dem Zaun und rauchte seine Pfeife, während das Tier mit den Hufen gegen die Planken stieß. Doch allmählich beruhigte es sich und kam, angezogen vom Duft des Tabaks, näher. Bowman hatte ihm sanft den Hals getätschelt und ihm eine Kugel in den Kopf versprochen, falls es ihn abwerfen sollte. Beim Klang seiner Stimme war das Pferd zurückgewichen und hatte die Ohren angelegt.

Es hatte keinen Namen. Bowman nahm sich vor, ihm einen Namen zu geben, falls er von seinem Ritt nach Reunion lebendig zurückkehren würde. Auf dem Weg nach Dallas zog er die Zügel nicht an und beobachtete nur die Reaktionen des Tieres, wenn sie ein Wäldchen durchquerten oder ein Fuhrwerk überholten. Andere Pferde schien der Mustang nicht zu bemerken. Als sie sich der Furt durch den Trinity River näherten, fiel er in Trab, ohne dass Bowman ihm die Sporen geben musste. Es war ein kluges Pferd, und Bowman folgerte, dass es keineswegs zu nervös war zum Arbeiten, sondern nur keine Lust hatte, sich schinden zu lassen. Als sie aus dem Wasser kamen, drückte er ihm die Fersen in die Flanken. Erfrischt und erregt fiel der Mustang in einen schnellen, geschmeidigen Galopp. Bowman machte es keinerlei Mühe, sich im Sattel zu halten, obwohl er seit über sechs Jahren nicht mehr auf einem Pferd gesessen hatte.

Als sie Reunion erreichten, verfiel das Pferd in Schritt, und wenn die Türen der verlassenen Häuser im Wind klapperten, warf es den Kopf unruhig hin und her. Vielleicht spürte es die Nervosität seines Reiters.

Bei Arthurs Anblick trat Alexandra Desmond aus ihrem Haus.

»Schon zurück? Sie sind mutiger, als ich dachte, Mr. Bowman.« Sie lächelte.

»Bitte, treten Sie ein.«

Sie servierte Tee und entschuldigte sich für ihre formelle Art. Bowman begriff nicht, warum sie das sagte. Er berichtete ihr von seiner Arbeit auf der Ranch und seinen Besuchen in Dallas als Leiter des Versorgungstrupps.

»Und was haben Sie diesem Brisk von der Hollis-Ranch gesagt?«

»Nichts. Ich habe es gemacht wie damals, als ich Sergeant war. Ich habe ihm in die Augen gesehen, habe mich an das gehalten, was mir durch den Kopf ging, und das war's.«

»Und hat er je wieder versucht, Ihnen und Patersons Leuten Schwierigkeiten zu machen?«

»Nein.«

Sie schien amüsiert zu sein, als hörte sie einem Kind zu, das seine Erlebnisse erzählt.

»Ich hatte eine Idee – es war eigentlich eher ein Bild –, als ich auf die Ranch kam. Es ist, als würden sie dort ihre Gebäude genau in dem Maß und in der Geschwindigkeit aufbauen, in der hier alles verfällt.«

Alexandra Desmond senkte den Blick. Bowman war nicht länger amüsant.

»Diese Woche sind wieder zwei Familien fortgegangen.«

Arthur betrachtete ihre schmalen Hände, denen die harte Arbeit noch kaum anzusehen war.

»Und Sie? Wie lange werden Sie noch hierbleiben?«

Sie gab keine Antwort. Bowman sagte leise: »Werden Sie einen Ort suchen, der Ihnen besser gefällt?«

Alexandra stand auf und nahm ein Buch aus dem Regal, das sie vor ihn auf den Tisch legte.

»Sie sagten, dass Sie manchmal Bücher lesen. Ich glaube, das hier könnte Sie interessieren.«

Arthur nahm es in die Hand und fuhr mit den Fingerspitzen über den gravierten Einband.

»Das hatte Brewster in der Kutsche dabei.«

»Ich habe es mir ausgeliehen. Sagen Sie mir, was Sie davon halten. Und wenn Sie fortgehen müssen, nehmen Sie es mit. Ich

werde die zweite Frau auf dieser Welt sein, die Ihnen ein Buch
schenkt. Das genügt mir, aber nur, weil ich die jüngere und hüb-
schere von uns beiden bin.«

Wieder erschienen rötliche Flecken auf ihren Wangen. Arthurs
Herz klopfte laut, und er hörte sein Blut rauschen.

Am Abend dieses Tages schlug er in seinem Bett im Schlafsaal,
das nur durch ein gespanntes Laken von den anderen Betten getrennt war, das Buch von Thoreau auf und begann zu lesen.

Sparsamkeit

*Als ich die folgenden Seiten wenigstens ihrer Hauptsache nach
schrieb, wohnte ich eine Meile weit von meinem nächsten Nachbarn entfernt in einem Haus, das ich mir selbst am Ufer des
Waldenteiches, in Concord, Massachusetts, gebaut hatte, allein
im Walde und verdiente meinen Lebensunterhalt einzig mit meiner Hände Arbeit. Dort lebte ich zwei Jahre und zwei Monate
lang. Jetzt bin ich in das zivilisierte Leben zurückgekehrt ... Ich
verlange von jedem Schriftsteller, zu Anfang oder am Ende, einen
einfachen, aufrichtigen Bericht über sein eigenes Leben, und
nicht bloß einen solchen über das Leben anderer Leute; einen
Bericht, wie er ihn wohl aus fernen Landen seinen Verwandten
zukommen ließe; denn wenn er aufrichtig gelebt hat, so muss das
in einem weit von uns entfernten Land gewesen sein.*

Er las zwei Stunden, und als er, nachdem er über die gelesenen Seiten nachgedacht hatte, das Buch schloss, schlief er lächelnd ein.

*

In der darauf folgenden Woche wurde sein Lohn auf sechzehn
Dollar erhöht, und der Vorarbeiter bat ihn, sich in Dallas um die
gesamte Versorgung der Ranch, einschließlich des Futters für die
Tiere, zu kümmern.

»Du bist jetzt Patersons Mann in Dallas. Alles, was hier ankommt, läuft über dich, und du hast dafür zu sorgen, dass wir es

pünktlich und in ausreichender Menge bekommen. Wenn es gut läuft, bekommst du mehr Geld. Und, Bowman, das nächste Mal, wenn du in der Stadt bist, kaufst du dir auf Kosten der Ranch neue Kleider.«

Ohne dass er ihm die Sporen hätte geben müssen, fiel sein Pferd in Galopp, sobald er den Trinity überquert hatte. Er zog leicht an den Zügeln, und der Mustang schlug den Weg nach Reunion ein. Es war nicht sein freier Tag, doch Arthur hatte seine Arbeit in Dallas beendet und beeilte sich, vor Einbruch der Dunkelheit an sein Ziel zu gelangen.

Alexandra war nicht zu Hause. Das Pferd, stets nervös in den Straßen der Ruinenstadt, ließ sich ruhig zu Brewsters Haus führen. Dort war sie, in seiner dämmrigen Hütte voller Bücher, Kräuter und Tinkturen. Der Alte lag im Bett, und sie kümmerte sich um ihn. Arthur sprach ein wenig mit ihr, versuchte, auch mit Brewster ein paar Worte zu wechseln, doch dieser war bleich und schweigsam. Er lag im Sterben, obwohl er keine Krankheit hatte. Es schien eher eine allgemeine Erschöpfung zu sein, als gäbe es nicht mehr genug Luft für ihn, die er atmen konnte. Alexandra blieb den ganzen Tag an seiner Seite und spürte, wie dieses letzte heiße Herz von Reunion allmählich erkaltete. Bald wusste Brewster nicht mehr, wer bei ihm war.

»Ich muss zur Ranch zurück.«

Alexandra brachte Arthur hinaus.

»Mr. Bowman, Sie sehen immer mehr wie ein Bewohner dieses Landes aus, mit Ihrem Pferd und Ihren neuen Kleidern.«

Sie war müde, und im grauen Schein der Dämmerung schienen selbst ihre Haare die verwaschene Farbe der Stadt anzunehmen. Arthur nahm die Zügel des Mustangs, der die Nase in das Haar der Frau zu stecken versuchte, um ihren Duft einzuatmen.

»Er heißt Walden.«

Sie lächelte ihm zu und drückte ihm die Hand. Arthur stieg auf.

»Wenn Sie da sind, komme ich am Sonntag wieder.«

Als sie am Haus von Richard Kramer vorbeikamen, spürte

Arthur, dass Walden ein Schauer überlief. Am Ausgang der Stadt beugte er sich über den Hals des Pferdes, und sie galoppierten über die dunkle Piste.

Wo ich lebte und wofür ich lebte

In einer gewissen Periode unseres Lebens gewöhnen wir uns an, jedes Fleckchen Erde daraufhin anzusehen, ob es nicht eventuell ein guter Platz für unser Haus wäre.

»Bowman, Mr. Paterson will dich sprechen. Er erwartet dich.«

Everett Paterson war gleichermaßen jünger und älter, als Bowman ihn sich vorgestellt hatte. Gerade von einer Reise zurückgekehrt, empfing er Bowman in seinem Arbeitszimmer. Er warf seine städtische Gardeobe auf den Boden und zog sich Reitkleider an, die gefaltet auf einem Sessel gelegen hatten.

»Shepard hat mir von Ihnen erzählt, Mr. Bowman.«

Hinter Paterson hing ein großes Ölporträt eines ernsten Mannes, das den Raum beherrschte. Paterson senior hatte ein schmales Gesicht und dunkle Augen, die selbst durch die Kunst des Malers nicht weicher geworden waren. Auch im Gesicht seines Sohnes lag etwas Müdes und Schweres, was ihn alt wirken ließ. Worunter er litt, konnte Bowman nicht erkennen, doch das Leiden hatte seine Schultern einfallen, seine Haut welken lassen und Schatten unter seine Augen gelegt. Er war ein Mann ohne Schlaf, der, wie er sich vorstellte, seine Nächte im Sessel verbrachte, dösend und träumend, ohne seine Krankheit vergessen zu können.

Everett Paterson betrachtete mit einem langen Blick die breiten Schultern, den aufrechten Rücken seines Arbeiters. Zweifellos war er dazu fähig, mit einem Blick die Kraft eines Pferdes, eines Stiers oder eines Mannes einzuschätzen. Als Bowman diesen Blick sah, war er beeindruckt von Patersons Willenskraft und seinem Stolz, mit dem er sich jegliches Mitleid verbat.

»Shepard sagt mir ständig, wie gut Sie arbeiten. Die Ranch braucht Leute wie Sie. Das wollte ich Ihnen auch persönlich einmal sagen. Außerdem komme ich gerade aus New Orleans. Die Lage wird zunehmend schwieriger. Washington versucht, sein Gesetz auf die Südstaaten auszudehnen, für die Abolitionisten ist das eine gute Gelegenheit, um uns zu diskreditieren, und der Bruch unserer Verträge steht bevor. Der Süden weiß sich zu wehren, dessen können Sie sicher sein. Ihre militärische Erfahrung wird für uns sehr nützlich sein. Ein Mann, der sich in den englischen Kolonien behauptet hat, wird auch als Geschäftsmann erfolgreich sein. Wenn Sie bleiben wollen, können Sie hier auf der Ranch mit einer sicheren Zukunft rechnen.«

Bowman fragte sich, wie lange der Erbe der Patersons noch zu leben hätte. Letzten Endes war das, was er gesagt hatte, bedeutungslos.

»Für den Augenblick habe ich nichts anderes vor, Mr. Paterson.«

Der gebeugte junge Mann lächelte und setzte sich in seinen Sessel.

»Gut, dann wünsche ich Ihnen einen guten Tag. Wir werden uns bald wiedersehen.«

Bowman legte die Hand an die Stirn, um zu grüßen, und verließ das Zimmer. Bei einem kurzen Blick zurück sah er Everett Paterson, der sich mit schmerzverzerrtem Gesicht die Stiefel anzog. Das also war der Besitzer des Landes am Ufer des Trinity, der den Bewohnern von Reunion den Zugang zum Wasser verwehrt hatte.

Als sein Arbeitstag zu Ende war, sattelte er sein Pferd und ritt am Fluss entlang, bis er die Geisterstadt erreichte, wo Alexandra Desmond den alten Brewster beim Sterben begleitete. Er ließ Walden unter den hohen Pappeln traben und dachte über das Geld nach, das ihm Reeves hinterlassen hatte. Erst spät in der Nacht kehrte er zur Ranch zurück.

Um sich zu beruhigen, schlug er auf seinem Bett liegend wieder einmal das Buch von Thoreau auf und las einige Zeilen.

Wer durch die Prärie reist, muss natürlicherweise ein Jäger, am Oberlauf des Missouri und in Columbia ein Trapper und bei den Fällen von St. Mary ein Fischer sein. Wer nur Reisender ist, der lernt alles nur halb und aus zweiter Hand und ist eine schlechte Autorität.

Am folgenden Sonntag verließ Bowman die Ranch vor Sonnenaufgang. Nachdem er den Fluss durchquert hatte, verfiel Walden in schnellen Galopp, und sie erreichten Reunion, bevor die fahle Sonne sich vom Horizont gelöst hatte. Vor dem Haus des alten Schulmanns und Kräuterdoktors hatten sich die letzten Bewohner der Stadt versammelt. Aus einigem Abstand beobachtete Bowman, wie der unbeholfen zusammengezimmerte Sarg herausgebracht wurde, in dem Brewster seine letzte Reise auf Erden unternahm. Arthur nahm seine Mütze ab, als der kleine Trauerzug an ihm vorbeikam, und Alexandra Desmond trat zu ihm, um ihn zu begrüßen. Walden beschnupperte sie.

»Sie können bei mir auf mich warten.«

Eine halbe Stunde später war sie wieder da. Die Beerdigung des alten Mannes hatte nicht lange gedauert. Die Gemeinschaft hatte nicht mehr die Kraft für ausgedehnte Zeremonien. Alexandra Desmonds Müdigkeit hatte sich in Melancholie verwandelt. Sie kochte Kaffee, und sie setzten sich einander gegenüber an den Tisch.

»Heute Nacht bin ich weggegangen, nur eine Stunde, um etwas zu essen zu machen. Als ich wiederkam, war er tot.«

Sie hielt einen Moment inne.

»Wenn man bei einem Kranken wacht, muss man auch das ertragen, auch wenn es Angst macht.«

»Was muss man ertragen?«

»Dass er allein geht. Wir haben diese Idee, dass es besser sei, umgeben von seinen Lieben zu sterben, aber manche ziehen es vor, dabei allein zu sein. Ich war nicht lange weg.«

»Damals, im Dschungel, wenn da jemand starb, haben wir nicht zu ihm hingesehen. Vielleicht wären sie gern allein gewesen, aber sie durften es nicht. Deshalb haben wir uns umgedreht. Für diejenigen, die nicht allein gehen wollten, konnten wir nichts tun. Wir waren in den Käfigen, und wir durften nicht sprechen. Peevish, der Priester, hat trotzdem ein Gebet gesprochen, aber ohne zu reden, nur indem er die Lippen bewegte. Wenn eine Frau wie Sie dort gewesen wäre, wären sie nicht auf eine so hässliche Weise gestorben.«

»Warum leben Sie noch?«

Arthur fuhr sich mit seiner verkrüppelten Hand übers Gesicht und berührte instinktiv die Narbe auf seiner Stirn.

»Weil ich zäh bin. Weil ich Glück hatte.«

»Glauben Sie wirklich, dass die Verfolgung dieses Mörders Ihr einziger Lebensinhalt ist, Mr. Bowman?«

»Was meinen Sie?«

»Genügt das, um Ihrem Leben einen Sinn zu geben?«

Er senkte den Blick.

»Ich weiß nicht. Im Augenblick, ja. Später, wenn ich ihn wiedergefunden habe – ich weiß nicht, was dann passiert.«

»Ich würde auch gern wissen, was dann sein wird.«

Ihre Stimme klang ein wenig ironisch. Vielleicht dachte sie an ihr eigenes Leben, wenn sie ihm solche Fragen stellte. Arthur spürte, dass ihm das Blut in die Schläfen stieg.

»Und Sie – jetzt, wo Ihre Stadt tot ist und Sie Ihren Mann verloren haben, und Brewster ist auch tot –, welchen Sinn hat Ihr Leben jetzt?«

Die Witwe Desmond antwortete in ruhigem Ton: »Regen Sie sich nicht auf. Ich versuche nur, Sie zu verstehen. Was mein Leben betrifft, werde ich schon zurechtkommen. Aber ich möchte doch gern wissen, was ein Mann wie Sie auf diese Frage zu erwidern hat.«

»Ein Mann wie ich?«

»Ein Mann der Tat.«

»Ein Idiot?«

Sie betrachtete ihn vorwurfsvoll.

»Machen Sie sich nicht lächerlich.«

»Ich bin kein Ingenieur, und ich habe nicht so viele Bücher gelesen wie Sie, aber ich weiß, dass niemand Ihre Frage mit ein paar

Worten beantworten kann. Es gibt nur das, was man gerade tut und das, was man sich für später erhofft. Das ist alles.«

»Sie arbeiten also auf der Paterson-Ranch. Sonst nichts.«

»Im Augenblick.«

»Und was erhoffen Sie sich für später?«

Arthur musste sich zwingen zuzuhören. Am liebsten hätte er das Haus der Witwe verlassen, um sich dieser schrecklichen Debatte zu entziehen.

»So funktioniert es nicht. Jedenfalls nicht für mich.«

»Sie haben keine Hoffnung mehr, Mr. Bowman; ist es das, was Sie sagen möchten?«

Er ballte die Fäuste.

»Zum Teufel, Sie wissen sehr wohl, dass ich an gewisse Dinge denke. Aber so geht es nicht. Ich kann nicht mehr einfach tun, was ich will. Und Sie...«

»Ich?«

Er betrachtete die Dinge, die auf dem Tisch standen, und hatte Lust, sie an die Wand zu werfen.

»Ich gehe jetzt besser.«

»Sind Sie wütend?«

»Hören Sie auf.«

»Weil ich nichts von Ihnen wissen will? Weil Sie hier sitzen und nicht wissen, warum, und weil Sie irgendwann aufbrechen werden, um den Mörder meines Geliebten zu finden?«

Bowmans Wut legte sich, und eine unbegreifliche Traurigkeit stieg in ihm auf.

»Warum tun Sie das?«

Alexandra presste die Lippen aufeinander. Sie hob die Hand und ohrfeigte ihn, ohne dass er eine Reaktion zeigte.

»Glauben Sie, dass eine Frau Sie retten kann, Mr. Bowman? Dass es unsere Aufgabe ist, die Augen zu verschließen vor dem, der Sie sind? Ich interessiere mich nicht für eine solche unterwürfige und veraltete Liebe. Es gibt andere, größere Arten von Liebe. Aber Sie – Sie haben keine Hoffnung, Sie haben nur erbärmliche Fantasien.«

Sie senkte den Kopf und rieb sich die Hände, die noch rot waren von dem Schlag.

»Sie wissen nicht einmal, ob Sie den Tod suchen oder ein ehrenhaftes Leben, Mr. Bowman. Sie werden sich am Ende entscheiden müssen, doch solange Sie das noch nicht getan haben, werden Sie hier keinen Platz haben, und auch nirgendwo anders auf dieser Erde.«

Arthur wartete darauf, dass sie den Blick wieder hob, aber Alexandra rührte sich nicht. Er stand auf und ging und ließ sie allein zurück, ritt am Trinity River in südlicher Richtung zurück und erreichte die Ranch über einen langen Umweg.

Es war inzwischen Nacht geworden. Einer nach dem anderen, auf einem Fuhrwerk ausgestreckt oder zu Fuß gehend, erreichten die Arbeiter ihre Baracke, nachdem sie den ganzen Sonntag in den Saloons von Dallas verbracht hatten. Wieder einmal hatten sie die Hälfte ihres Lohns für Alkohol oder für das Zusammensein mit Frauen ausgegeben, und der Aufbruch in den Westen verzögerte sich um eine weitere Woche. Bill, der Ukrainer, hatte eine mexikanische Suppe aus roten Bohnen zubereitet, die durch den Zusatz von Chilischoten etwas weniger fade schmeckte als sonst. Auf diese Weise schwitzte man sich den reichlich genossenen Whiskey aus dem Leib, bevor man zu Bett ging.

Bowman wollte nicht lesen. Ein letzter Trupp Cowboys, betrunken und lärmend, traf ein, und alle löffelten ihre Suppe. Noch im Schlafsaal hörte Bowman sie schwadronieren. Er stand auf und zog das Laken zur Seite. Die Männer hörten auf zu reden, als sie ihn sahen, den großen Bowman, mit seinen weit offenen Augen.

*

Reunion war menschenleer und still; es fehlte der Wind, der die Türen und Fensterläden der verlassenen Häuser sonst immer leicht bewegt hatte. Nur zehn Menschen lebten hier noch in veschiedenen Hütten. Das Pferd schnaubte, wie um die tristen Ausdünstungen dieses Ortes aus seinen Nüstern zu vertreiben. Alexandra stand auf der Veranda, die Schultern etwas hochgezogen in der morgendlichen Kälte. Noch bevor er abgestiegen war und bevor sie die frisch beschlagenen Hufe und den am Sattel befestigten Reisesack wahrnahm, begriff sie. Sie ging ins Haus und ließ die Tür offen. Arthur folgte ihr und setzte sich an den Tisch, während sie Wasser aufsetzte.

Er sprach leise und zwang sich, unnütze Worte zu sagen.

»Ich habe etwas erfahren. Ein paar Männer von der Ranch haben mit Maultiertreibern eines Konvois aus El Paso geredet. Es ist in Fort Bliss passiert. Ich habe bei Paterson gekündigt.«

Sie stellte die Tassen auf den Tisch, stellte Zucker dazu, legte Löffel daneben.

»Sind Sie sicher?«

»Vielleicht hat das eine mit dem anderen nichts zu tun. In London gab es nach dem Mord genauso viele Variationen davon wie Leute, die davon sprachen. Jeder erfand irgendetwas. Nein, ich bin mir nicht sicher.«

Sie setzte sich ihm gegenüber.

»Sie wissen sehr wohl, dass das nicht meine Frage war.«

Er drehte den Kopf zu einem staubigen Fenster, hinter dem sich die Umrisse der leeren Häuser abzeichneten.

»Es nützt nichts, mit alledem wieder anzufangen. Ich bitte Sie nicht zu bleiben. Ich sage nur, dass nichts Sie dazu zwingt, ihn zu verfolgen.«

Arthur nahm all seinen Mut zusammen.

»Und wenn ich trotzdem bliebe?«

Sie goss ihm Kaffee ein.

»Ich habe nach New York geschrieben. Victor Considerants Firma hat eingewilligt, mir die Rückkehr nach Frankreich zu bezahlen.«

Draußen wartete Walden. Er schlug mit den Hufen und schnaubte laut. Einen Moment lang blieben sie über ihre Tassen gebeugt schweigend sitzen. Arthur hielt sich die Hand vor den Mund, wie um die Worte zurückzuhalten.

»Und wenn ich zurückkäme, nachdem ich ihn gefunden habe?«

»Sie können nicht sicher sagen, dass Sie zurückkommen.«

»Wenn ich einen Grund hätte – das würde alles ändern.«

Sie stand auf und drehte ihm den Rücken zu, wie damals, am ersten Tag, als er nach dem Anfall zu sich gekommen war.

»Diese Erwägungen und Vermutungen sind doch sinnlos. Sie wissen ebenso gut wie ich, dass das alles absurd ist.«

Er nahm die Kreditbriefe und ein Bündel Dollarnoten aus seiner Tasche und legte sie auf den Tisch.

»Sie haben gesagt, dass Sie nicht länger traurig sein wollen. Und ich – alles, was ich weiß, ist, dass ich immer noch lebe.«

Sie drehte sich um, betrachtete ausdruckslos die Papiere auf dem Tisch und suchte Bowmans Blick.

»Was wollen Sie mit diesem Geld kaufen?«

»Nichts. Das Einzige, was ich bisher damit machte, war, dass ich die Beerdigungen von Leuten bezahlte, die ich nicht kannte. Vielleicht können Sie etwas Besseres damit anfangen.«

»Ich brauche das nicht.«

Arthur wollte seine Idee nicht aufgeben.

»Eines weiß ich. Frankreich oder England ist nichts mehr für Sie. Sie könnten einen Ort für sich suchen, hier oder anderswo.«

Sie verschränkte die Arme, so fest, als wollte sie sich selbst am Atmen hindern.

»Hören Sie auf.«

»Ich komme zurück. Selbst wenn Sie nicht mehr da sind. Ich habe noch mehr zu tun.«

Sie setzte sich wieder und legte die Hände auf den Tisch, ohne das Geld zu berühren.

»Ich kann Sie nicht daran hindern.«

»Wann brechen Sie auf?«

»In ein paar Wochen. Ich brauche noch etwas Zeit, um alles zu organisieren. Mr. Bowman, Sie haben das Recht zu hoffen, selbst wenn sich Ihre Hoffnung auf Unmögliches richtet. Auch wir haben gehofft und sind deshalb hierhergekommen. Sie dürfen sich das nicht verbieten.«

»Wozu sollte eine unmögliche Hoffnung gut sein?«

Zögernd streckte sie die Hand aus und legte sie ihm auf den Arm.

»Es ist ja nur ein Bild, Mr. Bowman. Ein wenig Licht für die Nachtfalter.«

Arthur hob den Kopf und sah ihr trauriges Lächeln, ihre in Tränen schwimmenden grauen Augen. Auch er lächelte.

»Als ich heute Nacht meine Sachen packte, habe ich über etwas nachgedacht. Die Soldaten haben immer eine Frau, die auf sie wartet. Die schönste der Welt. Es sind Träume, die man nicht anzweifeln darf, sonst erfüllen sie ihren Zweck nicht mehr. Die Wahrheit ist, dass die schönste Frau der Welt nie auf einen wartet.«

Alexandra Desmonds Finger drückten sich in seinen Arm. Arthur legte seine verkrüppelte linke Hand sanft auf die ihre, und sie blieben eine Zeit lang schweigend sitzen, bis die Kraft, diesen Moment zu genießen, sie wieder verließ.

Arthur stieg auf. Alexandra trat zu dem stolzen Mustang, und er legte seinen Kopf auf ihre Schulter.

»Es ist immer bedauerlich, das sagen zu müssen, aber es tut mir leid.«

Arthur setzte sich seine Mütze auf.

»Das Geld ist das der Kompanie. Machen Sie etwas Gutes daraus. Man kann es auf keine bessere Weise verwenden.«

Er zog am Zügel, Walden verfiel in Trab, und der Sergeant drehte sich nicht mehr um. Als er das Haus von Kramer passierte, hatte er es nicht nötig, seine Sporen zu benutzen, das Pferd begann von selbst zu galoppieren.

Binnen zwei Stunden war er in Fort Worth, und bevor er die Route nach El Paso einschlug, machte er vor einem Laden halt, wo er seine Ausrüstung vervollständigen und Proviant einkaufen wollte.

Er hatte zweihundert Dollar für sich selbst behalten. Von diesem Geld wollte er so lange wie möglich leben. Aber es galt, ein Gleichgewicht zu finden zwischen seinen Bedürfnissen und dem Gewicht, das Walden tragen konnte. Er wählte folgende Dinge aus: Ein Messer, robuster als der Dolch, den er in London gekauft hatte, und viel billiger; ein Hanfseil von zwanzig Meter Länge; eine Axt; fünf Kilo Hafer für Walden; zwei Lederschläuche mit je anderthalb Liter Fassungsvermögen. Ferner ein Pfund Speck, zwei Pfund Maismehl, Kaffee, einen Teller und einen Kochtopf aus Blech, eine Feuerbox mit Feuerstein, einen kleinen Vorrat an Zunder und Zündhölzern. Seine in New York gekauften Kleider tauschte er gegen einen langen Regenmantel, eine gute Decke, Tabak und eine Flasche Whiskey ein. Für seine Fischerjacke bekam er zwei Schreibfedern, eine kleine Flasche mit schwarzer Tinte und einen Schreibblock. Sein letzter Einkauf war ein Gewehr der Marke Henry, Kaliber 44, mit einem Magazin von sechzehn Schuss und genug Munition. Für das Gewehr bezahlte er doppelt so viel, wie er für Walden ausgegeben hatte. Die Rechnung betrug am Ende achtundfünfzig Dollar. Der Ladeninhaber schenkte ihm dazu eine Futteral für sein Gewehr, eine Flasche Öl und eine Bürste, um es zu säubern.

»Bis wohin wollen Sie mit alledem kommen?«

»Bis Fort Bliss.«

»Machen Sie sich keine Sorgen, auch wenn Sie den Westen zum ersten Mal erkunden. Wie viele Leute sind dort früher gestorben! Heute braucht man nur Geduld. Das Einzige, was Sie das Leben kosten kann, außer Klapperschlangen und ein paar Komantschen, ist das Essen an den Poststationen der Butterfield Line.«

Die Stationen seien immer ungefähr zwei Tagesritte weit voneinander entfernt, sagte er. Bis zum Rio Pecos sei das Land gut bewässert. Nur zwischen den Guadalupe Mountains und El Paso gebe es einen trockenen Landstrich, auf den hundert letzten Meilen der Route, der, wie fast überall im Westen, einst die Indianer gefolgt seien.

»Die Roten kannten Quellen, die wir bis heute nicht ausfindig machen konnten. Sie sind immer zu Fuß gegangen. Aber das heißt nicht, dass es mit einem Pferd leichter wäre. Diese Wilden haben nicht mehr Wasser getrunken als Eidechsen, und sie konnten ganze Tage lang in der schlimmsten Hitze laufen.«

Im Stall des Hotels hatte Walden sich sattgefressen. Arthur füllte seine Lederschläuche, lud seine Ausrüstung auf und führte das Pferd bis zum Stadtrand am Zügel.

Fort Bliss lag sechshundert Meilen weiter westlich, ein Ritt von zwei Wochen, wenn alles gut ging. Reunion lag nur zwanzig Meilen hinter ihm. Walden schüttelte sich ein wenig unter der Last, als Bowman aufstieg.

»Wenn wir ankommen, werde ich vielleicht ein paar Kilo verloren haben. Das ist alles, was ich für dich tun kann.«

Der Klang seiner Stimme kam ihm merkwürdig vor, als hätte er sie lange nicht gehört. Doch sie hatte sich nicht verändert – nur dass er jetzt mit sich selbst sprach. Die Sonne stand direkt über ihm, er senkte den Kopf und passte die Bewegungen seines Körpers dem Tritt seines Reittiers an.

Am frühen Nachmittag war er von Fort Worth aufgebrochen, und er ritt etwa fünfzehn Meilen, bevor er die Piste wieder verließ. Er hatte einen Wasserlauf entdeckt, der mit Weiden und Birken gesäumt war. Es gab auch Gras, das noch nicht üppig war, doch bereits grün. Walden wurde an einen Baum gebunden. Er begann zu fressen und hob nur von Zeit zu Zeit den Kopf, um auf Geräusche aus dem Unterholz zu horchen. Als Arthur nach zwei Stunden unverrichteter Dinge zurückkehrte, wurde es dunkel und kalt. Er machte Feuer, füllte seinen Topf mit Wasser, schüttete etwas Mehl hinein und ließ den Brei kochen. Die Pflanzen der Umgebung waren ihm nicht unbekannt; er fand eine Kresseart am Ufer, die man ihm früher als Soldat als Mittel gegen Skorbut verabreicht hatte. Doch bei den Tieren war er sich weniger sicher. Als Jäger war er nicht allzu geschickt. Ein Reh und zwei Kaninchen waren ihm entkommen, bevor er sie entdeckt hatte. Er war zu schwer, zu laut, er reagierte nicht schnell genug.

Nach der Mahlzeit breitete er seinen Regenmantel aus, nahm die Decke und legte sich in allen Kleidern auf den Boden. Mit dem Kopf auf dem Reisesack lauschte er dem verglühenden Feuer und betrachtete den Sternenhimmel. Doch er konnte nicht schlafen und schürte bis zum Morgengrauen immer wieder das Feuer. Walden hingegen hatte gut geschlafen. Morgens wusch sich Arthur das Gesicht im Bach und frühstückte ein wenig kalten Brei und Speck. Dann benutzte er seinen Reisesack als Pult, indem er das

Buch von Thoreau darauflegte. Auf dem Blatt, das er seit seiner Überfahrt an Bord der *Persia* nicht mehr in die Hand genommen hatte, notierte er:

Ich bin nach Reunion gekommen, aber dort war nichts. Männer aus einem Konvoi nach El Paso haben in Dallas herumerzählt, dass es in Fort Bliss einen schrecklichen Mord gegeben habe, und da habe ich mich wieder auf den Weg gemacht. In New York haben Soldaten auf Frauen geschossen, und eine ist in meinen Armen gestorben, als ich gerade erst vom Schiff gegangen war. Ich habe ein Gewehr gekauft.

Er überlas diese Zeilen noch einmal, ließ die Tinte trocknen und faltete das Blatt zusammen. Dann holte er den Block, den er in Fort Worth gekauft hatte, aus seinem Sack, tauchte die Feder ein und schrieb langsam und sorgfältig:

Alexandra,
gestern bin ich von Reunion aufgebrochen. Ich habe mit Walden an einem Bach übernachtet. Leider konnte ich kein Wild schießen, und der Kaffee, den ich gekocht habe, ist weniger gut gewesen als der Ihre. Ich habe beschlossen, Ihnen oft zu schreiben. Denn es ist, als wäre noch jemand bei mir, außer Walden, und hübscher, und die Soldaten tun das auch, sie schreiben Briefe an die schönste Frau der Welt.

Er zögerte und setzte schließlich noch einige Worte hinzu, bevor er den Block wieder einsteckte:

Ich hoffe, dass Sie diesen Brief eines Tages erhalten werden oder dass ich ihn Ihnen selbst überbringen kann.

Die erste Relaisstation, die er erreichte, hieß Sweet Water. Um das Gebäude der Butterfield Line herum waren die Ansätze eines Dorfes zu erkennen, drei Hütten und ein Zelt. Ein Hufschmied hatte seinen Amboss am Rand der Straße aufgestellt, und unter einer Segeltuchplane hatte ein deutsches Pärchen vier Stühle und einen Tisch aufgestellt und bot den Reisenden Essen an. Sie machten der Relaisstation Konkurrenz, an deren Tür ein handbemaltes Schild für die *Beste Küche von Sweet Water* Reklame machte. Bowman stellte sein Pferd im Stall der Butterfield Line unter und setzte sich zum Essen unter die Segeltuchplane. Der Nachmittag war schon weit fortgeschritten, doch er wollte noch etwas weiterreiten und unter Bäumen schlafen. Für einen Dollar konnten Mann und Pferd ihren Hunger und ihren Durst stillen, und sie zogen zufrieden weiter.

Bald fand Bowman wieder einen kleinen Fluss. Er versuchte erst gar nicht zu jagen, machte Feuer und legte sich schlafen, als es dunkel war. Im Schein der Glut schlug er seinen Thoreau auf und begann ein Kapitel, das mit *Einsamkeit* überschrieben war. Die Beschreibungen der Natur und der Seelenzustände Thoreaus sagten ihm wenig. Als er den Titel las, hatte er gehofft, etwas über das zu erfahren, was ihm gerade widerfuhr, doch diesmal kamen ihm die Worte fremd vor, und die poetische und spirituelle Verschmelzung mit der Welt, die dem Autor so wichtig war, störte und verwirrte ihn. Angesichts des Waldes um ihn herum verstand er nicht, wie man sich mit diesen Gegebenheiten eins fühlen konnte. Natur und Landschaften wurden von Menschen durchquert, das war alles. Früher, in Birma, hatte niemand dem Dschungel vertraut. Er erinnerte sich an die grünen Hügel, die er sich vorgestellt hatte, als er Irving las, und er sagte sich, dass sie vielleicht wie diese unerreichbaren Traumbilder waren, von denen Alexandra Desmond gesprochen hatte, Bilder, die man in sich bewahren musste, um die Hoffnung nicht zu verlieren, für die es jedoch kein Korrelat in der Wirklichkeit gab. Wie Thoreaus idyllisches Blockhaus, bei dessen begeisterter Beschreibung Bowman begriff, dass es lediglich ein Ideal war, etwas Imaginäres, ein Traum. In dieser Nacht fand er endlich Schlaf, und als er erwachte, sah er Walden, dessen Kopf ihm zugeneigt war. Er hatte die Augen geschlossen, und es sah aus, als würde er im Schlaf den Geruch seines Herrn einatmen. Bowman zog den Briefblock aus seinem Reisesack und kämpfte gegen das Gefühl der Enttäuschung an, denn schließlich schrieb er an jemanden, der wahrscheinlich nie etwas von seinen Briefen erfahren würde. Doch er tauchte die Feder ein und schrieb weiter:

Glücklicherweise gibt es nur eine einzige Route durch dieses Land, sonst würde ich mich sicher verirren. Ich bin jetzt erst zwei Tage unterwegs, aber ich weiß schon nicht mehr, wo ich bin. Walden hat neben mir geschlafen. Ich glaube, es ist ein gutes Pferd.

Bis er Pecos erreichte, musste er sich immer wieder von der Hauptpiste entfernen, um sich mit Wasser zu versorgen. Er vermied es, den kleinen Farmen entlang der Strecke zu nahe zu kommen, hielt sich von menschlichen Ansiedlungen fern und erlegte ab und zu ein Stück Wild. Ein Rebhuhn, einen Hasen und an einem Tag eine junge Hirschkuh von zwanzig Kilo, die er mit seinem neuen Messer zerlegte und dann kochte, um sie aufbewahren zu können. In dieser Nacht hatte er Albträume und fuhr mit einem lauten Schrei aus dem Schlaf, der Walden erschreckte.

Im Dorf Pecos lebten etwa fünfzig Menschen. Bowman verzichtete auf Rast, weil er wusste, dass er von nun an genug Wasser und Wild haben würde. Fünf Tage lang folgte er dem Fluss in nordöstlicher Richtung, den Guadalupe Mountains entgegen, und die Albträume häuften sich. Nur einmal hielt er an, um Nahrung und eine Flasche Whiskey zu kaufen. Der Rio Pecos führte weiter in den Norden, und die Route nach El Paso zweigte in westlicher Richtung von ihm ab. Vor dem langen Ritt durch die trockene Region machte er an der letzten Relaisstation dieser Strecke halt, kaufte zwei weitere Wasserschläuche und eine Ration Hafer. Schmutzig und stinkend, mit krummem Rücken nach zwei Wochen im Sattel, ritt er in die steinige, ausgewaschene Ebene hinein, an deren Rand er, sechzig Meilen weit entfernt, die Umrisse der Berge erkannte. Die Kutschen der Butterfield Line brachen mit frischen Pferden auf und brauchten für die Strecke weniger als einen Tag. Man musste schnell reiten. Sobald sie die Wüste erreicht hatten, beschleunigte Walden aus eigenem Antrieb sein Tempo, als wüsste er, dass die nächste Wasserstelle erst auf der anderen Seite dieser trostlosen Gegend zu finden sein würde.

Arthur hatte früher schon Wüsten durchquert, doch stets zusammen mit seiner Truppe und mit den Vorräten der Armee im Rücken. Wenn Thoreau diesen Ritt unternommen hätte, hätte er vielleicht von dem Gefühl der Verlassenheit gesprochen, das einen in der Natur auch überkommen kann. Walden hielt lange durch, bevor seine Energie nachließ. Bowman gab ihm nur so viel Hafer, dass er nicht zu durstig wurde, und teilte sein Wasser mit ihm. Drei Schläuche für das Pferd, einen für seinen Herrn.

Es war schon lange Nacht, als sie im Bergarbeitercamp eintrafen. Tagsüber hatte es dreißig Grad gehabt, aber inzwischen war die Temperatur extrem gefallen. Die Gebäude der Butterfield Line waren durch Lampen gekennzeichnet. Die lang gestreckten Baracken der Minenarbeiter hatten keine Fenster und lagen völlig lichtlos in der Finsternis. Von der Sonne verbrannt, klopfte Arthur frierend an die Tür der Relaisstation. Ein Junge kümmerte sich um sein Pferd und führte ihn dann in ein winziges, zugiges Zimmer. Bowman warf sich auf das weiche Bett und holte die Whiskeyflasche aus seinem Reisesack. Er leerte sie langsam, Schluck für Schluck. Es wurde ihm bewusst, dass er nicht nur gegen die Kälte ankämpfte. El Paso war nur einen Tagesritt von Fort Bliss entfernt. Wenn Penders oder Peevish dorthin gereist war, mussten sie die Nacht auch hier verbracht haben. Sobald er einschlief, wurde Arthur immer wieder von Albträumen erschreckt. Während der Schweiß ihm aus allen Poren trat, zitterte er in dem eiskalten Zimmer vor Kälte, bis endlich der Morgen graute. Seit seiner Abreise aus London hatte er sich nicht mehr so schlecht gefühlt. Die fast vergessenen Schmerzen erwachten, und die altvertrauten Gedanken kreisten unablässig in seinem Kopf. Mit zwei Flaschen Whiskey in den Satteltaschen brach er auf, sobald die Sonne aufgegangen war.

Die Salzmine lag im Becken eines ausgetrockneten Sees, dessen Umrisse an den Flanken der Berge von Schaufeln und Hacken nachgezeichnet worden waren. Von West nach Ost konnte man sie auf einem schmalen Grat durchqueren. Am Grund des blendend weißen Beckens beluden Männer wartende Fuhrwerke mit Salzblöcken. Es mussten mehrere hundert Arbeiter sein. Klein, mit krummen Beinen und dunkler Haut und lediglich in dünner Baumwollbekleidung, arbeiteten sie barfuß auf dem brennend heißen Boden. Im Sommer starben diese Leute – offenbar Mexikaner – sicher massenweise, wie die Sepoys in den Laderäumen der englischen Schiffe. Im Schatten der Fuhrwerke und der Baubuden überwachten Weiße die Minenarbeiter. Sie grüßten Bowman, als er an ihnen vorbeiritt.

Vorsichtig, mit angelegten Ohren bewegte sich Walden auf dem weißen Damm, wie um Bowman Zeit zu lassen, alles genau zu betrachten. Was er sah, erinnerte ihn an andere Bilder. Baustellen in Indien, Neger, die bei der Errichtung einer Brücke schufteten, Tausende von Gelben beim Ausschaufeln eines Kanals und die schlammige Grube des großen Beckens von Millwall in London. Nach dem desolaten Anblick von Reunion nun diese Salzmine, die sich in Arthur Bowmans innere Landschaft einfügte. Er holte eine Flasche Whiskey aus der Satteltasche, als er jenseits des Dammes eine weitere wüstenhafte Ebene vor sich auftauchen sah, diesmal ohne Berge, die den Horizont begrenzten. Der Weg führte immer geradeaus. Walden fiel in Trab.

Auf halber Strecke begegneten sie einer Postkutsche der Butterfield Line, die, vollgepackt mit Briefen und Reisenden, in rasender Geschwindigkeit von El Paso kam. Wenn er dem Kutscher jetzt einen Brief anvertraute, dachte Arthur, würde er vielleicht noch in Reunion ankommen, bevor Alexandra Desmond die Stadt verlassen hätte.

*

El Paso war so groß wie Fort Worth, das heißt nicht größer als ein englisches Dorf. Bevor er die Stadt betrat, machte Bowman am

Ufer des Flusses halt. Die Männer von Paterson hatten ihm schon vom Rio Grande erzählt. Er bildete die Grenze zu einem unbekannten Land, Mexiko, war so breit wie die Themse, so mächtig wie der Irrawaddy und so schlammig wie der Ganges. Das andere Ufer war breiter und stärker bevölkert als El Paso. Man sah die Umrisse einer weißen Stadt und eines kleinen Forts mit Schießscharten. Walden tauchte sein Maul ins Wasser, und Bowman trank seine Flasche aus. Seit langer Zeit hatte er nicht mehr so viel getrunken; ihm war übel.

In der Stadt fragte er, ohne vom Pferd zu steigen, nach Fort Bliss. Es gab in den Straßen eigenartige Leute, Mexikaner, doch sie waren anders als die Arbeiter und Ladenbesitzer, denen er bereits begegnet war. Sie hatten langes schwarzes Haar, waren in Decken gehüllt und immer zu zweit unterwegs. Sie saßen untätig auf den staubigen Veranden vor den Saloons. Vielleicht waren es Indianer. Doch sie passten nicht zu dem Bild, das er sich von ihnen gemacht hatte; sie waren keine wilden Krieger, die tagelang unter der prallen Sonne laufen konnten, wie er sie bei Irving kennengelernt hatte, und sie waren nicht die edlen Reiter in farbenprächtiger Bemalung, die Cooper beschrieb. Wie in den Straßen von Reunion schnaubte Walden auch in El Paso heftig und bestätigte seinem Reiter, dass es hier stank.

Anders als Fort Worth oder Fort Smith war Bliss keine Stadt, die den Namen eines Militärlagers angenommen hatte, sondern ein echtes Fort: das Quartier des achten Infanterieregiments, eine Meile nördlich von El Paso. Bowman hielt zweihundert Meter vor der steinernen Befestigungsanlage und beobachtete die Reiterpatrouillen, die Reihen der Soldaten, die die großen Tore passierten und in ihren blauen Uniformen den Soldaten von New York so ähnlich sahen. Er holte seine zweite Flasche heraus und trank sie aus, ohne die Augen vom unaufhörlichen geschäftigen Kommen und Gehen der Armeeangehörigen zu lassen. Zwei Wachen beobachteten ihn, wie er näher kam, und forderten ihn auf anzuhalten.

»Was wollen Sie?«

Arthur war betrunken. Von der Höhe seines nervösen Reittiers herab sah er sie an. Seine Lippen klebten aneinander, und die Worte vermischten sich in seinem Mund. So deutlich wie möglich sagte er zu den jungen Rekruten: »Ich muss den Kommandanten sprechen.«

»Den Kommandanten? Wer sind Sie?«

Die zwei Soldaten wechselten Blicke.

»Er ist völlig besoffen.«

»Was willst du beim Kommandanten?«

»Ich muss mit jemandem reden.«

»Zivilisten kommen hier nicht einfach herein. Man braucht einen Erlaubnisschein oder einen guten Grund.«

Walden scharrte ungeduldig mit den Hufen.

»Lasst mich durch.«

»Wie stellst du dir das vor?«

Walden näherte sich ihnen, erregt tänzelnd und leise schnaubend. Die beiden Männer wichen zurück und hoben ihr Gewehr.

Bowman sprach lauter: »Ich muss den Kommandanten sprechen. Wegen dem Mann, der zerstückelt wurde.«

Walden wieherte und drängte vorwärts.

»Halt!«

Der andere Wachposten rief: »Corporal! Wir haben ein Problem!«

Man schob ihn in eine kleine Zelle, die sich an die Offizierswohnungen anschloss. Durch eine Schießscharte sah er Walden, der sich aufbäumte und ausschlug und alle, die versuchten, ihn zu bändigen, über den Hof des Forts schleuderte. Lächelnd sah Bowman den fruchtlosen Bemühungen zu, sein Pferd zu beruhigen, und lächelnd beobachtete er das gewöhnliche Leben und Treiben der Soldaten und Offiziere, ihren steifen Gang, Kinn vorgereckt, und wie sie stolz ihre Waffen präsentierten. Als ein Sergeant ihn aus seinem Loch herausführte, sog er dankbar die frische Luft ein. Es war ihm nicht mehr übel, und sein Wunsch, die Soldaten von Waldens Hufen zertrampelt zu sehen, verlor an Stärke.

Man brachte ihn in das Büro eines jungen, schnauzbärtigen Captains.

»Wache, lassen Sie uns allein. Setzen Sie sich, bitte.«

Arthur ließ sich auf einem Stuhl nieder.

»Darf ich um etwas Wasser bitten?«

Aus der Glaskaraffe auf seinem Schreibtisch goss ihm der Offizier ein Glas Wasser ein. Arthur stürzte es herunter. Der Captain goss ihm erneut ein.

»Danke.«

»Wie ich sehe, wissen Sie sich zu benehmen – trotz der Art, wie Sie sich hier Einlass verschafft haben.«

»Ich hatte getrunken.«

»Sie riechen recht stark, und zwar immer noch nach Alkohol. Sind Sie dazu in der Lage, mir zu sagen, was Sie hier zu schaffen haben?«

»Sergeant Arthur Bowman, Ostindische Kompanie. England.«

»Das sagt mir Ihr Akzent, Sergeant. Aber Sie tragen keine Uniform.«

»Ich bin kein Soldat mehr.«

Der Captain lächelte.

»Daran zweifle ich nicht. Was tun Sie in Amerika, Mr. Bowman, genauer gesagt, in Fort Bliss?«

Arthur hätte gern noch einen Schluck Wasser getrunken.

»In Dallas haben Leute von einem Mord geredet, der hier passiert ist, einer entsetzlichen Tat. Ich wollte wissen, ob es eine Verbindung gibt zwischen diesem Verbrechen und etwas, was in England passiert ist, vor einigen Monaten. Einem anderen Mord.«

In der Miene des Captains mischten sich Abscheu und Angst. Er gehörte zum Club, mit dem kleinen Slim, den Polizisten von Wapping, der Witwe Desmond und dem alten Brewster zu jenen, die es gesehen hatten. Die beiden Männer wechselten einen Blick, und nun hatte der Captain einen Schluck Wasser nötig.

»Warum interessieren Sie sich für diese Angelegenheit?«

Arthur kratzte sich mit den drei Fingern seiner linken Hand das unrasierte Kinn.

»Das Opfer in Dallas, Richard Kramer – ich war mit ihm befreundet.«

Die Miene des Offiziers wurde feierlich; er murmelte eine Beileidsbekundung.

»In diesem noch recht mangelhaft organisierten Land kommt der Armee die Aufgabe der Ermittlungen und der Rechtsprechung zu. Viel zu viele Leute glauben, sie könnten einfach Selbstjustiz üben. Sind Sie deshalb nach Fort Bliss gekommen?«

»Ob Sie oder ich, das ändert nichts.«

»Und wenn Sie ihn töten würden, würde es wahrscheinlich keinen Richter geben, der Sie dafür ins Gefängnis brächte. Aber das ist nicht die Frage. Außerdem sind Sie falsch unterrichtet, Mr. Bowman. Die Sache, von der Sie reden hörten, hat nicht hier, sondern in Las Cruces stattgefunden, fünfzig Meilen weiter im Norden.«

Bowman lächelte.

»Auch ich bin Teil einer Armee gewesen, die Recht sprach. Und das schließlich auf Kosten eines ganzen Landes.«

»Sie verstehen also, wovon ich spreche.«

»Nein. Sie verstehen nicht, wovon *ich* spreche.«

Im Hof wieherte Walden so laut, dass es einen Bengaltiger das Fürchten gelehrt hätte. Bowman sah aus dem Fenster.

»In der Armee der Kompanie war ich der Henker. Ich bin mir nicht sicher, ob ich das heute noch machen würde.«

Der Captain strich sich über seinen Schnauzbart und betrachtete seinen Gast einen Moment. Dann öffnete er eine Schublade und entnahm einer Ledermappe zwei Blatt Papier.

»Mr. Bowman, ich dürfte Ihnen diese Informationen nicht geben. Wenn ich es dennoch tue, so deshalb, weil es meiner Meinung nach keinen Zusammenhang zwischen diesen beiden Angelegenheiten gibt. Falls Sie aber etwas wissen, was uns weiterhelfen könnte, bitte ich Sie im Gegenzug, mir Ihr Wissen nicht vorzuenthalten. Wir sind Soldaten. Und ich hoffe, dass Sie, wenn das alles einmal zu Ende ist, so klug sind, in Ihr Land zurückzukehren.«

Arthur nickte.

»Ja. Ich hoffe, dass das bald möglich sein wird.«

Captain Phillips las ihm den Ermittlungsbericht vor. Es waren zehn Minuten, in denen Bowman sich bemühte, alles im Kopf zu behalten, Datum, Ort, Zeugen, Identität des Opfers, und auf das Wichtigste wartete, die Beschreibung der Leiche. Als Captain Phillips zu Ende gelesen hatte, war er bleich. Die Karaffe zitterte ein wenig in seiner Hand, als er sich Wasser einschenkte.

»Wir sind zu der Überzeugung gelangt, dass es sich um ein indianisches Ritual handelt. Ich habe gegen die Komantschen und gegen die Apachen gekämpft, und nach dem, was ich in Las Cruces gesehen habe, weiß ich, dass niemand sonst dazu in der Lage wäre. Gibt es eine Verbindung zum Tod Ihres Freundes?«

Bowman dachte nach.

»Nein. Überhaupt nicht.«

Der Captain stand auf.

»Das dachte ich mir. Was Sie betrifft, Mr. Bowman: Kehren Sie nach Dallas zurück, und bleiben Sie dort.«

Arthur erhob sich. Er kämpfte gegen den Schwindel, der einerseits vom Alkohol und andererseits von dem herrührte, was er gerade erfahren hatte. Der Captain begleitete ihn zur Tür und gab ihm die Hand.

»Kehren Sie zurück.«

Bowman versuchte zu lächeln und sah nach draußen, wo sein Pferd noch immer das ganze Fort in Aufregung versetzte.

»Ich glaube, Walden mag diesen Ort nicht, und ich werde ihm seine Abneigung nicht ausreden.«

Ein Wachposten gab ihm seine Sachen zurück, und er band den Mustang los. Als Arthur aufstieg, scharrte Walden mit den Hufen. Im gestreckten Galopp passierten sie das Tor, und er ließ ein letztes lautes Wiehern hören.

Solange er in Sichtweite von Fort Bliss war, ritt Arthur in Richtung El Paso, danach machte er kehrt. Er umrundete das Fort in einem großen Halbkreis und hielt sich dann auf dem Santa Fe Trail. Etwa fünfzehn Meilen nördlich von Fort Bliss teilte sich der Weg. Ein Schild wies nach Norden, nach New Mexico und Santa

Fe, ein anderes, im rechten Winkel dazu, verhieß lakonisch: *Westen*. Bowman ritt nach Norden. Als Nachtlager genügte ihm eine Felshöhle in der wüstenartigen Landschaft. Walden fraß draußen die trockenen Blätter des Gebüschs ringsum ab. Gegen die Kälte machte Arthur mit einigen Zweigen ein kleines Lagerfeuer. Es gab keinen Alkohol mehr, die Nacht war eiskalt, und seine Kleider und die Decke waren nicht warm genug. Ein Hustenanfall riss ihn aus einem fiebrigen Schlaf. Mit zittrigen Händen schraubte er die Flasche mit Brewsters Arznei auf und nahm einen Schluck. Dann holte er Block und Tintenfass und beeilte sich niederzuschreiben, was er behalten hatte.

In Fort Bliss habe ich ihre Spur gefunden. Sie waren vor einem Monat in Las Cruces, und die Soldaten glauben, es seien die Indianer gewesen, die das getan haben, aber das stimmt nicht. Sie waren es. Der Tote hieß Amadeus Richter, und er war ein Handelsreisender, der zwischen Mexiko und den Vereinigten Staaten hin- und herreiste, in der Art der Comancheros, dieser Weißen, die mit den Indianern Geschäfte machen. Leute aus dem Dorf haben ihn eines Morgens in einer Scheune gefunden, und sie haben ihn nur an den Sachen erkannt, die er dabeihatte. Niemand hat etwas gesehen, und weil er glaubt, dass die Indianer das taten, hat Captain Phillips nicht einmal gefragt, ob Richter mit Weißen zusammen war, bevor er ermordet wurde, oder ob in Las Cruces Weiße gesehen wurden, die sonst nicht dort waren. Ich gehe jetzt hin und stelle die Fragen, die er nicht gestellt hat.

Unwillkürlich stellte er sich die Witwe Desmond vor, und schrieb weiter:

Der Captain hat mir gesagt, ich solle dorthin zurückkehren, woher ich komme, und wenn ich da, wo Sie sind, zu Hause wäre, glaube ich, dass ich wirklich zurückgegangen wäre. Ich bin an denselben Orten gewesen wie Sie, und jetzt habe ich nur noch einen Rückstand von anderthalb Monaten.

Brewsters Trank begann zu wirken. Bowman fühlte sich freier und schrieb, was ihm in den Sinn kam:

Mir ist nicht gut, und als ich nach Fort Bliss kam, habe ich gedacht, ich bekomme wieder einen Anfall. Ich weiß nicht, ob Sie das freuen wird, aber als ich die Minen von Guadalupe durchquerte, habe ich daran gedacht, was Sie gesagt haben. Dass man hoffen muss, und was wichtiger ist als die Dinge, die mir ständig im Kopf sind. Und ich musste an etwas denken, was Peevish einmal gesagt hat, der Prediger, den ich suche. Er sagte, dass man nur das behält, was man gibt. Er sagte das zu den Männern der Kompanie, die ihr Leben gegeben haben.

Als er nach Las Cruces kam, war die Wirkung der Tinktur schon zurückgegangen, das Fieber aber gefallen. Die Stadt ähnelte der, die er am anderen Ufer des Rio Grande gesehen hatte. Lehmhäuser mit abgerundeten Ecken, erdfarben oder weiß getüncht, klebten aneinander und wirkten wesentlich harmonischer als die hölzernen Gebäude der Amerikaner. Im Gegensatz zu Fort Worth oder Dallas waren die Straßen von Las Cruces windgeschützt. Statt eines zentralen Bauwerks, wie es die Träumer von Reunion errichtet hatten, bestand das Herz der Stadt aus einem gepflasterten quadratischen Platz, um den herum die Läden aufgereiht waren. Das Gasthaus, in dem man sein Pferd versorgte und ihm selbst etwas zu Essen servierte, trug einen mexikanischen Namen: *Cantina de la Plaza.* Auch die Gäste waren Mexikaner, und zum ersten Mal seit seiner Ankunft in Amerika hatte Arthur Bowman den Eindruck, in einem fremden Land zu sein; zum ersten Mal seit noch längerer Zeit war er der einzige Weiße inmitten von Eingeborenen, die, gedrungen, dunkelhäutig, schwarzhaarig, den Minenarbeitern der Guadalupe Mountains ähnelten.

Arthur bezahlte für sein Essen, gab dem Kellner ein gutes Trinkgeld und fragte, ob er etwas von dem Mord an einem Weißen im letzten Monat wisse, worauf sein Gegenüber ängstlich zurückwich, Spanisch zu sprechen begann und sich mehrmals bekreuzigte.

»Ich verstehe nicht, was du sagst. Diese Scheune – wo ist sie?«

»Angezündet, *señor*, jemand hat Feuer gelegt. Nur noch das Grab auf dem Friedhof ist übrig. Nichts anderes, *señor*.«

Bowman machte sich zu Fuß auf den Weg und ging bis zu einem Hügel, der von Gräbern übersät war, so weiß wie die Stadt. Blumenbekränzte Madonnenbilder, Kerzen und Blumentöpfe schmückten die Gräber. Es gab keine Mauer, die den Friedhof eingegrenzt hätte. Vom Aufstieg außer Atem, hockte sich Arthur in den Schatten eines Grabsteins und nahm seinen Hut ab. Am Rand des Hügels zog eine Gruppe Gräber ohne Kreuze seine Aufmerksamkeit an. Einige von ihnen waren anonym, andere trugen Namen. Bowman ging von einem zum anderen und fand den Namen Amadeus Richter, der als Letzter hier, außerhalb des religiösen Bannkreises, beigesetzt worden war. Jemand hatte sich dennoch die Mühe gemacht, seinen Namen auf ein Brett zu schreiben. Arthur blieb nicht lange vor ihm stehen. Das Grab gab ihm keine neuen Aufschlüsse über den Mord, und der Gedanke, dass auch er selbst einst in einem solchen Grab liegen könnte und niemand sich fände, der seinen Namen auf ein Brett schrieb, war nicht besonders angenehm.

Er ging in die Stadt zurück und bestellte in der Cantina etwas zu trinken. Man brachte ihm eine Flasche ohne Etikett, die eine transparente Flüssigkeit namens Tequila enthielt. Als Bowman sie probiert hatte, konnte er nicht aufhören zu trinken, bis er die ganze Flasche geleert hatte.

Als er erwachte, lag er auf einem Haufen Stroh. Seine Stiefel lagen in einer Futterkrippe, vor der Walden stand und gleichmütig seinen Hafer fraß. Nachdem er sich gewaschen und seine Vorräte an Mehl, Speck und Gemüse aufgefüllt hatte, riet ihm ein Händler, bestimmte Früchte zu kaufen, die, wie er sagte, gegen Hunger, Durst und Kater halfen und außerdem, *señor*, auch im Bett für Kraft sorgten. Es waren Kaktusfeigen, die Bowman schon einmal in Afrika gegessen hatte. Auch die Mohammedaner, auf der an-

340

deren Seite des Atlantiks, behaupteten, dass diese Früchte Wunderkräfte verliehen. Alles, was die Wüste hervorbrachte, war ein Geschenk des Himmels, das einen Mann vor dem Tod schützte. Bowman kaufte ein Pfund davon.

7

Die Route nach Santa Fe war der Weg des Goldes. Colorado, das Land, von dem die Arbeiter der Paterson-Ranch geträumt hatten, lag nun vierhundert Meilen vor ihm. Die nächsten Ortschaften waren Albuquerque und Rio Rancho, das man zu Pferd in fünf Tagen erreichen konnte, vor Santa Fe und der Grenze zu New Mexico. Zwischen Las Cruces und Albuquerque durchquerte der Trail die Wüste von Chihuahua, die aus flachen Höhenzügen bestand, mit dem tief eingeschnittenen Tal des Rio Grande in der Mitte. Die Relaisstationen gehörten nicht mehr der Firma Butterfield; es waren Posten der American Express Company. Bowman hielt sich dort nicht lange auf, und sobald es möglich war, durchquerte er den Rio Grande und ritt an dem Ufer weiter, das der Hauptpiste gegenüberlag. Dort sah er immer wieder Reisewagen und Planwagenkonvois. Händler und Einwanderer zogen gen Norden, und in den Relaisstationen machte ein Wort die Runde: *Pikes Peak.*

Wild gab es nicht viel; Bowman musste immer wieder Lebensmittel an den Relaisstationen kaufen, ebenso seinen Whiskey. Ohne Alkohol konnte er weder schlafen noch wachen. Wenn er keinen bekam, trank er ein wenig von Brewsters Medizin.

Nach sechs Tagen sah er Albuquerque vor sich auftauchen und beschloss, am Fluss zu nächtigen, bevor er in die Stadt ritt. Er zündete ein Feuer an und kochte die letzte Portion Getreidebrei. An einen Baum gelehnt, das Gewehr neben sich und eine Flasche Whiskey in der Hand, sah er am jenseitigen Ufer von Ochsen gezogene Planwagentrecks mit müden Frauen und Kindern; die Männer gingen zu Fuß neben den Tieren her. Die Konvois, die sich zufällig zusammengefunden hatten oder von irgendeinem fernen

Punkt aus gemeinschaftlich aufgebrochen waren, bestanden aus zwei, drei oder vier Familieneinheiten. Möbel, Werkzeug, Fässer wurden auf Fuhrwerken transportiert, an denen hinten oft noch eine Kuh oder ein Zugpferd angeschirrt war. Es war seltsam für Bowman, sie zu beobachten, wie sie sich abmühten und doch entschlossen waren, ihr Ziel zu erreichen. Er wandte den Blick ab, entkorkte Brewsters Flasche und versuchte, aufmerksam zu bleiben. Auf einmal stellte Walden die Ohren auf und schnaubte. Arthur griff nach seinem Gewehr. Etwa zehn Meter von ihm entfernt war ein von einem Muli gezogener Karren aufgetaucht. Ein großer, hagerer Mann in schwarzer Kleidung, mit einem runden Hut auf dem Kopf, hob die Hand zum Gruß.

»Ich wünsche einen guten Abend.«

Er hatte einen sonderbaren Akzent und sah mit unruhigem Blick um sich. Er fixierte Arthurs halb heruntergebranntes Feuer.

»Ich habe ein paar Kleinigkeiten zu essen. Und frischen Kaffee.«

Er lächelte und war unbewaffnet. Bowman signalisierte ihm, dass er näher kommen dürfe. Das Muli blieb nach ein paar Schritten stehen, und der Mann stieg von seinem Karren. Er war um die fünfzig, seine Bartstoppeln waren grau, und sein Gesicht war so lang wie seine Arme. Er holte eine Holzkiste vom Karren, die er ans Feuer stellte. Das Erste, was er aus der Kiste holte, war ein Deckelkrug voll Schnaps.

»Wir müssen nicht sofort essen. Es wird eine gute Nacht werden.«

Er trank aus seinem Krug, und Bowman hob seine Flasche, um ihm zuzuprosten.

»Vladislav Brezisky, seit fünf Jahren Amerikaner. Ich suche hier in der Gegend mein Glück. Bald werde ich Ihre Gastfreundschaft erwidern, in einem großen Haus oder vielleicht in einer Stadt, die ich mit meinen eigenen Händen aufgebaut haben werde. In der Zwischenzeit koche ich guten Kaffee, und wenn Ihnen irgendetwas wehtut, kümmere ich mich darum. Ich bin Arzt. Gegen den Alkohol bin ich machtlos. Ich habe zu viel Respekt vor dieser Passion. Suchen Sie Gold oder das Vergessen, mein Freund?«

Walden schnaubte und stampfte mit den Hufen. Brezisky betrachtete den Mustang.

»Dieses Tier scheint mir nicht einfach zu haben. Lebhaft und von scharfem Verstand, möchte ich meinen. Mein Maultier versteht sich, wie es sich für diese unfruchtbare Rasse gehört, auf Ironie und Schweigen. Doch ich habe Ihnen noch keine Gelegenheit gegeben, sich vorzustellen.«

Er war von seinem Schnaps nicht weniger betrunken als Bowman von seiner Arznei benommen. Während er sein Gewehr wieder an den Baum lehnte, erwiderte Arthur mit trockenem Mund:

»Bowman. Ich komme aus England.«

»Nun, sei's drum, ich mag es nicht, allein zu trinken.«

Brezisky beobachtete einen Planwagen am anderen Ufer, der im roten Glanz der untergehenden Sonne zu leuchten schien.

»Eigentlich macht mich die Gesellschaft dieses raffgierigen Gesindels ganz krank. Wenn es Ihnen nichts ausmacht, werde ich jetzt doch etwas zu essen zubereiten, bevor ich vor Hunger umfalle.«

Er entnahm der Holzkiste Teller und Essschalen, einen Sack schwarze Bohnen, Speck, Brot und drei Eier. Auf dem frisch angefachten Feuer machte er Wasser heiß und hörte dabei nicht auf zu reden und zu trinken. Er sprach von der Stadt, in der er geboren wurde, seinem Land, Polen, beschrieb die Würste, die man dort zu machen verstand, die Universität, in der er sein medizinisches Wissen erworben und das Morphium entdeckt hatte, erzählte, wie er auf der Überfahrt dritter Klasse fast gestorben wäre, nachdem er seine Frau in Warschau begraben hatte, wie er schließlich in diesem Land der Wilden, der Verrückten, der herzlosen Huren und der allzu frommen Frauen angekommen war und sich durchgeschlagen hatte. Er gab Bowman einen Teller mit Bohnen und zwei Spiegeleiern, klein geschnittenem Speck und einem Stück Brot.

Es war inzwischen Nacht geworden. Als er seinen Teller leer gegessen hatte, kochte der Arzt Kaffee.

»Na schön. Und Sie, Mr. Bowman, weshalb sind Sie hierhergekommen – denn das ist im Grunde die einzige Frage, die man in diesem verlorenen Land seinem Gegenüber stellen kann.«

Bowman wischte sich mit dem Ärmel über den Mund. Der Alkohol und Brewsters Pflanzengebräu lasteten auf seinen halbgeschlossenen Lidern. Das Feuer betrachtend, lächelte er.

»Ich suche einen Mörder.«

»Sehr interessant, aber ich habe schon einen Beruf, Mr. Bowman.«

»Jemanden, der immer auf die gleiche Weise mordet. Jetzt schon dreimal.«

Im Schein des Feuers richtete sich der Arzt auf.

»Ist das Ihr Ernst?«

»Zuerst in London. Einen Mann, dessen Name nicht herausgekommen ist, dann einen Ingenieur in der Nähe von Dallas, anderthalb Jahre später, und vor zwei Monaten einen Händler in Las Cruces, fünf Tagesritte von hier entfernt.«

Brezisky begann zu lachen, doch dann sah er, dass der Engländer keine Miene verzog, und sein Lachen brach ab. Er leerte seinen Schnapskrug und beförderte einen weiteren aus seiner Holzkiste.

»Das ist kein Scherz? Sie wollen sagen, dass er das immer wieder macht? Wie ein Ritual?«

»Das haben die Leute von Fort Bliss gesagt. Sie glauben, es ist ein indianisches Ritual.«

»Morde… immer wieder die gleichen, in zwei Erdteilen… So etwas habe ich noch nie gehört. Dann sind Sie also so etwas wie ein internationaler Polizist, Mr. Bowman?«

Arthur trank einen Schluck Whiskey und hustete.

»Eigentlich nicht.«

Brezisky lehnte sich an die andere Seite des Baumstamms und betrachtete nachdenklich seinen Schnapskrug.

»Es ist Mathematik.«

»Wie?«

»Eine Reihe.«

Arthur sah ihn prüfend an.

»Eine mathematische Reihe?«

»Elemente, die einander folgen, nach einem konstanten Gesetz, Mr. Bowman. Einem unendlichen oder endlichen Gesetz. Es ist

344

die Wiederholung einer Funktion, in diesem Fall bei einem Menschen.«

Arthur begriff nichts von alledem.

»Ich habe einen alten Mann in Dallas getroffen, der sagte, es sei keine Wissenschaft, sondern eine Leidenschaft.«

»Eine leidenschaftliche Reihe ... Und Sie sind hier, um ihn zu verhaften? Vielleicht der beste Grund, in dieses Land zu kommen, den ich je hörte.«

Brezisky nahm einen langen Schluck darauf, und Bowman tat es ihm gleich.

»Im Augenblick folge ich ihm nur. Nichts anderes. Ich weiß nicht einmal mehr, ob es wirklich die richtige Strecke ist.«

»Und die Armee denkt, es seien die Indianer gewesen?«

»Weil sie sich nicht vorstellen können, dass ein Weißer so etwas Ungeheuerliches tut.«

Doktor Brezisky richtete sich auf.

»Was sagen Sie?«

»Sie sagen, es waren die Indianer. Weil die Weißen nicht so grausam sind.«

Bowman brach in Lachen aus, und die Wirkung der Brewster'schen Pflanzen vervielfältigte sich. Alles drehte sich. Der Pole hatte sich ihm mit angstverzerrtem Gesicht zugewandt.

»Mein Gott.«

»Was ist los?«

»Der Neger, den sie gehängt haben ...«

»Welcher Neger?«

»Es gab vor einigen Wochen einen Mord in Rio Rancho. Etwas, wovon niemand zu sprechen wagte.«

Mit aufgerissenen Augen sah er Arthur an.

»Das ist Ihr Mörder.«

Arthur packte ihn am Kragen. Walden vibrierte, und das Muli öffnete ein Auge.

»Wo war das?«

»In Rio Rancho ... Der Sheriff hatte gerade einen schwarzen Mann verhaftet und traf Vorbereitungen, ihn an den Galgen zu bringen, als ich vorbeikam. Die Leute sagten dort nicht, es seien die Indianer gewesen. Sie sagten, nur ein Neger habe so etwas tun können.«

Arthur stand auf und lief zum Fluss. Er steckte die Finger in den Hals und erbrach, und danach bespritzte er sich lange mit kaltem Wasser. Brezisky ging vor dem Feuer auf und ab.

»Es nützt ja nichts mehr! Er muss jetzt schon tot sein. Sie werden nicht mehr rechtzeitig eintreffen!«

Bowman packte, gegen die Müdigkeit ankämpfend, seine Sachen. Er sattelte Walden.

»Mr. Bowman, Albuquerque ist mit einem Pferd eine Stunde von hier entfernt, und dann sind es noch zwei Stunden, bis Sie nach Rio Rancho kommen. Der Galgen war schon aufgerichtet…«

Walden scharrte mit den Hufen, und Arthur zog den Sattelgurt an. Auch der Pole warf seine Sachen in seinen Karren.

»Wir sehen uns dort!«

Arthur durchquerte mit seinem Pferd das schwarze Wasser des Rio Grande.

»Hü! Hü!«

Am anderen Ufer galoppierte der Mustang die breite Piste nach Santa Fe entlang. Dreißig Minuten lang hielt er sein Tempo bei. Sie kamen nach Albuquerque. Alles war dunkel, nur hie und da brannten ein paar trübe Lampen. Waldens stürmischer Galopp wirbelte Staub auf.

»Hü!«

Der Mustang atmete so laut wie eine Maschine, und seine Hufe sprühten Funken auf dem steinigen Weg. In zwei Stunden erreichten sie Rio Rancho. Walden ging im Schritt, er glänzte vor Schweiß und sog mit weit geöffneten Nüstern Luft ein. Bowman saß völlig verkrampft auf seinem Rücken. In der hellen Nacht sah er die Umrisse von erst kürzlich gebauten Holzhäusern, dann tauchten traditionelle Lehmhäuser auf. Wie in Las Cruces bestand auch das Zentrum von Rio Rancho aus einem quadratischen Platz. Waldens Hufe und sein Schnauben waren hier weithin zu hören. Der Mondschein funkelte auf den weißen Fassaden. Da war der Galgen, und ein regloser Körper baumelte von ihm herab, zwei Meter über dem Boden. Arthur starrte ihn an. Das Gesicht des Negers war aufgedunsen wie das einer Wasserleiche, die Zunge hing aus dem offenen Mund.

Bowman stieg ab und ging zu den Arkaden, die den Platz umgaben. An einen Pfeiler gelehnt, saß er auf dem Boden und wartete auf den Anbruch des Tages.

Türen und Fenster öffneten sich. Rio Rancho erwachte schweigend, und seine Bewohner drückten sich die Wände entlang. Niemand hatte den Mut, den Platz zu überqueren; viele sahen scheu auf den Leichnam und bekreuzigten sich. Sie vermieden es auch, dem Weißen zu nahe zu kommen, der dort auf dem Boden saß und den toten Neger nicht aus den Augen ließ. Der Leichengeruch verstärkte sich in der heißer werdenden Luft. Es musste am Vortag geschehen sein. Aus Europa hatten die Amerikaner den Geschmack an frühmorgendlichen Hinrichtungen mitgebracht. Bowman war vierundzwanzig Stunden zu spät gekommen. Die Zeit, die er damit verbrachte hatte, sich in Las Cruces zu betrinken.

Er stand auf, ging in die nächstgelegene Cantina und bat darum, dass man sein Pferd versorge. Dann setzte er sich an einen Tisch vor dem Lokal und ließ sich eine Flasche Tequila bringen. Er hatte gerade mit dem Trinken begonnen, als Brezisky mit seinem Karren eintraf. Er winkte Arthur zu, und nachdem er den Galgen einmal umrundet und sein Muli angebunden hatte, setzte er sich zu ihm.

»Obwohl die Justiz bei uns wirklich kein Ruhmesblatt ist, sollte man dem hier geltenden Recht doch, wenn möglich, aus dem Weg gehen. Ich sage Ihnen, Mr. Bowman, hier haben die Richter das Gesicht einer aufgebrachten Menge.«

Arthur wandte den Blick nicht von dem Toten.

»Wie lange werden sie ihn dort hängen lassen?«

»Ich kenne die lokalen Gebräuche nicht, aber es scheint mir höchst ungewöhnlich zu sein, ihn so lange am Galgen zu lassen.

Außerdem muss ich sagen, dass die meisten Hinrichtungen, deren Zeuge ich wurde, nicht im Zentrum der Stadt stattfanden. Ein warnender Hinweis an die Adresse der Neuankömmlinge, dachte ich immer. Doch hier scheint man sich eher an die Bewohner selbst gewendet zu haben.«

Inzwischen hatte Brezisky bereits die Hälfte des Tequila getrunken. Als die Flasche leer war, erhob sich Bowman, ging zum Galgen, erstieg die Stufen des hölzernen Podiums, auf dem er stand, und zog sein Messer aus dem Gürtel, um das Seil zu durchtrennen. Der Leichnam fiel wie ein Sack auf das Pflaster. Wie gelähmt sahen die Bewohner Rio Ranchos ihm dabei zu. Arthur ging zurück in die Cantina, verlangte, den Wirt zu sprechen und legte zwei Dollarmünzen in seine Hand.

»Begraben Sie ihn.«

Der Mexikaner wagte nicht, das Geld zurückzuweisen, und verschwand im Laufschritt. Binnen Kurzem kamen drei furchtsame Männer, die den toten Mann auf ein Maultier luden und fortbrachten.

»Mr. Bowman, es wird immer interessanter, in Ihrer Nähe zu sein.«

Brezisky zeigte auf zwei weiße Männer, die quer über den Platz auf sie zukamen. An ihren Jacken blitzten Sterne aus Metall, und in ihren Gürteln steckten Pistolen. Der eine war vierschrötig, stark, hatte einen Schnauzbart und ein kantiges Kinn, der andere war jung, bartlos und nervös. Der Vierschrötige pflanzte sich vor dem Tisch auf.

»Was soll das? Wer sind Sie?«

Der Pole stand auf.

»Vladislav Brezisky, Arzt. Wir sind herbeigeeilt, mein Freund und ich, weil wir glaubten, wir könnten den Neger noch retten.«

Der Sheriff drehte sich zum Galgen um und ließ eine Art Kichern hören.

»Sie haben ihn abgeschnitten, um ihn zu retten?«

»Aber nein. Solche Kräfte besitzen wir leider nicht. Wir hatten gehofft, der Hinrichtung zuvorzukommen.«

Der Sheriff sah Bowman an, der nicht aufgestanden war. Ihre Blicke kreuzten sich, und der Ton des Sheriffs wurde schärfer.

»Wer hat Ihnen erlaubt, ihn herunterzunehmen?«

Etwas an diesem Mann stimmte nicht. Unwillkürlich sah Arthur Colins wieder vor sich, in der Bar der Iren, wie er die Hände hob, um ihn zu erwürgen. Er biss sich auf die Lippen.

»Der Schwarze, den Sie gehängt haben, war der falsche Mann.« Im Gesicht des jungen Hilfssheriffs zuckte es. Der Sheriff fragte mit gedämpfter Stimme:

»Was wissen Sie von der Sache?«

Arthur stand auf. Er musste sich am Tisch festhalten. Sein Schädel brummte vom Schnaps und von der durchwachten Nacht. Der Hilfssheriff wich zurück, und seine Hand umklammerte den Griff seiner Waffe. Bowman sah ihn an, dann den Sheriff, und zog dann die Jacke aus. Er begann, sein Hemd aufzuknöpfen. Der Sheriff rührte sich nicht.

»Was machst du da?«

Bowman machte langsam weiter, zog sich dann das Hemd herunter. Brezisky sagte etwas auf Polnisch. Der Hilfssheriff schlug die Hand vor den Mund.

»Sah die Leiche, die Sie gefunden haben, so ähnlich aus?«

Die wenigen Mexikaner, die nicht schon vorher geflohen waren, nahmen nun Reißaus. Der Vierschrötige zeigte keine Reaktion.

Sie führten Bowman und Brezisky in ihr Büro. Es war nur eine baufällige Hütte im Viertel der Holzbauten, in dem man fast nur Weiße sah.

»Du, Doktor, bleibst hier und rührst dich nicht vom Fleck. Und du kommst mit. Hier herein.«

Der Sheriff setzte sich auf seinen Sessel. Der Hilfssheriff zog einen Stuhl für Bowman heran.

»Nein, keinen Stuhl. Er bleibt stehen. Name?«

»Bowman.«

»Woher kommst du, Bowman?«

»Wann haben Sie die Leiche gefunden?«

Der Sheriff legte seinen Hut auf den Schreibtisch und ließ seine Fingerknöchel knacken.

»Warum willst du das wissen?«

»Sagen Sie es mir, wenn Sie wollen, dass ich Ihnen sage, was ich weiß.«

»Was weißt du?«

Der Jüngere beobachtete den Sheriff. Er lehnte sich an die Wand. Seine Augenlider zuckten heftig. Offenbar fürchtete er seinen Vorgesetzten. Dieser zog den Mund in die Breite, ohne dass man dabei an ein Lächeln denken konnte.

»Wir haben Rogers vor drei Wochen gefunden, in einem alten Haus der Indianer am Stadtrand. Rogers arbeitete für die Siedler, als Führer. Wir haben ihn identifiziert, weil er noch ein Büschel Haare auf dem Kopf hatte. Rogers war Halbblut, er hatte Negerhaare, aber strohblond. Dieser Trottel trug immer einen Hut, damit man glaubte, er sei weiß. Und das Komischste war, dass er die Schwarzen noch mehr hasste als alle anderen.«

Der Sheriff sah seinen Untergebenen an, dessen Tic sich verstärkte.

»Die Hälfte der Einwohner Rio Ranchos besteht aus Mexikanern, die anderen sind Rothäute aus den Bergen, die zum Betteln hergekommen sind. Wir haben auch Neger hier, sogar eine chinesische Familie, und Weiße, die weiß Gott woher kommen, genauso arm sind wie die Mestizen und kein Wort Englisch sprechen. Die Leute, die mich für meine Arbeit bezahlen, sind Amerikaner, diejenigen, die versuchen, ein anständiges Leben zu führen. Nach dem Mord an Rogers haben plötzlich alle zu streiten begonnen.«

Er wandte sich an den Hilfssheriff.

»Wie viele Schlägereien hatten wir nach der Rogers-Geschichte?«

Der junge Mann zwinkerte krampfhaft.

»Mehr als zwanzig.«

»Mehr als zwanzig. Und wenn die Mexikaner ihre Macheten holen, wollen sie damit nicht Bohnen klein schneiden. Nie habe ich in diesem Nest ein solches Durcheinander erlebt. Und mittendrin, letzte Woche, taucht Willy in der Stadt auf, mit dem Hut von

Rogers auf dem Kopf und mit seiner Weste. Rogers spielte auch Karten. Diese Weste zog er immer an, wenn er zum Pokern ging, sie war sein Glücksbringer, wie er sagte. Willy war total betrunken. Als ich ihn fragte, wo er diese Gegenstände gefunden hat, ist er irre geworden. Sprach vom Teufel, dem er angeblich begegnet sei und den er in die Hölle zurückgeschickt habe. Solches Zeug. Die Neger nehmen unsere Religion zu ernst, und außerdem mischen sie sie mit ihrem afrikanischen Hokuspokus. Willy brabbelte, er habe sich Hut und Weste des Toten angezogen, damit Luzifer ihn nicht erkennt. Als wir ihn festnehmen wollten, hat er sich nackt ausgezogen. Und es war ... Er hat angefangen, sich mit dem Messer in den Bauch zu stechen, überallhin ... wie es bei Rogers war ...«

Ein Schauder überlief den Sheriff. Er spuckte in den Spucknapf, der neben ihm auf dem Boden stand, hob den Kopf und sah wieder Bowman und dessen Narben unter dem immer noch offenen Hemd an.

»... und wie bei Ihnen.«

Bowman warf einen Blick aus dem Fenster. Brezisky wartete auf seinem Karren. Walden stand neben ihm, das Gewehr steckte in seinem Futteral im Sattel.

»Haben Sie ihn gefragt, wie sein Teufel aussah, oder haben Sie ihn einfach aufgehängt?«

Der Hilfssheriff regte sich in seiner Ecke, und der Sheriff gab ihm ein Zeichen, ohne Bowman aus den Augen zu lassen.

»Du bleibst, wo du bist, mein Kleiner.«

Der junge Mann hatte etwas sagen wollen. Und der Sheriff hatte ihm den Mund verboten.

»In dem Haus, wo wir Rogers gefunden haben, war nur noch seine Leiche. Keine Kleider mehr. Willy hatte sie an. Und er ist immer ein bisschen verrückt gewesen. Rogers hatte ihm sogar ein paarmal den Hintern versohlt.«

»Also haben Sie ihm keine Fragen gestellt.«

»Es gab keinerlei Zweifel.«

»Aber er ist es nicht gewesen.«

Der Sheriff lehnte sich zurück und legte die Hände auf die Oberschenkel.

»Sie hätten Willy nicht abschneiden dürfen. Bis jetzt ging alles gut.«

»Und der Richter, war er auch einverstanden?«

»Bowman, ich verstehe nicht, was du hier willst. Du hast weder Rogers noch Willy gekannt. Eigentlich geht dich das Ganze nichts an. Der nächste Richter sitzt in El Paso, wenn ich das richtig in Erinnerung habe. Und selbst wenn ich mich geirrt habe, als ich Willy an den Galgen brachte, wird mir kein Richter von hier bis New York irgendeinen Vorwurf daraus machen. Also, entweder sagst du mir jetzt, was du weißt, oder ... wir müssen uns hier um einen Mann kümmern, dessen Körper so ähnlich aussieht wie der von Rogers – und du hast ein ernstes Problem.«

Arthur kribbelte es in den Beinen. Es war nicht wie beim Beginn eines Anfalls. Es war etwas, was sich tief in ihm regte. Er dachte an Brewster. Die leidenschaftliche Anziehung.

Der Mann ihm gegenüber war wie sie. Peevish oder Penders. Und der Hilfssheriff in seiner Ecke machte sich vor Angst in die Hosen.

Arthur sprach langsam.

»Der Mann, der so etwas tut – ich kenne ihn.«

Der Sheriff riss die Augen weit auf.

»Der so etwas tut ...?«

Er betrachtete Bowmans Brust. Arthur hatte den Hilfssheriff im Blick.

»Der Neger hat nichts damit zu tun. Aber er hat ihn gesehen, und ihr habt ihn gehängt.«

Die Hand des Sheriffs glitt unter die Schreibtischplatte. Der Hilfssheriff hatte die Hand an der Waffe, und seine Stimme klang eher wie ein Krächzen.

»Wir haben ihn zusammengeschlagen! Wir haben ihm keine einzige Frage gestellt!«

Seine Wut war jetzt größer als seine Angst. Seine Hand umklammerte den Griff seines Revolvers, und er sah zum Sheriff.

»Wir haben Willy gehängt, und er war es nicht! Und der andere ist schon lange weg!«

»Halt den Mund, Kleiner.«

Arthur musste sich bemühen, nicht zu schreien.

»Der andere?«

Der Hilfssheriff starrte immer noch seinen Vorgesetzten an. Er hatte den Revolver schon halb aus dem Halfter gezogen.

»Der andere Engländer. Der mit Rogers in die Stadt gekommen ist.«

Bevor der Sheriff eine Bewegung machen konnte, hatte der junge Mann seine Waffe gezogen. Bleich, zitternd richtete er seine Waffe auf den Schreibtisch.

»Wir haben nichts gemacht. Er hätte ihn wiederfinden können. Wir hätten ihn laufen lassen müssen.«

Bowman behielt den Sheriff im Auge und fragte den Jüngeren: »Wie sah er aus?«

»Er war Engländer. Helles Haar. Er war mit einem Siedlertreck gekommen. Rogers war ihr Führer gewesen. Als … als wir die Leiche fanden, war er der Einzige von ihnen, der noch in der Stadt war. Aber wir haben Willy keine Fragen gestellt, wir haben ihn zusammengeschlagen und aufgehängt. Er war nicht einmal in der Stadt, als es passierte!«

Der Sheriff schrie: »Halt den Mund!«

Der junge Mann hob den Revolver und zielte auf die Brust seines Vorgesetzten.

»Lassen Sie ihn laufen. Er wird ihn finden.«

Bowman wurde immer erregter.

»Wie war er? Wie hieß er?«

»Ich weiß es nicht! Im Treck kannte ihn niemand. Einfach ein Engländer, und sie sagten, er sei blond. Am nächsten Tag hatte er die Stadt schon verlassen.«

Arthur machte einen Schritt zurück und wandte sich zur Tür.

»Rühr dich nicht vom Fleck! Bleib hier, Bowman!«

Der Sheriff brüllte. Der Jüngere entsicherte seine Waffe und fiel ihm ins Wort.

»Sie lassen ihn jetzt auf der Stelle laufen. Ich sage es zum letzten Mal.«

Arthur öffnete die Tür und drehte sich noch einmal um. Der Hilfssheriff gab ihm ein Zeichen.

»Los, gehen Sie!«

Bowman schloss die Tür hinter sich. Walden scharrte mit den Hufen. Arthur stieg auf, eine Hand am Gewehr. Brezisky fragte, was los sei.

»Wir müssen hier weg. Schnell.«

Nachmittags erreichten sie die ersten Ausläufer von Santa Fe und beschlossen, nicht ins Stadtzentrum weiterzureiten. Brezisky sagte, die Berge von Sangre de Cristo, einige Meilen weiter, seien ein guter Ort, um Rast zu machen. Als sie sich den bewaldeten Gipfeln näherten, ritt Arthur zwischen Lärchen und Tannen voran. Er folgte dem Weg, bis er an einen kleinen See gelangte, der zwischen den Hängen lag wie in der Fläche einer runzligen Hand. Es war zu spät, um noch auf die Jagd zu gehen, und so aßen die beiden Männer Pfannkuchen und Bohnen, und dann begannen sie zu trinken. Der Pole wartete, bis sie beide einigermaßen betrunken waren, und fragte dann: »Was ist im Büro des Sheriffs passiert?«

Seit sie Rio Rancho verlassen hatte, tauchte der Name Penders immer wieder in Arthurs Gedanken auf. Nur sein Name und die Erinnerung an sein Grinsen. Sergeant Erik Penders war in Rio Rancho gewesen. Brezisky bekam keine Antwort und versuchte es daher mit einer zweiten Frage: »Wie fühlen Sie sich?«

Arthur sah ihn an.

»Wie ich mich fühle? Keine Ahnung.«

»Mr. Bowman, darf ich Sie etwas fragen?«

»Bitte.«

»Ihre Narben – hat dieser Mensch sie Ihnen beigebracht?«

Bowman zog Brewsters Flasche aus der Tasche und hielt sie dem Polen hin.

»Was ist das?«

»Ich weiß nicht. Pflanzen, glaube ich, aber es wirkt. Wie Laudanum. Nur stärker.«

Brezisky ließ sich nicht lange bitten. Bowman nahm ebenfalls einen Schluck.

»Sonst kann ich es nicht erzählen. Und es hilft auch, danach schlafen zu können.«

*

Arthur erhob sich bei Sonnenaufgang. Das Messer steckte in seinem Gürtel, und er nahm das Gewehr mit.

Das Wild in diesen Bergen, in denen kein Gold zu finden war und die deshalb von den Siedlern gemieden wurden, fürchtete sich nicht vor Menschen. Ohne Mühe konnte sich Bowman einer kleinen Gruppe von Hirschen auf einer Lichtung nähern. Die männlichen Tiere hatten kurze, gekrümmte Geweihe und schwarze Köpfe. Das Fell war braun, mit weißen Einsprengseln an Bauch und Hals. Sie witterten ihn, verbanden jedoch keine Gefahr mit seinem Geruch und begnügten sich damit, gemächlich etwas tiefer in den Wald zu ziehen. Arthur nahm einen jungen Bock ins Visier, fünfunddreißig oder vierzig Kilo schwer. Es gab größere Tiere, doch Brezisky und er hatten weder die Zeit noch die Mittel, das Fleisch zu pökeln. Die Schulter an einen Stamm gelehnt, hob er das Gewehr und zielte auf den Kopf des Hirschs. Bei dem Knall machten alle Tiere einen Satz, doch sie blieben mit erhobenen Köpfen und aufgestellten Ohren stehen, während das Jungtier zusammensackte. Arthur ließ das Gewehr sinken und ging auf die Lichtung zu. Schwänze wedelten, und große, schwarze Augen folgten ihm. Er ging weiter, bis ein großes männliches Tier den ersten Schritt machte und sich entfernte, die Herde hinter ihm.

Arthur lud sich seine Beute auf den Rücken und ging zum See zurück. Dort hängte er den Kadaver an einen Ast und nahm ihn aus. Er zog das Fell ab und warf es in den Wald, um dann auf einem Brett am Ufer das Fleisch zu zerteilen. Als er fertig war, säuberte er Axt, Messer und seine blutbeschmierten Arme im See, in dem sich, angezogen von den kleineren Fleischteilen, die er ins Wasser geworfen hatte, Fische zeigten.

Brezisky hatte das Feuer wieder angefacht und schnitt Lärchenzweige zurecht. Bowman gab ihm die besten Fleischteile, die er aufspießte und um das Feuer herumstellte. Bald stieg der Duft des röstenden Fleisches in die Luft. Arthur zerschnitt Herz und Leber, legte einen flachen Stein in die Glut, wartete, bis er heiß geworden war, und briet die Teile dann, indem er sie ab und zu mit seinem Messer wendete. Beim Essen fragte er: »Was für ein Tier ist das eigentlich?«

Brezisky war dabei, sich mit einem hölzernen Span die Zähne zu säubern. Er sagte, der amerikanische Name sei *pronghorn* oder *antilope*. Bowman lächelte.

»In Afrika haben die Antilopen riesige Hörner, manchmal bis zu zweihundert Kilo schwer. Sie laufen zweimal so schnell wie ein Pferd und können ein Pferd mühelos überspringen. Sie werden von Löwen gejagt, aber die Löwen kriegen sie nur, wenn sie sie von mehreren Seiten anfallen.«

»Die amerikanischen Antilopen sind vielleicht nicht so schnell, aber sie schmecken ausgezeichnet. Wir werden jetzt eine ganze Weile lang gutes Fleisch haben.«

Arthur nahm sich ein Stück Herz.

»*Du* wirst genug zu essen haben, Doc. Denn du wirst deinen Weg gehen und ich meinen.«

Der Pole grinste.

»Müssen wir uns jetzt trennen, weil Sie mir Ihre Geschichte anvertraut haben?«

»Wie?«

»Ich werde nicht versuchen, Sie von Ihrer Meinung abzubringen, doch ich stelle mir eine Frage: Haben Sie es schon einmal längere Zeit an der Seite eines Menschen ausgehalten, der Sie kennt?«

Arthur nahm einen Spieß mit Fleisch von der Schulter aus dem Feuer und setzte sich ins Gras.

»Ich habe immer allein gelebt. Sogar vorher. Und das, was ich jetzt tue, das geht niemanden etwas an.«

Brezisky wühlte in seiner Kiste, um noch einen Rest Schnaps zu finden.

»Außerdem ist Ihre Gesellschaft nicht ungefährlich. Auch wenn meine Adern nicht mehr ganz jugendfrisch sind, rechne ich doch damit, mir eines Tages ein großes Haus zu bauen. Ich werde auf meinem Weg weiterziehen, teurer Freund, aber Sie werden sich mit der Frage, die ich Ihnen stellte, doch einmal auseinandersetzen müssen.«

»Vielleicht. Aber nicht gerade jetzt.«

Der Pole dachte einen Moment nach.

»In Japan gibt es eine Insel, auf der Männer und Frauen hundert Jahre alt werden. Sie essen viel Fisch. Aber das Leben in unserer Welt ist viel kürzer. Sie sind noch nicht in meinem Alter, aber die Zeit hat Ihnen hart zugesetzt. Warten Sie nicht, bis Sie so alt sind wie ich, Mr. Bowman, denn dann wird die Einsamkeit noch schwerer zu ertragen sein.«

Brezisky sah Arthur an.

»Verzeihen Sie mir. Ich wollte das eigentlich nicht sagen.«

Der Sergeant zögerte ein wenig und lächelte dann. Der Pole gab ihm sein Lächeln zurück und gluckste ein wenig in seinem Rausch.

Walden bedachte das Maultier mit einem spöttischen Blick. Er fühlte sich ihm offenbar weit überlegen.

»Auf der anderen Seite dieser Berge können Sie entweder die Piste nach Denver nehmen, an der einige kleine Goldsucherstädtchen liegen, oder Sie folgen dem Rio Grande. Wenn Sie die erste Möglichkeit wählen, werden Sie ähnlichen Trecks begegnen, wie Sie sie schon kennen; wenn Sie dem Fluss folgen, haben Sie trockene Ebenen vor sich. Das Wasser ist kein Problem, wenn Sie sich nicht zu weit vom Fluss entfernen. Sie können ein wenig jagen, aber Sie müssen lernen, an Kaninchen oder Wildpferd Geschmack zu finden, ob es Ihrem Mustang passt oder nicht. Wenn Sie allein sein wollen, sollten Sie den Rio Grande wählen.«

Brezisky schenkte ihm ein Sack Bohnen, Weizenmehl und den Rest seines Kaffees.

»Ich komme bald in eine Stadt, und ich glaube zu wissen, dass Sie diese Dinge nötiger haben werden als ich.«

Bowman bot ihm Geld an.

»Ein wenig Großzügigkeit schadet nicht in diesem Land, Mr. Bowman, aber ebenso wenig ein wenig Freundschaft. Danke nochmals für diesen wunderbaren Pflanzentrunk. Ich weiß nicht, was der alte Kräuterdoktor dem Hanf beigemengt hat, aber es ist ein voller Erfolg. Wissen Sie, dass Mr. Washington, der erste Präsident der Vereinigten Staaten, selbst ein Produzent dieses exzellenten Psychopharmakons gewesen ist? Obwohl ich vermute, dass er die amerikanische Flagge noch lieber hatte.«

Arthur lächelte.

»Du kehrst besser nicht nach Rio Rancho zurück.«

»Danke, dass Sie sich Sorgen um mich machen, doch das war genau meine Absicht.«

»Viel Glück.«

»Mr. Bowman, dieses verdammte Land besteht bisher nur aus ein paar Verbindungswegen, deshalb hoffe ich, dass wir uns irgendwo wieder begegnen. So absurd es wäre, auf Ihren Erfolg zu trinken – doch wenigstens wünsche ich Ihnen Glück. Und wenn der Krieg ausbrechen sollte, versuchen Sie, ein Fleckchen zu finden, das möglichst weit weg ist von diesem Unsinn.«

»Der Krieg?«

»Lincoln und die Geschäftemacher des Nordens werden sicher die nächste Wahl gewinnen. Der Süden wird sich abspalten, wenn er gewählt wird. Das Land wird zweigeteilt sein.«

»Ich werde nie mehr in den Krieg ziehen, Doc. Ganz bestimmt nicht.«

Brezisky hob seinen Schnapskrug, und das Maultier setzte sich in Bewegung.

Arthur Bowman verschwand in den Wäldern von Sangre de Cristo. Als er den Nordhang der Bergkette erreicht hatte, sah er wie zwei Spitzen einer Gabel die grüne Linie des Rio Grande, der die graue Ebene durchzog, und weiter westlich die helle Linie der Hauptpiste nach Pueblo, die auch zu den Minen von Colorado führte. Er bog zum Fluss ab, verließ die Berge jedoch noch nicht. Bei einer Quelle machte er halt, nahm Walden den Sattel ab und ließ ihn frei grasen. Dann nahm er sein Gewehr und versuchte, die Spuren von Antilopen zu finden. Nach einigen Stunden brachte er ein weibliches Tier von etwa zwanzig Kilo zum Lagerplatz zurück. Als er es ausgenommen und zerteilt hatte, trocknete er die besten Fleischstücke über dem Rauch seines Feuers. Walden hatte sich auf eine Wiese gelegt. Arthur holte sein Schreibzeug heraus.

Mit zehn Worten habe ich Reisen erzählt, die wochenlang dauerten. Jetzt muss ich ganze Seiten vollschreiben, um von den wenigen Stunden in Rio Rancho zu erzählen. Ich habe ihn gefunden. Es ist Penders.

Ich weiß nicht, was ich denken soll. Es ist, als wäre mir lieber gewesen, Peevish zu überführen.

Ein Sheriff hat in Rio Rancho einen Neger gehängt, an einem Galgen mitten im Dorf, und ich bin sitzen geblieben, um ihn mir anzuschauen. Der Neger hatte nichts getan, er hatte, glaube ich, nur Penders gesehen, vielleicht sogar den Mord beobachtet. Captain Reeves sagte, es sei nicht meine Schuld, und es sei auch nicht die Schuld des Mörders. Und dieser Gehängte? Der Sheriff von Rio Rancho hat meine Narben gesehen, und zum ersten Mal hat jemand sie schön gefunden. Ich glaube, er bewunderte sie. Ich habe entdeckt, dass andere Menschen, die nicht vom selben Ort kommen wie wir, genauso wahnsinnig sein können wie Penders.

Heute habe ich mich von einem polnischen Doktor verabschiedet, der mir Glück wünschte und der sagte, er sei mein Freund.

Walden schläft auf der Wiese beim Bach, das habe ich noch nie beobachtet. Ich frage mich, ob das Muli des Polen ihm fehlt.

Ich bin jetzt jenseits des Punktes, der mir Angst machte, als ich Reunion verließ. Von dem aus ich noch hätte umkehren können. Weil ich keine Schwarzen anstelle von Penders krepieren lassen kann. Birma ist jetzt acht Jahre her, und ich habe nur noch einen Rückstand von drei Wochen, hier, am anderen Ende der Welt.

Das ist, kurz gesagt, das, was ich erlebt habe, aber ich muss auch etwas anderes schreiben. Mein Freund, der polnische Doktor, er hat gesagt, ich könnte mich dazu entscheiden, mit Leuten zusammen zu sein, die mich kennen. Ich habe an Sie gedacht, obwohl wir uns eigentlich nicht gut kennen.

Es war dunkel geworden. Arthur schrieb die letzten Worte im Schein des Feuers, und das Papier leuchtete so rot wie das Haar von Alexandra Desmond. Dann faltete er den Brief zusammen, den er nicht abschicken würde. Er schlief im grünen Gras und dachte an die bevorstehende Durchquerung der Wüste.

8

Es war, als würde niemand dieses Wasser wollen. Der Rio Grande floss zwischen Felsen und Stachelgesträuch, er bahnte sich seinen Weg zwischen rund geschliffenen Steinen, aber kein Baum wuchs an seinen Ufern. Er durchzog die Erde, ohne zu ihr zu gehören, auf abschüssiger Bahn, auf diesem braunen, flachen, endlosen Boden. Keine Spuren im Sand, außer denen der wilden Tiere. Der Fluss gehörte ihm.

In den großen Schluchten mischte sich das Echo von Waldens Tritten mit herabrollenden kleinen Steinen, die ins Leere fielen, angestoßen von großen Eidechsen, die blitzschnell das Weite suchten. Der Mustang wurde immer langsamer, er fand nicht genug zu fressen, um wieder zu Kräften zu kommen. Sobald Bowman einen grünen Fleck sah, irgendeine Pflanze, deren Wurzeln so lang waren, dass sie Wasser erreichten, lenkte er Walden dorthin.

In den Nächten kühlte es nicht ab. Wie das Wasser des Flusses schien auch die Sonne diese Welt zu bescheinen, ohne ein Teil von ihr zu sein. Der Fels produzierte seine eigene Hitze und sein eigenes Licht. Wenn diese trockenen Ebenen mit irgendetwas verwandt waren, so vielleicht mit den Landschaften auf dem Mond, dessen Farbe sie auch hatten. Die Farbe des Gehängten. In der graublauen Nacht jagten die Präriehunde, die man tagsüber nicht sah, hinter den Kaninchen her. Insekten, Schildkröten, Eidechsen und Schlangen bewohnten den Tag; ihre Farben, Schuppen, Panzer vermischten sich mit dem Fels.

Es gab noch genug Antilopenfleisch. Um Feuer zu machen, musste er nach kleinen Zweigen suchen, die lange brannten, ohne viel Hitze zu erzeugen. Solange er noch Kaffee hatte, machte Arthur während seiner Ritte immer wieder auf diese Weise Feuer. Dann hörte er damit auf. Es gab nichts zu kochen mehr, die Nächte waren warm, und die kümmerlichen Flammen erinnerten ihn nur daran, dass ihm menschliche Gesellschaft fehlte. Zuweilen dachte er auch an die Irrlichter, die er nachts auf den Schlachtfeldern jenseits des Ozeans gesehen hatte.

Statt inmitten grüner Hügel, von denen er in London geträumt hatte, sah er sich nun in dieser ausgetrockneten Weite.

Während seines Aufenthalts in der Wüste schrieb er nicht, und als er nach fünf Tagen und fünf Nächten Alamosa erreichte, hätte er nicht mehr sagen können, woran er die ganze Zeit gedacht hatte. Nur ein paar Worte blieben übrig, die sich wiederholten wie der gleichmäßige Tritt des Mustangs, wie das Geräusch der Kieselsteine am Grund des Rio Grande. Alexandra. Ankommen. Peevish. Penders. Reunion. Haie.

Er hatte weder gesprochen noch geschrieben, aber er hatte Thoreaus Kapitel über die Einsamkeit noch einmal gelesen.

Von welcher Art ist der Raum, der den Menschen von seinen Mitmenschen trennt und ihn einsam macht? Ich fand, dass keine Anstrengung der Füße zwei Seelen je einander um vieles näher brachte. In wessen Nähe möchten wir am liebsten wohnen? Sicherlich nicht in der Nähe vieler Menschen, des Bahnhofs, des Postamts, der Gastwirtschaft, des Versammlungshauses, der Schule oder des Gewürzkrämers. Nein, es zieht uns hin zum ewigen Quell, von dem, wie alle unsere Weisheit lehrt, unser Leben stammt. So sendete auch der Weidenbaum am Ufer des Baches ins Wasser seine Wurzeln aus.

Am Nachmittag des sechsten Tages ritt er an einem langen, sandigen Uferstreifen entlang, den der Wind zu Dünen gestaltet hatte. Der Rio Grande war hier weniger breit, seine Ufer grün und voller Gesträuch. Als er die Lampen von Alamosa erblickte, machte er halt, um Walden fressen zu lassen, und ließ sich auf der letzten Etappe seiner Reise viel Zeit. Als Arthur Bowman in der kleinen Stadt eintraf, mit einem Bart, der bis auf seine Brust herabfiel, und die Falten seines Gesichts voller Staub, fühlte er sich wohl in seiner Haut.

Alamosa lag versteckt in einem Wald voller fremdartiger Bäume mit glatten, hellen, hohen Stämmen und übersät von kleinen weißen Kugeln, die den Früchten der Baumwollpflanzen ähnelten. Es bestand aus einem Dutzend Häuser, jedes auf einer kleinen Lichtung, die von den Siedlern gerodet worden war. Keine Geschäfte, keine Relaisstation, nur diese Farmen und ihre weißen Besitzer, die sich zusammengeschlossen hatten, um gemeinsam zu arbeiten oder wenigstens Seite an Seite zu leben. Bowmans Ankunft zog Neugierige an, zunächst Kinder, dann Männer auf den Schwellen ihrer Häuser und zuletzt Frauen an einigen Fenstern. Es war der sauberste und ruhigste Ort, den er bisher gesehen hatte. Am anderen Ufer, den Häusern mit gemauerten Schornsteinen gegenüber, lag ein anderer Ort. Vielmehr nur eine Art Camp. Blockhütten, Feuerstellen auf dem Boden, Hühner und Hunde, die überall herumliefen, und zerlumpte Kinder. Die Indianer, die dort lebten, waren seltsam gekleidet. Sie trugen europäische Hosen oder Jacken, kombiniert mit ihren traditionellen Baumwollstoffen. Auf den ersten Blick lebten dort zwei- oder dreimal so viele Menschen wie in der Siedlung der Weißen. Zwischen ihnen war der Fluss, den man anstelle einer Brücke auf großen, flachen, im Wasser liegenden Steinen überqueren konnte. Bowman ritt im Schritt und ließ den Blick zwischen den beiden Hälften dieses Zwillingsortes hin- und herwandern. Der Kontrast zwischen der Perfektion der Weißen und der Nachlässigkeit der Indianer war frappierend. Es war wie eine Militärkaserne, die direkt neben einem provisorischen Lager errichtet worden war, in dem Bauern hausten, die durch einen Krieg von ihren angestammten Plätzen vertrieben worden waren.

Ein kräftiger Familienvater mit Vollbart und roten Wangen kam lächelnd auf ihn zu. Arthur zog die Zügel an, und Walden blieb abrupt stehen.

»Gott segne Euch, mein Sohn. Willkommen in Alamosa, dem Land des Evangeliums.« Es waren seit sechs Tagen die ersten Worte, die er hörte.

Arthur beschloss, nicht über Nacht zu bleiben, fragte aber, ob er etwas zu essen kaufen könne und wie er nach Pueblo gelange. Alle Dinge – jedes Stück Brot, die Bohnen und das Mehl, das er für sein Geld erhielt – wurden zweimal gesegnet. Er fragte, ob er etwas Alkohol bekommen könne, und erhielt als Antwort den Rat, sich besser der Abstinenz zu verschreiben. Danach wurden die Verhandlungen schwieriger und im Ton weniger freundlich. Arthur hätte schwören können, dass er bei den Indianern auf der anderen Seite des Flusses alles bekommen hätte, was er wollte. Am Ende konnte er sich wenigstens ein wenig Tabak besorgen. Er verließ Alamosa mit seltsamen Bildern im Kopf. Frauen und junge Mädchen eingeschlossen in ihren Häusern, während sich die Männer alle draußen aufhielten. Indianer, die sich Reste von Kleidungsstücken der Weißen teilten. Zwischen Hühnern und Lagerfeuern umherlaufende Kinder, vielleicht gerade erst getauft, in verschiedenen Hautfarben, vom dunklen Braun der Indianer über das Hellbraun der Mexikaner bis zum Weiß der Europäer. Und die Brücke aus Steinen, die die frommen Familienväter von den Indianerfrauen trennte und die beiden Ortsteile gleichzeitig miteinander verband. Er ließ dieses grüne Paradies hinter sich, doch bevor er nach Osten, in Richtung Pueblo weiterritt, machte er noch einmal am Flussufer halt.

Er befreite Walden von seinem Sattel, zog sich nackt aus und führte den Mustang am Halfter mitten in den Fluss. Dort ließ er ihn untertauchen und rieb ihn, bis Walden genug hatte, das Wasser verließ und sich auf der Erde wälzte. Arthur machte sich einen

Waschlappen aus geflochtenen Grashalmen, rieb seinen Körper von oben bis unten ab, hielt sich dann an einem Felsen fest und ließ sich von der Strömung massieren. Dann staute er das Wasser zu einem kleinen Teich, und im glatten blauen Spiegel dieses Wassers schnitt er sich die Haare und rasierte sich mit seinem Messer, so gut es ging. Er wusch seine Kleider und ließ sie in der Sonne trocknen, während er sich unter einem Baum ausruhte. Als es dunkel war, machte er am Ufer ein Feuer.

Am nächsten Morgen füllte er seine ledernen Wasserflaschen mit Flusswasser auf und ritt gemächlich weiter. Zwei Nächte verbrachte er an Wasserstellen, deren Lage ihm die Bewohner von Alamosa beschrieben hatten. Abends schrieb er an Alexandra Desmond, erzählte ihr von seiner Reise, von der stillen Wüste und dem Bad im Fluss, aber auch von der immer beunruhigenderen Gegenwart von Penders, denn die Distanz zwischen ihnen verringerte sich von Tag zu Tag. Am dritten Tag stieß er auf die Hauptpiste mit den Trecks, deren Ziel das Gold von Pikes Peak war. Abends erreichte er Pueblo, einen Knotenpunkt, an dem die nördliche Route und der Trail nach Santa Fe mit der Strecke nach Oregon und Independence am Missouri zusammentrafen. Er wurde hochtrabend »Stadt« genannt, bestand aber in Wahrheit nur aus einer kläglichen Ansammlung von Baracken, diesmal ausschließlich Verkaufsläden.

Um diese Baracken herum hatten sich Dutzende von Planwagen und Zelten angesammelt, und Hunderte von Siedlern liefen zwischen Ochsen und Kühen, Mulis und Pferden umher. Alle möglichen Dinge wurden feilgeboten oder getauscht: Nägel, Hühner, Informationen. Führer boten ihre Dienste an, ebenso Frauen. Draußen, vor den Bordellen, wurden Messen abgehalten und Kinder getauft, und Prediger übertönten mit salbungsvollen Worten die lärmende Menge. Schmiede hämmerten und reparierten gebrochene Räder und Achsen. Alte Frauen verkauften warme Mahlzeiten und frisch gebackenes Brot oder lasen aus der Hand. Man hörte zwanzig verschiedene Sprachen. Zwischen Zelten und Wagen wurde auch Alkohol verkauft.

Walden hatte die Ohren angelegt, und Bowman ritt langsam weiter, bis er einen Stall fand und dann den Saloon. Es war brechend voll, und er bezweifelte, dass er hier irgendetwas erfahren könnte, was ihn weiterbrachte. Eingezwängt zwischen anderen Männern, bestellte er etwas zu trinken. Es ging ausgelassen und rau zu. Die Siedler waren mit ihren jungen Söhnen gekommen, die noch nicht einmal einen Bart hatten und jetzt mit ruhelosen Augen beobachteten, wie ihre Väter sich betranken. Eine Sängerin brüllte in einer Ecke, während ein Pianist auf die Tasten eines verstimmten Klaviers einhieb. Bierkrüge wurden über die Köpfe der Gäste weitergereicht. Irgendwo wälzte sich ein Trinker auf dem Boden.

Der Wirt saß auf einem Stuhl hinter der Theke und schlug mit einem Hammer gegen eine schartige Glocke.

»Die nächste Runde aufs Haus!«

Diese Ankündigung wurde mit vielen Hurras quittiert, Hüte wurden in die Luft geschleudert und blieben an den Lampen hängen.

Bowman hatte wie alle anderen das Recht auf einen Gratiswhiskey. Nach der ersten Runde bestellten die Männer immer mehr. Man bezahlte vier oder fünf Whiskeys und verteilte sie an Umstehende. Eine wilde Freude vereinte die zum Feiern entschlossenen Gäste. Einer von ihnen stellte ein Glas vor Bowman, und sie stießen an.

»Worauf trinken wir?«

»Weißt du das nicht?«

Arthur leerte sein Glas.

»Was ist los?«

Der Mann, der mit einem fast unverständlichen irischen Akzent sprach, wandte sich an die Menge und brüllte: »Er weiß es nicht!«

Niemand schenkte ihm Beachtung, worauf er zu Bowman trat und ihm ins Ohr schrie: »Sie haben sie gekriegt! Diese verdammten Rothäute! Die Kerle von Saint-Vrain haben es ihnen gegeben. Drei Stricke für diese Hundesöhne!«

»Die Indianer haben einen Aufstand gemacht?«

Der Ire betrachtete ihn mit vom Alkohol getrübten Augen.

»Aufstand? Was faselst du da, Alter? Es geht um die drei Indianer von der Piste. Sie haben sie gefunden, und jetzt legen sie ihnen die Krawatte um den Hals.«

»Die Indianer von der Piste?«

»Verflucht noch mal, woher kommst du eigentlich? Weißt du nicht, dass die Indianer die Siedler angreifen?«

Durch ein Handgemenge wurde Bowman von seinem Gesprächspartner getrennt. Der schrie noch etwas, aber eine Gruppe Iren schleppte ihn zu einem Tisch, an dem laut gesungen wurde. Arthur hatte nur ein paar Worte verstanden. Er kämpfte sich durch die Menge, packte den Mann an der Schulter, drehte ihn zu sich und brüllte in den grölenden Gesang der Umstehenden hinein:

»Was hast du gesagt?«

Der Mann hörte auf zu singen.

»Verdammter Hurensohn, trink noch was! Lass mich los!«

Arthur schleppte ihn zur Theke.

»Was hast du über diese Indianer gesagt?«

»Etwas zu trinken!«

Arthur bestellte drei Whiskey und stellte sie vor den Iren hin.

»Schieß los.«

Der Ire trank das erste Glas.

»Die Komantschen, die die Siedler überfallen und ausgeplündert haben – das geschieht ihnen recht!«

»Was hast du vorhin gesagt?«

»Dass diese Hundesöhne bezahlen müssen, nach dem, was sie mit all diesen armen Leuten angestellt haben!«

Ein weiteres Glas wurde geleert.

»Was haben sie gemacht?«

»Gefoltert, mein Alter! Grässliche Dinge, Leichen bis runter nach Mexiko. Offenbar haben sie zwanzig Weiße auf dem Gewissen! Wochenlang hatten alle Angst, die unterwegs waren. Aber damit ist Schluss! Aus! Ende!«

Er schüttete das dritte Glas hinunter, dankte Bowman mit einer schwankenden Verbeugung und sagte, dass jetzt alles in Ordnung sei, dass man sich keine Sorgen mehr zu machen brauche, dass das Gold von Pikes Peak sie erwarte und dass er jetzt wieder singen werde.

»Wo werden sie sie hängen?«

»In Bent's Fort, an der Route nach Independence. Teufel, wir werden alle da sein, um uns das anzuschauen!«

Die Iren sangen irgendetwas von einer Straße nach Liverpool, die über Dublin führe, und fuchtelten mit ihren Shillelaghs herum. Am anderen Ende des Raums hatten auch die Engländer angefangen zu singen, wobei sie versuchten, die Iren zu übertönen. Eine Schlägerei zeichnete sich ab.

Bowman schob Ellbogen und Schultern beiseite und verließ das Lokal, in dem die nostalgischen Gesänge einen zunehmend aggressiven Klang annahmen. Draußen holte er, die Arme auf die Knie gestützt, erst einmal tief Atem; dann streckte er sich und lief eilig zum Stall, um Walden zu satteln. Einmal hielt er noch an, um vier Männer, die um ein Feuer herum saßen und Karten spielten, nach dem Weg nach Bent's Fort zu fragen.

»Ganz einfach. Am Ende der Stadt gibt es nur zwei Pisten. Es ist die östliche.«

»Sechzig Meilen von hier.«

»Sie werden erst übermorgen gehängt – nicht nötig, dich so zu beeilen!«

Arthur verschwand im Galopp. Er beschrieb einen Halbkreis um die Stadt, die Zelte und die Planwagen und fand die Kreuzung, die ihm beschrieben worden war. Es war Nacht, als er den Weg nach Bent's Fort einschlug. Der Mustang galoppierte vier Stunden lang. Etwas länger, und er wäre vielleicht zusammengebrochen, doch bei Tagesanbruch erreichte Bowman sein Ziel.

*

Wie in Pueblo umgab auch hier ein kunterbuntes Durcheinander aus Planwagen und Fuhrwerken die befestigte Anlage im Zentrum des Ortes. Als Arthur in die Stadt einritt, erwachte sie gerade. Die vielen Reisenden, die nicht zu den Siedlern gehörten, lagen allerdings noch in tiefem Schlaf. Es waren Neugierige, die wegen der Hinrichtung gekommen waren, und Händler, die ihre Erzeugnisse verkaufen wollten, Getränke, Lebensmittel und Waffen; außerdem Jahrmarktsgaukler, Zauberer und Jongleure. Geschichtenerzähler, die noch geschwollene Augen hatten von ihrem Rausch am Vorabend, stolperten aus ihren farbigen Zelten, Huren putzten sich die Zähne, während ihre Freier noch schliefen, auf dem Boden ausgestreckt in ihren schmutzigen Kleidern, mit Whiskeyflaschen in den Taschen. Als Arthur sich dem Fort näherte, hörte er laute Hammerschläge. Bent war eine große, steinerne Festungsanlage mit meterdicken Mauern und schmalen Schießscharten. Die einstöckigen ockerfarbenen Gebäude dienten dem Krieg und dem Handel: Ställe, Firmenfilialen, Wohnungen für Angestellte. Über einem der großen Tore prangte ein Schild: *Bent and Saint-Vrain Trading Company.*

Auf dem großen Hof war eine Gruppe von Zimmerleuten dabei, den Galgen zu errichten, der groß genug war, um drei Männer auf einmal daran aufzuhängen. Es war ein Holzgestell, das einzig der Hinrichtung des nächsten Tages dienen sollte.

Arthur näherte sich den Ställen. Ein alter Indianer griff nach Waldens Zügel.

»Müde. Gutes Pferd. Logis und Futter zwei Dollar. Sind viele Leute da wegen Hinrichtung.«

Bowman stieg ab, nahm das Gewehr aus dem Futteral und hängte es sich um. Vor der Tür eines kleinen, fensterlosen Gebäudes standen drei Männer, mit Gewehren und Revolvern bewaffnet, Wache. Arthur ging auf sie zu.

»Wer ist hier der Verantwortliche?«

»Bleiben Sie hier nicht stehen, Mister. Gehen Sie weiter.«

»Ich suche nur den Verantwortlichen.«

»Den Verantwortlichen?«

»Sheriff, Richter. Irgendjemanden, der für das alles zuständig ist.«

Er zeigte auf den Galgen.

»Es gibt keinen Sheriff hier, nur den Geschäftsführer. Er ist im Büro.«

»Geschäftsführer?«

»Der Firma. Er kümmert sich um alles hier. Bleiben Sie nicht stehen.«

Bowman entfernte sich. Er warf einen Blick auf die Tür. Sie war aus robuster Eiche, in der Mitte eine kleine, vergitterte Öffnung. Vor einem Büro mit offener Tür drängten sich Leute. Arthur schob sich zwischen sie und wartete, bis er an die Reihe kam, zu einem Mann vorgelassen zu werden, der hinter einem Tisch saß. Er las Listen, unterschrieb Papiere, gab Befehle, hakte Namen ab und schrieb Zahlen in Hefte.

»Was kann ich für Sie tun?«

»Sind Sie der Geschäftsführer?«

»Er wird gleich da sein. Sie suchen Arbeit?«

»Nein. Wo ist er?«

»Wenn Sie mit ihm reden wollen, warten Sie hier. Der Nächste!«

Arthur wartete draußen im Schatten der Mauer. Er beobachtete den Galgen und die von drei Bewaffneten bewachte Tür. Weitere Wachen hatten sich am Haupttor postiert und kontrollierten den Durchgang. Kinder und Neugierige, die sich allzu auffällig benahmen, wurden zurückgeschickt. Ein Mann in einer kleinen Kutsche durfte passieren. An der Seite standen sein Name und sein Beruf: *Charles Bennet, Fotograf.* Bowman sah ihn den Hof abschreiten auf der Suche nach dem besten Standpunkt für seine Aufnahmen, dann lud er seine Ausrüstung ab. Dem Galgen gegenüber baute er ein Podest auf, darauf stellte er ein Stativ und dann seinen fotografischen Apparat. Er sah durchs Objektiv und verrückte den Apparat immer wieder, bis er zufrieden war und die richtige Position des Stativs mit Kreide auf dem Podest markierte.

Die Wachen am Tor ließen einen weiteren Mann passieren, gut gekleidet und bewaffnet, der ihren Gruß nicht erwiderte. Bowman vermutete, dass es der Geschäftsführer war. Er hielt vor dem Zellengebäude, wechselte einige Worte mit den Wachen und ritt weiter zum Büro.

Als er abgestiegen war, stand Arthur auf und stellte sich ihm in den Weg. Der Mann war hochgewachsen und kräftig und doch älter, als er zunächst vermutet hatte, warscheinlich schon an die sechzig.

»Kann ich Sie sprechen?«

Der Geschäftsführer machte keine Anstalten stehen zu bleiben.

»Wenn Sie Arbeit suchen, sprechen Sie mit dem Vorarbeiter.«

Arthur folgte ihm.

»Es geht nicht um Arbeit. Es geht um die Indianer, die Sie hängen wollen.«

Endlich blieb der Mann stehen und sah Bowman an.

»Wer hat Sie hereingelassen? Wer sind Sie?«

»Arthur Bowman.«

»Ich weiß nicht, wer Sie sind, und ich habe keine Zeit. Wenn Sie Pelze zu verkaufen haben, sprechen Sie mit…«

»Ich habe nichts zu verkaufen. Ich muss mit Ihnen sprechen.«

»Tut mir leid, jetzt nicht.«

»Es waren nicht die Indianer, die die Siedler ermordet haben.«

Der Geschäftsführer blieb erneut stehen.

»Wie bitte?«

»In Las Cruces haben sie schon einen Neger gehängt, der es gewesen sein soll. Es waren nicht die Indianer.«

Der Geschäftsführer dachte kurz nach.

»Das wusste ich nicht.«

John Randells Büro war ein kleiner Hafen von Luxus und Stille inmitten des lärmenden Forts. Teppiche und Jagdtrophäen, über dem Schreibtisch Fotos, die ihn neben zwei dunkel gekleideten Männern zeigten: Bent und Saint-Vrain, die Oberhäupter der Handelsgesellschaft. Ein weiteres Bild von ihm, allein, in einem Nadelwald, den Fuß auf dem Bauch eines Bären von eindrucksvoller Größe. Das Porträt einer Frau auf einem Kanapee, mit einem Baby auf dem Arm. Das eines salutierenden jungen Armeeoffiziers, der sein Vater sein konnte.

Arthur stand vor dem massiven Holztisch. Er hielt sein Gewehr am Lauf.

»Es gibt einen Haufen Leute, die irgendwelches Zeug über diese Morde zu erzählen haben, Bowman, und es wundert mich nicht, dass ein Schwarzer am Galgen endete. Alle hatten Angst, und entlang der Trails bildeten sich ständig die lächerlichsten Gerüchte. Je weniger die Leute wissen, desto größer sind die Fantasien. Sie scheinen sich Ihrer Sache sicher zu sein, und doch sind Sie nicht der Erste, der hier mit einer neuen Theorie aufkreuzt. Ich will Ihnen gar nicht wiederholen, was ich über diese Sache in den letzten Wochen alles gehört habe. Und ich erlasse Ihnen auch all die Teufelserscheinungen auf dem Weg nach Santa Fe. Aber diesmal haben wir Beweise. Um diesen Neger in Las Cruces tut es mir sehr leid, aber ich muss kühlen Kopf bewahren, und ich würde diese Männer nicht hinrichten lassen, wenn ich nicht von ihrer Schuld überzeugt wäre. Warum sagen Sie, dass sie es nicht waren?«

Arthur war ruhig, weil Randell es auch war. In einem Ton, als würde er einem Offizier Bericht erstatten, sagte er:

»Der Mann, der jetzt in dieser Gegend mordet, hat in England damit angefangen. Er heißt Erik Penders, und er stand unter meinem Befehl, als ich in der Ostindischen Kompanie diente. Er hat in London einen Mann getötet, einen weiteren in der Nähe von Dallas, der Kramer hieß, und einen dritten, Rogers, in Las Cruces. Die beiden letzten Opfer habe ich nicht gesehen, nur das in London. Aber ich weiß, dass er sie auf die gleiche Weise getötet hat, und ich weiß, wo er das gelernt hat, weil ich damals mit ihm zusammen war. Wir waren Soldaten in Birma. Ich habe schon diesen Neger gesehen, der unschuldig an seinem Strick baumelte. Und ich weiß, dass Ihre Indianer es ebenso wenig waren.«

Randell zündete seine Pfeife an und blies den Rauch zur Decke.

»Bowman, ich habe nicht viel Zeit, aber ich werde es Ihnen trotzdem erklären. Sie sind falsch unterrichtet. Überall hört man, dass sie vielleicht zwanzig Leute umgebracht haben. Das kann ich nicht bestätigen, aber es gibt mindestens noch zwei weitere Morde neben denen, die Sie aufgezählt haben. Einen in Mexiko, vor ein paar Monaten. Ich war nicht dort, aber ich habe einen Zeugen gehört, den ich kenne und dem ich vertraue, einen Mitarbeiter unserer Firma. Und noch einen, vor weniger als einer Woche, etwas weiter entfernt, auf der Strecke nach Independence.«

Arthur fuhr zusammen. Er versuchte, seine Gedanken zu ordnen. »Von dem Mord in Dallas haben Sie nichts gewusst. Auch Sie wissen offenbar nicht alles.«

Randell fuhr im gleichen ernsthaften, sachlichen Ton fort: »Wie lange haben Sie schon nicht mehr geschlafen, Bowman? Setzen Sie sich, bitte.«

Arthur zog sich einen Stuhl heran und setzte sich.

»Was ist vor einer Woche passiert?«

»Fedor Petrowitsch... Ich hatte ihn selbst empfangen, einige Tage zuvor, in diesem Büro. Er saß auf Ihrem Stuhl. Er war Erfinder und suchte finanzielle Partner für ein Verfahren der Goldwäsche auf Zyanidbasis. Er wollte wissen, ob Bent und Saint-Vrain daran interessiert seien. Meine Auftraggeber wollen nicht in den Goldabbau investieren. Das sagte ich ihm.«

Randell hatte den Kopf gesenkt und stopfte neuen Tabak in seine Pfeife.

»Es sind Komantschen, die letzten Krieger einer Bande, die sich weigert, die Waffen abzugeben und in ihrem Reservat in New Mexico zu leben. Das Büro für Indianerangelegenheiten kennt sie bereits. Seit fast einem Jahr treiben sie sich hier in der Gegend herum und überqueren auch regelmäßig die Grenze. Ihre Gruppe ist schon schwächer geworden, es fehlt ihnen an Hilfsmitteln und Nahrung, der ganze Stamm blutet aus. Ich bin kein Feind der Indianer, Bowman. Der Erfolg unserer Firma verdankt sich zum großen Teil den guten Handelsbeziehungen, die wir mit ihnen haben. Ich kenne sie inzwischen ganz gut. Ich weiß, dass sie keine Wilden sind, wie man immer sagt, und dass diese Völker die Hoffnungslosigkeit nicht aushalten, genau wie ihr Organismus keinen Alkohol verträgt. Diese Männer können monatelang Krieg führen und wie die Tiere in Höhlen wohnen, sie müssen nur wissen, dass sie eines

Tages ihr Land und ihre Kinder wiederfinden werden. Doch wenn man ihnen diese Gewissheit nimmt, sind sie so gut wie tot und zu allem fähig. Was würden Sie tun, Bowman, in einer Welt, die Ihre eigene Welt vernichtet hat?«

Arthur spürte ein Kribbeln in den Händen, ihn schwindelte, und seine trockene Zunge lag geschwollen in seinem Mund. Er zog Brewsters Arznei aus der Tasche und trank einen kleinen Schluck. Randell beobachtete ihn und lächelte – vielleicht weil er glaubte, es sei Schnaps. Er fuhr fort:

»Unsere Firma versucht seit Langem – und wird es weiter tun, so lange, bis die staatliche Macht hier eines Tages regieren wird –, den Anschein von Ordnung aufrechtzuerhalten. Ceran de Saint-Vrain, der mit Bent die Gesellschaft gründete, hat mit seinen Männern an der Seite der Armee gekämpft, er hat persönlich die Aufstände in New Mexico bekämpft, aber ebenso wenig wie ich selbst ist er auf Krieg aus. Wir betrachten es als unsere Verantwortung, uns hier dem Aufbau der Ordnung zu widmen. Die drei Krieger, die gehängt werden, haben versucht, einen unserer Trecks anzugreifen. Aber sie waren in der Minderzahl und obendrein betrunken. Sie wurden gefangen genommen und hierhergebracht. Einer von ihnen ritt das Pferd von Petrowitsch. Wir haben andere Dinge, die ihm gehörten, bei ihnen gefunden. Und seinen Skalp. Wir haben sie vernommen, und am Ende haben sie uns gesagt, wo die Leiche ist. Ich habe ein paar Männer hingeschickt, die sie dann hierherbrachten. Fedor Petrowitsch ist in Bent's Fort begraben. Ich habe seine sterblichen Überreste gesehen, Bowman, und ich kann Ihnen nur dieses eine sagen: Dieser Körper hat eine Welt gesehen, die ohne Hoffnung ist.«

Tapfer lächelte der Geschäftsführer dem Mann zu, der ihm gegenübersaß.

»Noch einmal. Die Nachricht, die Sie mir bringen, ist überaus bedrückend. Ein Unschuldiger musste für die Verbrechen dieser Männer büßen. Ich hasse diesen ganzen Zirkus und all die Gaffer, die zur Hinrichtung kommen werden, aber leider habe ich nicht den geringsten Zweifel.«

Arthur spürte, dass die Symptome des Anfalls sich abschwächten, doch er kämpfte noch immer darum, klar zu denken.

»Es war dasselbe in Rio Rancho. Der Neger hatte die Sachen des Toten nur gefunden.«

Randell schüttelte müde den Kopf.

»Es gibt keinen Zweifel.«

»Aber der Engländer, den ich suche – ist er nicht hier gewesen?«

»Der Soldat, von dem Sie sprachen? Außerhalb dieser absurden und turbulenten Tage ist das Fort ein ruhiger Ort, und es gibt nur wenige Menschen, die hier vorbeikommen, wenn sie mit unserer Firma nichts zu tun haben. Nein, ich habe keinen ehemaligen britischen Soldaten hier gesehen. Meine Familie stammt aus England, und wenn ich auch nie dort gelebt habe, hege ich für Ihre Landsleute doch eine besondere Hochachtung. Der einzige Brite, den ich kürzlich traf – er kam kurz vor dem Mord hierher –, war kein Soldat, ganz im Gegenteil. Er war Priester, ein sehr liebenswürdiger Mann, und er blieb einige Tage bei uns. Ich musste an ihn denken, als wir Petrowitsch begruben. Er hätte vielleicht die Worte gefunden, die mir fehlten.«

Arthur Bowman beugte sich nach vorn und rutschte fast von seinem Stuhl.

»Peevish?«

John Randells Miene hellte sich auf.

»Sie kennen ihn?«

Arthur schloss die Augen. Das Zimmer drehte sich um ihn.

»Es ist Peevish... Er hat sie umgebracht.«

Randell war aufgestanden.

»Was sagen Sie? Bowman, Sie sind ja totenbleich, was haben Sie?«

Arthur streckte eine Hand aus, um sich am Tisch festzuhalten. Dann fiel er auf den Teppich.

Wieder einmal erwachte er zwischen Pferden, auf einem Lager aus Stroh im Schatten eines Stalls. Der alte Indianer zog eimerweise

Wasser aus einem Brunnen hoch und schüttete es in die Tränken. Ohne ihm Beachtung zu schenken, ganz seiner Arbeit hingegeben, ging er an Bowman vorbei.

Arthur brauchte einige Sekunden, bevor er den Blick in den Hof wenden konnte, der im grellen Sonnenlicht lag. Der Anfall war nicht allzu heftig gewesen. Er spürte ihn noch im Körper, fühlte sich aber rasch besser und erinnerte sich an alles. Brewsters Kräuter hatten geholfen.

»Alter, gib mir Wasser.«

Der Indianer hielt inne, warf einen Blick hinter Bowman, stellte einen Eimer vor ihn und ging. Arthur drehte sich um.

»Wer ist da?«

Niemand antwortete, doch an der Mauer war ein Schatten zu sehen. Der Mann, dem er gehörte, lehnte an einem Pfosten. Ein Weißer mit sonnenverbranntem Gesicht, blauen Augen, einem Gewehr neben sich.

»Bist du aufgewacht aus deinen Träumen?«

»Das steht noch nicht fest.«

»Es wird wiederkommen.«

»Was?«

»Alles, was du nicht sehen wolltest.«

Der Mann hatte den Kopf zum Hof gedreht. Bowman folgte seinem Blick bis zum Galgen.

»Arbeitest du für Randell? Bist du hier, um mich zu bewachen?«

Der Mann lächelte.

»Nein. Ich bin nur ein Gaffer, wie die anderen.«

»Ja, diese Rothäute sterben sehen zu können, das zieht eine Menge Leute an.«

Der Mann lächelte erneut, verließ den Stall und ging direkt in den sonnenüberfluteten Hof. Arthur wandte den Blick ab.

»Alter, wer ist dieser Kerl?«

Der alte Indianer ließ seinen Eimer in den Brunnen fallen, ohne zu antworten. Arthur stand auf, schüttelte den Kopf und betrat den Hof. Im Büro des Vorarbeiters verlangte er, mit Randell zu sprechen.

»Bist du der Mann, den sie in den Stall geworfen haben? Mr.
Randell hat keine Zeit, mit dir zu reden. Er hat sogar ausdrück-
lich gesagt, dass er dich nicht mehr sehen will. Hau ab, bevor du
Schwierigkeiten kriegst.«

Ein Bewaffneter bewachte die Tür des Verwalters.

»Wo ist mein Gewehr?«

»Du bekommst es zurück, wenn du das Fort verlässt.«

»Ich muss mit Randell sprechen.«

»Er will dich nicht mehr sehen, und ich auch nicht.«

Auf ein Zeichen des Vorarbeiters hin trat der Bewaffnete auf
Bowman zu.

»Du musst jetzt gehen.«

Arthur gehorchte.

Walden hatte gefressen und getrunken und war wieder zu Kräften gekommen. Er ging neben ihm her zum großen Tor und blieb
vor den Wachen stehen.

»Ich brauche mein Gewehr.«

»Die Henry?«

Bevor ihm der Posten sein Gewehr überreichte, bedachte er es
mit einem bewundernden Blick.

»Mir ist die Winchester lieber, die ist leichter. Aber das hier ist
ein schönes Stück. Gehst du damit auf die Jagd?«

Bowman steckte die Waffe in ihr Futteral und verließ das Fort.
Das Markttreiben vor dem Tor war in vollem Gang. An einem
grob gezimmerten Tresen unter einem Sonnensegel aß er Bohnen
und ein Stück fettes Lammfleisch und trank Whiskey dazu. Er war
mehrere Stunden bewusstlos gewesen, vielleicht hatte er dadurch
den Schlafmangel der vergangenen Nacht wettgemacht. Walden hatte den Kopf unter das Sonnensegel gesteckt und setzte im
Schatten seine Siesta fort. Im Camp war es ruhiger geworden. Die
Männer, die schon morgens angefangen hatten zu trinken, suchten
sich ein schattiges Plätzchen, um vor dem Abend und der zweiten
Runde ein wenig zu schlafen.

Arthur betrachtete das große Tor des Forts.

»Noch einen.«

Sein Glas wurde gefüllt.

»Gibst du mir was?«

Bowman drehte sich um. Der Kerl aus dem Stall kraulte Walden an der Stirn. Der Mustang ließ ihn mit halb geschlossenen Augen gewähren.

»Warum sollte ich das tun?«

»Weil ich deinen Schlaf bewacht habe.«

»Hat das irgendwas geändert?«

»Nein. Nur dass ich dich nicht nur beim Schlafen beobachtet habe. Ich habe dich auch erzählen hören.«

Seine Augen waren fast so grau wie die von Alexandra Desmond, sein Gesicht war schmal, gebräunt und faltenlos. Arthur bestellte zwei weitere Gläser Whiskey.

»Und was hast du gehört?«

»Du hast von einem Priester geredet, hast immer wieder seinen Namen gesagt.«

»Ich kenne keinen Priester. Ich habe geträumt. Ich erinnere mich nicht daran.«

»Du sagtest, dass er es sei. Dass die Indianer nichts getan hätten. Du hast auch noch einen anderen Namen gesagt: Penders. Und den von diesem Prediger: Peevish.«

Bowman wandte sich dem Mann zu und sagte leise: »Ich habe fantasiert. Und jetzt hau ab.«

Der Mann trank sein Glas aus, ohne eine Miene zu verziehen. An beiden Händen fehlte ihm der kleine Finger, der auf der Höhe des ersten Gelenks abgetrennt worden war. Er hob den Kopf und betrachtete eine Wolkenformation, die sich von Norden her auf das Fort zuschob.

»Heute Nacht wird es bedeckt sein.«

Er grüßte mit der Hand an der Mütze und verschwand zwischen den Zelten. Arthur wartete ab. Ohne Hast trank er weiter, ein Glas nach dem anderen, den ganzen Nachmittag lang, bis es dunkel wurde.

Als das Camp sich wieder belebte und die Menge auf und ab wogte, entfernte er sich etwa hundert Meter von den Zelten. Er ließ Walden gesattelt, rollte sich nur in seine Decke und schloss die Augen, um etwas auszuruhen. Wachsam bleiben, während der Körper sich entspannte, gehörte zu den gewohnten Übungen eines Wachpostens. Er behielt das Camp und das Fort im Auge, ohne eine Uhr zu brauchen, die ihm den Fortgang der Nacht anzeigte.

Allmählich wurden die Geräusche im Camp leiser, die letzten Säufer legten sich aufs Ohr, die Händler sicherten ihre Buden; zwischen drei und vier Uhr morgens war es still. Schließlich, kurz vor Morgengrauen, kam der Moment, in dem die Müdigkeit der Wachen von Bent's Fort am größten war. Die Stunde, in der ein guter Sergeant seine Runde macht, um die dösenden Posten durch einen kräftigen Tritt in den Hintern wieder zum Leben zu erwecken.

Walden scharrte ganz sacht mit den Hufen. Arthur wartete noch ab. Es war ihm gelungen, den Strom seiner Gedanken in den Griff zu bekommen und sich nicht von ihnen überwältigen zu lassen. Er hatte sie alle aufmerksam geprüft, hatte in sich selbst gelesen wie in einem Buch.

Penders in Las Cruces.

Peevish in Bent's Fort.

Im Abstand von einem Monat. Zu Pferd zehn Tage.

Noch ein Mord in Mexiko. Die Gerüchte, die Legende von den Mördern am Santa Fe Trail, während er selbst die Wüste durchquert hatte, seinem Weg folgte. Nicht dem gleichen Weg, aber ihre Wege kreuzten sich immer wieder.

Reisten Peevish und Penders zusammen?

Kojoten heulten, der Mond war von den Wolken verdeckt. Bowman brauchte nur ein wenig mehr Licht. Seine ausgeruhten Augen könnten genug sehen, während die Augen der müden Männer nichts erkennen würden. Nur diesen ersten Lichtschein am Horizont. Er erinnerte sich an den Hof, die Entfernungen, die Zahl der Männer, die Winkel, an die Kutsche des Fotografen an der Mauer, in der Nähe der Ställe, an den Platz, an dem der alte Indianer sich eingerichtet hatte und wo er schlafen musste.

Nein. Der würde nicht schlafen. Die alten Krieger erwachen stets zur Stunde des Angriffs.

Er wusste, wo die Schatten wären, wenn der Mond hinter den Wolken hervortrat, und durch welche Türen sich die Arbeiter des Forts im Fall eines Alarms retten würden. Auch die Lage der Brunnen kannte er. Schon als er am Vortag das große Tor durchschritten hatte, hatte er sich das alles eingeprägt. Nun stand Arthur auf.

Er näherte sich dem Durcheinander der Zelte und Fuhrwerke, hörte die Geräusche, das Schnarchen. Er stieg vom Pferd, strich ein Zündholz an, setzte ein wenig Zunder in Brand und schob es unter ein Zelt, in dem Whiskey gelagert wurde. Dann sprang er in den Sattel, entfernte sich im Galopp und ritt um das Fort herum. In kürzester Zeit befand er sich auf der anderen Seite, dem Haupteingang gegenüber. Es gab eine Explosion. Ein Fass voller Alkohol. Rasch stieg der rote Schein des Feuers zum Himmel hinauf. Er hörte die Glocke des Forts und die ersten Rufe.

»Feuer! Alle Mann nach draußen!«

Panik brach aus. Arthur trieb Walden weiter an und sprang an der Mauer des Forts ab, wo er den Moment der größten Verwirrung abwartete. Direkt über seinem Kopf schrie ein Wachposten: »Lieber Himmel! Das Camp geht in Flammen auf! Los, alle Mann nach draußen!«

Pferde wieherten, Hunde bellten, und die Schreie von Männern und Frauen schallten weit in die Ebene hinein. Die Mauer des Forts lag im Schatten, während der Brand den Himmel hell erleuchtete. Arthur begann zu laufen und zog Walden hinter sich her. Er zählte die Schießscharten. Die des Vorarbeiterbüros, die des Zimmers, in dem er mit Randell geredet hatte. Noch drei. Und die vierte, bei den Ställen. Er schwang sich in den Sattel, kam zum Stehen, zog die Axt aus seinem Gürtel und begann, mit aller Kraft den Mörtel zu bearbeiten. Die Schießscharte war nur zwanzig Zentimeter breit, und er brauchte mindestens die doppelte Breite, um hindurchschlüpfen zu können. Unter der ersten Mörtelschicht kam ein hölzerner Pfeiler zum Vorschein, den er nun bearbeitete. Mit einem dumpfen Geräusch fuhr die Klinge der Axt in das Holz. Hinter der Öffnung sah er die Pferde, die sich panisch aufbäumten, den Hof, den Galgen und hinter dem offenen Tor die Flammen des brennenden Camps. Der Brunnen vor dem Stall lag weit vom Tor entfernt, und wie er gehofft hatte, konzentrierte sich die Feuerbekämpfung mit den von Hand zu Hand weitergegebenen Wassereimern auf die weiter vorn liegende Zisterne. Die Axt blieb stecken. Arthur benutzte sie als Hebel und hörte ein Krachen. Er riss das Werkzeug aus dem Holz, steckte es wieder in den Gürtel und begann, die Öffnung mit bloßen Händen zu erweitern. Schließlich befestigte er ein Ende des Seils, das er mitgebracht hatte, an dem störrischen Holz, und das andere am Sattelknauf. Er gab Walden die Sporen; die Kraft des Pferdes ließ den Pfeiler endlich nachgeben.

Mit dem Gewehr in der Hand ließ er sich vorsichtig in den Stall hinab und landete mit einem Sprung auf einem dicken Strohbündel. Er blieb im Schutz der sich ruhelos bewegenden Pferdeleiber und entsicherte seine Waffe. Dann steuerte er den Winkel des Indianers an.

Der Alte saß vor einer Kaffeekanne. Er beobachtete ihn und legte einen Finger an die Lippen zum Zeichen, dass er schweigen würde. Arthur ging in die Hocke und beobachtete, was um ihn herum vorging. Wenn er, anfangs von der Kutsche des Fotografen gedeckt, zum Tor lief, an dem nur noch zwei Männer Wache hielten, hatte er noch etwa fünfzehn ungeschützte Meter zurückzulegen.

Langsam öffnete er das Gatter, das die Pferde vom Hof abtrennte, nahm eine Handvoll Stroh und strich ein zweites Zündholz an. Als er das brennende Stroh zwischen die Pferde warf, begannen die nervösen Tiere laut zu wiehern und ins Innere des Hofs zu flüchten. Erschreckt von den Flammen, die ihnen von jenseits des Tors entgegenschlugen, liefen sie verwirrt im Kreis herum. Die Kette der Menschen, die versuchten, das Feuer unter Kontrolle zu bringen, brach auseinander, und die Wachen vor dem Zellengebäude stürzten sich auf die verängstigten Pferde. Arthur machte sich bereit. Ohne dass jemand ihn entdeckte, rannte er zu der schweren Eichentür, lehnte sein Gewehr an die Mauer, nahm die Axt in beide Hände und holte aus. Nach drei kraftvollen Schlägen barst das Schloss. Mit dem Gewehr in der Hand betrat er die Zelle und schloss die Tür hinter sich. Er sah nichts. Das einzige Licht kam von den Flammen, deren Licht sich durch die schmale Türöffnung abzeichnete. Seine Pupillen passten sich der Dunkelheit an, und nun unterschied er drei schemenhafte Formen auf dem Boden.

»Ihr müsst mir folgen. Ich werde die Tür öffnen, und ihr kommt mit mir.«

Die Männer reagierten nicht.

»Versteht ihr, was ich sage?«

Die drei Indianer saßen unter ihren Decken und beobachteten ihn, ohne sich zu rühren. Er trat näher und sprach lauter als nötig:

»Zum Teufel, versteht ihr mich?«

Er nahm eine kleine Kopfbewegung wahr. Einer der drei hatte genickt.

»Bewegt euch, verdammt noch mal! Wenn wir jetzt nicht abhauen, ist es zu spät!«

Er beugte sich tief zu ihnen herunter und flüsterte:»Wir müssen hier raus. Folgt mir.«

Der Mann, der genickt hatte, schüttelte nun den Kopf. Bowman sah die drei schwarzen Augenpaare, in denen sich das kleine vergitterte Fenster spiegelte. Die Komantschen beobachteten ihn scharf.

Arthur richtete das Gewehr auf den Mann in der Mitte.

»Steht auf.«

Keine Bewegung. Nicht einmal ein flatterndes Lid. Draußen hörte man einen Mann sagen:»Was ist hier los?«

Ein anderer sagte:»Die Tür …«

Arthur stürzte zur Mauer und hob sein Gewehr. Die Indianer fixierten ihn. Bowman schloss die Augen. Mit einem Fußtritt öffnete einer der Wachen die Tür. Mit ihm drang Licht in den finsteren Raum, und der Mann entdeckte die drei Gefangenen, die sich nicht gerührt hatten.

»Verdammt, sie sind immer noch da!«

Sein Kamerad folgte ihm.

»Aber wer hat das Schloss aufgebrochen?«

Als die Tür hinter ihnen zufiel, drehten sie sich gleichzeitig um. Ein paar Sekunden lang sahen sie nichts. Jetzt öffnete Arthur die Augen. Er kannte nur wenige Menschen, die, wie er, dazu fähig waren, die Augen geschlossen zu halten, wenn sie in Gefahr waren. In diesen wenigen Sekunden des Schreckens, wenn man unbedingt etwas sehen will und gegen all seine Instinkte ankämpfen muss, konnte man sich dem Feind gegenüber einen wertvollen Vorsprung verschaffen. Mit dem Gewehrkolben schlug er die beiden Wachen nieder – sie würden nie erfahren, woher diese Schläge gekommen waren.

Er ging zu den Komantschen.

»Es ist eure letzte Chance. Kommt mit mir.«

Die schwarzen Augen glänzten schwach. Die drei Indianer rührten sich nicht.

»Verfluchte Bande!«

Er packte einen der Männer und versuchte, ihn hochzuziehen. Der Indianer war so schwer wie ein Steinblock. Arthur zog ihn zur Tür. Er ließ sich wie ein Sack über den Boden schleifen.

»Ihr werdet wie Hunde krepieren für etwas, was ihr nicht getan habt!«

Er konnte nicht länger warten, öffnete die Tür einen Spaltbreit, sah sich draußen um und wandte sich ein letztes Mal an die Männer. Der, den er über den Boden geschleift hatte, lag noch dort, wo er ihn fallen gelassen hatte. Bowman sagte mit lauter Stimme: »Zum Teufel mit euch. Wenn ihr es so wollt, bitte. Aber ich werde nicht mit euch sterben.«

Er schloss die Tür hinter sich. Die Pferde liefen immer noch wie wild umher, doch die Flammen – entweder, weil genug Wasser gegen sie eingesetzt worden war, oder weil es nichts mehr zum Verbrennen gab – hatten sich beruhigt. Der Tag war angebrochen. Arthur lief denselben Weg zurück, den er gekommen war, und schlüpfte in den Stall zurück.

»Was machst du hier?«

Die Stimme in seinem Rücken war laut, voller Überraschung und Angst.

»Hände hoch!«

Er hob die Arme und sein Gewehr. Der Wachposten, der ihn entdeckt hatte, brüllte:

»Alarm! Alle hierher! Die Zelle ist offen! Jemand ist hier, im Stall…«

Aus der von Bowman erweiterten Schießscharte kam ein Blitz, und die Explosion riss ihm fast die Beine weg. Er drehte sich um. Der Wachposten rollte sich zusammengekrümmt auf dem Boden.

Eine Stimme rief Arthur zu: »Los, beeil dich!«

Bowman war kaum einen Meter weit gekommen, als der ganze Stall von Schüssen widerhallte. Er stürzte zur Schießscharte. Ein Schlag in den Rücken warf ihn vorwärts, und er prallte mit dem Kopf gegen die Mauer. Bei vollem Bewusstsein, doch unfähig, sich zu bewegen, spürte er, dass Hände ihn packten und zogen, und dann spürte er für den Bruchteil einer Sekunde nichts mehr. Nur Leere und ein Gefühl der Schwerelosigkeit, und dann einen Sattel und Kieselsteine.

»Du bist schwerer als ein Sarg!«

Man hatte ihn quer über Waldens Sattel geworfen, ihm blitzschnell Knöchel und Handgelenke zusammengebunden. Es wurde geschossen. Und bevor er das Bewusstsein verlor, sah er die wegspritzenden Kieselsteine unter Waldens wie wahnsinnig galoppierenden Hufen.

9

Der Mann mit den grauen Augen ließ seinen Blick über das Tal schweifen. Er hatte seinen Karabiner in der Hand. Schwarze Wolken wälzten sich über die Ebene, Blitze schlugen senkrecht ein, und es donnerte.

»Wir brechen auf.«

Er löschte das Feuer mit dem Inhalt des Wasserkessels, stopfte die blutigen Verbände in seine Taschen und bedeckte die Feuerstelle mit Steinen.

»Schaffst du es?«

Indem er sich auf sein Gewehr stützte, stand Bowman auf, knöpfte seine Jacke zu und achtete darauf, dass der Verband über seiner Brust nicht verrutschte.

»Es geht schon.«

Als er aufstieg, stöhnte er. Er zog seine feste Regenjacke über, um sich vor dem Wind zu schützen. Der Mann nahm Walden am Zügel.

»Halt dich fest.«

Er führte mit einer Hand sein eigenes Pferd und zog das Reittier des Engländers am langen Zügel hinterher, und so stiegen sie langsam den steinigen Pfad bergauf. Die Tiere stolperten ständig, und wenn Walden ausrutschte, musste Arthur die Zähne zusammenbeißen, um nicht vor Schmerz aufzuschreien. Als sie die erste Anhöhe hinter sich hatten, begann es zu regnen. Vor ihnen reihten sich verwitterte Gipfel aneinander, die wie felsige Dünen aussahen. Die ersten Tropfen fielen auf den Sand und verbanden sich mit ihm, der Wind blies ihnen in starken Böen ins Gesicht, dann wurde es stockfinster, und der Regen prasselte auf sie herab. Arthur senkte den Kopf und ließ sich führen. Er hörte die Geräusche des Regens nicht mehr, er schlotterte vor Kälte.

Stunde um Stunde durchquerten sie kleine Täler und passierten weitere felsige Gipfel, bis sie einen Berg vor sich sahen, der alle anderen überragte. Der Regen hatte aufgehört. Sie befanden sich unter einem Felsvorsprung, auf einem Weg, der parallel zum Gipfel verlief und an einem steilen Abhang endete. Sein Führer hielt die Pferde an und stieg ab.

»Leg dich auf dein Pferd.«

Bowman beugte sich vornüber und hielt sich an Waldens Hals fest. Sie kamen in ein Felslabyrinth, und das Licht verschwand. Minutenlang folgten sie einem dunklen Gang, bis sie eine Höhle mit zerklüfteter Decke erreichten, durch die Licht und Wassertropfen drangen.

Der Führer half dem Engländer beim Absteigen und legte ihn auf eine Decke.

Arthur beobachtete, wie er ein Lagerfeuer entfachte. Die Stelle war schon oft zum Feuermachen benutzt worden. Die Höhlenwände waren verrrußt. Als er spürte, dass die Wärme ihn durchdrang, schloss er die Augen.

Rauch stieg zum Höhlendach und zog durch einen breiten Spalt ab. Der Regen hatte aufgehört, aber der Boden der Höhle war noch feucht. Der Geruch der Pferde und des Feuers mischte sich mit dem der nassen Kleider. Der sonderbare Führer war nicht da. Arthur lag angelehnt an seinem Sattel, und neben der Feuerstelle stapelte sich ein frischer Holzvorrat. Als er sich aufsetzte, schoss der Schmerz in seinen Rücken wie Gift in eine Ader. Er trank aus einer Feldflasche Wasser, das nach Erde schmeckte, schüttete sich etwas davon auf die Hand und säuberte sich das Gesicht. In den Mundwinkeln haftete eingetrockneter Speichel. Die beiden Pferde schliefen, eng aneinandergelehnt. Ihre Köpfe berührten die Decke.

Der Führer musste seinen Verband gewechselt haben. Arthur tastete mit der Hand nach der Wunde auf dem Rücken, zwanzig Zentimeter unterhalb des Schulterblatts. Eine Schusswunde. Die Kugel hatte den Körper nicht durchdrungen; sie war seitlich abgeprallt. Doch die offenbar gebrochenen Rippen drückten ihm die Luft ab, sobald er sich bewegte. Er warf ein paar Zweige ins Feuer und ließ sich langsam zurücksinken. Gern hätte er ein paar Schluck aus Brewsters Flasche getrunken, um den Schmerz zu bekämpfen, aber dann entschloss er sich, lieber zu warten, bis der Mann wiederkam. Er begnügte sich mit der Whiskeyflasche, die er neben dem Sattel fand.

Als er Schritte hörte, griff er zum Gewehr.

»Wer ist da?«

»Beruhige dich, Engländer. Ich bin's.«

Über seiner Schulter hingen Lederflaschen voller Wasser, und in der Hand hielt er ein großes Backenhörnchen und einen Leguan.

»Das ist für uns, aber wir können nicht lange bleiben, die Pferde haben seit zwei Tagen nichts gefressen.«

»Ich habe noch einen Vorrat an Hafer. Schau nach. Zwei Tage?«

»Den Hafer habe ich ihnen schon gegeben. Du hast fast vierundzwanzig Stunden geschlafen, Engländer. Später werde ich sie hinausführen. Ich werde versuchen, ein wenig Gras für sie zu finden.«

Arthur legte das Gewehr auf den Boden.

»Ich heiße Bowman. Arthur Bowman.«

Der Mann nahm seinen Hut ab. Seine Haare waren glatt und schwarz.

»John Doe.«

»Bei uns verwendet man diesen Namen in Eigentumsprozessen, um eine unbekannte Partei zu bezeichnen ...«

John Doe betrachtete ihn neugierig.

»Ich wusste nicht, dass das aus England kommt. Hier ist es der Name für Leichen, die man nicht identifizieren kann.«

Arthur stützte sich auf einen Ellbogen und setzte sich auf.

»Es ist nicht dein richtiger Name, oder?«

»Es ist der Name, den ich mir ausgesucht habe, mein Name als Weißer.«

»Du bist Mischling?«

John Doe lächelte Bowman an.

»Die Mandan haben helle Haut und blaue Augen. Vor langer Zeit kam ein Deutscher zu uns, um unsere Sitten zu erforschen. Er sagte, wir seien Nachfahren eines gallischen Fürsten, der vor den Spaniern hierherkam. Wir sind nicht nur Indianer, wir sind auch Bastarde.«

Er lachte ein kleines nervöses Lachen, zog ein Messer aus seinem Gürtel und begann, die Tiere zu zerlegen, die er mitgebracht hatte.

»Warum hast du den Namen eines Weißen?«

»Ich bin von Protestanten aufgezogen worden, die es verdienstvoll fanden, ein indianisches Waisenkind zu adoptieren. Aber ich habe den Namen nicht behalten, den sie mir gaben.«

Arthur fragte, was es mit dieser Höhle auf sich habe.

»Es ist ein Versteck, das ich manchmal aufsuche.«

»Wird es oft aufgesucht?«

»Nur die Indianer kennen es.«

Der Mandan hatte seine Jagdbeute ausgenommen und warf die Innereien in die Glut.

»John Doe ist mein Verbrechername.«

»Du bist ein Verbrecher?«

»Ich bin ein Dieb. Aber die Indianer haben nicht einmal das Recht, Ganoven und Banditen zu sein wie die anderen. Wir sind Ausgestoßene, wir gehören nicht zur Welt der Weißen.«

Er lächelte noch immer.

»Ich will wie ein richtiger Bandit behandelt werden, deshalb habe ich diesen Namen gewählt. Und du hast den Namen eines Indianers. Der Mann mit dem Bogen. Woher stammen deine Narben, Bogenmann?«

Arthur zuckte zusammen bei der Erkenntnis, dass John Doe ihn ausgezogen haben musste, während er schlief. Er betrachtete die Hände des Mandan mit den fehlenden Fingergliedern.

»In ein paar Ländern, in denen ich gewesen bin, hat man Dieben Finger und Hände abgeschnitten. Was ist dir passiert?«

John Doe legte das Fleisch zum Braten auf das Feuer und hielt einen Moment inne. Er schaute auf seine Hände.

»Ich verließ das Haus der Weißen und bin in das Land meines Stammes zurückgekehrt. Ich wollte auch meinen echten indianischen Namen erfahren.«

»Sie haben dir die Finger abgeschnitten?«

Er wandte sein Gesicht Bowman zu.

»Ich habe es selbst getan. Es war beim Okipa.«

»Okipa?«

»Das ist ein Ritual. Erst wenn man sich diesem Ritual unterzogen hat, erhält man seinen Namen und seinen Platz im Stamm und wird ein Krieger.«

Arthur überlief ein Schauder.

»Du hast dir die Fingerglieder abgeschnitten, um einen Namen zu erhalten?«

»Das war erst ganz am Ende.«

»Am Ende des Okipa?«

»Die Weißen dürfen nichts davon erfahren, es ist eine geheime Zeremonie. Aber du hast das Okipa auch erlebt, Bogenmann, deshalb darf ich es dir sagen. Danach musst du mir erzählen, was du gemacht hast.«

»Ich habe mir nicht selbst die Finger abgeschnitten.«

Arthur senkte den Kopf und hielt sich an der Whiskeyflasche fest. John Doe hatte ihm auf ähnliche Weise zugelächelt wie Alexandra Desmond. Der Indianer sagte langsam:

»Zuerst darfst du vier Tage und Nächte nichts essen. Du sitzt mitten im Dorf im Freien. Nach dem Ende der Fastenzeit gehst du mit den anderen Männern in die große Hütte, und sie schlagen dich, bis du blutest. Danach treiben sie Pflöcke unter die Schultermuskeln, befestigen Schnüre daran und hängen dich an der Decke auf. An den Füßen befestigen sie Bisonköpfe, und dann nehmen sie Stangen und schwingen dich hin und her.«

Lächelnd sah der Indianer Bowman an.

»Und während der ganzen Zeit darfst du nicht aufhören zu lächeln.«

Arthur musste sich beherrschen, um den Schluck Whiskey, den er gerade getrunken hatte, nicht wieder von sich zu geben. Der Mandan sah in die Flammen, und das Lächeln verschwand aus seinem Gesicht.

»Wenn du ohnmächtig wirst, nehmen die Alten dich ab und warten, bis du wieder zu dir kommst. Dann darfst du die Hütte verlassen und fünf Mal um das Dorf laufen. Dann hackst du dir mit einem Beil die Glieder der kleinen Finger ab, und dann wirst du in den Stamm aufgenommen als ein Mann, der würdig ist, dass man sich an ihn erinnert.«

Sein Lächeln war wieder da, und er wandte sich an Bowman.

»Vier Bären, der große Häuptling der Mandan, hat sich zweimal hintereinander dem Okipa unterzogen. Ich selbst habe es nur einmal geschafft, und ich hatte Glück, denn fast mein gesamtes Volk wurde durch die Pocken ausgelöscht. Im ganzen Land sind wir nur noch ungefähr dreißig Mandan, es ist ein kleines Dorf, und es ist einfach, es zu umrunden.«

Arthur rollte sich zur Seite, zog sich an der Wand hoch und ging schwankend zu einem Winkel, wo er sich erbrach. Er gab nur ein wenig Gallenflüssigkeit, mit Whiskey vermischt, von sich. Zusammengekrümmt wartete er darauf, dass er wieder zu Atem kam.

»Du hast das Gleiche gemacht, Bogenmann. Warum hast du dann solche Angst?«

Arthur säuberte sich den Mund. Jeder Atemzug tat höllisch weh.

»Es war nicht das Gleiche. Ich wollte nicht, dass mir das passiert. Man muss verrückt sein, um so etwas selbst zu wollen.«

»Verrückt?«

Bowman kam zum Feuer zurück. Er zitterte am ganzen Körper.

»Oder krank. So etwas Ungeheuerliches habe ich noch nie gehört. Man kann das nicht wollen.«

Er setzte sich wieder auf die Decke. Der Mandan erhob sich, schüttelte seine eigene Decke aus und legte sie dem Engländer über die Schultern.

»Glaubst du, ich wollte meine Familie und mein Volk an den Pocken sterben sehen, vergiftet von den Decken der Pelzhändler, die nach unserem Land gierten? Das Okipa ist eine Zeremonie des Lebens, Bogenmann. Die Kraft, die ich gebraucht habe, um den Schmerz zu ertragen, trage ich in mir. Auch du hast das erlebt, und der Geist hat dich am Leben erhalten.«

»Es war Folter. Und das, was ihr macht, ist das Gleiche.«

Der Indianer hockte sich wieder ans Feuer, um das gebratene Fleisch in kleine Stücke zu zerteilen.

»Der Geist hat mich erhalten, und seitdem bin ich der, der ich bin. Wenn du dort in der großen Hütte von der Decke hängst, ist das Einzige, woran du denkst, auf die Erde zurückzukehren und auf ihr zu leben. Wenn du das hinter dir hast, weißt du, wo der Geist ist, wo du selbst bist und welchen Platz du auf der Erde unter den Menschen hast. Die Erinnerung an die Schmerzen ist nur im

Körper, der Geist ist frei. Du, Bogenmann, du hängst immer noch an deinem Schmerz und suchst nach der Erde.«

»Du kennst mich nicht. Und ich habe es nicht gewollt. Die anderen waren es, die mir das angetan haben.«

John Doe betrachtete ihn amüsiert.

»Was nützt es, ihnen immer noch böse zu sein? Du kannst nicht das Opfer deines eigenen Lebens sein, Bogenmann. Auch das lernt man beim Okipa, sich all dessen bewusst zu werden, worüber man keine Macht hat.«

Arthur zog die Decke fester um sich und sah dem weißen Indianer zu, der langsam zu essen begann.

»Wie ist dein wirklicher Name?«

»Inyan Sapa. In deiner Sprache bedeutet das Schwarzer Fels. Die Weißen werden mich nie finden, weil ich ein Indianer bin, der in ihrer weißen Haut steckt.«

Er lächelte wieder, aber Bowman traute diesem Lächeln nicht. Er dachte immer wieder daran, dass der Indianer sein Lächeln gelernt hatte, als er von der Decke einer Hütte hing.

»Warum hast du mir geholfen, wenn du die Weißen hasst?«

»Das ist eine Frage, auf die ich selbst noch keine Antwort weiß. Vielleicht weil du die Komantschen retten wolltest, aber ich bin mir nicht sicher. Manchmal ist es John Doe, der entscheidet. Manchmal Schwarzer Fels. Sie haben nicht dieselben Gründe für ihr Handeln. Der Weiße und der Indianer sehen die Dinge nicht auf die gleiche Weise, aber es kommt vor, dass sie sich einig werden und eine Sache gemeinsam tun.«

John Doe gab Bowman einige Bissen Fleisch.

»Die Komantschen wollten nicht mit dir gehen?«

Arthur kostete das saftige Fleisch und schüttelte den Kopf. Der Indianer stand auf, und seine Stimme hallte in der Höhle: »Ich bin nicht wie sie. Die Weißen töten uns, weil wir Indianer sind. Ich werde nicht sterben, weil ich zu den Indianern gehöre. Sie wollen uns zwingen, uns zu ändern, aber ich habe den Indianer in meinem Innern versteckt. Sie werden ihn nicht finden. Die Weißen haben in Amerika ein Land ohne Vergangenheit erfunden, weil sie ein neues Leben brauchen. Doch diese Erde hat ein Gedächtnis. Deshalb töten sie uns – um es auszulöschen. Wie siehst du die Sache?«

»Ich sehe nur, dass es zum Himmel stinkt, wohin ich auch komme.«

Der Indianer atmete tief ein.

»Das Okipa vereint die zwei Menschen, die in uns sind. Den Krieger und den Mann, der friedlich auf der Erde wandelt. Du musst mit beiden leben, Bogenmann.«

Jetzt lächelte auch Arthur.

»Welcher von beiden hat sich aufgelehnt, John Doe oder Schwarzer Fels?«

Der Indiander wandte sich ihm zu.

»Aufgelehnt? Die Pocken haben uns getötet, nur eine Handvoll von uns ist noch übrig, gegen wen soll ich mich da auflehnen? Ich stehle, weil ich Geld will, wie die Weißen.«

Bowman wurde ernst.

»Mein Stamm ist noch kleiner als deiner. Nach dem Okipa – wenn du es so nennen willst – waren wir zehn. Drei sind schon gestorben, und zwei sind hierhergekommen. Es sind die, die gemordet haben. Die Komantschen sind wegen ihrer Taten gehängt worden.«

»Ich habe davon gehört. Von diesen Morden, ausgeführt von deinen Brüdern. Jetzt verstehe ich. Sie sind wie du, sie hängen in der Luft.«

»Meine Brüder?«

»Wie willst du sie sonst nennen?«

Arthur gab keine Antwort.

»Ich muss jetzt schlafen. Ruh dich aus, Bogenmann, morgen müssen wir wieder aufbrechen.«

»Hast du den Mann in Bent's Fort getötet?«

»Nein, aber ich habe auf ihn geschossen, und bei dem Brand, den du gelegt hast, gab es Verletzte. Sie suchen uns.«

John Doe schlief in wenigen Minuten ein; Arthur sah, dass sein Körper von nervösen Zuckungen geschüttelt wurde.

Die Helligkeit blendete ihn, bevor er die Landschaft wiedererkannte. Es war immer noch dieselbe felsige Bergregion. Die geschwächten Pferde hatten Mühe, ihr Gewicht zu tragen. Sie brauchten drei Stunden, um den letzten Gipfel zu erreichen, der sich am Rand einer trockenen Ebene erhob. In der Ferne erkannte man die grüne Linie eines Flusses. Bevor sie den Schutz der Berge verließen, starrte John Doe mehrere Minuten dorthin.

»Fort Lyon ist nur vierzig Meilen von hier entfernt, aber wir müssen mit den Pferden zum Fluss. Heute Nacht sind wir da. Wir können allerdings nicht lange bleiben.«

Der Himmel war nun wolkenlos, und man sah einen runden Mond und blasse Sterne. Das Rauschen des Flusses kam immer näher, und bald zeichneten sich die Umrisse von Bäumen vor ihnen ab.

Sie banden die Pferde fest, ließen ihnen aber genügend Spielraum, damit sie grasen konnten. Dann gingen sie zum Ufer. Arthur wusch sich das Gesicht und trank, doch der Indianer blieb aufrecht stehen. Als Bowman es bemerkte, sah er sich um.

»Was ist los?«

John Doe oder Schwarzer Fels antwortete nicht sofort. Der Mond ließ seine Haut noch bleicher erscheinen, wodurch merkwürdigerweise seine indianischen Züge stärker hervortraten.

»Irgendetwas stimmt hier nicht.«

Bowman versuchte, das Halbdunkel am gegenüberliegenden Ufer zu durchdringen.

»Es ist einfach ein Fluss in einer Ebene.«

»Du magst keine Flüsse?«

»Warum sagst du das?«

»Deine Stimme klingt eigenartig.«

Arthur richtete sich auf. Er konnte sich schon besser bewegen, die Wunde begann zu vernarben, nur die gebrochenen Rippen taten noch weh. Er setzte sich ins Gras und beobachtete den reglos dastehenden Indianer.

»Wo sind wir?«

»Am Sand Creek. Ungefähr hundert Meilen nördlich von

Bent's Fort. Du musst dich entscheiden, wo du hinwillst, Bogenmann.«

»Die Leute von Bent and Saint-Vrain wissen nicht, mit wem ich zusammen bin. Du kannst deiner Wege gehen. Ich komme allein zurecht.«

»Noch nicht.«

»Noch nicht?«

»Wir haben noch eine Wegstrecke vor uns.«

»Ich weiß nicht, wohin ich gehe, aber du hast mir aus der Klemme geholfen, und du schuldest mir nichts.«

John Doe wandte sich ihm zu.

»Sind die beiden Brüder, die du suchst, anders als andere Männer?«

»Wie meinst du das?«

»Sind sie anders?«

Arthur sah in das schwarze Wasser, das gesprenkelt war vom blassen Mondlicht.

»Eigentlich nicht. Höchstens insofern, als sie diese Dinge erlebt haben.«

John Doe lächelte, und Arthur sah seine weißen Zähne in der Dunkelheit.

»Wenn deine Brüder sich von anderen Männern nicht unterscheiden, dann wissen wir, wohin wir gehen.«

»Was meinst du damit?«

»Wenn die Weißen wegen etwas anderem gekommen wären, hätten sie uns gesehen, und sie hätten uns zugehört.«

Arthur stand langsam auf.

»Ich verstehe nicht, was du meinst, Indianer.«

Schwarzer Fels lächelte erneut, und diesmal glänzten seine Augen im Mondschein.

»Gold, Bogenmann. Gold.«

*

Bei Tagesanbruch waren sie in einer Wüste.

John Doe bewegte sich wie ein Tier, er folgte einem Pfad, der einem uralten Gedächtnis eingeschrieben war und dessen Verlauf keine für Arthur sichtbaren Markierungen besaß. Als er allmählich Durst bekam und nichts anderes sah als Geröll, führte ihn John zum Fuß eines Felsens, an dem ein schmaler Wasserlauf sichtbar wurde. Er selbst hatte nirgends Anzeichen für das Vorhandensein von Wasser bemerkt. Auch für die Pferde fand John stets irgendeinen Winkel, wo es Gesträuch gab, von dem sie fressen konnten. Ihr Weg schien alles andere als geradlinig zu verlaufen, folgte aber überlebensnotwendigen Erfordernissen. Einmal nahmen sie eine unscheinbare Abzweigung, die sie abends an eine kleine Quelle führte. Sie entsprang im Fels und versickerte nach einem Meter bereits wieder im Sand. Manchmal brauchten sie zwei Stunden, um eine Stelle zu finden, wo sie ihre Wasserflaschen füllen konnten, aber wundersamerweise gelang es immer. Es gab Wasser, es gab Nahrung, und es gab Holz, mit dem sie Feuer machen konnten. Sie fingen Schlangen und Eidechsen, die sie geröstet aßen. John grub Löcher unter trockenem Gebüsch und holte Wurzeln aus der Erde, die bitter schmeckten, doch saftig genug waren, um den Hunger zu bekämpfen. Jeden Abend wechselte er Arthurs Verband und legte Kräuter auf die Wunden, die er in seinen Satteltaschen aufbewahrte und mit Asche mischte. John Doe und Schwarzer Fels lebten im Kopf des Mandan noch immer harmonisch zusammen. Gelegentlich glitt er vom Englischen in eine fremde Sprache, ählich der Sprache der Neger, die in der Nähe der Briten lebten. Und Bowman fiel es schwer, zu erkennen, welches der wahre John Doe war, der gebildete Christ, der Dieb oder der melancholische Indianer. Doch war das wirklich so wichtig? Er konnte sich auf den Mann verlassen; er fand den Weg und teilte sein Essen mit ihm.

Die Wüste war wie ein riesiges Labyrinth, das sie zu durchqueren hatten und in dem bei jeder falschen Wendung der Tod lauerte. Durst, Hunger, Erschöpfung, Verfolgung oder Hinterhalt konnten sie das Leben kosten, dessen waren sie sich bewusst. Sie legten eine Strecke zurück, die dreimal so lang war wie die direkte

Verbindung zwischen Pueblo und Denver, die Route der großen Siedlertrecks, aber es gab keinen anderen Weg für sie. Die letzte Nacht verbrachten sie in unmittelbarer Nähe der Piste. Sie machten kein Feuer und ließen die Pferde gesattelt.

»Hier, wo niemand ist, müssen wir uns verbergen. Erst wenn wir in Pikes Peak sind, mitten unter den anderen, brauchen wir kein Versteck mehr. Schlaf jetzt. Ich werde dich wecken.«

»John?«

»Was ist?«

»Was macht ihr in deinem Stamm mit Leuten, die wahnsinnig sind?«

»Menschen, die auf einer anderen Erde wandeln, leben unter uns.«

»Und meine Brüder?«

»Schlaf. Die Müdigkeit ist die Welt der trügerischen Geister.«

»Ich glaube nicht, dass ich schlafen kann.«

»Bis später.«

John Doe hüllte sich in seine Decke, und einige Augenblicke später wurde sein Körper wieder von Zuckungen heimgesucht. Bowman streckte sich aus, ohne die Augen zu schließen. Drei Stunden später fuhr er auf, als Schwarzer Fels ihn an der Schulter rüttelte.

»Der Mond ist auf unserer Seite. Jetzt ist der richtige Moment. Wir müssen die Straße der Weißen überqueren.«

Der richtige Moment. Die Stunde, zu der alle schliefen, selbst Sergeant Bowman. Verwirrt rappelte sich Arthur hoch und rollte seine Decke zusammen. Der Indianer hatte die Hufe der Pferde mit Stoff umwickelt, und unter einer Formation Wolken, die schwärzer war als die Nacht, querten sie die Piste. In gemächlicher Geschwindigkeit gingen sie noch einige Meilen zu Fuß weiter und machten dann halt, um die Pferdehufe von ihren Umhüllungen zu befreien.

»Die Pferde wollen galoppieren, bis sie im Wald sind. Wie geht es deiner Wunde, Bogenmann?«

»Was heißt das, sie wollen galoppieren?«

»Dieser Teil der Erde gehört ihnen, viele sind hier geboren.«
Arthur lächelte.

»Woher weißt du das?«

Er hatte seinen Satz noch nicht beendet, als die beiden Pferde
sich in Bewegung setzten. Er stieg rasch auf und spürte zwischen
seinen Beinen, dass Waldens Muskeln zitterten. Der Indianer
sprang ebenfalls auf sein Pferd.

»Bogenmann, Bruder, nimm die Zügel nicht in die Hand.«
Arthur hielt sich an der Mähne fest.

»Zum Teufel mit euch.«

Nach drei Tagen voller Umwege und Vorsicht liefen die Pferde
nun in gestrecktem Galopp geradeaus, schneller als jede Eisenbahn, ohne einen Moment anzuhalten und ohne langsamer zu
werden, bis das Gelände steiler wurde. John Doe hob den Kopf
und breitete die Arme aus. Arthur ließ erst mit einer, dann mit der
anderen Hand den Pferdehals los und spürte den Wind auf seinem
Körper.

Er brüllte: »Wann bleiben sie endlich stehen?«

Schwarzer Fels lachte laut.

Die Luft wurde frischer, während sie dichte Wälder durchma-
ßen und allmählich an Höhe gewannen. Die Pferde lösten sich
voneinander, folgten immer wieder eine Zeit lang eigenen Wegen,
bevor sie sich wieder vereinten, über Bäche sprangen und grasbewachsene Lichtungen überquerten. Ihre Reiter nahmen die Zügel
wieder in die Hand, und die Tiere wurden langsamer. John Doe
führte sie zu einem Felsvorsprung, der wie ein gewaltiger Unter-
kiefer im Leeren hing. Die Oberseite war von hohem Gras und
knorrigen Kiefern bewachsen. Sie befreiten die Pferde von ihren Lasten und ließen sie grasen, ohne Feuer zu machen. Bald
würde es hell werden. Als Arthur erwachte, lag der Schatten von
Baumästen auf seinem Gesicht, und der süße Geruch von Harz
stieg ihm in die Nase. Er reckte und streckte sich ein wenig, spürte,
dass der Schmerz nachgelassen hatte, und fühlte sich wunderbar
erholt.

Der Indianer war nicht da.

Er nahm sein Gewehr und lief bis zum Ende des Felsplateaus, um zu erkunden, woher die Geräusche kamen, die er hörte. Zu seinen Füßen sah er einen Konvoi mit Planwagen, die einem Bachlauf folgten. Die Glocken der Ochsen und die Rufe ihrer Führer drangen bis zu ihm herauf. Er hob den Kopf und entdeckte den Pikes Peak mit seinem schneebedeckten Gipfel. Die Berge, die zu den ersten Ausläufern der Rocky Mountains gehörten, waren etwa ein Dutzend Meilen weit weg. Im Osten lag die wüstenhafte Ebene, die er mit John Doe durchquert hatte. Um ihn herum war alles grün, es gab Wasserläufe und blühende Blumen.

Er hörte den Indianer nicht kommen. Als er sich umdrehte, stand John Doe lächelnd hinter ihm, mit einem jungen Gabelbock über den Schultern. Sie machten Feuer, nahmen ihn aus, zerlegten ihn und legten die Teile beiseite, die sie trocknen und räuchern wollten. Ein Bein rösteten sie sofort, und als das Fleisch gar war, bemühten sie sich, nach der langen Fastenzeit nicht allzu viel davon zu verschlingen, um ihren Magen nicht zu überfordern. Als sie satt waren, holte John Doe noch eine Handvoll leicht bitterer Preiselbeeren aus seiner Tasche. Arthur öffnete die Whiskyflasche, und sie teilten sich den Rest ihres Inhalts.

»Wollen die alle zum Pikes Peak?«

»Das erste große Camp am Hang ist Woodland. Ich war schon länger nicht mehr dort, vielleicht ist es inzwischen schon eine Stadt geworden. Die größten Camps sind auf der anderen Seite, im Norden, dort, wo sie zuerst Gold gefunden haben. Idaho Springs, Black Hawk, Mountain City und dann, in östlicher Richtung, Denver. Die Vorkommen versiegen langsam, und immer mehr Leute müssen sich eine Goldader teilen. Die Konzessionen werden natürlich auch immer teurer. Viele sind schon reich geworden. Die, die jetzt kommen, sammeln nur noch die Brosamen auf.«

Sie saßen auf dem Boden, ließen die Beine vom Vorsprung herabbaumeln und beobachteten den unaufhörlichen Tanz der Siedler, die den Berg stürmten. Der nicht enden wollende Zug dieser Leute schien darauf hinzudeuten, dass die Welt für sie zu klein geworden war.

Arthur hatte sich Pikes Peak als einen großen, kahlen Fels mitten in der Wüste vorgestellt, den die Goldgräber von allen Seiten mit Hacken bearbeiteten. Doch es war ein majestätischer und friedlicher Berg – das südliche Tor einer ausgedehnten Felsenlandschaft –, der von den Menschen in einen Ameisenhaufen verwandelt worden war.

»Wenn deine Brüder wahnsinnig sind, Bogenmann, wirst du es schwer haben, sie inmitten dieser verrückten Leute zu finden.«

Arthur lächelte und warf einen Stein ins Leere, beobachtete, wie er den Abhang hinunterkollerte und im Gras liegen blieb.

»Es soll nicht so klingen, als würde ich an deine Geister glauben, Indianer, aber sie und ich, wir finden uns immer wieder.«

Schwarzer Fels lächelte ihn an.

»Also sagen wir, du hast Glück.«

»Verdammtes Glück.«

John Doe schlug ihm auf die Schulter.

»Wir müssen das Fleisch fertig machen, du brauchst Vorräte für den Rest des Weges. Wir können morgen früh aufbrechen.«

Bei Sonnenuntergang verwandelte sich der Ameisenhaufen in einen Vulkan. Die vielen Laternen der Planwagen schienen sich zu schmalen Lavaströmen am Talgrund zu vereinigen, und je mehr Siedler sich um ihre Lagerfeuer versammelten, desto mehr leuchtende Krater öffneten sich am Hang. Der ganze Berg war von hellen Punkten übersät wie eine Galaxis voller gelber Sterne. Musik und Gesang stiegen in die Luft und wurden vom Wind weitergetragen zu den zwei Männern in ihrem felsigen Nest.

»Bruder Bogenmann, in Woodland müssen wir uns trennen.«

Arthur lachte leise.

»Habt ihr das gemeinsam entschieden, du und der Weiße?«

»Unsere Begegnung war gut, so etwas ist der Lohn für Männer, die allein reisen. Aber ich muss meinen Weg fortsetzen.«

Bowman wartete darauf, dass ihm eine Antwort einfiel, aber es gelang ihm nicht, in Worte zu fassen, was er John Doe sagen wollte.

»Danke.«

Der weiße Indianer antwortete in seiner Muttersprache. Bowman verstand es nicht.

Arthur zog Brewsters Flasche aus der Tasche.

»In England habe ich Opium geraucht, um meinen Albträumen zu entkommen. Hier hat mir ein alter Mann das gegeben. Es ist gegen die Schmerzen, aber es gibt einem auch gute Träume. Dieser alte Mann lebte in einer Stadt namens Reunion, die er mit anderen Siedlern zusammen aufgebaut hatte. Sie versuchten, zusammen glücklich zu sein. Vielleicht waren das die Weißen, die dir hätten begegnen sollen, die dir zugehört hätten. Es gab ein großes Gemeinschaftshaus in der Mitte ihrer Stadt. Man konnte nicht einmal mehr darum herumlaufen, denn es stand nicht mehr. Jetzt ist ihr Traum in dieser Flasche.«

Der Indianer saß Bowman gegenüber. Er nahm die Flasche entgegen, trank einen Schluck und gab sie dem Engländer zurück.

»Wir hatten auch eine große Hütte, wo wir uns alle versammelten.«

Schwarzer Fels lächelte. Er saß mit unterkreuzten Beinen da und schloss die Augen.

Arthur lehnte sich an seinen Sattel und sah im Tal die Feuer der Goldgräber. Indem er in Gedanken die Punkte verband, begann er Formen und Bilder zu sehen. Eine rote Haarlocke, das Feuer in jenem verlassenen Haus, das sich in den Brillengläsern des alten Brewster spiegelte, der Glanz der Morgensonne über dem Trinity River bei seiner Ankunft in Reunion.

Der Indianer begann zu singen.

10

Den ganzen Tag folgten sie, einige hundert Meter oberhalb des großen Planwagentrecks, dem Gebirgskamm und näherten sich allmählich dem schneebedeckten Berg vor ihnen. Am Fuß des Pikes Peak lag Woodland, umgeben von einem braunen Gürtel gerodeten Waldes. Es war noch keine Stadt, sondern nur eine riesige Fläche voller eng beieinanderstehender Zelte mit ein paar regellosen Schneisen zwischen ihnen.

Durch einen Busch am Hang verborgen, beobachteten Bowman und der Indianer das Camp. Sie hielten ihre Pferde am Zügel; John Doe kaute auf einer Wurzel und lächelte sein rätselhaftes Lächeln.

»Reunion sieht wahrscheinlich ganz anders aus.«

»Wenigstens gab es Bretter, aus denen man Särge für die letzten Bewohner zimmern konnte. Hier wird man wahrscheinlich den Schweinen vorgeworfen, wenn man tot ist.«

John Doe zog seinen Karabiner aus dem Futteral und füllte das Magazin. Arthur nahm sein Henry-Gewehr, lud und entsicherte es. Sechzehn Schuss.

Als sie aufgestiegen waren, kam der Mandan ganz nah an Bowman heran.

»Indianer geben sich nicht die Hand; auch eine der Gepflogenheiten, die wir nicht von euch übernommen haben. Denn leider sind so viele Lügen durch einen Händedruck besiegelt worden, dass wir dieser Tradition sehr misstrauisch gegenüberstehen. Nur Freunde sollten es tun.«

Schwarzer Fels streckte seine linke Hand aus. Auch Arthur gab ihm die Linke und umschloss mit den drei Fingern, die ihm geblieben waren, die vier intakten Finger des Indianers.

»Du kommst nicht mit in die Stadt?«

»Ich werde mitkommen, aber ich ziehe es vor, mich hier schon zu verabschieden. Du bist vielleicht weiß, aber du kennst diese Orte nicht.«

»Ich soll nichts sagen?«

»Du bleibst so, wie du bist. Du wirst den Leuten Angst machen, und ich rede.«

John Doe gab seinem Pferd die Sporen, und Arthur sprengte im Galopp hinter ihm her.

Woodland sah aus wie eine Mischung aus Siedlercamp und Ranch mit vielen halb fertigen Gebäuden; die Atmosphäre war nicht weniger hektisch als in Saint Louis, und alles ging drunter und drüber. Es gab zehnmal mehr Schnapsverkäufer, Verkaufsbuden, Prostituierte und Prediger als in der Stadt am Mississippi. Das Camp breitete sich in der gleichen Geschwindigkeit aus, mit der die Holzfäller Wälder rodeten, und es hatte keine Zeit, in die Höhe zu wachsen. Fast kein Gebäude überstieg die Höhe eines einzigen Stockwerks, und es gab immer noch viel mehr Zelte als Bauwerke, Zelte in verschiedenen Größen, darunter eines, das als Saloon diente und etwa zweihundert Gäste aufnehmen konnte. Die Straßen waren völlig verschlammt, und die Planwagen versanken darin bis zu den Achsen. Vor einigen rasch zusammengezimmerten Blockhäusern standen Wachen. Es waren die Büros der Händler. Neben den Goldhändlern gehörten die Verkäufer von Baumaterial zu den wohlhabendsten Männern der Stadt. Hacken, Spaten, Siebe und Pfannen kamen auf Fuhrwerken an und wurden sofort abgeladen und in den Verkaufszelten zu Hunderten angeboten. Ständig sah man Männer mit nagelneuer Ausrüstung aus ihnen herauskommen, während andere eintraten, um ihre gebrauchten Gerätschaften zu verkaufen. Die Stimmung in der Minenstadt war nicht freudig, sondern fiebrig, gespannt und insgesamt eher beunruhigend als einladend.

Mitten unter den vielen, die kein Glück gehabt hatten, ließen sich die wenigen, die Gold gefunden hatten und Geld zum Ausgeben besaßen, leicht ausmachen, und Woodland existierte nur, um diesen Männern so schnell wie möglich die Taschen zu leeren. Im Rhythmus der Musikkapellen, die in den Zelten aufspielten, wurden die glücklichen Funde einer ganzen Saison in Lokalrunden verschleudert, und die letzte Nacht in einem trockenen Bett, bevor man wieder auszog, um einen Claim zu durchwühlen, wurde auf Kredit bezahlt. Die Barbesitzer, Zuhälter und Werkzeugverkäufer hatten Rausschmeißer engagiert, die ruhig und bedächtig arbeiteten und die Trunkenbolde sanft vor die Tür komplimentierten – weniger sanft wurden die Querulanten behandelt, die man etwas weiter von der Tür entfernt irgendwo im Dreck absetzte.

Sie fielen nicht auf, und Arthur sah, dass sein indianischer Freund überall wie ein Weißer behandelt wurde. Nach kurzem Zögern entschieden sie sich für einen Saloon, der neben Bier und Schnaps auch Zimmer, Mädchen, Steaks erster Qualität, Utensilien zum Goldwaschen und gebrauchte Waffen anbot. Denn nicht das Goldfieber bestimmte die Atmosphäre in Woodland, sondern die Enttäuschung, die man mit viel Schnaps zu bekämpfen suchte. Für einen Indianer wäre es unter all diesen Pechvögeln zweifellos gefährlich geworden.

Im Saloon-Zelt hatte man noch Platz umherzuwandern, was bedeutete, dass längst noch nicht alle Gäste gekommen waren. Sie verlangten zwei Zimmer, und der Besitzer führte sie zu den Schlafzelten und sagte, dass sie sich eines teilen müssten.

»In diesem Kaff haben nicht alle Platz, also müssen wir zusammenrücken. Und es wird im Voraus bezahlt.«

Unter dem Dach, das kaum vor der Sonne und noch weniger vor dem Regen schützte, hingen Stoffstücke an Seilen: das waren die Trennwände; auf löchrigen Planken lagen schmutzige, vielfach geflickte und mit Stroh gefüllte Decken: das waren die Betten. Die bescheidenen fünfzehn Cent, die das Etablissement von jedem Gast verlangte, waren zu neunundneunzig Prozent Diebstahl.

»Wo sollen wir unsere Sachen hinlegen?«

Für zehn Cent seien ihre persönlichen Gegenstände in einem speziellen Raum des Saloons sicher, wurde ihnen gesagt. Dieser Raum, ebenfalls abgeteilt von Stofffetzen, wurde von einem alten, bärtigen Mann bewacht. Eine Flinte und eine Flasche Schnaps standen neben ihm.

»Und wenn man mir meine Sachen klaut – darf ich mir dafür ein Stück Speck aus deinem Bauch schneiden?«

John Doe grinste, und der dicke Barbesitzer lachte laut.

»Vielleicht wäre es besser, meine Herren, Sie würden Ihre Sachen bei sich behalten. Sie sparen zwanzig Cent, und wenn Sie ein Glas trinken, werde ich Ihnen ein weiteres dafür umsonst anbieten können.«

Er schob ein paar Säufer beiseite, die sich am Tresen – dem einzigen stabilen Möbelstück des Saloons – breitmachten, und goss ihnen zwei Whiskey ein.

»Ist er gut?«

»Es gibt immer einen besseren, Mister, aber es ist nicht das, was ich an die Indianer ausschenke, wenn Sie das beruhigt.«

John Doe stimmte herzlich in das Lachen ein und leerte sein Glas. Der Barbesitzer warf einen vorsichtigen Blick auf die Hände dieser beiden Männer, des Braungebrannten und des Hageren, Großen, mit der Narbe auf der Stirn.

»Sie machen auf mich nicht den Eindruck von Goldsuchern. Was führt Sie hierher?«

»Wir arbeiten für Bent and Saint-Vrain.«

Bowman hob zustimmend sein Glas.

»Und was haben ehrbare Leute wie Sie in unseren Bergen zu tun?«

»Wir suchen jemanden. Eigentlich zwei Männer. Engländer.«

John Doe hatte den Blick gesenkt und in einem Ton gesprochen, als verriete er ein Geheimnis.

»Weshalb suchen Sie sie?«

Doe musterte den Barbesitzer mit seinen grauen Augen.

»Wir müssen sie nach Bent's Fort bringen. Wenn möglich.«

Der Barbesitzer schenkte ihnen nach, ohne dazu aufgefordert worden zu sein.

»Ich kenne hier alle. Wenn ich Ihnen einen Tipp gebe – springt etwas für mich dabei heraus?«

»Möglicherweise.«

»Was haben sie gemacht, diese Engländer?«

Der Mandan sah sich um und flüsterte: »Sie haben Planwagen in Brand gesetzt und versucht, Gefangene zu befreien.«

Der dicke Mann blies die Backen auf.

»Heiliger Strohsack, also die Typen, die diese vier Indianer befreien wollten? Die zwei Männer vom Fort herausholten? Hier redet jeder nur davon. Vor einer Woche haben sie sogar die Kavallerie geschickt, die suchen sie jetzt auch. Ihr kommt recht spät, Jungs!«

Bowman und Doe wechselten einen Blick. Der Barbesitzer servierte ihnen großzügig ein drittes Glas.

»Verflucht noch mal, ich wusste nicht, dass es Engländer waren, aber es erstaunt mich auch nicht, nur Engländer und Franzosen tun sich mit Rothäuten zusammen. Sagt mal, stimmt es, dass sie den Siedlern die Köpfe abhacken? Es heißt, sie hätten eine ganze Familie massakriert, Frauen und Kinder, an der mexikanischen Grenze.«

»Sind gerade jetzt Engländer in der Stadt?«

»Klar, wie immer.«

Arthur versuchte, nicht mit Londoner Akzent zu sprechen.

»Einer von ihnen versucht, sich als Priester auszugeben, ein Großer, Magerer, mit schwarzen Haaren und zahnlos. Der andere ist ein großer Blonder.«

»Priester und Blonde gibt es hier jede Menge. Reisen die beiden zusammen?«

»Möglicherweise.«

»Ich hör mich mal um.«

Der Saloon füllte sich. Am Ende war es so voll, dass man sich kaum noch rühren konnte, und sie gingen erst, als es draußen vollständig dunkel geworden war.

Woodland stand kopf. Unter jeder Laterne, in jedem Zelt sah man kleine Gruppen trinkender Männer, die mit den Füßen im Schlamm standen und Informationen austauschten über die letzten Goldadern, die irgendwo entdeckt worden waren, oder ihren Lohn beim Poker verspielten. Die meisten von ihnen hatten die individuelle Suche nach Gold aufgegeben und arbeiteten für die großen Minengesellschaften. Arthur und der weiße Indianer mischten sich unter die Menge, schlenderten von einer Bar zur nächsten und hielten nach Engländern Ausschau. Mit umgehängtem Gewehr standen sie an den Tresen; sie tranken und hielten die Ohren offen, stellten Fragen über das Woher und Wohin der Siedler und darüber, ob unter ihnen ein methodistischer Prediger sei. Viele wollten von den Rocky Mountains aus weiterziehen nach Wyoming und Oregon und von dort nach Kalifornien. Erst dort, am

Ende ihres Weges, würden sie begreifen, dass es endgültig vorbei war mit der Hoffnung auf Reichtum: denn nur die großen Gesellschaften besaßen die Mittel und die Kräfte, um die Goldsuche effizient zu betreiben. Wer Pikes Peak hinter sich ließ, tauschte das Gold der Berge gegen die Sonne des Westens ein, das Glück unter Tage gegen die Arbeit auf den Farmen am Pazifik.

Sie blieben mehrere Stunden im Camp und erhielten zwar keine wertvollen Informationen, doch stattdessen unzählige ähnlicher Geschichten von Reisen und Reisezielen, von Schwierigkeiten und hartnäckigem Sich-Durchbeißen. Der Alkohol machte John Doe immer schweigsamer und aggressiver. Schließlich redete er fast nicht mehr und ließ Bowman die Fragen stellen. Es wurde immer später, und sie hörten immer mehr, was sie daran hinderte, sich schlafen zu legen. Sie gingen zurück zu dem Zelt des großen Saloons, der Indianer hielt sich noch aufrecht, doch seine Blicke waren finster.

»Wir sollten abhauen, in den Bergen schlafen. Dort wird es uns in jedem Fall besser gehen als in diesen Dreckbuden. Ich finde hier nie eine Spur.«

Der Whiskey hatte John Does Stimme verändert; sie war langsamer und rauer geworden.

»Aber ich muss noch ein wenig Zeit mit meinesgleichen verbringen. Reite in die Berge, Bowman. Ich bleibe hier.«

»Ich reite nicht ohne dich.«

»Hast du Angst vor dem Alleinsein, mein Bruder?«

Arthur senkte den Kopf.

»Nein. Ich mache mir Sorgen um dich. Wo ist der Schwarze Fels? Ich glaube, ich muss dringend mit ihm sprechen.«

»Wenn ich bei den Weißen bin, kommt er nicht. Er versteckt sich, weil er feige ist.«

»Du bist mutig, weil du getrunken hast. Das wird uns in Schwierigkeiten bringen.«

»Ich will nur noch ein kleines Glas mit meinen weißen Brüdern trinken. Danach reiten wir in die Berge, wenn du willst.«

Arthur betrat mit ihm den Saloon. Am Eingang hob John Doe

eine Hand und stieß einen wilden Schrei aus, den Schrei eines Kriegers beim Angriff. Die Hälfte der Gäste drehte sich um. Der Indianer zog seinen Hut vom Kopf, alle sahen sein schwarzes Haar. Er machte eine wackelige Verbeugung vor ihnen und sagte lächelnd:»Guten Abend, Zivilisation!«

Einige Männer lachten, die Köpfe drehten sich wieder, und John Doe ging zum Tresen. Der dicke Barbesitzer war nicht da, ein anderer Mann schenkte ihnen ein. Die Gäste warfen ihnen immer wieder verstohlene Blicke zu, und Bowman leerte rasch sein Glas.

»Du bist vollkommen betrunken. Ich gehe jetzt und hole die Pferde.«

»Noch ein Glas. Das letzte.«

»Mach, was du willst. Ich gehe.«

Arthur warf sich die Satteltaschen über die Schultern und drückte das Gewehr an sich. Als er er sich zum Gehen wandte, sah er den dicken Wirt, der mit drei bewaffneten Männern hereinkam. Auf Zehenspitzen stehend, schien er das Zelt nach jemandem abzusuchen.

Arthur bückte sich und packte John Doe am Arm.

»Wir müssen weg.«

Der Indianer blieb am Tresen stehen und entwand sich Bowmans Hand.

»Rühr mich nicht an. Ich hab dir gesagt, dass wir uns hier trennen.«

»Hör auf mit dem Unsinn und komm mit.«

Der Barbesitzer und seine Begleiter bahnten sich einen Weg durch die Menge. Sie gingen geradewegs auf den Tresen zu.

»Wen spielst du hier?«

»Hau ab, Bowman. Irgendwann sehen wir uns wieder.«

»Der Wirt ist kein Dummkopf. Weißt du, was passieren wird, du armer Idiot? Du wirst ein neues Okipa kriegen, aber diesmal wirst du nicht lächeln, wenn du am Seil hängst.«

»Ich habe meinen Teil getan, weißer Bruder. Geh.«

Arthur versuchte weiter, ihn mitzuzerren. John Doe drehte sich um, befreite sich mit einem Ruck aus Bowmans Umklammerung, und hob seinen Karabiner. Den Bruchteil einer Sekunde lang hielt er mit seinen grauen Augen Bowmans Blick fest, und ein breites Lächeln erhellte sein glattes Gesicht.

Man hörte nun den Barbesitzer schreien:»Da sind sie! Zum Teufel, sie sind hier!«

Der Mandan hob sein Gewehr und schoss ein Loch in das Zeltdach. Um ihn herum sprangen Männer zur Seite, andere brachen in Hurrageschrei aus. Er senkte das Gewehr und zielte auf einen Punkt oberhalb des Kopfs des dicken, brüllenden Wirts. Die Kugel pfiff durch die Luft, und es entstand ein großes Durcheinander.

»Hau ab, Bowman, wir sehen uns auf der Piste, hier oder anderswo!«

John Doe zielte erneut in die Luft und schoss drei Mal, worauf die Öllampen klirrend barsten und zu Boden fielen.

»Komm mit mir! Wir können es immer noch schaffen!«

Der Indianer hörte es nicht mehr. Er sprang über den Tresen und lehnte sich dagegen, um besser zielen zu können. Seine Kugeln pfiffen über die Köpfe der Anwesenden hinweg, die panisch zu schreien begannen und flüchteten. Die drei Männer, die mit dem Barbesitzer gekommen waren, versuchten, sich ihnen entgegenzustemmen. Arthur mischte sich unter die Flüchtenden, und als er die Zeltwand erreicht hatte, zog er sein Messer heraus und schnitt ein Loch in das Segeltuch.

Kaum war er draußen angelangt, begann die Schießerei. Hinter ihm verfiel John Doe in wildes Kriegsgeheul, während die Flaschen und Gläser auf dem Regal hinter dem Tresen zerschossen wurden. Arthur zögerte eine Sekunde, dann bückte er sich fluchend und lief zum Stall. Er wartete, bis die Gehilfen in Richtung Saloon liefen, und sattelte dann hastig Walden. Die Schießerei ging weiter, er hörte immer noch den Karabiner aus dem Saloon. Dann sprang er auf den Rücken des Mustangs und ließ die Zeltstadt rasch hinter sich.

Er galoppierte direkt auf die Berge zu, jagte über steil abfallende

Hänge und blieb nicht stehen, bis die Lichter von Woodland in seinem Rücken verschwunden waren. Unter Umgehung der Zeltlager der Goldwäscher schlief er, ohne Feuer anzuzünden, eng an Walden gedrückt. Bald lag Pikes Peak hinter ihm, und er kämpfte sich gegen immer dichter werdendes Schneegestöber vorwärts. Am vierten Tag war er an der Nordseite der Berge und verbrachte die Nacht in einem Wäldchen oberhalb einer kleinen Ortschaft im Tal. Eingehüllt in seine Regenjacke, den Kragen hochgeschlagen und den Hut tief in die Stirn gezogen, ritt er am nächsten Tag durch die leeren Straßen von Idaho Springs, durchquerte die Stadt, ohne anzuhalten, und fand eine Kreuzung mehrerer Trails. Er ließ Walden in Trab fallen, nachdem er sich für Mountain City entschieden hatte, das etwa fünzehn Meilen entfernt lag. Doch bevor er eine weitere Ansiedlung erreichte, verließ er Tal und Piste und erklomm den Hang, um weiter oben weiterzureiten.

Die Schmerzen in seinem Rücken wurden stärker. Er stieg ab und kauerte sich an den riesigen Stamm eines Mammutbaums. Mit der Hand fuhr er unter den Verband, den er seit der Trennung von John nicht mehr gewechselt hatte. Das Ergebnis war niederschmetternd: Die Wunde hatte sich wieder geöffnet und offenbar infiziert. Er leerte seine Taschen und zählte das Geld, das ihm geblieben war. Siebenunddreißig Dollar und ein paar Cent. Auch die Munition, die er noch hatte, inspizierte er. Es waren noch zwanzig Schuss, außer den sechzehn Patronen im Gewehr. Er beschloss also, im Freien zu nächtigen, sich aber am nächsten Tag in die Stadt zu begeben und sich um seine Wunde zu kümmern. Es blieb ihm noch etwa eine Stunde, bis die Nacht einfiel. Er merkte, dass er Fieber hatte. Zitternd öffnete er seinen Reisesack und entnahm ihm Feder und Tinte.

Alexandra,
ich weiß nicht, welcher Tag heute ist, und auch nicht, wie lange meine Abreise von Reunion schon her ist. Einen Monat, vielleicht zwei.

Heute Abend habe ich ein gutes Versteck in den Bergen ge-
funden. Ich habe eine Verletzung, die zu eitern begonnen hat.
Ein Mann hat auf mich geschossen, als ich versuchte, einige Ko-
mantschen zu retten, aber sie haben sie trotzdem aufgehängt.
Ein anderer Indianer hat mir geholfen zu fliehen. Vor vier Tagen
haben wir uns in Woodland getrennt. Es war ein wirklich selt-
samer Mann, aber wir haben viel geredet, weil er Dinge erlebt
hat, die so ähnlich sind wie das, was mir in Birma passiert ist.
Er sagte, ich würde meine Vergangenheit nicht richtig sehen. Ich
könnte ein neuer Mann sein, und ich habe an Sie gedacht, als er
das sagte. Ich bin traurig, weil er in Woodland geblieben ist und
weil die Leute ihm dort ein schlimmes Schicksal bereiten werden.
Er war verrückt, und ich glaube, er hat dieses Schicksal geradezu
herausgefordert, aber er hat es nicht verdient, so zu enden. Ich
hoffe, es ist ihm gelungen, zu entkommen. Ich wandere auf der
Erde umher, wie er sagte, aber ich muss fliehen und mich ver-
stecken, weil sie mich suchen. Ich suche Peevish und Penders, und
die anderen suchen mich.

Ich habe nur noch einen ganz kleinen Rest von der Medizin
des alten Brewster. Den hebe ich mir auf für nach diesem Brief,
weil ich Ihnen schreiben will, ohne dabei einzuschlafen.

Morgen muss ich nach Mountain City, um Arznei zu kaufen.
Ich hoffe, es wird keine Probleme geben, und ich werde Ihnen
noch weiter schreiben können.

Jemand, der stirbt, schreibt nur noch einen Brief. Aber ich
werde nicht sterben.

Ich hätte Ihnen gern meinen Freund vorgestellt, den weißen
Indianer. Ich habe ihm von Reunion erzählt und ihm gesagt, dass
die Indianer Menschen wie Sie kennenlernen sollten.

Jetzt ist es dunkel, und ich sehe das Papier nicht mehr. Zum
ersten Mal seit Langem fühle ich mich einsam.

Schlafen Sie gut.

*

Unter dem Schild am Ortseingang stand der Satz: *Der reichste Quadratkilometer der Welt.*

Mountain City war verlassen. Die Goldgräber, die unter freiem Himmel die Claims durchwühlt hatten, waren nicht mehr da; nur die leeren Büros der Goldhändler zeugten noch vom einst fiebrigen Leben der Stadt, doch ihre Türen waren verrammelt, ihre Fenster mit Brettern vernagelt. In gewisser Weise ähnelte es Woodland, aber hier kehrte allmählich die Vegetation auf den gerodeten Flächen zurück, schnell wachsende Pflanzen und junge Fichten waren in die Höhe geschossen. Die wenigen kleinen Zelte neben den Baracken waren voller Chinesen, die über offenem Feuer kochten. Daneben gab es die Planwagen von Weißen, die sich in großen Abständen voneinander zu kreisförmigen Lagern zusammengefunden hatten und offenbar vor ihrem baldigen Aufbruch standen. Arthur fand große Mengen schadhaften Werkzeugs, verrosteter Goldpfannen und zerrissener Siebe. Pflanzen überwucherten diesen Friedhof nutzlos gewordener Dinge aus dem Besitz der Goldsucher, die die Stadt längst verlassen hatten.

Die Chinesen sahen winzig aus in ihren engen, von der Arbeit abgewetzten Kleidern. Abgezehrt und bleich, senkten sie den Kopf, als der Reiter an ihnen vorbeikam. Nur ein einziger Verkaufsladen hatte geöffnet. Arthur band Walden neben dem Gebäude an und ging eine Weile unentschlossen hin und her, bevor er sich streckte, sich den Schweiß von der Stirn wischte, den Hut in die Stirn drückte und eintrat. Hinter der kleinen Verkaufstheke räumte eine stämmige Frau mit ausladenden Hüften Konservendosen in ein Regal. Als sie die Türklingel hörte, begrüßte sie ihren Kunden und fuhr mit ihrer Arbeit fort. Es war warm. Holz knackte in einem großen Kachelofen.

»Was kann ich für Sie tun?«

Arthur räusperte sich.

»Ich brauche etwas für mein Pferd, weil es sich verletzt hat. Es hat sich an einem Stein geschnitten, und jetzt kommt Eiter aus der Wunde.«

Die Frau drehte sich um und musterte den Kunden. Sie stellte die Dosen hin und stieg vom Stuhl. Sie war etwa vierzig Jahre alt, hatte runde, rosige Wangen, blond gelocktes Haar, und ihre unübersehbare Gesundheit bildete einen merkwürdigen Kontrast zum Elend dieses Ortes. Als sie sich vorbeugte, wurden im Ausschnitt ihres Kleides ihre großen Brüste sichtbar.

»Sie sehen auch aus, als würde es Ihnen nicht gut gehen.«

»Ich habe mich in den Bergen erkältet.«

Sie sah ihn mit unverhohlener Neugier an, und Arthur versuchte, sie abzulenken, indem er sich dem Schaufenster des Ladens zuwandte.

»Sind hier alle fortgegangen?«

Ihr Blick wurde trüb.

»Niemand wollte bleiben. Vor einem Jahr waren wir zehntausend. Jetzt sind nur noch eine Handvoll Schlitzaugen da und die Jungs von Gregory, aber sie kommen nicht mal mehr hierher. Sie sind oben in der Mine, auf dem Weg nach Black Hawk. Es ist die letzte Mine, die noch ausgebeutet wird. Davon abgesehen gibt es nur noch ein paar Irre in den Bergen dort oben, aber ich bin mir nicht sicher, ob die nicht schon längst tot sind.«

Sie stellte einige Tontöpfe auf die Theke, faltete eine Zeitung auseinander und begann, Mehl und Körner aus Säcken in sie zu füllen.

»Ein paar Jahre lang haben wir gute Geschäfte gemacht, aber jetzt ist Schluss damit, und ich werde diesen Haufen verrotteter Bretter an jeden verkaufen, der sie haben will, und zwar zu jedem Preis. Mein Gott. Mein Mann ist hier begraben, direkt am Eingang der Stadt. Er hatte Fieber, und er wollte sich nicht behandeln lassen. Ich brauch deine Medizin nicht, sagte er, die Kunden warten! Und dann haben sie sich davongemacht, die Kunden.«

Sie faltete das Zeitungspapier zusammen.

»Für Ihr Pferd kochen Sie Leinsamen, und streichen Sie sie über die Wunde. Zweimal am Tag. In drei Tagen machen Sie Umschläge mit essigsaurer Tonerde. Und Sie selbst reiben sich Bauch und Stirn damit ein, bevor Sie schlafen gehen. Und weil man weiß, dass das keinen Schaden anrichtet und alle Welt daran glaubt, fülle ich

Ihnen auch Whiskey ab. Dreimal am Tag kochen Sie diese Kräuter, lassen Sie sie zehn Minuten ziehen und schlucken sie, ohne sich an ihrem Geschmack zu stören. Sie schmecken wirklich ziemlich abscheulich.«

Arthur öffnete die kleine Flasche Whisky sofort und nahm einen Schluck.

»Was habe ich gesagt! Wieder jemand, der nicht an die Medizin glaubt. Wenn Sie am Friedhof vorbeikommen, können Sie meinen Mann grüßen. Wohin wollen Sie, in Ihrem Zustand?«

»Nach Kalifornien.«

»Ach, nein. Da sollten Sie sich aber beeilen, damit Sie die Berge schnell hinter sich lassen und Denver erreichen, weil Ihnen bald die Füße abfrieren werden in der Kälte, mein Junge. Hier oben kommt der Frühling erst, wenn der Sommer zu Ende ist. Hier, diesen Saft gebe ich Ihnen noch mit, es ist Alkohol, aber mit Kräutern versetzt. Geschenk des Hauses.«

»Ich brauche auch Verbandszeug.«

Sie verschwand in einem kleinen Raum hinter der Theke, kam mit einem Bettlaken zurück und zerriss es mit den Zähnen. Lächelnd stopfte sie ihr Dekollete mit Stofffetzen aus.

»Ich habe es nie mit den Bronchien.«

Sie lachte laut.

Arthur gab ihr drei Dollar und sagte, den Rest solle sie behalten.

»Was ist der kürzeste Weg nach Denver?«

»Über Gregorys Mine und dann Black Hawk, zehn Meilen von hier. Von dort aus geht es immer nur abwärts, sechzig Meilen, bis Denver.«

Arthur packte seine Einkäufe zusammen.

»Viel Glück.«

»Dir auch. Wenn dein Pferd nicht verletzt wäre und ich dreißig Kilo weniger wiegen würde, würde ich zu dir in den Sattel springen.«

Erneut brach sie in Lachen aus, und Bowman ging zur Tür.

»Wenn's dir da draußen zu kalt wird und du deine Meinung änderst – ich bin hier …«

Sie unterbrach sich.

»Da läuft ja Blut aus dir heraus, mein Junge!«

Das Blut war aus Bowmans Verband gesickert und tränkte sein Hemd und seine Jacke.

Arthur stürzte nach draußen und lief mit schmerzverzerrtem Gesicht bis zu seinem Pferd, packte all seine Sachen in die Satteltaschen, und als Walden zu galoppieren begann, musste er sich in seiner Mähne festkrallen, um nicht aus dem Sattel zu kippen. Schnee fiel auf Mountain City, und aus dem Tal stieg Nebel auf. Als er einen Pfad sah, der von der Piste abzweigte, folgte er ihm, bis er, von hohen Tannen geschützt, absteigen konnte, um ein Feuer zu entzünden. Er brachte Wasser zum Kochen und warf die Leinsamen hinein. Die Schmerzen lähmten ihn, und als er versuchte aufzustehen, wurde ihm schwindlig. Er trank einen Schluck von dem Saft, den die Witwe ihm geschenkt hatte, und noch ein wenig Whisky, und zog dann das Hemd aus. Die Bandagen klebten an der Wunde. Er atmete tief ein und riss sie mit einem Ruck ab. Der Schmerz traf ihn wie ein Schlag auf den Kopf, ohnmächtig sank er auf den weichen Boden voller Tannennadeln.

Als er erwachte, war das Wasser verdampft und die Leinsamen sahen verbrannt aus. Er säuberte den Topf und begann erneut mit dem Kochen. Mit der Klinge seines Messers strich er sich mit einigen Verrenkungen den Brei auf die Wunde. Er verband sich neu, zog das Hemd wieder an und warf so viel Zweige und Tannennadeln ins Feuer, wie er ohne große Anstrengungen finden konnte. Nachdem sein Zittern etwas nachgelassen hatte, stieg er wieder in den Sattel und machte sich auf den Weg. Da die Berge völlig unwegsam waren, musste er der Piste zur Mine Gregory folgen. Der Nebel wurde immer dichter, doch nach einer Weile erkannte er einige verstreute Hütten. Überall lag Schnee, der die Geräusche dämpfte, doch er hörte das Plätschern eines nahen Flusses. Es gelang ihm, das Minengelände zu durchqueren, ohne dass jemand ihn bemerkte. Er sah Planwagen und mehrstöckige Gebäude, doch keinen einzigen Arbeiter. Walden legte die Ohren an und wich aus. Ein galoppierender Reiter tauchte aus dem Nebel auf, der sein mit der Peitsche antrieb und Bowman keines Blickes würdigte. Arthur hatte mit hämmerndem Herzen schon nach dem Gewehr gegriffen, doch dann nahm er die Zügel wieder auf und ritt vorsichtig weiter. Das Rauschen des Flusses wurde stärker. Er kam an den Pfosten einer Eisenbahnbrücke vorbei, auf der Waggons mit Erz standen. Zwischen zwei Schuppen sah er etwas, was ihn aufmerksam werden ließ. Er hielt an und lauschte. Walden war nervös und schnaubte, aber der Fluss übertönte alle anderen Geräusche. Arthur hatte jedoch etwas gesehen und gehört. Er machte kehrt und ritt unter der Brücke hindurch.

Da standen die Arbeiter, im Licht von Fackeln und Lampen, die im Nebel glitzerten. Etwa hundert Männer, schweigend, Schulter an Schulter, bildeten einen Kreis um etwas, das er nicht erkennen konnte. Er lauschte mit höchster Aufmerksamkeit und glaubte schon zu halluzinieren; vielleicht spielte ihm das Rauschen des Flusses einen Streich, oder das Fieber verwirrte ihm den Geist. Er stieg ab und ging lautlos an einer Bretterwand vorbei. Das Schweigen all dieser Männer in einem verlassenen Winkel der Mine jagte ihm Angst ein. Er blieb stehen – dann machte er einige zögernde Schritte und stand nun direkt hinter den versammelten Männern. Niemand drehte sich zu ihm um. Er legte dem vor ihm Stehenden die Hand auf die Schulter und glitt zwischen den Arbeitern hindurch. Mit gesenkten Köpfen murmelten sie ein stilles Gebet.

Nun war Arthur in der Mitte des Kreises angelangt. Die hellen Lampen durchdrangen kaum den Nebel. Auf dem kalten Boden lag, von einem blutgetränkten Laken bedeckt, ein Toter.

Arthur fiel es schwer, die frostige Luft einzuatmen.

Es war nicht der Instinkt, der ihn hatte umkehren lassen, und er hatte nicht halluziniert, es war nicht die leidenschaftliche Anziehung gewesen, von der Brewster gesprochen hatte, und noch weniger hatten ihn die Geister von Schwarzer Fels beeinflusst. Er hatte den Leichnam erahnt, weil etwas in ihm sich erinnert hatte, als er das Gelände überquerte und das Geräusch hörte, das sich in das Rauschen des Flusses mischte, noch bevor er die Lichter sah. Eine Stimme.

Arthur wandte den Blick von der Leiche ab und hob den Kopf, um den Mann in Augenschein zu nehmen, der das Gebet angestimmt hatte. In schäbigen Kleidern, bleich wie der Nebel, mit geschlossenen Augen und gefalteten Händen stand Edmond Peevish mitten unter den Arbeitern und rezitierte das Vaterunser. Seine Stimme war so brüchig, wie Bowman sie von damals in Erinnerung hatte, als er sie ein Jahr lang in seinem Käfig gehört hatte. Der Prediger beendete seine Litanei.

Einige Arbeiter brachten eine Tragbahre und legten den Toten darauf. Ein roter Fuß ohne Haut lugte kurz unter dem Laken hervor, und ein Mann beeilte sich, ihn wieder zu bedecken.

Peevish hob den Kopf.

Bowman wich zurück, lief zu seinem Pferd, zog das Gewehr aus dem Futteral. Dann stellte er sich vor einem Schuppen auf.

Der Zug der Arbeiter setzte sich in Gang. Mit Fackeln in der Hand folgten sie der Bahre. Peevish war allein zurückgeblieben, an dem Ort, an dem der Tote auf dem Boden gelegen hatte. Arthur verschwand im Nebel, blieb im Rücken des Predigers und beobachtete einen Moment lang dessen schmalen Umriss, den gesenkten Kopf, die eckigen Schultern und mageren Arme. Er machte einen Schritt vorwärts und stieß ihm den Lauf seines Gewehrs in den Rücken.

»Eine Bewegung, und ich töte dich auf der Stelle.«

Peevish erstarrte. Dann drehte er sich, ungeachtet des Befehls, langsam um. Sein Gesicht war von kleinen Fältchen durchzogen; seine tief liegenden Augen waren von einem Kranz erweiterter Adern umgeben, und seine dünnen, von der Kälte blauen Lippen zitterten. Arthur Bowman spürte, dass seine Knie nachgaben.

»Was hast du hier zu schaffen, Prediger? Was ist los?«

Das Gewehr glitt ihm aus den Händen, und die hohlen Augen des Priesters füllten sich mit Tränen.

»Sergeant?«

Langsam hob er einen Arm, doch er zögerte, ihn auf Bowmans Schulter zu legen.

ınd hier?«

war ein Gespenst in Schwarz und Weiß, von Nebel umwallt,
. er zögerte noch immer, den Sergeant zu berühren.
Arthur war wie gelähmt.
»Was ist hier los, Peevish?«
»Waren Sie es?«
»Was?«
»Haben Sie das getan?«
Bowman wich einen Schritt zurück.
»Was sagst du da?«
Der Priester legte den Kopf schief.
»Also, Sie sind es nicht gewesen?«
»Peevish, wo ist Penders?«
»Erik?«

11

Unter dem Vordach eines Schuppens sitzend, gelang es den beiden
durchgefrorenen Männern nicht, einander ins Gesicht zu sehen.
Arthur bot Peevish seine Whiskeyflasche an. Der Priester nahm
einen Schluck und hustete.
»Gestern bin ich mit einem Siedlertreck hier angekommen.
Heute Morgen haben sie ihn gefunden.«
Bowman hatte sich das Gewehr über die Beine gelegt. Der Lauf
zielte auf den Pfarrer, der sich dessen nicht bewusst zu sein schien.
»Ist er heute Nacht gestorben?«
»Was meinst du?«
»Ist es heute Nacht passiert?«
»Die Kälte hat seinen Körper gut erhalten, aber er war schon
länger tot. Sie haben ihn gesucht.«
»Wer war es?«
»Ein Vorarbeiter der Mine. Jemand hat Gold gestohlen. Sie
glaubten, er sei es gewesen, weil er am selben Tag verschwunden
ist wie die Kasse, vor zwei Wochen ungefähr.«

Arthur sah sich um. Die Mine sah verlassen aus. Allmählich versank sie in Dunst und Schnee.

»Wir müssen von hier weg. Hast du ein Pferd?«

Der Priester schüttelte den Kopf.

»Du brauchst eins.«

»Ich habe kein Geld.«

Arthur zog drei Fünfdollarstücke aus der Tasche.

»Kauf dir eins. Wir müssen weg.«

»Sergeant?«

»Ja?«

»Sie wollten mich töten, nicht?«

Bowman senkte den Kopf.

»Ich weiß nicht. Ich weiß nicht mehr, was los ist.«

Der Priester stand auf, ging ein paar Schritte und kehrte zurück.

»Er war auch hier.«

»Von wem sprichst du?«

»Penders. Die Arbeiter haben einen Engländer gesehen. Einen blonden Mann, der sagte, er sei früher Soldat gewesen. Kurz bevor der Vorarbeiter verschwand, ist er hier gewesen.«

Für fünfzehn Dollar fand Peevish nicht einmal einen Esel, den er kaufen konnte. Die Reittiere waren zu wertvoll für die Mine, und die Arbeiter wollten sich nicht von ihnen trennen, um keinen Preis. Für zehn Dollar verkaufte man ihm einen flachen Karren und für weitere zwei Dollar bekam er das Geschirr aus spröde gewordenem Leder dazu. Sie spannten Walden davor.

Während der Schnee immer dichter fiel, verließen Bowman und Peevish die Mine Gregory und suchten im Nebel ihren Weg.

Der Karren war nicht bequemer als sein Pferd, und Bowman litt unter dem ständigen Rumpeln und Schwanken, obwohl er versuchte, sich dem Priester gegenüber möglichst aufrecht zu halten. Vor allem war es auf dem Karren kälter als auf dem Pferderücken. Peevish trug gebrauchte Kleider und nicht einmal einen Mantel, einen Priesterkragen, der schwarz war vor Schmutz, und einen durchlöcherten Hut, doch er reagierte nicht auf die Kälte.

Nach einigen Schlucken wollte er auch keinen Whiskey mehr trinken. Arthur ließ ihn die Zügel halten und verschränkte fest die Arme, wie um sich selbst am Umfallen zu hindern. Sein Sattel und die Satteltaschen waren hinten aufgeschnallt, zusammen mit dem alten verbeulten Koffer des Geistlichen. Bowman hatte das Gewehr zwischen den Beinen, der Lauf klebte an seiner Wange.

»Pfarrer Selby hat mir gesagt, dass du hierhergekommen bist, um zu predigen. In New York habe ich Ryan kennengelernt, in der Kirche in der John Street. Er sagte mir, dass du nach Saint Louis gefahren bist, und dort, in der methodistischen Kirche, haben sie mir erzählt, dass du dich im Westen herumtreibst.«

Peevish wandte sich ihm zu.

»Das verstehe ich nicht.«

Arthur trank einen Schluck und behielt die Flasche in der Hand.

»In London bin ich auf einen Artikel über einen Mord in Texas gestoßen.«

»In Texas? Wovon sprechen Sie, Sergeant?«

Bowman musterte den Priester.

»Wo haben sie den Mann von der Mine gefunden?«

»In einem aufgegebenen Verbindungsstollen. Warum sagen Sie, dass es noch einen Mord gegeben hat?«

Arthur drückte seine Schläfe an den Lauf des Gewehrs.

»Haben sie noch etwas anderes gefunden außer der Leiche? Etwas Geschriebenes?«

Der Geistliche begann zu zittern.

»An einem Träger, mit Blut.«

Arthur sagte leise:

»*Überleben*?«

Peevish wandte den Blick ab und fixierte die Piste. Schneeflocken wirbelten in seine Augen, ohne dass seine Wimpern zuckten.

»Als Selby mir sagte, dass du dich auf den Weg gemacht hättest…«

»Sie haben geglaubt, dass ich es war.«

»Du bist kurz nach meinem Besuch abgereist. Ich habe Penders nicht wiedergefunden, aber du – du warst in Amerika, und es hat einen zweiten Mord gegeben.«

»Und noch weitere Morde?«

Die beiden Männer lauschten dem Geräusch der eisenbeschlagenen Räder und wussten nicht, wie sie die Leere füllten sollten, die sich zwischen ihnen aufgetan hatte.

»Ich habe seine Spur in Rio Rancho wiedergefunden. Er war mit einem Mann gereist, der dann abgeschlachtet wurde. Nach ein paar Tagen war ich davon überzeugt, dass er es war. Und dann hat mir der Verwalter von Bent and Saint-Vrain gesagt, dass du dort vorbeigekommen bist, bevor sie die Leiche dieses Russen gefunden haben, Petrowitsch. Peevish, warum bist du nach meinem Besuch von Plymouth weggegangen?«

Der Priester zog die Zügel an und bremste mitten auf dem Weg.

»Ich wollte England schon lange verlassen, aber ich hatte nicht den Mut, es zu tun. Als Sie kamen und von der Liste der Überlebenden sprachen, von Penders, der verschwunden war, und von dem Mord in der Kanalisation, habe ich mich entschieden. Sie haben von Amerika gesprochen; unsere Kirche ist hier schon tief verwurzelt. Ich glaube, ich hatte Angst nach Ihrem Besuch, Sergeant, Angst, dass alles wieder anfängt, dass die Albträume wiederkehren. Ich habe meinen Koffer gepackt und das Schiff genommen.«

Er drehte sich zu Arthur um.

»Sergeant, ich bin nun schon fast zwei Jahre in Amerika, aber als ich in Bent's Fort vorbeikam, wusste ich von nichts. Ich wollte zurück nach Saint Louis. Auf dem Weg nach Independence habe ich ein paar Arbeiter getroffen, sie waren völlig durcheinander und baten mich, mit ihnen zu beten und sie anzuhören. Sie haben erzählt, dass Indianer einen Mann getötet hätten und dass sie seinen Leichnam zurückbrächten ins Fort.«

Er griff nach der Whiskeyflasche.

»Ich habe den Toten gesehen.«

Er trank einen langen Schluck.

»Zwei Tage lang hatte ich Fieber. Ich erinnerte mich an das, was Sie in meiner Kirche sagten, über den Mord im Kanal. Es konnte nicht schlimmer sein. Aber dass es hier passierte, Tausende von Kilometern von England entfernt – und ich hatte geglaubt, das alles endlich hinter mir zu haben...«

Er griff erneut zur Flasche und schüttete Whisky in sich hinein.

»Ich hatte all die schrecklichen Gerüchte auf dem Weg gehört, aber ich dachte, es seien Übertreibungen... Die Leute sind abergläubisch, wissen Sie. Ich konnte nicht daran glauben. Nach all dieser Zeit, so weit von London entfernt... Als ich wieder aufrecht gehen konnte, habe ich es gemacht wie Sie, ich brach auf, um ihn zu suchen...«

Er versuchte, Bowman zuzulächeln.

»Natürlich dachte ich an Penders, weil Sie gesagt hatten, er sei nach Amerika gereist. Und ich dachte an Sie. Die Polizei von London hat angenommen, dass Sie der Mörder seien. Erik oder Sie, Sergeant, es gab keine andere Möglichkeit. Ich suchte Sie.«

Arthur stieg ab und machte ein paar Schritte auf und ab. Ihm war so heiß, dass er kaum noch atmen konnte. Er nahm seinen Hut ab und ließ Schnee auf sein Gesicht fallen. Peevish trat zu ihm und wischte sich über seine aufgesprungenen Lippen.

»Also ist es wahr – er ist es?«

Arthur setzte seinen Hut wieder auf.

»Er ist der Letzte.«

*

In Black Hawk war es etwas weniger kalt. Es fiel kein Schnee, und der Nebel hatte sich verzogen. Die Stadt wirkte nicht wie ein Bergarbeitercamp. Ihre Gebäude sahen stabiler aus, und sie wirkte ruhiger, weil sie, nachdem der Goldrausch sich abgeschwächt hatte, in anderer Form überlebt hatte. In der Mitte gab es behagliche Wohnhäuser und einige Läden, in denen gerade Licht angezündet wurde.

Arthur hatte keine Kraft mehr. Seine Wunde brannte wie Feuer, und er schwankte auf dem Sitz des Karrens und hielt sich zitternd an seinem Gewehr fest, um nicht umzusinken. Peevish hielt vor einem Haus und sprang ab, um an eine Tür zu klopfen. Ein Mann öffnete, und als er den Priesterkragen sah, kam er heraus, um ihm die Hand zu schütteln. Bowman hörte sie reden, dann kam Peevish zurück, nahm die Zügel und steuerte eine nahe gelegene Scheune an.

»Hier schlafen wir.«

Arthur machte mühsam ein paar Schritte und fiel erschöpft auf einen Heuhaufen.

»Was ist los mit Ihnen?«

»Ich habe in Bent's Fort eine Kugel abgekriegt.«

»Was sagen Sie da?«

»Ich habe versucht, die Komantschen zu befreien, die sie dann doch gehängt haben.«

»Warum haben Sie mir nicht gesagt, dass Sie verletzt sind?«

»Ich habe Arznei in der Satteltasche.«

Peevish brachte ihm eine Flasche.

»Trinken Sie. Ich muss beim Essen unserer Gastgeber den Segen sprechen. Es dauert nicht lange. Wenn ich zurück bin, kümmere ich mich um Sie.«

Er verließ ihn eilig. Arthur legte eine Kugel ins Magazin seines Gewehrs und legte es sich auf den Bauch. Er versuchte, wach zu bleiben, während er auf die Rückkehr des Priesters wartete.

Walden war an einer Futterkrippe festgebunden. Peevish hatte den Leinsamen, die Teeblätter und den Verband gefunden; mit einem Taschenmesser rührte er in einem rauchenden Topf herum und lächelte Bowman zu. Er hatte keinen einzigen Zahn mehr im Mund.

»Es ist fast fertig, Sergeant. Sie können jetzt das Hemd ausziehen, oder soll ich Ihnen helfen?«

Arthur wollte sich ausziehen, aber die Schmerzen überwältigten ihn. Als er die Jacke abgelegt hatte, begann das Lampenlicht vor seinen Augen zu tanzen. Als der Priester die Hände nach dem Gewehr ausstreckte, stürzte sich Bowman darauf und wich kriechend vor ihm zurück.

»Sergeant – ich tue Ihnen doch nichts.«

Sie sahen sich ein paar Sekunden in die Augen, dann legte Arthur das Gewehr neben sich, und Peevish begann vorsichtig, sein Hemd aufzuknöpfen.

»Ich bin es gewöhnt, mich um Kranke zu kümmern, Sergeant.« Als er die Ärmel heruntergeschoben hatte, erstarrte er und schloss die Augen. Arthur wartete eine Weile, bis er sich wieder gefasst hatte.

»Du siehst das doch nicht zum ersten Mal.«

Peevish begann, den Verband zu lösen.

»Seit Langem nicht mehr. Ich habe mir angewöhnt, mich beim Waschen nicht mehr ganz auszuziehen. Die Leute denken, es hängt mit meinem Glauben zusammen.«

Er versuchte zu lächeln. Bowman ebenfalls.

»Stimmt. Du stinkst noch mehr als ich.«

»Aber ich rasiere mich, das sieht immer gut aus.«

Peevish warf die schmutzigen Bandagen weg und öffnete die Schnapsflasche.

»Ich kann mich schon lange nicht mehr rasieren.«

Er tränkte einen Stofffetzen und säuberte die Wunde. Die Ränder waren gelb und geschwollen.

»Es war immer schwerer, es bei den anderen zu sehen, als es selbst auszuhalten. Meine eigenen Schreie hörte ich nicht, nur die von euch.«

Er verband die Wunde, und danach aßen sie etwas Fleisch und Suppe, die ihnen der Besitzer des Schuppens gebracht hatte. Die Brühe lief am Kinn des Priesters herunter, als er den Rest aus dem Teller trank. Peevish war jünger als Bowman, aber seit Arthur ihn in Plymouth gesehen hatte, schien er um hundert Jahre gealtert zu sein.

»Du hast einen guten Beruf, Prediger. Isst du immer kostenlos, für einen Segen, den du erteilst?«

»Niemand hat sich je betrogen gefühlt.«

»Trotzdem – kein schlechter Preis für so eine Suppe.«

Doch Bowmans Sarkasmen klangen nicht überzeugend, und Peevish schien keine Lust zu haben, darüber zu lachen. Nach dem Essen rollte sich Arthur auf die Seite, legte den Kopf auf den Arm und drehte seinem Gefährten den Rücken zu.

»Peevish – du hast sie doch nicht getötet, oder?«

»Die Männer hatten damals Angst vor Ihnen, Sergeant, weil Sie immer wussten, wenn jemand log. Und es ist mir nie gelungen, Ihnen irgendetwas vorzumachen.«

Peevish lachte leise.

»Ich hatte keine Angst vor Ihnen, weil ich nicht lüge. Seit der Zeit, als wir unter Ihrem Befehl kämpften, habe ich keinen Menschen mehr getötet.«

»Wir haben das damals gemacht, um nicht zu krepieren.«

»Das ändert nichts daran, dass wir es taten.«

Arthur betrachtete das Gewehr, das vor ihm lag.

»Bei mir ist es genauso, Prediger, meine eigenen Schreie höre ich nicht, wenn ich Albträume habe.«

»Ich weiß, Sergeant.«

Arthur hob den Kopf. Peevish saß neben ihm und betrachtete ihn mit hochgezogenen Knien.

»Du hast dich verändert, Peevish. Du hast nicht mal versucht, mir eine Beichte zu entlocken oder mir zu erklären, dass ich nicht auf Gottes Wegen wandle.«

Sie schwiegen, und zum ersten Mal seit ihrem Zusammentreffen in der Mine Gregory empfanden sie die Stille zwischen ihnen nicht als etwas Trennendes.

»Ich weiß nicht, ob Sie das verstehen, Sergeant, weil Sie immer ein Einzelgänger waren, aber in diesen letzten Wochen habe ich mich zum ersten Mal allein gefühlt. Zum ersten Mal war Gott nicht mehr an meiner Seite. Ich bin fast wahnsinnig geworden.«

Arthur dachte an Thoreaus Buch, an das Kapitel über Einsamkeit, das er in der Wüste gelesen hatte, an die letzten Worte, die er an Alexandra Desmond geschrieben hatte.

»Einzelgänger sein heißt nicht, einsam sein. Ich bin auch irgendwie verrückt geworden.«

Arthur hörte, dass Peevish sich bewegte.

»Ohne Sie, Sergeant, hätte niemand überlebt. Wir sind nicht tot, weil Sie nie nachgelassen haben. Auch wenn ... auch wenn sie es vor allem auf Sie abgesehen hatten. Aber ohne Sie wäre das

Ganze auch nicht passiert. Nach dem Brand des Dorfes hätten wir einen Aufstand gemacht, wenn Sie nicht da gewesen wären. Wir wären nie so weit den Fluss hinaufgefahren. Wir verdanken Ihnen das Leben, aber Sie sind auch unser schlimmster Albtraum.«

Arthur regte sich nicht, blieb unter seiner Decke liegen.

»Ich glaube, auch Sie haben sich sehr verändert, Sergeant.«

Bowman ließ das Gewehr los und schloss die Augen.

»Auch wenn ich deine Gesellschaft nicht gesucht habe, Peevish, bin ich doch froh, nicht mehr allein zu sein. Ich kann jetzt nicht mehr verhindern, dass ich einschlafe, also, wenn du mich töten musst, tu es schnell und entschlossen.«

Der Priester lächelte sanft, als Bowman verstummte. Dann erhob er sich, blies die Lampe aus und legte sich ins Heu.

»Gute Nacht, Sergeant.«

»Gute Nacht, Prediger.«

Die Nachricht, dass ein Kirchenmann sich in der Stadt aufhielt, hatte sich rasch verbreitet. Sie konnten Black Hawk nicht verlassen, bevor Peevish nicht eine Predigt gehalten hatte, auf den Stufen einer Kolonialwarenhandlung, vor der Hälfte der Einwohner. Die anderen waren zu Hause geblieben, entweder weil sie einem anderen Glauben angehörten oder weil Gott sie nicht genug interessierte, um eine Stunde im Regen, mit den Füßen im Schlamm, zu verbringen. Das Publikum, das gekommen war, um Peevish zu hören, war bunt zusammengewürfelt. Es gab taube Greise, neugierige Kinder, pflichtbewusste Honoratioren, bigotte Hausfrauen, die sich schuldig fühlten, Chinesen mit flexibler Religion, die nichts verstanden und wissen wollten, was dieser zerlumpte Redner zu verkaufen hatte. Auch Goldsucher und ein paar Säufer waren gekommen, die darauf warteten, dass der Laden wieder öffnete, in dem sie gewöhnlich einkauften.

Arthur hatte Walden festgebunden. Auf dem Karren sitzend, vor dem Regen geschützt, hörte er sich die Predigt unter dem Scheunendach an. In wenigen Minuten machte Peevish eine Metamorphose durch, und aus einem kränklichen, kümmerlichen

Mann wurde eine strahlende Gestalt, die wie eine Flamme auf den Stufen des Ladens hin und her zuckte. Seine Stimme wurde laut und klar. Nie hatte Bowman etwas Ähnliches erlebt. Die Frauen bekreuzigten sich und stießen ängstliche Seufzer aus, als Peevish die Hölle beschwor, die sich unter ihren Füßen versteckte, die Versuchungen, die Verwirrungen und die schrecklichen Verfehlungen, die Gott auf entsetzliche Weise ahnden würde, wenn sie nicht früh genug bereuten und Buße taten. Als er auf den Alkohol zu sprechen kam, gab es ein paar Lacher, doch bald herrschte wieder betretenes Schweigen, während er begann, gegen die Habgier zu wettern, die Verlockungen des Geldes und den Reichtum, der die Menschen vom göttlichen Erbarmen trennt. Die vielen hart arbeitenden Leute, die in die Rocky Mountains gezogen waren, um reich zu werden, sprachen im Chor: »Mögen wir niemals in Versuchung geraten.«

»Amen.«

»Vergebt, und es wird euch vergeben werden.«

Doch der Höhepunkt war erreicht, als Peevish erklärte, dass dieses Land zwar noch keine richtige Regierung besaß, dass sie jedoch als freie Christen vielleicht auch keine Regierung brauchten, da Gott der Herr sich höchstselbst um Amerika kümmern werde. Unter seiner Herrschaft würde die Nation der Pioniere ihren Weg und ihre höchste Erfüllung finden.

Peevish kannte seinen Text.

Sie dürften niemals die Hoffnung aufgeben.

Amen.

Nie würde der Herr sie verlassen.

Amen.

»Und erinnert euch daran, meine Brüder und Schwestern: Wenn Gott nicht in unseren Herzen leben würde, sondern in einem Haus, so würden an den Wänden seines Wohnzimmers die Bilder von euch allen hängen!«

»Amen.«

Ein Trunkenbold, der begriff, dass die Predigt sich ihrem Ende näherte, schoss mit seinem Karabiner in die Luft und stieß ein lautes Hurra aus. Mit hochroten Wangen defilierten die Frauen vor dem zahnlosen Mann und hofften auf eine Minute intimer Zwiesprache mit ihm, während sie ihm Münzen und Geldscheine zusteckten. Peevish segnete jede einzelne dieser Gläubigen, nahm ihr Geld und wandte sich der nächsten zu.

Arthur wartete noch eine Viertelstunde, bis der Geistliche sich von seinen Anbetern löste und wieder zu ihm kam. Er schlug den Jackenkragen hoch, machte das Pferd los, ließ die Zügel knallen, und Walden setzte sich in Bewegung. Bis zum Ausgang der Stadt grüßte man sie überall.

»Wie viel hast du eingenommen?«

Peevish winkte und lächelte einem Kind zu, das auf den Schultern seines Vaters saß.

»Ich zähle das nicht.«

Immer noch lächelnd, wandte er sich Bowman zu.

»Erst, wenn wir die Stadt verlassen haben.«

Die Piste nach Denver war breiter und in besserem Zustand. Arthur ließ Walden in Trab fallen. Die Hänge waren wieder dicht bewaldet, und die Sonne wurde immer wärmer. Der Wind strich über sie hin, und sie begnügten sich eine Weile damit, schweigend nebeneinander zu sitzen. Dann sagte Peevish: »Wie finden wir ihn?«

Bowman ärgerte die unnütze Frage.

»Genauso, wie ich dich gefunden habe. Durch einen glücklichen Zufall.«

Der Prediger ließ nicht locker.

»Wir können doch nicht einfach weiterfahren und darauf warten, dass der nächste Mord passiert.«

»Seit ich London verlassen habe, tue ich nichts anderes.«

Arthur warf Peevish einen Blick zu, mit dem er sich für seinen aggressiven Ton entschuldigen wollte.

»Ich bin den Goldsuchern nach Pueblo gefolgt. Jetzt, nach dem, was in der Mine passiert ist, hat das keinen Sinn mehr.«

»Wird er sich nach Westen wenden?«

»Oder nach Norden. Oder er dreht sich um und geht nach Mexiko. Dort hat es auch einen Mord gegeben. Oder es zieht ihn zurück in den Osten.«

Arthur ließ die Zügel locker.

»Aber es gibt noch etwas anderes.«

Der Priester hob den Kopf und sah ihn an.

»Was?«

»Die Opfer.«

In Peevishs Gesicht zuckte ein Nerv, und seine Schultern zogen sich zusammen.

»Ich kenne nur zwei. Petrowitsch und den Vorarbeiter der Mine Gregory.«

»In London hat man nie herausgefunden, wer es war. Und man weiß bis heute nicht, ob es vorher ähnliche Morde gab.«

Peevishs Schultern bebten. Arthur verfolgte seinen Gedanken.

»Aber was zählt, ist das, was hier passiert ist. Auch hier wissen wir nicht, wie viele es wirklich waren. Aber Kramer, in Reunion, war Ingenieur.«

»Reunion?«

»Richter in Las Cruces war Handelsreisender. Rogers in Rio Rancho ein kleiner Betrüger, der sich als Führer betätigte. Petrowitsch versuchte, ein Extraktionsverfahren zu verkaufen. In der Mine hat Penders einen Vorarbeiter umgebracht und Gold gestohlen. In Mexiko weiß ich nicht, wer das Opfer war.«

Peevish konzentrierte sich auf Bowmans Worte. Er nahm seinen verbeulten Hut ab und brachte ihn mit nervösen Bewegungen seiner mageren Hand in Form.

»Das alles ist nicht völlig willkürlich.«

»Ich habe mal einen alten Mann getroffen, der sagte, es sei eine Leidenschaft, dass er nicht mit dem Morden aufhören könne. Und ein anderer sagte, es sei wie eine mathematische Serie. Etwas, das sich wiederholt.«

Peevish hatte einen säuerlichen Geschmack im Mund, und er hielt sich den Mund zu, damit die Übelkeit ihn nicht übermannte.

»Sie meinen, es steckt von Anfang an eine Logik dahinter?«

»Wie viel hat er gestohlen?«

»Offenbar eine bedeutende Summe. Für den, der den Dieb dingfest machen kann, hat die Mine fünfhundert Dollar ausgesetzt. Wir sind nicht die Einzigen, die ihn suchen.«

»Gold – ein Betrüger – Handelsreisende. Was ist alledem gemeinsam?«

Arthur biss sich auf die Unterlippe.

»Und Penders war Soldat. Er hat wahrscheinlich einen Plan.«

»Er will sein Leben von vorn beginnen.«

Bowman senkte den Kopf.

»Überleben.«

Der Priester fuhr sich mit der Zunge über seine trockenen Lippen.

»Die Opfer ... Man könnte meinen, er sucht nach einem Verbündeten.«

»Um Geschäfte zu machen.«

»Oder er ist wie wir. Er erträgt das Alleinsein nicht mehr. Und doch tötet er dann seine Gefährten.«

Arthur sah den Priester von der Seite an und fuhr fort, als hätte er die letzte Bemerkung nicht gehört: »Alle Geschäftemacher reisen in die gleiche Richtung.«

»Nach Westen.«

»Und wenn er Geld hat, wird er nicht mehr lange in der Gegend bleiben. Jetzt wissen alle, die sich auf dem Trail bewegen, dass es nicht die Indianer waren.«

Walden beschleunigte seinen Schritt, und die beiden ehemaligen Soldaten wälzten die neue Theorie in ihren Köpfen. Peevish lockerte seinen Priesterkragen und kratzte sich den Hals.

»Letztlich sind das alles nur Vermutungen. Vielleicht ist er längst auf dem Weg nach Saint Louis und kehrt bald nach England zurück.«

»Er kehrt nicht zurück.«

Sie wechselten einen Blick. Peevish ließ seinen Kragen in der Tasche verschwinden und setzte seinen Hut wieder auf. Arthur hob die Arme und ließ die Zügel knallen.

»Hü!«

Zwei Stunden später waren sie in Denver, nach Saint Louis die größte Stadt, die Bowman bisher kennengelernt hatte. Nach der Ausbeutung der Goldadern waren genügend Menschen hier zurückgeblieben, die die Existenz der Stadt sichern konnten: Es gab genug Abnehmer für die Waren, die umgeschlagen wurden, genug Handwerker, die Dinge herstellten und reparierten, genug Menschen mit Ersparnissen, die Grundstücke kauften, genug Kinder, die den Bau von Schulen rechtfertigten, genug Geld, womit Häuser und Kirchen errichtet wurden, und eine ausreichende Menge von Bürgern, die sich von Polizisten beschützen ließen und die vielen Bars und Saloons füllten, die es hier gab. Fünftausend Einwohner zählte Denver, eine runde und stolze Zahl. Als sie das Stadtschild passierten, legte Peevish wieder seinen Priesterkragen an. Es ging so lebhaft zu wie in einem dicht besiedelten Viertel Londons, doch die Gebäude hier waren nicht aus Stein, sondern aus Holz. Die großen und kleinen Straßen dienten auch als Abflusskanäle unter freiem Himmel, weshalb die Mehrzahl der Gebäude auf Pfählen ruhte und die Bewohner sich auf hölzernen Gehsteigen vorwärtsbewegten. Nur Tiere, Fuhrwerke und Indianer benutzten die Straßen.

Bowman sah man an, dass er direkt aus der Einsamkeit der Berge kam, während Peevish trotz seines zerfurchten, hageren Gesichts, seines zahnlosen Mundes und seiner bohrenden Augen Vertrauen einflößte. Die Wirkung seines speckigen Priesterkragens war beeindruckend. Überall wurde er höflich gegrüßt; Bowman hingegen beäugte man mit argwöhnischem Blick.

»Ich hätte nicht geglaubt, dass es so groß ist. Ich bin Städte nicht mehr gewöhnt.«

»Ich werde überall mit offenen Armen empfangen.«

»Überall?«

»Nein, ab und zu ist es mir schon passiert, dass ich von einer Farm gejagt wurde oder dass man mich aus einem Saloon geworfen hat.«

Arthur nahm lächelnd zur Kenntnis, dass der Prediger es demütig akzeptierte, dass einige Menschen ihm lieber einen Tritt versetzten, als ihm andächtig zuzuhören.

»Jedenfalls werden wir hier nichts finden.«

Peevish zog eine Grimasse.

»Sind Sie sicher, dass wir auf dem richtigen Weg sind, Sergeant?«

Arthur hielt vor einem Kolonialwarenladen.

»Wir haben keine andere Wahl. Wir waren kurz davor, ihn einzuholen. Jetzt hat er Geld, und wir müssen uns sputen.«

Er warf die Zügel über einen Pfosten.

»Wir müssen uns an das halten, was wir beschlossen haben.«

»Und wenn er nach Osten gegangen ist?«

»Dann drehen wir um. Wir brauchen jetzt etwas zu essen, und wir müssen dir ein Pferd besorgen. Der Karren hier ist nicht schnell genug.«

Sie kauften Mehl, Speck, Kaffee und Verbandszeug und fragten nach einem Pferdehändler.

In einem Korral im Norden der Stadt verkauften sie den Karren für sieben Dollar und erwarben einen acht Jahre alten Wallach, einen Schecken, der einen seltsamen weißen Fleck auf der Stirn hatte und etwas stumpf aussah, doch gute Beine und einen starken Rücken besaß und dessen Zähne mit dem angegebenen Alter übereinstimmten. Er war weniger schnell als Bowmans Mustang, doch ein Pferd, das sich für ihre Zwecke gut eignete.

Der Verkäufer verlangte dreißig Dollar dafür. Nach dem Einkauf in der Stadt und mit dem Geld, das sie für den Karren bekommen hatten, besaß Bowman noch sechsundzwanzig Dollar, dazu kamen die drei Dollar, die Peevish für seine Predigt in Black Hawk erhalten hatte. Schließlich senkte der Besitzer den Preis auf fünfundzwanzig, weil sich sonst niemand für das Pferd interessierte.

»Es ist kein schlechter Gaul, aber er sieht so dumm aus, dass er niemanden anlockt.«

»Wie heißt er?«

»Einfach der Schecke«.

Sie beendeten das Geschäft mit dem Erwerb eines Sattels in erbärmlichem Zustand. Danach konnten sie es sich nicht mehr erlauben, in der Stadt zu übernachten.

Als Peevish aufstieg, riss der Steigbügel, und er landete im Schlamm. Beim zweiten Mal gelang es ihm, im Sattel zu bleiben. Sein Pferd näherte sich Walden, und Walden knabberte an seinem Ohr.

»Ich muss diesem Tier einen Namen geben.« Arthur betrachtete den Priester, dessen hagerer Körper sich krampfhaft aufrecht hielt. Sein alter Koffer hing am Sattel des gedrungenen, entspannt wirkenden schwarz-weißen Wallachs. »Abgesehen von der Farbe habt ihr beide nicht viel gemeinsam.«

Peevish lächelte und zeigte seinen zahnlosen Gaumen.

»Zum ersten Mal besitze ich ein eigenes Transportmittel.«

»Du schuldest mir noch fünfundzwanzig Dollar. Du wirst viel predigen müssen, um uns zu ernähren, und wenn du mir das Geld zurückgezahlt hast, habe ich das Recht, dein Transportmittel aufzuessen.«

Sie ließen die letzten Häuser von Denver hinter sich und durchquerten den South Platte River hinter einem langen Siedlertreck, der in Richtung Wyoming zog. Er bestand aus etwa dreißig Planwagen, und die Staubwolke, die er aufwirbelte, sah aus wie ein Sandsturm in der Wüste. Am gegenüberliegenden Ufer setzten sie ihren Galopp fort. Der Schecke war nicht besonders schnell, und Peevish wagte es nicht, ihm die Sporen zu geben. Arthur hielt sich hinter ihm und versetzte dem Pferd einen kräftigen Tritt in den Hintern, worauf es endlich aufwachte. Sie überholten den Treck, und der Schecke hielt sich nun immer hinter Walden, der das Tempo vorgab und erst nach einiger Zeit zuließ, dass der Schecke neben ihm lief. Bei Einbruch der Nacht suchten sie nach einem Schlafplatz und errichteten an einem Bach ihr Lager. Bevor es dunkel wurde, gelang es Peevish noch, seinen Steigbügel zu reparieren.

Von Denver an war es an den Hängen der Rocky Mountains entlang immer bergab gegangen, und auch in der Dämmerung war es nicht allzu kalt. Das Gras wurde dichter, und die Pferde hatten genug zu fressen. Die Zweige der niedrigen Bäume dienten als Feuerholz.

Als das Feuer brannte, verharrten die beiden ehemaligen Soldaten lange schweigend. Sie aßen die letzten Stücke des Fleischs, das Bowman aufgehoben hatte, und sahen bis spät in die Nacht die Laternen des großen Trecks schwankend vorbeiziehen. Eine halbe Meile von ihnen entfernt errichteten die Siedler ihr Lager. Bowman beobachtete, wie sie ihre Feuer entzündeten, während Peevish sich schon schlafen legte.

Arthur warf ihm seine Regenjacke zu.

»Wir müssen dir eine Decke besorgen.«

»Danke, Sergeant.«

Mit den letzten Krümeln seines Tabaks entzündete Bowman seine Pfeife.

»Hör bitte auf, mich ›Sergeant‹ zu nennen.«

Peevish richtete sich auf.

»Wie soll ich Sie sonst nennen?«

»Bowman. Oder Arthur. Wie du willst, aber ich bin kein Soldat mehr.«

Peevish kreuzte die Arme unter dem Kopf und sah zum Himmel auf.

»Ihren Vornamen habe ich zum ersten Mal gehört, als die Gefangenenliste in Rangun verlesen wurde. Nach einem Jahr im Dschungel wusste ich nicht einmal, wie Sie heißen.«

Arthur kaute auf seiner Pfeife herum.

»Nenn mich Bowman.«

»Wie Sie wollen.«

»Ich erinnere mich auch nicht mehr an deinen Vornamen, Prediger.«

»Edmond.«

Bowman stieß Rauch aus.

»Ich werd's versuchen, aber ich garantiere für nichts.«

12

Sie kamen am Lager der Siedler vorbei, die am Vortag die Kräfte ihrer Zugtiere erschöpft hatten und nun lange warten mussten, bis es weiterging. Peevish trabte zum Kreis der Planwagen, und Arthur sah ihn mit einigen Männern sprechen, bevor er zu ihm zurückkehrte.

»Sie waren nicht interessiert.«

»Nicht mal für eine Decke?«

Der Priester zuckte die Achseln.

»Es sind Mormonen, sie ziehen nach Salt Lake City.«

Bowman blickte zu den Planwagen.

»Ryan hat von ihnen gesprochen, in New York. Was werden sie dort tun?«

»Es ist ihre Hauptstadt.«

»Ryan sagte, sie hätten sogar eine Armee.«

»Als sie im Osten Schwierigkeiten bekamen, haben sie beschlossen, sich im Utah-Territorium niederzulassen, in einer Wüstengegend. Aber vor drei Jahren hat die amerikanische Armee eine Expedition zu ihnen geschickt, weil man Angst hatte, sie würden sich abspalten. Sie haben ihren Propheten zum Gouverneur gewählt.«

»Ihren Propheten? Woran glauben sie?«

»Der Gründer ihrer Kirche und der erste Prophet, den sie verehrten, war Joseph Smith; er wurde von abtrünnigen Gläubigen ermordet. Bevor er Prophet wurde, hatte er ein bewegtes Leben voller finanzieller Probleme und Schwierigkeiten mit eifersüchtigen Ehemännern. Wenigstens erzählen das seine Gegner. Angeblich ist Smith ein Engel namens Moroni erschienen, als er unter einem Baum im Staat New York kniete, und hat ihm goldene Tafeln mit einer fremdartigen Schrift übergeben. Er soll auch eine Zauberbrille gefunden haben, dank derer er die Schrift übersetzte und das Buch Mormon verfasste. Das ist jetzt ihr Evangelium. Sie sind polygam. Das heißt, ihre Männer haben mehrere Frauen. Ihre

Kirche hat großen Erfolg. Auch deshalb haben sie immer wieder Probleme mit den anderen christlichen Kirchen des Landes gehabt.«

Bowman lächelte.

»Nicht wegen der Zauberbrille?«

»Nein.«

»Wie ist die Expedition der Armee ausgegangen?«

»Seit dem Goldrausch in Kalifornien vor zehn Jahren verläuft die Route nach Westen durch das Gebiet der Mormonen. Bei der Überquerung der Rocky Mountains ist man auf sie angewiesen. Die Regierung musste verhandeln, und das Einzige, was sich danach verändert hat, ist, dass der Gouverneur des Staates heute kein Mormone mehr ist. Diese Kirche ist stärker als die amerikanische Regierung gewesen.«

»Offenbar gefällt dir das.«

»Ich verstehe ihren Kampf zur Verteidigung ihres Glaubens.«

»Du hast dich doch nicht so sehr verändert, Prediger.«

Sie grinsten beide.

»Aber irgendwann musst du noch ein paar gute Christenmenschen finden, denn du hast immer noch keine Decke, und die Nächte sind nach wie vor kalt.«

Sie fielen ein paar Meilen lang in Trab, um die Entfernung zum Siedlertreck zu vergrößern.

Peevish kannte diesen Teil der Piste nicht, aber er war schon einmal am Ufer des Platte River entlanggereist und hatte dabei die Außenposten der Mormonen etwa hundert Meilen weiter auf dem Weg nach Salt Lake City erreicht. Dort verlief der große Trail nach Westen, den alle Siedler, aber auch die gewöhnlichen Postkutschen und der Pony Express benutzten.

»Als ich dort war, gab es noch keine Städte, nur provisorische Camps, Pferdekoppeln und Relaisstationen. Ich weiß nicht, wie es heute ist. Städte entstehen innerhalb von ein paar Wochen. Wir sollten heute Abend auf die Hauptpiste stoßen.«

»Ist das auch der Weg der Postlinien?«

Der Priester bemerkte Bowmans Ungeduld.

»Wenn man am Platte River in einen Reisewagen der Post einsteigt, kann man in zwei Wochen in San Francisco sein, in einer Woche erreicht man Saint Louis.«

»Verdammt, ich hätte mein Geld nicht aus der Hand geben sollen.«

»Welches Geld?«

»Ich hatte zweitausend Dollar. Die habe ich jemandem in Texas gegeben.«

Peevish trieb sein Pferd ein wenig an, um dicht an Bowman heranzukommen.

»Wo haben Sie so viel Geld aufgetrieben? Und wem zum Teufel haben Sie es gegeben?«

»Ich habe mir gesagt, dass ihr – du und Penders – keinen Penny besitzt und dass ich, um euch zu finden, auf die gleiche Weise reisen muss wie ihr.«

Peevish kratzte sich am Kinn.

»Das klingt vernünftig. Aber wem Sie es gegeben haben, weiß ich damit noch nicht. Und auch nicht, woher dieses Geld kam. Zweitausend Dollar, das sagten Sie doch?«

»Es war das Geld von Reeves.«

»Reeves?«

»Der Kapitän der *Sea Runner*.«

Peevish dachte einen Moment nach. Der Name sagte ihm etwas. Er runzelte die Stirn, sein Lächeln verschwand, und er sagte sehr leise: »Das Fischerdorf.«

Arthur vermied es, den Priester anzusehen, und achtete darauf, die Gedanken nicht zu stören, in die er versunken war. Die Fahrt auf der *Sea Runner*, das Dorf in Flammen, der Fluss, der Regen, die Leichen auf der Dschunke, der grüne Urwald, die Käfige, die Schreie.

Bis sie abends ihr Lager errichteten und einschliefen, äußerte Peevish kein Wort mehr.

Arthur erwachte mitten in der Nacht und stürzte sich zu seinem Gewehr. Peevish erlebte offenbar einen Albtraum, er schrie gellend. Die Schreie des einen weckten den anderen auf. Wie damals. Und Bowmans Narben hinderten Peevish daran, die seinen zu vergessen.

Als der Morgen graute und der Priester nach unruhigen Stunden endlich wieder eingeschlafen war, schweißbedeckt und Unverständliches murmelnd, nahm Arthur Papier und Feder aus seinem Reisesack, um rasch ein paar Zeilen zu schreiben.

Alexandra,
ich habe den Prediger wiedergetroffen, den ich suchte. Er war es nicht, und jetzt reisen wir zusammen. Wir suchen den anderen, Erik Penders, der noch Vorsprung hat und nachts die gleichen Albträume haben muss wie wir.
Gemeinsam ist es nicht möglich, dem zu entkommen, was man ist und wer man war.
Es ist eine Illusion, zu glauben, dass man sich ändern könnte.
Wir haben den falschen Weg eingeschlagen, aber jetzt haben wir keine Wahl mehr. Entweder müssen wir hier daran glauben, oder wir werden wahnsinnig.
Ich denke an Sie, und ich bin sicher, Sie hatten recht damit, dass Sie weiterzogen. Hier gibt es nichts.

*

Die ersten Relaisstationen an der Route des Pony Express ließen sie links liegen. Arthur begann wieder zu jagen. Der Trail führte über Hochplateaus, die von ausgetrockneten Flussläufen durchzogen waren. An ihren Rändern erhoben sich felsige Gipfel, die von fern wie Türme oder Kathedralen aussahen. Einige Dutzend Meilen weiter südlich sah man die Gipfel der Rockys am Horizont aufgereiht wie die Zähne einer Säge. Bei Sonnenaufgang und in der Abenddämmerung reflektierten sie das rötlich strahlende Sonnenlicht.

Solange sie sich von den erjagten Tieren ernähren konnten, hielten sich Bowman und Peevish abseits der Hauptpiste. Ab und zu sahen sie die von einem Treck oder einer Kutsche aufgewirbelten Staubwolken in der Ferne. Sie blieben im Schatten der Berge am Rand des Plateaus, wo sie Wasser und Deckung durch Bäume fanden. Sie trieben ihre Tiere an und warteten die Nacht ab, bevor sie Rast machten, um dann noch vor Sonnenaufgang weiterzureiten. Bowmans Wunde war verheilt, seine Rippen taten ihm kaum noch weh. Sie hätten noch längere Zeit auf diese Weise weiterreisen können, aber sie waren nicht nur von Menschen, sondern auch von Nachrichten abgeschnitten und wussten nicht, ob sie immer noch in die richtige Richtung ritten, ob Penders weit weg war oder ob sie ihn vielleicht schon überholt hatten.

Am vierten Tag tauchte eine weitere Relaisstation vor ihnen auf. Peevish ging allein hinein, um ein paar Lebensmittel zu kaufen und zu versuchen, Neuigkeiten aufzuschnappen. Arthur erwartete ihn im Wald. Nach vier Stunden kam der Priester zurück. Er legte seine Einkäufe ab: Tabak, Mehl, Kaffee und zwei Flaschen Whiskey.

»Niemand hat einen allein reisenden Engländer gesehen. Und entlang der Piste scheint nichts passiert zu sein.«

Bowman sah enttäuscht aus.

»Kein Mord?«

»Nein. Zwei Tagesreisen von hier entfernt gibt es eine neue Stadt, Rock Springs. Vielleicht haben wir dort mehr Glück.«

Peevish hatte in mürrischem Ton gesprochen. Bowman griff nach einer der Flaschen.

»Was ist los, warum siehst du so griesgrämig aus?«

Peevishs Miene verfinsterte sich noch mehr.

»Von Erik habe ich nichts gehört, aber ...«

»Hör auf, ihn so zu nennen.«

»Warum?«

»Wir kennen ihn nicht mehr.«

Der Priester richtete sich auf.

»Ich nenne ihn, wie ich will. Nein, ich habe nichts über ihn erfahren, aber die Angestellten dort haben über Sie gesprochen.«

Arthur blieb ruhig.

»Vor zwei Tagen ist ein Trupp von zwölf Männern, sechs von Bent and Saint-Vrain und sechs von der Mine Gregory, hier vorbeigekommen. Die Firmen bieten inzwischen tausend Dollar für die Ergreifung des Mannes, der das Siedlercamp in Brand gesteckt, die Indianer zu befreien versucht und die Kiste mit dem Gold gestohlen hat. Die beiden Fälle werden zu einem.«

»Und?«

»Es fängt wieder an wie in London, Sergeant. Sie suchen Sie wegen dem Mord an dem Vorarbeiter, und sie glauben, dass Sie der Komplize der Komantschen wären, die sie gehängt haben.«

Bowman reagierte nicht. Peevish trank einen Schluck Whiskey und stellte die Flasche zwischen seine Beine, ohne sie zuzuschrauben.

»Sie wissen nicht, wo Sie sind. Dieser Trupp folgt der Piste nach Westen, andere suchen im Osten und im Süden. Aber jetzt gibt es für alle nur noch einen einzigen Engländer, und er sieht Ihnen ähnlich – wie Sie Erik ähnlich sehen.«

Bowman ballte die Fäuste.

»Hör auf, ihn so zu nennen.«

»Auf den Pisten gibt es nur noch einen einzigen Namen, Ihren Namen: Sergeant Bowman.«

»Hör auf, das zu sagen. Ich bin nicht wie er.«

Peevish hob die Flasche. Der Alkohol schmeckte ihm nicht, aber er trank weiter.

»Ich bin nicht der Einzige, der das sagt.«

Er leckte sich über die Lippen und verzog dabei das Gesicht.

»Wenn Sie mich bitten, kein Mitgefühl mehr mit ihm zu haben, darf ich auch kein Mitgefühl mehr mit Ihnen haben.«

Arthur warf ihm einen verächtlichen Blick zu.

»Geh zurück in die Kirche und predige dort, Prediger. Du bist nicht geschaffen für diese Arbeit.«

Bowman drehte sich um und ging.

»Sie irren sich, Sergeant. Ich werde Erik nicht aufgeben. Und Sie entkommen dieser Sache nicht.«

»Welcher Sache?«

»Der Sache, die anfing, als Sie mich an Bord der *Joy* ausgewählt haben.«

Der Priester streckte sich aus und stellte die Flasche auf seinen Bauch.

»Es war meine erste Narbe. Buffords Messerstich.«

Bowman beobachtete die Piste. Es war zu spät, um aufzubrechen. Die beiden Männer blieben, wo sie waren, und tranken Whiskey, bis kein Tropfen mehr davon übrig war. Betrunken schliefen sie ein, mit trockenem Mund und schwerem Kopf, ohne Feuer zu machen.

Zwei Tage lang zogen sie am Fuß der Berge weiter und näherten sich dem Trail erst wieder auf der Höhe von Rock Springs. Der Ort bestand aus einigen Baracken und einer Relaisstation. Sie blieben im Schatten und ließen die sonnenbeschienene Hauptstraße nicht aus den Augen. Zur Mittagszeit kam ein Reisewagen mit drei Passagieren, und etwas später galoppierte ein Reiter des Pony Express in den Korral, wechselte in Windeseile das Pferd und galoppierte weiter.

Die kleine Stadt belebte sich nur, wenn Postreiter oder Kutschen einfuhren. Ein größeres Bauwerk, das gerade von Arbeitern mit einem Dach versehen wurde, verband die Relaisstation mit ihren Ställen und Koppeln. Der Rest der Häuser, nicht mehr als eine Handvoll, waren nachlässig errichtete Blockhäuser. Sie standen am Rand der Hochebene von Wyoming. Hinter Rock Springs begannen die Rockys. Als letzte Etappe vor den Bergen erwachte der Ort allmählich wieder zum Leben, nachdem die winterlichen Schneefälle aufgehört hatten und die Pässe wieder offen waren. Für Arthur und den Priester war es ein notwendiger Haltepunkt, bevor sie sich nach Salt Lake City auf den Weg machten.

»Du gehst als Erster. Wenn alles gut läuft, gibst du mir ein Zeichen.«

Bowman beobachtete Peevish, der den Ort durchquerte und vor dem noch nicht ganz fertig gebauten Gebäude neben der Relaisstation anhielt. Er sah ins Innere und tat, als würde er die Arbeiter auf dem Dach grüßen. Doch er schwenkte seinen Hut in Bowmans Richtung, worauf dieser den Baumschatten verließ und ihm folgte. Als er die menschenleere Straße überquerte und an Saloon, Hotel und dem einzigem Laden vorbeikam, grüßten ihn die Dachdecker. In den Häusern nahm er undeutliche Gestalten war, und vor einem Stall der Relaisstation striegelte ein Neger ein staubiges Pferd. Der junge Schwarze warf ihm einen Blick zu. Statt seinen Weg fortzusetzen, brachte Bowman seinen Mustang zum Stehen und band Walden einige Meter von Peevishs Schecken entfernt an einen Pfosten. Wenn er Rock Springs durchquerte, ohne seinen Ritt zu unterbrechen, würde ihn das zweifellos verdächtiger machen, als wenn er anhielt, um einen Schluck zu trinken.

Die Theke des Verkaufsladens war so lang, dass sie am anderen Ende als Tresen des Saloons diente, und die Tische, an denen man trank, waren auch die Tische für die Hotelgäste, die hier zu Mittag speisten. Es gab einen alten Ofen, zusammengewürfeltes Mobiliar, ein halb leeres Regal, und durch die rissigen Wände fielen grelle Sonnenstrahlen. Es roch nach Gewürzen und nach Alkohol.

Peevish redete erregt mit dem Wirt. Er lehnte am Tresen, und hatte ein Glas Wasser und ein Glas Bier vor sich stehen. Zwei Tische waren besetzt. Drei Männer debattierten, über eine Karte gebeugt, über Grundstücke und Hektarpreise, einer von ihnen war gut gekleidet, die anderen beiden schienen einfache Arbeiter zu sein. Ein alter Mann trank ganz für sich Kaffee und blätterte dabei in einer alten Zeitung. Alle hoben den Kopf, als Arthur eintrat. Er zog sich einen Stuhl heran und grüßte mit der Hand am Hutrand.

Der Wirt entschuldigte sich bei Peevish und fragte Bowman, was er trinken wolle.

»Whiskey.«

Peevish, der große Augen gemacht hatte, als er ihn hatte eintreten sehen, zog die Schultern hoch und drehte sich zum Tresen.

Der Wirt brachte Arthur sein Glas.

»Na so was, mit Pfarrer Peevish dort drüben sind Sie heute schon der zweite Besucher von Rock Springs! Wohin wollen Sie?«

Arthur grüßte Pfarrer Peevish, der ihm ein zerknirschtes Lächeln schenkte, und antwortete, dass er nach Westen reite. Sein amerikanischer Akzent war nicht sehr überzeugend, doch seine abweisende Haltung bewirkte, dass der Wirt ihn allein ließ und zum Tresen zurückging, um sich weiter mit dem Geistlichen zu unterhalten.

»Klar, wir haben auch schon von Bowman gehört! Ich glaube, sie kriegen ihn nicht. In diesem Land kann sich ein Mann, der zu jagen versteht, noch zwei- oder dreihundert Jahre lang verstecken, bevor man ihn findet! Vor allem ein Bursche, der mit Indianern gelebt hat. Wenn er hier vorbeigekommen wäre, hätten wir ihn gesehen, kein Zweifel. Die Leute, die ihm auf den Fersen sind, weil sie scharf sind auf die Belohnung, werden ihm bis zum Pazifik folgen und dann umdrehen, das sage ich Ihnen. Es gibt Gerüchte, nach denen er zusammen mit einem Kerl, der ihm ähnlich sieht, über die Pässe gekommen ist, aber solche Geschichten hört man ständig, und die Männer vom Suchtrupp sind weitergeritten, ohne sie zu glauben. Nach zwei Wochen in gestrecktem Galopp von Bent's Fort ging ihnen schon ein bisschen der Mut aus. Einer von ihnen hat sich verletzt und ist hier geblieben, in meinem Hotel.«

»Das heißt, er ist immer noch hier?«

»Natürlich! Sein Bein ist gebrochen.«

Der Wirt beugte sich selbstsicher zu Peevish und sprach laut, damit alle im Raum seine Zuversicht bemerkten:

»Und er hat den Mörder selbst gesehen, weil er in Bent's Fort war, als Bowman versucht hat, den Komantschen zur Flucht zu verhelfen!«

Er richtete sich auf und wandte sich der Treppe hinter dem Tresen zu.

»Na so was! Gerade haben wir von Ihnen gesprochen, Mr. Nicholson.«

Ein Mann kam geräuschvoll die Treppe herunter, mit geschientem Bein, eine Hand am Geländer, mit der anderen eine Krücke haltend. Er hinkte zum Tresen. Der Wirt schenkte ihm ein.

»Ich habe Pfarrer Peevish gerade erzählt, was Ihnen passiert ist, als Sie diesen Mörder verfolgten, und dass Sie ihm von Angesicht zu Angesicht gegenüberstanden.«

Der Mann mit der Krücke wandte sich an den Priester.

»Genau so, wie ich Ihnen jetzt gegenüberstehe. Ich habe diese dreckigen Rothäute bewacht, und Bowman ist an mir vorbeigekommen, er war mir ganz nah, wie Sie jetzt, Reverend. Und etwas später habe ich gesehen, wie er sich davongemacht hat, nachdem er zwei meiner Kollegen erschossen hat. Ein Wilder. Er feuerte auf alles, was sich bewegte. Aber ein anderer Indianer hat ihm geholfen, und deshalb ist es ihnen geglückt, zu fliehen.«

Der Mann leerte sein Glas zur Hälfte und stellte es knallend ab. »Den Indianer haben sie in Woodland gekriegt. Wir haben uns um ihn gekümmert, aber er hat nichts ausgespuckt, absolut nichts. Auch er ein zäher Brocken.«

»Ist er im Gefängnis?«

Nicholson sah den Priester mit einem nachsichtigen Lächeln an.

»Es soll nicht so aussehen, als würde ich mich darüber freuen, Reverend, aber wir haben ihn ohne langes Federlesen aufgehängt. Die Füße nur zehn Zentimeter vom Boden entfernt, sodass er zwei gute Minuten brauchte, um endlich ins Gras zu beißen. So was hab ich noch nie gesehen, Herr Pfarrer. Dieser Kerl hat sich tatsächlich kein bisschen bewegt. Er hat uns sogar noch ins Gesicht gesehen und gegrinst, während er erstickte. Ein zäher Brocken oder ein Irrer, ja. Verdammte Rothäute.«

Nicholson nahm sein Glas in die Hand – vielleicht, um die Erinnerung an diesen Indianer auszulöschen, der lächelnd gestorben war –, doch dann hielt er plötzlich inne. Seine Mundwinkel hoben sich – war das ein Scherz? Der Wirt war bleich geworden und hob die Arme. Nicholson drehte sich um, seine Krücke fiel auf den Boden, und er stützte sich am Tresen ab. Peevish entfernte sich aus Bowmans Schussfeld. Als dieser sein Gewehr entsicherte, lehnten sich die Männer an den Tischen unwillkürlich zurück, ohne dass sie wagten aufzustehen.

»Nicht bewegen.«

Bowman zielte auf Nicholson und ging langsam auf ihn zu, bis der Lauf des Gewehrs seine Stirn berührte.

»Wirf deine Pistole weg.«

Nicholson machte in die Hose. Sacht tröpfelte sein Urin auf die Holzbohlen unter seinen Füßen.

»Töten Sie mich nicht, Mr. Bowman.«

Als er seinen Namen aussprach, ging eine deutliche Bewegung durch die Anwesenden, die sich dennoch nicht von ihren Plätzen rührten.

»Ich werde dir den Bauch aufschlitzen und dir deine Eingeweide um den Hals wickeln. Und dann setze ich mich auf einen Stuhl und schaue zu, wie du abkratzt.«

Peevish näherte sich mit leisen Schritten.

»Tun Sie das nicht. Fliehen Sie, mein Sohn. Fliehen Sie von hier.«

Nicholson zog langsam die Pistole aus dem Halfter und ließ sie auf den Boden fallen.

»Du, Prediger, heb sie auf und steck sie in meine Tasche.«

Peevish tat wie geheißen. Der Lauf des Henry-Gewehrs zitterte, und Bowmans Hände waren weiß. Er machte einen weiteren Schritt auf Nicholson zu und drückte seinen Kopf auf den Tresen.

Peevish streckte die Hand aus und legte sie auf den Gewehrlauf.

»Gehen Sie fort, ich bitte Sie. Das nützt doch nichts. Fliehen Sie.«

Arthur wandte sich zu Peevish, der zu weinen begann.

»Bitte!«

Dann sah Arthur Nicholson an und drückte ihm den Gewehrlauf in die Kehle, sodass die Haut aufriss.

»Du und deinesgleichen, Sklaven, die sich als Richter aufspielen, man sollte euch eine Kugel in den Rücken verpassen.«

Peevish schloss die Augen.

»Mr. Bowman, lassen Sie ihn gehen. Ich beschwöre Sie.«

Arthurs Tritt traf Nicholsons gebrochenes Bein; die Schiene brach, und das Knie knickte in die falsche Richtung. Mit einem Schrei sackte der Knecht der Firma Bent and Saint-Vrain zusammen. Bowman trat den Rückweg an; er schwenkte sein Gewehr über die Köpfe der Gäste, öffnete mit einer Hand die Tür und hielt sie mit dem Fuß offen.

»Ich schieße auf jeden, der den Raum verlässt.«

Als er draußen war, behielt er sie durch das Fenster im Auge, band sein Pferd los, stieg auf und galoppierte davon. Am Ende der Straße ließ er Walden im Kreis traben, hob das Gewehr und wartete. Als die Tür des Lokals sich öffnete, feuerte er so lange, bis das Magazin leer war, sechzehn Schuss, die die Fenster und Teile der Fassade zertrümmerten. Sergeant Bowman stieß den Schrei eines Kriegers aus wie John Doe, dann gab er Walden die Sporen und ritt quer durch die Barackensiedlung auf die Piste zu. Am Ausgang der Stadt verschwand er im Wald, beschrieb einen Halbkreis von mehreren Meilen und näherte sich dann auf etwa hundert Meter der Piste. Er sprang vom Pferd, postierte sich hinter einem Felsen und lud erneut sein Gewehr.

Drei Stunden später sah er Peevish direkt vor sich, der in gemächlichem Tempo in Richtung Westen trabte. Er stieg auf und folgte ihm in einigem Abstand. Als der Priester abseits der Piste sein Nachtlager aufschlug und das Feuer in der Dunkelheit zu leuchten begann, wartete er noch eine Stunde, bevor er sich zu ihm gesellte. Die beiden Männer wechselten einen Blick. Peevish bestieg sein Pferd, dessen Sattel er nicht abgenommen hatte. Sie ritten bis zum Morgengrauen.

War der Suchtrupp, der Bowman verfolgte, bislang vielleicht einen Moment lang zum Aufgeben bereit gewesen, so gab es nun kein Halten mehr. Die Nachricht von dem Zwischenfall in Rock Springs verbreitete sich mit der Schnelligkeit der Pferde des Pony Express entlang des Trails. Sie schliefen am Tag, hielten abwechselnd Wache und ritten nachts weiter, auf abschüssigen Wegen abseits der Hauptroute, eine ganze Woche lang, bis sie Salt Lake City erreichten. Nur hin und wieder mussten sie doch die gebahnte Piste nehmen, wenn unpassierbare Klüfte und Felsspalten sie am Weiterkommen hinderten, doch dann entfernten sie sich auch so schnell wie möglich wieder von der allzu belebten Strecke. Einen ganzen Tag lang mussten sie, da eine Schlucht ihnen den Weg versperrte, ein paar Hundert Meter vom Hauptweg entfernt ihr Lager aufschlagen. Sie konnten kein Feuer machen und harrten bei eisigem Wind und ohne Wasser aus, während mehrere Siedlertrecks an ihnen vorbeizogen.

Nach vier Tagen hatten sie den Pass erreicht, der die beiden Teile der Rocky Mountains voneinander trennte – eine Wasserscheide –, und wandten sich erschöpft, ausgehungert und vor Dreck starrend mitten in der Nacht gen Westen. Nachdem sie lange aus den Quellen getrunken hatten, die in Richtung Osten, zum Atlantik flossen, ritten sie nun hastig die Abhänge der anderen Seite hinunter und folgten den Wasserläufen, die in Richtung Pazifik strömten. Arthur erlegte ein Dickhornschaf, das sie halb roh verschlangen, worauf sie ihren Weg mit Bauchkrämpfen und Durchfall fortsetzten. Weil sie so oft steinige Hänge hatten erklimmen müssen, war ihre Kleidung zerschlissen. Auch die Pferde waren am Ende, und sie mussten die halbe Strecke abwärts neben ihnen herlaufen.

Narben und alte Verletzungen machten ihnen zu schaffen, und ihre Müdigkeit war grenzenlos. In diesen Tagen schienen sie um Jahre zu altern, und selbst die Energie, die ihnen das Fleisch verlieh, genügte nicht, ihnen ihre alte Spannkraft zurückzugeben. Als sie Salt Lake City erreichten, empfanden sie nicht einmal mehr Erleichterung. Einige Meilen vor der Stadt, an einer Quelle, sanken sie zu Boden und schliefen einen ganzen Tag und eine Nacht. Am nächsten Tag schafften sie es, sich aufrecht zu halten, und darüber freuten sie sich.

Der Priester schnitt sich seinen Bart, rasierte sich, wusch seine Kleider und seinen Kragen. In seiner langen Unterhose im Wasser stehend, rieb er seinen Körper ohne Seife so lange, bis der Geruch sich ein wenig gemildert hatte. Arthur hatte beschlossen, die Stadt im Süden zu umrunden, in einem großen Bogen die Häuser zu umgehen und weiterzureiten bis zu den Bergen auf der anderen Seite des weiten Tals, wo er auf Peevish warten wollte.

Der Priester, der sich seit Langem wieder einmal ein wenig erfrischt fühlte, zählte ihre letzten Dollar.

»Sie müssen noch zwei Tage durchhalten. Ich bringe Ihnen etwas zu essen.«

Die beiden Männer musterten das Tal und die schnurgeraden Straßen der Stadt, die doppelt so groß war wie Denver. Eine Zeit lang schwiegen sie, sammelten Mut. Sie wechselten kein Wort, wussten aber, dass sie nach einer Woche, in der sie sich vor Kälte schlotternd eng aneinandergeschmiegt hatten, nicht nur Erleichterung, sondern auch Angst davor verspürten, sich voneinander zu trennen.

Bowman ging in die Hocke. Während er auf einer Wurzel kaute, dachte er wieder an John Doe, wie er von den Bergen aus auf Woodland geblickt hatte, bevor sie hinunterritten. *Ich ziehe es vor, mich hier schon zu verabschieden.*

»Wenn du nicht wiederkommst, wenn es Schwierigkeiten gibt, Prediger, versuch, deine Haut zu retten. Denk nicht an mich, denk nur daran, wie du dich rettest. Wenn du zu der Entscheidung kommst, dass du genug hast, werde ich das auch verstehen. Ich rechne mit zwei Tagen bis zum Pass, und ich bleibe noch einen Tag lang dort. Danach reite ich weiter, mit dir oder ohne dich.«

»Ich werde dort sein, Sergeant.«

»Denk noch mal drüber nach, wenn du in einem richtigen Bett liegst und mit meinem Geld ein Steak isst. Mach, was du willst. Du schuldest mir nichts, Peevish. Vielmehr stehe ich in deiner Schuld.«

Peevish kauerte sich neben ihn.

»Sergeant, ich werde kommen.«

Der Priester lächelte und zeigte seinen verfaulten Gaumen. Bowman sah ihn an und senkte den Blick.

»Du musstest mir nicht folgen. Zu keiner Zeit. Weder du noch die anderen. Ich kann ihn allein aufspüren.«

»Ich weiß, Sergeant.«

Arthur stand auf, ging zu seinem Pferd und nahm den Reisesack von seinem Rücken. Er öffnete ihn und gab Peevish die kleine Ledermappe der englischen Bank.

»Wenn du mich nicht wiederfindest, musst du dich um das hier kümmern.«

»Was ist das?«

»Alles, was ich seit zwei Jahren getan habe, seit dem Mord im Kanal, und ein paar Briefe. Du musst dich daran erinnern, Peevish: Alexandra Desmond in Reunion, Texas, nicht weit von Dallas entfernt. Wenn wir uns nicht wiedersehen, musst du das alles dorthin schicken. Alexandra Desmond, Reunion, Texas.«

Peevish strich mit der Hand über das abgenutzte Leder und wollte Bowman die Mappe zurückgeben.

»Nicht nötig, Sergeant. Ich werde kommen.«

»Ich will nicht, dass das hier mit mir verschwindet. Du kannst immer entkommen.«

»Sie wissen nicht mehr, was Sie sagen. Sie werden auch entkommen, Sergeant.«

Arthur schob die Mappe zurück.

»Kümmere dich darum, Peevish. Es ist alles, was ich hinterlasse, und ich hätte nicht gedacht, dass es so viel ist.«

Der Priester schüttelte den Kopf. Bowman grinste ihn an.

»Es ist das Letzte, was ich von dir verlange.«

Peevish verstaute die Mappe mit den Dokumenten in seinem alten Koffer, der am Sattel des Schecken hing, und drehte sich wieder zu Arthur um.

»Sergeant, wer ist diese Frau?«

»Jemand, den ich getroffen habe. Auch ihr habe ich gesagt, ich käme zurück. Aber das steht nicht immer in unserer Macht.«

Der Priester versuchte zu lächeln.

»Haben Sie ihr das Geld von Reeves gegeben?«

Bowman antwortete nicht. Peevish streckte ihm die Hand hin. Arthur sah ihn an, das alte Gespenst, und fand in den Augen des Priesters etwas von dem Licht wieder, das er an Bord der *Healing Joy* gesehen hatte, als er ihn gefragt hatte, ob er jemandem auf dem Schiff vertraue.

»Ich bin froh, dass wir das zusammen durchgestanden haben. Jetzt hau ab.«

Peevish stieg in den Sattel, gab dem Schecken die Sporen und drehte sich um.

»Wir sehen uns in drei Tagen.«

»Ja, in drei Tagen.«

13

Arthur fand einige Sträucher, deren Wurzeln er ausgrub und mitnahm. Das Tal war flach und heiß, es speicherte das Sonnenlicht zwischen den Bergen. Nachdem sie sich tagelang in den Rockys versteckt gehalten hatten, ritt er nun ohne Deckung, doch er fühlte sich auch nicht bedroht. Fünfzehn Meilen von der Stadt und der Piste entfernt sah er zum ersten Mal seit Wochen keine Menschen mehr und hörte auch die gewöhnlichen Geräusche der Planwagentrecks nicht mehr. Er kletterte die steinige Böschung eines Flusses hinunter, band Walden an einen Fels und ließ ihn trinken und fressen, während er auf die Jagd ging.

Eine halbe Stunde legte er sich hinter dem Gebüsch auf die Lauer, dann schoss er einen Hasen und kehrte zum Fluss zurück, um ihn zu braten. Er zog sich aus und tauchte ins Wasser, rieb seine Kleider mit einem Stein ab und ließ sie in der Sonne trocknen. Dann legte er sich unter einen Felsvorsprung und schlief ein. Als er erwachte, war seine Haut rot, und seine Narben schmerzten. Er aß noch ein wenig von dem Hasen, öffnete seinen Reisesack und packte seine Sachen aus. Schreibzeug, der Rest seines Schreibblocks, das Buch von Thoreau, zerschlissene Wäsche, ein Hemd in einem etwas besseren Zustand. Er zog es an. Es schlotterte um seine abgemagerten Arme und Schultern. Inzwischen ähnelte er dem Priester mehr, als er sich je hätte vorstellen können. Als er seine alte Arbeitshose auspackte, die noch keine Löcher am Hintern hatte, fiel das Pulverhorn auf die steinige Erde. Er drehte es zwischen den Händen und ließ die Sonne auf dem Perlmutt spielen. Die silbernen Intarsien waren oxydiert und schwarz geworden. Eine Stunde lang polierte er sie mit seinem alten Hemd, bis sie wieder hell glänzten. Dann nahm er die Feder, tauchte sie in die Tinte und setzte sich hin, um zu schreiben.

Er versuchte sich an Thoreau zu erinnern, daran, wie der Schriftsteller ausdrückte, was er erlebte und empfand. Er wollte nichts Kompliziertes oder Poetisches schreiben, nur versuchen, etwas zu erzählen. Die Briefe und Notizen, die er Peevish gegeben hatte, waren für Alexandra. Der Rest des Schreibblocks gehörte ihm. Er schrieb langsam die ersten Wörter.

Brief an den weißen Indianer und all meine anderen Gespenster

Ich sitze in der Sonne in einem Tal von Utah, in der Nähe einer Stadt, die voller Menschen ist, die glauben, eine Zauberbrille könnte sie retten und ein ermordeter Prophet würde die Erlösung bringen. Ich sehe ein Pulverhorn in der Sonne glänzen, das ich mir in Bombay habe machen lassen, aus Perlmutt und Silber. Seit Langem trage ich es bei mir, aber ich habe den Eindruck, eigentlich ist es mir die ganze Zeit gefolgt. Es ist ein Geschenk, das ich mir selbst nach einem Sieg machte, in der Zeit, in der ich als bezahlter Mörder für die Ostindische Kompanie arbeitete. Ich bin Soldat geworden, weil in dem Viertel von London, wo ich aufwuchs, das Elend die Kinder schneller tötete als die Cholera. Das Pulverhorn ist mir gefolgt, als ich auf einem Schiff war, in einer kleinen Bucht an der birmanischen Küste, wo ein Fischerdorf in Flammen stand. Seitdem ist es, als wären die Schreie der Frauen und Kinder darin eingeschlossen – so wie die letzten Träume einer verschwundenen Stadt in eine kleine Flasche eingeschlossen waren, die ich später bekam.

Ich heiße Arthur Bowman, und als Kind hatte ich nie einen Spitznamen. Man hat mich immer nur Bowman genannt. Als ich Schiffsjunge wurde und das Meer entdeckte, war ich seekrank. Aber ich bin an Deck geblieben und habe auf den Ozean geschaut, bis die Übelkeit aufhörte und ich anfing zu schielen, weil ich den Blick nicht von den schwankenden Wogen abwandte. Ich habe beschlossen, nicht aufzuhören mit dem Reisen, und so bin ich jetzt in Amerika, fünfundzwanzig Jahre später, und versuche,

*aus einem Pulverhorn herauszukommen, in dem ich seit acht
Jahren gefangen bin.
Ich habe oft mit ihm gesprochen, jetzt höre ich ihm zu.*

*

Am Morgen des dritten Tages erwachte er vor Sonnenaufgang und
bedeckte die letzte Glut seines Feuers mit Steinen. Er hatte zwei
Tage lang geschrieben, das Pulverhorn immer vor Augen, und im
Hintergrund die endlose Fläche des Großen Salzsees. An einem
Hang fand er ein Versteck in den Felsen, von dem aus er einen guten Ausblick auf die Piste hatte. Hinter den Rocky Mountains kletterte die Sonne am Himmel entlang, und ihre Farben spiegelten
sich in dem ausgetrockneten See. Den ganzen Tag lang wartete
er auf den Priester, während er mechanisch die Planwagenkolon-
nen zählte, die in Richtung Kalifornien an ihm vorbeirollten. Am
Abend zog er sich wieder in die Hügel zurück und schlug sein Lager auf. Am nächsten Morgen war er wieder an seinem Aussichts-
posten. Der Priester hätte schon am Vortag eintreffen müssen. Als
die Sonne im Zenit stand, war er immer noch nicht da. Arthur
wartete weiter. Der Nachmittag ging zu Ende.

Er hatte sich darauf eingerichtet, Peevish nicht wiederzusehen.
Er hatte ihm viel zugemutet, aber wenn der Priester so verrückt
war, sich ihm anzuschließen, war es nur recht und billig, ihm noch
ein wenig Zeit zu lassen. Und außerdem brauchte Arthur Zeit, um
seine Geschichte aufzuschreiben.

Weitere Gruppen von Reisenden zogen vorbei, Reisewagen,
Fuhrwerke, einfache Karren. Doch Peevish war nicht dabei. Die
Sonne ging wieder unter, es wurde dunkel, und es gab keinen
Grund, länger zu warten. Zwei Reiter kamen vorbei, gefolgt von
Packpferden, und noch ein Treck. Dann richtete Arthur sich auf,
streckte sich, zurrte den Sattelgurt fest und bestieg sein Pferd.

Vorsichtig ritt er den Hang hinab und folgte dann der Piste, wo
ihn bald die Dunkelheit schützen würde. Er folgte den Bäumen
und Wiesen, die er von der Höhe herab gesehen hatte. Walden
schien ganz ruhig zu sein, sein Schritt war geschmeidig, und er

hob den Kopf, um leise zu schnauben. Der Mond schien, und die Sterne waren aufgegangen. Allmählich löste sich der Weg von dem Großen Salzsee, und der Reiter passierte unauffällig die Feuer der Siedler.

Plötzlich stellte Walden die Ohren auf.

»Was ist los?«

Arthur hielt an und lauschte. Doch er hörte nur den Gesang der Insekten und das leise Rauschen des Windes. Er ritt weiter. Walden bewegte aufmerksam die Ohren. Er hielt wieder an. Es kam ihm so vor, als würde er seinen Namen rufen hören, doch dann war er sicher, dass er sich das nur einbildete. Vielleicht brauchten sie beide, Mensch und Tier, noch eine Weile, um sich wieder an die Einsamkeit zu gewöhnen.

»Es ist niemand da. Weiter.«

Walden überlief ein Schauer. Dieses Mal hörten sie es beide. Arthur zog die Zügel an, drehte sich um und erstarrte mitten auf der Piste. Das Geräusch wurde durch den Wind überdeckt, doch es gab keinen Zweifel: Ein Pferd galoppierte hinter ihm her, und sein Name wurde gerufen. Er stieg ab, zog das Pferd an die Seite und entsicherte das Gewehr. Walden war unruhig.

»Schhh. Ruhig.«

Jemand schrie seinen Namen. Galoppierende Hufe näherten sich.

»Bowman!«

Er erkannte eine Gestalt.

»Bowman!«

Er kannte diese Stimme, ohne sie jemandem zuordnen zu können. Durch die schnelle Bewegung des Pferdes klang sie heiser, verzerrt. Er zielte auf die Beine des Pferdes und legte den Finger auf den Abzug.

»Schhhh. Nicht bewegen.«

Dann sah er weiße Flecken in der mondhellen Nacht und erkannte den Schecken.

»Sergeant Bowman!«

Arthur lief auf die Piste voller Spurrillen und schrie: »Peevish!«

Der Priester zog überrascht die Zügel an und bremste aus vollem Lauf. Der Schecke bäumte sich auf, Peevish verlor das Gleichgewicht und stürzte zu Boden.

Bowman half ihm auf.

»Verdammt noch mal, Prediger, ich hätte dich um ein Haar aus dem Sattel geschossen.«

Der Schecke atmete pfeifend wie eine Lokomotive, während der Priester sich hochrappelte, Bowman schüttelte und nach Luft rang.

»Ich hab ihn verpasst. Er war da, Sergeant. Zur gleichen Zeit wie ich. Ich hab Sie gesucht. Ich wusste nicht, wo Sie sind.«

»Beruhige dich!«

Der Priester schrie: »Vor drei Stunden war Erik in Salt Lake City! Er ist direkt vor uns!«

Man hörte nur noch Peevishs keuchenden Atem und das Pfeifen seines Pferdes. Arthur drehte sich um und schwenkte das Gewehr.

»Wo ist er?«

»Ich… Ich weiß nicht… Ich bin vor drei Stunden losgeritten.«

Arthur sagte stotternd: »Aber ich habe alles beobachtet. Seit heute Morgen. Ich habe ihn nicht gesehen. Zum Teufel, Peevish, ich habe ihn nicht gesehen.«

»Er ist mit jemandem zusammen geritten. Zwei Reiter und Packpferde.«

Bowman stieg auf. Peevish hing an seinem Bein.

»Es tut mir leid, Sergeant. Ich wollte dort bleiben. Ich wollte es wirklich. Aber ich habe Fragen gestellt. Einfach so. Und es gab Leute, die ihn in einer Pension gesehen haben. Einen Engländer. Einen blonden Mann. Mit Geld. Der zusammen mit einem anderen nach Westen unterwegs ist. Geschäftsmänner. Andere sagten, dass er allein sei und schmutzige Kleider trage. Aber sie haben ihn gesehen. Einen ehemaligen Soldaten… Ich wollte nicht wiederkommen. Aber ich habe ihn gefunden, Sergeant. Ich habe ihn gefunden!«

»Lass mich. Verflucht, lass mich los!«
Arthur gab Peevish einen Tritt und galoppierte davon.

Er erreichte eine Gruppe von Häusern, und eine Laterne über einem Schild ließ ihn die Aufschrift erkennen: *Grantsville*. Einige Häuser waren noch erleuchtet.

Auf der Suche nach den Pferden, die er auf der Piste gesehen hatte, an deren Farbe er sich aber nicht mehr erinnerte, durchkämmte er Ställe und Koppeln. Die untergestellten Tiere begannen unruhig zu werden und zu wiehern. Aus den Häusern kamen Leute mit Laternen. Arthur blieb mitten im Ort stehen, ließ Walden im Kreis gehen und brüllte: »Penders!«

Er galoppierte von einem Ende der Straße zum anderen, im flackernden Laternenschein und unter den Augen der Leute, die vor dem gespenstischen Reiter erschraken.

»Penders!«

Man hörte ängstliches Geschrei von den Fenstern.

»Verschwinden Sie!«

Bowman brüllte wie ein Wahnsinniger:

»PENDERS!«

Ein Mann trat auf eine Veranda. Er hielt ein Gewehr in der Hand.

»Verschwinden Sie! Los, hauen Sie ab!«

Weitere bewaffnete Männer kamen aus den Häusern. Alle Fenster waren jetzt hell erleuchtet. Bowman versuchte, sein von der allgemeinen Aufregung verschrecktes Pferd zu beruhigen. Frauen in Morgenröcken erschienen in den Türen, drei oder vier in jedem Haus. Eine Mormonengemeinde.

»Verschwinden Sie, oder wir schießen!«

Einen Moment lang herrschte unheilvolle Stille. Walden regte sich nicht. Die Männer waren erstarrt. Bowmans Gesicht war von vielen Lampen erleuchtet. Er wusste nicht mehr, was er tun sollte, und gerade, als er nach seinem Gewehr greifen wollte, ertönte ein Schuss.

Alle wandten sich zum westlichen Ausgang der kleinen Ortschaft. Der Schuss war aus einer Entfernung von ein paar Hundert Metern, vielleicht einer Meile abgegeben worden. Arthur gab Walden die Sporen, Walden galoppierte wie der Blitz davon, und ein paar Männer, die nicht schnell genug zurückgewichen waren, wälzten sich im Staub.

Arthur hielt sich an Waldens Hals fest. Vor ihm ertönte ein weiterer Schuss. Und jemand rief:»Sergeant!«

Er drehte sich um. Peevish hatte ihn eingeholt. Der Schecke bemühte sich mit aller Kraft, zu seinem Mustang aufzuschließen. Seite an Seite ritten die beiden Männer weiter. Vor ihnen schimmerte ein Licht. Ein kleiner gelber Punkt unter dem Mond. Am Rand der Piste Zäune, Hecken, Bäume. Nur zwei Minuten, dann hatten sie das Licht erreicht. Eine Scheune.

Sie sprangen vom Pferd. Bowman gab Peevish die Pistole, die Nicholson gehört hatte.

»Nimm sie.«

Sie stiegen über einen Zaun. Eine Herde Kühe auf einer Weide. Ein Schuppen. Arthur lehnte sich an die Wand. Das Licht kam aus einem Fenster, unter dem ein gesatteltes Pferd wartete. Die Zügel schleiften auf der Erde. Sie umrundeten das Gebäude im Schutz der Kühe, die unruhig zu werden und zu muhen begannen. Die Schuppentür stand einen Spalt offen, Licht fiel auf den Boden.

Bowman signalisierte Peevish, dass er bleiben solle, wo er war, bückte sich und rannte auf die andere Seite der Tür. Im Schatten stehend, holte er tief Luft.

»PENDERS!«

Kein Laut war zu hören.

»Wirf deine Waffe weg und komm heraus!«

Peevish entsicherte seine Pistole und rief:»Erik, hier ist Peevish! Wir haben uns gesehen. Komm aus dem Schuppen heraus, Erik! Ich bin zusammen mit Bowman hier. Wir suchen dich. Es ist zu Ende, Erik.«

Die Stimme des Priesters brach. Dann nahm er all seinen Mut zusammen und schrie:»Es ist zu Ende, verstehst du? Wir holen dich!«

Bowman richtete sich auf und hob im Schein des Lichtstrahls, der durch die Tür fiel, sein Gewehr.

»Peevish, mach die Tür auf.«

Der Priester kroch zu Bowman.

»Töten Sie ihn nicht, Sergeant. Töten Sie ihn nicht.«

»Mach die Tür auf.«

Peevish senkte den Kopf und stieß eine Art Geheul aus. Mit ausgestrecktem Arm näherte er sich dem offen stehenden Türflügel und riss ihn auf. Bowman stürzte ins Innere.

Die Öllampe hing hoch oben an einem Balken. Ein noch gesatteltes Reitpferd und zwei mit Kisten beladene Packpferde bewegten sich im Dunkeln unruhig auf und ab. Da er nichts erkennen konnte, bückte sich Arthur, um zwischen ihren Beinen hindurchzusehen. Dann ging er an der Mauer entlang um die Tiere herum. Als diese die offene Tür sahen, drängten sie sich ins Freie. Arthur blieb dicht an der Mauer. Auch Peevish betrat den Schuppen, die Pistole hing in seiner willenlosen Hand, und er fiel auf die Knie.

Arthur hielt das Gewehr im Anschlag. Seine Lippen bewegten sich. Peevish hatte die Pistole fallen gelassen, die Hände gefaltet und die Augen geschlossen.

Zwischen zwei Balken war ein Mann mit nacktem Oberkörper an den Armen aufgehängt. Der Kopf war auf die blutüberströmte Brust gesunken. Genau wie *dort.*

Auf dem Boden lag Erik Penders, die Arme neben dem Körper, den Kopf in Nacken. Die Augen waren weit geöffnet. Der obere Teil des Körpers war weit nach hinten gedehnt, die Kehle war durchschnitten, und er schwamm in seinem Blut. Neben ihm ein Karabiner, in der Hand eine Pistole.

Zwei Leichen.

Arthur senkte sein Gewehr und näherte sich Penders. Auch er fiel nun auf die Knie. Er stieß einen langen Schrei aus, bis die Stimme brach, dann wiederholte er flüsternd: »Penders?«

Sergeant Penders war erst seit einigen Sekunden oder Minuten tot. Arthur spürte die Wärme seines Körpers, und das Blut strömte ihm noch aus der Kehle. Vielleicht hatte er gehört, dass

Bowman und der Priester sich näherten, vielleicht hatte er noch versucht, sie zu rufen.

Sein blonder Bart war – wie der von Arthur – grau meliert; sein Gesicht – wie das von Peevish – vorzeitig gealtert, zerfurcht und zu einer schmerzlichen Grimasse verzerrt. Der Mann, der an Bord der *Sea Runner* die birmanische Küste so scharf beobachtet hatte, trug an den Knöcheln noch das eintätowierte Zeichen der Kompanie. Bowman hockte sich auf den Boden, sein Kopf fiel vornüber, und er begann zu weinen. Der Priester kam langsam näher. Seine langen, mageren Hände glitten über die Lider von Sergeant Penders und schlossen seine Augen. Dann ging er zu dem aufgehängten Leichnam, bekreuzigte sich, wischte sich die Tränen ab und begann mit gefasster Stimme zu beten:»O Herr, nimm die Seelen dieser zwei Männer gnädig auf…«

In seinem Rücken sagte Arthur:»Das bist nicht du.«

»…schenke ihnen den Frieden, den sie auf Erden nicht kannten…«

»Warum hast du nicht auf mich gewartet?«

»…niemand verdient es, auf solche Weise zu scheiden, doch jetzt sind sie bei dir…«

»Ich habe dich gesucht, Penders.«

»…und sie werden bei dir bleiben in Ewigkeit…«

»Ich wollte nicht glauben, dass du es warst.«

»…bald werden auch wir bei ihnen sein, um die Schönheit dessen zu feiern, was wir hinter uns gelassen haben…«

»Was soll ich jetzt tun?«

Die Stimme des Priesters veränderte sich, wurde plötzlich hart und trocken:

»Und jetzt, o Herr, lass mich tun, was ich tun muss. Du kannst dich umdrehen, wenn du willst. All das geht dich nichts mehr an.«

Peevish verließ die Scheune und kehrte ein paar Minuten später mit den Pferden zurück. Die Tiere suchten nach Resten von Hafer auf dem Boden. Sie kümmerten sich nicht um die Leichen und ebenso wenig um Bowman, der nicht fähig war, sich zu bewegen. Der Priester lud das Gepäck ab, das an Waldens Sattel befestigt war, dann holte er Penders' Gepäck von dem Pferd, das noch draußen stand. Er durchsuchte Eriks Körper und leerte seine Taschen, dann auch die von Bowman, der wie gelähmt alles mit sich geschehen ließ. Als er alle Sachen vor sich ausgebreitet hatte, sortierte er sie und verteilte sie neu.

Alles, was zu Bowman gehörte, kam auf Penders' Seite, seine Kleider und das Pulverhorn. Alles, was Penders identifizieren konnte, kam zu Bowman. Daraufhin füllte Peevish die Satteltaschen des toten Soldaten mit Lebensmitteln und mit all dem Geld, das er finden konnte, durchsuchte dann auch die Kleider des unbekannten Toten, des letzten Gefährten des flüchtigen Mörders. Endlich ging er zu Arthur und half ihm beim Aufstehen.

»Sie müssen sich ausziehen, Sergeant.«

»Was machst du da?«

»Sehen Sie mich an.«

Arthurs Blick wanderte unstet hin und her.

»Sie müssen mir vertrauen.«

Als es Arthur schließlich gelang, sich zu konzentrieren, sah er Peevish direkt an.

»Vertrauen Sie mir, Sergeant?«

Bowman nickte.

Der Priester half ihm, sich seiner Kleider zu entledigen, dann zog er Penders aus und bekleidete ihn mit Bowmans Hose und Hemd.

Als das getan war, nahm er die Pistole und trat an den Leichnam heran.

»Was machst du da, Prediger?«

Peevish sah Bowman an.

»Niemand auf der Welt kennt Erik, außer uns. Er ist nur ein Name auf diesem Weg. Sie werden Erik Penders sein. Sergeant Arthur Bowman ist heute verschwunden, und ich habe ihn getötet.«

Der Priester hob die Pistole, zielte auf die Brust des Leichnams und schoss zweimal. Die Kugeln durchschlugen den Körper, als wäre er aus Stroh. Noch einmal hob er die Waffe, zielte auf Eriks Gesicht und schoss die vier restlichen Kugeln auf ihn ab, die sich noch in der Trommel befanden. Penders' Gesicht explodierte.

Nun lag nur noch ein Körper auf der Erde, der genauso groß war wie Bowman, seine Haarfarbe hatte und seine Kleider trug.

An der Seite der entstellten Leiche sank Arthur bewusstlos zu Boden.

Als er erwachte, war der hochgewachsene Peevish dabei, ihn mit seinen mageren Armen auf Penders' Pferd zu hieven.

»Was ist los?«

»Halten Sie sich fest, Sergeant.«

Über den Hals des Pferdes gebeugt, artikulierte Arthur mit Mühe:»Wer ist es? Antworte mir, Peevish. Wen haben wir gesucht?«

»Ich suche niemanden mehr, Sergeant. Es ist vorbei. Hier hört alles auf. Ich gehe nicht weiter. Und auch Sie müssen verschwinden, sich retten. Es ist Ihre letzte Chance. Es ist nicht einfacher, mit Gott zu leben, als mit uns selbst, Sergeant. Das wissen Sie seit Langem, und ich habe es erst vor ein paar Wochen entdeckt. Aber es ist zu Ende. Es bleibt Ihnen jetzt nur noch eine einzige Sache zu tun.«

Peevish lächelte, und seine Augen glänzten.

»Was soll das sein, Prediger?«

»Sich am Hals dieses Pferdes festhalten und nicht loslassen, bevor es Sie weit genug weggetragen hat. Die Leute aus diesem Dorf werden bald kommen. Sie müssen verschwunden sein, wenn ich ihnen meine Geschichte erzähle.«

Das Pferd scharrte mit den Hufen.

»Glaubst du, er hat Lust zu galoppieren?«

»Ich bin mir ganz sicher.«

Der Priester nahm die Zügel des Pferdes und führte es zum Zaun.

»Ich kann nicht.«

Edmond Peevish flüsterte in Bowmans Ohr:»Ihre Briefe sind in der Satteltasche. Alles, was von Ihnen geblieben ist, Sergeant Bowman. Sie können sie selbst aufgeben.«

Arthur hatte noch die Kraft, seine Hand auf Peevishs Schulter zu legen, und dieser berührte ihn am Rücken.

»Leb wohl, Prediger.«

»Verschwinde, Arthur. Los.«

Peevish gab dem Pferd einen Schlag mit der flachen Hand und stieß ein Geheul aus, das eines Mandan-Indianers würdig gewesen wäre.

Das Pferd von Erik Penders war groß, und es lief gut. Nach einigen Minuten fiel es in gestreckten Galopp und schoss wie ein Pfeil die dunkle Piste entlang.

IV

1860–1864

Sierra Nevada

1

Arthur Bowman verließ die Piste und folgte den Spuren der Vegetation, einigen gelblichen Büschen am Rand einer ausgetrockneten Schlucht, bis er grünes Gras entdeckte und gleich darauf einen kleinen Bach in einer schmalen Rinne. Das Pferd trank, indem es mit der Zunge über die Steine fuhr, und Arthur ließ sich aus dem Sattel fallen. Das Wasser war lauwarm. Er spritzte es sich ins Gesicht und über den Rücken. Er wusste weder, wie lange er galoppiert war, seit er Grantsville verlassen hatte, noch, wie lang die Strecke war, die er unter der glühenden Sonne zurückgelegt hatte. Die Steppe, in der er sich befand, sah aus wie eine flimmernde Wüste, und die nächsten Erhebungen, die sich am Horizont abzeichneten, waren Dutzende von Meilen weit weg. Eine Stunde lang blieb er reglos sitzen, den Blick zum blauen Himmel gerichtet, und ließ seine Gedanken in der Hitze verdampfen. Er zog Penders' Jacke durchs Wasser und rieb mit aller Kraft, um die Blutflecken daraus zu entfernen. Dann wusch er seine anderen Kleidungsstücke und ließ sie in der Sonne trocknen. Er nahm dem Pferd, einer Fuchsstute in Waldens Alter mit ruhigen Augen, die nicht allzusehr unter der Hitze zu leiden schien, die Satteltaschen ab und betrachtete den Besitz, der ihm geblieben war: etwas Maismehl und Trockenfleisch, eine kleine Flasche Rum, schwarze Bohnen, drei Äpfel, Kaffee und das Kochgeschirr. Er wusste jedoch, dass sein Überleben nicht nur von der Nahrung abhing, die ihm zur Verfügung stand, sondern viel mehr von seiner inneren Kraft, sich nicht besiegen zu lassen. Neben den Lebensmitteln besaß er ein paar Kleidungsstücke, einen Feuerstein, eine Börse mit etwa dreißig Dollar, Munition für den Karabiner, Seife, ein Rasiermesser, eine Pfeife und Tabak. In den Sachen von Penders fand er außerdem ein Buch, ein großes Heft mit Ledereinband und eine kleine Metallbüchse. Sie enthielt Bleistifte und ein Taschenmesser, um sie zu spitzen.

Das Buch war in Papier eingeschlagen und von Penders' Händen abgegriffen. Arthur las den Titel: *Die Blithedale-Maskerade,* von Nathaniel Hawthorne. Er blätterte es durch und nahm dann das Heft in die Hand. Auf dem Ledereinband stand der Name einer Londoner Buchhandlung gedruckt. Er löste den Spanngurt, der die Seiten zusammenhielt. Nur wenige Seiten waren noch frei, die anderen waren eng von einer Hand beschriftet, die sich ordentlicher und regelmäßiger ausnahm als Bowmans ungelenke Buchstaben. Die Absätze hatten unterschiedliche Längen; zuweilen waren sie datiert, doch manchmal enthielten sie nur einzelne Sätze.

Er las die erste Seite.

London, 16. Februar 1857
Heute hat es mich meine ganze Kraft gekostet, mich aufrecht zu halten.

Er blätterte die Seite um, ohne weiterzulesen. Dann klappte er das Heft zu und legte es zu seinen Kleidern. Er setzte sich auf einen Stein, ohne es aus den Augen zu verlieren.

Penders' Pulverhorn.

Bowman war verschwunden. Ein ganzes Leben, eine neue Identität lag vor ihm. Er ging wieder zu dem Tagebuch, öffnete es und suchte die letzte Seite. Nach einem tiefen Atemzug folgte er den Zeilen und las den letzten Absatz. Die Buchstaben waren größer, die Zeilen wackelig, da sie offenbar in großer Eile geschrieben worden waren.

Salt Lake City, 22. April 1860
Bowman war hier, zur gleichen Zeit wie ich. In all diesen Wochen bin ich ihm nie so nah gewesen. In den nächsten Tagen oder

Stunden werde ich ihn einholen. Das Ende meiner Reise steht bevor, und ebenso das Ende seiner Verbrechen und vielleicht das meines langen Albtraums.

Arthur spürte, dass sich sein Magen hob. Er warf das Heft weg, als hätte er eine Schlange in Händen gehalten, entkorkte die Rumflasche und leerte sie in einem Zug. Dann lief er zu dem kleinen Bach, warf sich der Länge nach in die schmale Rinne und ließ das Wasser über seinen Körper laufen.

Als er wieder auf dem Weg war, ritt er vier Stunden in der größten Hitze, ohne Kopfbedeckung. Er trank seine Wasservorräte leer, ohne sich über die Auffüllung seiner Flaschen Sorgen zu machen. Abends war sein Hals geschwollen, sein Gesicht verbrannt. Er erreichte einen Siedlertreck, der gerade haltmachte. Während er an den Planwagen entlangritt, antwortete er nicht auf die Grüße der Siedler. Er fragte ein junges Paar, ob sie ihm Wasser verkaufen könnten. Die beiden sahen sich etwas besorgt an, bevor sie bejahten. Arthur füllte seine Lederflaschen. Der Ehemann, etwa fünfundzwanzig, lächelte ihn an und warf seiner Frau und anderen Siedlern, die sie beobachteten, bedeutungsvolle Blicke zu.

»Wohin wollen Sie?«

»Erik Penders.«

»Wie bitte?«

Arthur betrachtete den jungen Mann.

»Ich heiße Erik Penders.«

Er holte einige Münzen aus seiner Tasche und reichte sie seinem Gegenüber.

»Genügt das?«

Der junge Mann hob den Kopf.

»Nein, es ist viel zu viel.«

Er wollte ihm Geld zurückgeben, aber Arthur lehnte ab und entfernte sich. Die Frau rief ihn zurück.

»Warten Sie!«

Sie reichte ihrem Mann einen Hut, und er ging zu ihm und gab ihn ihm. Arthur schüttelte den Kopf. Der Mann versuchte erneut, ihm Geld zurückzugeben.

»Es ist viel zu viel, das können wir nicht annehmen.«

Arthur zögerte, nahm den alten Hut und suchte sich in einigem Abstand zum Nachtlager der Pioniere einen Schlafplatz. Er leerte den Inhalt zweier Wasserflaschen in das Maul der Stute, dann ließ er sie aus dem Sack mit Mehl fressen und gab ihr noch zwei Äpfel. Er streckte sich auf dem Boden aus und öffnete erneut das Tagebuch.

London, 23. Februar 1857
Ich sehe ihnen zu und frage mich, wie sie das machen. Sie stehen auf, gehen zur Arbeit, setzen Kinder in die Welt. Die Väter, die im Krieg sterben oder in der Fabrik zugrunde gehen werden, lächeln ihre Babys an, deren Lebensweg bereits vorgezeichnet ist, von ihren Elendsquartieren bis ins Grab, und sie klammern sich immer noch an die Hoffnung, dass es ihren Nachkommen einmal besser gehen wird. Es ist nicht Hoffnung, sondern Wahnsinn. Wenn ich verrückt bin, sind sie es nicht minder, und irgendwo, in den Direktionszimmern und Korridoren des Parlaments, gibt es Männer, die schadenfroh mit mir lachen.

London, 11. März 1857
Die Banden der Docks plündern die Leute aus, die auf der Straße schlafen. Gestern Abend habe ich mich mit drei Halbwüchsigen geprügelt, die mich ausrauben wollten. Zwei von ihnen habe ich niedergeschlagen, der Dritte ist geflüchtet. Sie werden wiederkommen und noch mehr mitbringen, ich muss mir ein anderes Viertel suchen.

Die Hilfsorganisationen der Arbeiter lassen mich nicht mehr in ihre Schlafsäle und weigern sich, mir etwas zu essen zu geben. Zu viele Probleme mit den anderen Obdachlosen, und wenn ich nachts schreie, wecke ich alle auf. Ein Verrückter, der viel zu laut ist. Ein Pfarrer wollte mit mir reden. Er hat mich an Peevish erinnert, mit seiner sanften Stimme. Ich hätte ihm am liebsten den Kopf abgerissen. Es hätte mir gefallen, wenn ich ihm eine Beichte hätte entlocken können, ich hätte ihm gern ein Messer in den Bauch gestoßen, bis er seinen Gott geleugnet und zugegeben hätte, dass die Macht auf Erden keine Grenzen kennt. Ich hätte gern über die Min-Soldaten und über Sergeant Bowman mit ihm gesprochen. Aber er hätte sich geweigert anzuerkennen, dass das Menschen sind. Er hätte gesagt, sie seien Handlanger des Satans. Meine Einbildungen sind keine Dämonen. Es sind Männer, die so ein Priester aus London nur einmal in seinem Leben kennenlernen sollte, bevor er von irgendjemandem verlangt, Buße zu tun. Er wusste nicht, mit wem er sprach, dieser Narr.

Gestern bin ich auf der Straße hingefallen. Meine Beine haben nachgegeben, und ich bin zusammengebrochen.

Ich bin zum Hafen gegangen, um mir die Schiffe der Kompanie anzusehen, die Waren, die entladen wurden, und die Soldaten, die von Bord gingen. Ich habe laut geschrien, sie gefragt, wie die Fahrt war, ob sie viele Menschen getötet haben und wie viele ihrer Kameraden auf der Rückreise über Bord geworfen wurden. Ich habe geschrien, bis Uniformierte kamen, die mich abführten. Anschließend haben sie mich zusammengeschlagen. Ich habe mindestens drei Soldaten gesehen, die erschrocken waren von meinem Geschrei. Es werden diejenigen sein, die ich demnächst auf der Straße sehen werde, sie werden in denselben Winkeln schlafen wie ich.

Arthur las, bis es stockfinster war. Dann schloss er das Heft und sah zu den Feuern der Siedler. Ohne etwas gegessen oder getrunken zu haben, schlief er ein, neben der Stute, die er nicht abgesattelt hatte.

Früh am Morgen war Penders' Pferd immer noch da; es suchte zwischen den Steinen nach trockenem Gras. Arthur beobachtete, wie das Lager abgebaut wurde und die Planwagen ihre Fahrt wiederaufnahmen.

London, 18. Mai 1857

Seit drei Wochen arbeite ich am Kai. Anfangs taten mir ständig alle Muskeln weh, dann spürte ich voller Abscheu, dass mein Körper kräftiger wurde. Diese Maschine ist unzerstörbar, sie hat ihr eigenes Leben. Sie verlangt nach Nahrung, um sich zu erhalten, verlangt nach Gesundheit und kümmert sich nicht um den Geist, der sie bewohnt. Wie die Handelskompanien will sie reich und mächtig werden. Aber es gelingt mir immer noch, mich dagegen aufzulehnen. Mit dem Geld, das ich verdiene, kaufe ich so viel Alkohol, wie ich kann, und wenn ich betrunken bin, übernehme ich wieder die Kontrolle. Ich lasse meine Beine stolpern und meine Schultern gegen Mauern stoßen, ich lasse diesen Körper stürzen, der glaubt, sich ohne mich aufrecht halten zu können. Und ich lasse ihn kämpfen. In den Tavernen finde ich immer jemanden, mit dem ich mich prügeln kann, das hilft mir, die Arroganz meiner Muskeln in den Griff zu kriegen.

Ich frage mich, wo die anderen sind. Was sie machen, ob es jemanden gibt, der hier in London lebt. Ob wir uns unterhalten könnten. Was ich machen würde, wenn ich Bowman träfe. Eigentlich denke ich nur an ihn. Ich würde gern wissen, ob er besser damit zurechtkommt als ich. Ich weiß nicht, ob ich ihn wirklich wiedersehen will. Es tut mir weh, daran zu denken, dass er immer noch stärker sein muss als wir anderen. Denn er verdient es, zerstört zu werden, und wenn ein Mensch wie er es nicht schafft, dann heißt das, dass wir anderen keine Chance haben.

Wie viele sind schon tot?
  Wer hat noch die Kraft, sich auf den Beinen zu halten?
  Wo ist Sergeant Bowman?
  Ich muss die Stadt verlassen.

Portsmouth, 1. September 1857
Was macht es für einen Unterschied?
Die Straßen sind genauso schmutzig. Die Kais stinken genauso.
Die Gesichter sind dieselben. Auch hier arbeite ich, ich trinke und
ich kämpfe. Aber es gefällt mir, das Meer zu betrachten.

Es hat einen Sturm gegeben. Ein Schiff ist auf Grund gelau-
fen, und ich war am Strand, inmitten der Trümmer. Aufge-
schwemmte blaue Leichen schwammen auf den Wellen. Ich habe
dort geschlafen. Fünfzig Tonnen Handelswaren sind verloren ge-
gangen, und siebzehn Männer der Mannschaft sind tot. Diese
Leichen zu sehen, das war sonderbar. Wenn man sich nur unter
Lebenden aufhält, vergisst man zu schnell, wie wichtig der Tod
ist. Die Verbindung zwischen Körper und Geist ist ein Problem.
Das haben wir dort erfahren. Man kann seine Haut nicht den
Wellen oder den Händen der birmanischen Soldaten überlassen,
sich nach Belieben davon trennen. Wenn man seine Haut ver-
lässt, kriegt man sie nicht zurück.

Ich will meine Haut verlassen.

Es hat einige Zeit gedauert, bis mir ihre Vornamen wieder ein-
fielen.
Arthur
Edmond
John
Peter
Edward
Christian
An die drei letzten erinnere ich mich nicht.
Erik.

London, 4. Oktober 1857

Morgen werde ich das Krankenhaus verlassen. Die Schnittwunden an den Beinen sind vernarbt, und ich kann wieder gehen. Der Arzt und die Schwestern glauben, dass es mir besser geht. Ich lasse sie in dem Glauben. Ich lüge, weil ich ihnen nicht verständlich machen kann, dass es für einen Mann wie mich nur angemessen ist, sterben zu wollen. Es gibt diese Barriere zwischen uns, und es geht dabei nicht nur um Religion. Es fehlt ihnen vor allem an Erfahrung.

Ich lausche den Geräuschen Londons draußen, und ich bin fast glücklich, dass ich zurückkehren kann in die Stadt, nachdem ich die erstickende Fürsorglichkeit dieser Leute so lange ertragen habe. Die Bosheit ist viel sicherer als die Güte, deren Motive mir stets suspekt gewesen sind.

Ich erinnere mich nur unvollständig daran, warum ich es tun wollte. Ich glaube, meine Argumentation war fundiert, aber meine Hand agierte nicht präzise genug, oder sie hat mich im Stich gelassen.

Ich bin sehr niedergeschlagen und müde. Seltsamerweise scheint diese tiefe Melancholie meine schlimmen nächtlichen Träume zu besänftigen. Ich kann einige Stunden täglich schlafen und habe weniger Albträume.

Die Sonne stand hoch am Himmel, und es herrschte brütende Hitze. Arthur schlug das Tagebuch zu und bestieg sein Pferd. Nach einigen Meilen im Schritt spornte er es zu einer schnelleren Gangart an und galoppierte vier Stunden, bevor er den Siedlertreck wieder erreichte, der am Ufer eines halb ausgetrockneten Flussbettes haltgemacht hatte. Er überholte die Planwagen und erreichte eine Stelle, an der der Fluss etwas tiefer war.

Die Stute trank und ließ sich dann geräuschvoll atmend auf dem Boden nieder. Auch Bowman trank und lauschte dem rasselnden

Atem des Tiers, der sich anhörte, als würden in seiner Lunge Kieselsteine umherrollen.

»Du bist auch erschöpft, nicht wahr?«

Er drehte sich um. Der junge Mann vom Vortag, dem er Wasser abgekauft hatte, trat zu ihm. Mit dem Hut in der Hand und einem leichten Flaum auf der Oberlippe sah er aus wie ein großer, ernster Junge. In der anderen Hand hielt er ein gefaltetes Tuch.

»Mister Penders? Geht es Ihnen gut?«

»Wie?«

»Ist alles in Ordnung?«

Arthur gab keine Antwort. Der Mann betrachtete die Stute.

»Ihr Pferd wird sterben, Mr. Penders. Es hat nicht einmal mehr die Kraft zu trinken.«

Bowman drehte sich zu seiner Stute um.

»Ich glaube, sie schafft es.«

Der junge Siedler legte Hut und Tuch nieder, füllte eine Flasche mit Wasser am Fluss und leerte sie langsam in das Maul der Stute. Sie schluckte mühsam. Der Mann beobachtete Bowman, der auf dem Boden saß und mit kleinen Steinen spielte.

»Sie braucht etwas zu fressen. Sie ist zu schwach, um aufzustehen.«

Arthur hob den Kopf.

»Wie?«

Der junge Mann ging zum Kreis der Planwagen und kehrte mit einem Eimer voller Hafer zurück. Händeweise reichte er der Stute das Getreide.

Sie atmete etwas leichter, fraß den Eimer leer und schloss die Augen.

»Das ist ein schönes Pferd, das Sie da haben, Mr. Penders. Sie wird es schaffen, aber wenn Sie so weitermachen, werden Sie sie verlieren. Ich heiße Jonathan Fitzpatrick.«

Er streckte ihm die Hand entgegen, aber Arthur regte sich nicht.

»Erik Penders.«

»Ja, das hatten Sie uns gestern schon gesagt, Mr. Penders.«

Er legte das Tuch vor ihn.

»Ich habe Ihnen etwas Haferbrei mitgebracht.«

»Hätten Sie nicht vielleicht etwas zu trinken?«

»Doch, natürlich.«

Er füllte noch einmal die Flasche und gab sie Bowman, der ihn verblüfft anstarrte.

»Und Whiskey?«

»Es tut mir leid, aber ich trinke keinen Alkohol, Mr. Penders. Ich kann die anderen fragen, wenn Sie möchten.«

Arthur suchte in seinen Taschen nach der Geldbörse und gab sie dem Mann. Fitzpatrick machte eine abwehrende Handbewegung.

»Sie haben mir gestern schon zu viel gegeben.«

Als er eine Viertelstunde später wiederkam, stellte er einen Krug vor Bowman und bedeckte den Brei, den Bowman nicht angerührt hatte, mit dem Tuch. Auch der Stute gab er noch etwas zu trinken.

»Sie muss sich ausruhen. Und Sie müssen auch etwas essen, Mr. Penders. Wenn Sie etwas brauchen – wir sind in der Nähe.«

Als er fort war, öffnete Arthur die Satteltasche und machte es sich auf dem Boden neben der Stute bequem. Sein Kopf lag auf ihrem Bauch, und er hörte ihren unregelmäßigen Atem. Erneut begann er zu lesen:

London, Lavender Hill, 1. Dezember 1857

Es war eigentlich nicht meine Entscheidung, hierherzukommen, und noch weniger, Arbeit zu finden. Ich habe mich auf den Weg gemacht, weil ich die Stadt hinter mir lassen wollte. Als ich die Felder und die Äcker erreichte, habe ich mich gleich besser gefühlt und mich auf dem Gelände des neuen Battersea-Parks schlafen gelegt. Am Ende habe ich herumgefragt, ob jemand Arbeit hätte, und habe eine Zeit lang Erde geschaufelt und Karren geschoben. Dann habe ich erfahren, dass es in den Porzellanfabriken am Themseufer Arbeit gibt.

Ich wurde eingestellt.

Ich liebe diesen Ort.

Ich fühle mich besser.

Die Arbeit mit Porzellan ist schwierig, aber die Konzentration darauf tut mir gut.

London, Lavender Hill, 11. Februar 1858
Ich habe ein Zimmer bei einer Witwe gefunden, zwei Kilometer von der Fabrik entfernt. Ihr Mann hat dort gearbeitet, seine ehemaligen Kollegen haben es mir erzählt. Sie heißt Mrs. Ashburn. Sie ist schon recht alt und war früher Lehrerin. Es gibt Bücher bei ihr.

Ich begreife noch nicht recht, was mir passiert. Vielleicht habe ich endlich den Grund berührt, das, was ich immer suchte, und vielleicht werde ich es doch schaffen, mich davon zu befreien.

Seit über vier Jahren bin ich nun wieder in England, und plötzlich habe ich den Eindruck, die Welt wieder so zu sehen, wie sie ist, nicht nur so, wie sie mir in meinen Halluzinationen erscheint.

Ich mache mir keine Illusionen. Sicher bin ich noch nicht vollständig geheilt. Der Dschungel ist immer noch ein Teil der Welt. Aber ich kann ihn von der anderen Seite betrachten.

Ich sehe von der anderen Seite her.

London, Lavender Hill, 3. Juni 1858
In der Fabrik von Battersea wird es immer heißer. Ich vertrage die Hitze nicht, und ich hatte Fieber, aber mein Gesamtbefinden ist immer noch gut. Ich wage es kaum hinzuschreiben, aber die Bücher, die ich lese, haben meinen Geist bereichert. Auf einmal, in der Fabrik, habe ich an eine Reise gedacht. Wieder losfahren.

Mrs. Ashburn hat sich um mich gekümmert, als ich krank war. Ich verberge meine Narben vor ihr.

Mrs. Ashburn hat keine Kinder, und vielleicht bin ich so etwas wie ein Sohn für sie. Ein Sohn, der aus dem Krieg zurückkehrte.

Ich lüge sie an, ich zeige es ihr nicht, wenn es mir manchmal schlecht geht. Das ist nicht leicht, aber es hilft mir. Mich selbst belüge ich nicht, nur sie, und das ist jedes Mal ein erster Schritt auf eine neue kleine Heilung zu.

Sie lässt sich nicht hinters Licht führen. Wie eine Mutter, die sich die Lügen ihrer Kinder anhört. Wenn es schwer wird, spielen wir beide Komödie, und wir sprechen so oft wie möglich über die Bücher, die wir lesen.

London, Lavender Hill, 11. Juli 1858
Heute ist Sonntag, und ich habe einen Spaziergang in die Stadt gemacht. Die Lage nimmt allmählich biblische Ausmaße an. Die Themse ist nur noch ein Strom von Exkrementen, und ganz London scheint eine Katastrophe zu erwarten. Ich gerate nicht in Panik, wie die von dem entsetzlichen Gestank terrorisierten Bewohner, aber die Atmosphäre in den Straßen gaukelt einem wirklich die sonderbarsten Szenen vor. Als wären diese zufälligen Fügungen der Natur und die technischen Probleme der Kanalisation nur Zeichen dafür, dass die Zustände schon lange verfault sind. Ich bin an den menschenleeren Docks und Kais entlanggewandert. Auf dem Rückweg nach Lavender Hill habe ich meine Entscheidung getroffen. Als hätte meine Fähigkeit, dieses Grauen zu ertragen, mir bestätigt, dass ich bereit bin und die Kraft habe, es zu tun. Ich weiß noch nicht, wohin, aber ich werde weggehen. Was mich am meisten beunruhigt, ist, dass ich es Mrs. Ashburn mitteilen muss. Als ich zurückkehrte, habe ich mich immer noch gefragt, was aus ihnen wurde. Ob sie in London sind, ob sie sich in den Häusern verstecken, um dem Gestank zu entkommen, ob sie wie ich sind und die Stille in der verlassenen Stadt beruhigend finden. Und ich habe mich gefragt, was er wohl gerade tut, Bowman. In dieser langsam verfaulenden Stadt würde der Sergeant an seinem Platz sein. Und ein Schauer lief mir über den Rücken, als ich mir vorstellte, dass ich ihm hätte begegnen können, dass er vielleicht wie ich über die leeren Docks wandert.

London, Lavender Hill, 18. Juli 1858
Der Regen hat binnen weniger Tage alle Ängste der Stadt fort-
geschwemmt, die Themse vor der Fabrik ist wieder in Bewe-
gung geraten, doch auch meine Albträume sind zurückgekehrt.
Mehrmals bin ich schreiend erwacht, und Mrs. Ashbury macht
sich Sorgen. Und doch deute ich dieses Mal die Rückkehr mei-
ner nächtlichen Gespenster anders. Sie sagen mir, dass ich gehen
soll. Ich werde noch ein paar Wochen arbeiten und etwas Geld
auf die Seite legen. Ich weiß jetzt auch, wohin ich gehen werde.

Arthur konnte die kleinen Buchstaben nicht mehr entziffern. Die
Stute war eingeschlafen, und ihr Bauch hob und senkte sich regelmäßig. Die Feuer der Siedler leuchteten. Er hob den Schnapskrug
zum Mund und betrachtete die Sterne über der Wüste. Kojoten-
laute waren zu hören.

Morgens ließ er den Treck vorbeiziehen. Die Stute war aufgestanden und fraß Gras am Ufer. Er aß ein wenig Brei und schlug
das Tagebuch auf, während das Pferd sich sättigte.

Pazifische Dampfschifffahrtsgesellschaft, SS California, 18. Sep-
tember 1858
Ich konnte erst glauben, was man mir erzählt hat, nachdem ich
an Bord eines Schiffes gegangen war und mich nun auf hoher
See befinde. Nie hätte ich geglaubt, dass ein Schiff dieser Größe
sich mit solcher Geschwindigkeit fortbewegen kann. Ich gehe auf
dem Deck spazieren, und der Wind erinnert mich an meine erste
Fahrt auf einem Schiff der Kompanie. Aber dieses Mal bin ich
kein Soldat. Anders als Bowman, Colins oder Bufford bin ich
mit dem Soldatendasein auch nie richtig warm geworden. Kein
Wunder, dass ich eines Tages die Ketten der Kompanie an den
Füßen trug. Heute lasse ich sie hinter mir. In vier Tagen legen wir
in New York an.

Ich liebe diese Stadt, aber ich warte nur darauf, endlich wieder
unterwegs zu sein.

Mir ist etwas eingefallen. Ein richtiger Beruf. Ich versuche, Leute
zu finden, die mir helfen können.

New York, 2. Oktober 1858
Die Redakteure der Zeitungen, die ich getroffen habe, zeigten
Interesse an meinem Projekt, vor allem, als ich ihnen erklärte,
dass es Zeit sei, von diesem Land zu erzählen – anders, als
Cooper und Irving es taten. Meine Berichte könnten die Neu-
gier der Leser der Ostküste wecken und vielleicht als regelmäßige
Chroniken erscheinen. Ich würde sie während der Reise verfas-
sen. Man hat mir versichert, dass die Post immer sicherer werde
und man nicht länger brauche als einen Monat, um das Land
von Ost nach West zu durchqueren.

Ich habe eine Fahrkarte für die Eisenbahn in der Tasche. Es geht
nach New Orleans. Morgen früh reise ich ab. Ich kann nicht
schlafen.

Der Treck war schon seit zwei Stunden verschwunden. Arthur ritt
zurück auf die Piste und ließ Penders' Stute in Schritt fallen. In jedem Fall würde er schneller sein als die Ochsen der Siedler, sodass
er sie noch vor Anbruch der Nacht einholen würde. Den leeren
Schnapskrug verstaute er in der Satteltasche. Im Laufe des Tages
kam er an einer Relaisstation vorbei, doch er hielt nicht an. Sollte
er sich Sorgen machen? Arthur Bowman und der Mörder von der
Piste waren tot, er war Erik Penders, ein Engländer, der nach Amerika gekommen war, um sein Leben zu erneuern, reisender Zei-
tungskorrespondent, der für ein New Yorker Blatt arbeitete, zufrieden, ohne Albträume.

*

Das Nachtlager befand sich am Fuß der runden, kahlen Berge. Es
gab kein Wasser, die Tiere der Siedler tranken aus Fässern. Arthur
ritt neben den Planwagen her und fand die Fitzpatricks. Die anderen Siedler grüßten ihn vorsichtig. Sie erkannten den einsamen

Reiter wieder, der ihnen schon seit zwei Tagen folgte. Auch die junge Mrs. Fitzpatrick grüßte ihn, und Arthur bemerkte, dass sie schwanger war. Ihr Mann näherte sich ihm, streichelte der Stute über den Kopf und führte sie zum Wasserfass, aus dem er auch Bowmans Wasserflaschen auffüllte.

»Meine Frau möchte Sie zum Essen einladen, Mr. Penders. Nehmen Sie an?«

Arthur schüttelte den Kopf, zog das Tuch aus der Tasche, in dem der kalte Porridge eingeschlagen gewesen war, und gab es Fitzpatrick zurück. Die junge Frau beeilte sich, erneut etwas Essbares darin einzuwickeln. Arthur zog seine Geldbörse aus der Tasche und reichte ihr, zusammen mit dem leeren Krug, eine Dollarmünze. Dann kletterte er ein wenig den Berg hoch und ließ sich nieder.

Kurz darauf brachte ihm Fitzpatrick Schnaps und einen Eimer mit Hafer für die Stute.

»Es geht ihr besser. Ein schönes Tier, wirklich. Ich liebe Pferde. Wir hatten drei, zu Hause auf unserem Hof in Cork. Wie heißt sie?«

Bowman betrachtete das Pferd.

»Ich weiß es noch nicht.«

New Orleans, 1. November 1858
Diese Stadt ist der seltsamste Ort, den ich je sah. Eine koloniale Hauptstadt, die versucht, wie eine europäische Stadt auszusehen, in halbtropischem Dekor.

Ich arbeite für den Southern Traveller, *der dreimal pro Woche in Lafayette erscheint. Ich bin ihr Korrespondent in New Orleans. Ich habe meinen ersten Artikel nach New York geschickt, in dem ich von meiner Reise in der Eisenbahn erzähle, und erwarte Antwort.*

New Orleans, 28. Januar 1859
Ich denke wieder an den Aufstand der Sepoys, der die Indische Kompanie zu Fall gebracht hat. Generationen von Soldaten, die davon überzeugt waren, dass es übertriebene Güte wäre, Skla-

ven etwas zu essen zu geben, und dass diese Wilden nichts lieber täten, als die Sprache ihrer Herren zu erlernen. Hier in New Orleans befinde ich mich auf kolonialem Boden, und ich fühle mich immer weniger wohl.

Der kommerzielle Zynismus der Amerikaner steht dem der Briten in nichts nach. Die Plantagenbesitzer verkaufen die Kinder ihrer Sklaven wie Pferde oder Ochsen an andere Großgrundbesitzer, doch hinter dieser Grausamkeit steckt eine andere Logik als die des puren Handelswerts der Schwarzen. Sie reißen die Familien auseinander, um sich selbst zu schützen. Die Schwarzen sind zehnmal so zahlreich wie die Weißen. Die Bürger von New Orleans bemühen sich vergeblich, ihr Tun, das sie von Kindheit an gewohnt sind, als etwas Natürliches darzustellen, obwohl sie wissen, dass etwas daran nicht in Ordnung ist. Aber es gibt kein Unrechtsbewusstsein, nein. Nur Zweifel am Fortbestand ihres Systems, dieses wunderbaren Quells des Reichtums. Man spürt die Schwäche ihrer Argumentation, sie verleiht dieser feuchten und heißen Stadt etwas Bedrohliches. Wie zu Zeiten des großen Londoner Gestanks scheint das Ende ihres sträflichen Tuns unausweichlich heranzunahen. Die Stadt ist schön. Die Menschen hier sprechen leise, in gleichmäßigem Ton, und sie lachen dabei. Man spürt den Wahnwitz in diesem Lachen. Sie sind voller Gewissheit, doch auch voller Angst.

Memphis, 13. April 1859
Ich habe zeitweilig Arbeit in einem Büro der Butterfield Mail gefunden. Meine letzten Artikel über den Süden sind in New York abgelehnt worden. Nur einer ist in der New York Tribune erschienen. Als ich New Orleans hinter mir ließ, habe ich beschlossen, mir ein Pferd zu kaufen, um das Land zu erkunden. Sobald meine Ausrüstung komplett ist und ich wieder ein bisschen Geld habe, werde ich aufbrechen.

Memphis, 5. Mai 1859
Ich mache mich auf den Weg. Mein Pferd, eine Stute, ist ein wun-
derschönes Tier, nur ihr Name, Trigger, missfällt mir. Aber sie
hört auf keinen anderen. Ihr früherer Besitzer erzählte stolz,
dass sie so schnell galoppiert wie ein Pistolenschuss. Ich habe mir
auch eine Winchesterbüchse gekauft, denn ich muss auf die Jagd
gehen. Morgen früh bei Sonnenaufgang geht es los.

Arthur hob den Blick und betrachtete die Stute, die neben ihm im
Stehen schlief.
»Trigger?«
Sie öffnete die Augen und drehte den Kopf.

Little Rock, Arkansas, 15. Mai 1859
Nach diesen ersten Reisewochen entlang der Butterfield Over-
land Route verbringe ich einen einzigen Tag in Little Rock und
breche morgen zu den Ouachita Mountains auf.

Ouachita Mountains, Juli 1859
Ich weiß nicht mehr, welchen Tag wir haben. Seit über zwei Mo-
naten halte ich mich in den Bergen auf. Ich habe noch nichts von
den Indianern und Waldläufern geschrieben, denen ich begegnet
bin und mit denen ich zusammengelebt habe. Ich werde bis zum
ersten Schnee hierbleiben, denn ich will den Herbst erleben. Da-
nach werde ich in Frieden weiterreiten, denn ich weiß nun, dass
ein Ort wie dieser existiert. Ich brauche nichts anderes.

Fort Worth, Texas, Dezember 1859
Es ist desillusionierend, die Piste mit ihrem geschäftigen Treiben
und seelenlose Städte wie Fort Worth wiederzusehen. Ich werde
weiterreiten in Richtung Westen, aber immer noch berechne ich
die Strecke in Meilen, die mich von den Ouachita Mountains
trennen. Die Piste ist ein ungesunder Ort, voller Gerüchte und
voller Leute, die sich gegenseitig überwachen. In Fort Worth spre-
chen alle von einem Mord in einer kleinen Stadt, ein paar Dut-

zend Meilen von hier, und die Klatschbasen bekommen nicht genug davon, all die widerwärtigen Details breitzutreten, die ihren Zuhörern so gut gefallen. Sobald Trigger sich ausgeruht und vollgefressen hat, breche ich wieder auf.

Pecos, Texas, 2. Januar 1860
Der Fluss ist schön, und nach den trockenen Ebenen gibt es hier auch wieder Wild und etwas Einsamkeit. In einer Woche bin ich in El Paso, und ich glaube, ich werde auch über die Grenze nach Mexiko reiten.

Es war Nacht. Arthur legte das Tagebuch zur Seite, aß ein wenig Trockenfleisch zu seinem Brei, lehnte sich gegen den Sattel und begann, Schnaps zu trinken. Am nächsten Tag ritt er wie ein Schatten hinter dem Treck her; abends schlug er neben den Planwagen sein Lager auf und bezahlte für das Wasser, das er brauchte, ein wenig Nahrung und Alkohol.

Penders beschrieb die Indianer, die Dörfer und die Berge Mexikos, stets zwischen Euphorie und Enttäuschung schwankend. Er schrieb mehr über sie als über die neuen Staaten, und Bowman erriet, dass er sich langweilte, trotz der immer wiederkehrenden Sätze: *Es geht mir gut. Hier werde ich bleiben.* Er bemerkte ständig Einzelheiten, die er selbst gesehen hatte, ohne sie in Worte fassen zu können, sodass er, Penders' Schilderungen folgend, seine eigene Reise wiederholte: das Wohlgefühl der endlosen Weite, die vielen Meilen, die man zurücklegte, ohne sich um die Strecke zu kümmern, die hinter einem lag. Nur dass Penders keinen Mörder verfolgt hatte. Seine Erfahrungen überschnitten sich daher nur zum Teil mit dem, was Bowman erlebt hatte.

Am nächsten Abend verbrachte Arthur eine kurze Zeit mit den Fitzpatricks. Das Paar wollte sich in der Region von San Francisco ansiedeln, wo es weitere Iren gab, Mitglieder ihrer Familie, mit denen zusammen sie eine Farm aufbauen wollten. Der junge Mann träumte von der Pferdezucht. Die beiden versuchten, Arthur Fragen zu stellen, denn wie die anderen Siedler fühlten sie sich ein wenig beunruhigt von seiner Gegenwart. Ihre Neugier und ihre Freundlichkeit machten ihm zu schaffen, und er fragte sich, ob seine neue Identität daran schuld sei. Hätte Sergeant Bowman ihnen mehr Vertrauen eingeflößt?

Er ließ Trigger mit den Ochsen grasen und schlief etwa zwanzig Meter von den Planwagen entfernt, am Fuß von Felsen, von denen aus er alle Wagen und die Tiere im Blick hatte. Er las weiter in Penders' Journal, folgte ihm in Berge und Täler und lauschte den Gesprächen, die er mit Indianern geführt hatte – bis zum Datum des 17. Februar 1860, in Chihuahua, wo die Schrift plötzlich unregelmäßig wurde und viele Wörter hastig durchgestrichen worden waren.

Seit vier Tagen kann ich nicht aufstehen und kaum noch schreiben.

Ich weiß nicht, warum. Es ist unmöglich.

Es gab einen Mord in der Stadt.

Ich habe einen toten Körper gesehen, er lag auf einem Karren, der von weinenden Menschen gezogen wurde. Ich erinnere mich nur noch, dass ich mitten auf der Straße zusammenbrach. Im Zimmer einer Pension bin ich aufgewacht.

Die Schreie und die Halluzinationen sind wieder da. Ich glaube, ich bin wahnsinnig. Ich habe gedacht, ich wäre geheilt. Aber dann habe ich diesen Leichnam gesehen, der aussah wie der im Dschungel. Hier, in Chihuahua, in Mexiko.

Ich habe keine Kraft mehr zu schreiben.

Es gelingt mir immer noch nicht, aufzustehen, und ich weiß nicht, wie lange ich schon hier bin. Ich habe versucht, den Besitzer der Pension auszufragen, aber sie sprechen hier alle nur Spanisch und verstehen mich nicht. Ich weiß immer noch nicht, was passiert ist, und halb bezweifle ich, dass das, was ich gesehen habe, wirklich war. Jeden Tag halluziniere ich. Ich sehe sie alle wieder vor mir, nachts gehen sie an meinem Bett vorbei, die birmanischen Seeleute und die englischen Soldaten.

Mexikanische Soldaten sind gekommen, die mich verhört haben. Einer von ihnen sprach Englisch, aber sie haben nichts von dem verstanden, was ich ihnen sagte. Und was ich sagte, ergab auch für mich keinen Sinn. Ich lasse niemanden an mich heran. Sie dürfen meine Narben nicht sehen. Der Albtraum hat wieder angefangen. Der Mord ist wirklich geschehen. Auf die gleiche Art. Die lokalen Behörden haben keine Ahnung. Meine Anwesenheit und das, was ich sagte, machen mich zum Verdächtigen. Nein, ich bin nicht verrückt, und ich muss von hier weg.

Die Grenze ist nur einen Tagesritt von hier entfernt.

El Paso, 19. Februar 1860
Körperlich geht es mir etwas besser, aber ich wage nicht zu schlafen, weil ich immer wieder schreiend erwache. Die Nächte verbringe ich damit, dass ich versuche, das alles zu verstehen, und je weniger ich daran glauben will, desto stärker wird mir bewusst, dass ich mich den Tatsachen beugen muss. Ich habe den Leichnam in Mexiko gesehen. Ich bin nicht der Einzige, der hierherkam. Wir waren zehn. Noch jemand hat den Atlantik überquert.

Es folgte eine Namensliste.

Penders hatte auf einer ganzen Seite seines Tagebuchs die Namen geschrieben, die Arthur von Reeves bekommen hatte. Bowmans Name stand an erster Stelle und war unterstrichen. Es folgten Colins und Bufford, ebenfalls unterstrichen, danach die sieben anderen. Penders hatte hinzugefügt: *Einer der drei.* Und nochmals die Namen Bowman, Colins und Bufford. Auch sein eigener Name fehlte nicht auf der Liste. Als gehörte auch er selbst, außer den drei härtesten und brutalsten Männern der Dschunke, zu den möglichen Verdächtigen. Er wusste offenbar nicht, dass Colins und Bufford tot waren.

Er hatte sich eine Woche in El Paso aufgehalten, bis Ende Februar. Arthur erinnerte sich, dass er zu dieser Zeit auf der Paterson-Ranch zu arbeiten begonnen hatte. Erst drei Wochen später hatte er von dem Mord in Las Cruces erfahren, während Penders, der ganz in der Nähe gewesen war, wahrscheinlich sofort auf dem Laufenden gewesen war. Als Erik sich nach Las Cruces auf den Weg gemacht hatte, war Arthur entweder auf der Ranch oder in Reunion, bei Alexandra, gewesen.

Er las einen letzten Absatz, bevor die Buchstaben in der Dunkelheit unleserlich wurden. Penders schrieb nun wieder eng und regelmäßig.

Piste nach Santa Fe, März 1860
In Las Cruces haben sie einen weiteren Mann getötet, und ich bin jetzt auf dem Weg nach Norden. Ich habe nur noch eine einzige Hoffnung, das Letzte, was mich aufrecht hält: dass ich den Mörder finde und seinem tödlichen Wüten Einhalt gebieten kann. Es gibt keine Gewissheit. Außer mir haben neun Männer überlebt. Colins und Bufford waren schon vor unserer Gefangenschaft zu solchen Taten fähig, das steht fest, aber ich kann mir nicht vorstellen, dass sie allein durch die Welt reisen.

Wer sonst, wenn nicht Bowman?

Heute Abend denke ich wieder an Edmond Peevish, den wir den Prediger nannten, und von allen Männern, die ich je kannte, wünschte ich ihn jetzt an meiner Seite.

Es stimmt nicht.

Es gibt noch einen.

Peevish könnte mir Mut machen. Doch nur die Gegenwart eines einzigen anderen Menschen könnte mir wirklich Ruhe verschaffen: die von Arthur Bowman.

Seine Tapferkeit muss ich in mir selbst finden.

Am nächsten Tag, als die Siedler aufbrachen, sattelte Arthur Trigger. Die Planwagen zockelten dahin, er überholte sie und ritt langsam an der Seite der jungen Fitzpatricks dahin. Sie sahen ihn von der Seite an; die junge schwangere Frau wurde rot und legte die Hände auf ihren Leib, ihr Mann lächelte und straffte sich.

Arthur begriff, was sie von ihm wollten. Sie hatten Angst. Seine

Gegenwart beruhigte sie. Die Kraft zum Lügen zu haben, hatte Erik geschrieben, sei der Anfang der Heilung.

2

Colorado, April 1860
Ich bin zwei Männer. Der eine flieht vor seinen Albträumen und jagt ihnen gleichzeitig nach. Der andere, versteckt, folgt seinen Träumen schweigend und will auf sie nicht verzichten.

Im Dienst schwacher Menschen durchquere ich neue Städte, provisorische Siedlungen mitten in den Bergen. Nein, ich durchquere sie nicht, ich gleite durch sie hindurch wie ein Schatten. Ich bin der Strom der Siedler, und ich kann niemandem sagen, wohin ich gehe.

Die Familien, insgesamt etwa dreißig Personen, reisten ohne Führer und hatten seine Anwesenheit akzeptiert. Einen Tag lang war er neben dem Wagen der Fitzpatricks geritten, dann hatte er zur Spitze des Zuges aufgeschlossen. Die Siedler waren keineswegs unfähig, ihren Weg zu finden, doch Bowman war von anderem Schlag, besaß ein gutes Gewehr und suchte mit der Aufmerksamkeit eines Wächters ständig den Horizont ab. Abends schlug er weiterhin außerhalb des Planwagen-Kreises sein Lager auf. Man brachte ihm zu essen und zu trinken und kümmerte sich um sein Pferd. Morgens setzte er sich an die Spitze des Trecks, ritt im Abstand von etwa hundert Metern vor ihren Wagen, erkundete die Wege und suchte die Lagerplätze für die Nacht. Auch wenn sie anderen Reisenden begegneten, war er gefragt. Einige Siedler vermieden seinen Blick und wollten nicht mit ihm reden, aber alle waren einverstanden mit seiner Position an der Spitze. Die beunruhigende Atmosphäre, die ihn umgab, tat seiner Nützlichkeit keinen Abbruch. Zudem verlangte er kein Geld für seine Dienste.

Wenn das Gelände sich zur Jagd eignete, lieh sich der junge Fitzpatrick ein Pferd und brach mit Bowman auf. Er war ein guter Schütze und besaß eine alte Springfield der amerikanischen Armee, eine modernere Waffe als die Musketen, die Bowman in Indien kennengelernt hatte, doch primitiv im Vergleich mit Penders' Winchester. In den Steppen trafen sie auf große Herden von Wildpferden, und der junge Mann hatte seine Freude daran, in rasendem Galopp an ihrer Seite dahinzureiten. Er erklärte Bowman, wie man sie einfing, an welchen Anzeichen man die besten Fohlen und Stuten erkannte. Er beobachtete die Herden und vergnügte sich damit, sich vorzustellen, welche Pferde am besten zusammenpassten, welche Hengste und Stuten die besten Zuchterfolge bringen würden; ganze Stammbäume entstanden in seinem Kopf, wenn er in einem kleinen Tal auf irgendein besonders schönes Pferd aufmerksam wurde.

»Das würde ein Fohlen geben, Mr. Penders! Die Reichen aus dem Osten und dem Westen würden es mit Gold aufwiegen!«

Arthur hörte ihm zu. Fitzpatrick lächelte, scherzte über seine Frau und das Kind, das bald zur Welt kommen würde, sein eigenes Fohlen. Abends brachten sie die Antilopen, die sie geschossen hatten, zum Lagerplatz. Auch Penders bekam seine Ration, wenn er in seiner Ecke saß.

Wyoming, April 1860
Die Schönheit dieser Orte ist schmerzhaft. Ich kann nicht lange hierbleiben, ohne dass mich der Wunsch überfällt, einfach aufzugeben. Es gibt nur mich selbst, nur ich selbst kann mich zum Weitermachen zwingen. Dieses Land würde nicht mehr Anteil daran nehmen, dass ein Mörder verschwindet, als daran, dass ein Mann sich dazu entschließt, sich in diesen einsamen Wäldern niederzulassen.

Es gibt jetzt keinen Weg mehr zurück zu den Bergen von Ouachita.

Bowman, sei verflucht. Ich existiere nur noch für dich.

Die dunkle Linie der Sierra Nevada versperrte den Horizont. Die finanziellen Mittel der Siedler, die vor drei Monaten von Saint Louis aufgebrochen waren, verringerten sich zusehends. An den Relaisstationen begannen die Familien, ihre Besitztümer – Kleider, Werkzeug, manchmal ein Schmuckstück – gegen Gemüse, die Reparatur eines Wagens oder einen Sattel einzutauschen. Wenn sie haltmachten, hielt sich Bowman abseits und schickte Fitzpatrick, der für ihn Alkohol kaufte. Er gab ihm ein paar Münzen zusätzlich. »Falls du etwas Nützliches für deine Frau findest.«

Aileen Fitzpatrick war immer öfter müde und ruhte sich tagsüber im Inneren des Planwagens aus, wo sie hin und her geschüttelt wurde. Ihr Mann war besorgt. Er sprach davon, in Carson City, der nächsten großen Etappe am Fuß der Sierra, eine längere Pause einzulegen. Er wollte den Treck weiterziehen lassen und warten, bis seine Frau sich erholte und sie mit einer anderen Gruppe den Weg fortsetzen konnten. Vielleicht konnten sie sich bis zur Geburt des Babys in der Stadt aufhalten, trotz ihrer beschränkten Mittel. Aileen sagte immer wieder, es gehe ihr gut, nur die Hitze mache ihr zu schaffen. Wenn sie erst in den kühlen Bergen seien, würde sie wieder auf die Beine kommen. Doch sie schien täglich schwächer zu werden. Es waren noch zwei Monate bis zur Entbindung, und bald würde sie ärztliche Hilfe brauchen.

Ich habe den letzten Gipfel der Rocky Mountains hinter mir. Hier im Westen fühle ich mich wie in einer großen Leere. Entlang der Piste finde ich seine Spuren. Keine neue Leiche, doch die vage Erinnerung an einen blonden Engländer, der allein unterwegs ist. Manchmal hinter mir, manchmal vor mir. Vielleicht haben sich unsere Wege schon mehrere Male gekreuzt. Welcher Logik folgt er auf seiner Bahn? Er verlangsamt, und ich reite an ihm vorbei, dann macht er einen Satz, und ich erfahre plötzlich, dass er wieder einen Vorsprung von mehreren Tagen hat. Bald werde ich in Salt Lake City sein, und ich frage mich, wo er haltmacht. Welches Ereignis, welcher Ort wird Bowman sagen, dass seine Reise beendet ist? Er wird bis zum Ozean weiterziehen! Zuweilen denke ich, er ist ein Gigant, er wird sich ins Meer stürzen und schwimmend nach Japan gelangen, oder nach China oder Indien. Er wird seine Reise um die Welt erst in unserem Urwald beenden, nur dort kann ich ihn wiederfinden. Welche Kraft kann ich ihm entgegensetzen, wer wird dazu fähig sein, ihn aufzuhalten?

Wenn dieses Ungeheuer noch ein Mensch ist, wird irgendetwas ihn aufhalten. Ich bin diese Kraft. Ich muss sie sein. Der Tod wird nicht stark genug sein, Bowman lebt ewig, er hat keine Angst vor dem Tod. Ich auch nicht.

Kehr zum Leben zurück, Bowman. Stirb. Oder warte auf mich.

Heute reite ich zum Salt Lake hinunter. Die Stadt ist zu groß, als dass ich sie links liegen lassen könnte. Ich muss dorthin und weitersuchen.
Am liebsten würde ich aufgeben. Zurückkehren in die Berge.

Salt Lake City, 22. April 1860
Als ich hier war, war auch Bowman in der Stadt. In all den Wochen bin ich ihm nie so nah gewesen. In den nächsten Tagen oder Stunden werde ich ihn haben. Das Ende meiner Reise ist nah, das Ende seiner Verbrechen, das Ende meines Albtraums.

*

In Carson City, einem Städtchen mit ein paar hundert Einwohnern, gab es nur einen einzigen Arzt. Fitzpatrick bestieg Penders' Stute und machte sich auf die Suche nach ihm, sobald der Treck die Stadtgrenze erreicht hatte. Dort sammelten sich auch alle anderen Siedler, die die Absicht hatten, die Sierra Nevada zu durchqueren. Er kam nach einiger Zeit zurück, der Doktor ritt auf einem Maultier neben ihm. Es wurden Lampen gebracht, die das Innere des Planwagens der Fitzpatricks erhellten.

Davor ging Jonathan ruhelos auf und ab. Bowman hatte nichts zu tun; er bemühte sich nicht mehr, sich zu verstecken, und fragte nicht nach Neuigkeiten. Das Camp erinnerte ihn an das chaotische Feldlager in Bent's Fort, das er in Brand gesteckt hatte. Der Arzt blieb eine halbe Stunde bei Aileen, und als er vom Wagen sprang, wischte er sich den Schweiß von der Stirn. In der Stadt war es kaum kühler als in der Steppe, nur feuchter, und Wolken von Mücken sammelten sich um die Siedler.

»Sie brauchen sich keine Sorgen zu machen, junger Mann. Es gibt keine Komplikationen, keine Infektion. Aber wenn Ihre Frau keine Ruhe hat, kann die Geburt jederzeit einsetzen. Sie müssen hierbleiben bis zur Entbindung.«

Jonathan ging zu seiner Frau. Bowman bot dem Arzt Geld an, doch dieser lehnte ab.

»Ich lasse mich nur von Leuten bezahlen, die etwas besitzen. Wenn ich einmal ärztliche Hilfe benötige, hoffe ich, dass man mich genauso behandelt.«

Er bestieg sein Muli.

»Sie reisen mit ihnen zusammen?«

Arthur zuckte die Schultern.

»Sie sollten versuchen, sie zu überzeugen. Das wäre hilfreich. Ich kenne die Siedler, sie wollen nie anhalten. Es ist erstaunlich, wie viele es gibt, die sich nicht einmal eine Woche Ruhe gönnen, wenn sie krank sind und Pflege brauchen. Wenn sie nicht vernünftig sind, werden diese jungen Leute ihr Kind verlieren, und für das Leben der Mutter übernehme ich keine Garantie. Sie ist sehr schwach.«

»Was sollten sie Ihrer Meinung nach tun?«

»Nichts. Höchstens ein wenig höher in die Berge gehen, wo die Luft besser ist. Das Seeufer ist gesund, und weiter sollte Mrs. Fitzpatrick sich ohnehin nicht fortbewegen.«

»Es gibt hier einen See?«

»Sie können ihn nicht verpassen. Die Piste führt direkt daran vorbei, er ist zwanzig Meilen lang. Zu dieser Jahreszeit ist das der beste Ort für die junge Frau.«

Der Treck vereinte sich mit anderen, und am nächsten Morgen verließen vierzig Ochsengespanne Carson City, insgesamt fast zweihundert Siedler, die einem Kavallerietrupp folgten. Die Soldaten hatten sich als Führer und Eskorte angeboten. Der Wagen der Fitzpatricks verließ die Stadt als letzter, er bewegte sich so langsam wie möglich, um Aileen zu schonen. Dahinter bildete Arthur Bowman das Schlusslicht des Trecks. Die Reihe der Wagen verteilte sich auf den ansteigenden Serpentinen wie eine Kolonne von Ameisen mit ihren Eiern. Nach jeder Kurve war die Luft ein wenig frischer. Jonathan lenkte seine Ochsen bedächtig, und der Abstand zwischen seinem und den anderen Wagen vergrößerte sich ständig.

Nach dem ersten Gipfel entdeckten sie den großen Lake Tahoe, in dessen blauem Wasser sich über Kilometer hinweg die Wolken des Himmels spiegelten. Aileen ließ sich auch durch den lauten Protest ihres Mannes nicht davon abhalten, auf dem Kutschbock den Anblick der großartigen Landschaft zu genießen. Nach der Trockenheit der Steppe überstieg die Fülle der Farben, die es hier gab, jede Vorstellung, doch ebenso wenig wie die Tausende, die diesen Weg vor ihnen zurückgelegt hatten, hielten die Siedler dieses Trecks am Pass an. Ohne sich lange um die Schönheit der Natur zu kümmern, zogen sie weiter nach Westen. Arthur dachte an die Mormonen, die ihre Stadt in einem ausgetrockneten Tal errichtet hatten, an die Bürger von Reunion, die sich in einer steinigen Gegend von Texas angesiedelt hatten und verzweifelt nach Wasser für ihre Felder gesucht hatten, an all die kleinen und größeren Niederlassungen, die aus absurden Gründen an reizlosen Orten gegründet worden waren, wo die Natur nur wenig hergab, und verglich sie mit diesem Flecken Erde, wo alles wie geschaffen schien für ein gutes Leben. Die Berge, in denen Penders sein Paradies gefunden hatte, mussten ähnlich ausgesehen haben.

Um die Mittagszeit machte die Siedlergruppe, die mit den Fitzpatricks aus Saint Louis gekommen war, am Ufer halt. Die Familien waren in Eile; sie wollten so bald wie möglich den Rest des Trecks erreichen und verabschiedeten sich umstandslos von dem jungen Paar. Aileen Fitzpatrick übergab einer Freundin einen Brief für ihre Familie in Rio Vista bei San Francisco, in dem sie ihnen die Gründe für die Verzögerung erklärte und versprach, nach der Geburt des Kindes, noch vor Ende des Sommers, bei ihnen einzutreffen. Alle wünschten ihr Glück, und dann war ihr Wagen der einzige am See, und Aileen und Jonathan Fitzpatrick wandten sich an Bowman.

»Sie sollten mit ihnen gehen, Mr. Penders.«

Arthur stieg ab, führte Trigger zum Ufer und ließ sie trinken. Dann fragte er: »Was werden Sie jetzt tun?«

Der junge Mann richtete sich auf.

»Das Wetter ist gut. Wir werden uns einen Ort suchen, wo wir drei Monate bleiben können. Es gibt Wild hier und viele Pflanzen und Beeren. Wir sind an dieses Leben gewöhnt, Mr. Penders, wir werden es schaffen. Wenn wir uns beeilen, werden wir bis zum Sommer sogar einen Garten haben. Es wird nur einige Wochen dauern.«

Arthurs Blick folgte den letzten Planwagen, die sich langsam von ihnen entfernten.

»Einige Wochen?«

Aileen wandte sich an ihren Mann.

»Und es gibt auch ein paar Siedlercamps am See. Wir könnten uns ein paar andere Leute suchen, damit du nicht ganz allein bist, wenn ich nicht mehr arbeiten kann.«

Sie war bleich, aber sie lächelte. Jonathan sah Bowman an.

»Sehen Sie, so schlimm ist es nicht. Dieser Ort ist ideal. Aileen wird hier am See entbinden, und dann machen wir uns mit einem anderen Treck wieder auf den Weg. Noch vor dem Herbst werden wir in San Francisco sein, und wenn Sie dort vorbeikommen, müssen Sie uns besuchen.«

Bowman betrachtete den jungen Mann, der versuchte, mit fester Stimme zu sprechen, um vor seiner Frau nicht schwach zu erscheinen. Er stieg in den Sattel. Sein Blick blieb an Aileen Fitzpatricks dickem Bauch hängen.

»Ich brauche dem Treck nicht zu folgen. Ich werde weiterziehen, sobald Sie den Ort gefunden haben, an dem Sie bleiben können.«

*

Die Gold- und Geldsucher von Mount Davidson, etwa vierzig Meilen östlich des Sees, waren noch nicht hier gewesen. In den kleinen Feldlagern, die sie besuchten, fragten die Bewohner, bevor sie grüßten, ob sie Gold schürfen wollten. Sie hofften, dass niemand in ihrer Gegend eine Ader des kostbaren Metalls finden würde. Die Regierung von Utah hatte das Land von den Paiute-Indianern gekauft – was wenig bedeutete, da die Indianer sich nicht für die Eigentümer ihres Landes hielten und die gezahlten Summen lächerlich gering waren. Ein Büro in Carson City verwaltete die Grundstücke, setzte Grenzen und Preise fest, stellte Kaufurkunden aus und sammelte Geld ein.

Ein alter Mann, der nach Aas stank und behauptete, schon über fünfzehn Jahre in der Sierra zu leben, erklärte ihnen, sie sollten sich keine Sorgen machen und die Repräsentanten des Staates zur Hölle schicken.

»Lassen Sie sich einfach irgendwo nieder. Wo Sie wollen. Die Agentur in Carson ist eine nichtsnutzige Bande. Besser, diese Leute tauchen hier gar nicht erst auf. Ich bin im Jahr 44 gekommen, mit Frémont und Carson, und habe mich seither nicht einen Zentimeter wegbewegt. Die sollen es bloß wagen, einen Kaufvertrag von mir zu verlangen! Ich hab ihn in Fetzen gerissen.«

Am Ostufer des Sees reihten sich im Abstand von ein, zwei Meilen Blockhütten aneinander. Es gab Hunde und Kinder, prasselnde Feuer und Kessel darüber, Felle hingen zum Trocknen über Lattengestellen, und überall roch es nach Aas. Familien und allein lebende Trapper waren in Stoffe und Pelze gekleidet; die Kinder hatten lange Haare, die Männer Bärte, und die Kleider der Frauen schoben sich bis zu den Knien hoch. Es waren halbwilde, schweigsame und misstrauische Leute, weder Indianer noch Weiße.

Arthur und die Fitzpatricks zogen weiter zum südlichen Ufer des Sees. Dort lag eine letzte Siedlung; sie grüßten eine Frau mit

zwei Kindern auf den Knien, die sie mit gerunzelten Brauen anstarrte; dann fuhren sie zwei oder drei Meilen weit durch men-
schenleeres Gebiet. Sie begannen, nach einem geeigneten Ort
Ausschau zu halten, wo sie sich niederlassen konnten, und entdeckten etwas weiter weg eine grasbewachsene grüne Fläche, die
sich bestens als Lagerplatz eignete. Ein Bach mündete an einer
kleinen, flachen Bucht in den See. Das Wasser war durchsichtig,
die Sonne fiel bis auf den Grund, und man sah die Fische, die sich
reichlich darin tummelten. Am Ende der Bucht wurde das Wasser tiefblau.

Um die Bucht herum wuchs Schilf, dann kam grünes Gras, und
dahinter, dort, wo sich ein sanfter Hang anschloß, wuchsen immer dichter werdende Bäume. Es gab Espen, Pappeln und Wachol-
der und weiter oben Mammutbäume. Fitzpatrick zog die Zügel an,
und die Ochsen blieben stehen. Bowman durchritt mit Trigger
den Bach, ging dann in einem großen Halbkreis bis zum Waldrand
und wieder zurück; es war, als würde er die Grenzen eines Grundstücks abmessen. Zwischen den Bäumen am Hang blieb er stehen
sah hinab auf das kleine grüne Stück Land, während Jonathan und
Aileen abstiegen und zum Wasser gingen. Als er wieder bei ihnen
war, zog Arthur sein Gewehr aus dem Futteral und entsicherte
es. Die beiden jungen Leute starrten ihn verblüfft an. Er hob die
Waffe und zielte in Richtung Berg, wo ein riesiger Redwoodbaum
mit einem Stammumfang von vierzig Metern wuchs. Er nahm sich
Zeit, legte ganz langsam den Finger um den Abzug und drückte
ab. Der Knall der Explosion war ohrenbetäubend. Arthur ließ die
Winchester sinken und betrachtete mit Jonathan und Aileen den
hellen Fleck unter der abgerissenen Rinde. Dann drehte er sich
nach Norden, nahm einen anderen Baum am Seeufer ins Visier
und schoss ein zweites Mal. Aileen Fitzpatrick stieß einen kleinen Schrei der Überraschung und der Furcht aus. Eine weitere
helle Markierung an einem Stamm, der zweihundert Meter weiter
weg lag. Arthur gab Jonathan das Gewehr. Dieser lächelte, wandte
sich nach Süden und zielte auf eine Tanne an der äußeren Grenze
der grünen Lichtung. Als er geschossen hatte, sahen sie, dass sich

ein helles Dreieck am Stamm abzeichnete. Jetzt nahm Aileen die Waffe.

»Was machst du da?«

Sie entsicherte das Gewehr, wandte sich zum See, legte ihre Wange an den Lauf und zielte zum Himmel.

»Aileen! Nicht in deinem Zustand!«

Sie lächelte und feuerte einen vierten Schuss ab, im Winkel von fünfundvierzig Grad, direkt in die blaue Luft oberhalb des Lake Tahoe.

Sie nahmen die Plane ab und verwandelten sie in ein Zelt, in dem sie Werkzeug und die persönlichen Dinge der Fitzpatricks verstauten. Sie besaßen fast nichts. Außer einer alten Matratze hatten sie keinerlei Möbel. Sie legten sie in die Sonne, damit Aileen sich darauf ausruhen konnte, aber die junge Frau ließ es nicht zu. Sie wollte mithelfen beim Aufbau ihres Camps.

Es gab einen Gegenstand auf ihrem Wagen, der Jonathan mit Stolz erfüllte: einen alten Sattel. Seine Frau machte sich über ihn lustig.

»Das Ding da hat er in Independence gekauft, er taugt nichts und war außerdem viel zu teuer!«

Jonathan hörte ihr nicht zu. Er sah Bowman an.

»Es ist ein guter Sattel. Ich werde ihn reparieren.«

»Er hat ihn gekauft, bevor wir eine Matratze zum Schlafen hatten!«

Jonathan achtete nicht auf sie.

»Mr. Penders, wenn wir uns hier niedergelassen haben, werde ich Sie um einen Gefallen bitten.«

Arthur rollte ein Fass zum Zelt und drehte sich um.

»Du kannst die Stute nehmen. Aber brich dir nicht den Hals, wenn du dir ein Pferd einfängst! Denk an deine Frau!«

Fitzpatrick lachte übers ganze Gesicht.

»Diese Tiere sind so schön, Mr. Penders. Ich muss eines mitnehmen nach San Francisco.«

Das Zelt war fertig. Sie brachten Wagen und Ochsen an den

Waldrand und hoben eine Grube aus, die groß genug war, um Wild darin zu braten und Fleisch zu räuchern. Dann markierten sie die Grenze ihres Geländes mit Steinen und Ästen.

Der Tag war lang gewesen. Aileen lag auf ihrem Bett und betrachtete die über dem See untergehende Sonne. Fitzpatrick und Arthur wuschen sich Arme und Gesicht.

»Ich mache noch einen kleinen Spaziergang und schaue, ob ich vor dem Abendessen noch ein bisschen Fleisch finde.«

Jonathan wollte Arthur zuvorkommen.

»Nein, Mr. Penders, ich kümmere mich darum. Sie haben schon genug getan.«

»Du kennst dich hier nicht aus, und es wird bald dunkel. Ich gehe nur ein bisschen spazieren.«

»Es bleibt noch eine Stunde hell. Ich gehe. Und für morgen haben wir genug zu essen.«

Jonathan küsste seine Frau, und Bowman gab ihm das Gewehr.

»Nimm wenigstens das hier mit.«

Jonathan entfernte sich in Richtung Berge; bevor er im Wald verschwand, winkte er ihnen zu.

Bowman machte Feuer und ging daran, Jonathans Gewehr zu reinigen. Es wurde kühl, und unter den Bäumen wimmelte es von Mücken. Frösche kamen aus dem Wasser, und Fische schnappten nach Libellen. Mit einer Decke über den Schultern kam Aileen aus dem Zelt. Sie war unfrisiert und wirkte erschöpft. Sie setzte sich auf einen Stein neben Bowman und schwieg eine Zeit lang mit gesenktem Blick. Er betrachtete sie verstohlen. Ihr Haar war wohl einmal blond gewesen; inzwischen war es nachgedunkelt, nur die Spitzen waren noch hell. Ihr jugendliches Gesicht war rund und weich.

»Es ist sehr freundlich von Ihnen, dass Sie bei uns bleiben, Mr. Penders. Schon im ersten Moment, als ich diesen Ort hier sah, habe ich mich gefragt, warum wir eigentlich weiterziehen müssen nach Rio Vista. Aber jedenfalls werden wir es hier bis zu meiner Entbindung gut haben.«

Sie musste jünger sein als zwanzig, dachte Arthur.

»Wie kommt es, dass ihr beiden ganz allein unterwegs seid?«

Aileen zog die Decke enger um sich.

»Jonathans Eltern sind tot. Wir werden dort in Rio Vista seinen Onkel und seine Tante treffen. Sie sind vor fünf Jahren von Cork aufgebrochen. Meine Eltern waren zu alt, und sie wollten unseren Hof nicht verlassen. Jonathan hat in der Fabrik gearbeitet, jeden Tag, drei Jahre lang, um das Geld für die Reise zusammenzubringen. Sein Onkel hat uns auch etwas geschickt.«

»Dein Mann ist ein tapferer Junge.«

»Ja.«

Sie sah zum Berg hinauf. Langsam verdüsterte sein Schatten die Lichtung.

»Mr. Penders?«

Arthur legte das Gewehr neben sich und hob den Kopf. Sie betrachtete ihn und sagte dann mit abgewandtem Blick: »Am Anfang war ich Ihnen gegenüber misstrauisch. Ich wollte mich dafür entschuldigen. Es hat lange gedauert, bis ich Vertrauen zu Ihnen gafasst habe.«

Bowman zog einen Tabaksbeutel und Penders' Pfeife aus der Tasche.

»Kein Grund, sich zu entschuldigen. Das ist ganz normal.«

Sie lächelte ihm zu, doch Arthur begriff, dass ihr noch etwas anderes auf der Seele lag. Er wartete und stopfte seine Pfeife.

»Darf ich Ihnen eine Frage stellen?«

»Natürlich.«

»Am ersten Tag hatte ich den Eindruck, es ging Ihnen schlecht. Sie sahen irgendwie verloren aus. Sie haben immer wieder Ihren Namen gesagt.«

Bowman schwieg. Die junge Frau rutschte auf dem Stein hin und her und suchte nach Worten.

»Als wäre es nicht Ihr eigener Name und als müssten Sie sich erst daran gewöhnen. Und dann sind Sie immer wieder weggegangen, um etwas zu lesen. Und dann – Ihre Hand – und diese Narbe auf Ihrer Stirn.«

»Was möchtest du wissen?«

Sie senkte den Blick.

»Wir haben Ihnen keine Fragen gestellt, und wenn Sie nicht reden wollen, dann respektieren wir das. Aber ich wollte wissen, ob es ... ob es Dinge gibt, die Sie verbergen.«

Die Gipfel der Sierra röteten sich, während die Sonne unterging, und der See wurde dunkler. Die Mücken sirrten, und die Frösche quakten mit ohrenbetäubender Lautstärke.

»Was ich verberge, ist nicht wichtig. Wenn ich wieder fort sein werde, wird es euch nichts nützen, diese Dinge erfahren zu haben. Das Einzige, was ich dir sagen kann, ist, dass Erik Penders nicht mein wirklicher Name ist.«

Sie betrachtete ihn schüchtern.

»Und wie heißen Sie?«

»Arthur Bowman.«

»Und den anderen Namen, warum sagen Sie ihn immer wieder?«

»Es ist der Name eines Mannes, den ich einmal kannte. Er wurde ermordet.«

Aileen stand auf.

»Ich muss mich jetzt ausruhen. Danke, Mr. Bowman.«

»Falls du dir Sorgen machst: Ich bin nicht der Mörder dieses Mannes.«

»Ich mache mir keine Sorgen.«

Sie ging in ihr Zelt zurück und legte sich hin. Arthur betrachtete die Berge. Es war nun fast Nacht.

Er holte Penders' Tagebuch aus der Tasche und blätterte die Seiten durch. Peevishs Taschenspielertrick änderte nichts daran: Erik Penders war umsonst gestorben, Arthur Bowman würde denselben Weg gehen und denselben Fehler machen.

Er warf das Journal in die Glut und beobachtete, wie es Feuer fing. Dann legte er so viel Holz nach, wie er finden konnte. Die Flammen schlugen drei Meter hoch, man musste sie noch am anderen Ufer und aus großer Entfernung im Wald sehen. Er entfernte sich von der Feuerstelle, dann hörte er Aileens Stimme aus dem Dunkel.

»Ist er noch nicht zurück?«

Bowman versuchte zu lächeln, doch das flackernde Feuer verzerrte seinen Gesichtsausdruck. Die junge Frau fuhr erschrocken zusammen und hörte nicht, was er sagte: »Er wird zurückkommen, mach dir keine Sorgen.«

Zwei Stunden vergingen.

Es hatte keinen Sinn, sich mitten in der Nacht auf die Suche nach ihm zu machen, und ebenso wenig konnte er Aileen allein lassen. Arthur beschloss, beim Feuer zu wachen.

Eine Stunde vor Sonnenaufgang sattelte er Trigger. Aileen war schon aufgestanden. Sie war zutiefst beunruhigt. Weder sie noch Bowman hatten in dieser Nacht ein Auge zugetan.

»Du musst liegen bleiben. In deinem Zustand kannst du ohnehin nichts tun. Ich werde Hilfe holen, und wir werden ihn finden. Ich komme bald zurück.«

Er bestieg das Pferd und entfernte sich im Galopp, immer am Seeufer entlang, bis er das letzte Camp erreichte, das sie am Vortag gesehen hatten. Es war noch dunkel, als er an der Tür der Hütte klopfte. Eine Männerstimme antwortete ihm von drinnen: »Zum Teufel, wer ist da?«

»Gestern sind wir hier vorbeigekommen, eine Familie mit einer schwangeren Frau. Ihr Mann ist gestern Abend zur Jagd aufgebrochen und nicht zurückgekehrt.«

»Ich mache Ihnen auf. Falls das ein Hinterhalt ist – ich habe ein Gewehr in der Hand. Passen Sie auf!«

»Ich bin unbewaffnet. Ich trete von der Tür zurück. Sie können öffnen.«

Die Tür öffnete sich quietschend. Arthur sah den Umriss eines Mannes in langen Unterhosen vor sich. Der Lauf seines Gewehrs schimmerte silbrig.

»Was ist passiert?«

»Es geht um den jungen Mann, den Sie gestern haben vorbeikommen sehen. Er ist vor Anbruch der Dunkelheit jagen gegangen und nicht zurückgekehrt. Seine Frau macht sich die größten Sorgen. Sie kann sich nicht rühren, weil sie schwanger ist. Ich brauche Hilfe. Jemanden, der die Berge kennt.«

Hinter dem Mann tauchte eine Frau auf. Sie hielt eine Lampe in der Hand. Sie strich ein Zündholz an, und das Innere der Hütte wurde hell. Dann drängte sie sich an ihrem Mann vorbei zur Tür.

»Und Sie haben sie ganz allein zurückgelassen?«

»Ich hatte keine Wahl. Ich brauche einen Führer, der mit mir in den Wald geht. Ich habe Geld.«

»Das kommt nicht infrage.«

Sie wandte sich an ihren Mann.

»Joseph Ervin, geh schnell das Pferd satteln. Ich kümmere mich um sie. Ihr beide macht euch auf die Suche. Und hör auf, mit dem Gewehr herumzufuchteln!«

Ervin stellte das Gewehr auf den Boden.

»Wo haben Sie Ihr Lager?«

»Drei Meilen von hier, an der kleinen Bucht.«

Der Mann spuckte aus.

»Es gibt dort oben jede Menge Spalten und Felsabbrüche. Wir müssen den alten MacBain suchen, er kennt sich am besten aus.«

»MacBain?«

»Er ist hier in der Gegend der Älteste, und sein verdammter Köter wird uns ebenfalls gute Dienste leisten.«

Es war der alte Mann, den sie bereits kennengelernt hatten und der ihnen gesagt hatte, dass sie sich niederlassen könnten, wo sie wollten.

»Ich gehe ihn suchen.«

Es war hell geworden, als sie das Lager verließen, Bowman, Ervin und der alte MacBain mit seinem Hund.

Der Tag endete, und die Sonne war bereits hinter den Gipfeln verschwunden, als sie zurückkehrten. Jonathan Fitzpatricks Leiche lag quer über Triggers Sattel. Aileens Schreie hörten erst mitten in der Nacht auf, als ihre Kräfte sie verließen. Am nächsten Morgen fand Mrs. Ervin sie leblos auf ihrer Matratze. Das Laken war voller Blut. So schnell wie möglich spannte Bowman an, doch als er sechs Stunden später in Carson City eintraf, war es nicht mehr nötig, den Arzt zu suchen. Die Frau und das Kind waren gestorben.

*

Ervin half Bowman, eine Grube für die zwei Leichname auszuheben, am Rand der Lichtung und so, dass sie mit ihren Köpfen in Richtung des Schusses lagen, den Aileen über dem Lake Tahoe abgefeuert hatte. Joseph Ervin hatte schon lange zu beten aufgehört, doch nun sagte er einige Worte, und in den Pausen stotterte er immer wieder hilflos:»Lieber Gott…« Seine Frau legte auf den kleinen Erdhügel einen Strauß Blumen aus den Bergen, und bald war Bowman am Ufer des Sees allein, mit dem Planwagen, zwei Ochsen, seiner Stute und einer fleckigen Matratze, über der sich die Mücken sammelten. Er zündete ein Feuer an und warf sie hinein. Dann setzte er sich daneben, holte seine Papiere und sein Schreibzeug und starrte in die Flammen und in die schwarze Rauchsäule, die sich über der brennenden Wolle der Matratze gebildet hatte. Der Geruch war entsetzlich, doch er blieb sitzen, mit seinen Briefen in der Hand, deren Seiten sich in der Hitze einrollten.

Irgendwann verließ er das Lager, ritt nach Carson City hinein und betrat das Büro der Express-Post. Bewaffnet mit einem alten Springfield-Gewehr, machte er sich bald darauf wieder auf den Rückweg entlang der Route, die nach Salt Lake City führte. In der ersten Nacht schlief er am Rand der Piste. Morgens sah er die Kutsche der Express-Post, von zehn Pferden gezogen, in hoher Geschwindigkeit vorbeijagen. In ihrem Innern befand sich die Mappe, die Peevish ihm zurückgegeben hatte, mit etwa fünfzig beschriebenen Seiten – alles, was Arthur von seinem Tagebuch in der Fischerhütte an der Themse bis zu seinem letzten Brief an Alexandra Desmond je verfasst hatte.

Alexandra,

nein, das, was ich geschrieben habe, werde ich nicht verbrennen. Ich schicke es nach Reunion. Ich weiß nicht, wer diese Briefe eines Tages finden wird, da Sie jetzt nicht mehr dort sind. Vielleicht ist ein letzter Bürger dort geblieben, der sie Ihnen nachschicken wird oder sie lesen wird, bevor er sie ins Feuer wirft, wie ich es wahrscheinlich hätte tun sollen. Aber ich wollte die Asche nicht sehen.

Ich bin jetzt am Ufer des Lake Tahoe, in der Sierra Nevada. Wenn Sie weitergezogen wären in diesem Land und diesen Ort gesehen hätten, hätten Sie sich hier niedergelassen, dessen bin ich mir gewiss.

Ich habe einen weiteren Traum beerdigt. Den einer jungen Frau, ihres Mannes und ihres Kindes, das nicht geboren wurde.

Mein Weg endet hier. Ich werde nicht weiterziehen. Der Mörder ist verschwunden. Ich werde ihn nicht weiter verfolgen. Sie sind irgendwo in Frankreich, und ich habe nur noch ein Bild, das ich Ihnen schenken möchte, bevor ich diese Papiere den Pisten anvertraue, damit Sie den ganzen Weg zurückverfolgen können, den ich genommen habe, seit ich Sie traf.

Wir sind zwei Träume, die sich aneinander erinnern.

Ich habe den Namen des Mannes angenommen, den ich suchte, für die Zeit, die ich brauche, um zu begreifen, dass ich noch lebe. Dieses Wunder ist von einer Traurigkeit, die ich noch nicht ermessen kann. Ich verdanke es einem jungen Mann, der es liebte, an der Seite wilder Pferde zu galoppieren, und seiner jungen Frau, die mich durchschaute. Nur Sie und der Prediger kennen nun meinen wahren Namen.

Ich liebe Sie, seit ich Sie zum ersten Mal sah.

Ihr alter Soldat

Als er die Steppe erreicht hatte, wo er mit Jonathan Fitzpatrick zusammen gejagt hatte, verließ er die Piste und machte sich auf die Suche nach einer Herde.

3

Joseph Ervin war dabei, Tierhäute im Wasser des Sees zu waschen, als er das Geräusch von Pferden wahrnahm, die sich näherten. Er ging zum Weg hinauf und begrüßte den Engländer, den er seit zwei Wochen nicht gesehen hatte. Bowman war genauso schmutzig, staubig und müde wie seine Stute. Er führte zwei Pferde mit sich, einen Hengst und eine Stute, und hob grüßend die Hand.

»Wir haben uns um die Ochsen gekümmert. Wo waren Sie?«

Bowman ritt schweigend weiter. Mutter Ervin trat aus der Hütte und beobachtete, wie er sich langsam entfernte.

»Also ist er zurückgekehrt.«

»Er wird nicht weiterreiten.«

»Woher willst du das wissen?«

»Man sieht es.«

»Ach, mach weiter mit deiner Arbeit. Was du alles weißt.«

Nichts hatte sich verändert. Die Ochsen waren angebunden und weideten auf der Lichtung. Der Planwagen stand noch da, das Zelt. die kalte Feuerstelle, die beiden Gräber. Die Blumen hatte der Wind fortgeweht. Die aufgeworfenen Hügel hatten sich abgesenkt.

Arthur band die beiden Mustangs an einem Wacholderstrauch fest und machte sich an die Arbeit. Zuerst schnitt er aus Ästen zwei Kreuze, dann fällte er ein paar junge Bäume. Drei Tage brauchte er, um die Koppel für seine drei Pferde zu umzäunen. Abends, am Feuer, reparierte er Fitzpatricks alten Sattel. In der Nähe des Zauns wählte er eine Stelle für sein Blockhaus, dessen rückwärtige Mauer der felsige Hang war, an den es sich lehnte.

Joseph Ervin gab ihm guten Rat und half ihm, so oft er konnte. Seine Frau und er selbst waren Gerber; sie lebten schon sieben Jahre an diesem Ort. Zunächst hatten sie versucht, Felle zu verkaufen, aber die großen Firmen wie die Bent and Saint-Vrain und die Western Fur Trade Company hatten den Markt bereits unter sich aufgeteilt. Also hatte sich Ervin auf die Herstellung von Leder spezialisiert, das er mit der Rinde der Weißeiche gerbte, wodurch die Häute geschmeidiger wurden als durch die übliche Bearbeitung mit der Rinde der Schwarzeiche. Ihre Ausrüstung war bescheiden, doch die Qualität ihrer Häute verbesserte sich ständig, und ein Händler in Carson City machte ihnen einen guten Preis dafür. Als Amerikaner der dritten Generation hatten sich die beiden in Pennsylvania kennengelernt, bevor sie geheiratet hatten und in den Westen gezogen waren, um hier ihr Glück zu machen. Joseph hatte nie Landwirt werden wollen, doch die Goldgräberträume vom schnellen Reichtum waren ihm ebenfalls fremd. Er betrachtete den Lake Tahoe und sagte: »Verflucht noch mal, ich will gehängt sein, wenn das nicht der einzige Reichtum ist, der zählt.«

Am Grab der Fitzpatricks stehend, kratzte er sich den Kopf.

»Lieber Himmel, es ist immer noch besser, hier zu sterben, mit dem See vor Augen, als in einem kalten dunklen Bergwerk.«

Im Tausch für ihre Hilfe konnten die Ervins sich einen Ochsen ausleihen, wann immer sie ihn brauchten. Am Ende wollte Arthur ihn ihnen verkaufen. Da die Gerber kein Geld hatten, um ihn zu bezahlen, handelte er mit ihnen aus, dass sie ihm beim Bau einer größeren Koppel helfen sollten. Am Ende des Sommers sollte Joseph mit ihm aufbrechen, um weitere Pferde einzufangen.

»Was wollen Sie mit den Pferden anfangen?«

»Eine Zucht.«

»Hier?«

Das Blockhaus ähnelte einem kleinen Fort von vier Meter Seitenlänge, dessen Wände aus entrindeten Stämmen den Eindruck erweckten, als gebe es kaum Platz im Innern. Es hatte zwei Fenster; das eine ging auf die Pferdekoppel, das andere auf den See. Auch das Dach bestand aus Rundhölzern, es war mit Rinde und Erde bedeckt, und rasch begann Gras darauf zu wachsen. Direkt daneben baute Arthur einen kleinen Unterstand aus vier Pfosten und einem Rindendach, wo er den Planwagen und das Werkzeug unterbrachte. Die nützlichen Dinge der Fitzpatricks, vor allem die Küchengeräte, schaffte er in sein Blockhaus. In einem Regal stand dort auch ein gerahmtes Foto des jungen Paars, das stolz vor dem Planwagen posierte; es war kurz vor ihrer Abreise in Saint Louis aufgenommen worden. Dazu Aileens Nähzeug, Jonathans altes Rasiermesser – kaum gebraucht, da er noch gar keinen richtigen Bart gehabt hatte –, ein Medaillon, eine Stickerei, ihre Heiratsurkunde, die Arthur nicht mit ihnen hatte begraben wollen, ein wenig Kleidung und Windeln für ein Neugeborenes. Er hatte es nicht übers Herz gebracht, das alles wegzuwerfen.

Die übrigen Kleider schenkte er seinen Nachbarn. Joseph trug ein Hemd von Jonathan, Mutter Ervin bekam einen Rock von Aileen, Vernon, ihr ältester Sohn von zwölf Jahren, erhielt ein Paar Schuhe. Die Gerber hatten drei Kinder, zwei Jungen und ein Mädchen, wortkarge, wilde Geschöpfe, die um Bowmans Lager streiften, ihren Eltern zur Hand gingen und den Rest ihrer Zeit im Wald verbrachten. Vernon war schon ein guter Schütze und legte in den Bergen Schlingen aus; mit den Fellen von Mardern und Nerzen verdiente er sich ein wenig eigenes Geld.

Sobald er sich häuslich eingerichtet hatte, kümmerte sich Arthur um die Pferde. Mehrere Tage lang beobachtete er sie nur. Ihr Verhalten, ihre Reaktionen Trigger gegenüber. Er hatte sich an Jonathans Bemerkungen und Ratschläge erinnert, als er seinen Hengst und seine Stute ausgewählt hatte. Sie sollten Fohlen bekommen, aber Bowman wollte sie auch zähmen.

Der Hengst war nicht der Anführer der Herde gewesen, dazu war er noch zu jung, doch schien er für diese Rolle bestimmt zu sein, sobald er sich im Kreis der anderen Pferde bewährt hätte. Er verfügte über eine außerordentlich gute körperliche Konstitution, und Bowman bemerkte, dass er auch nach der Führungsrolle strebte.

Die Stute war so ruhig und ausgeglichen wie Trigger. Als Arthur sie gefangen und von der Herde getrennt hatte, hatte sie nicht viel Widerstand an den Tag gelegt, sich ihm sogar freiwillig genähert, wie um seine Absichten zu ergründen. Sie hatte ihr Schicksal nicht einfach hingenommen, sondern sich erst gefügt, als sie Bowmans Entschlossenheit gespürt hatte.

Der Hengst war wild, man musste ihn in den Griff bekommen. Mit der Stute würde es leichter gehen.

Trigger ließ sie an ihrer Seite fressen. Penders' Pferd war seit Langem an den bequemen Zustand gewöhnt, sich sein Futter nicht mehr selbst suchen und sein Territorium nicht mehr verteidigen zu müssen. Und Trigger gefiel dem Hengst.

Mitte Juni begann Arthur, mit ihm an der Longe zu arbeiten. Er lebte jetzt schon fast zwei Monate am Lake Tahoe und hatte die Gewohnheit angenommen, sich morgens im See zu waschen. Er warf seine Kleider über ein Holzgestell und sprang nackt ins Wasser. Auf einen Baumstumpf hatte er einen kleinen Spiegel gestellt, den er unter den Sachen der Fitzpatricks gefunden hatte, davor rasierte er sich mit Penders' Rasiermesser.

Seine Briefe mussten schon längst in Texas sein. Falls Alexandra Desmond noch in Reunion war, hatte sie sie inzwischen bekommen. Mit dem Geld, das er ihr gegeben hatte, hätte sie eine Fahrt in der Postkutsche bezahlen und zu ihm reisen können. Vielleicht brauchte sie noch Zeit, um ihre Entscheidung zu treffen und einige Dinge zu regeln, bevor sie abreiste. Wie damals, als er am Rand der Piste von Salt Lake City auf Peevish gewartet hatte, ließ er ihr noch Zeit, bevor er nicht mehr an ihr Kommen glauben wollte. Er begann, Bäume für die zweite Koppel zu fällen. Dann trieb er Pflöcke in den Boden und verband sie mit Querhölzern. Joseph sagte ihm, dass es bei größerer Hitze unmöglich sei, Mustangs einzufangen.

Sie machten sich bereit; Joseph mit seinem Arbeitspferd – einem Halbblut, jung genug, um galoppieren zu können, schwer und robust –, Vernon auf Trigger, die sich leichter führen ließ als die frisch zugerittene Stute, die Arthur bestieg. Sie hatten das Springfield-Gewehr und Ervins Karabiner dabei; die Winchester war in dem Felsspalt verschwunden, aus dem sie Jonathans Leiche gezogen hatten. Sie überließen es Mutter Ervin, sich in ihrer Abwesenheit um die Tiere und um Arthurs Haus zu kümmern.

Mit den fünf Dollar, die ihm geblieben waren, kaufte Arthur in Carson City so viele Lebensmittel, wie er bekommen konnte, außerdem Wasserflaschen und Seile. Anfang Juli machten sie sich auf den Weg, und Arthur versprach Joseph die Hälfte des Geldes, das er für seine ersten verkauften Pferde bekommen werde. Schließlich riskierte Ervin einiges. Das Einfangen der Wildpferde war gefährlich, und obwohl Bowman schon ein recht gutes Auge besaß, kannte er sich mit der Zucht noch nicht aus. Joseph überlegte nicht lange, und sie bekräftigten ihre Vereinbarung per Handschlag.

»Ein paar Wochen ohne meine Frau, das ist schon der beste Vertrag, den ich seit unserer Heirat geschlossen habe.«

Als sie einen Reisewagen kreuzten, der in Richtung Carson City fuhr, blieb Arthur stehen und bemühte sich, einen Blick in den Kutschkasten zu erhaschen. Drei Tage später waren sie einer Herde auf den Fersen. Sie hatten vor, noch einen Hengst und mindestens fünf Stuten einzufangen. Für zwei Reiter – Vernon hatte die Aufgabe, die eingefangenen Tiere zu bewachen –, war das eine äußerst anspruchsvolle Aufgabe. Sie schätzten, dass sie drei Wochen brauchen würden. Denn es ging nicht nur darum, einzelne Tiere einzufangen; sie mussten der Herde zunächst auch eine Zeit lang folgen und sie beobachten, um sich die interessantesten Pferde auszusuchen.

»Es gibt Leute, die auf sie schießen. Sie verletzen sie am Hals und warten darauf, dass die Wunde sie ermüdet, dann fangen sie sie. Wenn man ein guter Schütze ist, kann man auf diese Weise Zeit gewinnen – wenn man nicht richtig trifft, bleiben immer noch genug andere Pferde übrig.«

Bowman weigerte sich, so vorzugehen, und Joseph sprach nicht mehr davon.

Das Territorium der Herde erstreckte sich über Hunderte von Hektar. Zunächst spürten sie die Pferde auf, dann ritten sie wieder nach Westen, in Richtung Berge, wo die Mustangs ihre Futterstellen hatten. Wenn Hitze und Trockenheit einsetzten, konnten sich die Pferde nicht mehr sehr lange von den Grasflächen und Wasserlöchern entfernen. Die Männer setzten sich auf ihre Fährte und suchten nach einem geeigneten Lagerplatz. Sie brauchten Wasser und ein Gelände, auf dem Vernon die gefangenen Tiere leicht bewachen konnte. Nach einer Woche machten sich Arthur und

Joseph auf, um die ersten Pferde einzufangen. Vernon blieb mit der neuen Stute, die noch nicht an die Verfolgung der Wildpferde gewöhnt war, im Lager zurück.

Arthur fand die Herde, der sie zuvor schon nachgestellt hatten, nicht wieder, aber andere, größere Pferdegruppen, die sich zusammenfanden und wieder zerstreuten, je nach Nahrungsangebot und den Machtverhältnissen untereinander. Der felsige Boden machte die Jagd nicht einfacher, doch wie sie gehofft hatten, kam eine Gruppe von Pferden, die vor ihnen geflohen war, bald wieder zu der Stelle zurück, an der sie Nahrung fand. Ervin war auch kein Pferdekenner, aber ein guter Jäger. Er platzierte sich so, dass der Wind seinen Geruch nicht zu ihnen trug, er konnte Fährten lesen, und er wählte die Stellen, an denen sie die Pferde leicht überwältigen konnten.

Nach vier Tagen kehrten sie mit drei gefangenen Mustangs, ausnahmslos Stuten, in ihr Lager zurück. Nach einem Tag an der Longe folgten ihnen die Tiere, die sich wie wild gegen ihre Gefangennahme gewehrt hatten, schon willig zur Tränke. Sie hatten auch eine Antilope erlegt und ruhten sich so lange aus, bis sie frische Kräfte gesammelt hatten und von Neuem aufbrechen konnten. Es galt nun, schnell zu sein. Denn nach nur wenigen Tagen würden die gefangenen Tiere keine Angst mehr haben, und Vernon und ein paar Stricke würden sie nicht mehr davon abhalten, das Weite zu suchen.

Am fünfzehnten Tag fingen sie zwei weitere Stuten.

»Wir bringen sie ins Lager und holen uns dann den Hengst. Hier können wir nicht länger bleiben.«

Es wurde immer heißer, und sie hatten wenig zu essen und kaum noch etwas zu trinken. Ihre Reittiere waren so müde, dass sie Gefahr liefen, sich zu verletzen. Und Joseph begann sich auch Sorgen um seinen Sohn zu machen. In den Nächten hörte man Wölfe heulen, was Ervin beunruhigte, auch wenn er wusste, dass Vernon gut schoss und auf dreißig Meter Entfernung noch den kleinsten Vogel traf.

Als sie im Lager eintrafen, hatten sie immer noch keinen

Hengst. Der Junge erwartete sie mit einer Beule am Kopf, einem blauen Auge und zerrissenem Hemd. Als sie am Feuer saßen, erzählte er ihnen, dass er versucht hatte, eine der Stuten zu reiten. Sie hatte ihn aber abgeworfen und zwanzig Meter mitgeschleift, ohne dass er die Zügel losließ.

»Sie hatte noch nicht gefressen. Ich glaube, sie war müde, deshalb hat sie am Ende aufgegeben.«

Joseph trommelte mit den Fäusten auf den Rücken seines Sohnes, lachte laut und war stolz wie ein Schneekönig. Am nächsten Tag beschlossen sie, dass Arthur allein losritt. Wenn die Stuten entkamen, wäre alles umsonst gewesen, und Bowman hatte kein Geld mehr, um eine neue Expedition auszurichten. Wildpferde gab es überall in der Steppe, aber die Jagd kostete Geld. Er würde ein ganzes Jahr verlieren, bis er wieder genug zusammenhatte, und dazu würde er sich in Carson City Arbeit suchen müssen.

Auf der Suche nach einem Zuchthengst machte er sich also allein auf den Weg und fand zwei Tage später eine vielversprechende Herde, die er einen weiteren Tag lang verfolgte. Er brauchte einen gut gebauten Hengst, jedoch mit einem anderen Charakter als der, den er bereits besaß. Ein starkes, aber ruhiges und ausgeglichenes Tier. Ein demütiges Pferd, das in der Lage wäre, Stolz und Hochmut des ersten Hengstes auszugleichen.

Es war das, was ihm Jonathan Fitzpatrick gesagt hatte: »Wir müssen gegensätzliche Charaktere wählen, Mr. Penders. Um Rennpferde zu produzieren, folgt man immer dem gleichen Muster. Es geht um Rahmen, Muskeln, Schnelligkeit. Aber was das beste Pferd der Welt ausmacht, ist sein Charakter. Man muss also eine Persönlichkeit konstruieren, Eigenschaften mischen. Das Pferd muss Stolz besitzen, aber auch Demut. Beides ist nötig.«

Seine Wahl fiel auf einen Appaloosa, dessen Fell wie ein umgekehrter Himmel aussah, weiß, mit schwarzen Sternen gefleckt. Arthur beobachtete ihn einen weiteren Tag, folgte seinen Bewegungen und prägte sich seine Reaktionen ein, wenn die Herde zu galoppieren begann, an einem Wasserloch trank oder graste.

Er wartete bis zum Ende des Tages. Die Herde war viel in Bewegung gewesen, und die Mustangs waren erschöpft. Sie standen in kleinen Gruppen in einem kleinen Tal, um ein halb eingetrocknetes Wasserloch herum. Bevor der Appaloosa nach den ranghöheren Hengsten den Kopf senkte, um zu trinken, stürmte Arthur laut schreiend den Abhang hinunter.

Das Pferd drehte genau in die Richtung ab, die er vorhergesehen hatte, und fand sich bald von den anderen getrennt. Als es allein in Richtung Berge galoppierte, heftete sich Bowman an seine Fersen.

*

Die sechs Pferde folgten mühelos der Piste. Die Reiter bemühten sich, ein gutes Tempo vorzulegen, um sie zu ermüden, ohne sie an den Rand der Erschöpfung zu bringen. Abends hatten die Hengste nichts anderes mehr im Kopf als zu trinken und zu fressen.

Als sie nach drei Wochen in der Steppe wieder in Carson City einritten, stanken sie wie der alte MacBain. Ervin und Vernon durchquerten die Stadt wie heldenhafte Heimkehrer aus einem Krieg. Joseph hatte Lust, zur Feier des Tages einen Saloon aufzusuchen, aber Bowman wollte, dass sich die Tiere so bald wie möglich erholten.

Ervin begnügte sich damit, in einem Laden, in dem er schon einmal Kredit bekommen hatte, Whiskey zu kaufen. Man gab ihm die Flasche, nachdem er erklärt hatte, dass die Hälfte aller Fohlen, die aus dem Bauch dieser Stuten kämen, ihm gehören würde. Auf dem Heimweg hatte er nach dem ersten Pass die Flasche schon halb ausgetrunken und gab auch seinem Sohn ein paar Schlucke zum Probieren. Vernon grinste, und sein Vater sang. Bowman sah sie in ihre Hütte eintreten, wo Mutter Ervin sie mit Flüchen begrüßte und sie in den See zum Baden schickte.

Als Arthur die Bucht erreichte, wieherte der Hengst, und die neuen Mustangs antworteten ihm. Er führte die eingefangenen Wildpferde in die Koppel, füllte die beiden Wasserbehälter auf und ließ sie trinken, dann führte er sie zum saftigsten Gras und band sie fest. Nachts kamen sie wieder in die Koppel. Danach konnte er endlich ausruhen. Er ging in sein Haus, warf sich aufs Bett und schlief in allen Kleidern ein.

Am nächsten Morgen ging er schwimmen und näherte sich der Stelle am Ende der Bucht, wo der Berg steil abfiel und das Wasser des Sees dunkel wurde. Ein Lächeln auf den Lippen, rasierte er sich vor dem Spiegel und drehte sich immer wieder zu den Pferden um, die ihn beobachteten und auf ihr Futter warteten. Sauber und in frischen Kleidern besuchte er das Grab von Jonathan und Aileen.

»Ich kann ihnen keine christlichen Namen geben, sonst hätte ich sie nach euch benannt, den Hengst und die erste Stute. Aber das geht nicht. Und außerdem würde es mir nicht gefallen. Ich hab mir etwas anderes ausgedacht. Da meine Stute Trigger heißt, werde ich den Hengst Springfield nennen. Sie gefallen einander. Und deinetwegen, Aileen, habe ich die neue Stute Beauty genannt.«

Er versorgte die Mustangs und ließ Springfield ein wenig arbeiten. Dann begann er mit den Vorbereitungen auf den bevorstehenden Herbst und den Winter.

Die Ervins hatten mithilfe seines Ochsen ihren Gemüsegarten vergrößert und würden sich um die Getreide- und Kartoffelvorräte kümmern. Um Heu zu machen, war es zu spät; diesen Winter würde Arthur seine Herde auf Weiden führen, die etwas tiefer lagen und ausreichend Nahrung versprachen. Nun musste noch Fleisch getrocknet werden, ein Stall musste errichtet, Holz musste gesammelt und aufgeschichtet werden, und im Blockhaus musste er einen Ofen und einen Schornstein bauen. Wenn das Wild unter der Schneedecke schlief, würde es immer noch möglich sein, im See Fische zu fangen.

Anfang September hatte er einen Ofen und genug Fleisch und machte sich an den Bau des Stalls. Beauty und zwei weitere Stuten waren bereits trächtig.

In drei Wochen stand das Gerüst. Manchmal halfen ihm Vernon und Joseph, ein andermal ging ihm der alte MacBain zur

Hand. Da er kein Geld hatte, um sich Bretter zu kaufen, und keine Zeit, sie selbst zurechtzusägen, dämmten sie das Gebäude mit Rindenstücken, die sie mit Lehm aus dem Grund der Bucht vermischten. Zwei Tage brauchte Arthur, um einen großen Mammutbaum zu fällen, ihn zu entasten und auszuhöhlen und zu seiner Ranch zu ziehen. Er machte mehrere Tränken daraus. Auch junge Tannen höhlte er aus und verwandelte sie in Regenrinnen. Einen Teil des abgeleiteten Regens fing er in einem Behälter auf, sodass sein Haus immer mit Wasser versorgt war.

Bevor er seine Reserven an Feuerholz auffüllte, trieb er zwei Pfosten in die Erde – neben dem Baum, in den er einst eine Kugel geschossen hatte und der jetzt die nördliche Grenze des Grundstücks bildete. Er spaltete einen Mammutbaumklotz und bearbeitete ihn mit der Axt, bis er ein drei Meter breites Schild hatte, auf dem er mit einem Stück glühendem Eisen Buchstaben einbrannte. Das Schild nagelte er – hoch genug, dass ein Mann auf einem Pferd hindurchkam – an die Pfosten: *Fitzpatrick-Ranch*. Familie Ervin und der alte MacBain kamen eines Abends zu Besuch, und sie feierten die offizielle Einweihung, fünf Monate nach dem Eintreffen des Ehepaars Fitzpatrick und jenes Mannes, den sie Erik Penders nannten. Der Alte hatte eine Flasche Schnaps mitgebracht, den er selbst hergestellt hatte.

Am nächsten Morgen badete Arthur und spürte die kühle Luft auf seiner Haut, als er aus dem Wasser kam. Das leichte Frösteln verkündete den Wechsel der Jahreszeit. Der Oktober begann, und das Laub der Blätter färbte sich braun und gelb. Vor dem Spiegel rieb er sich Seife auf die Wangen. Die Pferde tummelten sich inzwischen frei auf dem Gelände der Ranch; in immer weiterer Entfernung suchten sie sich das saftige Gras, das sie brauchten. Beauty blieb meistens in der Nähe der Gebäude. Sie kam zu ihm und schnupperte an seinem feuchten Haar.

Er streichelte ihren Kopf und wartete darauf, dass sie wieder ihrer Wege ging.

»Lass mich in Ruhe, ich werde mich noch schneiden.«

Die Stute zog sich ein wenig zurück. Er klappte Penders' Rasiermesser auf, hob das Kinn und setzte die Klinge an. Die Stute spitzte die Ohren und drehte unvermittelt den Kopf. Dabei versetzte sie Arthur einen Stoß, und die Klinge fuhr in seinen Hals. Er beugte sich über das Wasser, wusch die Seife ab und nahm den Spiegel. Es war ein tiefer Schnitt. Er drückte seine Finger darauf. »Verdammt noch mal! Siehst du, was du angerichtet hast?« Die Stute fixierte das Tor der Ranch. Arthur folgte ihrem Blick. Auf einem offenen Fuhrwerk näherten sich zwei Menschen, ein Kutscher und ein Fahrgast. Der Fahrgast hob grüßend den Hut. Ein farbiger Fleck glänzte in der Sonne. Arthur rannte zu dem Gespann, ohne sich das Hemd anzuziehen. Der Kutscher zog die Zügel an und blickte staunend auf diesen großen, halb nackten Mann, dessen Oberkörper voller Narben war und von dessen Hals Blut tropfte.

Alexandra Desmond stieg vom Wagen, schüttelte ihren Rock und kam auf ihn zu.

»Hatten Sie Angst, dass ich mich mehr für die Landschaft als für Sie interessieren würde, Mr. Bowman?«

Arthur stotterte, indem er mit der Hand zur Kehle fuhr: »Es war ... Beauty ... sie hat mich gestoßen.«

»Beauty?«

»Die neue Stute.«

Der Kutscher räusperte sich.

»Ich muss zurück. Soll ich Ihre Sachen hierlassen, Madam?«

Sie wandte sich zu ihm.

»Ja, Sie können sie abladen.«

Arthur hatte das Gefühl, sein Herz würde stillstehen. Ein Schauer überlief ihn, als sich Alexandra wieder zu ihm drehte.

»Wir müssen Sie verbinden. Und dann erzählen Sie mir alles, was ich noch nicht weiß.«

*

Alexandra verließ nackt die Hütte, passierte die Pferdekoppel und stieg langsam ins Wasser. Einen Moment lang schwebten ihre Haare auf der Oberfläche wie rote Algen, dann tauchte sie unter.

Eine Decke über den Schultern, kam auch Arthur aus dem Blockhaus und näherte sich dem Wasser.

Sie schwamm weit hinaus, legte sich dann auf den Rücken und ließ sich treiben, bevor sie sich wieder auf das Ufer zubewegte. Das nasse Haar fiel ihr auf Schultern und Brust. Sie sah Arthur an und wartete darauf, dass er lächelte. Als er sie in die Decke hüllte, schmiegte sie sich an ihn. Sie legten sich ins Gras, um sich von der Sonne trocknen zu lassen.

»Alexandra?«

Sie drehte sich auf die Seite, ihre Wange berührte seine Brust.

»Ich weiß, es ist vielleicht eine dumme Frage, und ich dürfte sie eigentlich nicht stellen, aber ich würde gern wissen, ob du hierbleibst.«

»Arthur?«

Er sah sie an.

»Ja?«

»Ich hätte gern, dass du mich darum bittest.«

»Das habe ich schon getan.«

Sie lächelte. Arthur fuhr mit seiner verkrüppelten Hand durch ihr Haar.

»Alexandra, möchtest du mit mir zusammen hierbleiben?«

»Ja. Unter einer Bedingung.«

»Welcher?«

»Dass du mir das noch einmal sagst, was du mir geschrieben hast.«

Sie löste sich von ihm und legte den Kopf auf ihren Arm. Arthur rollte sich auf die Seite und sah ihr in die Augen.

»Der Brief eines alten Soldaten reicht dir also nicht?«

»Doch – aber ich will es aus deinem Mund hören.«

»Warum?«

»Damit dieser Ort so wird, wie ich ihn mir immer erträumt habe.«

»Ich liebe dich, seit ich dich zum ersten Mal sah.«

Sie legte ihm die Hand auf die Wange.

»Wo war das?«

»Auf der Treppe, im Hotel von Fort Worth.«

»Das kann nicht sein.«

Arthur überlegte einen Moment, den Blick auf ihre grauen Augen gerichtet.

»Doch, aber ich habe es nicht gleich begriffen.«

»Wann hast du es begriffen?«

»Später, als ich sah, wie du diesem jungen Mann deine Tür geöffnet hast.«

Sie lächelte.

»Du hast das gesehen?«

»Ich war unten, im Speisesaal.«

»Warum war es gerade dieser Moment?«

»Weil du mich auch gesehen hast, bevor du den Jungen eingelassen hast – und wir haben das Gleiche gedacht.«

Sie lachte, gab ihm einen Stoß und schmiegte sich mit Bauch und Brüsten an ihn.

»Brauchst du es, dass ich dich liebe?«

»Nein.«

»Dann sage ich dir nicht, wann es angefangen hat.«

»Ich weiß es.«

Sie erhob sich, setzte sich auf ihn und streichelte mit den Fingerspitzen die Wunde an seinem Hals und die Narben auf seiner Brust.

»Das kannst du nicht wissen.«

»Doch. Als ich in Kramers Haus ging, um die Gespenster aus deiner Stadt zu verjagen. Ich war im Haus und sah durchs Fenster, und du standest auf der anderen Straßenseite, vor dem schwarzen Schuppen.«

Sie verharrte reglos.

»Da habe ich es noch nicht verstanden.«

Arthur berührte ihre Brüste. Alexandras Bauch spannte sich. Er streichelte ihre Beine und ihren Hintern, und sie kam auf die Knie, nahm seinen Penis in die Hand und führte ihn langsam in sich ein, ohne den Blick von ihm abzuwenden.

»Es wird keine Gespenster mehr geben.«

»Nur noch eines.«

Alexandra schloss die Augen, hob und senkte sich gegen ihn und biss sich dabei auf die Lippen.

»Dein Name?«

»Arthur Bowman gibt es nur noch für dich.«

4

In der Schmiede von Carson City bestellte Arthur ein Stück Eisen, um die Tiere mit einem Brandzeichen zu versehen, und ein größeres für die Markierung der Grenze. Alexandra Desmond und Erik Penders hatten Land gekauft und erhielten im Grundstücksamt der Stadt ihre Kaufurkunden. Das Gelände der Fitzpatrick-Ranch erstreckte sich vom Ufer des Lake Tahoe bis zum Rand des Grundstücks der Ervins, es war etwa eine Meile breit und von Ost nach West etwas mehr als vier Meilen lang. Tausend Hektar Wiesen oberhalb von Carson City und ein bewaldeter Gipfel, der zum See abfiel. Am Ende des Herbstes wurden die Grenzen festgelegt. Neben den Grenzpfosten wurde ein Feuer entfacht, um das Eisen zum Glühen zu bringen, das das Zeichen der Ranch einbrannte. Eine horizontal geteilte Raute, zweimal der gleiche Buchstabe, zwei aneinandergelehnte A.

Der junge Vernon Ervin wurde als Stallbursche engagiert, und vor dem ersten Schnee unternahm Arthur erneut eine Expedition von drei Wochen in den Steppen von Utah, diesmal mit sechs Männern, die er in der Stadt in Dienst genommen hatte. Zu der bestehenden Herde von sieben Pferden kamen zwanzig neue Mustangs hinzu.

Joseph Ervin wurde zum Vorarbeiter ernannt, sein Sohn assistierte ihm. Die Hälfte seiner Zeit verbrachte er nun auf der Ranch; während der übrigen Zeit war er Gerber. Er plante den Bau einer großen Gerberei. Die Ranch streckte ihm das Geld für die Errichtung der dazu notwendigen neuen Gebäude vor.

Das Letzte, wozu der Winter ihnen noch Zeit ließ, war der Bau einer Koppel und eines provisorischen Unterstands für die Tiere. Dann begann der Boden zu frieren. Anfang Dezember hatte Arthur noch tausend Dollar aus dem Vermögen von Captain Reeves. Die Bucht bezog sich mit Eis. Alexandra und Arthur verbrachten ihren ersten gemeinsamen Winter im Blockhaus. Da die Fleischreserven nicht für zwei reichten, waren sie gezwungen, mehrmals in die Stadt zu reiten. Glücklicherweise fiel in diesem Jahr nicht allzu viel Schnee. Sie brauchten drei Stunden von ihrem Haus bis Carson City.

Die Fitzpatrick-Ranch errang sich rasch einen eigenartigen Ruf. Wenn Mrs. Desmond auf ihrer Stute auftauchte, in Männerkleidern und mit langen roten Haaren, die über ihren Pelzmantel hingen, wurde getuschelt. Zuweilen besuchte sie Henry Mighels im Büro der Lokalzeitung *Carson Daily Appeal,* und es hieß, sie treffe sich mit dem Journalisten, um Bücher zu bestellen und Debatten mit ihm zu führen.

Zweimal kam sie auch in Begleitung von Penders in die Stadt. Als man sie nebeneinander reiten sah, grüßte man sie überall als die Ranchbesitzer, die sie nun waren. Sie besaßen ihr Eigentum zu gleichen Teilen, und sie lebten, so hieß es, in einem Haus, das zu klein war für zwei einzelne Betten. Sie waren nicht verheiratet.

Man wusste nichts von ihnen, und trotz ihres unsittlichen Lebenswandels zeigten sie sich ohne Scham in der Stadt – sie mit offenem Haar, und er mit seinem Blick, der über ihre Köpfe hinweg in die Ferne wanderte, seinen breiten Schultern und der Narbe mitten im Gesicht. Ihre Pferdezucht in den Bergen war ein weiteres Thema des Stadtgesprächs; alle lachten darüber. Niemand hielt etwas von dem Land dort, niemand glaubte daran, dass man da Tiere züchten konnte. Der Winter dort war zu hart. Es war ein Ort für Trapper, Waldläufer und Paiute-Indianer, die sich, wie es hieß, von Schilfrohr ernährten. Die Männer, die beim Einfangen der Mustangs dabei gewesen waren, erzählten, dass Penders die Pferde nach ihrem *Charakter* ausgewählt habe. So etwas Lächerliches war den Leuten noch nie zu Ohren gekommen. Es gab aber auch andere, die diese Meinung nicht teilten und sagten, dass Penders und Alexandra Desmond nicht verrückt seien und der Osthang der Ranch aus gutem Weideland bestehe. Schließlich mussten alle einräumen, dass die Fitzpatrick-Ranch keine schlechte Sache sei. Das Land dort war dreimal preiswerter als die Grundstücke in der Nähe von Carson, und auf die Dauer könne es gut möglich sein, dass das Ganze doch noch Erfolg hätte. Man schwor, dass man nie dort arbeiten würde, und doch hatten einige Zimmerleute bereits Arbeitsverträge für das nächste Frühjahr unterschrieben.

Als Penders bei einem Besuch der Stadt im Februar 1861 von Abraham Curry gegrüßt wurde, Besitzer der Eagle-Ranch und Gründer von Carson City, dämpfte sich der Ton der Kommentare; und bald gab es unter den achthundert Bewohnern keinen mehr, der Lust hatte, es sich mit Penders zu verderben.

»Ich hab gesehen, wie er ganz allein einen Hengst eingefangen hat, dem ich mich nicht auf zwanzig Meter genähert hätte, ohne ihm zwei Kugeln in den Kopf zu verpassen, und noch eine ins Herz, um sicherzugehen.«

Und wenn die Rothaarige eine Hexe war, selbst in einer anderen Zeit, so hätte man dennoch gezögert, sie auf den Scheiterhaufen zu bringen, aus Angst, dass die Flammen diesen Teufel Penders angelockt hätten.

Im November war der republikanische Kandidat Abraham Lincoln zum neuen Präsidenten der Vereinigten Staaten gewählt worden. Rasch hatten sich South Carolina, Mississippi, Florida, Alabama, Georgia, Louisiana und Texas abgespalten. Im Februar bildeten sich offiziell die Konföderierten Staaten Amerikas. Lincolns Amtsantritt war im März, und im April brach der Bürgerkrieg zwischen dem Norden und dem Süden aus.

Die drei ersten Fohlen der Fitzpatrick-Ranch wurden geboren, als die neue Regierung in Washington die Einberufungsbefehle für achtzigtausend Mann verschickte, die in ihrer Armee dienen sollten. Alexandra ritt jede Woche nach Carson City, wo Henry

Mighels vom *Daily Appeal* sie über die neuesten Ereignisse unterrichtete.

Abraham Curry von der Eagle-Ranch und andere einflussreiche Persönlichkeiten des Utah-Territoriums beschlossen die Abspaltung des westlichen Teils ihres Hoheitsgebiets. Sie schufen das neue Nevada und befreiten sich auf diese Weise von den mormonischen Autoritäten in Salt Lake City. Die in Utah stationierten amerikanischen Truppen wurden in den Süden abgerufen; die von ihnen hinterlassene Leere benutzten die Mormonen, um ihre Macht auf dem verheißenen Land der Kirche Jesu Christi der Heiligen der Letzten Tage zu festigen. In Carson City häuften sich Gerüchte von Indianerangriffen auf dem California Trail, der nun von der Armee nicht mehr beschützt wurde.

Im Mai bauten die Zimmerleute eine große Scheune auf dem Weidegrund im Osten. Darin konnte man dreißig Pferde sowie Nahrungsreserven für die härtesten Wintermonate unterbringen. Anfang Juni engagierte Arthur zwölf Männer für eine weitere Expedition in die Steppe. Er musste ihnen Prämien versprechen; nur so gelang es ihm, ihre Angst vor einer Begegnung mit Indianern ein wenig zu mildern. Schwer bewaffnet verließen sie Carson und kehrten am Ende des Monats mit dreißig Stuten und sieben Hengsten zur Ranch zurück.

Die ersten Stuten hatten nun alle Nachwuchs, es gab Fohlen von Trigger und Springfield, Beauty und dem Appaloosa. Arthur begann, jedem männlichen Tier einen eigenen Bereich zuzuweisen, er hielt mit Alexandra die Stammbäume fest, die Daten, an denen gedeckt worden war, und er stellte je nach Körperbau und Charakter Zuchtpaare zusammen. Im Juli wurden drei weitere Männer als Saisonarbeiter eingestellt, die ihr Lager im Wald, an der östlichen Grenze des Grundstücks, aufschlugen.

Die Zimmerleute hatten mit dem Bau der Gerberei Ervin begonnen. Mutter Ervin machte sich Sorgen wegen der Einberufung. Die Regierung brauchte immer mehr Soldaten, und ihr Mann, Amerikaner in dritter Generation, stand schon in den Freiwilligenlisten der Union. Alle geschäftlichen Unternehmungen profitierten in mehr oder weniger direkter Weise vom Krieg, viele schickten große Mengen Waren in den Osten. In der Steppe waren Bowman und seine Leute drei Jägertrupps begegnet, die nach der Methode, die Joseph ihm erklärt hatte, Wildpferde einfingen. Sie standen im Dienst von Firmen, die für die Armee arbeiteten. Auf zwei Pferde, die sie fingen, kam ein totes, das angeschossen liegen blieb und jämmerlich verendete. Im August machten sich unter dem Applaus der Bürger von Carson City acht Freiwillige auf den Weg zu den Truppen der Union.

Im September verließ mit einer Kutsche der Express Mail ein Brief die Stadt. Er war von Erik Penders unterzeichnet und richtete sich an Pfarrer Edmond Peevish, Grantsville, Utah.

Im Oktober bezahlten Alexandra und Arthur ihren drei Saisonarbeitern den letzten Lohn. Welke Blätter fielen von den Bäumen. Die Reserven an Fleisch, Holz, Futter, Getreide und Trockenfisch waren fast aufgebraucht, und von Reeves' Geld war kein Penny übrig. Ihre letzten hundert Dollar brauchten sie, um über den Winter zu kommen und im Frühjahr die notwendigsten Ausgaben zu bestreiten. Ihren zweiten Winter würden sie nicht anders verbringen als den ersten: Sie hatten lange Stunden in ihrem Blockhaus zusammengesessen, und Alexandra hatte aus Büchern vorgelesen. Das erste war *Die Blithedale-Maskerade* von Hawthorne gewesen, eine Geschichte, die in einer imaginären utopischen Gemeinschaft in Amerika spielte. Die Ähnlichkeiten mit Reunion sprangen ins Auge. Sie hatte das Buch langsam gelesen, während Arthur aufmerksam zuhörte.

»Interessierte sich dein Freund Penders für dieses Thema?«

»Keine Ahnung.«

»Blithedale hieß eigentlich Brook Farm. Eine Gemeinschaft, die 1840 in Massachusetts gegründet wurde.«

»Was ist aus ihnen geworden?«

Alexandras Miene hatte sich verdüstert.

»Es war wie in Reunion. Elend und Krankheiten. Rivalitäten der Anführer. So sind sie zugrunde gegangen.«

Ende Oktober waren die Berggipfel weiß, und Schnee begann auf den See zu fallen. Bevor sie sich in ihr Blockhaus zurückzogen, entzündeten sie ein großes Feuer am Rand der Bucht und stürzten sich ein letztes Mal ins Wasser. Sie blieben nicht länger als eine Minute darin, eng aneinandergedrückt, schlotternd vor Kälte, dann rannten sie zu den Flammen und hüllten sich in ihre Decken.

»Jetzt ist es so weit, wir haben es uns vom Hals geschafft.«

Sie wandte sich zu ihm.

»Was?«

»Das Geld von Reeves.«

Alexandra schmiegte sich an ihn.

»Ich bin nach Amerika gekommen, um eine sozialistische Gemeinschaft aufzubauen, und jetzt bin ich die Gefangene eines Misanthropen in den Bergen und Miteigentümerin einer Ranch von tausend Hektar, die finanziert wurde von der Britischen Ostindien-Kompanie.«

Arthur legte den Arm um ihre Schultern.

»Das Haus ist zu klein für mehr Menschen.«

»Ich werde es noch einen Winter lang aushalten.«

Einige Tage später, als die Schneewehen allmählich beängstigend hoch wurden, verließ ein junger Angestellter der Express Mail Carson City unter wilden Flüchen auf das Wetter. Er schlug die Richtung der Fitzpatrick-Ranch ein und sah, unmittelbar nachdem er die Grenze passiert hatte, bereits die Pferde, die unter dem breiten Dach der Scheune oder unter ausladenden Bäumen Zuflucht gefunden hatten. Als er den hohen Berg hinter sich hatte, wandte er sich in Richtung Westen, zum See. In vier Stunden war er an der kleinen Bucht mit den Pferdekoppeln und dem schneebedeckten Stall. In vorsichtigem Abstand blieb er vor dem Blockhaus stehen und rief Mr. Penders' Namen. Das Pferd, das er am langen Zügel mit sich führte, begann, unruhig zu werden.

Arthur öffnete die Tür einen Spaltbreit. Er hielt ein Gewehr in der Hand.

»Wer ist da?«

»Ricky von der Express Mail, Mr. Penders! Ich habe ein Pferd und einen Brief für Sie!«

Sergeant,

Ihr Brief, der vor einem Monat eingetroffen ist, war eine Überraschung, und ich habe lange gebraucht, um mich von ihr zu erholen.

Anderthalb Jahre sind seit unserer letzten Begegnung ins Land gegangen, und ich hätte mir nie träumen lassen, dass Sie all das, wovon Sie schreiben, erlebt und nun Ihren Frieden in diesen Bergen gefunden haben. Ob es Ihnen gefällt oder nicht: Meine inständigsten Gebete sind erhört worden. Ich hatte gehofft, Neues von Ihnen zu erfahren, doch ich hätte nie geglaubt, dass die Neuigkeiten so gut sein würden und für mich am Ende eine solche Befreiung bedeuten würden. Seit den tragischen Ereignissen, die uns zusammenführten und dann wieder trennten, lebte ich wie ein Hochstapler. Ich zweifelte daran, die richtige Entscheidung getroffen zu haben, und wusste nicht, ob Sie die Suche weiterführen würden, die ich aufgegeben hatte.

Heute weiß ich dank Ihnen, dass wir richtig gehandelt haben.

Ich bin immer noch in Grantsville, erstens weil ich keine längeren Reisen mehr unternehmen kann – ich bin vom Fieber und von Albträumen geschwächt –, zweitens weil ich nach dem Tod des Mörders von der Piste traurige Berühmtheit erlangt habe. Die Gemeinschaft Jesu Christi der Heiligen der Letzten Tage hat mich als einen der Ihren freundlich aufgenommen.

Ich habe mich zur Religion dieser Leute bekehrt. In erster Linie deshalb, weil ich weiterhin mit ihnen leben will.

Ein wenig schäme ich mich vor Ihnen, Sergeant, aber ich gebe zu, dass ich in Grantsville auch geheiratet habe. Ich habe heute zwei Frauen.

Das Geld der Belohnung blieb lange unangetastet. Ich konnte mich nicht dazu entschließen, es anzugreifen. Doch nachdem ich Ihren Brief erhielt, habe ich mich entschlossen, es in eine Farm in Grantsville zu stecken, da es eines der wenigen Gebiete um den

Salt Lake ist, wo es gutes Weideland gibt. Die Nachfrage nach Fleisch steigt beständig, denn nun ist Krieg, und dazu kommen die vielen Einwanderer, die nach wie vor hier durchziehen. Wie Sie – doch vielleicht etwas weniger stürmisch – werde ich allmählich zu einem amerikanischen Bürger, der ruhig seinen Geschäften nachgeht. Außerdem bin ich immer noch ein Priester, inzwischen mit einer richtigen Gemeinde. Hier, unter meinesgleichen, fühle ich mich in Sicherheit.

Wie versprochen, habe ich mich um Ihr Pferd gekümmert. Dieses Tier hat einen unmöglichen Charakter, es erinnert mich oft an Sie. Ich hoffe, es wird die lange Reise heil überstehen – es wird meine Botschaft bis in Ihre Berge tragen, wo ich hoffe Sie eines Tages besuchen zu können.

Wenn die Müdigkeit mich überkommt, scheint mir bisweilen, wir beide wären ein ganzes Jahrhundert alt.

Lieber alter Freund, meine Gedanken begleiten Sie.

Ich grüße Sie herzlich, ebenso wie Ihre Gefährtin.

Edmond

Trotz Schnee und Wind sattelte Arthur Walden und ritt mit ihm die Grenzen der Fitzpatrick-Ranch ab. Er zeigte ihm jeden Grenzpfosten, als wäre er ein neuer Teilhaber, führte ihn zu den schneebedeckten Spalten und Ritzen, damit er sie sich einprägte, und zeigte ihm den Ort, an dem Jonathan den Tod gefunden hatte. Am Grund des Felsspalts rostete Erik Penders' Winchestergewehr vor sich hin. Er ritt mit seinem Mustang zu dem kleinen Stall über der Bucht, gab ihm zu fressen und ließ ihn dann in der Gesellschaft von Beauty, Trigger und ihren Fohlen zurück.

Der Winter 1862 war so hart und eisig, wie ihn der alte MacBain in all seinen Jahren in der Sierra Nevada noch nicht erlebt hatte. Ein Drittel der Fitzpatrick-Pferde starben – an Kälte und Krankheiten, an Wolfsbissen oder weil sie auf der Suche nach Nahrung abgestürzt waren. Die Pferde, die unter dem Dach der großen Scheune Schutz gefunden hatten, waren am Ende des Winters stark abgemagert. Auch im kleinen Stall am See, in dem Alexandra und Arthur ein Dutzend Tiere untergebracht hatten, war die kalte Jahreszeit schwer zu überstehen gewesen. Im Januar und Februar gab es ein unbegreifliches und nie da gewesenes Gemisch von sintflutartigen Regenfällen und Schneegestöber. Das Wild in den Wäldern wurde stark dezimiert, und in der Ebene gab es Überschwemmungen bis nach Owens Valley, im Süden der Sierra. Die Stämme der Paiute und Shoshone litten Hunger und raubten die Rinder der Goldgräbercamps, die auf ihrem Land nach Nahrung suchten. Es gab einzelne kriegerische Übergriffe, Arbeiter wurden getötet. Im März verließ eine Abordnung der Kavallerie Aurora, im Norden von Carson; sie hatte die Aufgabe, das Owens Valley zu befrieden. Es wurde gekämpft, und die rebellischen Indianer flohen in die Berge.

Im Frühjahr erwachte die Natur allmählich wieder zum Leben, und auf der Fitzpatrick-Ranch begann man, sich um die Reparatur der Winterschäden zu kümmern. Der *Carson Daily Appeal* berichtete von immer heftiger werdenden Gefechten zwischen Unionisten und Konföderierten im Süden des Landes. In der Schlacht von Shiloh, Tennessee, starben an zwei Tagen viertausend Soldaten.

Im Juni und Juli kamen elf Stuten nieder, zwei von ihnen starben mit ihren Fohlen. Der Sommer war schön, und die vierzig Pferde der Ranch kamen wieder zu Kräften und wurden ganz gesund. Alexandra und Arthur hatten kein Geld mehr, um Leute einzustellen, und zu Beginn des Herbstes handelten sie mit der Eagle-Ranch einen Kredit aus, mit dessen Hilfe sie bei Bedarf Futter kaufen konnten. Wenn sich der folgende Winter als ebenso schwierig erweisen sollte, würden sie auch einige ihrer Tiere dort in Pension geben können. Die Fitzpatrick-Ranch, spezialisiert auf die Zucht hochwertiger Pferde, würde frühestens in zwei Jahren Gewinn abwerfen, und die Armee kümmerte sich nicht um den Charakter von Tieren: Sie brauchten so viele Reittiere, wie es Reiter gab, und von den Reitern wurde erwartet, dass sie den Feind rasch angriffen, bevor sie von dessen Gewehrkugeln oder Granaten getötet wurden. Doch Abraham Curry von der Eagle Ranch glaubte an ihr Unternehmen und half ihnen, nachdem er ihnen den ersten Besuch abgestattet und ihre vielversprechenden Fohlen in Augenschein genommen hatte.

Im September fand am Fluss Antietam in Maryland eine Schlacht zwischen fünfundsiebzigtausend Soldaten der Union und fünfzigtausend Konförderierten statt. Zwanzigtausend Männer wurden im Verlauf eines einzigen Tages getötet oder verwundet, und beide Seiten behaupteten, den Sieg davongetragen zu haben. Die Industrie und die großen Farmen der Vereinigten Staaten produzierten auf Hochtouren, und das Land überwand die seit der Dürre von 1857 herrschende ökonomische Krise. Als der Winter endete, gab es wieder Ströme von Einwanderern, und auf der Route nach Kalifornien, die über Carson City verlief, rollten die Planwagen unablässig in Richtung Pazifik. Die Stadt wurde größer. In nur einem Jahr ließen sich zweihundert neue Bewohner in Carson nieder.

Der Mormonenpriester Peevish aus Grantsville wechselte einige Briefe mit Erik Penders, dem Eigentümer der Fitzpatrick-Ranch. Peevish hatte mehr Glück gehabt. Seine Geschäfte gingen gut; der schlechte Winter in der Sierra hatte den Bedarf an Fleisch noch ansteigen lassen. Er bot Arthur Geld an. *Dieses Geld schulde ich Ihnen.* Peevish hatte inzwischen drei Frauen und ebenso viele Kinder. *In unserer Gemeinschaft ist es Brauch, eine Familie zu haben, die so groß ist, wie unsere Mittel es erlauben. Sergeant, ob Sie es glauben oder nicht, ich bin mit meinen spitzen Knochen und meinem verfaulten Zahnfleisch zu einem begehrten Mann geworden.*

Die letzten Siedler passierten die Berge im Oktober, dann begann es wieder zu schneien. Die Ranch bereitete sich auf einen weiteren Winter vor. Joseph Ervins neue Gerberei war fertig, und nach dem Ende der Saison auf der Ranch machte er sich mit seiner Familie ans Werk. Sie perfektionierten die Gerberei mit der Weißeiche. Ervin hatte nun keine Zeit mehr zum Jagen, er gab den Trappern der Sierra Aufträge, und wenn sie ihm Tierhäute brachten, schlugen sie ihr Lager auf dem Gelände der Ranch auf.

Alexandra und Arthur entzündeten ihr großes Feuer am Ufer und schwammen ein letztes Mal im See. Unter ihren Decken blieben sie eine Weile stumm, betrachteten ihr Blockhaus, ihre Pferde auf der Koppel und die kahlen Bäume des Waldes.

Alexandra lehnte sich an ihren Gefährten.

»Weißt du noch, was du letztes Jahr gesagt hast?«

»Nein.«

»Du hast gesagt, das Blockhaus sei zu klein für mehr Menschen.«

Arthur sah sie an.

Sie lächelte.

»Wie alt bist du, Arthur?«

»Einundvierzig.«

»Ich bin siebenunddreißig.«

Sie sprach in eigenartigem Ton. Arthur senkte den Blick.

»Du langweilst dich hier, ist es das?«

Sie lachte laut.

»Ganz und gar nicht.«

Sie sah zum Blockhaus.

»Wir müssen es vergrößern.«

»Wenn es das ist, was du willst, fangen wir nächstes Jahr damit an.«

Sie nahm Arthurs Hand, legte sie auf ihren Bauch und sah ihm in die Augen.

»Ich habe mich gefragt, warum es nicht schon viel früher passiert ist. Vielleicht brauchten wir die Zeit, um uns darauf vorzubereiten.«

Er begriff nicht.

»Bist du bereit, Arthur?«

Die Überraschung stand ihm ins Gesicht geschrieben. Seine Stirn legte sich in Falten, und er sah so kummervoll und ängstlich aus, wie Alexandra ihn noch nie gesehen hatte. Er öffnete den Mund, doch keine Silbe kam über seine Lippen. Der große Bowman hatte Mühe zu atmen. Er ließ Alexandra nicht aus den Augen, und die Hand, die immer noch auf ihrem Bauch lag, zitterte.

Sie küsste ihn und stand auf.

»Ich brauche etwas Warmes.«

Als sie auf der Schwelle ihres Hauses stand, drehte sie sich um. Arthur Bowman hatte sich erhoben und entfernte sich vom Feuer, die Decke um seine Schultern. Am Rand des Wassers hielt er inne und sah, wie die Sonne hinter den Bergen verschwand. Der Himmel war grau, es würde schneien. Der Sonnenuntergang dauerte nur einen Moment, er färbte die kahlen Wälder und die Wellen des Sees orangerot. Arthur blieb reglos stehen; kleine Atemwölkchen stiegen vor ihm auf, die die Dunkelheit allmählich verschluckte. Bevor er zum Blockhaus zurückging, ging er zum Grab der Fitzpatricks.

»Diesmal werde ich einen von euren Namen nehmen.«

Er zitterte vor Kälte. Seine nackten Füße standen auf eisigem Boden.

»Schlaft gut.«

Das Feuer knackte. Er warf seine Decke auf das Bett und genoss, am Kamin stehend, die Wärme der Flammen, die seine Narbenschmerzen vertrieben. Er massierte die Stümpfe seiner Finger, die von der Kälte blau geworden waren, dann schlüpfte er zu Alexandra ins Bett. Ihr Körper war warm. Sie schlang die Arme um ihn.

»Geht es dir gut?«

»Ja.«

Er verbarg sein Gesicht in ihrem Haar.

»Verzeih mir.«

»Warum?«

»Weil es mir die Sprache verschlagen hat.«

»Das macht nichts.«

Im Lauf des Winters beobachtete Arthur besorgt Alexandras immer größer werdenden Bauch. Oft verließ er das Blockhaus, um mit Walden in die Berge zu reiten, wo er stundenlang auf schneebedeckten Pfaden umherzog. Abends lag er neben seiner Gefährtin im Bett, legte die Hände auf ihren Bauch und spürte, wie sich das Kind bewegte. Zuweilen hatte er Albträume, in denen er wieder in jenem Fischerdorf war und sah, wie sich Frauen mit ihren

Kindern auf den Armen vor den Flammen in Sicherheit zu bringen suchten.

*

Der Winter war mild, und die Fitzpatrick-Ranch musste sich nicht verschulden, um zusätzliches Futter zu kaufen. Schon im März begann die Schneeschmelze.

Am 8. März 1863 brachte Alexandra Desmond eine Tochter zur Welt.

Aileen Penders wurde im Blockhaus am Ufer des Sees geboren, nachmittags, unter dem blauen Himmel und der Sonne der Sierra.

Mutter Ervin hatte protestiert – sie hatte ihre drei Kinder ganz allein zur Welt gebracht –, doch Alexandra wollte Arthur bei sich haben. Er war beinahe in Ohnmacht gefallen, während er ihre Hand hielt, fasziniert von den Wehenschmerzen und Alexandras wilden Kräften beim Vorgang der Geburt. Mutter Ervin hatte ihm Aileen präsentiert, ein winziges Wesen, überzogen von Blut und einer weißlichen Fettschicht. Er hatte gewagt, sie ein paar Sekunden lang zu halten und an sich zu drücken, doch als sie ihren ersten Schrei ausgestoßen hatte, hatte er sie erschrocken auf die Brust ihrer Mutter gelegt.

Als sie das Wochenbett verlassen konnte, ging Alexandra zum Wasser und badete zum ersten Mal wieder im See. Wie die Indianerinnen trug sie Aileen, in eine Decke gehüllt, den ganzen Tag mit sich herum, und im April bestieg sie mit ihr Trigger, um ihr die ganze Ranch zu zeigen.

Die Eagle-Ranch bestellte für das darauf folgende Jahr zwei dreijährige Hengste. Im Juni kam ein Züchter, der von der Fitzpatrick-Ranch gehört hatte, eigens aus Aurora an den See, um sich die Pferde anzusehen, und ließ sich drei Hengste und vier Stuten reservieren. Die noch recht mageren Vorschüsse waren das erste Geld, das sie seit zwei Jahren verdienten. Mit diesem kleinen Gewinn finanzierte Arthur eine neue Expedition in die Steppe von Utah. Im September war die Ranch wieder auf dem Stand, den sie vor dem schrecklichen Winter des vorangegangenen Jahres gehabt hatte: sechzig Pferde, davon etwa ein Dutzend Zuchthengste. Springfield war mittlerweile sieben Jahre alt und ein herrliches Tier. In einem Jahr konnte man seine Nachkommen mit denen des Appaloosa kreuzen und so die Zweige des Stammbaums multiplizieren.

Anfang Juli kämpften einhundertsechzigtausend Soldaten drei Tage lang bei Gettysburg in Pennsylvania. Vierzigtausend Mann starben auf dem Schlachtfeld.

Arthur badete jeden Morgen mit seiner Tochter. Mit drei Monaten hatte sie schon die gleichen roten Locken wie ihre Mutter, und je größer sie wurde, desto mehr Ähnlichkeiten fielen ihm auf.

»Sie sieht nur dir ähnlich.«

Alexandra nahm die Kleine auf den Arm und sprach scherzend mit ihr.

»Hast du das gehört?«

Aileen hatte Alexandras Haar, Arthurs schmalen und ernsten Mund, seine Backenknochen, seine blauen Augen und seinen Blick.

Nach der Geburt seiner Tochter hatte Arthur keine Albträume mehr.

Er nahm sie mit in die Berge, auf Walden, und beschrieb ihr, was er sah, die Landschaft, die Pferde, erzählte ihr von den Palästen, den großen Flüssen, den Wüsten, die er gesehen hatte, von London und den Schiffen, die auf der Themse segelten, vom Fischfang auf dem Meer und von den Dampfschiffen, die den Atlantik überquerten, schneller als jede Eisenbahn. Aileens Köpfchen lag auf Bowmans Brust; sie schlief ein, während sie seiner Stimme lauschte.

Ein Händler aus Carson City kaufte Joseph Ervin das gegerbte Leder eines ganzen Jahres ab. In New Yorker Modeateliers stellte man unter anderem feine Lederhandschuhe für die hohen Offiziere der Nordstaatenarmee daraus her. Ervin konnte nun der Ranch zweihundert Dollar für den Bau eines neuen dreistöckigen Gebäudes vorschießen, direkt am Ufer gelegen. Alexandra zeichnete die Pläne, Arthur ritt in die Stadt, um Zimmerleute zu engagieren und kleine Besorgungen zu machen, wie er es etwa zweimal im Monat tat. Er ging beim *Daily Appeal* vorbei, um die Zeitungen für Alexandra abzuholen und um Henry Mighels Bescheid zu sagen. Der Journalist hatte Mrs. Desmond vorgeschlagen, eine Kolumne für die Zeitung zu schreiben. Alexandra hatte eingewilligt. Bis spät in die Nacht wartete sie auf Bowmans Rückkehr, doch er kam erst, als der Morgen dämmerte. Sie ging hinaus und sah ihn auf dem Gerüst des neuen Hauses sitzen. Mit rot geränderten Augen, nach Alkohol und Erbrochenem riechend, starrte er auf den See. Zu seinen Füßen der *Carson Daily Appeal* vom 7. Juli 1863.

Sie hielt Aileen auf dem Arm, sagte nichts und setzte sich neben ihn. Zusammen sahen sie die Sonne über den Bergen aufgehen. Aileen bewegte sich, ihre kleine Hand ergriff Bowmans Ärmel. Arthur beugte sich über sie und flüsterte: »Nein, du siehst deinem Vater nicht ähnlich.«

Aileen lächelte und griff nach seinen Lippen, die sie am Ohr kitzelten.

Alexandra stand auf und ließ Arthur mit seiner Tochter allein. Sie ging in das Blockhaus zurück, setzte sich aufs Bett und versuchte, regelmäßig zu atmen und nicht in Tränen auszubrechen.

Am nächsten Tag ging ein Umschlag von Carson nach Grantsville ab, der eine Seite des *Daily Appeal* und einen kurzen Brief von Arthur Bowman an Pfarrer Peevish enthielt.

*

Seit drei Wochen hatte sich Arthur in ein monumentales Schweigen gehüllt. Er sprach mit niemandem, außer mit seiner Tochter, die er zu langen Ausritten mitnahm. Er erzählte ihr von der Armee in Indien, seinen Kämpfen, von Afrika, den verlorenen Garnisonen, von Godwins Flotte und der weißen Schaluppe, vom Krieg in Birma, vom Monsun, vom Dschungel, von der Trockenheit in London und den Abwasserkanälen von St. Katherine.

Anfang August traf ein Bote auf der Ranch ein. Unter dem vorspringenden Dach des halb fertigen Hauses öffnete Bowman den ihm überbrachten Umschlag.

Sergeant,

seit Ihrem letzten Brief habe ich nicht mehr geschlafen. Ich verbringe die Nächte mit einer brennenden Lampe in meinem Haus. Die Dunkelheit ertrage ich nicht. Tagsüber irre ich umher, ohne mit jemandem sprechen zu können. Mit aller Kraft habe ich versucht, darüber nachzudenken, was wir tun sollten.

Jetzt fehlt mir auch dazu die Kraft.

Nun, da wir es wissen, wird es unmöglich sein, auf normale Weise zu leben. Wir hatten es geschafft, nicht mehr daran zu denken, doch jetzt sind unsere Narben wieder aufgerissen. Ich habe Kinder, Sie haben nun auch eine Tochter. Wir haben ein Leben. Und selbst wenn wir uns belogen haben, will ich fortfahren mit dieser Lüge. Der Schmerz kann vergehen, mit der Zeit weniger werden. Ich werde vergessen. Das ist die Wahl, die ich treffe, und ich bitte Sie, das Gleiche zu tun.

Wir haben inzwischen zu viel zu verlieren. Wir haben das Unmögliche erreicht, warum sollten wir zerstören, was wir uns aufgebaut haben?

Das Leben dieses Mannes soll das unsere nicht mehr zersetzen. Sie sagten, er sei tot. Er soll weiter tot bleiben.

Ich höre Sie es zwischen den Zähnen hervorstoßen, Sergeant: Feigheit.

Nein, ich bin nicht feige. Wir haben schon viel zu teuer für unsere Schuld bezahlt, wir haben schwere Dinge getan, haben uns auslachen lassen. Wir schulden niemandem mehr etwas, außer uns selbst.

Wir haben uns verändert. Ich weiß nicht, was für ein Mensch er heute ist, wer sich hinter dem Foto und dem Artikel in der Zeitung verbirgt, aber es kann sein, dass sein mörderischer Wahnsinn zu seinem Ende gelangt. Er wollte sein Leben erneuern. Überleben. Nicht wahr, das ist, was auch wir erreicht haben. Er hat aus Gründen gemordet, die wir nur allzu gut kennen, Sergeant. Um zu stehlen, um reich zu werden. Die Art und Weise, wie er es getan hat, ist eine ganz besondere Geschichte, unsere Geschichte; aber was ändert das in diesem Land, in dem die Ge-

schäftemacher des Nordens Zehntausende von Männern in den
Tod schicken, um ihre Streitigkeiten mit den Geschäftemachern
des Südens zu regeln? Was sind, damit verglichen, seine Verbre-
chen?

Ich habe keine Albträume mehr.

Wenn er gefunden hat, was er sucht – warum sollte er weiter-
machen?

Das macht seine Verbrechen nicht ungeschehen, doch wozu
sollen wir weiterhin unter dem leiden, was er getan hat?

Ich bitte Sie, Ihren Entschluss zu überdenken, um der Liebe zu
Ihrer Tochter und Ihrer Gefährtin willen, all dem zuliebe, was
ich heute an Kostbarem besitze. Gehen Sie nicht dorthin. Lassen
Sie uns leben. Überlassen wir es Gott, diesen Mann zu richten.

Er wird bald tot sein, wie wir alle.

Ich bitte Sie, verzichten Sie darauf, und verzeihen Sie mir.
Ich brauche meine letzten Kräfte, um zu leben. Die Männer, die
uns befehligten, sind tot. Wir sind keine Soldaten mehr. Dieser
Kampf hat keinen Sinn.

Es war das Erste, was Sie mir sagten, Sergeant, vor über zehn
Jahren: dass es manchmal gerade der ist, der nicht kämpfen will,
der zum Soldaten wird.

Lassen Sie es gut sein.

Wenn Sie diese Jagd wiederaufnehmen, wird der Mann, der in
jenem Schuppen starb, um Sie zu retten, umsonst gestorben sein.
Sie tragen nun seinen Namen, ebenso Ihre Tochter. Lassen Sie ihn
nicht mit Ihnen verschwinden, werden Sie sich nicht wieder selbst
zum Albtraum.

Der Prediger

Arthur hatte Walden gesattelt. Der Mustang wartete, an einen
Pflock der kleinen Koppel gebunden. Er füllte die Satteltaschen
mit Lebensmitteln, einer Decke und einigen Gerätschaften für die
Reise, dazu Munition für Jonathans altes Springfield-Gewehr. Er
ließ einen Teil der letzten Geldscheine in seine Tasche gleiten, die
der Fertigstellung des Hauses hätten dienen sollen.

Er band das Pferd los und wagte nicht, Alexandra ins Gesicht zu sehen.

»Ich komme zurück.«

Er legte die Hand auf den Knauf und schwang sich mit einem tiefen Seufzer in den Sattel. Walden roch Alexandras Haar und den Körper der kleinen Aileen, die ihn zu streicheln versuchte.

»Bleib hier. Ihr werdet alle beide sterben.«

Bowman nahm die Zügel in die Hand und senkte den Kopf.

»Ich weiß.«

Aileen streckte die Hände nach ihm aus, sie wollte auch auf das Pferd und in die Berge reiten.

Arthur ritt unter dem Tor der Fitzpatrick-Ranch hindurch, ohne sich umzusehen, folgte dann der Bucht bis zu einer scharfen Biegung und ritt zu der breiten Piste, wo er sich unter die Planwagen der Siedler mischte, die gen Westen zogen.

5

CARSON DAILY APPEAL

7. Juli 1863

Die Stadtratswahl von San Francisco, Kalifornien, endete am 1. Juli mit dem bedeutenden Sieg von Henry Perrin Coon, dem Kandidaten der Vigilance People's Party, der fast tausend Stimmen mehr bekam als der republikanische Kandidat Robert C. Delauney.

In ihren Wahlkampagnen, die überschattet waren vom Krieg in unserem Land, hatten die Kandidaten zwei Programme vorgelegt, die unterschiedlicher nicht sein konnten.

Henry Perrin Coon von der Vigilance People's Party hatte sich auf die Sicherheit auf den Straßen San Franciscos, die Korruption und die Verteidigung der Rechte von Amerikanern angesichts der großen Einwanderungswelle, die die Stadt und die Region zu verkraften haben, konzentriert. Coon stammt aus dem

Staat New York und lebt seit zehn Jahren in San Francisco. Er ist Vater von vier Kindern. Als er von seinem Sieg erfuhr, erklärte der neue Bürgermeister: »*Es ist nicht mein Sieg, sondern der Sieg der amerikanischen Bürger San Franciscos. Gemeinsam werden wir daran arbeiten, aus diesem Ort eine große, sichere und wohlhabende Stadt zu machen, und mit all unseren Kräften werden wir die Union in ihrem Kampf gegen die abtrünnigen Konföderierten unterstützen.*«

Robert C. Delauney von der republikanischen Partei unterstützt zwar ebenfalls den Krieg der Union, doch seine Kampagne fokussierte sich auf wirtschaftliche Ziele, die Öffnung der Stadt für den Handel mit Asien und ihre finanzielle Unabhängigkeit gegenüber dem Bundesstaat. Robert Delauney ist ein ehrgeiziger Unternehmer, der sich auf die Ein- und Ausfuhr chemischer Produkte spezialisiert hat. Er wohnt seit drei Jahren in Sausalito, ganz in der Nähe von San Francisco. Doch trotz seines großen Vermögens, mit dem er seinen Wahlkampf finanzierte, ist er schließlich unterlegen.

In einer Zeit, in der uns Krieg und Einwanderung bedrängen, hat sich nun also Coon durchgesetzt, dessen Themen den Bewohnern San Franciscos so sehr am Herzen liegen. Delauney hat seinem siegreichen Konkurrenten in der Gratulation zugesichert, dass er sich als verantwortungsvoller Bürger auch weiterhin für die politische und wirtschaftliche Zukunft der Stadt engagieren werde und dass er Coon in allem unterstütze, was San Francisco diene.

Beide Kandidaten sind würdige Vertreter unserer großartigen amerikanischen Demokratie.

Es gab zwei Fotos der Kandidaten. Coon sah aus wie ein streitlustiger Pfarrer, Delauney wie ein reich gewordener Holzfäller mit hochgeschlossenem Hemd.

*

Nach fünf Tagen auf der breiten Piste quer durch die Sierra trennte sich Bowman bei Stockton von den Siedlern, um in den Norden weiterzuziehen. Er ritt am Rand eines riesigen Netzes aus Seen und Flüssen entlang, einem Labyrinth aus Erde und Wasser. Von hier liefen Schiffe aus, die bald die Bucht von San Francisco erreichen würden. Überall wimmelte es von Bergleuten und Prospektoren, die den Orten zustrebten, an denen Gold gewaschen wurde oder die in den großen Minen Arbeit suchten.

Die Grabungsfelder waren hier größer als in der Sierra. Große hydraulische Hochdruck-Wasserstrahlgeräte verwandelten Berge und Täler in Schlammflüsse, die man systematisch durchwühlte. Eisenbahnstrecken waren im Bau. Um die Abbaugebiete herum drängten sich Baugerüste und elende Arbeiterbehausungen aus Planen und Latten. Der Boden war mit Abfällen bedeckt, an vielen Stellen gab es keine Vegetation mehr. Eine Mine wurde zum Dorf, mehrere Dörfer vereinten sich rasch zu Städten, oder sie verschwanden und hinterließen verwüstete Landschaften voller verrottender Gerätschaften und Geröll. Auf dieser Seite der Sierra waren die großen Täler wasserreicher und im Sommer etwas weniger heiß als die Steppen von Utah.

Für alle, die nicht bis zur Küste weiterzogen, war hier das Ende der Reise. Vor den Büros der Bergwerksgesellschaften warteten viele Menschen unter freiem Himmel auf Arbeit. Zwischen den großen Abbaugebieten schlossen sich kleine Farmen ebenfalls zu Dörfern zusammen, die nur aus wenigen Familien bestanden. Wie am Lake Tahoe war auch hier der Krieg weit weg.

Arthur kam zum Sacramento River, wo er auf einer Fähre übersetzte und zum Anlegesteg eines solchen Dorfes namens Rio Vista gelangte. Im Gemischtwarenladen fragte er nach der Farm der Fitzpatricks. Der Verkäufer erklärte ihm, wie er hinkam, einige Meilen in nördliche Richtung, am Ufer eines Flusses. Er kannte die Fitzpatricks, ja. Sie kamen regelmäßig zum Einkaufen in den Laden.

Es wurde bereits dunkel. Arthur bat, etwas für die Fitzpatricks dalassen zu dürfen. Er schrieb einen kurzen Brief und hinterließ ein Foto von Jonathan und Aileen, ein Rasiermesser, eine Stickerei und zwei goldene Eheringe, alles eingeschlagen in ein Stück Stoff, auf dem Ladentisch. Der Verkäufer fragte Bowman, wer er sei, ob er eine Nachricht für die Fitzpatricks habe.

»Es steht alles in meinem Brief. Mehr gibt es nicht zu sagen.«

Einen Teil der Nacht ließ Arthur Walden weitertraben, bis er einen Wald mit riesigen Mammutbäumen erreichte. Am Fuß eines Stammes, der so breit war wie sein Blockhaus, schlief er ein paar Stunden. Als er wach wurde, machte er Feuer, um Kaffee zu kochen. Schräge Sonnenstrahlen fielen zwischen den Bäumen zur Erde. Er trank seinen Kaffee und aß langsam ein wenig Fleisch. Der Wald ähnelte einem verlassenen Heiligtum, bewacht von fünfzig Meter großen Riesen, einer ganzen versteinerten Armee aus einem antiken Mythos. Bowman spitzte die Ohren, als könnte er die Bäume miteinander flüstern hören. Seit Jahrhunderten waren sie nebeneinander in die Höhe gewachsen. Sie mussten sich gut kennen, und er stellte sich vor, dass sie gelernt hätten, in der Stille miteinander zu kommunizieren und Gedanken auszutauschen. Ihre Rinde war weich und feucht. Ihre Ehrfurcht gebietende Gegenwart bewirkte, dass Bowman sich mehr und mehr seinen eigenen Gedanken hingab und sich immer bedrückter fühlte. Die Luft hing feucht und schwer zwischen den mächtigen Stämmen, und er hatte Mühe zu atmen. Die Äste der Mammutbäume verbargen den Himmel. Er löschte das Feuer – vielleicht störte es sie –, stieg wieder in den Sattel und überließ sie ihrem langen Schlaf.

Am nächsten Tag übernachtete er in der Nähe eines kleinen Sees. Morgens zog er sich aus, um ein Bad zu nehmen. Er hatte vergessen, wie sein Körper und seine Kleider rochen, wenn nach Tagen im Sattel Schweiß und Schmutz einen dicken Belag auf der Haut bildeten. Er dachte an Aileen, daran, wie er morgens mit ihr gebadet hatte, und sein Herz krampfte sich zusammen.

Mittags hatte er das Ufer der großen Bucht von San Francisco erreicht. Nun ging es in südlicher Richtung weiter, auf einer immer schmaler werdenden Landzunge, bis er von einem Abhang aus linker Hand die Bucht und rechts den Ozean sah. Er beschloss, eine weitere Nacht unter den Sternen zu verbringen, bevor er die letzten Meilen zurücklegte, die ihn von Sausalito, an der nördlichen Spitze der Meerenge, trennten. Der Wind blies vom offenen Meer her, und er konnte das Geräusch der großen Wellen hören, die an die Küste brandeten. In der Dunkelheit sah er die Lichter San Franciscos auf der anderen Seite der Bucht. Fähren und Schiffe kreuzten mit langsam schaukelnden Laternen auf dem schwarzen Wasser. Mit dem Gesicht zum Pazifik legte er sich schlafen. Die letzte Grenze. Eine Sackgasse. In seinem ersten Leben war Arthur auf der anderen Seite dieses Ozeans gewesen. Nun hatte er ihn umrundet, und die Welt kam an ihr Ende.

Vielleicht hätte er einen letzten Brief schreiben sollen. An Alexandra, Aileen oder Peevish. Aber er hatte nichts mehr zu sagen. Auch die Worte drehten sich im Kreis. Er betrachtete die Masse des schwarzen Wassers und die Sterne darüber, die ewigen Wächter, denen die Mammutbäume entgegenwuchsen. Diese uralten Bäume wussten, dass es nichts nützte, zu fliehen. Arthur erinnerte sich, dass er schon einmal die Luft eines solchen Waldes eingeatmet hatte. An Bord der *Healing Joy*, vor der birmanischen Küste, nachdem er die Kabine von Wright und Cavendish verlassen hatte. Es war die Luft eines Sarges gewesen, der sich über ihm geschlossen hatte. Während er den entfernten Wogen lauschte, wurde ihm klar, dass er all diese Länder nicht ungestraft durchquert hatte. Jedes Mal hatte er ein Stück seiner selbst verloren, seiner Zeit und seines Lebens. Sergeant Bowman war über alle Erdteile verstreut. Es war nicht mehr viel von ihm übrig.

Als der Morgen graute, sattelte er Walden und ritt nach Sausalito hinunter.

Ein kleines Fischerdorf an der Bucht, Häuser auf Pfählen und Anlegestege. Darüber, am Hang, die Villen und Ferienhäuser der reichen Familien San Franciscos und die Wohnhäuser einiger vermögender Bürger, die die dörfliche Stille dem Lärm der großen Stadt vorzogen. Unter diesen weißen, mehrstöckigen Häusern erkannte Bowman ohne Mühe eines, das größer war als die anderen. Das erste Mal, als er es gesehen hatte, in London, hatte er an einen Irrtum geglaubt; das Haus war hundert Jahre alt gewesen. Dieses Mal war es neu, und am höchsten Punkt des Hanges liegend, beherrschte es ganz Sausalito. Ein schmaler Schotterweg führte zu dem Haus.

Arthur ging zu einem Seiteneingang. Als er sich dem Gitter näherte, hinter dem die Ställe lagen, sah er einen schwarzen Boy, der dabei war, die Einfahrt zu kehren.

»Was kann ich für Sie tun, Sir?«

»Ist Mr. Delauney zu Hause?«

»Ja, er ist im Haus, Sir. Soll ich jemanden holen?«

Bowman stieg mit schmerzverzerrtem Gesicht aus dem Sattel. Er war müde, und seine Knie taten ihm weh.

»Nicht nötig. Kannst du dich um mein Pferd kümmern?«

Der Boy nahm Walden am Zügel. Arthur tätschelte den Hals des Mustangs.

»Geh gut mit ihm um.«

»Ein schönes Pferd, Sir.«

»Ja. Sein Charakter ist nicht einwandfrei, aber sein Mut ist außergewöhnlich.«

»Ich kümmere mich um ihn, Sir. Er wird Sie hier erwarten.«

Arthur durchquerte den Garten und erreichte die zentrale Allee, die zu dem großen Eingangsportal führte. Er hob den schmiedeeisernen Türklopfer in Form eines großen D und ließ ihn fallen. Eine junge Negerin in Dienstmädchenmontur öffnete ihm. Auf ihren Wangen sah er eine aus drei Linien bestehende Narbe. Sie ähnelte einem Stammeszeichen, war aber sicher das Brandzeichen eines früheren Besitzers.

»Kann ich Ihnen helfen, Sir?«

»Ich möchte zu Delauney.«

»Sie sind mit ihm verabredet, Sir?«

Arthur deutete ein Lächeln an.

»Ja.«

Sie trat zur Seite, um ihn einzulassen.

Der Empfangsraum war im Stil britisch, doch er ähnelte in vielem der Eingangshalle der Paterson-Ranch. Dunkles, bürgerlich-rustikales Mobiliar. Teppiche und Gemälde in undefinierbarem Durcheinander und Farben, die nicht zusammenpassten. Die Bilder in unterschiedlichen Formaten; amerikanische und asiatische Landschaften, Schlachten, Schiffe, Windmühlen und Pferde.

»Wen darf ich melden, Sir?«

Arthur wandte sich irritiert dem Dienstmädchen zu.

»Sagen Sie ihm, ein alter Freund ist da. Richard Kramer.«

Bowman blieb nah am Eingang, während sie den hohen Raum durchquerte, dessen große, verglaste Türen auf eine Terrasse mit weißem Steinbelag gingen. Sie öffnete eine Tür und verschwand.

Er wartete vor einem Gemälde, das eine indische Marktszene darstellte, vielleicht in Bombay oder Madras, wo der Maler zweifellos nie gewesen war. Er musste nach einer Fotografie gearbeitet haben, nach einem Erinnerungsbild, das nicht sein eigenes gewesen war. Unter die Hindus mit mächtigen Turbanen hatten sich unversehens einige Indianer mit Federhauben gemengt.

Das Hausmädchen kehrte zurück. Sie blieb in einigem Abstand von ihm stehen und sagte, Mr. Delauney erwarte ihn auf der Terrasse. Als er an ihr vorbeigegangen war, drehte er sich zu ihr um.

»Sie sollten das Haus verlassen.«

Sie begann zu zittern.

»Mr. Delauney hat schon gesagt, dass wir alle weggehen sollen.«

»Gut.«

Er trat durch eine der Glastüren auf die Terrasse. Die Sonne wurde von den hellen Steinen zurückgeworfen, und er musste blinzeln. Vor ihm erstreckte sich ein großer Park, in den man über einige Stufen gelangen konnte. Auf dem noch fast kahlen Gelände waren junge Bäume gepflanzt worden. Am äußersten Ende des Parks befand sich ein lang gestrecktes ebenerdiges Backsteingebäude, das einem englischen Cottage ähnelte. Die Wohnungen der Dienstboten.

Trotz der zahlreichen Unterschiede erkannte Bowman den Ort wieder. Nicht in den Einzelheiten, sondern im Großen und Ganzen. Die Kopie des Londoner Originals war nur sehr eingeschränkt geglückt; überall gab es Anzeichen von allzu hastiger Vorgehensweise und Schlamperei. Die Bäume waren ohne Ordnung gepflanzt worden, das Cottage schien zu niedrig zu sein, die Fenster waren zu klein.

Über den schlecht verlegten Steinen der Terrasse war eine schmiedeeiserne Pergola errichtet worden. In den überall verteilten Tontöpfen wuchsen Kletterpflanzen, die jedoch noch nicht groß genug waren, um Schatten zu spenden, sodass man die Pergola mit Binsenmatten belegt hatte. Auch die Fassade des großen Hauses reichte nicht an ihr Vorbild heran. Während Letztere vornehm und elegant gewirkt hatte, gab es hier nur den Eindruck von Starrheit, Disharmonie und Prätention. Es fehlten dieser Kopie des großzügigen englischen Gebäudes die Patina der Jahre und die Raffinesse des Architekten. Wie bei dem Gemälde vom Markt in Bombay, auf dem sich amerikanische Indianer tummelten, war auch hier Entstellung das Ergebnis fehlerhafter Erinnerung, und es hatte weder genug Geld noch das Vorstellungsvermögen gegeben, um die Gedächtnislücken zu schließen.

Delauney saß unter der Pergola in einem Korbsessel. Neben ihm ein Teller und eine Karaffe mit Wein auf einem weiß gestrichenen Holztisch. Als er Bowman näher kommen sah, stellte er sein Glas ab und legte die Serviette zur Seite.

Arthur zog sich einen Stuhl heran und setzte sich auf der anderen Seite des Tisches ihm gegenüber.

Auf dem Zeitungsfoto hatte der Bürgermeisterkandidat Delauney den Eindruck vermittelt, einen runden Kopf zu haben, der aus dem hochgeschlossenen Hemd ragte, doch in Wahrheit hatte er immer noch das kantige Gesicht, an das Bowman sich erinnerte. Die Jahre waren ihm weit weniger anzusehen als Arthur selbst oder dem Prediger. Seine Haut war noch immer glatt, selbst wenn das Haar sich an den Schläfen zu lichten begann.

Ein Mann von etwa vierzig Jahren, offenbar von bester Gesundheit, in einem weißen Maßanzug aus Baumwolle mit offenem Kragen, die Hände groß und fleischig, die Augen, klein und von dunklem Blau, unter den blonden Brauen tief in den Höhlen liegend. Er war sorgfältig rasiert und hatte sehr schmale Lippen in einem ansonsten ausdruckslosen Gesicht. Er betrachtete Bowman, als sähe er ihn hinter einer Wolke, mit etwas zurückgeworfenem Kopf, wodurch sein Stiernacken deutlicher zum Vorschein kam.

Gibt es jemanden auf diesem Schiff, dem du vertraust? Peevish hatte auf ihn gezeigt. *Der da.*

Christian Bufford beobachtete Sergeant Bowman, ohne dass sich ein Muskel in ihm regte. Arthur ließ sich gegen die Stuhllehne fallen und erwiderte seinen Blick. Auch er sah diesen Mann eigentlich noch nicht. Langsam setzte er seine Erinnerungen an den Soldaten Buffalo zusammen, von der *Healing Joy* bis zu den Szenen auf der Dschunke, von der Zeit im Dschungel bis zu dem Nachmittag bei der Witwe, mit der er in ihrem Cottage am hinteren Parkende des Walworth-Hauses Tee getrunken hatte. Er hatte ihr Geld gegeben für das Grab ihres Mannes.

Sein Gesicht war womöglich ein wenig weicher geworden; das Geld hatte es verfettet, hatte seine Schultern runder werden lassen, doch sein Stiernacken sah noch genauso aus wie einst. Man hätte nicht sagen können, dass er lächerlich aussah in seinem teuren Anzug, dass man darunter die Grobheit dieses Buffalo hätte erkennen können, den ehemaligen ungebildeten Legionär. Denn Robert C. Delauney zeigte die selbstsichere Haltung eines echten Geschäftsmanns. Im Kreis seiner Kunden und Freunde hätte man seinen Typus in einem Pub vor dem East India House in London antreffen können oder, mit Zylinder und Spazierstock, im City Hall Park von New York. Man konnte sich auch gut vorstellen, wie er mit dem Rancher Paterson oder einem Goldhändler in einem Büro der großen Minen von Colorado um Preise feilschte.

Bowman wandte sich noch einmal zum Park und zu den Wohnungen der Dienstboten.

»Hast du keinen Brunnen graben lassen?«

Der Mörder der Piste, Kandidat für das Amt des Bürgermeisters von San Francisco, reagierte nicht.

»Deine Witwe war untröstlich. Sie sagte, der Gestank sei daran schuld gewesen, dass du weggegangen bist. Und sie hatte ja recht. Ich brauchte ihr nicht zu erklären, wer du warst. Sie sagte, du seist gegangen. Nicht tot, sondern fort.«

Christian Buffords Lippen öffneten sich einen Spalt, seine Stimme klang heiser.

»Guten Tag, Sergeant.«

»Guten Tag, Buffalo.«

Bufford steckte immer noch in einer Wolke, mit starrem Blick und ausdrucksloser Miene.

»Niemand nennt mich mehr so.«

»Das glaube ich. Dort hat es sich ja auch niemand getraut.«

»Außer Ihnen, Sergeant.«

»Ich habe dich Buffalo getauft.«

Eine Schulter von Bufford hob sich zum Kinn, eine kleine, nervöse Bewegung.

Arthur betrachtete die Fassade des Hauses.

»Jetzt bist du der Herr. Hast du das alles mit dem Gold der Mine bezahlt?«

Bufford zog die Brauen zusammen.

»Gold?«

»Von der Gregory Mine.«

Das Thema schien ihn nicht zu interessieren. Er antwortete, als würde er an etwas ganz anderes denken:

»Der Dünger bringt das Geld. Die Formel von Kramer.«

»Der Dünger, der Reunion hätte retten sollen.«

»Warum haben Sie seinen Namen benutzt, Sergeant?«

»Was bedeutet der Name Delauney?«

Bufford antwortete mechanisch, während ihn seine eigenen Gedanken nicht losließen.

»Es ist der Mädchenname meiner Frau… Ich habe jetzt drei Schiffe, die zwischen San Francisco und Asien hin- und herfahren, vierhundert Arbeiter, die in Fabriken für mich arbeiten. Wie haben Sie mich gefunden, Sergeant? Hat Penders es Ihnen gesagt?«

»In England war er der Einzige, den ich nach dem Mord in der Kanalisation nicht gefunden habe. Ich habe ihn hier gesucht.«

»Erik?«

Buffords Traum löste sich langsam auf, und auf seiner Stirn zeigte sich eine Falte.

»Ich erinnere mich an die Nacht, in der er in dieser Scheune auftauchte. Er hat versucht, mit mir zu reden, aber ... Wir hatten nicht genug Zeit. Er ist in Panik geraten, wegen des anderen, der noch nicht tot war. Ich konnte ihn nicht fragen, wie er mich gefunden hat.«

»Wen hast du in den Brunnen geworfen?«

»Wie bitte?«

»Wen hat deine Witwe begraben?«

»Einen Landstreicher, der geglaubt hat, das Ende der Welt stehe bevor, weil die ganze Stadt voller Scheiße war.«

»Nach dem Tod deines Sohnes.«

»Elliot ...«

Bufford beugte sich nach vorn.

»Warum sprechen Sie von ihm, Sergeant?«

»Deine Frau hat gesagt, du seist nach dem Tod deines Sohnes verrückt geworden.«

Der Soldat Bufford wirkte plötzlich besorgt. Sein Mund zog sich zusammen, und er sagte langsam: »Warum sind Sie nicht bewaffnet, Sergeant?«

»Wozu wäre das gut?«

Seltsam konzentriert dachte Bufford ein paar Sekunden lang nach.

»Zu nichts.«

Er fasste mit einer Hand unter den Tisch, schob seinen Teller zurück und legte mit einer beiläufigen Geste einen Revolver vor sich hin, als hätte er Tabak aus seiner Tasche geholt, oder Geld, um seine Mahlzeit zu bezahlen.

»Ich begreife nicht, warum Sie hier sind, Sergeant.«

»Wer ist das im Kanal gewesen?«

»Ein Mann aus den Kolonien. Als Elliot starb ... Ich mag es

nicht, mich daran zu erinnern, Sergeant. Warum sagen Sie mir nicht, was Sie hier zu schaffen haben?«

»War er der Erste?«

»Der Erste?«

»Von deinen Partnern.«

Bufford lächelte schwach.

»Ja. Ich habe sein Geld gebraucht, um fortgehen zu können.«

»Und dann Kramer. Und sechs andere.«

Sein Kopf neigte sich ein wenig zur Seite.

»Sie haben eine lange Reise hinter sich, Sergeant, aber Sie sind nicht überall gewesen, wo ich war.«

»Das denke ich mir. Du warst viel länger unterwegs, Buffalo.«

Der zog die Brauen zusammen.

»Niemand nennt mich mehr so, Sergeant.«

»Ich weiß, Mr. Delauney.«

»Ja.«

»Auch ich habe meinen Namen geändert. Weil man mich für den Mörder hielt. Man hat behauptet, ich wäre du.«

»Wie nennen Sie sich heute, Sergeant?«

»Erik Penders.«

Bufford überlief ein Schauder, und man sah, wie seine Nackenmuskeln unter der Haut anschwollen.

»Er ist schon einmal gestorben. Er ist der Einzige, den ich vor Ihnen wiedergesehen habe, Sergeant.«

»Warum hast du dich damals nicht in den Brunnen gestürzt, Buffalo?«

Buffords Schultern hoben sich.

»Nennen Sie mich nicht so, Sergeant.«

»Ich verstehe nicht, wie ich diesen Fehler habe machen können.«

»Diesen Fehler?«

»Niemand von den zehn Männern hat Selbstmord begangen. Wie habe ich glauben können, du hättest den Mut dazu? Du hast deine eigene Scheiße gefressen, damit sie etwas zum Lachen hatten. Du hast dich geprügelt für eine Schale Reis. Du hast mir die Finger abgeschlagen, als sie es von dir verlangten.«

Bufford schien unvermittelt traurig zu werden. Bowmans Ton verletzte ihn.

»Ich musste mein Leben retten, Sergeant.«

»Ich weiß.«

»Wir haben alle so gehandelt.«

»Nein.«

»Sie nicht?«

Arthur betrachtete die Waffe auf dem Tisch.

»Ich war nicht wie du. Warum warst du es nicht, nach dem ich suchte, Buffalo?«

Bufford zwinkerte.

»Hören Sie auf mit diesem Namen.«

»Bufford ist in London gestorben, Delauney kenne ich nicht. Wie soll ich dich denn nennen?«

»Ich weiß nicht, Sergeant, aber nicht so.«

Christian Bufford sank zurück in seinen Sessel und wischte sich den Schweiß von Gesicht und Brust. Unter den streifenförmigen Schatten der Pergola bemerkte Arthur die Narben auf dem Oberkörper seines Gegenübers.

»Ich habe keinen anderen Namen für dich, Buffalo, seit du versucht hast, den Prediger zu töten. Das ist jetzt zwölf Jahre her.«

Erneut hoben sich Buffords Schultern, und seine Nackenmuskeln schwollen an.

»Ich mag es nicht, wenn Sie davon reden, Sergeant.«

»Wovon willst du reden?«

Bufford straffte sich wieder; in seinen Augen blitzte eine wilde Freude auf.

»Von der Zukunft, Sergeant.«

Bowman lächelte.

»Von der Zukunft?«

»Dieses Land hat mich erwartet. Ich werde es aufbauen, Sergeant. Es ist mein Land.«

»Ich weiß. Es ist jetzt auch meins. Und ich erhebe Einspruch gegen deine Pläne, Buffalo.«

»Wie meinen Sie das?«

»Solange es noch jemanden gibt, und sei es ein einziger Mensch, der deinem Blick standhalten kann, Buffalo, so lange bleibt deine Zukunft ein Traum. Er wird niemals Wirklichkeit werden.«

Buffords Stimmung veränderte sich erneut. Die Konzentration fiel ihm sichtlich schwer; immer wieder wirkte er fahrig und abwesend.

»Sie haben keinen Mumm mehr, Sergeant, genau wie Penders. Ich habe es gesehen, als Sie durch diese Tür kamen. Ich habe viele gesehen, die so waren wie Sie, die mir praktisch in die Arme fielen, weil sie solche Angst hatten, als ich sie ansah, obwohl sie noch hätten fliehen können. Auch Sie würden mich bitten, Sie zu töten.«

»Hast du sie deshalb umgebracht? Um zu beweisen, dass sie genauso feige sind wie du?«

»Als ich es ihnen befahl, haben sie sich selbst die Finger abgeschnitten. Ich konnte mich hinsetzen und ihnen dabei zusehen.«

Arthur sah Bufford ins Gesicht.

»Aber du hast deine Finger behalten.«

»Sie glauben, Sie seien schon tot, Sergeant, aber Sie wissen noch nicht, was der Tod ist. Ihre Nummer zieht nicht mehr bei mir. Es hat keinen Sinn, mich so anzusehen, wie Sie es mit Colins auf der Dschunke gemacht haben.«

»Du hast noch nichts bewiesen, Buffalo. Weder, dass ich vor dir Angst habe, noch, dass die ganze Welt so feige ist wie du.«

»Zum letzten Mal. Ich will diesen Namen nicht mehr hören. Ich habe alle, die im Haus waren, weggeschickt, nur wir beide sind noch hier. Was glauben Sie, was passieren wird, Sergeant?«

»Das hängt von dir ab.«

»Von mir?«

»Du hast dich nicht verändert, auch wenn du jetzt diesen Anzug trägst und wenn Artikel über dich in der Zeitung stehen, auch nicht mit dieser misslungenen Hauskopie.«

Bufford legte die Hand auf den Griff des Revolvers.

»Doch, ich habe mich verändert, Sergeant. Sie wünschen sich zwar, dass ich so bin wie früher, aber ich habe keine Angst mehr vor Ihnen.«

»Du begreifst immer noch nicht. Sich verändern heißt, Macht über sich selbst zu bekommen, Buffalo.«

Der Feuerstoß ließ Bowman vom Stuhl stürzen. Er rollte sich auf die Seite und kam auf Hände und Knie. Die Kugel hatte seinen Arm getroffen. Er erhob sich langsam, stellte den Stuhl wieder auf, drückte seine Hand auf die Wunde und setzte sich wieder Bufford gegenüber. Der Soldat Buffalo starrte ihn an, mit der Waffe in der Hand. Bowman stützte mit verzerrtem Gesicht den Ellbogen auf den Tisch. Er betrachtete die lächerliche Fassade des Hauses. Schweiß tropfte von seiner Stirn, sein Mund war trocken.

»Warum hast du dieses Haus gebaut, obwohl das Haus der Grund für den Tod deines Sohnes war?«

»Sie haben keine Kinder, Sergeant. Sie können das nicht verstehen.«

Vor Arthurs innerem Auge tauchten Aileen und Alexandra auf, wie sie am See spielten. Er wischte das Bild weg und konzentrierte sich auf Bufford, der sich lächelnd nach vorn gebeugt hatte.

»Haben Sie Familie, Sergeant? Ja?«

Arthur überlief ein Schauder, er schloss sekundenlang die Augen und öffnete sie wieder. Bufford grinste immer noch. Seine künstlichen Zähne glänzten: ein teures Stück Elfenbein.

»Haben Sie auch Ihre Familie verlassen, um hierherzukommen, Sergeant?«

Arthur ballte die Fäuste. Der Schmerz in seinem Arm nahm ihm den Atem.

»Was hast du zu Fengs kleinem Sklaven gesagt, Buffalo?«

Bufford spannte den Revolver und zielte auf Bowmans anderen Arm.

»Was sagen Sie?«

»Ich habe dich gesehen, auf der Dschunke. Du hast ihn gestreichelt und mit ihm geredet, bevor du ihn in den Fluss geworfen hast. Was hast du ihm gesagt?«

Bufford senkte langsam die Waffe, fasste sich, zielte erneut, neigte den Kopf zur Seite und legte den Revolver wieder hin.

»Warum sprechen Sie jetzt davon?«

Arthur spürte, dass ihm schwindlig wurde, und drückte fester auf die Wunde, um den Blutfluss zu stoppen.

»Du erinnerst dich doch an Reeves, den Kapitän der Schaluppe, die uns zu dem Fischerdorf brachte? Er hat mir Geld gegeben, damit ich England verlassen und nach dir suchen kann. Und er hat mir aufgetragen, dass ich dir, wenn ich dich finden würde, sagen soll, dass es nicht deine Schuld ist. Er hat mich gebeten, dich nicht zu töten. Er glaubte, die Schuld liege bei ihm und bei den Offizieren, die uns die Befehle gaben. Er hatte unrecht, aber er hat mir das Geld gegeben, und danach ist er gestorben.«

Bufford begann zu lachen.

»Sie glauben, ich werde mich umbringen, weil Sie mich gefunden haben, Sergeant? Sie erwarten eine Beichte, ist es das?«

»Nicht nötig, ich weiß schon längst alles, Bufford. Nur richtig begriffen habe ich es erst, als ich diesen Artikel las und dein Foto in der Zeitung sah.«

»Ich verstehe Sie nicht mehr, Sergeant. Sie fangen an zu halluzinieren. Sie verlieren viel Blut.«

Bufford sah auf den Tisch. Der rote Fleck vergrößerte sich und floss auf ihn zu, zwischen der Weinkaraffe und seinem Glas.

»Aber du hast meine Frage noch nicht beantwortet.«

Bufford hob den Kopf.

»Welche Frage?«

»Der kleine Sklave.«

»Warum fangen Sie wieder damit an, Sergeant?«

»Hast du an ihn gedacht, als dein Sohn starb, Buffalo?«

Auf Buffords Stirn wurde eine Ader sichtbar, die sich von den Haarwurzeln zur Nase zog.

»Wenn ich noch einmal schieße, werden Sie zu viel Blut verlieren. Dann muss ich meinen Plan ändern, Sergeant. Sie werden zu schwach sein. Wollen Sie das? Schnell sterben, bevor Sie gesagt haben, wo Ihre Familie ist?«

Sergeant Bowmans Lider fühlten sich immer schwerer an.

»Hast du ihm von deinem Sohn erzählt?«

Er hob die Hand, um sich den Schweiß vom Hals zu wischen.

Arthur kannte dieses Brennen, wenn die salzige Flüssigkeit über die Narben rann. Christian Buffords Lippen bebten.

»Ich habe ihm gesagt, dass er Elliot hieß.«

»Was noch?«

Bufford versuchte zu grinsen, aber er hatte seine Selbstsicherheit verloren.

»Warum interessiert Sie das, Sergeant? Sie wollen mich weichklopfen, nicht? Sie wollen, dass ich zu heulen anfange und Ihnen meine Waffe gebe?«

»Was hast du ihm gesagt?«

Buffalos Stimme wurde rau.

»Dass ich Soldat geworden bin, damit mein Sohn in die Schule gehen kann, damit er nicht als Bettler auf der Straße endet oder mit den anderen Kindern in der Kanalisation arbeiten muss. Heute besitze ich drei Schiffe, Bowman. Und vierhundert Arbeiter. Ich habe alles getan, was notwendig ist, um das zu erreichen, sonst nichts.«

»Aber Elliot ist tot. Es ist zu spät. Was hast du ihm noch gesagt?«

Bufford biss die Zähne zusammen.

»Ich sagte ihm, dass es vorbei ist, dass die Strömung ihn mitnimmt, dass er gehen kann. Ich habe ihn um Verzeihung gebeten und dann ins Wasser geworfen.«

»Du hast ihn um Verzeihung gebeten?«

Bufford sprang auf und schrie: »Ja, ich habe ihn um Verzeihung gebeten, weil Sie ihm vor uns die Kehle durchschneiden wollten! Ich sagte, dass es vorbei ist und dass er gehen kann!«

Arthur senkte den Blick, sein Kopf fiel nach vorn.

»Ich hätte ihn getötet. Ich hätte nicht gezögert. Und du hast ihn für mich um Verzeihung gebeten, Buffalo?«

Bufford stand aufgerichtet da und zielte auf Arthurs Kopf.

»Wenn ich mit dir fertig bin, Bowman, werde ich deine Familie suchen.«

Arthur versuchte, sich aufzurichten, doch er hatte nicht mehr genug Kraft und sank nach hinten. Er lächelte.

»Reeves konnte es nicht wissen.«

Bufford begriff nicht.

»Wovon reden Sie da, Sergeant?«

Arthur streckte seinen verletzten Arm aus. Der Schmerz war so groß, dass er fast das Gleichgewicht verlor, doch es gelang ihm, seine blutüberströmte Hand mit den zwei abgeschnittenen Fingern zu heben.

»Ich habe dich schon zwei Mal gerettet, Buffalo. Reeves konnte das nicht wissen.«

Bufford beugte sich über die Blutlache, ließ den Revolver fallen und legte die Hände auf den Tisch.

»Du willst mich gerettet haben?«

»Als du mir die Finger abgeschnitten hast, um deine Haut zu retten, Buffalo. Ich hätte dich töten, dir mit den Zähnen die Gurgel aufreißen können.«

Bufford wischte sich mit dem Ärmel über den Mund.

»Du hast es nicht getan, weil es dir genauso ging. Du wolltest überleben, Sergeant. Du bist nicht mehr wert als ich.«

»Überleben? Ist es das, was du hier machst, in deinem großen Haus? Du kämpfst, um zu überleben, Buffalo?«

»Wenn du versucht hättest, dich zu verteidigen, hätten sie dich umgebracht wie die anderen.«

»Aber ich hab dir in die Augen gesehen, und ich bin nicht zurückgezuckt, beide Male nicht, als du dich auf meine Hand gestürzt hast. Das kannst du nicht vergessen haben. Ich habe dich angesehen, wie ich dich heute ansehe, Buffalo. Nicht um dir Angst zu machen, sondern damit du den Mut aufbringst, es nicht zu tun, nicht ihr Lakai zu werden, wie du jetzt der Diener der Reichen geworden bist, denen du ähnlich sein willst. Die Welt ist feige, Buffalo. Männer wie ich ermorden Kinder, damit sie ihren Sold kriegen. Andere, wie du, morden, um sich an ihren Herren zu rächen. Aber sie werden dir dafür dankbar sein, Buffalo. Du bist ihr Kammerdiener geworden, in deinem lächerlichen Haus, mit deinen Gemälden und deinen Negern.«

Bufford brüllte: »Du hast mich angefleht, es nicht zu tun, Sergeant, das war alles! Wenn du versucht hättest, mir ein Haar zu krümmen, hätten sie dir den Rest gegeben. Sie hätten mich vor dir in Schutz genommen!«

Arthur lachte laut.

»Sie haben gespannt darauf gewartet, wer wen töten würde. Wir sollten ihre Arbeit tun. Deshalb haben sie immer zwei Mann eine Ration Reis hingeworfen, und du hast Briggs das Ohr abgebissen, um allein essen zu können. Ich habe dich nicht getötet. Sonst wäre dort alles zu Ende gewesen. Ich sah dir in die Augen und sammelte Kraft, um dir nicht an die Kehle zu gehen, während du mir die Finger abgeschnitten hast. Die ganze Zeit dachte ich daran, wie du auf der Dschunke den Jungen gestreichelt hast, den ich um ein Haar getötet hätte. Reeves konnte es nicht wissen ...«

Bufford schrie: »Was konnte er nicht wissen?«

Bowman richtete sich langsam auf und hielt sich mit seinem gesunden Arm am Tisch fest. Der Schmerz wühlte in seinem Arm. Er sah Bufford in die Augen.

»Dass ich dir bereits verziehen hatte, Buffalo. Ich musste kommen, um dir das zu sagen. Ich war die ganze Zeit da, du bist mich nicht losgeworden, selbst am anderen Ende der Welt nicht, obwohl du gehofft hast, dass deine Verbrechen anderen in die Schuhe geschoben würden, armen Kerlen wie Penders, Peevish und mir.«

»Bleib, wo du bist, Sergeant. Was machst du da?«

Arthur schwankte und suchte mit seinem unverwundeten Arm an einem Pfosten der Pergola Halt. Bufford zog ein Messer unter der Weste seines Anzugs hervor und war mit zwei großen Schritten bei ihm.

»Du strengst dich mächtig an, Sergeant, aber das nützt jetzt nichts mehr. Und wenn du es bis hierher geschafft hast, ist das der Beweis, dass du auch nur ein Dreckskerl bist, der dazu fähig ist, egal welche Umstände zu überleben.«

Arthur sah in den Park, sah das Cottage der Witwe vor sich, wo er Tee getrunken und gedacht hatte, dass sie eigentlich zu hübsch sei für Bufford.

Christan Bufford legte Arthur eine Hand auf die Schulter. Die andere Hand hielt das Messer.

»Ist das alles, Sergeant? Deshalb hast du deine Familie alleingelassen, um hierherzukommen und mir zu sagen, dass du mir verziehen hast? Wozu soll das jetzt noch gut sein?«

Arthur sah ihm in die Augen. Seine Stimme war ruhig.

»Dazu, dass man weitermachen kann. Ein anständiges Leben führen kann.«

Buffords Brauen hoben sich.

»Was faseln Sie da schon wieder, Sergeant?«

Arthur lächelte ihn an.

»Ich habe immer noch meinen alten Mut, Bufford.«

»Den Mut, hierherzukommen und mich anzustarren?«

»Nein, mich von dir abzuwenden.«

Sanft schob er Buffords Hand von seiner Schulter und schloss die Augen. Er roch sein Blut, und er roch Buffords Körper neben sich, seinen Schweiß, seinen Atem, seine Kleider. Einen Moment lang lauschte er ihren Atemgeräuschen, während er versuchte, der Angst vor der schwarzen Leere standzuhalten. Dann öffnete er die Augen wieder. Bufford hatte sich nicht von der Stelle gerührt.

»Auf der *Joy* wollte ich keine Männer auswählen, die mir gleich sind, damit ich mich nicht irgendwann hätte gegen sie stellen müssen. Es war am Ende der Prediger, der dich aussuchte.«

Arthur lächelte erneut.

»Du kannst mir dein Messer in den Bauch stoßen. Es wird nur eine Sekunde dauern. Aber hättest du den Mut, das zu tun, Buffalo? Könntest du dich von jemandem abwenden, der dir gleicht?«

Arthur atmete tief ein, ließ den schmiedeeisernen Pfosten los, drehte sich langsam auf den Fersen um und machte einen Schritt in Richtung der großen Glastüren.

»Bleib stehen, Bowman.«

Arthur hielt einen Moment inne, versuchte, sich im Gleichgewicht zu halten, und machte einen weiteren Schritt.

»Dreh mir nicht den Rücken zu.«

Er ging weiter.

»BOWMAN!«

Er war noch fünf Meter von den Türen entfernt.

»Du hast mich angefleht, es nicht zu tun. Du hast nur deine Haut gerettet, genau wie die anderen!«

Er legte die Hand auf den Türknauf.

»BOWMAN!«

Er öffnete die Tür und sagte leise zu sich selbst: »Du bist gerettet, Buffalo. Ich gehe.«

Er betrat die Eingangshalle. Bufford schrie seinen Namen, und die Schreie verfolgten ihn bis zur nächsten Tür. Dann ging Arthur langsam, sich an der Hausmauer festhaltend, zu den Ställen, wo er sich auf Waldens Rücken hievte. Als er auf dem Schotterweg war, hielt er an, zerriss sein Hemd und verband sich damit den Arm. Dann setzte der Mustang sich wieder in Bewegung.

Ein Reiter mit breitkrempigem Hut näherte sich Delauneys Anwesen. Er trug einen schwarzen Anzug mit Weste und goldener Uhrkette. Sein Pferd war ebenfalls schwarz. Es war schweißbedeckt und hatte Schaum vor dem Maul. Ein Karabiner in einem Futteral aus genarbtem Leder war am Sattel befestigt. Arthur zog an den Zügeln. Der Mann hob den Kopf und hielt neben ihm an. Sie wechselten einen Blick. Der Geistliche grinste. Dann wurden seine Züge wieder hart und streng.

»Ich freue mich, Sie zu sehen, Sergeant.«

»Warum bist du gekommen, Prediger?«

Peevish betrachtete das Haus, das am Ende des Hanges aufragte.

»Als ich den Brief schrieb... Ich habe gemerkt, dass ich das nicht schaffen würde, Sergeant.«

Er kniff die Augen zusammen.

»Ist er immer noch da oben?«

Arthur senkte den Kopf.

»Geh nicht hin.«

Peevish tätschelte den Hals seines Pferdes und bewegte sich im Sattel.

»Es ist die Angst, Sergeant. Ich habe keine Wahl.«

Er stieß seinem schwarzen Reittier die Fersen in den Bauch, und es setzte sich wieder in Gang.

Walden blieb stehen. Im Sattel sitzend, blickte Arthur über die Bucht, sah die Handelsschiffe, die in Richtung Ozean segelten.

*

Als Arthur Bowman nach einer Woche auf den Pisten der Siedler wieder auf der Fitzpatrick-Ranch eintraf, war es Mitte August geworden.

Es gelang ihm zwar, seine Tochter auf den Arm zu nehmen, doch es dauerte mehrere Tage, bis er mit Alexandra sprechen konnte. Unter dem Ansturm widersprüchlicher Gefühle blieben sie beide lange stumm. Dann, eines Morgens, als Bowman mit Aileen im See badete, glitt Alexandra neben ihm ins Wasser, und er küsste sie.

In seiner Abwesenheit war die Arbeit an dem neuen Haus weitergegangen. Die Zimmerleute hatten begonnen, die Wände hochzuziehen. Eines Tages – die Familie Penders kam gerade von einer Inspektion der östlichen Weiden zurück – wartete ein Mann in Schwarz vor dem Blockhaus auf sie. Arthur hielt seine Tochter auf dem Arm, als er vom Pferd stieg und Edmond Peevish die Hand gab. Dessen neue, staubbedeckte Kleider schienen einem Geschäftsmann zu gehören. Er zog den Hut und entbot Alexandra Desmond seinen respektvollen Gruß. Der Prediger schien gealtert zu sein. Der Ärmel seines Anzugs war zerrissen, da und dort sah man Blutflecken. Unter dem Hemd trug er einen schmutzigen Verband. Die beiden Männer entschuldigten sich bei Alexandra, die Aileen nun auf den Arm nahm und ihnen nachsah, wie sie zur Bucht hinuntergingen. Der Prediger wusch sich Gesicht und Hände, dann gingen sie weiter, bis sie außer Sicht waren.

Als sie zum Blockhaus zurückkehrten, waren sie schweigsam und gingen im gleichen langsamen Schritt. Ihre Gesichter waren ernst und faltig, wiewohl sie noch jugendliche Kraft ausstrahlten. Peevish verabschiedete sich von Alexandra Desmond, ohne zu lächeln.

»Ich hoffe, wir werden uns einmal wiedersehen, Madam. Kümmern Sie sich um Ihre Familie und um sich selbst.«

Er stieg in den Sattel, zog den Karabiner aus seiner Hülle und betrachtete ihn einen Augenblick, bevor er ihn Bowman reichte.

»Sie können mehr mit ihm anfangen, hier, in den Bergen.«

Sie schüttelten sich noch einmal die Hand. Der Prediger machte sich auf den Weg; als er das Eingangstor der Ranch passierte, musste er sich bücken. Arthur sah ihm nach. Alexandra setzte sich neben ihn ins Gras und lehnte sich an ihn, während Aileen sich auf allen vieren von ihnen entfernte.

»Was hat er dir gesagt?«

Bowman beobachtete, wie seine Tochter bis zum Zaun krabbelte. An einem Pfosten zog sie sich hoch. Walden steckte den Kopf durch die Latten, um an ihrem Haar zu schnuppern. Das Mädchen versuchte, ihn zu streicheln, stieß einen aufgeregten Schrei aus, verlor das Gleichgewicht und fiel auf den Hintern.

»Es ist zu Ende.«

Am 19. September 1863 starben zwanzigtausend Soldaten bei Chickamauga, in Georgia, in einer Schlacht, bei der die Truppen der Südstaaten den Sieg davontrugen.

Im Oktober war das Haus fertig, und die Familie zog mit ihren wenigen Besitztümern vom Blockhaus in ihr neues Domizil, dessen Terrasse auf Pfählen stand und in die Bucht hineinragte. Zum letzten Mal vor dem Winteranfang nahmen Arthur und Alexandra ein Bad im See, diesmal zusammen mit ihrer Tochter, und wärmten sich danach am großen Feuer auf. Scherzend fragte Arthur seine Gefährtin, ob sie ihm dieses Jahr nichts anzukündigen habe.

»Noch nicht.«

Am nächsten Morgen – die Asche des Feuers rauchte noch – begann Schnee zu fallen. Sie befürchteten einen harten Winter. Doch Anfang Dezember wurden die Schneefälle weniger, und sechs Wochen lang genossen sie wunderbar sonnige Tage. An vielen Stellen schmolz der Schnee, und die Pferde bekamen noch einmal reichlich Nahrung. Als Weihnachten nahte, schloss sich die Schneedecke wieder.

Obwohl er ständig mit seiner Familie zusammen war, litt Arthur unter einer sonderbaren Einsamkeit. Die Stille in den Bergen beunruhigte ihn, doch er ritt nur äußerst selten in die Stadt. Er wurde immer einsilbigeer und zog sich mehr und mehr zurück. Alexandra ließ ihn allein, wenn er innerlich anderswo zu sein schien, und drang nicht in ihn. In solchen Zeiten der Abwesenheit machte Arthur Rundgänge auf der Ranch und blieb immer wieder in der Nähe des Blockhauses oder des Eingangstors stehen; es war, als würde er einen bestimmten Weg verfolgen und damit verbundenen Erinnerungen nachhängen, während sein nach innen gekehrter Blick auf der schneebedeckten Landschaft ruhte. Er schrieb viele Briefe, die er nach Grantsville schickte, doch ließ er Alexandra nicht an seinen schweren Gedanken teilhaben.

Nach bedrückenden Tagen des Schweigens hellte sich sein Gemütszustand allmählich auf, und wenn er von seinen Rundgängen zu Frau und Kind zurückkehrte, gelang es ihm zu lächeln, jedes Mal ein wenig länger. Er schien zur Ruhe zu kommen.

Am Tag nach Neujahr 1864 verließ Arthur mitten in der Nacht mit entsichertem Gewehr das Haus. Im Stall wieherten die Pferde, und man hörte das Geräusch ihrer Hufe, die gegen die Wände schlugen. Langsam, mit einer Lampe in der Hand, näherte er sich ihnen. Er glaubte, sie witterten Wölfe oder andere wilde Tiere, aber dann hörte er leise Stimmen. Jemand versuchte, die Pferde zu beruhigen. Er blies die Lampe aus, stellte sie neben sich auf den Boden und ging weiter. Es war Vollmond, und der glitzernde Schnee erhellte die Nacht. Er schloss die Augen, um sich an das Halbdunkel zu gewöhnen, umrundete den Stall und öffnete die Mistür am hinteren Ende einen Spaltbreit, um einen Blick ins Innere zu werfen. Walden und Trigger bäumten sich auf und schlugen mit den Hufen gegen die Lattenwand. Den Karabiner im Anschlag, trat Arthur einen Schritt zur Seite.

»Kommen Sie heraus, oder ich schieße.«

Er erhielt keine Antwort.

»Wenn Sie jetzt herauskommen, lasse ich Sie gehen.«

Jemand antwortete ihm von drinnen: »Wir kommen heraus. Nicht schießen. Wir kommen schon.«

Arthur hörte, dass sich die große Stalltür auf der anderen Seite knarrend öffnete. Er rannte hin und feuerte einen Schuss über die Köpfe der zwei dunklen Silhouetten ab, die sich anschickten, über den Zaun zu klettern.

Die beiden Männer blieben reglos stehen.

»Keine Bewegung.«

»Sie haben gesagt, Sie lassen uns gehen. Wir gehen. Wir wollten nichts stehlen, Mister. Wir wollten einfach nur schlafen.«

Arthur fand seine Lampe im Schnee und zündete sie wieder an. Gleichzeitig mit dem Lauf seines Gewehrs hob er sie hoch. Zwei Jungen in über und über geflickten Kleidern, mit schmutzigen Gesichtern. Unter den vielen Flicken wurde eine Uniform sichtbar. Sie standen mit hängenden Köpfen am Zaun.

»Seid ihr bewaffnet?«

Sie schüttelten den Kopf.

»Woher kommt ihr?«

Sie sahen einander an. Heftig keuchend, stießen sie kleine Atemwölkchen aus, die sich im Licht der Lampe auflösten.

»Wir sind mit unserer Einheit marschiert und haben uns dann in den Bergen irgendwo verirrt, Sir.«

Arthur beobachtete sie einige Sekunden lang im Schein der Lampe.

»Ihr seid desertiert?«

Der eine wich erschrocken zurück; der andere hob protestierend die Hand.

»Nein, Mister, wir haben uns verirrt. Wir suchen unsere Einheit. Wir wollten nur die Nacht in Ihrem Stall verbringen.«

Arthur senkte das Gewehr.

»Kommt her. Der Erste, der irgendwelche Dummheiten macht, kriegt eine Kugel ab.«

Er schob sie mit dem Lauf des Gewehrs zum Blockhaus, ließ sie eintreten und versperrte Tür und Fensterläden. Alexandra erwartete ihn auf der Schwelle ihres Hauses. Er ging mit ihr hinein und legte Holz im Ofen nach. Dann setzten sie sich an den Tisch und lauschten in die Nacht.

Am nächsten Morgen klopfte Arthur an die Tür des Blockhauses.

»Hört ihr mich?«

»Ja, Sir, wir hören Sie.«

»Ich werde jetzt die Tür öffnen, und ihr kommt langsam heraus. Ich bin immer noch bewaffnet.«

Er entriegelte die Tür und trat einige Schritte zurück. Einer nach dem anderen kamen die beiden Jungen heraus. Geblendet vom hellen Tageslicht, legten sie die Hände schützend über die Augen.

»Woher kommt ihr?«

»Wir waren mit einem Rekrutenkonvoi in Aurora, auf dem Weg in den Süden, Sir.«

Die beiden sahen sich ähnlich. Einer – derjenige, der gesprochen hatte – war etwas größer und muskulöser als der andere.

»Seid ihr Brüder? Wie heißt ihr?«

Der Größere verschränkte trotzig die Arme über der Brust. Der andere sah Bowman an.

»Ich heiße Oliver, Sir. Ferguson. Und das ist Pete. Wir sind aus der Nähe von Portland, in Oregon.«

»Warum seid ihr desertiert?«

Der Ältere ließ die Arme fallen.

»Wir sind nicht desertiert, weil wir keine Freiwilligen waren. Sie haben uns zwangsweise eingezogen, deshalb sind wir keine Deserteure. Wir haben uns befreit.«

Sie hatten seit mehreren Tagen nichts mehr gegessen, waren geschwächt, und der Jüngere schien Fieber zu haben. Sein Bruder Pete bemühte sich, einen entschlossenen Ton anzuschlagen.

»Wenn Sie uns nach Carson City bringen wollen, nur zu. Ob sie uns erschießen oder zum Schlachten schicken, kommt doch auf dasselbe heraus.«

Die Brüder Ferguson standen aufrecht vor Arthur, als sähen sie schon das Erschießungskommando vor sich.

»Von wo seid ihr gekommen?«

Sie verstanden die Frage nicht.

»Hat euch jemand gesehen?«

Sie wechselten kurze Blicke. Oliver wandte sich an Bowman.

»Es war Nacht, als wir uns durch die Stadt geschlichen haben. Zwei Tage waren wir in den Bergen. In Carson hat uns bestimmt niemand gesehen.«

Arthur zögerte einen Moment, dann wandte er sich um und gab Alexandra ein Zeichen, die daraufhin auf die Terrasse trat und nun zu ihnen herüberkam. Sie grüßte die beiden Jungen im Vorbeigehen und stellte das Essen, das sie mitgebracht hatte, auf den Tisch im Blockhaus.

»Wohin wollt ihr?«

»Wir wissen es noch nicht, Sir.«

»Wollt ihr nicht nach Hause zurück?«

Der große Bruder ergriff das Wort.

»Wir haben keine Verwandten mehr. Es gibt nur noch meinen Bruder und mich.«

Arthur warf einen Blick auf Alexandra. Sie war blass, die Übermüdung war ihr deutlich anzumerken.

»Geht rein und esst. Danach werden wir überlegen, was wir tun.«

Sie zögerten und wagten keinem der beiden in die Augen zu schauen, weder dem Mann noch der Frau.

»Wir lassen die Tür offen, aber ich rate euch, nicht abzuhauen. Im Moment ist es besser, wenn keiner euch sieht.«

»Wir werden heute Abend gehen. Danke für das Essen, Madam.«

Bowman senkte den Kopf und betrachtete das Gewehr in seiner Hand.

»Nein, schlaft heute Nacht hier. Ich werde zwei Pferde satteln. Wenn jemand aufkreuzt, nehmt ihr sie und reitet, so schnell ihr könnt, in die Berge. Und wenn ihr gefasst werdet, sagt ihr besser, ihr habt sie gestohlen, denn sonst knalle ich euch ab.«

Bei dieser Drohung fingen sie an zu zittern. Oliver nahm seinen Bruder am Arm und zog ihn ins Blockhaus. Bevor sie die Tür schlossen, wandte er sich noch einmal an den Rancher:

»Danke.«

»Los, rein mit dir, versteck dich.«

Den ganzen Tag blieben Alexandra und Arthur in der Nähe und ließen das Blockhaus nicht aus den Augen. Am Abend brachte Alexandra den Brüdern Ferguson noch einmal etwas zu essen.

Wieder fiel Schnee. In eine Decke gehüllt, hielt Arthur mit seinem Gewehr auf der Terrasse Wache. Alexandra trat zu ihm, und er legte den Arm um sie.

»Werden sie sie finden?«

»Das ist fast sicher.«

»Und sie erschießen?«

Arthur gab keine Antwort.

»Der Jüngere ist noch keine siebzehn.«

»Ich weiß.«

»Was wird passieren, wenn sie sie hier finden?«

»Nichts Gutes.«

Sie sah zu ihm auf.

»Arthur, als du Soldat warst, hast du… Wenn es Deserteure gab…«

Er blickte sie an.

»Das kam vor.«

»Hast du es selbst getan?«

Er drehte sich wieder zum Blockhaus.

»Manchmal.«

Er spürte, dass Alexandra sich noch fester an ihn schmiegte. Leise sagte sie: »Wir müssen sie verstecken.«

Er überlegte einen Augenblick.

»Das bedeutet aber, bis zum Ende des Krieges.«

»Dann vielleicht besser nicht hier?«

Er zog sie an sich.

»Im Wald. Wir bauen noch ein Blockhaus.«

»Im Frühjahr, wenn sie in unserer Gegend nicht mehr gesucht

werden, könnten wir sagen, dass sie zum Arbeiten hergekommen sind, dass sie zu deiner Familie gehören.«

Er beugte sich zu ihr.

»Ja, sie werden auf unserer Ranch bleiben.«

Im Haus hatte Aileen zu weinen begonnen. Alexandra nahm seine Hand.

»Komm.«

Er küsste sie auf die Stirn.

»Ich bleibe noch ein bisschen.«

Sie ließ seine Hand nicht los.

»Wird ihnen auch niemand etwas zuleide tun?«

»Nein.«

Sie schloss die Tür hinter sich, und Aileen hörte zu weinen auf. Arthur lehnte sich an einen Pfosten und sah, wie die Sonne hinter den weißen Gipfeln unterging. Der Himmel über dem See bezog sich. Auf der Fitzpatrick-Ranch wurde es Nacht.

Sergeant Arthur Bowman wandte sich zu dem Blockhaus, in dem die Deserteure Unterschlupf gefunden hatten, zog die Decke über der Brust zusammen und nahm den Karabiner des Predigers in beide Arme.

»Niemand.«